镜迷宫

1

我怎么能够把你来比作夏天

莎士比亚十四行诗的世界

包慧怡 著

华东师范大学出版社
·上海·

图书在版编目（CIP）数据

镜迷宫：莎士比亚十四行诗的世界/包慧怡著.—上海：华东师范大学出版社，2022
ISBN 978-7-5760-2934-5

Ⅰ.①镜… Ⅱ.①包… Ⅲ.①莎士比亚（Shakespeare, William 1564-1616）—十四行诗—诗歌研究 Ⅳ.①I561.072

中国版本图书馆 CIP 数据核字（2022）第 108484 号

上海文化发展基金会资助项目

镜迷宫：莎士比亚十四行诗的世界

著　　者	包慧怡
责任编辑	顾晓清
审读编辑	李玮慧　韩　鸽
特约编辑	罗　红　邹　斌
责任校对	周爱慧
封面设计	周伟伟

出版发行	华东师范大学出版社
社　　址	上海市中山北路 3663 号　邮编　200062
网　　址	www.ecnupress.com.cn
邮购电话	021－62869887
网　　店	http://hdsdcbs.tmall.com/

印刷者	上海昌鑫龙印务有限公司
开　　本	787×1092　32 开
印　　张	48.375
版面字数	756 千字
版　　次	2023 年 4 月第 1 版
印　　次	2023 年 4 月第 1 次
书　　号	ISBN 978-7-5760-2934-5
定　　价	298.00 元

出版人　王　焰

（如发现本版图书有印订质量问题，请寄回本社市场部调换或电话 021-62865537 联系）

目录

导论　　001

体例说明　　026

1　总序惜时诗　　031
2　冬日惜时诗　　041
3　镜子惜时诗　　047
4　高利贷惜时诗　　057
5　蒸馏惜时诗　　063
6　数理惜时诗　　071
7　太阳惜时诗　　081
8　音乐惜时诗　　091
9　寡妇惜时诗　　103
10　建筑惜时诗　　113
11　印章惜时诗　　121

12 紫罗兰惜时诗　　　　*131*

13 反驳惜时诗　　　　　*139*

14 占星惜时诗　　　　　*147*

15 园艺惜时诗　　　　　*159*

16 线条惜时诗　　　　　*171*

17 准元诗惜时诗　　　　*181*

18 夏日元诗　　　　　　*189*

19 时间元诗　　　　　　*199*

20 造物元诗　　　　　　*207*

21 缪斯元诗　　　　　　*217*

导论　　瘟疫中开出的诗束：
　　　　作为商籁诗人的莎士比亚

一、大瘟疫与"暴发户乌鸦"

1592年注定是威廉·莎士比亚创作生涯中非同寻常的一年。在漫长的"消失的七年"后，仍在伦敦学艺的青年威廉的名字再次见于史载。不得志的剧作家罗伯特·格林（Robert Greeene）死了，留下一本怨毒地攻击了海量同时代剧作家的小册子，这本专门怼人的书（今天我们称之为文学批评）全名叫作《带着百万悔恨买下来的，格林的价值四便士的智慧》（*Greenes, Groats-worth of Witte, Bought with a Million of Repentance*），书中把莎士比亚称为"一只用我们的羽毛装扮起来的暴发户乌鸦（upstart crow），演员的皮肤包裹着一颗虎狼之心"。得到一线评论家的差评往往是伊丽莎白时代英国剧作家的成人礼，这意味着威廉不再是那个来自斯特拉福乡下的"小威子"（Will），而即将以"莎士比亚大师"（Master Shakespeare）的身份"震撼舞台"（Shakescene）。

就在这个节骨眼上,伦敦爆发了瘟疫。

这场地方性腺鼠疫比不上 14 世纪带走欧洲三分之二人口的那次大爆发,但它依然被称作黑死病,依然有百分之六七十的致死率,并被视作上帝烈怒的榨酒池、对普遍的道德沦丧的天谴、末日审判的预演。和中世纪不一样的是,鼠疫是伦敦剧院的死刑。1592 年 6 月 23 日,伦敦所有的戏剧演出被枢密院下令中止,原因是 10 天前的一场剧院暴乱。在各大剧团的强烈抗议下,这项法令似乎并未被严格执行,但六周后爆发的大瘟疫消除了一切商量的余地——除了大面积屠杀猫狗(反而为带菌的老鼠开辟了自由之路),当局的另一项抗疫手段就是取消除教堂弥撒外的一切聚集活动,当伦敦每天死亡超过 30 人时关闭剧场。这个日均死亡配额很快被超过,于是接下来的两年多内,包括莎士比亚在内的大批剧作家、演员、剧院经理彻底失去了营生。

作为远在斯特拉福镇的妻子和三个孩子的经济支柱,28 岁的已婚青年莎士比亚急需新的谋生手段。而他也很快找到了,并证明自己在新领域的才华比起在剧作领域毫不逊色。先后出版于 1593 年和 1594 年的长篇叙事诗《维纳斯与阿多尼斯》(*Venus and Adonis*)和《鲁克丽丝遇劫记》(*The Rape of Lucrece*)甫一付梓就为莎士比亚赢得了诗名。看起来,五步抑扬格就是我们威廉的亲姊妹,在鹅毛笔的召唤下将词语的飞花斜织成哀歌、宣叙调和狂想曲的密雨。诗人和他的赞助人南安普顿伯爵(这两首叙事长诗的题献对象正是这位比诗人小九岁的美少年)同样从中获益。

然而,在从 1592 年夏天伦敦剧院全面关闭起的两年内,莎士比亚投入了最多心血、最雄心勃勃，或许也倾注了最多个人情感的一项诗歌工程，其成果却要到近二十年后才为读者知晓。1609 年，《莎士比亚十四行诗集：此前从未出版》（下文简称为《莎士比亚十四行诗集》）由一位署名 T.T. 的神秘出版商在伦敦正式付梓，这本被后世称作"四开本"（Quarto）的诗集改写了英国诗歌史。此后的四百年内，人们将用莎士比亚的姓氏来命名这种由三节交叉韵四行诗与一节对句组成的英式十四行诗（尽管他并不是使用这种韵式的第一人），以区分于两节抱韵四行诗与两节交叉韵三行诗组成的意大利式十四行诗（亦称彼特拉克体）——这 154 首莎士比亚体十四行诗（Shakespearean sonnets）被看作成系列的"连环商籁"（sonnet cycle），成了瘟疫、专政、宗教迫害、猎巫之幢幢黑影笼罩下的伊丽莎白-詹姆士时期英国捧出的最美丽而脆弱的诗歌花束。

二、"独身一人时对自己说的话"

"抒情诗"（lyric）一词的词源来自古希腊语竖琴（里拉琴，λύρα），希腊神话中手持竖琴以歌声打动冥王换回挚爱的俄耳甫斯（Orpheus）也常被看作西方第一位抒情诗人。在英语语境中，"抒情诗"这一术语直到 16 世纪晚期才正式出现，而用这个词来表示一首表达私人情感的诗作，则是 19 世纪晚期的事——出自《牛津英语词典》中收录的英国批评家约翰·罗斯金（John Ruskin）在 1873 年对"抒情诗"的定义"诗人对自身情感的特定表达"，这也是现代读者最熟悉的定义。到了 20 世纪，海伦·文德勒（Helen Vendler）的定义进一步强化了该术语的私人性质和自传性质:"抒情诗是属于私人生活的文类;它是我们独身一人时对自己说的话。"[1]

"罗斯金-文德勒"式的抒情诗定义虽然经典,严格来说却仅适用于文艺复兴及之后的抒情诗作,在考量古典和中世纪抒情诗时则会出现诸多问题。不妨以莎士比亚所使用的写作语言(早期现代英语,Early Modern English)的前身中古英语(Middle English)来略加阐释。首先,我们对绝大多数中古英语抒情诗作者的身份一无所知,这种普遍的匿名性决定了我们无法对这些作品进行任何基于诗人生平的研究,无法谈论一个在历史语境中有"情感表达"诉求的抒情主体。其次,即使许多中古英语抒情诗的确聚焦于对情感的表达,这种情感却很少是个人的和私密的,其表现程式往往依赖于一系列继承和发展自拉丁古典文学的修辞传统(convention)和文学主题(topos),[2] 比起仰仗超群心灵、个人天赋和对发出独特声音之渴望的浪漫主义式抒情,这些古老的诗歌更像是作者在约定俗成的文学程式中试炼技艺的结果,其性质更多地是公共的和开放的。前文艺复兴时期的抒情诗中的"我"即便使用第一人称单数现身,有经验的读者将能够看到众多披上了隐身衣的"我们",要从这类本质上是复数的抒情主人公中析出具体诗人的个性,几乎是不可能的。

对我们来说幸运的是,主要写于16世纪晚期的莎士比亚

---

[1] Helen Vendler, *Poems, Poets, Poetry: An Introduction and Anthology*, p. xlii.

[2] 本书始终在库尔蒂斯的意义上使用"主题"这个术语,该词源于希腊古典修辞术中 τόπος(地方)一词,为古希腊语 τόπος κοινός(常去的地方)之简称。在库氏《欧洲文学与拉丁中世纪》名为"主题学"的著名章节中,古典至中世纪文学-修辞体系中的任何常见主题或论证程式都可称为 topos(复数 topoi),英文也译作 topic。R. Ernst Curtius, *European Literature and the Latin Middle Ages*, pp. 79–105.

十四行诗,恰好处于符合"罗斯金-文德勒"式定义的这样一个现代抒情诗传统的开端处。作为抒情诗人的莎士比亚是旧时代的拾穗人,也是新世界的开荒者,是英语世界中确凿无疑用单数的"我"——无论在形式上还是精神上——抒发情感的最早的一批诗人之一。

抒情诗这一体裁最有力的表现场域之一,是赋予诗中的叙事者千变万化的语气,通过语气来比拟生活中所知的各种关系,比如爱人的渴望、母亲的温柔、罪人的内疚等。它可以揭示抒情主人公置身其中的各类社会关系,也让读者窥见斯时斯地各种可被普遍接受的、被纳入社会规范的、机构化的情感,如家庭责任与亲情、宗教虔诚、经过文学想象塑造和礼仪化的宫廷之爱等。但是,诚如文德勒提出的这个重要问题:"如果诗人不想表达这样的关系,而是要重新定义它们,应该怎么办呢?比如,渴望一种比教会所提供的更亲密的与神的关系;或试图塑造一种尚未被社会认可的男性之间的情爱关系?"[1] 这后一种关系,将会在19世纪末20世纪初被另一位多才多艺的剧作家诗人奥斯卡·王尔德称为"一种不敢道出其名字的爱"。在莎士比亚的前126首十四行诗中,我们清楚地看见了这种爱的多种演绎形式,它能够唤起的遍及世界万物的柔情,以及这种柔情能将心灵的创造力所提升到的高度,能赋予双眼的崭新的透视术:

商籁第24首

我的眼睛扮演了画师,把你

---

[1] 海伦·文德勒,《看不见的倾听者:抒情的亲密感之赫伯特、惠特曼、阿什伯利》,第8页。

美丽的形象刻画在我的心版上；
围在四周的画框是我的躯体，
也是透视法，高明画师的专长。

你必须透过画师去看他的绝技，
找你的真像被画在什么地方，
那画像永远挂在我胸膛的店里，
店就有你的眼睛作两扇明窗。

看眼睛跟眼睛相帮了多大的忙：
我的眼睛画下了你的形体，
你的眼睛给我的胸膛开了窗，
太阳也爱探头到窗口来看你；

  但眼睛还缺乏画骨传神的本领，
  只会见什么画什么，不了解心灵。

三、"俊美青年"与"黑夫人"之谜

  莎士比亚的154首十四行诗主要有一男一女两名致意对象（addressee），他们既是诗系列中的"剧中人"（*dramatis personae*），又常被相信是与莎士比亚的生活有真实交集的历史人物。其中第1首到第126

首写给一位肤色白皙的"俊美青年"(Fair Youth，诗人常称之为"俊友"，Fair Friend)，第127首到第152首写给一位肤色深谙的"黑夫人"(Dark Lady)，最后两首没有特定的致意对象。对于"俊美青年"真实身份的揣测是莎学史上一些最著名或臭名昭著的论辩的核心，也是一段四百多年来悬而未决、在可预见的未来眼看也无望解决的公案。十四行诗集在1609年初次刊行时，四开本的扉页上有一段短短的、分行的题献词，学界公认其中隐藏着解开"俊友"身份之谜的钥匙。但这段题献词不是由作者莎士比亚本人写的，而是以出版商的名义写的，拙译如下：

谨致以下刊行的

十四行诗的

唯一的促成者

W.H. 先生

祝他享有一切欢愉

并愿

我们永生的诗人

所保证的不朽

能够实现。

满怀好意

冒昧付梓的

出版者

　　T. T.

"T.T." 即出版商托马斯·索普（Thomas Thorpe）姓名的缩写，"我们永生的诗人"即指莎士比亚，而所谓这些十四行诗"唯一的促成者 W.H. 先生"，自然而然地被认为是指第 1—126 首十四行诗的缪斯，即那位"俊美青年"。那么，W.H. 先生究竟是谁？四百年来，学界就此争议不绝，并根据现已掌握的关于莎翁生平的材料为 W.H. 先生提出了众多的候选人。

其中呼声最高的就是年轻的南安普顿伯爵（Earl of Southampton），上述莎士比亚早期长诗《维纳斯与阿多尼斯》和《鲁克丽丝遇劫记》的赞助人和题献对象，也是狂热的戏剧爱好者，长时间泡在伦敦的各大剧院中，与不少名演员和剧作家过从甚密。以史蒂芬·格林布拉特为代表的一些新历史主义学者认为莎士比亚有充分现实的动机将十四行诗集献给南安普顿：这位伯爵自幼丧父，早早成了当时英格兰最有权势的人之一、伊丽莎白一世的财务大臣伯利勋爵的侍卫和被监护人，作为交换，如果伯爵 21 岁成年时拒绝监护人为他安排的婚姻——伯利勋爵希望南安普顿娶自己的孙女为妻，就需要缴纳一笔五千英镑的巨额赔偿。南安普顿从少年时代起就表现出对婚姻的不屑，当他的力比多不在打猎、战争或剧院中释放时，这位受过文艺复兴时期优质人文主义教育的伯爵对自己的期待是成为艺术和艺术家的恩庇者。随着伯爵的 21 岁生日逼近（1594 年 10 月 6 日），假如其家中有人看到伯爵对诗歌和戏剧的热爱，而已届三十的莎士比亚又恰好处于伯爵的交际圈中一个可以向他题献作品的位置，那么委任这位诗人、剧作家度身定制一套诗作——至少是十四行诗集中前 17 首劝婚主题的诗——似乎是一种合理的可能。[1]与此同时,现存南安普顿伯爵的肖像上,他的一头蜷曲的淡栗色长发披肩倾泻而下,眉目清秀如一名少女,一只耳朵上还戴着精致的耳环,似乎很符合十四行诗中盛赞他美貌的人设;并且,和这幅肖像被同一个家族保存而一起流传下来的,还有一幅出自同一画匠或工作室之手的莎士比亚肖像,即著名的莎士比亚"柯布肖像"(Cobbe Portrait)。人们猜测可能是伯爵为自己画像时顺便给莎士比亚定制了一幅,这更佐证了两人之间的亲密关系。不过,T.T.的题献中提到的青年名叫"W.H.先生",而南安普顿伯爵的姓名是亨利·里欧赛斯利(Henry Wriothesley),首字母缩写是H.W.——就算这位爱玩字谜的T.T.故意颠倒了字母,南安普顿作为一名世袭贵族,人名前的正式称呼应当是"大人"(Lord),而不是献词中的平民称呼"先生"(Mr)。在阶级意识森严的伊丽莎白一世与詹姆士一世时代,在正式出版的诗集的扉页称一位伯爵为Mr,在最乐观的情况下也是莽撞和危险的。因此,南安普顿从来也不曾成为"俊美青年"的完美候选人。

第二位备受支持的候选人也是莎士比亚的赞助者——更为年轻的彭布罗克伯爵(Earl of Pembroke)。这位名叫威廉·赫伯特(William Herbert)的贵族青年的姓名首字母缩写为W.H.,正好可以和题献对上,但这个假设同样面临彭布罗克不是一位"先生"的困境。威廉·赫伯特来自一个有着深远文学传统的家庭:他母亲玛丽·西德尼的哥哥是当时最显赫的宫廷诗人和诗论家菲利普·西德尼爵士(Sir Philip Sidney),著名的《诗之辩》的作者,他的《爱星者与星》(*Astrophel and Stella*)在莎士比亚的十四行诗集问世前被公认为16世纪最出色的英语

---

[1] Stephen Greenblatt, *Will in the World: How Shakespeare Became Shakespeare*, Ch. 8.

连环商籁集,莎士比亚亦是其忠实读者;玛丽·西德尼夫人自己是一名诗人、译者、热心的文学赞助者和沙龙女主人,在伊丽莎白的宫廷文人圈中占据隐秘的中心地位。赫伯特本人则因为热心赞助戏剧和学术被称作"对那个时代的学者而言最伟大的梅塞纳斯"——奥古斯都的好友梅塞纳斯曾是维吉尔和贺拉斯的赞助人。在支持W.H.先生是赫伯特的研究者看来,玛丽·西德尼在她的沙龙及其外围圈子中挑一位有潜力的诗人为自己的儿子、未来的彭布罗克伯爵创作一组十四行诗,用她深信能够借助他对文学的热爱对他起作用的方式规劝他早日成婚,是完全有可能的。[1]不过,持这种看法的学者不是认为莎士比亚只将晚期的诗作献给了彭布罗克伯爵(早期的献给南安普顿伯爵),就是干脆认为此前的写作时间断代出了问题——整部《莎士比亚十四行诗集》干脆是1590年代最后几年,甚至是17世纪初的作品,因为1592年伦敦爆发瘟疫时,未来的彭布罗克伯爵只有12岁,即使以伊丽莎白时期的标准来看,作为精心定制的催婚催育之作的受赠人也未免太年轻;不乏有数字人文领域的学者用最新的词频计算工具得出《莎士比亚十四行诗集》的词汇特征属于偏晚年代的结论,即使这会与之前得到过充分论证的写作背景和文本传播证据产生矛盾。

机灵的读者想必早已看出问题:要确定历史上W.H.先生的真实身份,是一场变量太多,以至于无法择其一二来控制变量以进行可信研究的实验,涉及历史、文学、词汇学、档案学、版本学、字迹学、作者身份理论学等诸多领域的太多谜题,到处是失落松散的线头,以及看似咬合,实则禁不住一撬的砖缝。假如《莎士比亚十四行诗集》根

---

[1] Michael Wood, *In Search of Shakespeare*, Ch. 9.

本不是委任之作，是一种知其不可能而为之的告白呢？假如劝婚和矫饰是面具，面具底下是深渊，其扎根的情感土壤无定型也深不可测呢？又或者这些"糖渍的十四行诗"根本无关"恋爱中的莎士比亚"，而是诗人对以诗歌来塑造和定义全新的关系这门手艺的极限试炼？在措辞相对直白的前17首诗之外，所有十四行诗都如一座镜迷宫中的玻璃构件，反射、折射、映射出瞬息万变的词之力场；就算是最常被看作委任之作的前17首，进入它们内部的可能角度又何止万千？

《莎士比亚十四行诗集》的第127—152首是献给一位同样匿名的"深肤女士"或曰"黑夫人"的，自然，黑夫人的身份也早已得到了汗牛充栋的研究。"黑夫人组诗"中第133、144首等明确点出了"我"被卷入的三角关系——诗人自己的情妇夺走了他钟爱的俊友，考据派们为了把三角关系说圆，很大程度上需要借助对俊友身份的判断来揣度黑夫人的身份。那些相信彭布罗克伯爵就是俊友的学者，多半认为黑夫人就是彭布罗克的情妇、伊丽莎白一世的贴身女官玛丽·芬顿（Mary Fitton）。那些相信俊友是南安普顿伯爵的学者则为相对应的黑夫人不断贡献证据——南安普顿的情妇、贵族出身的伊丽莎白·维农（Elizabeth Vernon）同样是女王的高等贴身侍女，她和南安普顿的私情一度招致女王的盛怒，但两人最终在南安普顿25岁那年秘密结婚（我们会记得21岁时他仍不惜支付罚金以拒绝包办婚姻）。根据这些以及更多类似的详实考据，有妇之夫莎士比亚就这样深陷与自己的恩主，以及恩主的情妇之间的危险关系，这种关系耸人听闻又诱人猎奇，荷载着三重背德的压力、性别与伦理禁忌，甚至性命之虞，因而越发如宫廷剧般充满戏剧张力——但"事实"果真如此吗？诗歌的事实不能和日记的事实画等号，莎士比亚也从没有一刻将十四行诗集作为一种私人日志来书写。抒情诗关心的是如何"在心理上可信，在情感上动人，在美学上有力"，一如文德勒所言，它未必是诗人对一场关系的中立描写，而更关乎"在读者的想象中建立一种更值得赞赏的伦理关系，一种比目前世上存在的更令人向往的伦理关系。这是诗人的乌托邦意志，欲望要召唤出一个尚未在生活中实现的——但设想可以实现的——可能性的形象"。[1] 既然莎士比亚最终决定在 1609 年让这些诗稿以精美的四开印刷本的形式公之于众——出版商托马斯·瑟普专门在《莎士比亚十四行诗集》书名后加上了"此前从未出版"的副标题（部分是为了回应 1599 年未经莎士比亚授权的盗版诗集《激情的朝圣者》），并在致辞中以"我们永生的诗人"的名义向 W.H. 先生致敬，各种证据都指向 1609 年四开本诗集的确经过了诗人授权——那么我们完全可以相信，十四行诗集不仅是莎士比亚习诗的阶段性成果，更是一种关于伦理之可能性的试炼集，诗人在其中想象了一类比他本人——或任何人——现实中拥有的更自由、更具创造力、更能打开和示现心灵的无穷秘密的关系，爱情、友谊、情欲等词汇均不能精准地定义这关系，抒情者与看不见的致意对象之间的亲密，是与未来和希望的亲密。诗集中以第 116 首为代表的"无人称商籁"，也是诞生于这种尚不具名的亲密的，对"爱"之应然面目的呼唤：

让我承认，两颗真心的结合
是阻挡不了的。爱算不得爱，

---

[1] 海伦·文德勒，《看不见的倾听者》，第 14 页。

要是人家变心了,它也变得,
或者人家改道了,它也快改:

不呵!爱是永不游移的灯塔光,
它正视暴风,决不被风暴摇撼;
爱是一颗星,它引导迷航的桅樯,
其高度可测,其价值却无可计算。

爱不是时间的玩偶,虽然红颜
到头来总不被时间的镰刀遗漏;
爱决不跟随短促的韶光改变,
就到灭亡的边缘,也不低头。

假如我这话真错了,真不可信赖,
算我没写过,算爱从来不存在!

四、可能性之美德,或必要的谎言

在诸多"黑夫人"的理论中,最大胆的或许是关于黑夫人即女诗人艾米莉亚·拉尼尔(Emelia Lanier)的假说。艾米莉亚比莎士比亚小六岁,是他在诗歌上的同行——她是第四个用英语写作并出版作品的女性,也是英国境内第一位公然以诗人身份出版作品的女性。她的代表诗集标题《赞颂上帝，犹太人的王》(Salve Deus Rex Judaeorum)据说是她犹太血统的反映——有学者认为她是最早批判反犹主义的女性作者——但她确凿可考的故乡是意大利。艾米莉亚的父亲是出生于威尼斯、在伊丽莎白一世宫内供职的专职乐师，这不仅意味着这位女诗人熟谙宫廷文化及其游戏规则，也意味着她的社交圈与莎士比亚本人（尤其是1590年代后期）重合，而两人在其中处于一个极其不稳固的阶层，都相信自己的才能配得上更好的社会地位。在伦敦爆发大瘟疫和我们相信莎士比亚开始密集写作十四行诗的1592年，艾米莉亚怀上了女王的表兄、第一代亨斯顿男爵（Baron of Hunsdon）亨利·卡莱的孩子，或许是为了避免丑闻，她当年就与自己的表兄，也是宫廷音乐家的阿隆索·拉尼尔结婚——她的情人亨斯顿男爵的正式职务是女王的宫务大臣，而作为剧作家和演员的莎士比亚恰恰长时间供奉于"宫务大臣剧团"（Lord Chamberlain's Men）。莎士比亚是否对这位同行惺惺相惜，以至于冒着失去一切的风险与其上司的情妇发展浪漫关系？或者吸引他、令他沉沦又自我厌恶的，是传说中她的深暗肤色？对于当时一辈子不曾离开高纬度不列颠群岛的多数英国人而言，意大利人或来自地中海附近任何地区的外邦人，都自带和"犹太人"差不多程度的异域情调，罔顾族裔和人种学事实，和《威尼斯商人》的夏洛克、《奥赛罗》的奥赛罗、《安东尼与克里奥帕特拉》的埃及艳后类似，他们被认为在精神上不够"白皙"（fair），这就足以使"黑夫人"成为一种同时指涉外表和心灵的称呼。任何读过黑夫人组诗的读者都很难为这一点辩护：在莎翁这些十四行诗中，"黑色"带有原罪，是白皙、美丽、光明（这些词都可以用同一个单词 fair 表达）的对立面，是别处、异域、他者的颜色，也是道德可疑、伦理暧昧甚至地狱和永罚的色彩。更多线头浮出水面，不同倾向的读者会抓住自己的那一条，孤独游向各自的真相之岸。甚至有学者认为第127—152首十四行诗直接出自艾米莉亚·拉尼尔本人，是她假托情人莎士比亚的名字，为自己乃至为所有遭污名化的女性立传的幽灵手笔。离谱、逻辑不自洽、耸人听闻、文本背叛意图？你的质疑或许都没错。但恰如在关于《莎士比亚十四行诗集》的一切事物中，可能性生根开花之处，正是提醒我们故地重游——或至少是驻足停留——对已被框入某种公共或个人的诗学"真相"的那些诗行投去新生的目光的时刻。假如诗人曾在商籁第138首中不经意道出情场沧桑的经验之谈，"爱情最美的外衣是表面的信任"（love's best habit is in seeming trust），[1] 读诗者最好的外衣又何尝不在于"表面的信任"、习惯性的重读、对可能性之种子的尽心呵护？正是：

> 我爱人起誓，说她浑身是忠实，
> 我真相信她，尽管我知道她撒谎；
> 使她以为我是个懵懂的小伙子，
> 不懂得世界上各种骗人的勾当。
>
> 于是，我就假想她以为我年轻，
> 虽然她知道我已经度过了盛年，
> 我痴心信赖着她那滥嚼的舌根；

---

[1] 梁宗岱译为"爱的习惯是连信任也成欺诈"。"习惯"（habit）这个词源自拉丁文 *habitus*，在古法语和中古英语中作为动词表示"穿衣服"，在近代英语和现代英语中则多作名词表示"衣服""外衣""外套"。

这样,单纯的真实就两边都隐瞒。

但是为什么她不说她并不真诚?
为什么我又不说我已经年迈?
呵!爱的好外衣是看来信任,
爱人老了又不爱把年龄算出来:

所以,是我骗了她,她也骗了我。
我们的缺陷就互相用好话瞒过。

五、"别小看十四行"

或许有必要在正式启航前,最后概述一下莎士比亚为自己选择的主要抒情诗体——十四行诗——的文类历史,及种种我们在正文的分析中会用到的术语。熟悉英诗格律的读者大可以跳过这一部分。

十四行诗(sonnet)这个词在中文里旧译"商籁",这是一个音译。它起源于拉丁文阳性名词 *sonus*(声音,声响),演化为古普罗旺斯语的 sonet(一首小诗)或 son(短歌),随后演化为中世纪和近代意大利语中的 sonetto,该词已经用来确指由十四行组成的抒情诗,这个意义也在现代英语的 sonnet 这个词中原封不动地被保留下来。学界一般认为十四行诗起源于13世纪的意大利,甚至考据出了第一位以十四行诗形式写作的诗人的名字——贾科莫·德·兰蒂尼(Giacomo de Lentini),

虽然没有任何现存的意大利语十四行诗可以确凿地归于他名下。13世纪以降，意大利密集出现了一大批优秀的十四行诗作者。但丁在早期诗集《新生》中写了25首十四行诗，致意对象即《神曲》的女主角碧雅特丽奇，第一次将世俗爱欲与宗教情感在这一方言诗体中完美结合。还有米开朗琪罗，多数人对他的文学成就不太了解，其实他留下了三百多首生前从未出版的诗歌作品，艺术成就不亚于他在建筑、绘画、雕刻领域的成就，其中许多都是十四行诗。但丁、彼特拉克、米开朗琪罗，这三个活跃于中世纪盛期至文艺复兴早期的托斯卡尼同乡人的创作生涯，正是托斯卡尼方言作为诗歌语言登上历史舞台的过程，也见证了意大利体商籁日臻成熟，并在英国变体后生根开花，最终成为近代最重要的诗体之一的历史。

　　成就最高的意大利语十四行诗的作者自然是彼特拉克。14世纪时，彼特拉克《歌集》（*Canzoniere*）中给劳拉的三百多首十四行诗把这一诗体推向修辞之巅，以至于意大利体十四行诗（Italian sonnet）被永远冠以"彼特拉克十四行诗"（Petrachan sonnet）的别名。与它相对的就是英国体十四行诗或英式十四行诗（English sonnet），也就是一般所说的莎士比亚体十四行诗（Shakespearean sonnet），两者在结构和韵式上存在诸多差异。这一部分是由语言自身的特性决定的，我们没有篇幅在此展开论述。粗略言之，意大利语的屈折变化较英语发达，致使意大利语比英语更容易押上尾韵——有一句玩笑话是"用意大利语写诗时，避免押韵要比押上韵更难"，每首诗为了达到特定音效所必需的韵脚也就较少。一首典型的意大利体十四行诗的韵脚规则是，先行的

"八行诗"（octave）中采取抱韵（enclosed rhyme），即 abbaabba，紧随的"六行诗"（sestet）中则有 cdecde 或 cdcdcd 两种最常见的韵式可选，偶尔也有 cdedce 的变体。无论在哪种情况下，意大利体十四行诗中出现的不同韵脚都不超过四个或五个。

在英国，十四行诗体主要是由宫廷诗人托马斯·怀亚特爵士（Sir Thomas Wyatt）于 16 世纪引入都铎王朝的文学舞台的。怀亚特本人，以及十四行诗在英语中最早的实践者们，起先采取的都是意大利体十四行诗的韵式。由于英语中的外来词占比非常高（在本身日耳曼语族古英语词汇库的基础上，还有斯堪的纳维亚诸语、诺曼法语等曾经的殖民语种的影响），并且在语言的发展过程中失去了大部分屈折变化，所以不像屈折变化丰富而严格的意大利文那么容易在词尾押韵。此外，作为文学语言的英语登上历史舞台也不过区区两百多年：在中世纪英格兰通行的三种语言中，中古英语的地位一直是垫底的，即所谓平民使用的俗语（vernacular），口头流传的成分远远大于书面使用的成分。文学作品或者任何严肃的书面文件多用拉丁文或诺曼法语写成，这种情况直到"英国诗歌之父"杰弗里·乔叟在 14 世纪晚期写出《坎特伯雷故事集》后才大为改观。那之后，用英语写作不但不再被歧视，还被看作是一件颇具英雄气概的事，是为正在逐渐成形的英格兰本土文学添砖加瓦的顺势之举。

到了商籁进入英语的 16 世纪，如何将一种舶来的诗歌形式本地化，让这种短小精悍的诗体能扬长避短，在英语中更加自由地舒展拳脚，是以萨雷伯爵（Earl of Surrey）为代表的英式十四行诗的早期垦荒者关心的事。主要是在萨雷伯爵手中,英式十四行诗确定了我们今天所熟悉的基本韵式:三节押邻韵(ababcdcdefef)的"四行诗"(quatrain)加一个双韵(gg)"对句"(couplet)。不难看出,一首经典的英式十四行诗需要七个韵脚,多于意大利体十四行诗,这种韵式有助于克服英语单词较难押尾韵的局限,为诗歌的内容能够"不害于韵"、自由表达开拓了更大的空间。但"英格兰化"之后的十四行诗的分行,其实对行诗的逻辑或曰诗蕴(logopoeia)提出了更高的要求,比如怎样在最后短短两行中完成对此前三节的箴言式的概述或反转,而又不显得太过教条和生硬。

意式和英式十四行诗各有优势和局限,本无绝对的高下难易之分,决定一首十四行诗优劣的还是诗人的技艺和才情。莎士比亚并非第一个采取英式十四行诗韵式写作的形式革新者——他是在一个已有半个多世纪实践史也诞生了不少优秀十四行诗作的文学传统中写作的——英式十四行诗最后却以他的姓氏命名,皆因他是一位绝无仅有、承上启下的传薪者。

在英语十四行诗写作领域,弥尔顿、华兹华斯、白朗宁夫人、济慈、叶芝等都是莎氏门徒。虽然十四行诗体在今日常被看作古旧保守,属于已逝的年代,但它在极其有限的空间中蕴含的无限潜能、提出的多种微妙复杂的诗学挑战,都是其张力和持久生命力的保证。七百多年来,离开了意大利老家的十四行诗体不仅在欧洲诸多主要语言中生根,各成体系,更是一路向东,在俄语和现代汉语这样遥远的土壤中开出陌生而奇绝之花。正如华兹华斯在这首"以十四行诗体论十四行

诗"的"元诗"中所写:

别小看十四行诗;批评家,你皱起双眉,
忘了它应得的荣誉;像钥匙一把,
它敞开莎士比亚的心扉;像琵琶,
彼特拉克的创痛靠它来抚慰;

像笛子,塔索吹奏它不下千回;
卡蒙斯靠它排遣逐客的离情;
又像桃金娘莹莹绿叶,在但丁
头上缠绕的柏枝里闪烁明辉;

像萤火,它使温雅的斯宾塞振奋,
当他听从召唤,离开了仙乡,
奋进于黑暗的征途;而当弥尔顿
见一片阴霾潮雾笼罩路旁,

这诗便成了激励心魂的号角,
他昂然吹起来,——可惜,吹得还太少!

(杨德豫 译)

六、千朵繁花

1592年的大瘟疫终究在两年多后逐渐平息，伦敦各地的剧院再度开放，莎士比亚也从他短暂的诗歌创作生涯中退场，转而拉开他作为剧作家在这"宛如舞台的世界"（all the world's a stage）上最闪耀的帷幕。叙事诗《维纳斯与阿多尼斯》和《鲁克丽丝遇劫记》使他得以作为诗人（the bard）站稳脚跟，也在一定程度上解决了金钱上的燃眉之急，但那154首近乎自传性质的、诉说隐秘激情的连环商籁似乎被作者彻底遗忘了。如果它们在1609年前曾经有过读者，很可能仅仅通过誊抄工整的手抄本形式在小圈子内传阅，并在1598年被某个热衷八卦的评论家称为"在私交间传阅的糖渍的十四行诗"。那些在墨迹间绽放的紫罗兰、金盏菊、百合、大马士革玫瑰、阿拉伯婆婆纳连同其他博物密码一起，被谨慎地织入了情诗修辞的经纬深处，如同威廉少年时参观过的中世纪晚期"千朵繁花"（millefleur）宫廷壁毯，长存于背光阴暗之地，等待细心的观者从特定的角度捕捉其一瞬的光华。

或许这也是为什么俊友和黑夫人的身份至今是个没有确解的谜团，甚至无法确认他们是否真正在历史上存在过，这对莎翁的读者和本书作者都是至为幸运之事。一如文德勒所言："当亲密关系的对象永远不会被看见或知晓，却能被人唤出时，抒情诗内在而基本的创造亲密感的能力也许最为惊人……未见的对方成为未见的倾听者，锚泊住诗人即将流入虚空的声音。"这种由白纸传递或至少是铭刻的亲密感源自抒情者最本质的孤独，这份必要的孤独如通灵般召唤出诗人在现实中或许无法拥有的、耐心而理想的倾听者。千朵繁花背面，文艺复兴的儿子莎士比亚站到了英语语言中现代抒情诗传统的开端处。

"自恋是一生浪漫史的起点"（To love oneself is the beginning of a lifelong romance），说出这句话的王尔德本人也是一位通过创作小说来研究莎士比亚的另类莎学家（参见商籁第20首的解析）。把oneself改成Shakespeare，我更愿意说，爱上莎士比亚才是我们一生中历久弥新的、孤独又自洽、丰盈而深刻的浪漫史的开端。

日语中有"万华镜"（カレイドスコープ）一词，指的是我们儿时都曾沉迷的、由三棱镜和碎花片组装而成的万花筒，同时也是一种稀有的、蓝紫色镶白边的绣球花的名字。进入莎士比亚十四行诗的世界也如进入一座镶满镜片的迷宫，穿过所有阴晴不定的词语密室和音节回廊，你我未必能找到出口，但或许都能找到某个版本的、意料之外的自己。

但愿本书能为每一个不畏迷路的心灵探险者推开一扇隐秘的镜门。

牧羊女与吹笛者"千朵繁花"壁毯,约1530年

1816年伦敦地图上的熊花园与环球剧院

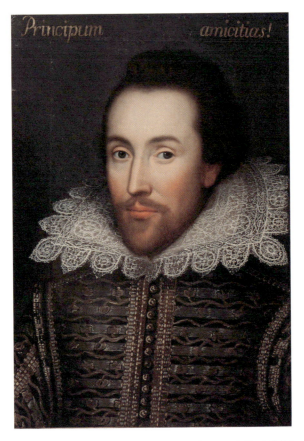

莎士比亚的"柯布肖像"

莎士比亚度过早期职业生涯的"天鹅剧院"
（1595年素描）

体例说明

莎士比亚留下的154首十四行诗是一个完整而宏大的"诗系列",既可以被当作一种大型四幕连环剧整体解读,也可以作为抒情诗杰作一首首单独解读,本书采取的是后一种读法。逐一解析这些诗作是个贝希摩斯巨兽般庞大的工程,原诗集中单独的诗作并无标题,仅以数字标记,历代注家若非沿袭数字标记法,就是援引每首诗的第一行作为诗题。鉴于本书着重"主题"(topos)研究,且为便于读者在中文语境中检索起见,我在保留数字标记之外,为每首十四行诗起了类似于"关键词"或"题眼"的标题。这当然是不得已而为之的方法,可以说所有的莎士比亚十四行诗都不止一个"题眼",但这样也有助于我们进一步将庞杂的154首诗作分为六大主题:

Ⅰ. 聚焦青春、美与繁衍的"惜时诗"(*carpe diem* poems);

Ⅱ. 探讨诗艺与永恒的"元诗"(metapoems);

Ⅲ. 涉及元素、星象、炼金等知识的"玄学诗"(metaphysical poems);

Ⅳ. 以植物、动物等自然生物或景象为奇妙喻体的"博物诗"（naturalist poems）

Ⅴ. 演绎爱情与情欲的种种内心戏剧、以"爱"为基调的"情诗"（love poems）；

Ⅵ. 处理情欲的暗面，尤其是欲望、憎恨与自厌之纠葛的"反情诗"（mock love poems）

自然，这仍是不得已而为之的主观而粗略的分类，读者可以根据自己的阅读进路提出新的分法。其中，除了"惜时诗"——全书第1—17首十四行诗，英语学界常直白地称之为"繁衍诗"（procreation poems）——是连续排序的，其他五类诗作均零星分布于《莎士比亚十四行诗集》的不同位置，并无显著规律可循。我们也会遵照国际学界的惯例，时不时使用"俊美青年组诗""俊友诗序列"（都指全书第1—126首以Fair Youth/Fair Friend为致意对象的诗）或"黑夫人组诗""黑夫人诗序列"（指编号为127—152首的以Dark Lady为致意对象的诗）这类并不精确但因便捷而有用的术语。在单独篇目的解析中，我们会在必要处援引位于前后的十四行诗进行对参。

本书的诗歌正文部分为中英对照，其中莎士比亚十四行诗的完整中译采取的是屠岸先生的优秀译本。但在具体逐行分析文本时，为了尽可能还原莎士比亚原文中的双关、隐喻、用典等细节，会在引用英语原文的同时，给出笔者自己的译文或别的中译。比起在汉语中复刻原诗尾韵等形式上的考量，拙译更侧重于尽量保留原诗的句式、用词、结构，尽量遵循"不省词、不归化、不合并"原则，以期在已有的用词优美的中译之外，可以有一个比较"硬"的参照译本，邀请读者以多种方式接近原诗。因此，**如发现解读中部分引诗的中译与屠译有出入，还望读者诸君格外留意，尽可能回到原文，参照直译和意译，甚至尝试给出自己的中译，体会诗歌语言在任何翻译过程中难以避免的偏离和得失，进而以更切肤而个人的方式介入莎士比亚的诗歌语言。**

书中引用的莎士比亚戏剧中译如无说明，均出自朱生豪先生的散文译本。书中其他作家和学者的作品引文，包括多数早期现代英语文本（如杰拉德《草木志》），如无额外标明，均由作者自译；对于其中（莎士比亚十四行诗之外的）独立成段的诗歌译文，均标明译者以示版本差异。为方便一般读者阅读，本书正文注释和引用格式从简，完整的书目信息请参阅列于书末的参考文献。

2018年夏天起，我应邀在复旦校园旁的悦悦书店作了一系列以莎士比亚与诗歌为主题的公开讲座，此后又陆续在悦悦书店录制了《镜迷宫：莎士比亚十四行诗的世界》的160集音频课程。本书脱胎于这两年多教学实践的讲稿。将充满口语表达、力图清晰易懂的讲义修改成书稿是一件难度远远超出我预期的工作，称之为赫拉克勒斯的试炼也不为过。我希望能邀请尽可能多的读者加入到阅读莎士比亚的盛宴中来，无论年龄阅历、专业背景，却又不愿越俎代庖地替读者稀释或简化莎士比亚。作为教师的我希望这本书能鼓励青少年甚至孩子们尝试养成阅读、朗诵、背诵莎士比亚的习惯；作为学人的我则期待通过本书与其他研究者切磋，尝试对中文语境下（比起莎剧）相对冷门的莎氏十四行诗研究有所贡献。在时常矛盾的多重诉求的角力中，转眼三年又飞逝而过，我把 70 万字的讲义多次打磨，在表达方面则尝试了一条游离穿梭于口语和书稿语言的"中间之路"。当然，每位热爱莎士比亚的读者，最后都会寻得一条独属于自己的、同语言发生"终生浪漫史"的路。

感谢我的硕士导师谈峥教授，十五年前，谈老师在复旦开设的"莎士比亚十四行诗"选修课是我个人完整精读 154 首商籁的起点；近五年来，我在高校研究所、中小学、书店沙龙、社区图书馆乃至街道里委等各类场合讲解过莎士比亚和十四行诗的艺术，来自这些八岁至八十岁的听众的热情反馈是我最宝贵的财富。

一切粗疏和遗憾归我，荣耀归于莎士比亚。愿此路风光旖旎，与生命同长。

包慧怡
2021 年 5 月于缮写室　一稿
2022 年 12 月　二稿

《杰拉德·约翰逊在斯特拉福为莎士比亚塑像》
(本·琼森正将诗人的死亡面具递给雕塑家),
亨利·沃利斯,1857年

商籁
第 1 首

总序
惜时诗

我们要美丽的生灵不断蕃息,
能这样,美的玫瑰才永不消亡,
既然成熟的东西都不免要谢世,
娇嫩的子孙就应当来承继芬芳:

但是你跟你明亮的眼睛结了亲,
把自身当柴烧,烧出了眼睛的光彩,
这就在丰收的地方造成了饥馑,
你是跟自己作对,教自己受害。

如今你是世界上鲜艳的珍品,
只有你能够替灿烂的春天开路,
你却在自己的花蕾里埋葬了自身,
温柔的怪物呵,用吝啬浪费了全部。

可怜这世界吧,世界应得的东西
别让你和坟墓吞吃到一无所遗![1]

---

1 如《体例说明》所述,本书完整的十四行诗中译如无特殊说明,均采取屠岸先生的译本。但在具体诗歌的逐行分析中,为了更全面地呈现莎士比亚诗歌语言的样貌,笔者时常会给出自己的中译或别的译本,以期读者能在参照比对中促进思考,加深对原诗旨趣的理解。

From fairest creatures we desire increase,
That thereby beauty's rose might never die,
But as the riper should by time decease,
His tender heir might bear his memory:

But thou contracted to thine own bright eyes,
Feed'st thy light's flame with self-substantial fuel,
Making a famine where abundance lies,
Thy self thy foe, to thy sweet self too cruel:

Thou that art now the world's fresh ornament,
And only herald to the gaudy spring,
Within thine own bud buriest thy content,
And, tender churl, mak'st waste in niggarding:

> Pity the world, or else this glutton be,
> To eat the world's due, by the grave and thee.

万物有初。

起点总是令人颤栗,无垠的未知撕开一线,露出昭告已知的线头。

这线头难以捕捉,舞动如蛇。第一个音节尚未被道出,遍布寰宇的寂静尚在沉睡,众弦之中,已有一杆无形的羽笔开始了最初的震荡。矿物墨水赤褐、橄榄绿或金棕,是手抄本时代最后的挽歌之色。宇宙无限深处的笔杆连着一只凡胎肉身的手,一只遒劲而消瘦的手,这似乎并不奇怪,至少不比一组数目近似无穷的十四行诗竟然也起于第一首诗更奇怪。

一切真正的起点内都包含终点。乌洛波洛斯之蛇一旦张口,口中必衔着蛇尾。

整部《莎士比亚十四行诗集》里,海伦·文德勒认为第一首恰恰是 154 首商籁中最后完成的:只有其他 153 首都完成之后,莎氏才能落笔写就一则完美的目录。[1]《莎士比亚十四行诗集》第 1—17 首被英语学界统称为"繁衍诗"(procreation poems),顾名思义,它们显著的共同主题是规劝组诗的致意对象——最经常以第二人称"你"出现的、莎氏笔下的"俊美青年"(Fair Youth)或"俊友"(Fair Friend)——早生贵子。在伊丽莎白时代的基督教英国,这也就意味着早日结婚。或许史上没有比这更不诗意的十四行诗主题了。无论这 17 首诗是否诞生于为了实际利害、强

[1] Helen Vendler, *The Art of Shakespeare's Sonnets*, p. 47.

烈希望"你"诞下子嗣的某人对初登文坛的威廉的委托,[1]诗人无疑将这一世俗的主题上升到了脱俗的高度:"你"太美,若拒绝把这份美貌繁衍给后世,"你"就在违法犯罪;生育与否不是"你"一个人的事,而是事关全人类的福祉和全世界的美的总和。"繁衍"作为本诗"规劝"这一言语行为(speech act)的核心内容,只是诗集中前17首商籁表面的主题。有鉴于此,我们把第1—17首商籁归入一个源自古罗马诗人贺拉斯的重要古典诗歌传统,也即"惜时诗"(carpe diem poem)传统。

所谓"惜时",贺拉斯《颂歌》第11首中的拉丁文原文是 carpe diem,carpe 是拉丁文动词 capere(抓住,攫住,采摘)的命令式,这个短语直译即"抓住日子",英文通常译为 seize the day,"珍惜时光"。贺拉斯在公元前1世纪写下的原句是"抓住时日吧,尽量少相信明天"(carpe diem, quam minimum credula postero)。这个已有两千多年历史的"惜时诗"传统有个伊壁鸠鲁式的基调:劝人及时行乐,尤其是及时恋爱,不要因为种种顾忌荒废了青春,到白发苍苍时后悔莫及。比莎士比亚早生一辈的法国诗人龙沙的《当您老了》《小甜心,让我们去看那玫瑰》,17世纪英国玄学派诗人马维尔的《致他羞涩的恋人》,都是惜时诗传统中出色的例子。[2]

莎士比亚却从古典惜时诗传统中偏离,并独辟蹊径。

---

1 详见本书《导论》第四部分。
2 20世纪爱尔兰诗人叶芝那首著名的《当你老了》虽然与龙沙有相似的标题,处理的却不是"惜时"主题。

前17首商籁赞颂青春和美并非为了劝俊美青年及时取乐——这类鼓励对"你"来说是多余的。叙事者通篇的焦虑恰恰来自"你"对"取乐于己"的沉迷,或许"你"也恋爱(本诗中没有提到),却完全没有成家或生育的打算。莎士比亚惜时诗独独聚焦于一个被历代抒情诗传统集体雪藏的、因为太过接近生活的常态而常被看作不了诗的主题:传递基因,以便"年幼的子嗣能荷载他的记忆"(His tender heir might bear his memory)。

莎士比亚对这一主题的教义基础熟稔于心,它主要出自《旧约·创世记》中上帝对亚当夏娃的祝福:"神就赐福给他们,又对他们说,要生养众多,遍满地面,治理这地。也要管理海里的鱼,空中的鸟,和地上各样行动的活物。"(《创世记》1:28)[1] "生养众多"(increase and multiply)从人类被造之初起就符合神对基督徒的期待,是神的意愿。本诗第一行起于一个最高级的表述——"我们希求最美丽的生命不断繁殖"(From fairest creatures we desire increase),名动同形的核心宾语 increase 直接脱胎自《创世记》中圣言的教导。在欧洲抒情诗史上,"繁殖"这一事件在主流宗教和世俗伦理上都太过正确,以至于很难成为富有张力的情诗主题——诗人们历来更热衷于书写爱而不得的单相思,或与全世界为敌而最终悲剧收场的无

---

[1] 本书圣经引文如无特殊说明,中文均出自和合本(《圣经·简化字现代标点和合本》,南京:中国基督教协会,2004年),英文均出自新修订标准版(*The New Oxford Annotated Bible: New Revised Standard Version with the Apocrypha*, 4th edition. Oxford: Oxford University Press, 2010)。

果之爱。莎士比亚却选择在最难成诗处入手,然后低开高走:生个孩子吧,不是为了防老,而是因为如此,"美的玫瑰就能够永不枯萎"(thereby beauty's rose might never die)。

第一首商籁是整部连环商籁的提纲挈领之作,它可以说是 154 首诗的总序,是理解其余 153 首十四行诗的钥匙。作为一份"目录"或"节目预告",本诗中不仅出现了"美""记忆""死亡""时光"等整本诗集从多重角度定义的核心概念,也出现了"玫瑰""花苞""春日""火焰"等后文中不断变奏的关键意象,同时集中呈现了莎士比亚商籁的修辞特点,比如对创造和活用"冤亲词"(oxymoron)或矛盾修饰法的热情。

仅举一例论之:第 12 行"温柔的村夫,想吝啬,却浪用"(And, tender churl, mak'st waste in niggarding),"温柔的村夫"(tender churl)就是典型的矛盾修饰法。churl 原指出身低贱,不通礼仪之人,而 tender 则是源自中世纪骑士罗曼司"典雅爱情"的、在文艺复兴时期的理想化爱情叙事中仍十分重要的品质,文学语境中更常用的是源自古法语 gentil 的外来词 gentle。在莎士比亚使用的早期现代英语中,gentle 或 tender 都兼含"彬彬有礼,慷慨大方,温柔"等多重褒义。诗人说俊美青年是一个温柔的乡巴佬,像一种心疼而娇嗔的责备,带点恨铁不成钢的意思,第 7 行"与自己为敌，对自己未免太狠"（Thy self thy foe, to thy sweet self too cruel）也有呼应。弦外之音是，"你"既有"温柔"之名，为何如"村夫"般不懂礼教，不明事理。在仅用两个单词组成的矛盾修饰法中，繁衍一事被不动声色地纳入了社会常识和宫廷礼仪的范畴。如果我们相信"你"的身份是一位贵族青年，此处关于"合礼"或"失礼"的暗示更多了一层想必令听者不悦的说教意味：去缔结婚姻并合法繁衍吧，别让自己失了身份。"温柔的村夫"后，同一行中又出现了"想吝啬，却浪用"（mak'st waste in niggarding），也是一种矛盾修饰法：诗人责备俊美青年想要"吝啬"（不肯繁衍自己的美貌），反而造成了更大的浪费（使得全人类丧失了这种美）。

这首起点十四行诗围绕"繁殖"（increase）和"死亡"（decrease），"丰沃"（abundance）和"饥荒"（famine），"饕餮"（glutton）和"吝啬"（niggarding）等对立或泛对立化概念展开诗的论证，这类论证还将在整个惜时诗系列中反复变形出现。诗人在第二节四行诗（quatrain）中批评"你"身上那种水仙少年纳西索斯式的自恋，将之暗喻为只肯自燃而不愿照亮他人的蜡烛：

But thou contracted to thine own bright eyes,
Feed'st thy light's flame with self-substantial fuel …

可你却只同你的明眸定下誓约,

用自足的燃料喂养眼中的光焰……

(包慧怡 译)

在此,诗人威廉已有意无意地点明了自己即将踏上的反方向的旅程:"我"既见识了这番美,就绝不会只让它在"我"一人眼中自生自灭,而要以这份(对"我"而言同样是"自足的"——令"我"满足的)美为燃料,去为"你"的光焰立传,去通过"你"为道成肉身的、尘世间的一切美立传。17首惜时诗的起点已经包含着组诗的终点,包含着"肉身繁衍"主题的终结。未来,当我们走出惜时诗,在商籁第18首(夏日元诗)末尾读到那两行金声玉振的对句,我们会知道,此地在元初之时已被造访。

伊丽莎白时代最著名肖像画家尼古拉斯·希利亚德（Nicholas Hilliard）所绘"俊美青年"候选人之一、诺森伯兰伯爵亨利·珀西（Henry Percy）肖像，约作于1590—1595年，大致与莎士比亚十四行诗系列创作时间相同

商籁第 2 首

冬日惜时诗

四十个冬天将围攻你的额角,
将在你美的田地里挖浅沟深渠,
你青春的锦袍,如今教多少人倾倒,
将变成一堆破烂,值一片空虚。

那时候有人会问:"你的美质——
你少壮时代的宝贝,如今在何方?"
回答是:在你那双深陷的眼睛里,
只有贪欲的耻辱,浪费的赞赏。

要是你回答说:"我这美丽的小孩
将会完成我,我老了可以交账——"
从而让后代把美继承下来,
那你就活用了美,该大受颂扬!

你老了,你的美应当恢复青春,
你的血一度冷了,该再度沸腾。

When forty winters shall besiege thy brow,
And dig deep trenches in thy beauty's field,
Thy youth's proud livery so gazed on now,
Will be a totter'd weed of small worth held:

Then being asked, where all thy beauty lies,
Where all the treasure of thy lusty days;
To say, within thine own deep sunken eyes,
Were an all-eating shame, and thriftless praise.

How much more praise deserv'd thy beauty's use,
If thou couldst answer 'This fair child of mine
Shall sum my count, and make my old excuse,'
Proving his beauty by succession thine!

> This were to be new made when thou art old,
> And see thy blood warm when thou feel'st it cold.

第二首惜时诗起于长冬。

它的核心时间轴在于一种预设性的未来,将来时也是统摄全诗的时态。一切论证都基于第一句中的预言——"当四十个凛冬围攻你的眉头"(When forty winters shall besiege thy brow),也就是说,从现在数起,四十年后。

四十年,四十个春秋。但莎士比亚偏爱清点冬天。当然,用"一冬"来借代"一整年"是源自古英语盎格鲁－撒克逊文学的修辞传统。或许因为冬是四季中最后一个季节,适合用来为一岁画上终点,或许因为英格兰的冬天日短而潮湿,令人倍感漫长难熬,在盎格鲁－撒克逊人于8—11世纪以古英语写下的挽歌和编年史中,用"若干个冬天"来纪年十分常见,这在《盎格鲁－撒克逊编年史》和比德的《英吉利教会史》中都曾反复出现。即使在《冰与火之歌》这类现代人构建的准中世纪式的想象时空中——尤其在北境的临冬城(Winterfell)——"长达三十年的冬日"也预示着灾厄和不祥:黑色渡鸦将成批从高空掉落,极地异鬼们将从墙外肆意南下,带来新鲜的死亡。冬日一天不结束,春天、新年和希望就一天不能降临。这首商籁的致意对象是一位到了适婚年龄的俊美青年,如果我们相信导论中提到的、其时二十岁左右的南安普顿伯爵就是这位青年的观点,那么"四十个冬天"后,"你"将满六十岁,步入花甲之年。

另一种常见的解读是,由于16世纪英国的医疗水平和平均寿命与今日相去甚远，一个四十岁的中年人可能已经满头灰发，可以被同时代人称作老叟。所以，全诗预设的未来也可能发生在"你"正值四十岁时，也就是总共度过了"四十个冬天"那年。

第一节四行诗中，莎士比亚将一批军事意象绘入严冬的图景：表示"围城、攻城"的 siege 一词，还有"挖下深深的战壕"（dig deep trenches）、"在你美貌的战地／前线上"（in thy beauty's field）等。在自然和时光的围攻之下，"你"的美貌注定是一座脆弱的、防不胜防的堡垒，而"你"可能用来克敌的战术和武器是什么？第二节四行诗中，诗人变相提出了这个位于整首诗核心的问题："那时候有人会问：'你的美质——／你少壮时代的宝贝，如今在何方？'"（Then being asked, where all thy beauty lies, ／Where all the treasure of thy lusty days）——"你"要如何作答？

这是一个盛行于古典和中世纪惜时诗传统的"今何在"（*ubi sunt*）式的问题。自第二节四行诗的后半部分起，诗人代替青年提出了两种可能的回答，然后分别展现两种应答指向的截然不同的未来，并用关于未来的对立的假设，规劝现在的"你"作出明智的抉择。第 7—8 行对应着第一种回答，梁宗岱译为："你说，'在我这双深陷的眼眶里'，／是贪婪的羞耻，和无益的颂扬。"（To say, within thine own deep sunken eyes, ／Were an all-eating shame, and thriftless praise.）梁宗岱将这个回答处理成了直接引语，仿佛这是"你"的原话，其实原文中采用的是无引号的间接引语。诗人仿佛不忍心让"你"亲口道出对自己美貌归属的残酷的预言，而如果"你"拒绝繁衍后代，这种对未来的预言就将成为确凿的现实。

与此相反，第10—11行中提出的第二种回答——"我这俊俏的孩子／将结清我的账目，宽恕我的年迈"（'This fair child of mine, /Shall sum my count, and make my old excuse'）——原文中就确凿地用直接引语正面呈现。这第二种答案，也恰恰是诗人希望明白无误地听见俊美青年说出的。唯有当"你"如此应答，唯有当"你"如第二种应答中许诺的那样留下子嗣，"我"在第三节四行诗预言的未来才会实现："从而让后代把美继承下来。"

诗人进而在诗末的对句中更为栩栩如生地呈现了对"你"的"理想暮年"的设想："你老了，你的美应当恢复青春，／你的血一度冷了，该再度沸腾。"换言之，"当你老了"（when thou art old）是未来必将发生的、不可避免的一般后景，但"你"仍可以通过此刻的选择去决定未来的具体前景。那时，即使年迈的"你"仍会"感受"到血液冰冷，却可以因为留下了自己的美而受到慰藉，将冷冰冰的血液"看作"是温暖的（see thy blood warm when thou feel'st it cold）。

结构上，本诗的前六行可以被概述为一个对将来提出的问句，构成一个关于假设的困境的"六行诗"（sestet）；后八行可以归纳为两种相应的回答，构成一个试图解决问题的"八行诗"（octave）。这种6+8的整体结构，相当于颠倒一首经典意大利体十四行诗的结构——意式十四行诗的主干结构是8+6，一个八行诗加一个六行诗。如一位魔方大师或数独高手，莎士比亚时常将短短14行诗句的逻辑排列组合，翻来覆去，在表面的局限中变幻出无限丰富的纹样。对"诗的逻辑"或曰"诗蕴"（logopoeia）敏感的读者，会在爬梳中发现无穷的乐趣。

伊丽莎白时期最有影响力的宫廷诗人和文论家菲利普·西德尼爵士（Sir Philip Sidney）认为诗歌是摹仿的艺术，并在英国文艺复兴诗论的里程碑《诗之辩》（The Defense of Poesy）中将诗人分作三大类：颂神的宗教诗人，各领域的哲学诗人（包括伦理、自然、天文、历史等学科分支），以及"真正名副其实的诗人"。对于这第三类诗人，西德尼爵士写道："是那些最恰如其分地摹仿而提供教导和愉悦的人，他们在摹仿中并不借鉴那些正是、曾是、将是之物，却是要探入……对'可能是'和'应当是'之物的神圣考量。"[1] 第2首商籁正是通过罔顾作为自然规律的"正是、曾是、将是"，将修辞之锚集中沉入"可能是"和"应当是"的海滩，才稳稳托起了抒情的巨轮，使"奉劝生育"这一世俗主题具有了向不可见的美之国度浮升的潜能。

[1] Stephen Greenblatt ed., *The Norton Anthology of English Literature*, 9th edition, Vol. 1, p.1052.

照照镜子去,把脸儿看个清楚,
是时候了,这脸儿该找个替身;
如果你现在不给它修造新居,
你就是欺世,不让人家做母亲。

有那么美的女人么,她那还没人
耕过的处女地会拒绝你来耕耘?
有那么傻的汉子么,他愿意做个坟
来埋葬对自己的爱,不要子孙?

你是你母亲的镜子,她在你身上
唤回了自己可爱的青春四月天:
那么不管皱纹,通过你老年的窗,
你也将看到你现在的黄金流年。

  要是你活着,不愿意被人记牢,
  就独个儿死吧,教美影与你同消。

**商籁
第 3 首**

**镜子
惜时诗**

Look in thy glass and tell the face thou viewest
Now is the time that face should form another;
Whose fresh repair if now thou not renewest,
Thou dost beguile the world, unbless some mother.

For where is she so fair whose unear'd womb
Disdains the tillage of thy husbandry?
Or who is he so fond will be the tomb,
Of his self-love to stop posterity?

Thou art thy mother's glass and she in thee
Calls back the lovely April of her prime;
So thou through windows of thine age shalt see,
Despite of wrinkles this thy golden time.

> But if thou live, remember'd not to be,
> Die single and thine image dies with thee.

排练"剧中剧"《捕鼠器》以确定杀父真凶时,哈姆雷特给宫廷优伶们上了一堂戏剧课。对于这位丹麦王子而言,戏剧的目的"就在于向自然举起一面镜子"(to hold, as 'twere, the mirror up to nature):

… o'erstep not
The modesty of nature: for any thing so overdone is
From the purpose of playing, whose end, both at the
First and now, was and is, to hold, as 'twere, the
Mirror up to nature; to show virtue her own feature,
Scorn her own image, and the very age and body of
The time his form and pressure. (ll.19–25)
你们切不可僭越自然的分寸:因为
任何过火的行为都背离了戏剧的宗旨,
过去如此,今天仍是,演戏的目的
就在于向自然举起一面镜子;给美德
看一看她的神情,给轻慢看看她的面目,
给当今的时代政体看看自己的形态和印记。

(《哈姆雷特》第三幕第二场,包慧怡 译)

这种古典摹仿论对于哈姆雷特完成剧中的实际目的是有用的(引诱继父在"剧中剧"中惊慌失措地看到自己的谋

杀罪行），也使丹麦王子在由来已久的美学上的"镜与灯"之争中，明确地加入了"镜"派的队列。而它在多大程度上能代表莎士比亚的整体诗学，则是另一个问题。莎剧中有许多著名的照镜场景（《哈姆雷特》《亨利四世》《理查三世》等），每一次，镜子的功能都各不相同，在十四行诗集中也不例外。

商籁第3首是"惜时诗"系列中比较露骨的一首，不仅充斥着大量性暗示（或明示），就连全诗的核心训诫都非常直白。诗末的对句几乎像一种诅咒，"But if thou live, remember'd not to be, /Die single and thine image dies with thee"（你如果活着又不愿被人惦记，/就将独自死去，和你的肖像一起）。此处引出了"肖像"（image）这一贯穿整本诗集的重要意象。就这首诗而言，它是对第1行、第9行和第11行中三次出现的"镜子"的回响，使这首字面意义较为简单的商籁成为一座名副其实的"镜迷宫"。

诗中的第一面镜子出现在第一节四行诗中。诗人敦促现在的"你"顾盼自己镜中的美貌，但不是为了如水仙少年般沉迷自己的倒影，而是要从事一种内嵌的言语行为，即"告诉"镜中自己的肖像（tell the face thou viewest）：现在，是时候了，这张脸该去塑造另一张脸了（Now is the time that face should form another），去造一张和镜中一模一样的，也就是和"你"一模一样的脸蛋。梁宗岱对第一节的翻译略有发挥:"照照镜子,告诉你那镜中的脸庞,/说现在这庞儿应该另造一副;/如果你不赶快为它重修殿堂,/就欺骗世界,剥掉母亲的幸福。"梁译第3行中的"殿堂"意象不见于原文(原诗作"Whose fresh repair if now thou not renewest"),梁译把作动词的renew和作名词的repair合并处理成了一个建筑意象。这个意译虽然稍嫌偏离,却也不失巧妙。它和上一行中的"造"(form),以及下文的"坟墓""窗"一起,构成一套互相呼应的营造词汇,仿佛"你"正当年华的面容是一座美丽但脆弱、亟须修葺的建筑物,一处终将濒危的世界文化遗产。是否要去维护这份遗产,让后人能持续瞻仰它,取决于"你"现在的行动。

第二节四行诗尤为露骨:"有那么美的女人么,她那还没人/耕过的处女地会拒绝你来耕耘?/有那么傻的汉子么,他愿意做个坟/来埋葬对自己的爱,不要子孙?"诗人将劝说之绳分作两股,以反问句分别将它们拧紧:从女性角度出发,哪有女人能拒绝"你"的俊美?从"你"自己性别的角度出发,哪有男人会主动断子绝孙?"自爱"(self-love)一词,在莎士比亚时代的英语中比起"自尊自爱",更常指性的自爱,在当时的宗教语境中,自慰是一种因为不产生后代而潜在招引批判的性行为。《旧约·创世记》第38章记载,少女他玛首先嫁给了犹大的长子珥,珥由于作恶被耶和华杀死，犹大遂要求次子俄南与他玛同房，以便为已故的长子留下后代；但俄南不愿生下不属于自己的后代，采取了中断性交（*coitus interruptus*）的方法避免让他玛怀孕；耶和华憎恶俄南的做法，也让俄南死去。现代英语中仍用词组"俄南之罪"（the sin of Onan）来指代广义上任何故意避免怀孕的性交。献给俊美青年的组诗继承了《旧约》的立场，即一切不以繁衍为目的的性都是可耻的，包括此处提到的 self-love，还有商籁第 129 首中明确描述的男同性恋行为等。在本诗第二节四行诗的末尾，诗人警告俊美青年不要那么"愚蠢"（fond），不要变相地做一个俄南，否则等待他的将是死亡和吞噬一切的坟墓。

第三节四行诗伊始，出现了第二面镜子。诗人在这里说"你是你母亲的镜子"，而非一些评家认为更合理的"父亲的镜子"，有其诗艺上的必然性，是对前文一系列"母亲－新娘"意象的呼应。第 4 行中的"unbless some mother"（剥夺某位母亲的幸福）指某位本来可以成为"你"孩子的母亲的少女；第 5—6 行的"where is she so fair whose unear'd womb/Disdains the tillage of thy husbandry"则暗示"你"可以拥有任何心仪的新娘。这里的 unear'd womb（未经耕作的子宫）、tillage（耕地）和 husbandry（务农）都是农事词汇，而 husbandry 又是 husband（丈夫）的双关，强调少女将通过成为"你"合法的妻子来成为"你"

孩子的母亲。就如第三节中"你"自己的母亲一样，正是通过与"你"的父亲结婚生子，她才获得"你"这面镜子。现在，诗人规劝道，轮到"你"来重复这个过程，获得一面属于"你"的镜子，孩子将成为"你"的镜子，把这传递和复制肖像的过程不断延续下去。

如果"你"愿意娶妻生子，第三节后两行继续论证，"你"还将得到另一面"镜子"，也就是全诗中的第三面镜子。原文用的词是 windows（前两面镜子用的都是 glass 一词），字面是指"窗"，"So thou through windows of thine age shalt see, /Despite of wrinkles this thy golden time"（那么不管皱纹，通过你老年的窗，/你也将看到你现在的黄金流年）。诗人试图论证，有了孩子，在垂垂老去之时，"你"可以透过往昔岁月的窗玻璃，继续眺望自己曾经的芳华。若把此处复数的 windows 解作老年的"你"的双眼，似乎也说得通。与此相反，如果"你"现在不愿娶妻生子，就永远无法获得属于自己的镜子。如诗末对句中所预言的，"你"黄金年代的肖像将随孤零零的"你"一同死去，这传递美貌的接力棒就会丢失，本来由血缘维系、如多米诺骨牌般接连助推下去的镜子的队列就会中断。而"你"透过"暮年的窗"看见的将只有皱纹，还有迫近的死亡。

以一个关于镜子的祈使句开始，这首论证美之将逝和繁衍之必须的惜时诗看似直白，字里行间却藏着一座动态的镜迷宫。莎士比亚许多商籁的编织方式都是用一个核心词（如这里的"母亲"）或者一组近义词（如这里的"镜子"和"窗"）建筑迷宫的中心，需要我们带着一双慢下来的眼睛去发现出口——抑或是入口。

《双火焰间的抹大拉》,拉图尔(Georges de la Tour),
1642—1644 年

不懂节俭的可人呵,你凭什么
在自己身上浪费传家宝——美丽?
造化不送人颜色,却借人颜色,
总是借给慷慨的人们,不吝惜。

美丽的小气鬼,为什么你要这样
糟蹋那托你转交的丰厚馈赠?
无利可图的放债人,为什么你手上
掌握着大量金额,却还是活不成?

你这样一个人跟你自己做买卖,
完全是自己敲诈美好的自己。
造化总要召唤你回去的,到头来,
你怎能留下清账,教世人满意?

  美,没有用过的,得陪你进坟墓,
  用了的,会活着来执行你的遗嘱。

**商籁
第 4 首**

**高利贷
惜时诗**

Unthrifty loveliness, why dost thou spend
Upon thy self thy beauty's legacy?
Nature's bequest gives nothing, but doth lend,
And being frank she lends to those are free:

Then, beauteous niggard, why dost thou abuse
The bounteous largess given thee to give?
Profitless usurer, why dost thou use
So great a sum of sums, yet canst not live?

For having traffic with thy self alone,
Thou of thy self thy sweet self dost deceive:
Then how when nature calls thee to be gone,
What acceptable audit canst thou leave?

> Thy unused beauty must be tombed with thee,
> Which, used, lives th'executor to be.

惜时组诗中的第 4 首有时被戏称为"高利贷商籁"，诗中出现了大量借贷、债务、财务会计领域的意象。莎士比亚总是在我们以为进入了熟悉的文学传统时，颠覆我们的预设，更新修辞的疆界，这一切都通过诗人对词语的精妙又别出心裁的使用完成。

这首十四行诗的基本结构是英式商籁中不太常见的"10+4"型。前 10 行叙述一种"习惯的当下"，是受一般现在时统御的、对当下持续和反复出现的情形的描写，可以归纳为"你"对自己美貌的挥霍无度。后 4 行叙述一种"假设的将来"，用将来时的一组设问（一问一答），引导"你"和读者想象一种不愉快的未来——此刻还是想象中的未来，但若"你"不愿改变前 10 行中描述的习惯性现状，它就会变为必然的现实。

前 10 行"习惯的当下"是围绕三个问句展开的，这三个问句则围绕三个对"你"的称呼展开，这三个称呼词组都是昵亲词或矛盾修饰法。第一个出现在第一节四行诗开端诗人对俊友的称呼中：unthrifty loveliness。"可爱/美丽"本是一种应当被珍惜而不该浪用的品质，但可爱的"你"却一再挥霍这份可爱，"将你美貌的遗产浪费在自己身上"（spend/Upon thy self thy beauty's legacy）。梁宗岱把 unthrifty loveliness 处理成"俊俏的浪子"，这是值得商榷的，因为"浪子"恰恰不是一个"浪费"自己美貌的人。

正相反，这首惜时诗中的俊美青年是"浪子"形象的反面：不肯寻花问柳，做一个花花公子，倒要孤芳自赏，也就是"将你美貌的遗产浪费在自己身上"。诗人为这里的"浪费"精心挑选了 spend 这个动词，具有显著的性暗示（spend 还有"射精"这个潜在义项），此处延续了前几首商籁中对俊友过度"自爱"的责备。

第一节后半部分点明，大自然不会白白地赠予天赋或美好品质（Nature's bequest gives nothing, but doth lend, / And being frank she lends to those are free）。这份美貌的馈赠只是自然女神暂时出借给你的，她期待你有朝一日以某种方法归还，把美貌传递下去，取之于自然，用之于自然。"自然-造化"（Nature）被拟人化为一位女士"she"，这是一个继承自古典和中世纪文学的惯用法。大写的 Nature 即古罗马诗人笔下的 Natura（自然女神）或 Lady Natura（自然女士）。诗人说，这位女士是个精明的生意人，只借钱给某一类人，也就是第 4 行中的 those (who) are free。此处 free 的首要义项并非"自由"，而是指慷慨大方之人，因其源于中古英语中的 fre 一词。fre 这个频频出现于中世纪骑士罗曼司中的品质形容词，指的是一种理想人格，是宽宏、大度、高尚、慷慨等美德的综合体，和同一行中形容大自然时用的 frank 一词是近义词。莎氏此处的劝导十分巧妙：既然慷慨的自然只出借给同样慷慨之人，而"你"被自然赋予了美貌(这是一个确凿无疑的现实),那么根据三段论的演绎,"你"必然是一个慷慨之人,因为自然不会违背她的原则。诗人暗示俊友,"你"的潜在本质必然是一个慷慨的、有债必还的体面人,假如"你"现在并未表现出这种慷慨,这是理性暂时被遮蔽、走上歧途的结果;"你"有全部理由回归这种本就内在于"你"天性中的慷慨——"造化不送人颜色,却借人颜色,／总是借给慷慨的人们,不吝惜"。

接下来两种对"你"的责备依然乔装成"爱称",以矛盾修饰法形式一起出现在第二节四行诗中:beauteous niggard(美丽的吝啬鬼)和 profitless usurer(没有利润的高利贷者)。吝啬之人本应面目可憎,"你"这吝啬自己美貌的人却是美人;放高利贷的人本应唯利是图,"你"在自己的美貌这份资本上却甘愿赔本。所以"你"滥用了自然宽宏大量的馈赠(bounteous largess),第 5 行中的 abuse(滥用)与第 7 行的 use(用)押尾韵,构成一种对照式的文字游戏。同样基于 use 一词的文字游戏在末尾的对句中会再次出现,指向两种相反的未来。第二节中还有 given thee to give(交给你好去转交给别人的),以及 a sum of sums(结款的总和)这类基于同一单词的不同语态和词性构成重复修饰法的文字游戏。此节基本继承了第一节的论证,表面上是追问原因:为什么"你"非要这么做?实质上是一种论断:"你"根本不该这么做。

第三节四行诗的前两行(第9—10行)将"你"的行为概述为 having traffic with thy self alone(只和自己做买卖)。高利贷者理应放债给他人以收取高价利息,"你"却只肯和自己进行交易;traffic 在这里不是"交通",而是"贸易"(trade, commerce, business)。"你"既是个只和自己做生意的生意人,也就称不上是真正的商人,而只是第10行中的"自我欺骗者"。如前所述,第三节四行诗的后两行(第11—12行)提出了一个关于未来的假设:"造化总要召唤你回去的,到头来,/你怎能留下清账,教世人满意?"(Then how when nature calls thee to be gone, / What acceptable audit canst thou leave?)高利贷(usury)、审计(audit)、利润(profit)、遗产执行人(executor)等金融和财务词汇密集出现在莎氏的抒情诗中,这并不令人惊讶:威廉在斯特拉福镇成长与生活的世界中,账簿、借条、地契和玫瑰、百合、紫罗兰一样常见。

最后的对句中,诗人用 unused 对比 used:美貌若"不去使用",就将随"你"一起进入坟墓;若"使用"(繁衍后代),就能成为"你"身后的遗嘱执行人——在"我"看来,这才是头脑地道的生意人应该做的。这首"高利贷商籁"通篇回响着金币声,似乎诗人正向"你"之外潜在的读者暗示,这是俊美青年唯一能听懂的语言。

一刻刻时辰，先用温柔的工程
造成了凝盼的美目，教众人注目，
过后，会对这同一慧眼施暴政，
使美的不再美，只让它一度杰出；

永不歇脚的时间把夏天带到了
可怕的冬天，就随手把他倾覆；
青枝绿叶在冰霜下萎黄枯槁了，
美披上白雪，到处是一片荒芜：

那么，要是没留下夏天的花精，
那关在玻璃墙中的液体囚人，
美的果实就得连同美一齐扔，
没有美，也不能纪念美的灵魂。

  花儿提出了香精，那就到冬天，
  也不过丢外表；本质可还是新鲜。

商籁
第 5 首

———

蒸馏
惜时诗

Those hours, that with gentle work did frame
The lovely gaze where every eye doth dwell,
Will play the tyrants to the very same
And that unfair which fairly doth excel;

For never-resting time leads summer on
To hideous winter, and confounds him there;
Sap checked with frost, and lusty leaves quite gone,
Beauty o'er-snowed and bareness every where:

Then were not summer's distillation left,
A liquid prisoner pent in walls of glass,
Beauty's effect with beauty were bereft,
Nor it, nor no remembrance what it was:

> But flowers distill'd, though they with winter meet,
> Leese but their show; their substance still lives sweet.

"她坐的那艘画舫就像一尊在水上燃烧的发光的宝座;舵楼是用黄金打成的;帆是紫色的,熏染着异香,逗引得风儿也为它们害起相思来了……从这画舫之上散出一股奇妙扑鼻的芳香,弥漫在附近的两岸。倾城的仕女都出来瞻望她,只剩安东尼一个人高坐在市场上,向着空气吹啸。"

以上是《安东尼与克莉奥佩特拉》第二幕第二场中爱诺巴勃斯回忆初见艳后的场景,一场彰显莎氏白描技法的感官盛宴。不过,在艳后未现身之处向全城宣告她的在场的,是克莉奥佩特拉身上的香气。有学者对艳后手部和足部使用的香料的配方作过详细研究,指出用来熏染她足部的调配香恰恰名为"埃及"(aegyptium)。[1]

商籁第 5 首同样被香气和嗅觉统御,它将通过一个残忍的核心动词"蒸馏",向读者展示生与死、早夭与长存之间看似悖论的关系。

本诗是整本诗集中第一首"无人称商籁"(impersonal sonnet),也是"惜时诗"组中唯一一首无人称商籁,整个诗系列中还有商籁第 129 首可被归入无人称商籁。这种完全没有人称代词(除了在拟人用法中)的诗作在莎士比亚的十四行诗系列中非常罕见,因为撑起整个系列的戏剧与情感张力的,正是第一人称的"诗人-致意者"(poet-addresser)与第二人称的"被致意者"(addressee)之间的关

---

[1] Diane Ackerman, *A Natural History of the Senses*, p. 59.

系，无论后者是俊美青年、黑夫人还是其他人物。在少量的无人称商籁中，诗人则与其诗歌的"剧中人"拉开了距离，以全知视角探讨世间的普遍真理。

这首诗的第一节四行诗描述了"时辰"（hours）的内在矛盾属性：一方面，它们可以温柔地镶嵌，造就一种可以吸引一切目光来驻足的眼神（with gentle work did frame/ The lovely gaze where every eye doth dwell）——即耐心塑造一对绝世美目，此处用"可爱的凝视"来借代一位无一处不可爱的美人。另一方面，时辰又注定会反目成为暴君，向它们自己造就的美丽的眼神和眼神的主人施虐（will play the tyrants to the very same, /And that unfair which fairly doth excel）。第4行中的unfair作动词用，表示使某样事物变得丑陋，也就是诗中的"把绝代佳丽剁成龙钟的老丑"，直译为"让在美貌方面出类拔萃的人失去他的美"。

时辰为何要如此毁去自己苦心镶嵌的作品？第二节四行诗用一个for引出了原因：因为时光不会驻足，必定要引领夏日走向严冬，并在严冬那里杀死盛夏（For never-resting time leads summer on /To hideous winter, and confounds him there），"永不歇脚的时间把夏天带到了/ 可怕的冬天，就随手把他倾覆"。这里使用leads summer on这个词组，暗中指责时光是个骗子或诱拐犯——类似的表述有"lead sb. on""lead sb. up the garden path"等，都有蓄意欺哄之义。时间（time）由一个个时辰（hours）组成，而时间似乎有意要将天真的夏日诱杀，让盛夏的树汁被严霜冻住，让夏日生机盎然的绿叶全部凋零，让夏日所象征的美被皑皑白雪覆盖。

全诗的转折点（volta）出现在第三节四行诗中。有没有办法救救夏天，让他不要遭到时间残忍的谋杀？有。诗人在第9—12行中从反面提出了一种拯救夏日的建议：假如不这么做，夏日和夏日所象征的美就会彻底丧失。怎么做？通过蒸馏提纯法："那么，要是没留下夏天的花精，/那关在玻璃墙中的液体囚人，/美的果实就得连同美一齐扔，/没有美，也不能纪念美的灵魂。"这里整节用了虚拟式（Then were not summer's distillation left, /A liquid prisoner pent in walls of glass），仿佛诗人希望这种"不这么做"的假设永远不要成真，也就是说，要去做，要去提纯夏日，让所得的液体成为"玻璃墙内的囚徒"。此处 distillation 的动词形式 distill 是这首诗的核心动词，其拉丁文词源 *distillare* 的原意是以小水珠（stillare）的形式将某物的一部分分离（de）出来，通常是将物质中更易挥发的部分从更稳定的部分中分离出来。伊丽莎白时代的英国对用高温和冷凝法从花瓣中提炼香精的技艺并不陌生，诗人所谓 summer's distillation 也正是夏日中成分更稳固的那一部分，夏日经过蒸馏后,被提炼的是美的精髓。

到了对句中,蒸馏提纯的对象成了复数的"花"(flowers):"花儿提出了香精,那就到冬天,/也不过丢外表;本质可还是新鲜。"(But flowers distill'd, though they with winter meet, /Leese but their show; their substance still lives sweet.)和上文中的"夏天"一样,花朵也是抽象美的具体象征。花被蒸馏后,即使(如夏日一般)遇见严冬,也只会失去它们美的表象(show),不会失去其实质(substance),鲜花的颜色和形态不复存在,但它的芬芳能够长久持存。诗人在这里不动声色地完成了概念的替换,在"花香"和"花的实质"之间画了等号:一朵花之所以是花,色泽和姿态都是次要的,花之为花在于其芬芳。夏日之花所代表的美亦可以这样保留下来,像对句中再次通过构词游戏暗示的:通过 distill(蒸馏,提纯),来达到 still(静止不变,长久,永恒)。使夏日驻留的努力终于这令人不安的悖论:为了让花朵长存,先要压榨、蒸馏、萃取,结束它这一世的生命;为了让美永生,有时必须杀戮;所有以"永生"为名的、对时间的克服中,或许多少都含有死亡的成分。

商籁第 5 首中没有写明的规劝是,同理,"你"也必须经过提炼,才能抵御冬日,获得永生。是通过自然的提炼(繁衍子嗣)还是通过艺术的提炼(被写入诗歌)?对这一问题的回答将决定我们把此诗归入惜时诗还是元诗。将它置于系列诗的语境中（以下商籁第 6 首是本诗的"续作"），我们自然会得出前者的答案。但这并不妨碍我们同时将这首"蒸馏术商籁"看作一种谈论诗艺的潜在"元诗"。如此，一首十四行诗本身就成了一只贮存香露的玻璃瓶，其几乎完美的韵脚、双关和意象一起构成了锁住美之精华的玻璃墙壁（walls of glass）。

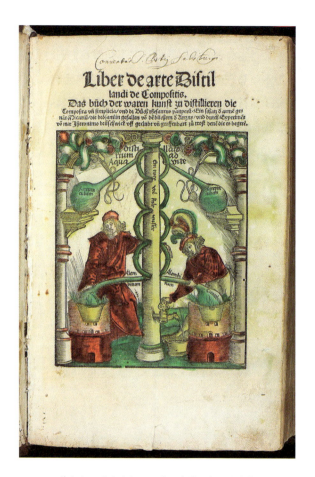

莎士比亚的同时代人,德国外科医生、炼金术师、植物学家希罗尼穆斯·布隆希维格(Hieronymus Brunschwig)于1500年出版的《蒸馏的艺术之书》(*Liber de arte Distillandi de Compositis*)之1512年详尽版手稿

商籁
第 6 首

数理
惜时诗

你还没提炼出香精,那你就别让
严冬的粗手来抹掉你脸上的盛夏:
你教玉瓶生香吧;用美的宝藏
使福地生香吧,趁它还没有自杀。

取这种重利并不是犯禁放高利贷,
它能够教愿意还债的人们高兴;
这正是要你生出另一个你来,
或高兴十倍,要是你一人生十人;

你十个儿女描画你十幅肖像,
你就要比你独个儿添十倍欢乐:
你将来去世时,死神能把你怎样,
既然在后代身上你永远存活?

别刚愎自用,你太美丽了,不应该
让死神掳去、教蛆虫做你的后代。

Then let not winter's ragged hand deface,
In thee thy summer, ere thou be distill'd:
Make sweet some vial; treasure thou some place
With beauty's treasure ere it be self-kill'd.

That use is not forbidden usury,
Which happies those that pay the willing loan;
That's for thy self to breed another thee,
Or ten times happier, be it ten for one;

Ten times thy self were happier than thou art,
If ten of thine ten times refigur'd thee:
Then what could death do if thou shouldst depart,
Leaving thee living in posterity?

> Be not self-will'd, for thou art much too fair
> To be death's conquest and make worms thine heir.

商籁第 6 首与之前的第 5 首共同构成了一种诗歌形式的双联画（diptych）。对于一些比较复杂的诗歌主题，14 行里难以尽述的，莎士比亚常常会采取这种双联诗的形式，两首诗互为虎符，合起来看才能窥见完璧。双联诗之间有时是递进或并列关系，彼此的逻辑联系比较松散，独立拆开看问题也不大；有时则是转折或因果关系，不把两首都看全，就无法彻底领会其中任何一首的旨趣。

第一节四行诗延续了商籁第 5 首中冬日与夏日的对立。第 5 首说，不要把夏日领去冬天那里任它屠杀，第 6 首第一句同样用了祈使句："那么，不要让冬日嶙峋的手，从你身上抹去你的夏日。"（Then let not winter's ragged hand deface, /In thee thy summer）此处的冬日俨然是岁月的象征，甚至是时间的化身，就如在"惜时诗"传统之父贺拉斯那首著名的颂歌中一样。实际上，古罗马诗人贺拉斯在公元前 23 年左右写下的《颂歌集》（*Carmina*）中，第一卷第 11 首《颂歌》正是"惜时"（*carpe diem*）这个词组的出处。不妨来看看其拉丁文原诗：

Liber I Carmen XI

Odes 1.11

Tu ne quaesieris, scire nefas, quem mihi, quem tibi

finem di dederint, Leuconoe, nec Babylonios

temptaris numeros. ut melius, quidquid erit, pati.

seu pluris hiemes seu tribuit Iuppiter ultimam,

quae nunc oppositis debilitat pumicibus mare

Tyrrhenum. Sapias, vina liques et spatio brevi

spem longam reseces. dum loquimur, fugerit invida

aetas: *carpe diem*, quam minimum credula postero.

颂歌

贺拉斯

你不要去问,这知识是禁止,对于我,对于你

诸神给了何种终点,雷欧科诺啊,也别细查

巴比伦术士的星历。无论将来如何,一如既往承受它吧

无论朱庇特还将分配诸多冬日,抑或这已是最后——

眼下正用礁岩削磨第勒尼海的这个冬天!

明智些,滤滤葡萄酒吧,生命何其倏忽

缩短漫长的希冀吧,当我们说着话,嫉妒的时间

已飞逝而过:抓住时日吧,尽量别相信明天。

(包慧怡 译)

在贺拉斯这首"惜时诗"的开山之作中,冬日同样是

无情年岁的象征,所谓"无论朱庇特还将分配诸多冬日,抑或这已是最后(一个冬天)",即无论神还允许我们多少年的生命。在这首八行颂诗最著名的最后一句中,贺拉斯的结论是,切莫相信明天,当下就要"抓住时日"(*carpe diem*)。此处的第二人称命令式"抓住"的拉丁文动词原形*carpere*,本身还有"采摘,采撷"(花朵)的意思,时日仿佛等待采摘的玫瑰,有花堪折直须折,本身也是 *carpe diem* 在汉语中最现成而生动的表述。

无独有偶,莎士比亚这首惜时诗中,与冬日相伴的亦是花朵的意象,只不过是以经过提炼的形式,也即商籁第 5 首中已然出现的"花露、香水":ere thou be distill'd: Make sweet some vial——别让冬日夺走"你"的夏天,在"你"被提炼和蒸馏之前,在"你"熏香某个玻璃容器之前。在无人称的商籁第 5 首中,被提炼的是"夏天"(summer's distillation),而此处被蒸馏提炼的对象却变成了"你"(thou),即俊美青年,诗人的致意对象。于是我们又回到了起初几首更直白的惜时诗的措辞:规劝俊友及时繁育后代。在本诗第二和第三节四行诗中,这一规劝被更加确凿地用算术和数理演绎了出来,仅第 8—10 行这短短三句中就出现了五个"十":

Or ten times happier, be it ten for one;

或高兴十倍，要是你一人生十人；

Ten times thy self were happier than thou art,
If ten of thine ten times refigur'd thee …
你十个儿女描画你十幅肖像，
你就要比你独个儿添十倍欢乐

第 9 行中的 ten times thy self 既可以理解为"十倍的你"，也可以理解为"十乘以你"，两种情况的结果都是，十倍的"你"要比现在（孤身一个）的"你"更幸福，"幸福"成了糖果一般可以称重计件的物品。第 10 行亦有两种可能的解读。根据第一种断句法，"If ten of thine, ten times refigur'd thee"，如果有十个"你"，就能造出十个"你"的翻版或画像（藏于动词 refigure 中的名词 figure 可以是人的"外形"也可以是"肖像"）。根据第二种断句法，"If ten of thine ten times, refigur'd thee"，如果（第 9 行中提到的）"你"的十倍，即"你"的十个孩子，可以分别再生十个孩子，让"你"成为一百个和"你"一样美丽的孩子的祖父。无论 16 世纪末的优生学是否为这样"一生百"的大家庭留出了现实可能，我们至少可以在诗人这种以子嗣的数量来量化幸福的措辞中，找到一种几近幽默的对"多多益善"的痴迷。

莎士比亚对"十"这个数字的迷恋并非空穴来风。伊丽莎白一世在位时通过的《1571年反高利贷法令》规定，凡是借贷方将利息提至百分之十以上的，就构成放高利贷的行为。这条法令的一个侧面效应是，无意中默许了百分之十作为一个利益最大化的标准利率。莎士比亚自己的亲生父亲约翰·莎士比亚就曾因放高利贷而被处以高额罚款——这位老爹当时给出的利率是百分之二十到二十五。所以莎氏在这里拿"十"这个数字大玩了一把乘法游戏，暗示他劝说俊友生十个孩子不算放高利贷，不算利欲熏心，也呼应上文第5—6行中所说的：这样的使用或借贷不算是被禁止的高利贷，因为它让那自觉自愿交纳利息的人高兴（That use is not forbidden usury, Which happies those that pay the willing loan）。这里的第三人称单数动词 happies 即 makes happy，使某人高兴。当然，"十"这个数字在东西方数理文化中都有"十全十美"之意，也是扑克牌的前身塔罗牌（文艺复兴时最受欢迎的桌游之一）小阿卡纳牌下每一套花色中的最大数值，其最表面的牌面意思也是（某种状态的）"饱和，满盈，完美，好到不能再好"。诗人在此告诉俊美青年，"你"的美只要有人乐意接纳，就当个快乐的放贷者吧，这不触犯什么清规戒律——反正"我"只劝"你"生十个。"十"是高利贷中的擦边球数字，在十个的范围以内，"你"大可尽情繁衍，好让自己"活在自己的后裔里"(第12行),如此,死亡也将在"你"面前败下阵来(第11行)。最后的对句则没有什么重大的进展,只是再次呼应"后裔":"你"太过美丽,不该作死亡的战利品,更不该让蛆虫作"你"的后裔(thou art much too fair /To be death's conquest and make worms thine heir)。

把第5首和第6首这对双联诗合起来看,它们共同以蒸馏/提炼(distillation)这个核心动词为题眼,但第5首中潜在包含多种可能的提炼,终究在第6首中归于"自然的提炼"(繁衍后代)。不过,在惜时诗组诗之外,我们会看到其他形式的提纯。尽可能开发同一个动词所有的语义潜能,是莎士比亚诗歌才能最直接的体现之一。

《采撷玫瑰吧,趁你还能》,约翰·威廉·沃特豪斯
(John William Waterhouse)

看哪,普照万物的太阳在东方
抬起了火红的头颅,人间的眼睛
就都来膜拜他这初生的景象,
注视着他,向他的圣驾致敬;

正像强壮的小伙子,青春年少,
他又爬上了峻峭的天体的高峰,
世人的目光依然爱慕他美貌,
侍奉着他在他那金色的旅途中;

但是不久他乘着疲倦的车子
从白天的峰顶跌下,像已经衰老,
原先忠诚的人眼就不再去注视
他怎样衰亡而改换了观看的目标:

  你如今好比是丽日当空放光彩,
  将来要跟他一样——除非有后代。

**商籁
第 7 首**

**太阳
惜时诗**

Lo! in the orient when the gracious light
Lifts up his burning head, each under eye
Doth homage to his new-appearing sight,
Serving with looks his sacred majesty;

And having climb'd the steep-up heavenly hill,
Resembling strong youth in his middle age,
Yet mortal looks adore his beauty still,
Attending on his golden pilgrimage:

But when from highmost pitch, with weary car,
Like feeble age, he reeleth from the day,
The eyes, 'fore duteous, now converted are
From his low tract, and look another way:

> So thou, thyself outgoing in thy noon:
> Unlook'd, on diest unless thou get a son.

商籁第 7 首把人的生命进程比作太阳的天空之旅，却通篇没有出现"太阳"这个单词，而是用一个与之密切相关的动词及其变形串起整首诗。

本诗的结构十分工整。前 12 句是一个漫长的比喻：人一生的旅程被比作太阳在黎明、正午和黄昏时分经过的三段式旅程，每一节四行诗的前半部分描述其中的一段旅程；与之对应的是地面上人们望日的目光，这目光随太阳的位置而变化，在每一节四行诗的后半部分，以核心动词 look（看）的某种形式表现出来。整首诗的第一个单词 Lo 是一个带有宗教回响的感叹词，来源于古英语插入语 lá，常用于句首，以吸引人们对某种（通常涉及神之出场的）奇迹加以注目，类似的古英语表达有史诗《贝奥武甫》（*Beowulf*）的开篇第一个单词 hwæt 等。全诗起于一个命令式的"看哪"，终于一个条件式的"如果不被看"（第 14 行中的 unlook'd），中间部分刻画了凡人的眼睛如何去看一位神在一天中的旅程——这位神是一位异教神祇，古希腊神话中驾驶太阳车行过苍穹的日神赫利俄斯（Helios）。

据赫西俄德《神谱》以及《献给赫利俄斯的荷马颂诗》，赫利俄斯是提坦神许佩里翁和忒亚之子，月神塞勒涅（Selene）和曙光女神厄俄斯（Eos）的兄弟，其名字直接源自古希腊语 Ηλιος（太阳）一词，其所对应的罗马神名是索尔（Sol）。自公元前 5 世纪起（最早是在欧里庇得斯的戏剧

《法厄同》中），作家们时常将赫利俄斯与阿波罗混淆起来，共用太阳神或"福波斯"（Phoebus）之名。其实这两位神在荷马时代是截然不同的神：阿波罗是提坦神族的长期对手奥林匹斯神族，父母分别是宙斯和勒忒，其古希腊文名字源于动词"毁灭"。在两部《荷马史诗》和归入荷马名下的那些颂诗（Homeric hymns）中，阿波罗主要是作为医药和音乐之神出现的。

两者的艺术形象也截然不同，赫利俄斯常被表现为脑后有日轮和象征日光束的辐射形状——也就是本诗第 2 行中描写的"燃烧的头颅"（burning head，屠译"火红的头颅"）——并且每日驾驶黄金马车自东向西经过天空。阿波罗的主要图像学象征则是月桂花冠和里拉琴。虽然后期作家作了种种融合，但在古希腊诗人笔下，驾驶太阳车始终是赫利俄斯的专利，与阿波罗无关。根据本诗第 9 行"疲惫的马车"（weary car）等多处关于驾车的描述，我们也可以断定商籁第 7 首中的人格化的太阳是赫利俄斯。

当初升的太阳刚出现在东方（in the orient when the gracious light /Lifts up his burning head），下界的人们都争着"用目光"向他朝圣（Doth homage to his new-appearing sight, /Serving with looks his sacred majesty）。第 2 行中的 each under eye 直译是"下界的每一只眼睛"，但考虑到莎士比亚经常用"苍穹之眼"（eye of heaven）、"天空之眼"等

词组来指代太阳(参见商籁第18首等),这个短语也可以解作"所有太阳(这只眼睛)普照之下的人们"。东升的旭日通常总是最受崇拜,这是本诗描绘的三段式旅程的第一段。

到了第二节四行诗描述的第二段旅程中,日神已驾车爬上了陡峭的山巅,如同正当盛年的青春(having climb'd the steep-up heavenly hill, /Resembling strong youth in his middle age)。这里的 middle age 相当于 prime age(盛年,最好的年华),诗人以人类生命的"正当年"去对应太阳旅程的中点(middle point),同时 youth 也可以暗指(本诗中至此仍未直接出现的)诗人的致意对象"俊美青年"(Fair Youth)。对于正午的太阳,"世人的目光依然爱慕他美貌"(Yet mortal looks adore his beauty still),一个不动声色的"依然"(still),已暗示"凡间的目光"对正午太阳的崇拜或许不如朝阳。

同样是这些目光,到了日落时分,当正午的烈日成为黄昏的夕阳,则纷纷离弃了先前的崇拜对象,不再凝视他日薄西山的轨道,转而"看向别的方向"(The eyes, 'fore duteous, now converted are/From his low tract, and look another way)。这就是第三节四行诗中描述的第三段,也是最后一段旅程,此时日神已驶过了天空的至高点,拉着太阳车的骏马也已疲惫不堪,夕阳即将在西天沉落(But when from highmost pitch, with weary car, /Like feeble age, he reeleth from the day）。这里的 feeble age 既是太阳的"衰弱之年"也是人类的垂暮之年，诗人对俊美青年的预警变得再清楚不过："你"不可能永远年轻，想想"你"必将到来的耄耋之年。

这首商籁用三个诗节来摹仿的太阳的三段式旅程，在莎士比亚熟读并热爱的古罗马作家奥维德的《变形记》中亦有生动的记载，这次是借日神赫利俄斯本人之口。《变形记》卷二第1—328行讲述了日神之子法厄同的悲剧。法厄同为了证明自己是日神之子而要求驾驶太阳车，已经许诺答应儿子一切请求的日神闻之十分愁苦，试图说服儿子不要冒险："第一段路程非常之陡，我的骏马虽然说清晨的时候精神抖擞，也还爬着吃力。到了中天，其高无比，俯视海洋陆地，连我都时常战栗，心里怕得直跳。最后一段途程是直冲而下，需要把得牢靠。就连在地上的海波中接纳我的忒堤斯也唯恐我会头朝下跌落下来。"[1] 赫利俄斯（奥维德称之为福波斯）强调，除了他本人，无人能驾驭这艰巨的任务，连朱庇特（宙斯）也不例外。法厄同果然因无法控制太阳车而致使天地间燃起熊熊烈火，最后被朱庇特从天空用雷电击落而死。

关于太阳神的三段式旅程的叙事并不是古希腊罗马人的专利，在更早的古埃及神话中，太阳神拉（Ra）就被

---

[1] 如无特殊说明，本书中奥维德《变形记》中译均出自杨周翰译本（奥维德、贺拉斯，《变形记·诗艺》，杨周翰译，上海：上海人民出版社，2016年）。

描述为驾驶一艘太阳船（mandjet），以三种身份从东方地平线旅行至西方地平线。早上，他是圣蜣螂凯普利（Khepri），像这种神圣甲虫推着粪球一样，把硕大的太阳之巨球推出地平线；正午他是自己最强大的本体拉神；黄昏时分则变成公羊头的阿吞（Atum），此刻年事已高的太阳神最为虚弱和疲惫，要靠护卫神们拖着他的太阳船进入日落之地。

即使莎士比亚完全不从文学中寻找灵感（就《变形记》而言这一点不太可能），仅靠观察自然界中太阳的东升西落，他也在商籁第 7 首中出色地完成了一项修辞任务：通篇用太阳作比，却始终一次都没有使用 sun 这个单词。这枚缺席的"太阳"直到对句中，才以谐音的方式石破天惊地登场：去生一个"儿子"（son）吧，青春的正午正在消逝，别让自己离世时如夕阳一般无人瞩目。

So thou, thyself outgoing in thy noon:
Unlook'd, on diest unless thou get a son.
你如今好比是丽日当空放光彩，
将来要跟他一样——除非有后代。

最后值得一提的是，商籁第 7 首是一首视觉中心主义的十四行诗，一首观看之诗。不仅三个四行诗和对句的后半部分均由动词 look 或其名词形式串起,全诗还贯穿着 lo、sight、eye(s) 这样与视觉相关的词汇。莎士比亚诗中的视觉中心主义及其反面(视觉怀疑主义),我们还会在此后的十四行诗中不断遇到。

驾驶太阳车的赫利俄斯,公元前4世纪,
特洛伊雅典娜神庙大理石楣饰

你是音乐,为什么悲哀地听音乐?
甜蜜不忌甜蜜,欢笑爱欢笑。
你不愉快地接受,又何以爱悦?
或者,你就高兴地接受苦恼?

假如几种入调的声音合起来
成了真和谐,教你听了不乐,
那它只是美妙地责备你不该
守独身而把你应守的本分推脱。

听一根弦儿,另一根的好丈夫,听,
一根拨响了一根应,琴音谐和;
正如父亲、儿子和快乐的母亲,
合成一体,唱一支动听的歌:

> 他们那没词儿的歌,都异口同声,
> 对你唱:"你独身,将要一无所成。"

商籁
第 8 首

音乐
惜时诗

Music to hear, why hear'st thou music sadly?
Sweets with sweets war not, joy delights in joy:
Why lov'st thou that which thou receiv'st not gladly,
Or else receiv'st with pleasure thine annoy?

If the true concord of well-tuned sounds,
By unions married, do offend thine ear,
They do but sweetly chide thee, who confounds
In singleness the parts that thou shouldst bear.

Mark how one string, sweet husband to another,
Strikes each in each by mutual ordering;
Resembling sire and child and happy mother,
Who, all in one, one pleasing note do sing.

> Whose speechless song being many, seeming one,
> Sings this to thee: 'Thou single wilt prove none.'

商籁第 8 首一开篇就抓住了我们的耳朵,重复、变奏,像一节多声部复调歌。"音乐"既是这首诗的核心隐喻,又是它的形式本身,同时还是它的致意人的昵称,即"我"所仰慕的那位在第一句中被比作了"悦耳之音"(music to hear)的俊美青年。有趣的是,整个十四行诗系列中再一次出现将人比作音乐的情况,要到"黑夫人"组诗中:"多少次,我的音乐,当你在弹奏音乐……"(How oft when thou, my music, music play'st, l.1, Sonnet 128)

第一节四行诗中,无论是不规律出现的行间停顿(caesura),还是统御前两行的扬抑格(trochee)——绝大多数莎士比亚十四行诗都是用五步抑扬格(iambic pentameter)写就的——都仿佛蓄意造成一种听觉上的不平衡和不自然,就像俊美青年的不合常理的爱憎一样不自然,就像他保持单身的做法一样不自然:

Music to hear, why hear'st thou music sadly?
Sweets with sweets war not, joy delights in joy:
Why lov'st thou that which thou receiv'st not gladly,
Or else receiv'st with pleasure thine annoy?
悦耳之音,你为何悲伤地聆听着音乐?
甜蜜不应与甜蜜作战,欢喜彼此喜欢:
那领受起来不称心之物,你为何把它爱?

又是为什么,你要把困扰欣然拥揽?

(包慧怡 译)

下一节四行诗中,诗人进一步描述这种"不自然",并为"你"身上的这份不自然寻找原因。此节中直白地出现了"婚姻"一词(married),其近义词 union(联合,联姻)同时又与其形近词兼音近词 unison(齐唱,合奏)构成双关。诗人暗示,假设"你"会被"精心调弦"的"真正的和谐之音"所冒犯,被它们的"联姻"所冒犯,或许这是因为你(错误而固执地)选择了独身(singleness)。并且,仿佛要为那些"已婚"(married)的音节开脱,诗人说这些音节不过是"温柔地责备你",因为"你"在独身中破坏了"你应该扮演的角色"(the parts that thou shouldst bear):

> If the true concord of well-tuned sounds,
> By unions married, do offend thine ear,
> They do but sweetly chide thee, who confounds
> In singleness the parts that thou shouldst bear.
> 假如几种入调的声音合起来
> 成了真和谐,教你听了不乐,
> 那它只是美妙地责备你不该
> 守独身而把你应守的本分推脱。

以上第7—8行的用词十分考究，包含着十分丰富的语义可能性。首先，confound（毁灭，破坏）一词来自中古英语动词 confounden，源于拉丁文动词原形 *confundere*，由 *con-*（一起）加上 *fundere*（浇灌，倾倒）构成，字面上的词源意即"倒在一起，混合"。但到了中古英语中，它最常用的义项是"破坏"（destroy），以及"（因为将不同的事物混在一起而造成的）混淆，困惑"（confuse）——或许混合相异的事物本身就是一种对秩序的破坏。在本节中，诗人延续了音乐的比喻，说"你"若坚持要独身，这就像用"独奏"破坏了本应弹出的"合奏"（parts），同时也是"弄混"了本应承担的责任或扮演的"角色"（parts）。我们在今天依然常用的短语 play the part of 中仍可以看到这种同时涉及音乐和戏剧的双关。同时，如果 bear 这个动词我们取表示"生育，繁殖"之义（就如在 bear children、bear fruits 中），那么"你"也"在独身中"（in singleness）扼杀了潜在的后代，毁掉了"你"本应生下的孩子（parts that thou shouldst bear）。我们在之前的惜时诗中已经看见，莎士比亚将孩子看作"父亲"的一部分（part），分享（partake）父亲的美。在第三节四行诗中，"父亲"的角色终于正面登场：

Mark how one string, sweet husband to another,

Strikes each in each by mutual ordering;
Resembling sire and child and happy mother,
Who, all in one, one pleasing note do sing.

听一根弦儿,另一根的好丈夫,听,

一根拨响了一根应,琴音谐和;

正如父亲、儿子和快乐的母亲,

合成一体,唱一支动听的歌

许多注家认为这里提到的弹拨乐器是鲁特琴(lute),这种曲颈拨弦乐器源自古波斯和阿拉伯世界的乌德琴(oud,阿拉伯语"木头"),最晚于13世纪传入欧洲,经历一系列改造后,因为携带方便、音色婉转而成为中世纪宫廷或吟游诗人最青睐的伴奏乐器,可谓名副其实的"诗琴"。此外,在波提切利等中世纪和文艺复兴画家笔下,鲁特琴一直是天使唱诵赞美诗时的标准伴奏乐器,象征天国的和谐以及神恩的甜蜜。由于欧式鲁特琴由6至10组复弦构成(每组两根弦),当莎士比亚写"一根弦是另一根的温柔的丈夫"(one string, sweet husband to another),说它们"彼此激荡"(strikes each in each),他很可能想着某场自己近距离观察过的剧院或宫廷中的鲁特琴演奏,甚至可能想到伊丽莎白时期最显赫的鲁特琴演奏家、作曲家、与自己同一年出生的约翰·道兰(John Dowland)——其作品在当代仍是诸多鲁特琴和古典吉他音乐家的灵感源泉。

接着,诗人又将琴上拨出的悦耳和弦比作一个由"父亲、孩子和快乐的母亲"组成的三口之家(sire and child and happy mother),同时影射由约瑟、小耶稣和圣母组成的圣家族,甚至是圣父、圣子、圣灵组成的圣三一(Holy Trinity)。音乐、婚姻和宗教的隐喻合为一体,全部指向一种"齐声合唱":

Whose speechless song being many, seeming one,
Sings this to thee: 'Thou single wilt prove none.'
他们那没词儿的歌,都异口同声,
对你唱:"你独身,将要一无所成。"

纵使声部众多(being many),声音却听起来和谐一致(one),这样的一首歌虽是"无言的"(speechless,鲁特琴独奏时未必需要唱出歌词),却可以向"你"传递这迄今不变的信息:"你"若独身,最后就会"什么都不是"(prove none),none 还有"零"(nought, zero, nothing)的意思。这首"音乐惜时诗"将 sing、single、singleness、song 等同源词和音近词如珍珠般串起,以诗歌的动人音乐,规劝"你"("悦耳之音")趁早加入合奏,弹出和弦,切莫形单影只。

与莎士比亚差不多同一时期活跃于诗界的英国诗人理查德·巴恩菲尔德（Richard Barnfield）也写过一首商籁,被收入诗集《激情的朝圣者》(第8首)。其中提到了上述约翰·道兰精湛的鲁特琴琴艺,开篇与莎氏的商籁第8首有异曲同工之妙:"倘若音乐和甜美的诗歌相契,／它们必然如此,仿佛一对兄妹……"

【附】

If Music and Sweet Poetry Agree
Richard Barnfield

If music and sweet poetry agree,
As they must needs, the sister and the brother,
Then must the love be great 'twixt thee and me,
Because thou lovest the one, and I the other.

Dowland to thee is dear, whose heavenly touch
Upon the lute doth ravish human sense;
Spenser to me, whose deep conceit is such
As, passing all conceit, needs no defence.

Thou lovest to hear the sweet melodious sound
That Phoebus'lute, the queen of music, makes;
And I in deep delight am chiefly drown'd
When as himself to singing he betakes.

 One god is god of both, as poets feign;
 One knight loves both, and both in thee remain.

倘若音乐和甜美的诗歌相契

理查德·巴恩菲尔德

倘若音乐和甜美的诗歌相契,
它们必然如此,仿佛一对兄妹,
你我之间的爱也就一定繁盛,
因为你爱一方,另一方为我所爱。

道兰于你珍贵,在他至妙的触碰下
鲁特琴弦让人类的感官欣喜若狂;
斯宾塞于我亲爱,他至深的奇喻
超越一切奇喻,无需任何辩护。

你爱听那甜美曼妙的旋律

出自福波斯[1]的鲁特琴,音乐的王后;

我尤其沉醉于深沉的喜悦

当他本人亲自婉转歌唱。

  诗人们伴装,一位神祇是二者的神明;

  二者为同一骑士所爱,同时在你体内。

(包慧怡 译)

---

[1] 福波斯即阿波罗,同时司掌音乐与诗歌。

《鲁特琴师》,卡拉瓦乔,1596年

是为了怕教寡妇的眼睛哭湿,
你才在独身生活中消耗你自己?
啊!假如你不留下子孙就去世,
世界将为你哭泣,像丧偶的妻:

世界将做你的未亡人,哭不完,
说你没有把自己的形影留下来,
而一切个人的寡妇却只要看见
孩子的眼睛就记住亡夫的神态。

浪子在世间挥霍的任何财产
只换了位置,仍能为世人享用;
而美的消费在世间可总有个完,
守着不用,就毁在本人的手中。

  对自己会作这么可耻的谋害,
  这种心胸不可能对别人有爱。

商籁
第 9 首

———

寡妇
惜时诗

Is it for fear to wet a widow's eye,
That thou consum'st thy self in single life?
Ah! if thou issueless shalt hap to die,
The world will wail thee like a makeless wife;

The world will be thy widow and still weep
That thou no form of thee hast left behind,
When every private widow well may keep
By children's eyes, her husband's shape in mind:

Look! what an unthrift in the world doth spend
Shifts but his place, for still the world enjoys it;
But beauty's waste hath in the world an end,
And kept unused the user so destroys it.

> No love toward others in that bosom sits
> That on himself such murd'rous shame commits.

商籁第9首的核心比喻是"寡妇",以一种典型莎士比亚式的夸张修辞,把整个世界比作一个潜在的寡妇——假如俊美青年不肯结婚生子,就是要逼迫全世界为他"守活寡",从而犯下谋杀大罪。

"你是否害怕让某位寡妇的眼睛湿润/才在这独身生活中消耗你自身?"全诗以一个并非真正疑问的问句开场,巧妙地用"善良"来为俊美青年的丁克人生开脱。仿佛除了致意对象"你",此诗还有公开的不可见的听众;仿佛要在众人面前为自己的爱慕对象的不婚不育辩护——不是出于某种见不得人的怪异或者自私,而恰恰是出自"善良",害怕自己死后会令妻子心碎,所以干脆选择独身。但在第3—4行中,诗人代替他的俊友回答了问句中假设的情境:如果是因为不想留下寡妇才不结婚,"你"可省省吧,因为"你"若独身,就会使整个世界都成为寡妇。

Ah! if thou issueless shalt hap to die,
The world will wail thee like a makeless wife
啊!假如你不留下子孙就去世,
世界将为你哭泣,像丧偶的妻

hap to do sth. 相当于 happen to do sth.,"碰巧"(hap)本是一个中古英语单词,来自古斯堪的纳维亚语名词 happ

（好运气）。它在此句中却没有好运的意思，反而是其词源的反面，诗人说，如果"你"没生孩子就"碰巧"/"不幸"死去，那么世界就会如一个"失去配偶的"（makeless）妻子一样为你哀苦。makeless又是一个中古英语单词，来自名词make（爱人/情侣/夫妻中的一方），该词在莎士比亚写作前一个多世纪还常见于诗歌中，其中最有名的要数约写于1400年的《我吟唱一位少女》（*I Syng of a Mayden*）。在这首中古英语圣母颂诗中，makeles(s)指少女玛利亚没有（实质上的）配偶——玛利亚的终身童贞在4世纪之后已成为不可撼动的教义，奥古斯丁在第51篇布道文中直白地称她为"一个没有性欲的母亲"，而称神为她选定的丈夫、年迈的约瑟为"一个没有性能力的父亲"。此诗第一节如下：

I syng of a mayden

þat is makeles,

Kyng of alle kynges

To here sone she ches.

我吟唱一位少女

少女独身一人（举世无双），

她选作自己的儿子：

君王中的君王。

（包慧怡 译）

作为形容词的 makeles 在此处构成多重双关，与之最接近的现代英语单词是 matchless，在此既可以指少女"没有配偶"（without a match, mateless），又可以指少女（的美貌和德行等）"举世无双"。其次，makeles 亦被看作与拉丁文词组 *sine macula*（without a stain, without fault）构成近形双关，表示"纯洁无垢，无污点"（markless），并暗示圣母的无玷受孕（immaculate conception），即玛利亚在其母安妮腹中受孕时不沾染原罪。

回到莎士比亚这首以早期现代英语写就的诗，我们不难看出中古英语抒情诗对其用词、譬喻、修辞技巧的影响。中古英语中，make 一词还经常被用来指涉《旧约·雅歌》中基督的佳偶、基督的新娘，甚至是作为《雅歌》式神秘婚姻（mystical marriage）中的新郎的基督本人。诗人没有选择现代英语中更现成的词汇，诸如 matchless、mateless 或 spouselessm，却挑选了一个正在绝迹的、带有浓重神学内涵的中古英语单词 makeless，来形容独身的"你"会让世界这个"寡妇"进入的状态，某种意义上正是将这位举世无双的俊友比作了基督本人。诗人接下来运用了首语重复法（anaphora），继续发展"世界寡妇"这一比喻：

The world will be thy widow and still weep
That thou no form of thee hast left behind,

When every private widow well may keep

By children's eyes, her husband's shape in mind

世界将做你的未亡人,哭不完,

说你没有把自己的形影留下来,

而一切个人的寡妇却只要看见

孩子的眼睛就记住亡夫的神态。

这一段的潜台词是,这世上每个结婚的男子都可能留下"私人的寡妇"(private widow,也就是 individual widow,"各自的寡妇"),但如此完美的"你"若不结婚,就将使得世界成为一个公共的寡妇(public widow)。当每个私人的寡妇都可以在自己孩子的眼睛里继续看见丈夫的样貌,"你"却使自己美丽的"形体"(form),或"你"身上包含的柏拉图式的美的"理念"(form),都无迹可寻。在接下来的第三节四行诗中,诗人进一步点明了俊友身上的这种美,并将它比作一种可流通的资产。他写道,钱财的浪费犹可原谅,因为货币不过是从这个人手中流通到另一个人手中,"变换位置"(shitfs but his place);但"美"的浪费不可原谅,因为如果不去使用(不去繁殖),美将会随着美人生命的陨落而彻底消失:

Look! what an unthrift in the world doth spend

Shifts but his place, for still the world enjoys it;
But beauty's waste hath in the world an end,
And kept unused the user so destroys it.

浪子在世间挥霍的任何财产

只换了位置，仍能为世人享用；

而美的消费在世间可总有个完，

守着不用，就毁在本人的手中。

第 10 行 shifts but his place 中的第三人称代词 his 又是一个中古英语用法。中古英语中的 his 同时是单数阳性和中性的所有格，同时承担现代英语中 his 和 its 的功能，需要根据上下文判断具体所指，本诗中特指"被败家子在世上挥霍掉的事物"（what an unthrift in the world doth spend），即钱财、资产。spend 在这句话里还有显著的性意味。而 unused、user 这些词，以及我们在之前的《高利贷惜时诗》（商籁第 4 首）中看到的 usurer、used、abuse 等词，再次将莎氏最喜欢的比喻组之一——经济学相关的奇喻——推至前台。我们看到，无论是原型意义上的普遍的美，还是俊美青年个人所分有的那一份美，都被理解成一种社会资产，它和一切资产一样，必须在流通中体现和增加自己的价值，任何不愿这么做的人都是在"犯罪"，也就是最后对句中所说的：

No love toward others in that bosom sits

That on himself such murd'rous shame commits.

对自己会作这么可耻的谋害,

这种心胸不可能对别人有爱。

诗人批评俊友这样的独身者是"对自己犯下可耻的谋杀罪",说这样的心胸里"容不下对他人的爱"。不自爱者,焉能爱人?本诗最后两行斩钉截铁地否决了开篇处为俊友提出的动机——拒绝结婚是出于爱,是为了死后不让未亡人伤心。不,诗人对俊友说,"你"这么做不是出于爱,因为任何"谋杀"自身的美、"谋杀"自己生命的人,都是没有资格谈论爱别人的。欲爱他人,必先自爱,商籁第9首结束于这样的逻辑,但莎氏关于自爱与爱人之辩证关系的独特解读才刚开始,将在商籁第10首和未来的一系列诗中继续展开。

《米兰的瓦伦汀娜悲悼她的丈夫奥尔良公爵》,
弗勒里－法朗索瓦·理查德

**商籁
第 10 首**

———

**建筑
惜时诗**

羞呀,你甭说你还爱着什么人,
既然你对自己只打算坐吃山空。
好吧,就算你见爱于很多很多人,
说你不爱任何人却地道天公;

因为你心中有这样谋杀的毒恨,
竟忙着要对你自己图谋不轨,
渴求着要去摧毁那崇丽的屋顶,
照理,你应该希望修好它才对。

你改变想法吧,好教我改变观点!
毒恨的居室可以比柔爱的更美?
你应该像外貌一样,内心也和善,
至少也得对自己多点儿慈悲;

  你爱我,就该去做另一个自身,
  使美在你或你后代身上永存。

For shame deny that thou bear'st love to any,
Who for thy self art so unprovident.
Grant, if thou wilt, thou art beloved of many,
But that thou none lov'st is most evident:

For thou art so possessed with murderous hate,
That 'gainst thy self thou stick'st not to conspire,
Seeking that beauteous roof to ruinate
Which to repair should be thy chief desire.

O! change thy thought, that I may change my mind:
Shall hate be fairer lodged than gentle love?
Be, as thy presence is, gracious and kind,
Or to thyself at least kind-hearted prove:

> Make thee another self for love of me,
> That beauty still may live in thine or thee.

商籁第 10 首中，诗人在整本诗集中首次使用第一人称代词 I 和 me,[1] 无异于为整个诗系列引入了全新的"剧中人"。

在同为惜时诗的商籁第 9 首末尾，诗人批评保持独身的俊美青年："对自己会作这么可耻的谋害，/ 这种心胸不可能对别人有爱。"诗人的核心论证是，一个连爱自己都做不到的人，是没有能力去爱他人的。与之相连的商籁第 10 首在第一、第二节四行诗中延续了这一论证，开篇就直截了当地训诫俊友道："可耻啊，别再说你对任何人怀有爱情。"(For shame deny that thou bear'st love to any) 这也是对商籁第 9 首中"假想的寡妇"主题的回应：请别用不愿让他人在"你"死后伤心来作为独身的借口，因为"你在自己的事上都这么缺乏远见"(Who for thy self art so unprovident)。unprovident 来自拉丁文动词 *providere*（*pro-+videre*，"向前看"），其形容词形式 provident 意为"高瞻远瞩的，谨慎地为未来作准备的，节省的"，作为反义词的 unprovident 则指短视、不作长远打算的，在现代英语中更常用的拼法是 improvident。俊美青年的独身主义被看作一种"短视"，他的拒绝繁衍被看作一种"不自爱"。在诗人眼中，不自爱者是没有爱人的资格的，自爱是爱人的起点和基础，故而有了第一节后半部分的阶段性结论，也是诗人要迫使他的俊友"承认"的事实：承

---

[1] 指在莎士比亚的英文原文中。一些中译本曾在诸如商籁第 8 首等诗作中补充"我的"等词，这些第一人称代词均不见于莎氏原文，要到本诗中才第一次出现。

认吧,许多人爱你,但你显然不爱任何人(Grant, if thou wilt, thou art beloved of many, /But that thou none lov'st is most evident)。

第二节四行诗的论证是对第一节的递进,"你"的不自爱(也不爱别人)被升级描述成一种"自恨"(For thou art so possessed with murderous hate, /That 'gainst thy self thou stick'st not to conspire)——仿佛与商籁第9首最后一句中的"murd'rous shame"呼应,心灵被一种"杀戮的仇恨"所占据的"你",竟然毫不犹豫要与自己为敌(stick not 相当于 hesitate not),把谋杀的意图指向自己。在第二节中,第一节里的不自爱、不繁殖直接被转化成了自恨和"自杀",而这种自杀行为又被比作对一栋房屋及其部件的摧毁,在本节后半部分以及第三节前半部分中,以一系列建筑领域的名词和动词被生动地描述:

Seeking that beauteous roof to ruinate
Which to repair should be thy chief desire.
渴求着要去摧毁那崇丽的屋顶,
照理,你应该希望修好它才对。

O! change thy thought, that I may change my mind:
Shall hate be fairer lodged than gentle love?

你改变想法吧,好教我改变观点!

毒恨的居室可以比柔爱的更美?

对于一座不可避免地正在走向衰朽的房屋的屋顶(roof,此处可指"你"的身体和青春美貌),本应竭尽全力去修复(repair),但"你"却要将它摧毁,使它化为废墟(ruinate)。ruinate这个动词与其名词形式ruin之间的共鸣再直白不过,同时又与roof、repair构成头韵。一栋房屋(house)的摧毁,在《圣经》中常被看作对一户家庭(house)或家族(family)的摧毁,比如《马可福音》第3章第25节:"若一家自相纷争,那家就站立不住。"(And if a house is divided against itself, that house will not be able to stand.)这种双关也在现代英语house一词的多义性中被保存下来,比如莎士比亚的商籁第13首中就直接出现了这样的词句:Who lets so fair a house fall to decay, /Which husbandry in honour might uphold (ll.9–10)——谁会让这样一座美丽的房屋化作断壁残垣,假如可以用辛勤维护来使之屹立不败? 商籁第10首中虽未直接出现house一词,却也同样暗示:俊友不肯修葺自己的"屋顶",不肯繁衍自己的青春和美,最终是在摧毁一个本可以欣欣向荣的家族,扼杀自己家族的血脉。

这就有了第10行那个不是问题的问题:难道"仇恨"

应该比"温柔的爱"住在更美的地方吗（be fairer lodged）？换言之，"你"这座美丽的房屋，难道甘心让仇恨来居住，而不是让爱？诗人代替俊友作出了斩钉截铁的回答，以一个祈使句的方式：O! change thy thought, that I may change my mind——请"改变主意"吧，"你"从前的做法（让仇恨住在自身中）是大错特错的，请让爱取代恨，这样"我"就可以"改变（对你的）看法"。

此处是整个十四行诗系列原文中第一次出现第一人称代词（主格的 I、所有格的 my，还有诗末对句中宾格的 me），仿佛诗人要传递的规训是如此迫切，之前一直隐身未登场的"我"的声音终于要走上前台，面对面向俊友发出呼吁："你"这么美，就该对自己心善些（to thyself at least kind-hearted prove），"你爱我，就该去做另一个自身，/使美在你或你后代身上永存"（Make thee another self for love of me, /That beauty still may live in thine or thee）。这当然是诗系列中一个关键的时刻，一个此前始终藏身台下的关键人物终于华丽登场，直接请求台上的另一个人物为了他的缘故改变心意；"我"头一次援引两人之间的（在此被假定为相互的）"爱"作为敦促"你"行动的原因。对句中这一声"为了对我的爱"（for love of me），使这首诗具有了在此前的商籁中尚未出现过的动之以情的色彩。

商籁第 9 首和第 10 首论证的终点是："请爱自己，这样你才可以爱别人。"出发点却是《旧约》和《新约》中反复出现的关于"爱人如己"的训诫:"不可报仇,也不可埋怨你本国的子民,却要爱人如己"(《利未记》19:18);"当孝敬父母,又当爱人如己"(《马太福音》19:19);"其次,就是说,要爱人如己。再没有比这两条诫命更大的了"(《马可福音》12:31);"并且尽心,尽智,尽力爱他,又爱人如己,就比一切燔祭,和各样祭祀,好得多"(《马可福音》12:33);"要爱邻舍如同自己"(《路加福音》10:27);"像那不可奸淫,不可杀人,不可偷盗,不可贪婪,或有别的诫命,都包在爱人如己这一句话之内了"(《罗马书》13:9);"经上记着说,要爱人如己。你们若全守这至尊的律法才是好的"(《雅各书》2:8)。《圣经》中的训诫假定每个人都天生知道爱自己,故要推己及人,把自爱延展为爱人。莎士比亚的第9首和第10首商籁却为我们呈现了一名连爱自己都不会的青年,一名尚不会自爱,却用"爱他人"(心疼未来的寡妇)来为自己的不自爱开脱的自我欺骗的青年。诗人在这两首诗中的核心言语行为就是敦促俊友停止自欺,在奢谈爱人之前先爱自己——落实到行动上,就是惜时诗组诗的核心主题:繁衍后代,制造"另一个自己"。

"因为全律法都包在'爱人如己'这一句话之内了。"《新约·加拉太书》第5章第14节的这句总结也适用于商籁第 9 首和第 10 首,只是莎氏巧妙地将规劝的重心切换成更符合俊友情况的"爱己如人":爱自己吧,如"你"声称会去爱别人那样。

你衰败得迅捷，但你将同样迅捷——
在你出生的孩子身上生长；
你趁年轻灌注的新鲜血液，
依然是属于你的，不怕你衰亡。

这里存在着智慧，美，繁滋；
否则是愚笨，衰老，寒冷的腐朽：
如果大家不这样，时代会停止，
把世界结束也只消六十个年头。

有些东西，造化不准备保留，
尽可以丑陋粗糙，没果实就死掉：
谁得天独厚，她让你更胜一筹；
你就该抚育那恩赐，把它保存好；

  造化刻你作她的图章，只希望
  你多留印鉴，也不让原印消亡。

**商籁
第 11 首**

**印章
惜时诗**

As fast as thou shalt wane, so fast thou grow'st
In one of thine, from that which thou departest;
And that fresh blood which youngly thou bestow'st,
Thou mayst call thine when thou from youth convertest.

Herein lives wisdom, beauty, and increase;
Without this folly, age, and cold decay:
If all were minded so, the times should cease
And threescore year would make the world away.

Let those whom nature hath not made for store,
Harsh, featureless, and rude, barrenly perish:
Look whom she best endowed, she gave the more;
Which bounteous gift thou shouldst in bounty cherish:

> She carved thee for her seal, and meant thereby,
> Thou shouldst print more, not let that copy die.

迄今为止的惜时诗中,莎士比亚使用的繁殖隐喻多数是基于有机物的。在商籁第 11 首中,我们将看到一些有力的无机物隐喻,其中一个将成为通向此后的元诗主题的桥梁。

第一节以月亮的盈亏作比,提出一个看似悖论,实则符合自然规律的假定:如果"你"有后嗣,那么当"你"生命的满月逐渐亏减成为残月时,"你"的孩子就将以同样的速度从新月成熟为满月(As fast as thou shalt wane, so fast thou grow'st/In one of thine)。用月亮的阴晴圆缺来比喻人的生命阶段,尤其是一种悖论式的"亏损中的增长",在献给俊美青年的组诗的最后一首,即商籁第 126 首中也有一例:"在衰老途中你成长,并由此显出来 / 爱你的人们在枯萎,而你在盛开!"和商籁第 11 首中"父亲的生命逐渐亏缺而孩子逐渐满盈"不同,商籁第 126 首聚焦的是俊友作为自然女神的"天选之子",随着年龄渐长却越来越美(by waning grown),而他的爱慕者们(以及这世上的其他人)却一个个老去(withering)。

回到本诗第一节,同样看似悖论的是,虽然你"离弃了青春"(thou from youth convertest),却仍可以"将青春的血液称作自己的",因为那鲜血是你注入你孩子体内的(And that fresh blood which youngly thou bestow'st, /Thou mayst call thine)。convert 这个词今天多用于宗教语境中,表示皈依某宗教或者改变信仰（例如，convert to Christianity），但它的拉丁文词源 *convertere* 原义即"转向"。诗人说，在俊友生命的月亏中，他会从青春（这条大道上）不可逆地转向，一去不返。

第二节也比较直白，诗人用一个 herein（这里面），概括了惜时诗的主题："这里存在着智慧，美，繁滋；/否则是愚笨，衰老，寒冷的腐朽。"（Herein lives wisdom, beauty, and increase; /Without this folly, age, and cold decay）herein 相当于 in this，此处指在对繁衍之责任的履行中，有着生而为人所能希冀的一切——智慧、美貌、增益等，诗人的大白话即"娃中自有颜如玉"。作为对照的反面是愚昧、衰老、冰冷的腐朽。两条道路的利弊一目了然，几乎可以看到诗人"催促"俊友当下就作出明智的选择。仿佛这还不够，他还假设"如果人人都（像你）这么想"（不生孩子），那么要不了六十年世界就要灭亡（If all were minded so, the times should cease /And threescore year would make the world away）——这里当然是指人类世界，六十年在文艺复兴时期被看作一个比较理想的寿限。诗人意欲站在伦理制高点上，告诉俊友每个人身上都肩负着繁衍人类这个物种的重责。我们可以料想到这种说教不会有什么说服力。

全诗的重点在第三节和对句中。自第 9 行起，与同样出现月相的商籁第 126 首一样，造化，或曰大自然，以女主人（第126首中的sovereign mistress）或女神的形象现身，就如她在古典拉丁文学中以"自然女士"（Lady Natura）的身份所做的那样，为包括人类在内的万物分派她的馈赠，这馈赠并不均等：

Let those whom nature hath not made for store,
Harsh, featureless, and rude, barrenly perish:
Look whom she best endowed, she gave the more;
Which bounteous gift thou shouldst in bounty cherish
有些东西，造化不准备保留，
尽可以丑陋粗糙，没果实就死掉：
谁得天独厚，她让你更胜一筹；
你就该抚育那恩赐，把它保存好

诗人提醒俊友，自然女神的分派从不公平，让那些"尖刻、丑陋、粗鲁的人无子无嗣地死去吧"，和他们不同，"你"是被自然选中、要为未来的人类繁衍美貌的人。造化的分配不公还进一步体现在，对那些已经接受她最多恩赐的人，她还要给得更多——"你"就是这样的天选之子，因此你必须用慷慨/丰饶（bounty）也即多多繁衍来回报造化的慷慨馈赠（bounteous gift）。造化加倍优待已经受到优待的人，这并非莎士比亚强加于自然女神的特质，《圣经》中就有这种观点的源头。《马太福音》第25章中讲了一个"按才受托的比喻"（Parable of the Talents），《路加福音》第19章中也有对观文本："天国又好比一个人要到外国去，就叫了仆人来，把他的家业交给他们，按照个人的才干，给他们银子。"（《太》25：14—15）故事中的主人把拿了一千银子却埋在地里无所收获的仆人的银子，夺过来给了拿了五千银子然后做买卖又赚了五千的仆人："因为凡有的，还要加给他，叫他有余；没有的，连他所有的也要夺过来。"（《太》25：29）

《圣经》当然是莎士比亚最熟读的文本之一，无论在诗歌还是戏剧作品中，他始终是在经学和文学传统中写作，并对此毫不讳言。只不过此诗的重点仍是对俊友的训诫：造化既已如此优待"你"，"你"的责任也加倍重大。这就引出了最后对句中那个惊人而至关重要的无机物隐喻：

She carved thee for her seal, and meant thereby,
Thou shouldst print more, not let that copy die.
造化刻你作她的图章，只希望
你多留印鉴，也不让原印消亡。

从字面看，诗人说自然女神把俊友"雕"作了她的"印章"（carved thee for her seal），让他可以把自己多刻几份，好让原件不至于失传。伊丽莎白时代最常用的一种印章是用来封缄的火漆或曰封蜡印章:把加热融化的火漆或封蜡(sealing wax)滴在文件封口处,然后用通常是金属质地的火漆印盖在尚未凝固的蜡上。由于印章上的图案往往是印章主人度身定做、独一无二的(通常带有族徽、姓名字母缩写或其他高度个人化的纹样),就能在较大程度上确保收信人以外的人无法在不被发现的情况下私拆信件。无论是梵蒂冈教宗带有S.P.Q.R.字样的印章戒指,还是历代中国皇帝的玉玺,都是一种传达专属权限的工具。商籁第11首的对句也是如此,一如阿登版《莎士比亚十四行诗集》的编辑凯瑟琳·邓肯-琼斯所言,对句中提到的"印章"更多是象征着大自然的权威,或是一种"展现权威的标记"。[1] 换言之,完美的"你"成为造化神功的最高体现,也就是第11行中所谓"最为天赋秉异之人"(whom she best endowed),复制(print)"你"自己(繁衍后代)就是复制自然最好的工艺。

值得一提的是print这个词在本诗语境中的潜在双关。字面上,print在这里是"盖印"之意,也就是"你"这自然之印复制自己的方法。但莎士比亚生活在一个印刷术在欧洲蒸蒸日上、逐渐成为文化传播的首要途径的年代,中世纪手抄本文化正在衰亡,从莎士比亚出生前一个世纪起,古登堡的新发明就缓慢但不可逆地取消着抄写员们繁复工

---

[1] Katherine Duncan-Jones ed., *Shakespeare's Sonnets* (The Arden Shakespeare), 3rd Series, pp. 132–33.

作的必要性。莎士比亚本人依然是个生产手稿的作者，一如戴维·斯科特·卡斯顿在《莎士比亚与书》中所言："作为戏剧家的莎士比亚对印刷书没有明显的兴趣。表演是他为自己的剧作寻求的唯一发表方式。他并未付出努力以出版剧本，或者阻止那些书肆出售的常常粗制滥造的版本的出版"；"莎士比亚本人对印刷的承担仅限于其叙事诗"[1]（指长诗《维纳斯与阿多尼斯》和《鲁克丽丝遇劫记》，两者都是排版精美的印刷书籍，卷首有莎士比亚本人的题献，且都是献给俊美青年的头号候选人南安普顿伯爵的）。这种看法虽然有过于武断之嫌，但总体来说却并未偏离已知的史实。但这并不代表莎士比亚不关注身边日益精良和普及的印刷术对都铎时期整体文化环境的塑造及影响。诗人一定对印刷所中每日上演的"复制"（copy）的魔术印象深刻，当他用 print 这个动词来规劝俊友多多繁衍时，我们几乎可以读出一种既关心给"你"和未来读者留下的"印象"（impression），也关心"印数"（impression，动词 impress 本就具有"留下印象"和"印刻"的双关义）的潜在的作者意识。

关于对句还有一点可以补充。今日的 copy 一词多指复印件，但在 16 世纪以及更早的中世纪英语中，这个词很多时候指原件，一种为复制提供起点的母本，因此诗人在最后一行中重申："你该多多印刻，不让母本消亡。"（Thou

---

[1] David Scott Kaston, *Shakespeare and the Book*, p. 5；戴维·斯科特·卡斯顿，《莎士比亚与书》，第 37—38 页。

shouldst print more, not let that copy die.）这里的 copy 恰恰是指俊美青年本人这份"原件"。此外，copy 的拉丁文名词词源 *copia* 本意为"丰饶，丰盛"，这在今天的一些英语单词诸如"丰饶角"（cornucopia）中依然有所体现，也呼应着贯穿本诗的丰饶（bounty）、馈赠（gift/bestow/endow）、增益（increase/grow）、贮存（store）之主题。

彼得鲁斯·基利斯图斯（Petrus Christus）作于约1455年的一幅捐赠人肖像，墙上有一幅用火漆封固定的图画

我，计算着时钟算出的时辰，
看到阴黑夜吞掉伟丽的白日；
看到紫罗兰失去了鲜艳的青春，
貂黑的鬈发都成了雪白的银丝；

看到昔日用繁枝密叶为牧人
遮荫的高树只剩了几根秃柱子，
夏季的葱绿都扎做一捆捆收成，
载在柩车上，带着一绺绺白胡子——

于是，我开始考虑到你的美丽，
想你也必定要走进时间的荒夜，
芬芳与娇妍总是要放弃自己，
见别人快长，自己却快快凋谢；

  没人敌得过时间的镰刀呵，除非
  生儿女，你死后留子孙跟他作对。

商籁
第 12 首

———

紫罗兰
惜时诗

When I do count the clock that tells the time,
And see the brave day sunk in hideous night;
When I behold the violet past prime,
And sable curls, all silvered o'er with white;

When lofty trees I see barren of leaves,
Which erst from heat did canopy the herd,
And summer's green all girded up in sheaves,
Borne on the bier with white and bristly beard,

Then of thy beauty do I question make,
That thou among the wastes of time must go,
Since sweets and beauties do themselves forsake
And die as fast as they see others grow;

    And nothing 'gainst Time's scythe can make defence
    Save breed, to brave him when he takes thee hence.

商籁第12首几乎是一首字面意义上的"惜时诗"。"时间"（time）一词不仅重复出现了三次（两次小写，一次大写），并且首句就出现了时间的有形可见的机械见证者——时钟，这在莎士比亚的年代尚被看作几乎具有魔法的新鲜事物——以一个凝望钟面、目送白昼逝入黑夜的抒情叙事者的形象开篇。同时，12这个数字恰对应着钟面上时针一圈的历程，前十二行仿佛对应着十二个时辰，静静呈现着这首诗中描述时光流逝的第一种模式：曾经荫蔽畜群的树木落光了叶子；夏日绿油油的麦子在秋日被割下；年轻人乌黑的鬈发染上了银色……在这种模式中，时光并不作恶，它不过是遵照本性安静地"发生"，草木的凋零是随之共同发生的自然事件，不可阻挡，不因谁的意志而转变。在这种模式中，有一种花朵的出现尤其意味深长，它就是第三行中的"过了盛年"的紫罗兰（When I behold the violet past prime）。

在莎士比亚笔下，紫罗兰几乎总是与早逝的生命联系在一起。作为一种常见于英国花园内的春日花朵，它喜凉爽，忌高温，在盛夏到来之前往往已经凋谢。我们不妨看看一些耳熟能详的莎剧中紫罗兰出现的情境。比如《哈姆雷特》第一幕第三场，奥菲利娅的哥哥雷欧提斯告诫奥菲利娅说："对于哈姆雷特和他的调情献媚，你必须把他认作年轻人一时的感情冲动，一朵初春的紫罗兰早熟而易凋，馥郁而不能持久，一分钟的芬芳和喜悦，如此而已。"后来，当奥菲利娅溺死在河中,悲恸欲绝的雷欧提斯表示希望妹妹的墓中生出紫罗兰:"把她放下泥土里去;愿她娇美无瑕的肉体上,生出芬芳馥郁的紫罗兰来!"

在莎氏晚年的传奇剧《泰尔亲王配力克里斯》第四幕第一场中,女主人公玛丽娜带着鲜花去祭奠她认为已死的母亲,她所选取的装点坟墓的花朵中就有紫罗兰:"不,我要从大地女神的身上偷取诸色的花卉,点缀你的青绿的新坟;在夏天尚未消逝以前,我要用黄的花、蓝的花、紫色的紫罗兰、金色的万寿菊,像一张锦毯一样铺在你的坟上。唉!我这苦命的人儿,在暴风雨之中来到这世上,一出世就死去了我的母亲;这世界对于我就像一个永远起着风浪的怒海一样,把我的亲人一个个从我的面前卷去。"

在不伴随死亡的意象出现时,莎士比亚总是在强调紫罗兰的馥郁香气,这一点在他的同时代人、英国植物学和植物绘画的奠基人之一约翰·杰拉德(John Gerarde)的巨著《草木志,或植物通史》(*The Herball: Or Generall Historie of Plantes*,下文简称为《草木志》)中亦被反复强调。杰拉德的《草木志》出版于1597年的伦敦,几乎和莎士比亚十四行诗系列的写作时期相同。《草木志》对当时和后世英国植物学的影响巨大,学者们公认莎士比亚很可能熟读这本书,作为对他源于自然的植物学知识的补充。杰拉德对紫罗兰的描述是"优于其余诸花,香气宜人,且姿容优雅万千",

说这种花不仅适合于编织花环,还能制成糖浆改善各种气管、口腔和胸部疾病。莎氏在戏剧中常用紫罗兰作为"芳香"的信使,比如《第十二夜》开篇伊始(第一幕第一场),处于对奥丽维娅的单相思中的奥西诺公爵感叹道:"假如音乐是爱情的食粮,那么奏下去吧;尽量地奏下去,好让爱情因过饱噎塞而死。又奏起这个调子来了!它有一种渐渐消沉下去的节奏。啊!它经过我的耳畔,就像微风吹拂一丛紫罗兰,发出轻柔的声音,一面把花香偷走,一面又把花香分送。够了!别再奏下去了!它现在已经不像原来那样甜蜜了。"

在诗歌中也同样如此。十四行诗系列中另一处出现紫罗兰的地方是第99首,莎士比亚在那首诗中斥责紫罗兰从爱人的呼吸中偷走了芳香(也从他的血液中偷走了颜色):

The forward violet thus did I chide:
Sweet thief, whence didst thou steal thy sweet that smells,
If not from my love's breath? The purple pride
Which on thy soft cheek for complexion dwells
In my love's veins thou hast too grossly dy'd. (11.1–5)
我把早熟的紫罗兰这样斥责:
甜蜜的小偷,你从哪里窃来这氤氲,
若非从我爱人的呼吸?这紫色

为你的柔颊抹上一缕骄傲的红晕,

定是从我爱人的静脉中染得。

(包慧怡 译)

紫罗兰的既美且香及其短命之间形成了残酷的对照,出现在商籁第12首这首惜时诗中也就格外相宜。全诗第二节中还有一个触目惊心的植物死亡的意象:被割下、捆成束、送上木板车的麦子,经历的不仅是从田野里到"灵车"(bier)的空间转移,从生机盎然的夏日到成为无机物的秋日的时间流逝(And summer's green all girded up in sheaves),还有从青葱到花白的色彩变化,其抽出麦穗的过程亦被比作如老去的男子长出"坚挺的白须"(Borne on the bier with white and bristly beard)——草木的荣枯与人类衰老的过程之间建起了平行联系,两者都服从时光无动于衷的法律。

而这些都是本诗中时间发生的第一类表现,在小写的time的行为模式中,时间只是自然而被动地逝去,并不主动出击。到了最后的对句中,出现了本诗中时间的第二种形象:拟人的、手持镰刀的、形象类似于"严酷的收割者"(Grim Reaper,即死神)的、大写的"时间"(Time)。这一模式下"时间"的形象更为凶悍狰狞,摧毁万物(尤其是美丽的事物)是它的天性,大写的"时间"将无情地收割俊美青年的生命，除非他以"繁殖"（breed）来抵御死亡。时间作为凶悍的生命收割者，其不详的影子在上文关于割下的麦子"被装上灵车"的诗句中已经出现过，但只有到了对句中才全然彰显真身，与希腊神话中手持镰刀的时间之神克罗诺斯合二为一：

> And nothing 'gainst Time's scythe can make defence
> Save breed, to brave him when he takes thee hence.
> 没有什么能阻止时光挥舞镰刀，
> 除了繁殖，当它带走你的时辰来到。

（包慧怡 译）

25岁即英年早逝的英国浪漫派诗人约翰·济慈是莎士比亚的忠实崇拜者，他一生中大部分时间都随身携带一本《莎士比亚十四行诗集》，在去世前几个月因患晚期肺结核而去意大利养病的慢船上也手不释卷，其生命中最后一首完成的十四行诗《明亮的星》（*Bright Star*）的初稿就写在莎翁十四行诗集的空白处。济慈的那本莎翁十四行诗集今藏哈佛大学豪顿图书馆（Houghton Library），其中，在商籁第12首关于麦子被装上"灵车"的那行旁边，自知生命已进入倒计时的济慈用铅笔写道："竟然要承受这样的事吗？诸君，且听！"（Is this to be borne? Hark ye!）

莎士比亚同时代植物画家雅克·勒·默恩（Jacques Le Moyne de Morgues）笔下的紫罗兰，16世纪晚期

约翰·杰拉德《草木志》1597年初版封面

商籁
第 13 首

反驳
惜时诗

愿你永远是你自己呵!可是,我爱,
你如今活着,将来会不属于自己:
你该准备去对抗末日的到来,
把你可爱的形体让别人来承继。

这样,你那租借得来的美影,
就能够克服时间,永远不到期:
你死后可以重新成为你自身,
只要你儿子保有你美丽的形体。

谁会让这么美好的屋子垮下去,
不用勤勉和节俭来给以支柱,
来帮他对抗冬天的狂风暴雨,
对抗死神的毁灭一切的冷酷?

  只有败家子才会这样呵——你明白:
  你有父亲,你儿子也该有啊,我爱!

O! that you were your self; but, love, you are
No longer yours, than you your self here live:
Against this coming end you should prepare,
And your sweet semblance to some other give:

So should that beauty which you hold in lease
Find no determination; then you were
Yourself again, after yourself's decease,
When your sweet issue your sweet form should bear.

Who lets so fair a house fall to decay,
Which husbandry in honour might uphold,
Against the stormy gusts of winter's day
And barren rage of death's eternal cold?

> O! none but unthrifts. Dear my love, you know,
> You had a father: let your son say so.

这首诗被文德勒称作"应答诗"(reply-sonnet),[1] 也就是说,诗中"我"的申辩和劝诫是对一个没有直接登场的声音,也即俊美青年"你"的某种发声的回应。作为读者的我们只能听见第一人称抒情主人公"我"的"反驳",并由此来推测"我"要否定的是怎样一种意见,揣度"你"的立场。在整个诗系列中还有不少这样的应答诗,文德勒作为典型举例的还有商籁第76首、第110首、第116首和第117首等。从诗歌史角度来看,这类诗可以一直向前追溯到中古英语写就的《猫头鹰与夜莺》(*The Owl and the Nightingale*)这类中世纪盛行的辩论诗(debate poem)。

我们可以从第一节中使用虚拟式的部分,看出那缺席的被驳斥的主张是什么:"哦,假如你真是你自己就好了;可是爱人啊 / 你将不再属于你自己,不似你在此世的生命……"(O! that you were your self; but, love, you are/No longer yours, than you your self here live ...)如果我们接受这是一首意在反驳的应答诗,那么不难想象俊友曾表达过的意见大致是:我是我自己,这就足够了,我不需要繁衍子嗣来制造新的自己。而诗人通篇就是要反对这种意见,通过一种修辞上的让步("假如你真是你自己就好了",可惜现实并非如此),来巩固和强化自己的主张,即规劝繁衍的组诗主题:你应当未雨绸缪,为必定到来的死亡做好准备,把自己的形象交给"另一个人"(子嗣)。第一节四行诗

---

[1] Helen Vendler, *The Art of Shakespeare's Sonnets*, p. 103.

的后半部分和整个第二节四行诗都用来强调这种主张:

> Against this coming end you should prepare,
> And your sweet semblance to some other give:
> 你该准备去对抗末日的到来,
> 把你可爱的形体让别人来承继。
>
> So should that beauty which you hold in lease
> Find no determination; then you were
> Yourself again, after yourself's decease,
> When your sweet issue your sweet form should bear.
> 这样,你那租借得来的美影,
> 就能够克服时间,永远不到期:
> 你死后可以重新成为你自身,
> 只要你儿子保有你美丽的形体。

短短六行中出现了三个 sweet,诗人仿佛正以重复的用词模拟他所主张的"复制"(semblance),这个词也可译作"相似"(likeness)或直接用来指"肖像"(picture)。就像我们之前在商籁第 11 首(印章惜时诗)中看到的,诗人说他的俊友有自我复制的义务,因为他所具有的美貌不过是自然租赁给他的(that beauty which you hold in lease)。

自然/造化（Nature）作为"美"的出租者的形象在商籁第4首第3行中就已出现过（Nature's bequest gives nothing, but doth lend），此后还会在第18首等商籁中一再出现。只有当"你"承担起"复制你自己"的职责，自然出租的美才"不会终止"（Find no determination），这里的determination相当于termination，该词的这种用法今天已几乎完全看不到了。那时"你"的后代（issue）将继承"你"的外形（form），此处的form也可以解作新柏拉图主义意义上的"形式"或"原型"。

以上八行是对俊友的"自给自足说"的直接的、针对具体个人的反驳。从第三节四行诗起，诗人转入一个新的论证方向——使用隐喻来描述人类的普遍行为模式。这里的核心隐喻和商籁第10首一样，是关于房屋和建筑的，并且第三节中的四行诗共同组成一个完整的反问句：

Who lets so fair a house fall to decay,

Which husbandry in honour might uphold,

Against the stormy gusts of winter's day

And barren rage of death's eternal cold?

谁会让一座华屋化作断壁残垣

若能用辛勤维护使之屹立不败

抵御冬日肆虐的暴风，还有

死亡之永寒的贫瘠愤怒?

(包慧怡 译)

正如我们在商籁第 10 首的解读中提过的,"房屋"(house)一词自《圣经》而下就具有家庭、家族、王朝等多重含义,在有些语境中则同时具有这些含义,《旧约·传道书》第 7 章第 4 节中"智慧人的心,在遭丧之家;愚昧人的心,在快乐之家"(The heart of the wise is in the house of mourning; but the heart of fools is in the house of mirth)里的"家"(house)就是一例。本诗第 9 行中的"房屋"除了指俊友的身体(肉体作为灵魂的居所是一个古老的隐喻),侧重点还是放在 house 作为家族或王朝的这层意思上。正如金雀花王朝的两大支系兰开斯特家族(House of Lancaster)和约克家族(House of York)之间的长年纷争(所谓"玫瑰战争")是莎士比亚多部历史剧的题材,此句 house 一词本身就暗示了血统的高贵,暗指俊友可能是贵族或王戚出身。如此,结婚生子除了是一种自我保存的方式,更是每个都铎时期的贵族青年必须承担的家族责任——尤其若当事人是长子或独子,就如俊美青年的头号候选人南安普顿伯爵的情况那样。这个长达四行的反问句本身已包含对自己的回答,但诗人仍在最后的对句中明确无误地给出了答案:

> O! none but unthrifts. Dear my love, you know,
> You had a father: let your son say so.
> 只有败家子才会这样呵——你明白：
> 你有父亲，你儿子也该有啊，我爱！

不会有人（愚蠢到）这么做的，除非是挥霍无度的浪子（unthrifts）——unthrift 这里作为指人的名词出现，我们已在商籁第 4 首第 1 行中看到过它的形容词形式表示同样的意思（unthrifty loveliness）。值得注意的是，第 13 行中诗人直白地将俊友称为"我亲爱的爱人"（dear my love），和本诗第 1 行中的"爱人"（love）一样，这些都是十四行诗系列中第一次出现确凿无疑的对"你"的爱称。在此诗之前，诗人似乎满足于含蓄地称呼俊友为"温柔的村夫"（tender churl）、"悦耳之音"（music to hear）等。我们知道《莎士比亚十四行诗集》前 126 首都是致俊友的传情之作，而这在第 13 首商籁第 13 行中才迟迟出现的爱的告白，是否有什么数理上的深意，是否一开始就预言了这段关系的不幸结局？

商籁第 13 首虽然在韵学上仍是一首典型的英国式十四行诗，但在内在的论证逻辑上，其实是一首 8+6 结构的准意大利体十四行诗：前面的八行诗（octave）处理个体自我的繁衍，后面的六行诗（sestet）处理家族血脉的延续。这类"英国皮、意大利骨"的商籁我们今后还会遇见。

在莎士比亚同时代荷兰女画家克拉拉·皮特斯（Clara Peeters）所绘《虚空图》（*Vanitas*，约1610年）中，少女（被认为是女画家的自画像）手中的镜子是典型的死亡预警（*memento mori*）

商籁
第 14 首

占星
惜时诗

我的判断并不是来自星象中;
不过我想我自有占星的学说,
可是我不用它来卜命运的吉凶,
卜疫疠、灾荒或者季候的性格;

我也不会给一刻刻时光掐算,
因为我没有从天上得到过启示,
指不出每分钟前途的风雨雷电,
道不出帝王将相的时运趋势:

但是我从你眼睛里引出知识,
从这不变的恒星中学到这学问,
说是美与真能够共同繁滋,
只要你能够转入永久的仓廪;

  如若不然,我能够这样预言你:
  你的末日,就是真与美的死期。

Not from the stars do I my judgement pluck;
And yet methinks I have astronomy,
But not to tell of good or evil luck,
Of plagues, of dearths, or seasons'quality;

Nor can I fortune to brief minutes tell,
Pointing to each his thunder, rain and wind,
Or say with princes if it shall go well
By oft predict that I in heaven find:

But from thine eyes my knowledge I derive,
And constant stars in them I read such art
As 'Truth and beauty shall together thrive,
If from thyself, to store thou wouldst convert';

> Or else of thee this I prognosticate:
> 'Thy end is truth's and beauty's doom and date.'

商籁第14首虽然仍是一首典型的"惜时诗",却也可以同时放入"玄学诗"的主题中去考量。我们可以在本诗中看见莎士比亚对各类星象知识和术语的熟稔——如一个受过良好教育的文艺复兴英国绅士那般——如他在戏剧作品中时不时彰显的那样。如《特洛伊罗斯与克瑞西达》第一幕第三场中,莎氏让俄底修斯发表了一段关于天体运行规律主宰宇宙乃至人世和谐的演说:

> The heavens themselves, the planets and this centre
> Observe degree, priority and place,
> Insisture, course, proportion, season, form,
> Office and custom, in all line of order;
> And therefore is the glorious planet Sol
> In noble eminence enthroned and sphered
> Amidst the other; whose medicinable eye
> Corrects the ill aspects of planets evil,
> And posts, like the commandment of a king,
> Sans cheque to good and bad: but when the planets
> In evil mixture to disorder wander,
> What plagues and what portents! what mutiny!
> What raging of the sea! shaking of earth!
> Commotion in the winds! frights, changes, horrors,

Divert and crack, rend and deracinate
The unity and married calm of states
Quite from their fixure! O, when degree is shaked,
Which is the ladder to all high designs,
Then enterprise is sick! (ll. 86–104)

诸天的星辰，在运行的时候，谁都恪守着自身的等级和地位，遵循着各自的不变的轨道，依照着一定的范围、季候和方式，履行它们经常的职责；所以灿烂的太阳才能高拱出天，炯察寰宇，纠正星辰的过失，揭恶扬善，发挥它的无上威权。可是众星如果出了常轨，陷入了混乱的状态，那么多少的灾祸、变异、叛乱、海啸、地震、风暴、惊骇、恐怖，将要震撼、摧裂、破坏、毁灭这宇宙间的和谐！纪律是达到一切雄图的阶梯，要是纪律发生动摇，啊！那时候事业的前途也就变成黯淡了。

又如《第十二夜》第一幕第三场中，托比和安德鲁有一段关于其（本）命宫金牛对应人体哪些部位的讨论，体现出典型中世纪-文艺复兴时期认为宏观宇宙（星辰）与微观宇宙（人体）的运动存在彼此感应的"星象解剖学"（astrological anatomy）思想：

Toby:

Is it a world to hide virtues in? I did think, by the excellent constitution of thy leg, it was formed under the star of a galliard.

Andrew:

Ay, 'tis strong, and it does indifferent well in a flame-coloured stock. Shall we set about some revels?

Toby:

What shall we do else? were we not born under Taurus?

Andrew:

Taurus! That's sides and heart.

Toby:

No, sir; it is legs and thighs. (ll.116–123)

托比：这世界上是应该把才能隐藏起来的吗？照你那双出色的好腿看来，我想它们是在一个跳舞的星光底下生下来的。

安德鲁：哦，我这双腿很有气力，穿了火黄色的袜子倒也十分漂亮。我们喝酒去吧？

托比：除了喝酒，咱们还有什么事好做？咱们的命宫不是金牛星吗？

安德鲁：金牛星！金牛星管的是腰和心。

托比：不，老兄，是腿和股。跳个舞给我看。

商籁第 14 首开篇说,"我的判断并不是来自星象中;/不过我想我自有占星的学说"(Not from the stars do I my judgement pluck; /And yet methinks I have astronomy)。"我"虽然看似通篇使用占星家/星相学家的术语,诗人塑造的却是一个挑战传统占星家的叙事者,一个戏仿的星相学家。占星学(astrology)是中世纪大学"七艺"教育下"科学四艺"(*quadrivium*)中的一门,更精确的译法应为"星相学"。它的古希腊文词源 astra(星)+logos(测量,话语)本身就暗示出,星相学起先从事的就是如今被归入天文学(astronomy)名下的研究:对星星运动轨迹和规律的测量和解读。在欧洲,直到 17 世纪,astrology 和 astronomy 都被当作某种近义词使用。[1] 近代以来,星相学中基于严谨测算、科学实验和缜密推论的部分才被从 astrology 一词中剥离,放入 astronomy 一词下,以彰显一门有别于从前占星学的新兴学科的兴起。占星学/星相学和天文学的关系有点像炼金术和化学的关系,启蒙时代以来,炼金术同样遭到了全面污名化,即使现代化学正是脱胎于中世纪与文艺复兴炼金术,"化学"(chemistry)这个学科名称本身就来自阿拉伯语中的 alchemy(الحيمياء)——"炼金术"。

在莎士比亚生活的 16—17 世纪,欧洲各大宫廷都有自己的御用占星家,其中不少都被今人视作杰出的天文学家,比如神圣罗马帝国皇帝鲁道夫二世的皇家占星师第谷·布

---

[1] Matilde Battistini, *Astrology, Magic and Alchemy in Art*, p. 14.

拉赫，以及接任他的约翰尼斯·开普勒。伊丽莎白一世本人的宫廷占星师约翰·迪（John Dee）博士因为醉心通灵术和恶魔学，名声要更可疑一些，但他同样是当时英国最优秀的数学家和天文学家，并通过其占星知识为女王选定了登基吉日。

熟知这一切的莎士比亚，却在商籁第14首中创造了一个不同于传统宫廷占星师的、不问俗世的星相学家形象。宫廷占星师所擅长的一切——推算节气、占卜流年、预测灾厄——都是非主流占星家"我"所不能、不愿或不屑染指的"世俗"占星：

> But not to tell of good or evil luck,
> Of plagues, of dearths, or seasons' quality;
> 可是我不用它来卜命运的吉凶，
> 卜疫疠、灾荒或者季候的性格；

> Nor can I fortune to brief minutes tell,
> Pointing to each his thunder, rain and wind,
> Or say with princes if it shall go well
> By oft predict that I in heaven find
> 我也不会给一刻刻时光掐算，
> 因为我没有从天上得到过启示，

指不出每分钟前途的风雨雷电,
道不出帝王将相的时运趋势

"我"自称不会给一刻刻的时光掐算,"我"也不是天气预报,因为不曾从天上得到过启示。诗人字面上谦卑地说"我不会"(Nor can I),仿佛阻碍"我"成为宫廷占星师的是能力的欠缺,弦外之音却是"我不愿"——同样可以由第5行首的 Nor can I 表示,内涵却更接近 Nor will I——此处真正欠缺的是意愿,因为"我"根本不曾渴望成为御用星相学家,不愿成为约翰·迪博士这样的王室的红人,"我"的占星术涉足的,是一个纯然私人的领域:

But from thine eyes my knowledge I derive,
And constant stars in them I read such art
As 'Truth and beauty shall together thrive,
If from thyself, to store thou wouldst convert'
但是我从你眼睛里引出知识,
从这不变的恒星中学到这学问,
说是美与真能够共同繁滋,
只要你能够转入永久的仓廪

这是一个非常典型的"转折段"(volta,意大利语"跳跃，跳一跳"）。英式十四行诗的转折一般出现在第三节四行诗，比较晚的也有到诗末对句里才"跳"。本诗的 volta 出现在一个经典位置（第三节第一行），由经典转折词 but 引出。在两节四行诗的铺垫后，"我"终于郑重地剖白自己：只关心世俗运数和帝王将相的宫廷占星师观察自然界的星辰，但是"我"不占天上的星星，"我"占的是心上人的眼睛。"我"只从"你的眼睛"（thine eyes）里得出知识，从这"不变的恒星"（constant stars）中获得学问。

constant stars 这个词组大有深意。"不变的恒星"是相对于"行星"而言的，"行星"在中古英语和早期现代英语中常用 erratik sterres 来表述，字面意思是"浪游的星星"（erratic stars）。文艺复兴星相学继承中世纪基于托勒密天体图的占星体系，将地球看作位于宇宙中心的不动点，日月和金木水火土五大行星统称"流浪之星"（wandering stars），栖居在各自的天层（sphere）中，行星天层之外另有恒星天和原动天。在这一经典体系中，"流浪之星"或"行星"和我们今天的"行星"（planet）概念并不完全一致，太阳和月亮都被看作"行星"，而天王星和海王星这些今日的行星尚未被发现。莎士比亚在第 10 行中格外强调，"你"的眼睛是恒定不变的恒星（constant stars），不是世俗占星家的测算所依靠的浪游的行星。因此，"我"的占星术也超越人事的吉凶和尘世的变迁，要看进灵魂的最深处，直接凝视整个宇宙形而上的命运。

"你"的眼睛就是"我"灵魂的镜子,"我"在其中读出的真理是,"说是美与真能够共同繁滋,/只要你能够转入永久的仓廪"('Truth and beauty shall together thrive, / If from thyself, to store thou wouldst convert')。convert 的词源意为"转向",诗人规劝俊友从"(关注)自身"(from thyself)转向"贮存自身"(to store),但此行的句序也隐藏了另一重理解可能,即将"贮存自身"(繁衍子嗣)看作一种须被俊友"皈依"(convert)的信仰。莎氏再次将一件最寻常和世俗的事——"繁衍子嗣"——拔高到神学的高度:请"你"改宗,从信奉独身主义到信仰生命的延续,如此,"美与真能够共同繁滋"。但若不然,"我"将以"你"的专属占星师的身份作出不详的预言:

> Or else of thee this I prognosticate:
> 'Thy end is truth's and beauty's doom and date.'
> 如若不然,我能够这样预言你:
> 你的末日,就是真与美的死期。

"你"被置换成了世间所有真与美的化身,以至于"你"如果独身死去,宇宙中的一切真与美也将不复存在。至此,全诗公共占星师与私人占星师之间的对照,也被置换成了世俗占星师与哲学-美学占星师的独立。诗人以后者自居,并最终回归到"惜时诗"组诗的主题。一如在其多部剧作中可见的,莎士比亚的星相学知识并非浅尝辄止,而是对其原理和术语有相当程度的理解,因而他能以高度个人化的方式从内部解构传统星相学的修辞,写出这样一首独辟蹊径的占星惜时诗。

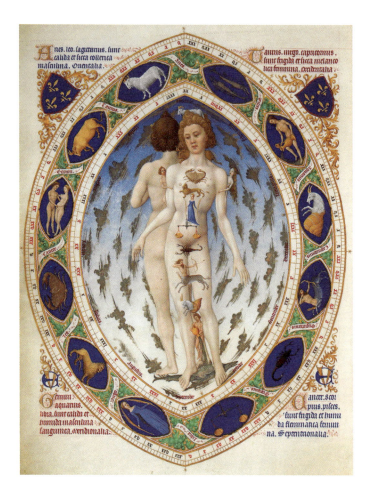

黄道星座人体,《贝里公爵的奢华时辰书》,林堡兄弟,15 世纪法国

商籁
第 15 首

园艺
惜时诗

我这样考虑着：世间的一切生物
只能够繁茂一个极短的时期，
而这座大舞台上的全部演出
没有不受到星象的默化潜移；

我看见：人类像植物一样增多，
一样被头上的天空所鼓舞，所叱责；
在青春朝气中雀跃，过极峰而下坡，
坚持他们勇敢的品格到湮没——

于是，无常的世界就发出奇想，
使你青春焕发地站在我眼前，
挥霍的时间却串通腐朽来逞强，
要变你青春的白天为晦暗的夜晚；

  为了爱你，我要跟时间决斗，
  把你接上比青春更永久的枝头。

When I consider every thing that grows
Holds in perfection but a little moment,
That this huge stage presenteth nought but shows
Whereon the stars in secret influence comment;

When I perceive that men as plants increase,
Cheered and checked even by the self-same sky,
Vaunt in their youthful sap, at height decrease,
And wear their brave state out of memory;

Then the conceit of this inconstant stay
Sets you most rich in youth before my sight,
Where wasteful Time debateth with decay
To change your day of youth to sullied night,

> And all in war with Time for love of you,
> As he takes from you, I engraft you new.

商籁第 15 首是诗系列中的倒数第三首惜时诗，时光摧折青春的主题虽然得到了延续，诗人提出的解决方案却已过渡到元诗的领域。本诗的格局也不再限于个体生命的兴衰，而是开篇第一节就着眼于"每一种生物"：

When I consider every thing that grows
Holds in perfection but a little moment,
That this huge stage presenteth nought but shows
Whereon the stars in secret influence comment

我这样考虑着：世间的一切生物

只能够繁茂一个极短的时期，

而这座大舞台上的全部演出

没有不受到星象的默化潜移

When I consider 这个句式很可能直接借用自经文。《旧约·诗篇》第 8 章第 3 节："我观看你指头所造的天，并你所陈设的月亮星宿。"在莎士比亚时代通用的、出版于 1568 年的《主教圣经》(*Bishop's Bible*) 中，原文是这样的："*For I will consider* thy heauens, euen the workes of thy fingers: the moone and the starres whiche thou hast ordayned." 同样是在英格兰，稍晚一些，出版于 1587 年的《日内瓦圣经》(*The Geneva Bible*)，以及出版于 1611 年的《詹姆士国

王圣经》(*King James Version*)中的英文与《主教圣经》相差无几——不过,KJV 版圣经虽然对后世影响更深远,却并非被莎士比亚从小熟读并参与其早期语感塑造的版本。

《旧约·传道书》第 1 章第 14 节中的类似表述("我见日光之下所作的一切事,都是虚空,都是捕风"),在《主教圣经》中的对应原文是:"*Thus haue I considered* all these thynges that come to passe vnder the sunne: and lo, they are allbut vanitie and vexation of mynde." 这些都是莎士比亚自少年起就耳熟能详并且参与塑造他潜在语感的句式。和商籁第 15 首第二节的开篇句式一样(When I perceive that men as plants increase),都呈现了一个孤独的玄思者的视角。并不是弥尔顿《幽思者》(*Il Penseroso*)中那类内省式的沉思者,本诗思考和叩问的姿态莫如说更像张若虚的《春江花月夜》,即使叩问的内容并不相同,两者却都是放眼寰宇、指向普遍自然规律的外向式哲思。诗人将对俊友命运的反思融入对天地万物盛衰的玄思中,揣度人与草木乃至宇宙共同的命运。这首商籁在视角和结构上的影响,深深体现在莎翁最才华横溢的追随者之一济慈的商籁《每当我害怕生命或许就要止息》(*When I Have Fears that I May Cease to Be*)中。

本诗第二节四行诗中,"我"观万象而得出的结论是,人命如草木枯荣有时,"同一片天空可任意命之繁盛或凋谢,/(人们)炫耀青春的汁液,刚盛年又转衰/再璀璨的岁月都在记忆中湮灭"(Cheered and checked even by the self-same sky, /Vaunt in their youthful sap, at height decrease, /And wear their brave state out of memory)。若要追究这无常变幻背后的原因,一部分已在第一节四行诗后半部分给出:"这浩渺的舞台不过是上演幻术/暗暗被星辰影响和掌控。"(That this huge stage presenteth nought but shows /Whereon the stars in secret influence comment)"星辰的影响"犹如对上一首商籁(占星惜时诗)中"从星辰采集推断"的指涉。关于中世纪至文艺复兴时期人们对"星辰影响力"的态度,C.S.刘易斯在《废弃的意象》(*The Discarded Image*)中有精准的归纳:

> 占星学并不独属于中世纪。中世纪从古典时代继承了它,并将它传入文艺复兴……天体影响地面上的实物,包括人类的身体,而通过影响我们的身体,它们能够但不一定影响我们的理智和意志。它们"能够"是因为高级官能必将从低级官能那里接收信息,它们"不一定"则是因为任何以这种方式施加的对我们想象力的改变都不产生必然性,只产生如此这般的倾向。倾向是可以抵御的,所以有智慧的人能够战胜星辰。但更多情况下,倾向不会遭遇抵制,因为智者毕竟是少数,

所以，占星学关于多数人行为的预测往往如精算预测一般能被证实。[1]

商籁第 15 首中的"我"对星象的态度与刘易斯所描述的相差无几，从表面看来，这个世界上包括人类在内的大部分造物正是处于"星辰的秘密影响"（secret influence）之下，即第 4 行所云：whereon the stars in secret influence comment。此处诗人使用的动词是 comment（on），星辰"评论"世界这舞台上的各种幻术 / 表象（shows）。若我们记得 comment 的拉丁文词源 *commentare* 意为"设计，发明"，就会明白诗人为星辰安排的角色正是"万物命运的设计者"。在中世纪与早期现代占星学中，能够影响人事的星辰从来不是恒定的，而是那些"浪游的星星"——如我们在商籁第 14 首中看到的那样——而处于这些"行星"影响之下的万事万物同样是"不恒定"（inconstant）的：

> Then the conceit of this inconstant stay
> Sets you most rich in youth before my sight,
> Where wasteful Time debateth with decay
> To change your day of youth to sullied night
> 于是，无常的世界就发出奇想，
> 使你青春焕发地站在我眼前，

[1] 引自 C.S. 刘易斯《中世纪的星空》（包慧怡译，《上海文化》2012 年第 3 期），第 89—90 页。

挥霍的时间却串通腐朽来逞强,
要变你青春的白天为晦暗的夜晚

第 9 行中的 conceit 不是莎氏笔下这个词最常用的义项"奇喻",而更接近于 thought、consideration,也就是第一、第二节中 consider、perceive 的结果,可以姑妄译之为"念头"。第一、第二节观察宏观层面的普遍现象并试图归因,第三节则又将论证拉回微观层面:既然所有人的青春和生命都与草木一样韶华易逝,"我"就不得不想到所珍视的"你",并念及"时光"和"衰朽"都会争先恐后地将"你"身上"青春的白昼"化作"褪色的黑夜"。至此为止,诸多形容植物生命的词语(grows, as plants increase, youthful sap)被同等用于对人类生命周期的描述,诗人已成功地让我们感到,人是万物之链(Great Chain of Being)中并不特殊的一个环节。但他却在对句中,最后用一个园艺领域的动词,使"你"成为特殊的,令"你"同样必朽的生命得到例外的"复活":

And all in war with Time for love of you,
As he takes from you, I engraft you new.
为了爱你,我要跟时间决斗,
把你接上比青春更永久的枝头。

"我"和时光争夺"你"的手段不再是劝"你"繁衍,而是亲自"为你嫁接/接枝"(engraft you)。engraft指在切开的植物中扦插入另一种植物的枝条,虽然原先的植物有某一部分组织难免死去,但切口愈合后生长出的新枝,却是实实在在的"新生"(engraft you new)——恰如"我"为"你"写下的诗,它们是"你",又不完全是"你"。借助从对"你"的爱(love of you)中诞生的、"我"诗歌的园艺,"你"将获得新生,在不恒定的人生舞台上恒久持存。

【附】

When I Have Fears that I May Cease to Be
John Keats

When I have fears that I may cease to be
Before my pen has gleaned my teeming brain,
Before high-pilèd books, in charactery,
Hold like rich garners the full ripened grain;

When I behold, upon the night's starred face,
Huge cloudy symbols of a high romance,
And think that I may never live to trace

Their shadows with the magic hand of chance;

And when I feel, fair creature of an hour,
That I shall never look upon thee more,
Never have relish in the faery power
Of unreflecting love—then on the shore

Of the wide world I stand alone, and think
Till love and fame to nothingness do sink.

每当我害怕生命或许就要止息
约翰·济慈

每当我害怕生命或许就要止息,
我的笔来不及苦集盈溢的思绪,
或把文字变为高高堆起的书籍,
像饱贮的谷仓蓄满成熟的谷米;

每当我看见那缀满繁星的夜景,
巨大星云画出非凡的传奇幻像,
想到即使运气帮忙,对我垂青,
生前或许也无法追摹这些云影;

每当我感到那瞬间即逝的美颜,
也许从今以后再也不可能看见,
更无法享受轻松爱情魔力若仙
——于是,在广袤世界的崖岸,

我形孤影单地伫立,细细思量,
直到爱与声名沉入乌有的穹苍。

(晚枫 译)

黄道十二星座与七大行星,"英国人"巴多罗买
(Bartholomeus Anglicus)《物性论》,15世纪手稿

但是为什么你不用更强的方式
来向那血腥的暴君——时间作斗争？
为什么你不用一种比我这枯诗
更好的方法来加强将老的自身？

现在你站在欢乐时辰的峰顶上；
许多没栽过花儿的处女园地
诚意地想要把你的活花培养，
教花儿比你的画像更加像你：

这样，生命线会使生命复燃，
而当代的画笔或我幼稚的笔枝，
不论画外表的美或内心的善，
都没法使你本身在人眼中不死。

  自我放弃是永远的自我保留；
  你必须靠你自己的妙技求长寿。

**商籁
第 16 首**

**线条
惜时诗**

But wherefore do not you a mightier way
Make war upon this bloody tyrant, Time?
And fortify your self in your decay
With means more blessed than my barren rhyme?

Now stand you on the top of happy hours,
And many maiden gardens, yet unset,
With virtuous wish would bear you living flowers,
Much liker than your painted counterfeit:

So should the lines of life that life repair,
Which this, Time's pencil, or my pupil pen,
Neither in inward worth nor outward fair,
Can make you live your self in eyes of men.

> To give away yourself, keeps yourself still,
> And you must live, drawn by your own sweet skill.

商籁第 15 首结束于"我"决定亲自与时间开战,用自己的"园艺"令爱人获得新生(And all in war with Time for love of you, /As he takes from you, I engraft you new)。这也是整本诗集中诗人第一次直白地提出用自己的诗歌,而非俊友的物理繁衍来延续后者生命的可能。商籁第 16 首是第 15 首的续诗,逻辑关系上却是对第 15 首的否定,直接以一个意外的转折和一个针对俊友的反问句开篇:

> But wherefore do not you a mightier way
> Make war upon this bloody tyrant, Time?
> And fortify your self in your decay
> With means more blessed than my barren rhyme?
> 但你为什么不用更强力的战术
> 去向这嗜血的时光暴君宣战?
> 为什么不在衰朽中加固你自己
> 用比我贫瘠的韵脚更有福的方案?
>
> (包慧怡 译)

"时光"和"衰朽"这两个在上一首商籁末尾出现过的拟人形象(Where wasteful Time debateth with decay, l.11, Sonnet 15)再次于本诗第一节中出现,并与军事和战争意象结合,所谓"更强力的战术"也是针对第 15 首末尾提出的"(让我用诗艺)为你嫁接"而言的,本诗第 4 行的自谦"我贫瘠的韵脚"更印证了这一点。也是在这一行中,叙事者"我"在整个十四行诗系列中第一次明白无误地表明自己的身份:一位诗人。写诗,文学创造,是本诗中提出的第一种不够强力的保全"你"的方式。第二种方式则在第二节四行诗末尾出现:

> Now stand you on the top of happy hours,
> And many maiden gardens, yet unset,
> With virtuous wish would bear you living flowers,
> Much liker than your painted counterfeit
> 现在你站在欢乐时辰的峰顶上;
> 许多没栽过花儿的处女园地
> 诚意地想要把你的活花培养,
> 教花儿比你的画像更加像你

此节中的花园意象早在商籁第 3 首(《镜子惜时诗》)中同样的位置(全诗的第 5—6 行)出现过:"有那么美的女人么,她那还没人/耕过的处女地会拒绝你来耕耘?"(For where is she so fair whose unear'd womb/Disdains the tillage of thy husbandry?)此处的 unear'd womb 直译为"未曾洒下麦穗的子宫",其实等同于本诗中"尚未播种的少女的花园"(maiden gardens, yet unset)。将少女的子宫看作一座"封闭花园"(*hortus conclusus*)是一个来自《旧约·雅歌》的古老文学传统。《雅歌》中的"新娘"被描述成一座禁闭的花园:"我新妇,你的嘴唇滴蜜,/好像蜂房滴蜜;/你的舌下有蜜有奶……我妹子,我新妇/乃是关锁的园,/禁闭的井,封闭的泉源……你是园中的泉,活水的井/从黎巴嫩流下来的溪水。"(《雅歌》,4: 12–5)早期教父对《雅歌》中所罗门王与新娘的对话有着众说纷纭的阐释,其中影响深远的一种就是将"新娘"看作圣母本人,也就是将童贞女玛利亚的子宫看作一座封闭的花园,只有上帝的神意能够穿透。

在商籁第16首中,"少女的花园"的所指则直白许多,这些花园"淑娴地盼望为你开出生机勃勃的鲜花","鲜花"即"你"的子嗣,他们将比画家笔下的"你的赝品画像"(your painted counterfeit)更像"你"本人。绘画,凡间艺术家的视觉表现,是本诗中提出的第二种不够强力的保全"你"的方法。接着,诗人在第三节四行诗中提出了第三种方式,这也是唯一一种真正能胜任的方式,但它必须由"你"亲自去实施:

So should the lines of life that life repair,

Which this, Time's pencil, or my pupil pen,

Neither in inward worth nor outward fair,

Can make you live your self in eyes of men.

这样,生命线会使生命复燃,

而当代的画笔或我幼稚的笔枝,

不论画外表的美或内心的善,

都没法使你本身在人眼中不死。

第9行中的"lines of life"一般被解为"家族血统,血脉"(line of blood, lineage)或是诞生自这一血统的俊友的后代(descent, descendants),但它同时也与下一行中"时光的画笔"(Time's pencil)以及"我不成熟的笔"(my pupil pen)构成隐性双关。"时光的画笔"(在此等同于凡俗画家的画笔)可以画下"你"的画像,"我不成熟的笔"可以写下关于"你"美貌的诗行,但两者画出或写出的线条都无法与"生命的线条"(lines of life)相比。这"生命的线条",也即血统,只有"你"本人能够延续,而"你"应该用它们去"修补生命"(So should the lines of life that life repair),唯有这样,"你"才能在世人眼中活着,永葆自己"内在的美德"(inward worth)和"外在的美貌"(outward fair),而这些(尤其是前者)都是作为代理的画家或诗人无法办到的:

> To give away yourself, keeps yourself still,
>
> And you must live, drawn by your own sweet skill.
>
> 自我放弃是永远的自我保留;
>
> 你必须靠你自己的妙技求长寿。

对句中呈现的关于生命繁衍的悖论是,为了"完整地保全你自己"(keeps yourself still),偏偏需要毫无保留地"把自己给出去"(to give away yourself)。在婚姻中,在爱情中,在性中,性爱也是第14行中"你甜美的技巧"(your own sweet skill)之所指。斯蒂芬·布思(Stephen Booth)提醒我们注意pen、pencil以及诗中未出现的penis(阳具)一词在词形上的相近,penis也是"你"得以实现"你甜美的技巧"的工具。[1] 文德勒则指出inward(内在)和outward(外在)共享的"ward"部分反向拼写就是draw(画),而inward的后五个字母反向拼写就是最后一行中的drawn(draw的过去分词),并认为艺术家和诗人在"内在"和"外在"两方面都没能成功表现的那部分"你",只能由"你"自己来完成,通过生物繁殖去"颠覆"他们的成果。[2] 无论这些算不算评注家的过度解读,像莎士比亚这样对词语本身的音、形、义着迷的诗人,能够于创作的同时在有意无意中享受文字游戏带来的乐趣,这一点是毫不奇怪的。

作为倒数第二首惜时诗,商籁第16首其实是最后一

---

[1] Stephen Booth ed., *Shakespeare's Sonnets*, p. 86.

[2] Helen Vendler, *The Art of Shakespeare's Sonnets*, p. 115.

首纯粹劝诫繁殖的惜时诗。相对于已经试探着用诗艺取代繁殖的第 15 首,它或许是一种"倒退",但对于接下来的商籁第 17 首——一首既是惜时诗又可以被看作元诗的双体十四行诗,本诗又是一种必要的助跑。

俊美青年候选人南安普顿伯爵的"柯布肖像"
(Chandos Portrait)

将来,谁会相信我诗中的话来着,
假如其中写满了你至高的美德?
可是,天知道,我的诗是坟呵,它埋着
你的一生,显不出你一半的本色。

如果我能够写出你明眸的流光,
用清新的诗章勾出你全部的仪容,
将来的人们就要说,这诗人在扯谎,
上天的笔触触不到凡人的面孔。

于是,我那些古旧得发黄的稿纸,
会被人看轻,被当作嚼舌的老人;
你应得的赞扬被称作诗人的狂思,
称作一篇过甚其词的古韵文:

> 但如果你有个孩子能活到那时期,
> 你就双重地活在——他身上,我诗里。

商籁
第 17 首

准元诗
惜时诗

Who will believe my verse in time to come,
If it were fill'd with your most high deserts?
Though yet, heaven knows, it is but as a tomb
Which hides your life and shows not half your parts.

If I could write the beauty of your eyes
And in fresh numbers number all your graces,
The age to come would say 'This poet lies;
Such heavenly touches ne'er touch'd earthly faces.'

So should my papers, yellowed with their age,
Be scorn'd like old men of less truth than tongue,
And your true rights be term'd a poet's rage
And stretched metre of an antique song:

> But were some child of yours alive that time,
> You should live twice, in it and in my rhyme.

商籁第 17 首是惜时诗组诗中的最后一首，其最终的论证依然是劝说俊美青年珍惜年华，趁早诞下子嗣；但通篇的主题却关乎诗人自己的技艺，关乎"我的诗篇"（my verse）。在这一意义上，本诗已经是一首"准元诗"，一首向第 18 首开始的元诗系列的过渡之作。开篇伊始，诗人揣度着自己的作品在未来读者眼中的可信度：

Who will believe my verse in time to come,
If it were fill'd with your most high deserts?
Though yet, heaven knows, it is but as a tomb
Which hides your life and shows not half your parts.
未来时代的读者谁会相信我的诗篇
即使其中写满对你美德的盛赞？
然而天知道，我的诗不过是一座坟
藏起你生命，未能展示你的一半。

（包慧怡 译）

短短四行中浓缩着一个让步和一个转折。"我的诗篇"，以它现在的状况，都无法被未来的读者相信——现在的状况就是半遮半显，写不出"你"一半的好，一半的真容。然而，假使"我"能百分之百、如实地写出"你"的好，假使"我"的诗艺能够更加完美，其效果却只会适得其反：更完美的技艺将使未来的世代更加不相信会有"你"这样完美的人。把自己的诗篇比作俊友的坟墓，这一奇喻在商籁第 63 首和第 65 首中也会出现，而在商籁第 81 首（《墓志铭元诗》）中尤为显著：

> Your monument shall be my gentle verse,
> Which eyes not yet created shall o'er-read;
> And tongues to be, your being shall rehearse,
> When all the breathers of this world are dead (11.9–12)
> 你的纪念碑将是我温雅的诗辞，
> 未来的眼睛将熟读这些诗句，
> 未来的舌头将传诵你的身世，
> 哪怕现在的活人都已经死去

第 81 首是一首更纯粹的元诗，坟墓／纪念碑的比喻是诗人自信的表现，他相信自己的"温柔的诗篇"能够成为保存俊友精魂的载体。但在严格说来尚属于惜时诗的商籁第 17 首中，坟墓这个比喻强调的却是诗歌艺术的能力的有限性，强调"我"写下的诗篇远不能恰如其分地保存"你"的美好。下一节四行诗则假设有朝一日，"我"的诗艺能够和"你"的美匹配：

> If I could write the beauty of your eyes
> And in fresh numbers number all your graces,
> The age to come would say 'This poet lies;
> Such heavenly touches ne'er touch'd earthly faces.'
> 如果我能够写出你明眸的流光，
> 用清新的诗章勾出你全部的仪容，
> 将来的人们就要说，这诗人在扯谎，
> 上天的笔触触不到凡人的面孔。

这一节用的是虚拟式，假如有一天（虽然这一天很可能不会到来），"我"的技艺真的足以描摹你双眸的美丽，并在"新鲜的诗行"（fresh numbers）中一一点数"你"所有的优雅，那会发生什么呢？第 6 行中第一个 numbers 作名词，指诗行（verses），也影射诗人对自己尚不成熟的技艺的自谦。都铎时期的英语诗歌多为韵诗，最常见的就是莎翁自己在十四行诗系列中采取的五步抑扬格（iambic pentameter），每行十个音节，五个音步（一个非重音音节加一个重音音节），刚起步写诗的新手有时需要边写边数音节才能写出合韵的诗歌，故屠译处理作"清新的诗章"。诗人自谦说，即使有朝一日"我"的作品完善到可以一个不少地历数（第 6 行中的第二个 number 为动词）"你"全部的优点，未来的读者也不会相信真有这样完美的人，会说"我"

是个撒谎的诗人,因为这样完美的"笔触"(touches)只属于天堂,不会"触碰"(touch)凡胎肉身。第三节四行诗中接着说,即使"我"的技艺真有如此写实的那天,它所描摹的"你"的真实的完美也会被误解为"诗人的疯狂""老叟的谎言"以及"古老歌谣的牵强音节":

> So should my papers, yellowed with their age,
> Be scorn'd like old men of less truth than tongue,
> And your true rights be term'd a poet's rage
> And stretched metre of an antique song
> 于是,我那些古旧得发黄的稿纸,
> 会被人看轻,被当作嚼舌的老人;
> 你应得的赞扬被称作诗人的狂思,
> 称作一篇过甚其词的古韵文

这里诗人提到了自己作品的物质载体:纸张(my papers)。无论是仅供小范围流通传阅的手抄本(manuscript)使用的羊皮纸或平价手写纸,还是1609年之后正式出版的印刷品纸张,写着文字的书页终究会泛黄、变脆、朽坏并且最终消失无踪。并且,就如诗中反复论述的,任何时代的读者都倾向于怀疑诗歌的真实性,文学所提供的知识不属于经验上可证实的领域。关于"你"的美,真正可以归入

"眼见为实"的证据的,是活生生的肉身的延续。因此诗人在最后的对句中提出了类似于上"双保险"的建议:也生孩子吧,同时"我"也不会停止为"你"写诗,这样"你"的永生就能得到双倍的保障——在"你"的孩子身上,在"我"的韵律/诗行中:

> But were some child of yours alive that time,
> You should live twice, in it and in my rhyme.
> 但如果你有个孩子能活到那时期,
> 你就双重地活在——他身上,我诗里。

商籁第 17 首同时是终点和起点,1—17 首"惜时诗"组诗就此彻底终结。从第 18 首开始,"元诗"系列将为我们推开莎士比亚十四行诗镜迷宫中崭新的门扇。

"古旧得发黄的稿纸",《林迪斯芳恩福音书》,8世纪英国

**商籁
第 18 首**

**夏日
元诗**

我能否把你比作夏季的一天?
你可是更加可爱,更加温婉;
狂风会吹落五月的娇花嫩瓣,
夏季出租的日期又未免太短:

有时候苍天的巨眼照得太灼热,
他金光闪耀的圣颜也会被遮暗;
每一样美呀,总会失去美而凋落,
被时机或者自然的代谢所摧残;

但是你永久的夏天决不会凋枯,
你永远不会丧失你美的形象;
死神夸不着你在他影子里踯躅,
你将在不朽的诗中与时间同长;

  只要人类在呼吸,眼睛看得见,
  我这诗就活着,使你的生命绵延。

Shall I compare thee to a summer's day?
Thou art more lovely and more temperate:
Rough winds do shake the darling buds of May,
And summer's lease hath all too short a date:

Sometime too hot the eye of heaven shines,
And often is his gold complexion dimmed,
And every fair from fair sometime declines,
By chance, or nature's changing course untrimmed.

But thy eternal summer shall not fade,
Nor lose possession of that fair thou ow'st,
Nor shall death brag thou wander'st in his shade,
When in eternal lines to time thou grow'st.

> So long as men can breathe, or eyes can see,
> So long lives this, and this gives life to thee.

这首以"夏日"开篇并将其作为核心喻体的十四行诗是整个诗系列中的第一首"元诗"(metapoem)。何为元诗?从词根上说,metapoem 一词来自古希腊语前缀 μετά-(在……之后/在……过程中/关于……进行反思)+ 动词 ποιέω(制造,创作),直译为"在创作之后"或者"反思创作"。简单说来,所谓元诗就是讨论诗艺本身,或处理诗歌写作的主题或其他方面的诗,可以说是对"写诗"这一行为的意义、动机、过程和技巧的自我审视。在商籁第18首中,我们要到第三节四行诗和对句中,才能看出它"元诗"的基调。

"我能否将你比作夏日的一天?"这一或许是英语诗歌中最著名的问句立刻引出了对自己的否定:不,你不该被比作夏日,因为"你比它更可爱也更温和"(Thou art more lovely and more temperate)。temperate 一词还有"节制、平衡"的意思,经典韦特塔罗牌大阿卡纳第十四张牌"节制"就叫作 Temperance(马赛牌中的 la Tempérance,维斯康蒂牌中的 la Templanza)。"夏日"的不完美之处在于不够节制,在于一系列的"过度",诗人对这些过度进行了列举:夏日的风"太狂野"(或许是在暴雨前),会摧折五月柔嫩的蓓蕾;夏日的租期"太短";夏日的太阳(eye of heaven)照射得"太灼热";其金色的面庞又"太经常"地被(乌云)遮蔽变暗——总之,夏日是反复无常的、暴烈的、过度而失衡的、转瞬即逝的。这在第二节四行诗中被归纳为：（在夏日中）一切美丽的事物（every fair）都会从（完美状态的，或者理念中的）"美"（fair）那里衰减。"美"会处于一种不可逆的持续递减中；就如造成这种衰减的自然界的四季更迭一样不可中止（untrimmed）：

And every fair from fair sometime declines,
By chance, or nature's changing course untrimmed.
每一样美呀，总会失去美而凋落，
被时机或者自然的代谢所摧残

今天的读者通常不会把"五月"看作一个夏季的月份，因此稍加细读会发现第一节第3行中的不合逻辑之处：为何夏日的不完美中包含着对"五月的娇花嫩瓣"（梁译为"五月柔嫩的蓓蕾"）的摧残（Rough winds do shake the darling buds of May)? 夏日是穿越了吗？一些学者的解释是，夏日摧残的是"曾经在夏日初绽的"蓓蕾——可是春日的蓓蕾到夏日会成为盛开的花朵，那么被夏日摧折的就不再是蓓蕾。另一些学者的解释是，那些蓓蕾是在夏日到来之前被摧残的——可是此处通篇都在罗列"不能把你比作夏日"的理由、夏日不完美的理由，而"春日的狂风摇落五月的蓓蕾"则完全不能用来证明夏日的缺憾。

我们依然需要回到语言本身。如果把时钟从莎士比亚写作的年代往回拨两个世纪,包括杰弗里·乔叟(Geoffrey Chaucer)在内的伦敦地区的英语作家们使用的语言正是莎士比亚写作语言(早期现代英语)的前身,即中古英语。在中古英语中,summer 这个词(经常拼作 sumer 或 somer)可以表示春分日与秋分日之间的任何时节,也就是说,四月初到八月底之间的任何一天,都可以被安全地称作"夏日的一天"。语言的嬗变从来不是一朝一夕之事,虽然莎士比亚在两百年后的 16 世纪写作,其时的 summer 一词仍然保留了与它的中古英语祖先同样宽广的能指范围。中古英语的 sumer 与中世纪拉丁语中的 *aestas* 一词对应——后者在《布兰诗歌》(*Carmina Burana*)等文学作品中常被用来表示"春天"——以至于中世纪英格兰诗人提到"春天"时几乎从来不使用"spring"一词,而都用更灵活的 sumer 来指代。比如下面这首写于 13 世纪的中古英语"归春诗",其诗题《春日已降临》(*Sumer is Icumen in*)就体现了这一用法,以下是它的第一节:

Sumer is icumen in

Lhude sing, cuccu!

Groweþ sed and bloweþ med

And springþ þe wde nu.

Sing, cuccu!

春日已降临

高声歌唱,布谷!

种籽萌芽,草甸开花

森林正在破土而出

唱吧,布谷!

(包慧怡 译)

学者们校正罗马儒略历的算法偏差后,通常将《春日已降临》一诗描写的时节定在四月中旬,也正是布谷鸟来到英国南部海岸的季节。类似地,我们应当将莎士比亚的诗歌放进英语语言发展史的语境中去看——16世纪无疑是一个英语从中古英语逐步过渡转型为现代英语的关键时期——虽然莎士比亚的作品中已频频使用 spring 这个词来指代一般意义上的春季,但他时不时仍会在更古早的意义上使用 summer 这个词,这是一点也不奇怪的。如此,商籁第18首中的 summer 和它的前身 sumer 一样,可以指四月至八月间的任何月份,当然也就包括五月;换言之,本诗中的五月就是一个 summer 的月份,属于广义上的"夏日",那么初夏季节的风会吹落当季(五月)绽放的花蕾,在岁时、语言和逻辑上就都能完全说通。

关于这一行还有一个疑点,即这种娇滴滴的"五月柔嫩的蓓蕾"(darling buds of May)究竟是哪种植物的花苞？几百年来，学者们提出过各种千奇百怪的假设，而我们的看法是，这种五月之花就是十四行诗系列中出现次数最多、象征意义也最丰富的那种花：玫瑰。英格兰的五月在本诗中虽有"夏日"之名，但我们都知道这个高纬度岛国即使在七八月的盛夏，温度也极少超过 25 摄氏度，更不消说初夏的五月（上文的 rough winds 之说并非夸张），但五月恰有适宜英国本地大部分的玫瑰品种初次含苞欲绽的温度。《哈姆雷特》中，雷欧提斯将妹妹奥菲利娅比作"五月的玫瑰"："啊，五月的玫瑰！亲爱的女郎，好妹妹，奥菲利娅！天啊，一个少女的励志，也会像一个老人的生命一样受不起打击吗……"西德尼·比斯利认为雷欧提斯口中玫瑰的具体品种是樟叶蔷薇（拉丁学名 *rosa majalis*，英文名 cinnamon rose），它是英国本土蔷薇科植物中最早开花（五月初至五月中旬）的品种之一。[1]

比起植物学上的证据，我们有更多象征学上的理由来为商籁第 18 首中的玫瑰蓓蕾投票。无疑，早在古希腊罗马诗歌中，玫瑰就一直是"花中之花"、万花之王后，这一点到了莎士比亚时代（确切说是自都铎王朝起）还额外具有了重要的政治文化内涵。

莎士比亚的同辈人约翰·杰拉德在 1597 年出版的《草木志》中对它是这么描述的："玫瑰这种植物尽管是一种长

---

[1] 西德尼·比斯利，《莎士比亚的花园》，第 13—14 页。

满刺的灌木,却更适于也更便于被归入全世界最华贵的花朵之列,而不是归为低贱的荆棘类灌木。因为玫瑰在一切花朵中位置最为尊贵;它不仅因它的美貌、功能、四溢的香气而受人尊敬,更因为它是英格兰王权的荣耀和装饰……在最高贵的兰开斯特家族和约克家族的联合中。"杰拉德指的当然是都铎王朝的红白相间的族徽——都铎玫瑰,也是伊丽莎白一世众多服饰、珠宝和肖像画中不可或缺的符号。[1]

一种最为美丽却也脆弱的花,一种其文学上的象征地位得到了当权者的封圣式加持的至尊之花,将它的蓓蕾摇落,使它未能充分绽放就夭折,自然界的"夏日"时常犯下这样的罪过,当然远远谈不上完美,因此诗人不能把自己完美的爱人"比作夏日的一天"。但到了第三节中,诗人却通过一句神来之笔"但你永恒的夏日却不会陨落"(But thy eternal summer shall not fade),浑然天成般将"你"比作了另一种夏日:一种与自然界的夏日不同的,不像前者那般失衡且短暂,属于另一个世界的"永恒夏日"。但这转换要借助"我"的笔,借我写下的"永恒的诗行"(eternal lines)——在整个十四行诗系列中,头一回,诗人完全不再规劝他的俊友通过繁殖(和自然界的夏日一样,属于这个不完美的世界)来接近永恒,而是表现出一种昂扬的自信:就让"我"来替"你"繁殖,用"我"的诗歌,用

---

[1] 关于都铎玫瑰的缘起及著名公案,可以参见本书对商籁第98首(《红玫瑰与白百合博物诗》)的解析。

"我"的艺术,在一个"自然的四季更迭"(nature's changing course)够不到的世界里。商籁第18首作为"元诗"系列中的第一首,其金声玉振的最后两行并非终点,而是标志着一段崭新旅程的开始:

So long as men can breathe, or eyes can see,
So long lives this, and this gives life to thee.
只要人类在呼吸,眼睛看得见,
我的诗就活着,使你的生命绵延。

关于这首诗的研究可谓汗牛充栋,我们只有足够的篇幅集中解决其中一行的两个疑点。莎士比亚的理想读者恰恰需要做到这点:不放过任何细节,并且将诗歌放入语言、博物、文化的广博背景中细读,因为这一切对于孕育莎士比亚这样一位大魔法师而言都同等重要。

维斯康蒂塔罗中的"节制"牌

右为拿破仑皇后约瑟芬的御用玫瑰画师
雷杜德笔下的高卢玫瑰

饕餮的时间呵，磨钝雄狮的利爪吧，
你教土地把自己的爱子吞掉吧；
你从猛虎嘴巴里拔下尖牙吧，
教长命凤凰在自己的血中燃烧吧；

你飞着把季节弄得时悲时喜吧，
飞毛腿时间呵，你把这广大的世间
和一切可爱的东西，任意处理吧；
但是我禁止你一桩最凶的罪愆：

你别一刀刀镌刻我爱人的美额，
别用亘古的画笔在那儿画条纹；
允许他在你的旅程中不染杂色，
给人类后代留一个美的准绳。

但是，时光老头子，不怕你狠毒：
我爱人会在我诗中把青春永驻。

**商籁
第 19 首**

**时间
元诗**

Devouring Time, blunt thou the lion's paws,
And make the earth devour her own sweet brood;
Pluck the keen teeth from the fierce tiger's jaws,
And burn the long-lived phoenix in her blood;

Make glad and sorry seasons as thou fleet'st,
And do whate'er thou wilt, swift-footed Time,
To the wide world and all her fading sweets;
But I forbid thee one most heinous crime:

O! carve not with thy hours my love's fair brow,
Nor draw no lines there with thine antique pen;
Him in thy course untainted do allow
For beauty's pattern to succeeding men.

>   Yet, do thy worst old Time: despite thy wrong,
>   My love shall in my verse ever live young.

本诗是莎士比亚"元诗"系列中的第二首,解析商籁第 18 首时我们说过,所谓"元诗"就是反思写诗、关于诗歌写作这门手艺的诗。不过,商籁第 19 首中直接讨论诗艺的部分要到全诗最后一行才出现,之前十三行是一场漫长的铺垫,其致意对象不是别人,正是"元诗"组诗中最迫切的在场之一:时间。从第一句"吞噬一切的时光"开始,这首商籁的前十三行交替着向"时间"发起多种言语行为:控诉、命令、祈愿等。

第一节四行诗中,诗人历数了时间对自然界中最雄伟的造物所犯下的罪行:磨钝雄狮的利爪、拔掉猛虎的尖牙、烧死永生的凤凰。狮子和老虎是百兽之王,凤凰是传说中能够浴火重生的百鸟之王,诗人让时光肆意屠戮这些本应最接近不朽的动物,而且不是通过自然死亡的形式,而是要拔牙磨爪,使之残废,也就将"时间"(Time)塑造成了"自然"或"造化"(Nature)的敌人,仿佛前者的使命就是要毁灭后者所孕育的一切美好事物,时间在此节中犯下了一系列反自然(*contra natura*)的罪行。

其中第一节第 2 行中,时间还做了另一件事:让大地吞噬她自己甜美的子嗣(make the earth devour her own sweet brood)。假如我们记得这一节的主语都是"时间",就会在这句里发现反常之事。古希腊神话中,最著名的吞噬自己子嗣的神是一位男神,也就是提坦神克罗诺斯

（Cronus），后来奥林匹斯主神宙斯的父亲。希腊神话中的克罗诺斯后来被等同于罗马神话中的萨杜恩（Saturn），农事之神，丰收之神，土星的人格化。根据荷马的同时代诗人赫西俄德在《神谱》中的记载，克罗诺斯为了推翻自己的父亲天空之神乌拉诺斯（Uranus）的统治，用一把大镰刀阉割了乌拉诺斯，并把后者的睾丸抛入海中，从激起的白沫中诞生出爱与美女神阿芙洛狄忒。克罗诺斯取代自己父亲统治的时期被称作黄金年代，但有预言说他自己的儿子将会重复这一过程，推翻克罗诺斯的统治。为了防止预言成真，克罗诺斯先后吞下了他与自己的姐姐瑞亚（Rhea）生下的六个孩子，先后是丰收女神德墨忒耳、女灶神赫斯提亚、后来成为宙斯妻子的赫拉、海神波塞冬、冥神哈迪斯和宙斯。但瑞亚为了救下宙斯，给一块大石头裹上襁褓，狸猫换太子骗过了克罗诺斯，所以克罗诺斯最后一个吞下的不是宙斯而是石头。日后宙斯果然实现预言，不仅迫使父亲吐出了自己的五个手足，还在长达十年的"提坦大战"（Titanomachy）中推翻了克罗诺斯一族的统治，开辟了奥林匹斯众神的新时代。

到了柏拉图、普鲁塔克、西塞罗等年代更晚的希腊和罗马作家笔下，克罗诺斯的名字逐渐与古希腊语中的"时间"（Chronos）联系在一起，提坦神克罗诺斯逐渐成为了人格化的时间。而克罗诺斯吞噬自己孩子的形象，代表过去的提坦旧神吞噬代表未来的奥林匹斯众神这一叙事，也与时间吞噬一切的譬喻不谋而合。因此，原先的丰收之神"克罗诺斯-萨杜恩"逐渐转化成了毁灭一切的时光之神，丰饶变成了贫瘠，变成了使一切化为贫瘠的能力。而在早期图像学传统中，克罗诺斯手中的镰刀（原本是他用来阉割自己的父亲乌拉诺斯的武器）后来也演变为时间的象征：仿佛人格化的时间可以切断一切，收割一切，包括万物的生命。到了中世纪，手握镰刀的"时间"最终与"死神"的形象——所谓"严酷的收割者"（the Grim Reaper）——合二为一，时间与死亡的人格化图像在中世纪艺术中常常难以区分。

回到商籁第19首第2行，吞噬一切的时光不仅灭绝造物，甚至要逼迫大地吞噬"她的子嗣"。这里的"她"，原文中用的是女性的 her，希腊神话中的大地女神盖娅（Gaia）原本是克罗诺斯的生母，吞噬子嗣的本来是"时间"之神克罗诺斯本人，在诗人的妙笔下，这位大写的、人格化的男性时间之神却还要自己的母亲来背锅，"命大地吞噬自己宠爱的幼婴"（And make the earth devour her own sweet brood）。莎士比亚对"时间"的谴责和控诉可谓登峰造极。

本诗第二节四行诗继续谴责"捷足的时间"（swift-footed Time），罗列他的罪行，但比起第一节，第二节中描述的时光的属性反而较为"顺应自然"。时光飞逝带来时岁的枯荣（原诗中所谓欢乐和悲伤的季节，glad and sorry seasons），也让甜美的花朵及其他作物凋谢（原诗中的 fading sweets），这些是我们预料之中的时间的属性。但是诗人在第二节最后一行笔锋一转，突然向时间发出禁令，"我禁止你（时间）犯下这最为十恶不赦的大罪"（But I forbid thee one most heinous crime）。紧接着在下一行，仿佛意识到凡人向时间发起挑战乃至发号施令的荒谬，"我"的口吻立刻转为了祈求，也就是第三个四行诗的前两句，"噢！不要去雕刻我爱人俊秀的眉毛，不要用你古旧的笔在那里画线"（O! carve not with thy hours my love's fair brow, /Nor draw no lines there with thine antique pen）。"我"转而苦苦哀求时间之神，不要在俊友青春的脸庞上刻下皱纹，不要令他的容颜衰老。时间被比作一名居心叵测的艺术家——先是雕刻家（carve），再是画家（draw）——这一比喻在本节后两句中延续：不要弄脏"我"爱人的脸，就像弄脏一张白纸，因为他的脸为后人保留着"美"的原型（beauty's pattern）。

到这里（第12行），前文所谓时光能犯下的最可憎的罪行（most heinous crime）才揭开谜底——所谓十恶不赦的大罪尚不在于夺去自然界造物的生命，甚至不在于摧毁最美的个体本身，而在于摧毁"美"的原型。因为个体生命若消逝，只要基因继续流传，"美"还可以在后世重现，但若时光残忍地在最美的个体，也就是此诗中"我的爱人"尚未来得及繁衍后代时，就摧毁他身上"美"的原型，那么"美"将无以为继。最大的罪行在于破坏原型(pattern)，破坏形式或理念(form)，这是典型柏拉图主义的观点，也与此前惜时诗系列中诗人催促俊友及时繁衍的主题相契。

只不过诗人在最后的对句中再次笔锋一转，突然放弃了对时间的一切呼吁和求告，放弃了之前所有试图用某种言语行为来感化时间的努力，仿佛意识到时间的意志不可能被干扰和改变。莎士比亚终于在全诗的末尾画龙点睛，进入其元诗系列的一个核心议题：对自己的手艺、对自己的诗歌才能的自信。和商籁第18首中一样，这份自信甚至能战胜时光摧残美貌的必然性。"我"在本诗中最后的宣言是：时间，"你"尽可以作恶，甚至犯下破坏原型的大错，但"我"将在"我的诗篇"中为"美"重建原型，让爱人的美在艺术中永葆青春。

Yet, do thy worst old Time: despite thy wrong,
My love shall in my verse ever live young.
但是，时光老头子，不怕你狠毒：
我爱人会在我诗中把青春永驻。

《克罗诺斯吞噬自己的孩子》,鲁本斯

商籁第 20 首

造物元诗

你有女性的脸儿——造化的亲笔画,
你,我所热爱的情郎兼情女;
你有女性的好心肠,却不会变化——
像时下轻浮的女人般变来变去;

你的眼睛比女儿眼明亮、诚实,
把一切看到的东西镀上了黄金;
你风姿特具,掌握了一切风姿,
迷住了男儿眼,同时震撼了女儿魂。

造化本来要把你造成个姑娘;
不想在造你的中途发了昏,老糊涂,
拿一样东西胡乱地加在你身上,
倒霉,这东西对我一点儿没用处。

　　既然她造了你来取悦女人,那也好,
　　给我爱,给女人爱的功能当宝!

A woman's face with nature's own hand painted,
Hast thou, the master mistress of my passion;
A woman's gentle heart, but not acquainted
With shifting change, as is false women's fashion:

An eye more bright than theirs, less false in rolling,
Gilding the object whereupon it gazeth;
A man in hue all hues in his controlling,
Which steals men's eyes and women's souls amazeth.

And for a woman wert thou first created;
Till Nature, as she wrought thee, fell a-doting,
And by addition me of thee defeated,
By adding one thing to my purpose nothing.

> But since she prick'd thee out for women's pleasure,
> Mine be thy love and thy love's use their treasure.

商籁第 20 首是一首别开生面的、反思"创造"的元诗。与之前的元诗不同，本诗中的"创造者"是大自然本身，而"作品"则是"俊美青年"自己。学者们相信此诗中暗藏了历史上俊美青年的真实姓名。此外，此诗中直白的同性爱和性的表述，都使它成为最著名的十四行诗之一。

奥维德《变形记》卷十第 220—297 行通过俄耳甫斯之口讲述了著名的皮格马利翁（Pygmalion）的故事，说是塞浦路斯国王兼雕塑家皮格马利翁"看到（本国的）这些女子过着无耻的生活，看到女子的生性中竟有这许多缺陷，因而感到厌恶，不要妻室，长期独身而居。但同时他运用绝技，用一块雪白的象牙，刻成了一座雕像，姿容绝世，绝非肉体凡胎的女子可以媲美。他一下就爱上了自己的创造物……皮格马利翁赞赏不已，心里充满了对这假人的热爱……他在床上铺好紫红色的褥子，把它睡在上面，称它为同床共枕之人"。[1]

这个故事不仅在创造者爱上被造物（雕塑家爱上雕像）这一核心主题上与商籁第 20 首如出一辙，就连皮格马利翁的厌恶女性（misogyny）——奥维德安排讲这个故事的竖琴诗人俄耳甫斯同样是一名著名的厌女者，最后被酒神狂女们悲惨地肢解——也同莎士比亚这首十四行诗中的叙事者毫不掩饰地表露出来的一模一样，即第 3 行至第 5 行：

---

[1] 奥维德、贺拉斯，《变形记·诗艺》，第 270—272 页。

A woman's gentle heart, but not acquainted

With shifting change, as is false women's fashion:

你有一颗温柔的女人心,却不习惯

朝三暮四,那是爱说谎的女人的伎俩:

An eye more bright than theirs, less false in rolling

你的眼睛比女人的更明亮,却没那么虚假

(包慧怡 译)

事实上,本诗中"你"的性别一直是在与"女人"的对参中不断商榷并确立的。自然一开始就"亲手为你画了一张女人的脸"(A woman's face with nature's own hand painted);"你"是"我情欲的主人-女主人"(Hast thou, the master mistress of my passion);"你"的美"偷走男人的眼睛,惊动女人的灵魂"(Which steals men's eyes and women's souls amazeth);"你"的身体却只能被女人享用(for women's pleasure)。而一切都起源于另一名女性——"造化",即自然女神本人(Nature)——"你"起先是作为一个女人被自然女神创造的:

And for a woman wert thou first created;

Till Nature, as she wrought thee, fell a-doting,

And by addition me of thee defeated,

By adding one thing to my purpose nothing.

造化本来要把你造成个姑娘；

不想在造你的中途发了昏，老糊涂，

拿一样东西胡乱地加在你身上，

倒霉，这东西对我一点儿没用处。

一切的吊诡之处就在于，自然女神原先创造的是一位她的同性，但自然竟在造这个女人的过程中不知不觉爱上了她，和皮格马利翁一样爱上了自己的作品。但与皮格马利翁必须向维纳斯祈祷，才能借助神力让他的象牙美人变成活人不同，自然女神本就是一名神祇（和维纳斯一样古老的异教神），并且她本就是将"你"当作活人塑造。在爱上同为女性的"你"之后，仿佛为了要和其他普通女性一样享用"你"的身体（she prick'd thee out for women's pleasure），她在"你"身上增添了一样东西，一样对"我"毫无用处的东西。这也就使"我"（一个男人）不能在身体上占有"你"，不能以异性情人之间相爱的方式去爱"你"，因为在自然女神将"你"变成她的异性的同时，"你"也就成了"我"的同性。

许多学者曾揣度，这种就都铎时代的尺度而言露骨的同性爱表述是否会将作者置于危险之地——在伊丽莎白一世时代的新教英国,证据确凿的同性恋行为最高是可以判死刑的。但我们在细读后不难发现,第三节中"我"不能和被变作男性的"你"在身体上结合的表述,恰恰可以看作诗人的一种公开辩护,即自己对俊友的感情是基于审美的、柏拉图式的爱慕。自然通过添加一样东西将"我"(在追求"你"这件事上)击败(And by addition me of thee defeated),使"我"早就接受了不能与"你"肌肤相亲的事实,任何在这一方面涉及"我们"的定罪也就是站不住脚的。仿佛这是一种为提防潜在的文字狱风险而巧妙埋在诗中的辩护词。

But since she prick'd thee out for women's pleasure,
Mine be thy love and thy love's use their treasure.
既然她造了你来取悦女人,那也好,
给我爱,给女人爱的功能当宝!

诗人最后在对句中强调,自然决意选定"你"作女人们的情郎——这里的 prick thee out,除了做记号、勾选之意,也有"给你增加一个阳具"(prick 是 penis 的俚语表达)的双关义。"我"接受这一点,就让女人们享受你"爱情的功用"(love's use)。此行中诗人把"爱情的功用"与真正的"爱"(love)人为对立起来:"爱情的功用"被用来专指爱情中动物性的身体结合，而"我"则珍藏"你的爱"（thy love），在"我"心中，也在"我"的诗中。让"我"成为自然女神一样的皮格马利翁吧，作为另一门类的手艺人和创造者，"我"将在诗中重新为"你"塑形，赋予"你"自然不曾赐予的永生。

这首诗的第 7 行字面称颂青年的姿容，"你风姿特具，掌握了一切风姿"（A man in hue all hues in his controlling）。学界历来认为，在 hue 这个表示"色彩"的词语中隐藏着诗人的"俊友"，也就是十四行诗集题献语中神秘的"W.H. 先生"的真实身份。1609 年出版的四开本十四行诗集（Quarto）中将此行中的 hue 及其复数形式 hues 印作 hew 和 hews，有人说其中藏着南安普顿伯爵（Henry Wriothesley）或者彭布罗克伯爵（William Herbert）的姓名首字母，同时织入了莎士比亚自己的姓名首字母（William Shakespeare）；也有人认为 Hews 就是俊美青年的真实姓氏，只不过他不是什么贵族少爷，而是莎士比亚剧团里一个没有在历史上留下资料的少年演员，名叫威利·休斯（Willie Hughes）。在莎氏写作三个世纪后，奥斯卡·王尔德的《W.H. 先生的画像》以短篇小说的形式探索了这一此前无人问津的观点，身体力行地实践了他本人认为"批评家首先应该是一名艺术家"的信条。伊丽莎白时代戏剧中的青年女性角色都是由相貌俊秀的年轻男孩扮演的（女性出现在舞台上被认为有伤风化),这篇迷人的小说在历史背景和文本证据的缝隙间找到了游刃有余之地,一劳永逸地解决了题献中首字母是缩写 W.H. 而不是 H.W.,以及称谓是"先生"而非"爵爷/大人"的问题。同时,Willie 这个名字可以契合十四行诗中许多关于 will(意志、性欲等)的双关语,Hughes 这个姓氏又契合诗中关于 hues(色彩,美貌等)的双关语。虽然虚构小说的逻辑再完美,终究不能拿来作为考据诗中"俊友"确凿生平的证据,然而谁又能说,这种"以虚释虚"的做派,不比新历史主义等学派的乾嘉考据式激情,更接近莎士比亚全部戏剧和诗歌作品的精神底色(hues)呢?

《皮格马利翁与雕像》组画之二《缩回的手》,
爱德华·伯恩-琼斯(Edward Burn-Jones),
1878年

商籁
第 21 首

缪斯
元诗

我跟那位诗人可完全不同,
他一见脂粉美人就要歌吟;
说这美人的装饰品竟是苍穹,
铺陈种种美来描绘他的美人;

并且作着各种夸张的对比,
比之为太阳,月亮,海陆的珍宝,
比之为四月的鲜花,以及被大气
用来镶天球的边儿的一切奇妙。

我呵,忠于爱,也得忠实地写述,
请相信,我的爱人跟无论哪位
母亲的孩子一样美,尽管不如
凝在天上的金烛台那样光辉:

    人们尽可以把那类空话说个够;
    我这又不是叫卖,何必夸海口。

So is it not with me as with that Muse,
Stirr'd by a painted beauty to his verse,
Who heaven itself for ornament doth use
And every fair with his fair doth rehearse,

Making a couplement of proud compare'
With sun and moon, with earth and sea's rich gems,
With April's first-born flowers, and all things rare,
That heaven's air in this huge rondure hems.

O! let me, true in love, but truly write,
And then believe me, my love is as fair
As any mother's child, though not so bright
As those gold candles fix'd in heaven's air:

> Let them say more that like of hearsay well;
> I will not praise that purpose not to sell.

本诗在整个诗系列中第一次提到了第一人称"我"之外的另一位诗人——虽然仅仅是通过暗示,这位"对手诗人"(Rival Poet)真正粉墨登场是在商籁第76—86首中——关于历史上这位对手诗人真实身份的猜测和推断,我们也将集中留到那些商籁的分析中进行。

全诗第一行中说"我的缪斯并不像那一位缪斯"(So is it not with me as with that Muse),直译为"在我这里,和那一位缪斯那儿情况不同",如果我们读到此处为止,那这里的"那一位缪斯",除了可以是九位缪斯女神中掌管抒情诗的欧忒耳佩(Euterpe)之外,还可以指涉:一、一种诗歌风格;二、以那一种诗歌风格写就的作品;三、写下那种诗歌的那位诗人。

无论是哪一种情况,作为诗人的第一人称叙事者"我"在开篇伊始就作出了明确的区分:"我"和"那位缪斯"的情况不同,激发后者去写诗的是一种画工之美(Stirr'd by a painted beauty to his verse)。paint 在早期现代英语中常常用来指女性化妆,涂脂抹粉,paint one's face,给自己画一张(与本来不同的)新脸,虽然没有中文里的"画皮"那么夸张,但无论如何,painted beauty 都是 natural beauty(自然的美)的反面,一种矫揉造作的美。如果我们继续注意到 stirr'd by a painted beauty to his verse 中"诗句"(verse)前的人称代词是男性的(his),上一行中"那位缪斯"的身份就可以有个更确凿的指向了。虽然希腊神话中的缪斯通常指一位或一群女神,但第 21 首商籁中"缪斯"这个名号却被用来指代写下矫揉造作之诗的某位男性对手,"那位缪斯"已从赫利孔山降落凡间,是一个和莎士比亚一样苦心经营诗句的凡人。

在第一节四行诗的后两行和第二节四行诗中,"我"概述了这位对手诗人的典型风格:工于藻饰,爱用华而不实的比喻,时不时就要惊动头上的苍穹,把天空拿来作他诗句中的装饰物(heaven itself for ornament doth use),还喜欢用浮夸又自大的对偶(Making a couplement of proud compare'),把日月星辰、海陆空三界的珍奇造物,甚至是"寰宇用它浩渺的怀抱围起的一切稀罕之物"(all things rare /That heaven's air in this huge rondure hems),都拿来瞎比一通。couplement 是从动词形式的 couple 衍生而来的名词,在莎士比亚之外的现代英语中极少出现,这里就是指把两样(本来不相干的东西)放在一起作比。

Making a couplement of proud compare'
With sun and moon, with earth and sea's rich gems,
With April's first-born flowers, and all things rare,
That heaven's air in this huge rondure hems.
并且作着各种夸张的对比,

> 比之为太阳，月亮，海陆的珍宝，
> 比之为四月的鲜花，以及被大气
> 用来镶天球的边儿的一切奇妙。

"我"暗示，对手诗人把歌咏对象比成日月星辰，不仅是犯了"骄傲"之罪（proud compare），还犯了修辞上的陈词滥调之罪，即第 4 行中所谓"铺陈种种美来描绘他的美人"（every fair with his fair doth rehearse）。我们还原倒装句的句序后，可以看到对手诗人被描述为（he）doth rehearse every fair with his fair，第一个 fair 泛指宇宙中一切美丽之物，后一个 fair 特指对手诗人作品中的致意对象。而 rehearse sb.（彩排）原指在舞台上一遍遍地教演员重复出自他人之手的台词，直译为"把所有的美人排演成他的美人"。至此，莎氏对那位对手诗人缺乏原创性的讽刺再辛辣不过了："那位缪斯"不过是在鹦鹉学舌地重复所有他读到过或听到过的华美句子，堆砌一通，去赞美"他的美人"。

这就很自然地引出第三节四行诗，也是全诗的转折段中的感慨："噢，既然我心中的爱是真的，就让我的笔端只写下真的诗行。"（O! let me, true in love, but truly write）诗人单方面宣布了他的诗学准则：一个人如果真心爱，也就必须如实写。潜台词即，"我"的做法与对手诗人恰恰相反，他的修辞习惯是夸张、排比、藻饰、拾人牙慧，简而言之，是"假"的书写、"画皮"的书写。而"我"的爱既真，"我"笔下的爱人也就朴实，无法和天上的事物作比，如第 11—12 行所言，比不上天穹中金黄的蜡烛那般明亮（not so bright/As those gold candles fix'd in heaven's air）——"空中金黄的蜡烛"是文艺复兴诗歌中"星星"的一个常用代指词。但"我"的爱人的美貌不比任何凡人逊色（as fair/As any mother's child），"任何母亲的孩子"（any mother's child）是莎士比亚用来指"一切凡人"的惯用法，我们在《麦克白》中女巫的预言里可以看到这一惯用法在语言上可以被钻的空子。

Let them say more that like of hearsay well;
I will not praise that purpose not to sell.
人们尽可以把那类空话说个够；
我这又不是叫卖，何必夸海口。

诗人在对句中再次点出对手诗人创作中的两大弊端：一、热衷于照搬道听途说，缺乏原创性（like of hearsay well，再次呼应上文所说的 rehearse every fair with his fair）；二、喜欢夸大其词（say more，补全省略的内容就是 say more than what is true）。两种笔端都源自对手诗人的创作动机：和"我"不同，他所写并非出自真心，他的笔下溢出赞美的言辞，但不是为了爱，而是最后一行中点明的"为了出售"（that purpose, which is to sell），卖他的诗，也卖他诗中美人的形象。为了卖出好价钱，就必须 say more，比真实说得更多，这是典型的商贾作风。而"我"不是商人，却是一个恋爱中的爱人；"我"的目的不是贩卖，只是如实书写下爱人的美。

到了最后，商籁第 21 首这首元诗反映出的不仅是诗人对他的爱人的美貌的自信、对自己诗歌技艺的自信，更是一种创作信条：即使在具有悠久的虚构传统的诗歌写作中，"真"（truth）依然是一种不可逾越的美德。而如何把动机上的真、"真之心"，可信地转化为技艺上的真、"真之诗"，这就是诗歌的艺术需要解决的问题。"真"从来不是一门轻易的手艺。

弗朗切斯科·德·科萨（Francesco del Cossa）
手绘油彩，掌管抒情诗的缪斯欧忒耳佩

耳朵向自然女神抱怨没有如眼睛那样得到眉毛的保护,《自然智慧之书》(*Das Buch der natürlichen Weisheit*),15 世纪手稿

镜迷宫
之
像颗明珠
在阴森的夜里
高悬

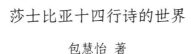

莎士比亚十四行诗的世界

包慧怡 著

华东师范大学出版社
·上海·

目录

22 换心情诗	*227*
23 "以目代耳"元诗	*237*
24 眼与心玄学诗	*245*
25 金盏菊博物诗	*253*
26 典雅爱情玄学诗	*263*
27 夜视情诗	*273*
28 昼与夜情诗	*287*
29 云雀情诗	*295*
30 挽歌情诗	*307*
31 墓穴玄学诗	*317*
32 遗作元诗	*325*
33 炼金玄学诗	*335*
34 医药玄学诗	*343*
35 内战情诗	*353*

36	分手情诗	*363*
37	嫁接元诗	*371*
38	"第十缪斯"元诗	*383*
39	缺席情诗	*391*
40	小偷反情诗	*401*
41	背誓反情诗	*411*
42	"失去的艺术"反情诗	*419*
43	夜视玄学诗	*431*
44	元素玄学诗(上)	*441*
45	元素玄学诗(下)	*449*
46	"眼与心之战"玄学诗(上)	*457*
47	"眼与心之战"玄学诗(下)	*465*
48	珠宝匣玄学诗	*473*
49	"辟邪"元诗	*481*

> 只要你还保持着你的青春,
> 镜子就无法使我相信我老;
> 我要在你的脸上见到了皱纹,
> 才相信我的死期即将来到。
>
> 因为那裹着你一身的全部美丽
> 只是我胸中这颗心合适的衣裳,
> 我俩的心儿都交换在对方胸膛里;
> 那么,我怎么还能够比你年长?
>
> 所以,我爱呵,你得当心你自身,
> 像我当心自己(为你,不为我)那样;
> 我将小心地在胸中守着你的心,
> 像乳娘情深,守护着婴儿无恙。
>
> > 我的心一死,你的心就失去依据;
> > 你把心给了我,不能再收它回去。

**商籁
第 22 首**

———

**换心
情诗**

My glass shall not persuade me I am old,
So long as youth and thou are of one date;
But when in thee time's furrows I behold,
Then look I death my days should expiate.

For all that beauty that doth cover thee,
Is but the seemly raiment of my heart,
Which in thy breast doth live, as thine in me:
How can I then be elder than thou art?

O! therefore, love, be of thyself so wary
As I, not for myself, but for thee will;
Bearing thy heart, which I will keep so chary
As tender nurse her babe from faring ill.

> Presume not on thy heart when mine is slain,
> Thou gav'st me thine not to give back again.

除了集中出现于诗集开篇的 17 首惜时诗，154 首十四行诗中的其他五大主题并非按数字排序密集出现，而是分布在整个诗系列的各处。在 18—21 这四首探讨创造的元诗后，商籁第 22 首是诗集中第一首纯粹的情诗。

本诗以"照镜子"的情境开篇，并且用 glass 一词指代 mirror，这在诗系列中已经不是第一次了，比如之前的商籁第 3 首，"照照镜子，告诉你那镜中的脸庞"（Look in thy glass and tell the face thou viewest）；还有之后的商籁第 62 首，"但当我的镜子照出我的真相，/ 全被焦黑的老年揉得稀烂"（But when my glass shows me myself indeed / Beated and chopp'd with tann'd antiquity）；或者第 77 首，"你的镜子将告诉你美如何消逝"（Thy glass will show thee how thy beauties wear）；以及第 103 首，"照照镜子，镜中的面孔浮现 / 多么超越我笨拙的创作"（Look in your glass, and there appears a face/That over-goes my blunt invention quite）等。在这些诗中，镜子总是作为一种序幕存在，映出照镜者的容颜，并敦促他进行关于自己或爱人之青春和死亡的沉思，是一种比中世纪虚空画（*vanitas*）中常常映出骷髅的圆镜更为温和的死亡预警（*memento mori*）。

但本诗开篇却向镜子这个惯来诚实的目击者发出反击：即使镜中照出"我"日渐衰老的脸，它也不能说服"我"相信自己年事已高（My glass shall not persuade me I am old)——只要"你"还葆有青春,"与青春同期"(So long as youth and thou are of one date)。从反面来说,假使"你"的脸上出现了皱纹,这"时光犁地的痕迹"(But when in thee time's furrows I behold),那"我"就"盼望死神来终结我的岁月"(Then look I death my days should expiate)——莎士比亚时代 expiate 一词的常见义项"终结"(put an end to sth.)今天已经几近消失了,现代英语中 expiate 更多用其词源义项"赎罪"(atone for, make amends for),比如《旧约·以赛亚书》第47章第11节:"灾害落在你身上,你也不能除掉。"(Disaster shall fall upon you, which you will not be able to expiate)不过本诗中的 expiate 多少也带有第二种意思,在这一隐藏句意中,诗人说一旦爱人年华老去,自己就要"清算"自己一生的过错,也就是不欲继续存活下去。下一节四行诗中出现了全诗的核心奇喻(conceit),"以心换心":

For all that beauty that doth cover thee,
Is but the seemly raiment of my heart,
Which in thy breast doth live, as thine in me:
How can I then be elder than thou art?
因为那裏着你一身的全部美丽
只是我胸中这颗心合适的衣裳,

我俩的心儿都交换在对方胸膛里；

那么，我怎么还能够比你年长？

"你"美丽的容貌被比作一件雍容的外衣，而且是"我心灵的外衣"（raiment of my heart），"你"的皮囊包裹着"我"的心，相应地，"你"的心则住在"我"的胸膛里。你我二人是实际上的"你中有我，我中有你"，故只要"你"还葆有青春，"我"也就不可能老去（How can I then be elder than thou art?），我俩实为一体。没有比这更热辣辣的爱的表白了，并且诗人的口吻中彰显出一种自信，即两人的彼此相爱是他确知的事实，否则也就不会有基于心意相通的"以心换心"。因此第三节四行诗（全诗的转折段）中的劝诫也就格外恳切，仿佛诗人是在对另一个自己说话：

O! therefore, love, be of thyself so wary

As I, not for myself, but for thee will;

Bearing thy heart, which I will keep so chary

As tender nurse her babe from faring ill.

所以，我爱呵，你得当心你自身，

像我当心自己（为你，不为我）那样；

我将小心地在胸中守着你的心，

像乳娘情深，守护着婴儿无恙。

第三节四行诗（以及第二节的后半部分，还有对句中）出现了大量反身代词和形容词与名词性所有格，大量的"你的""我的""你自己""我自己"被浓缩在一套建立在互惠原则（reciprocity）上的情话中，仿佛"你"与"我"互为镜中人。诗人对爱人发出呼吁：请保重自己，珍惜自己的青春美貌，这也就是珍惜"我"的心，因为"你"的身体就是"我"心的外衣；而"我"也会保重自己的身体，却不是为了"我"自己，而是为了其中居住着的"你"的心。这样一来，无论是请"你"保重自己，还是"我"自己珍重，都是为了"你"的缘故，叙事者至此已为自己建立起一个互惠性外表下的、单方面无私的恋人形象。这已是非常露骨的情话，而对句中骤然出现的暴力元素则为这首款款吐露心曲的温柔情诗带去了几分霸气，一种深陷热恋中的人不难理解的几近专横的撒娇：

> Presume not on thy heart when mine is slain,
> Thou gav'st me thine not to give back again.
> 我的心一死，你的心就失去依据；
> 你把心给了我，不能再收它回去。

诗人在诗末几乎发出了一种"爱的威胁"：如果听完上述话语的"你"仍不肯好好珍惜自己的身体，那么当"你"

扼杀自己的美之时,就是杀死住在"你"体内的"我"的心之日;而"我"也不会交回"你"放在"我"体内的原本属于"你"自己的心——"你"将成为一个无心者。最后一行至少可以作两重理解:一是"我们"既然已相爱到了交换心脏的地步,就不可能说收回就收回,这种心心相印的交换一旦发生,就是绝对不可逆的,当"你"杀死了"我"的心,"我"就没有能力交回"你"的心;二是顺着上文的逻辑,"我"的心破碎之日(因为"你"没有照顾好"我"的心的居所,即"你"的身体),"我"的身体也会跟着憔悴而伤毁,那么住在"我"体内的"你"的心也会跟着虚弱,同样导致无法交还给"你"的结局。

这绕口令般的爱的宣言是诗人对读者的才智发出的调皮的小挑战,更是莎士比亚身上属于玄学诗人品质的体现。"心"自古以来就在许多文明中被看作情感的发生器官,以"心"作为核心奇喻的情诗当然不是莎士比亚的独创,他的中世纪意大利先驱彼特拉克,还有同时代的英国同胞、宫廷诗人菲利普·西德尼爵士都写过围绕"心"展开游戏的诗篇,但他们的这类作品无一达到莎士比亚商籁第22首中奇思、玄想与深情之间复杂的平衡与巧妙的和谐。

【附】不妨对比菲利普·西德尼爵士这首比莎士比亚十四行诗系列早不了多久的《交易》(*The Bargain*),这也是一首"换心情诗":

The Bargain
Sir Philip Sidney

My true love hath my heart and I have his,
By just exchange one for another given.
I hold his dear, and mine he cannot miss:
There was never a better bargain driven.

My true love hath my heart and I have his.
His heart in me, keeps him and me in one.
My heart in him, his thoughts and senses guides;
He loves my heart, for once it was his own:

I cherish his, because in me it bides
My true love hath my heart and I have his.

交易

菲利普·西德尼爵士

我的真爱持有我的心,我持有他的,
通过公平的交换,以一换一。
我珍藏他的心,他也不会丢失我的:
从来没有比这更美妙的交易。

我的真爱持有我的心,我持有他的。
他的心在我之中,将他和我保全为一体。
我的心在他之中,指引他所思所感;
他爱我的心,因为它曾属于他自己:

我珍爱他的心,因为它居住在我体内
我的真爱持有我的心,我持有他的心。

(包慧怡 译)

《青年肖像》,佛莱芒画家"《圣古杜拉教堂风景画》大师"(Master of the View of St Gudula)作品,约1480年。青年翻开的心形手抄本在中世纪晚期至文艺复兴早期尤为流行

**商籁
第 23 首**

**"以目代耳"
元诗**

像没有经验的演员初次登台,
慌里慌张,忘了该怎样来表演,
又像猛兽,狂暴地吼叫起来,
过分的威力反而使雄心发软;

我,也因为缺乏自信而惶恐,
竟忘了说出爱的完整的辞令,
强烈的爱又把我压得太重,
使我的爱力仿佛失去了热情。

呵,但愿我无声的诗卷能够
滔滔不绝地说出我满腔的语言,
来为爱辩护,并且期待报酬,
比那能言的舌头更为雄辩。

　　学会读缄默的爱情写下的诗啊;
　　用眼睛来听,方是爱情的睿智啊!

As an unperfect actor on the stage,
Who with his fear is put beside his part,
Or some fierce thing replete with too much rage,
Whose strength's abundance weakens his own heart;

So I, for fear of trust, forget to say
The perfect ceremony of love's rite,
And in mine own love's strength seem to decay,
O'ercharged with burthen of mine own love's might.

O! let my looks be then the eloquence
And dumb presagers of my speaking breast,
Who plead for love, and look for recompense,
More than that tongue that more hath more express'd.

    O! learn to read what silent love hath writ:
    To hear with eyes belongs to love's fine wit.

商籁第22首以"心"为核心意象,紧接着的商籁第23首中,眼睛、舌头、耳朵等今人所谓五感中的三种也将登场,共同演绎一幕十四行的感官迷你剧。本诗也被看作一首暗示了语言的局限性的元诗。

第23首开篇伊始,诗人提到了自己的本行:剧院、舞台、演员。叙事者自比为一名青涩的、不完美的演员,因为太过恐惧而忘记了自己的角色(As an unperfect actor on the stage, /Who with his fear is put beside his part);又自比"一头猛兽,胸中充满太多激情, / 充沛的力量反而削弱了他的勇气"(Or some fierce thing replete with too much rage, /Whose strength's abundance weakens his own heart)。

第二节四行诗中,这位战战兢兢的恋人,这位初出茅庐的演员,出于一种"信任危机",进一步犯下演员所能在舞台上犯的最可怕的错误:忘词(So I, for fear of trust, forget to say /The perfect ceremony of love's rite)。此行中的for fear of trust,可以是不敢相信自己(fearing to trust myself),也可以是由于难以承受"你"对"我"的信任而胆战心惊(overwhelmed by your trust for me);而梁宗岱译本中"爱情的仪节的彬彬盛典"(perfect ceremony of love's rite)除了字面上对婚礼仪式(marriage ceremony)的显著指涉——虽然考虑到本诗中相爱双方的身份和性别,以及在伊丽莎白时期的英国两者之间公开举行婚礼是多么地绝无可能，这里的婚礼仪式多少有了些戏谑的意思——还通过对庆典、仪式（ceremony, rite）的反复强调，提醒读者将这首十四行诗当作一出迷你戏剧来看，再度呼应第一节中的演员比喻。本节的后半部分再次指出，"我"作为一个"演员"却频频忘词，恰恰是因为难以承受胸中深爱的负担（And in mine own love's strength seem to decay, / O'ercharged with burthen of mine own love's might）。

虽然以演员和野兽自比，前两节八行诗完全可以看作诗人对自己实际从事的行业（用语言和诗来表达情感）及其有效性和终极可能性所进行的反思，这也是元诗系列集中处理的核心问题。我们可以在这首诗中看到一些古老修辞传统的影响，比如中世纪作品中的常见修辞法"哑口无言"母题（inexpressibility topos）——先巨细无遗地把对象描述一遍，然后说连伟大的古希腊罗马诗人（最常援引的几位是荷马、维吉尔、贺拉斯等）都完全没有能力还原眼前的景象。与之紧密相连的还有"谦称法"（humility topos），两者都用于中世纪文学作者的自谦语境中，谓其无法用自己的文笔去恰如其分地刻画描写对象的美丽，后者有时也被称为"佯装谦虚"（affected modesty）。诗人在商籁第23首中一再贬抑自己的舌头，说自己笨口结舌，缺乏口才和雄辩能力；却转而提出了另一种器官，即眼睛，它们虽然哑口无声，却是"我胸中万千话语的代言者"：

O! let my looks be then the eloquence

And dumb presagers of my speaking breast,

Who plead for love, and look for recompense,

More than that tongue that more hath more express'd.

呵,但愿我无声的诗卷能够

滔滔不绝地说出我满腔的语言,

来为爱辩护,并且期待报酬,

比那能言的舌头更为雄辩。

在 1609 年的初版四开本中,第 9 行(let my looks be then the eloquence)中的 my looks 被印作 my books。后世的编辑们多半将此处校勘为"looks",因为它与本诗中关于交换爱意的目光、用眼睛代替双耳等各种表述呼应得更好(参见第 12 行和第 14 行)。不过,如果保留原四开本中的 books,这首商籁的核心诉求依然成立("请阅读我的诗/我的书"),同时又像商籁第 11 首那样,有趣地触及了莎士比亚对印刷媒介的自主意识,以及作为大规模印刷的书籍(而非小范围传阅的手稿)的作者的身份自觉性。无论是哪一种情况,在本诗接近结尾的地方,被作为眼睛的对立感官提出来的,是告白者的舌头(More than that tongue that more hath more express'd),以及被告白者的耳朵:

O! learn to read what silent love hath writ:
To hear with eyes belongs to love's fine wit.
学会读缄默的爱情写下的诗啊;
用眼睛来听,方是爱情的睿智啊!

"三寸不烂之舌""舌灿莲花""口若悬河"……汉语里亦不缺少关于舌头及其官能(演说)的潜在欺骗性的表达。诗人在第三节末尾和对句中提醒他的俊友,滔滔不绝的舌头——或许属于另一位或几位俊美青年的追求者,甚至就是后文中更直接出现的对手诗人(rival poet)——总是说的比实际感受到的更多。如果"你"寻求的是真情,请对他们的舌头闭上耳朵吧,不要用耳朵听,而要用眼睛看,看"我"同样用眼睛在沉默中写下的诗行(read what silent love hath writ)。如果"你"一定要倾听情话,就用眼睛去倾听吧,以目代耳(To hear with eyes),这才是"爱情的精细的官能"(love's fine wit)。中古英语中使用 five wits 来指代视觉、听觉、嗅觉、味觉、触觉五种身体感官,或称"外感官"(中世纪感官论中另有五种"内感官")。在莎士比亚精心挑选的措辞中(使用 five wits 而不是早期现代英语中更常见的 five senses 表示五感),我们可以看到绝非偶然的双关——wit 另有"智慧,才智"之意。全诗最后一行亦可译成:"以目代耳,才是爱情微妙的智慧所在。"(To hear with eyes belongs to love's fine wit)

约珥·费恩曼认为,莎士比亚将语言描绘成"不是某种理想的、专司忠实反映之物,而是具有可败坏的语言学特征",并举出上述最后一行(To hear with eyes belongs to love's fine wit)为例,说它展现了莎士比亚对词语之缺陷的几近偏执的关注,而莎氏的许多十四行诗都"反对一种强大传统,即那种在诗学和语言学上对词语进行理想化的传统:认为词语在某种意义上就是它们所谈论的事物"。[1] 对他和其他许多学者而言,这首诗的元诗价值超过了它作为情诗的价值,也就不足为奇了。

法国象征主义文学后期代表人物保罗·克洛岱尔于1946年出版过一部文艺随笔集,书名就叫《以目代耳》(*L'Œil écoute*)。眼睛和其他身体感官(wit/sense)及其官能(faculty)之间的互动还会在之后的好几首商籁中重新披挂上阵,为读者提供全新的诗学经验。

---

[1] Joel Fineman, *Shakespeare's Perjured Eye*, pp. 116–18.

**商籁
第 24 首**

**眼与心
玄学诗**

我的眼睛扮演了画师,把你
美丽的形象刻画在我的心版上;
围在四周的画框是我的躯体,
也是透视法,高明画师的专长。

你必须透过画师去看他的绝技,
找你的真像被画在什么地方,
那画像永远挂在我胸膛的店里,
店就有你的眼睛作两扇明窗。

看眼睛跟眼睛相帮了多大的忙:
我的眼睛画下了你的形体,
你的眼睛给我的胸膛开了窗,
太阳也爱探头到窗口来看你;

  但眼睛还缺乏画骨传神的本领,
  只会见什么画什么,不了解心灵。

Mine eye hath play'd the painter and hath stell'd,
Thy beauty's form in table of my heart;
My body is the frame wherein 'tis held,
And perspective it is best painter's art.

For through the painter must you see his skill,
To find where your true image pictur'd lies,
Which in my bosom's shop is hanging still,
That hath his windows glazed with thine eyes.

Now see what good turns eyes for eyes have done:
Mine eyes have drawn thy shape, and thine for me
Are windows to my breast, where-through the sun
Delights to peep, to gaze therein on thee;

> Yet eyes this cunning want to grace their art,
> They draw but what they see, know not the heart.

商籁第 24 首是莎士比亚十四行诗系列中公认最费解的作品之一，也是第一首典型的"玄学诗"作品。在这首诗中，我们将首次接触贯穿整个诗系列的"眼"与"心"的辩证法。眼睛与心灵之间的合作、分工或对立将是此后一系列玄学诗的主题。

差不多在莎士比亚写作的同时期，尤其是在比他晚出生一代人左右的、主要活跃于 17 世纪的欧洲诗人中，出现了一种被批评家塞缪尔·约翰逊（Samuel Johnson）在 18 世纪称为"玄学诗"（metaphysical poetry）的风格，这种风格又被称为"巴洛克风格"。这种诗歌的主要风格特点是高度原创、往往出人意料的"奇喻"（conceit），修辞和表达情感上的夸张（被部分批评家认为是矫揉造作），以及对各种或渊博或晦涩的文理知识的创造性运用。最后一个特征常被后世批评家认为是过分炫耀学识，比如约翰逊就颇不屑地写道："玄学派诗人都是些饱学之士，而他们唯一的努力就是要炫耀学识；但是，选择韵诗来炫耀学识是他们的不幸——他们写下的不是诗，只不过是一堆分行，而且，这种分行体经不起耳朵的考验，只能用手指翻翻；因为它们在对音乐性的掌控上如此拙劣，以至于就连称之为'分行'都是我们一个个去数音节的结果……"约翰逊博士的毒舌是典型的英伦特产，不过，玄学派诗人们的诗学成就在 20 世纪之前一直都受到低估。他们中的英国代表人物包括约翰·多恩(John Donne)、乔治·赫伯特(George Herbert)、亨利·沃罕(Henry Vaughan)、安德鲁·马维尔(Andrew Marvell)和理查德·克拉肖(Richard Crashaw)。其中,一般被看作诗学成就最高的约翰·多恩只比莎士比亚晚出生八年。

很多年前我第一次阅读莎士比亚的诗歌作品时,曾一次又一次地感到,莎氏许多十四行诗的核心风格和玄学派诗人们的作品惊人地相似。这种直觉在此后长期的阅读中反复得到印证,直到我读到20世纪研究玄学派诗歌最重要的学者之一海伦·加德纳(Helen Gardner)的论著。加德纳在她的代表作《玄学派诗人》(*Metaphysical Poets*, 1957)中将莎士比亚,还有比他早出生十二年的、伊丽莎白时期最杰出的航海家诗人沃特·罗利爵士(Sir Walter Raleigh),都归为"原始玄学派"(proto-metaphysical)。换言之,典型玄学派诗人的风格特征已经可以在他们的作品中大量找到。现今的学者大多不会把莎士比亚归为玄学派诗人,但他诗歌中上天入地的奇思妙想,对星相学、炼金学、历法、航海、植物学等领域的广泛涉猎,信手拈来的复杂倒装句和套句,还有——谁能否认呢——诉说情思时毫不回避的夸张和藻饰,都无疑是玄学派诗歌的核心特色。出于权宜而非精确性,我们把十四行诗系列中集中体现这些特色的那部分作品归为莎士比亚的"玄学诗"。而商籁第

24首是整个系列中第一首玄学诗,也是他最典型的玄学诗之一。

这首诗的核心比喻是:"我的眼睛"作为"画家"画下"你的肖像"(第6行中的 your true image),以及"我的心"作为一间"画室"悬挂这幅肖像(第7行中的 shop 不是商店,而是 workshop、studio,画家的工作室、画室)。核心动词是第4行中以名词形式出现的"透视"(perspective),其拉丁文词源是 *per-*(through)+*spicere*(look, see),to see through,既是透过某物去看另一物,也是彻底地看,从前到后地看,"看透"。画家需要借助透视去"看透"并描摹被画的对象,被画的对象也需要透过画家去"看透"他的技艺(For through the painter must you see his skill)。这种技艺始于爱,终于一幅悬挂在"我"的"心房-画室"中的肖像,而被画者的眼睛则为这间画室镶上了窗玻璃,"你"的眼睛成了"我"心房的窗(That hath his windows glazed with thine eyes)。这也就是第三节四行诗中说的,"看,双方的眼睛都为彼此做了好事"(Now see what good turns eyes for eyes have done):"我"的眼睛画下"你"的肖像,"你"的眼睛成为"我"心灵的窗。这窗和窗背后的"你"("你的肖像")如此美丽,连太阳都要透过这扇窗去窥视"你"(where-through the sun/Delights to peep, to gaze therein on thee)。

一些学者把前三节四行诗中"我的眼睛——画家；你的眼睛——心窗"的组喻解作莎士比亚在描绘爱人之间的互相对望，在彼此眼眸中看到自己的过程。这种看法自有其表层的可信性，但本诗最为着力处并不在于歌颂画家与被画者之间爱的互动，而是要在表面对"眼之画工"的盛赞下，凸显一种对于"眼之所见"的权威的忧虑和怀疑。这一深重的怀疑要到诗末的对句中才会被点明：

Yet eyes this cunning want to grace their art,
They draw but what they see, know not the heart.
但眼睛还缺乏画骨传神的本领，
只会见什么画什么，不了解心灵。

盛行于古典哲学和早期基督教传统中的"抑肉扬灵"的灵肉二元论，其影响贯穿于整个中世纪，在中世纪晚期和文艺复兴早期的宗教和文学作品中表现为一种对身体、身体的五种感官，乃至所有感官体验的普遍不信任。通过视觉、听觉、嗅觉等五官得到的感官认知（sensory perception）被人为地与灵性认知（spiritual perception）对立起来。中世纪作家甚至需要发明一整套"心之感官"或者"内感官"的词汇，作为"肉之感官"或者"外感官"的对立，才能以看似中立或褒扬的口吻谈论身体感官和感官体验。一如12世纪法国神学家里尔的阿兰(Alan of Lille)所言:"心之双眼被肉之迷雾所遮蔽,在这场日食中变得虚弱、孤立、迟滞。因此,肉身的影子可鄙地裹住了人类的理性之光,精神的荣光亦变得毫无荣耀可言。"[1]类似的表述还有心之耳、心之口、心之手等。又比如明谷的贝尔纳则在对《雅歌》的评注中使用一连串赋予感官以精神维度的比喻,并将渴求上帝的过程描述成一种触觉经验:"你将用信仰之手、渴望之指、虔敬之拥抱去触摸;你将用心灵之眼去触摸。"[2]言下之意,眼睛是具有欺骗性的,眼见为虚,外在的肉体的视觉无法洞穿心灵的秘密,如果一定要"看",也必须通过内在的心灵的视觉去洞察人心。

这种态度或可被概括为"视觉怀疑主义"(ocular-skepticism),其深重而广泛的影响在莎士比亚写作的年代依然阴魂不散。眼见未必为实,在社会现实和诗的现实中都如此,一首看似勾勒爱人的可见之美的情诗,最后却演绎了一种不信任肉眼所见的、普遍的感官怀疑论。在这首商籁处处对称或交叉的句法深处,藏着对观看者及其所能见者、所欲见者之间可能的互动的反思,一种在经典认知论的边缘不断试探的形而上学的激情。

[1] Alan of Lille, *The Plainte of Nature*, pp. 183—84.
[2] 转引自 Bernard McGinn, *The Growth of Mysticism*, p. 187。关于中世纪至文艺复兴思想中的视觉怀疑主义,详见包慧怡《中世纪文学中的触觉表述:〈高文爵士与绿衣骑士〉及其他文本》(《外国文学研究》2018年第3期,第153—164页)。

"眼睛缺乏这份能为其艺术增光的洞察力,
它们不过是画下所见,无法洞悉心灵。"

商籁
第 25 首

金盏菊
博物诗

那些被天上星辰祝福的人们
尽可以凭借荣誉与高衔而自负,
我呢,本来命定没这种幸运,
不料得到了我引为光荣的幸福。

帝王的宠臣把美丽的花瓣大张,
但是,正如太阳眼前的向日葵,
人家一皱眉,他们的荣幸全灭亡,
他们的威风同本人全化作尘灰。

辛苦的将士,素以骁勇称著,
打了千百次胜仗,一旦败绩,
就立刻被人逐出荣誉的记录簿,
他过去的功劳也被人统统忘记:

    我就幸福了,爱着人又为人所爱,
    这样,我是固定了,也没人能改。

Let those who are in favour with their stars
Of public honour and proud titles boast,
Whilst I, whom fortune of such triumph bars
Unlook'd for joy in that I honour most.

Great princes' favourites their fair leaves spread
But as the marigold at the sun's eye,
And in themselves their pride lies buried,
For at a frown they in their glory die.

The painful warrior famoused for fight,
After a thousand victories once foil'd,
Is from the book of honour razed quite,
And all the rest forgot for which he toil'd:

> Then happy I, that love and am belov'd,
> Where I may not remove nor be remov'd.

1563年，也就是莎士比亚出生那一年，作家兼星相学家托马斯·希尔（Thomas Hyll）出版了第一本用英语写就的园艺普及书：《利润丰厚的园艺之道》（*The Profitable Arte of Gardening*）——该书的初版有个更长的名字《一篇简短有趣的教人如何装饰、播种和布置一座花园的论文》（*A Most Briefe and Pleasaunte Treatyse, Teachynge How to Dresse, Sowe, and Set a Garden*）。希尔在其中提到一种英文名叫 marigold（金盏菊）的植物，并详细描述了它黎明开放、黄昏闭合的属性："这种花一开一合，宣告黎明和黄昏的到来，因此又被叫作'农夫的钟表'。它还被称作太阳之花，从日出到正午，金盏菊一点点盛开；从正午到黄昏，花瓣又一点点收拢，一直到夜幕降临，花瓣完全闭合。"同一年，外科医生威廉·布林（William Bullein）出版了医学论著《布林的堡垒》（*Bullein's Bulwarke*），并在其处理药草的第一卷中提到了金盏菊，说它"又叫太阳花（solsequium，拉丁文直译'跟随太阳'），其花逐日而转，黄昏则合拢于夕阳的金辉中"。

希尔的园艺书在莎士比亚青少年时期极为畅销，受到鼓舞的作者在1577年用戴迪姆斯·芒顿（Didymus Mountain）的笔名又出版了一本续作《园丁的迷宫》（*The Gardener's Labyrinth*），同样大获成功。在这第二本著作中，希尔再次谈论金盏菊："一到正午，它们的花瓣就完全舒展开，仿佛渴望用张开的手臂迎接自己的新郎。"这些园艺和草药百科图鉴，和前文所述约翰·杰拉德的《草木志》一样，都是莎士比亚时代十分流行的"实用书籍"。威廉，这个来自沃里克郡乡间的前镇长的儿子，并不像一般人想象的那样无书可读——无论他对草木花卉及其特性和功能的知识来自这类实用书籍，还是来自儿时在大自然怀抱中的尽情撒欢和细致观察，更可能的情况是两者兼有。当他在商籁第 25 首中将"吉星高照的"宠臣比作追随太阳舒展枝叶的金盏菊（明喻，屠译错译为"向日葵"，应为"金盏菊"），而将他们的恩主比作太阳（暗喻）时，敏感的读者立刻会知道，这不是出自偶然的妙手或快乐的巧合："王公的宠臣舒展他们美妙的叶片 / 不过像金盏菊盼太阳的眼睛看顾。"（Great princes' favourites their fair leaves spread/But as the marigold at the sun's eye）

要知道"太阳的眼睛"就是太阳本身——莎士比亚更经常用来指喻太阳的词组是"苍穹之眼"（eye of heaven）——这个以局部替换整体的借代（metonym）为一个单纯的植物比喻注入了人情世故，我们仿佛可以看到那些坐在权力宝座最高处（以伊丽莎白一世为首）的"太阳"们如何用一个眼神决定那些亦步亦趋的"金盏菊"的命运。金盏菊（拉丁学名 *Calendula officinalis L.*）这种菊目菊科金盏花属草本植物，有时会和与其形似的万寿菊（学名 *Ta-*

getes erecta L.)混淆——两者的英文名字都是 marigold。但是万寿菊原产墨西哥且花瓣更长,不具有金盏菊那样完美的圆形攒心结构。西德尼·比斯利在《莎士比亚的花园》中认为莎翁笔下的 marigold 是南茼蒿(学名 *Glebionis segetum*)。[1] 但南茼蒿甚至不是菊目植物,而是桔梗目下的单瓣植物,形态与莎士比亚及其同时代人笔下的 marigold 相去较远。南茼蒿在当时的英国主要作为食用蔬菜培育,花瓣颜色多为黄心白尾,也与诗人笔下纯金的金盏菊不符。在与十四行诗系列写于同一时期的叙事长诗《鲁克丽丝遇劫记》中,莎士比亚曾将熟睡中的鲁克丽丝的美貌比作在夜间隐藏自己光芒的金盏菊:

Her eyes, like marigolds, had sheathed their light,
And canopied in darkness sweetly lay,
Till they might open to adorn the day.
她宛如金盏菊的双眸已收敛了灵辉,
正在甜蜜休憩,荫蔽于夜的幽晦,
等待睁开的时分,好把白昼点缀。

(包慧怡 译)

金盏菊在英国的通用名"圣母金花"(marigold 直译"玛丽的金子")或许和它覆盖整个夏日的漫长花期有

---

[1] 西德尼·比斯利,《莎士比亚的花园》,第 108—110 页。

关——包括八月十五日的圣母升天节。但它的拉丁通用名 *Calendula*（直译"月历花"）则来自拉丁文 *calendae*，意为"每个月的第一天"。或许因为它几乎在每个月都能种活，金盏菊是中世纪和文艺复兴时期英国最常用来装饰教堂祭坛的花朵之一。此外，如它的拉丁别名 *solsequium*（太阳花）所暗示的，金盏菊是一种与日神赫利俄斯（Helios）——罗马日神索尔（Sol）的希腊原型——紧密相关的花朵。

另一种被相信具有"向日"属性的植物同样和赫利俄斯有关。奥维德《变形记》第四卷第 190—270 行记载了大洋宁芙克吕提厄（Clytie）的爱情悲剧：她曾是赫利俄斯的情人，但赫利俄斯移情别恋爱上波斯公主琉科托厄；嫉妒的克吕提厄向波斯王告发了这段情事，波斯王下令将被玷污的女儿活埋于黄沙中；赫利俄斯得知后，彻底断绝了和克吕提厄的关系。悲伤欲绝的克吕提厄一连九天不吃不喝，坐在岩石上以目光追随赫利俄斯的太阳车，最终憔悴而死，化为一株天芥菜："她的身体变成了一棵苍白的草，但有的部分是红的，面部变成了花。"

天芥菜（heliotrope）的词源来自古希腊语"随日而转"，它在英语中也叫 turnsole，来自中古英语 turnsole 和古法语 tournesol，也是"随日而转"的意思。天芥菜是唇形目紫草科天芥菜属的草本植物，多生长于日光充足的岩石或山坡上，花呈紫红色。在一些晚近的对克吕提厄故事的转述中，天芥菜被不正确地替换成了向日葵（sunflower），其实向日葵得名"太阳花"主要是因其花盘的形状而非逐日属性，并且其金黄的色彩与天芥菜的粉紫红色也对不上号。

熟读《变形记》的莎士比亚一定知道这个故事，也可能下意识地将天芥菜的命运糅入了商籁第25首中金盏菊的命运：一如那些"随日而转"的植物注定会被它们崇拜的对象（太阳）抛弃，那些曾被短暂眷顾的宫廷弄潮儿，只要恩主"一蹙眉"就会失去昔日的荣光："人家一皱眉，他们的荣幸全灭亡，/ 他们的威风同本人全化作尘灰。"（And in themselves their pride lies buried, /For at a frown they in their glory die）在此诗的第三节四行诗中，诗人又提到，赢得一千次胜利的战士只要输掉一次，就会被从功名之书上消抹（razed quite）。命运之轮片刻不息地转动，尘世荣光永远转瞬即逝，和第一节中"吉星高照"的宠臣及第二节中"随日而转"的金盏花一样，这些都是"变动"和"善逝"的典例，都是为了和最后两行对句中"我"的状态形成反差：由于"我"爱着，也被爱，"我"自身不会"移动"（不会停止爱），也不会"被移动"（停止被爱），"我"的幸福是静止不动的，一如"我"的快乐恒常不移："我就幸福了，爱着人又为人所爱，/ 这样，我是固定了，也没人能改。"（Then happy I, that love and am belov'd, /Where I may not remove nor be remov'd）诗人在现世的种种不如意面前最终肯定了爱情（或友情，love 和 friendship 这两个词在早期现代英语中常可互换）至高的价值。

这首精巧的博物诗（naturalist poem）围绕金盏菊这一植物意象，展开关于"动还是不动"这两类幸福的沉思，并把一切世俗的功名利禄归入前者，把真心相爱的快乐归入后者。我们可以在商籁第 116 首中追踪莎士比亚对"变动"（remove）及其对爱情之影响的探讨，该诗的名句"爱算不得爱/若它一看见别人转变就转变/或看见别人离开就离开"是莎氏最著名的爱情宣言之一。

约翰·希尔《伊甸园：园艺大观》中的法国金盏菊(右上、右中)

杰拉德《草木志》(1597) 中的金盏花

我爱的主呵,你的高尚的道德
使我这臣属的忠诚与你紧系,
我向你派遣这位手书的使者,
来证实我忠诚,不是来炫耀才力。

忠诚这么大,可我的才力不中用——
没词语来表达,使忠诚显得贫乏;
但是,我希望在你深思的灵魂中,
有坦率可亲的好想头会来收藏它:

要等到哪一颗引导我行程的星宿
和颜悦色地给我指出了好运气,
并给我褴褛的爱心穿上了锦裘,
以表示我配承受你关注的美意:

  到那时,我才敢夸说我爱你多深,
  才愿显示我能给你考验的灵魂。

商籁
第 26 首

**典雅爱情
玄学诗**

Lord of my love, to whom in vassalage
Thy merit hath my duty strongly knit,
To thee I send this written embassage,
To witness duty, not to show my wit:

Duty so great, which wit so poor as mine
May make seem bare, in wanting words to show it,
But that I hope some good conceit of thine
In thy soul's thought, all naked, will bestow it:

Till whatsoever star that guides my moving,
Points on me graciously with fair aspect,
And puts apparel on my tatter'd loving,
To show me worthy of thy sweet respect:

> Then may I dare to boast how I do love thee;
> Till then, not show my head where thou mayst prove me.

商籁第26首是整个诗系列中的第一首"信件诗"（epistolary poem）。诗中"我"自称寄信人，向收信人"你"以书面形式送去爱语。醒目的是，诗人在吐露爱语时，通篇使用的都是中世纪骑士精神和"典雅爱情"（amour courtois/courtly love）的词汇。

全诗一开篇就显示了莎士比亚对中世纪骑士文学传统的熟悉，就如他也毫不费劲地从中世纪罗曼司（romance）和历史写作中汲取素材并改头换面为传奇剧、历史剧或叙事长诗。诗人将爱人称作"主公"（Lord）并自称对之负有"扈从的职责"（vassalage），这是中世纪骑士文学中藩臣对君主的措辞，在亚瑟王与圆桌骑士的关系中得到了最典型的体现。其现实来源之一是古代日耳曼社会中领主与扈从、军事首领与战士之间双向的效忠关系，塔西佗在《日耳曼尼亚志》中用拉丁文名词 *comitatus*（侍卫队）来形容这种关系："酋帅们为胜利而战斗，侍从们则为酋帅而战斗。"[1] 双方的荣誉是这样一种绑定的关系，故诗人用了"编织"（knit）这个动词来强化这种牵绊：

> Lord of my love, to whom in vassalage
> Thy merit hath my duty strongly knit,
> To thee I send this written embassage,
> To witness duty, not to show my wit:

---

[1] Agricola Tacitus, *Germania, Dialogus*, p. 14；塔西佗，《阿古利可拉传·日耳曼尼亚志》，第54页。

我爱的主呵，你的高尚的道德

使我这臣属的忠诚与你紧系，

我向你派遣这位手书的使者，

来证实我忠诚，不是来炫耀才力。

如此语境中，主公同时又是"我爱情的主人"（Lord of my love），结合贯穿本诗的爱情书信（love letter）的措辞，更见诗人用来比喻自己和俊美青年之间关系的"藩臣和君主"关系同时披上了中世纪典雅爱情的外衣，成为"骑士与淑女"之间的关系。"我"向"你"送上这书信作为使者（written embassage），表示"我"无条件地效忠，"我"将如典雅爱情中为了得到淑女之爱的骑士那样承担起满足"你"全部心愿的职责，这份职责如此重大，超出"我"拙劣的语言所能表达的一切，"忠诚这么大，可我的才力不中用——/没词语来表达，使忠诚显得贫乏"（Duty so great, which wit so poor as mine/May make seem bare, in wanting words to show it）。

"典雅爱情"一词的地位是由加斯东·帕里斯（Gaston Paris）在《关于圆桌传奇〈兰斯洛：囚车骑士〉的研究》中首先确立的，《兰斯洛：囚车骑士》是12世纪法语作者特洛瓦的克雷蒂安的代表作。在帕里斯的定义中，典雅爱情是一个将女性偶像化、崇高化的过程，作为崇拜者的骑士则要不惜一切代价满足心上人的任何愿望，以赢得芳心。这个过程未必涉及性，但也绝非纯粹的精神恋爱，因为性的吸引恰恰是触发这段关系的原力。[1] C.S. 刘易斯在《爱的寓言》中将涉及性的部分说得更加直白，将典雅爱情定义为"一种极其特殊的爱，其特点包括谦卑、文雅、通奸，还有爱之宗教"。[2] 这句话也凸显了典雅爱情的另一个暗面：它很少发生在合法夫妇之间，而是暗中进行的，往往被看作对无涉爱情的中世纪婚姻的一种补偿。

历史学家们——诸如20世纪60年代的 D.W. 罗伯岑和70年代的约翰·C. 摩尔、E. 塔波特·多纳森——声称"典雅爱情"一词实为现代人的发明，没有充足的文献证据可证明它确实存在。不过，"典雅爱情"的近亲"优雅爱情"（fin'amour/fine love）却早在11世纪左右就大量散见于普罗旺斯语和法语文献中，绝非今人的生造。一般认为这一传统——至少在文学作品中——在阿奎丹、普罗旺斯、香槟和勃艮第公国最为盛行，传说是阿奎丹的埃莉诺（Eleanor of Aquitaine）及其女儿玛丽（Marie of France）将典雅爱情的理想和习俗先后引入了英法两国的宫廷文学。涉及典雅爱情的文学体裁有抒情诗、寓言故事、罗曼司、训诫文等，最著名的训诫文当属安德雷斯·卡波拉努斯（Andreas Capellanus）模仿古罗马奥维德《爱的艺术》(*Ars Amatoria*，又译《爱经》) 所作的《论爱情》(*De Amore*)，

---

[1] 参见包慧怡，《〈亚瑟王之死〉与正义的维度》《上海文化》2011年第6期，第99—110页）。
[2] C.S. Lewis, *The Allegory of Love: A Study in Medieval Tradition*, p. 2.

卡波拉努斯将典雅爱情定义为"纯洁之爱":

> 是纯洁之爱将两颗心儿销魂地拴在一起。这类爱出于脑的沉思和心的深情,最多只能抱一下,亲个嘴,或小心翼翼地碰一下爱人的裸体,而那最终的慰藉对于想要纯洁地相爱的两人而言是禁止的……那种爱被称为混合之爱,它起于每种肉体的愉悦,止于维纳斯的终极行为。

这段理想主义的话充满了自相矛盾:"纯洁之爱"与"混合之爱"当真如此泾渭分明?一个吻、一个拥抱究竟比"维纳斯的终极行为"纯洁多少?不过,至少莎士比亚在商籁第26首的字面上为我们呈现的,的确主要是一种精神上的仰慕,一份谦卑到几乎战战兢兢的、不经对方的允许和配合都不敢说出口的爱意。"我"的措辞拙劣,以至于要顺利表达爱意,反而要仰仗"你"的聪颖,仰仗"你"灵魂中的"奇思妙想":

But that I hope some good conceit of thine
In thy soul's thought, all naked, will bestow it
但是,我希望在你深思的灵魂中,
有坦率可亲的好想头会来收藏它

conceit(奇思妙想，奇妙的比喻)这个词恰好也是17世纪"玄学派诗歌"(metaphysical poetry)的核心修辞手段之一。而本诗第三节进一步将典雅爱情中骑士在淑女面前谦卑的措辞与"星象"术语糅合在一起，正如我们在此前的商籁中看到的，星相学或占星术也是玄学诗人们尤为钟爱的修辞领域。诗人坦言，"我"的爱太卑微，如一件褴褛的衣裳般配不上你，需要等待特定的星辰指引"我"的道路，形成"良好的相位"(fair aspect)，才等于为"我"的爱披上了霓裳，让"我"获得示爱的勇气。"相位"(aspect)是最重要的星相学术语之一，指两颗天体之间的相对位置(通常在星盘上以连线表示)，常见的相位包括合相(0度，conjunct)、拱相(120度夹角，trine)、六合相(60度夹角，sextine)、冲相(180度，opposite)、刑相(90度)等位置。一般只有合、拱、六合被认为是吉利的相位，即本诗第三节四行诗中的：

> Till whatsoever star that guides my moving,
> Points on me graciously with fair aspect,
> And puts apparel on my tatter'd loving,
> To show me worthy of thy sweet respect
> 要等到哪一颗引导我行程的星宿
> 和颜悦色地给我指出了好运气，

并给我褴褛的爱心穿上了锦裳，

以表示我配承受你关注的美意

"我"的爱是如此谦卑，以至于要掐算天时地利（星相）与人和（"你的才智"）才敢说出口。对句中的 prove 比起该词今日最常见的义项"证明"，更多是它的词源义项"考验\挑战"（put to test）之意。至此，一般典雅爱情中"一切责任都属于骑士，一切权利都归于女士"的不对等的关系得到了登峰造极的表述：

Then may I dare to boast how I do love thee;
Till then, not show my head where thou mayst prove me.
到那时，我才敢夸说我爱你多深，
才愿显示我能给你考验的灵魂。

如果说商籁第 26 首是"我"寄给"你"的第一首"信件诗"，或第一封"情信"，那么隔开 100 首诗之后的商籁第 126 首（结信语情诗）恰恰是"我"致"你"的最后一封诗信，也标志着整个俊美青年序列的终结。这从第 26 首到第 126 首，跨越 100 首十四行诗的遥远的首尾呼应，或许也可以看作诗人对未来世代的读者发起的一场迟缓的考验：别着急，如那句拉丁谚语所言，且让我们慢慢地赶（*festina lente*）。

圆桌骑士特里斯丹与伊索尔德的典雅爱情
（误饮魔药），15世纪手抄本

劳动使我疲倦了,我急忙上床,
来好好安歇我旅途劳顿的四肢;
但是,脑子的旅行又随即开场,
劳力刚刚完毕,劳心又开始;
 	
这时候,我的思念就不辞遥远,
从我这儿热衷地飞到你身畔,
又使我睁开着沉重欲垂的眼帘,
凝视着盲人也能见到的黑暗:
 	
终于,我的心灵使你的幻象
鲜明地映上我眼前的一片乌青,
好像宝石在可怕的夜空放光,
黑夜的古旧面貌也焕然一新。
 	
  看,我白天劳力,夜里劳心,
  为你,为我自己,我不得安宁。
	**商籁
	第 27 首**
	
	———
	
	**夜视
	情诗**

Weary with toil, I haste me to my bed,
The dear respose for limbs with travel tir'd;
But then begins a journey in my head
To work my mind, when body's work's expired:

For then my thoughts—from far where I abide—
Intend a zealous pilgrimage to thee,
And keep my drooping eyelids open wide,
Looking on darkness which the blind do see:

Save that my soul's imaginary sight
Presents thy shadow to my sightless view,
Which, like a jewel hung in ghastly night,
Makes black night beauteous, and her old face new.

> Lo! thus, by day my limbs, by night my mind,
> For thee, and for myself, no quiet find.

本首与下一首商籁都是处理"行旅中的相思"的别离诗,"我"通篇诉说因爱慕对象的缺席而越发炽热的思念,以及在黑暗中变得尤其敏锐的"灵魂的视觉"。这是一首完成度很高、工于修辞、有传统可依的小情诗。莎士比亚之前或同时代的英语诗人中有不少人处理过"缺席/失眠中的思念"这一母题,最著名的可能要数菲利普·西德尼爵士写于1582年的十四行诗系列《爱星者与星》(*Astrophel and Stella*)中的第89首。西德尼爵士的十四行诗集出版于1591年,莎士比亚熟知或至少读过这108首十四行诗(和穿插其中的11首短歌)。我们在本篇末尾附上菲利普爵士的第89首商籁原文,供大家比对并判断莎翁在多大程度上是属于"那一时代"的诗人。

商籁第27首第一节四行诗中出现了一种身心二元论,当"我"的身体因为白天旅途奔波而疲惫不堪,终于在夜幕降临"歇业"时,"我"的心灵却因为思念而"开张",仿佛只有肉身的活动静止,思想才能够活跃,整装待发去开始"一段脑中的旅程":

Weary with toil, I haste me to my bed,
The dear respose for limbs with travel tir'd;
But then begins a journey in my head
To work my mind, when body's work's expired

劳动使我疲倦了，我急忙上床，
来好好安歇我旅途劳顿的四肢；
但是，脑子的旅行又随即开场，
劳力刚刚完毕，劳心又开始

下一节四行诗中的核心意象是"朝圣"（pilgrimage），而朝圣的终点站是"你"，诗人爱慕的对象。去朝圣或进香的不是身体，却是在睡眠中获得了独立于身体的行动力的"思想"——确切地说是对"你"的思念／情思。它们渴望从"我"此时所处之地——与"你"隔着万水千山——踏上一次以"你"为目的地的"热忱的朝圣之旅"（For then my thoughts–from far where I abide–/Intend a zealous pilgrimage to thee）。英国中世纪与文艺复兴时期向来有"朝圣者文学"（pilgrim literature）的传统，后者中一个比较晚近的著名例子是约翰·班扬（John Bunyan）的《天路历程》（*Pilgrim's Progress*）；前者中当仁不让的代表作就是乔叟的《坎特伯雷故事集》，乔叟以中古英语写作该诗的14世纪也被称为英国朝圣文学的黄金时期。撇去韵学上的考虑，《坎特伯雷故事集·序诗》的前十四行可以被看作一首另类的十四行诗（同样以五步抑扬格写就，但使用的不是商籁体而是英雄双韵体的尾韵），生动描写了书中这一行香客从伦敦去坎特伯雷朝圣的缘起。这也是英国文学中最著名的开篇之一，其中"朝圣"的需要几乎被描绘成一种生理性的渴望，随着春回大地、万物复苏，人们——就如商籁第27首中"我"对"你"的情思——无法抑制住自己渴望朝圣的冲动：

> Whan that Aprille with his shoures soote,
> The droghte of March hath perced to the roote,
> And bathed every veyne in swich licóur
> Of which vertú engendred is the flour;
> Whan Zephirus eek with his swete breeth
> Inspired hath in every holt and heeth
> The tendre croppes, and the yonge sonne
> Hath in the Ram his halfe cours y-ronne,
> And smale foweles maken melodye,
> That slepen al the nyght with open ye,
> So priketh hem Natúre in hir corages,
> Thanne longen folk to goon on pilgrimages,
> And palmeres for to seken straunge strondes,
> To ferne halwes, kowthe in sondry londes;
> (ll.1–14, "General Prologue", The Canterbury Tales)
> 当四月以它甜蜜的骤雨
> 将三月的旱燥润湿入骨，

用汁液洗濯每一株草茎

凭这股力量把花朵催生;

当西风也用他馥郁的呼吸

把生机吹入每一片林地

和原野上的嫩芽,年轻的太阳

已走过白羊座一半的旅程,

此时小小飞禽也寻欢作乐,

睡觉时都整夜睁着眼睛

(自然就是这样拨动着它们的心);

于是香客们纷纷寻找异国海域,

去往远方各处闻名遐迩的圣地。

(《坎特伯雷故事集·序诗》第 1—14 行,包慧怡 译)

《坎特伯雷故事集》中的集体朝圣,无论实际上变成了怎样一场流动的狂欢节,或马背上的故事嘉年华,至少在名义上仍是一场宗教性质的朝圣,终点是肯特郡坎特伯雷大教堂内的 12 世纪圣徒、亨利二世时期的坎特伯雷大主教托马斯·贝克特的殉道处。到了两个多世纪后的莎士比亚这里,朝圣(pilgrimage)或者朝圣者(pilgrim)这组词却是最常出现在情爱语境中。除了商籁第 27 首中的例子,在《罗密欧与朱丽叶》中男女主角著名的初次见面的场景里,求爱仪式被剧中人物自述为一场"朝圣",伴随着"亵渎""神龛""朝拜""圣徒""香客""祈祷"等朝圣仪式中的常见词汇。值得一提的是,罗密欧与朱丽叶初次邂逅时发生的这场对话,恰好构成一首音律严整的英国式十四行诗。莎士比亚独具匠心地将一首真正的五步抑扬格商籁嵌入了戏剧作品中,使得这场惊心动魄、一步一试探、最终结束于罗密欧成功地吻到了朱丽叶的求爱仪式真正做到了诗中有剧,剧中有诗。我们不妨来完整地赏析:

Sonnet: Dialogue of Romeo & Juliet's First Kiss

Romeo:

If I profane with my unworthiest hand (A)

This holy shrine, the gentle fine is this: (B)

My lips, two blushing pilgrims, ready stand (A)

To smooth that rough touch with a tender kiss. (B)

Juliet:

Good pilgrim, you do wrong your hand too much, (C)

Which mannerly devotion shows in this; (D)

For saints have hands that pilgrims' hands do touch, (C)

And palm to palm is holy palmers' kiss. (D)

Romeo:

Have not saints lips, and holy palmers too? (E)

Juliet:

Ay, pilgrim, lips that they must use in prayer.(F)

Romeo:

O, then, dear saint, let lips do what hands do; (E)

They pray, grant thou, lest faith turn to despair. (F)

Juliet:

Saints do not move, though grant for prayers' sake. (G)

Romeo:

Then move not, while my prayer's effect I take. (G)

以下是梁实秋先生的译文,尽量复制了原英式商籁的尾韵(ABABCDCDEFEFGG):

罗密欧:(向朱丽叶)如果我的这一双贱手冒犯［了］
这座神龛,赎罪的方法是这样［的］;
我的嘴唇,两个赧颜的香客,已准备［好］
用轻轻一吻来消除那粗糙接触的痕［迹］。
朱丽叶:好香客,你怪罪你的手也未免太苛,
它这举动只是表示虔诚的信心;
因为圣徒的手也许香客去抚摸,
手掌接触手掌便是香客们的接吻。
罗密欧:圣徒与香客难道没有嘴唇?
朱丽叶:有的,香客,在祈祷时才有用场。

罗密欧：啊，圣徒，手的工作让嘴唇来担任；
它们在求，你答应罢，否则信仰变成失望。
朱丽叶：圣徒是不为人所动的，虽然有求必应。
罗密欧：那么你不要动，你的回答我亲自来领。

将宗教和圣仪学的词汇以一种高度自洽和戏剧化的方式转化为世俗罗曼司的词汇，莎士比亚在这件事上做得可谓无人能出其右。回到商籁第 27 首，在剩下的诗句中，几乎每一行都有关于视觉体验或视觉器官（眼睛）的词汇出现，但诗人描绘的却不是光天白日之下的肉眼的视觉，而是一种想象的视觉（imaginary sight）。这种悖论的视觉诞生于对爱人的思慕，使"我"乐于在黑夜中整夜睁着眼睛，当外在的身体性视觉无法运作，内在的灵性视觉反而变得格外敏锐，可以看见"你"的影子如夜色中的一颗宝石，照亮并美化了黑夜：

And keep my drooping eyelids open wide,
Looking on darkness which the blind do see:
又使我睁开着沉重欲垂的眼帘，
凝视着盲人也能见到的黑暗：

Save that my soul's imaginary sight

Presents thy shadow to my sightless view,
Which, like a jewel (hung in ghastly night,
Makes black night beauteous, and her old face new.
终于，我的心灵使你的幻象
鲜明地映上我眼前的一片乌青，
好像宝石在可怕的夜空放光，
黑夜的古旧面貌也焕然一新。

"你的影子"（thy shadow）在此代指"你的形象"（your image/sight），并非真正的黑影。关闭肉体的眼睛，灵魂的眼睛可以看到更美妙的东西。在商籁第 27 首对身体性视觉的含蓄的贬抑背后，是对灵性视觉之重要性的强调。诗人描述自己虽然在羁旅中无法用肉眼望着爱慕对象，却保留了"心之眼"观看和热爱的能力；相爱的人之间传递的理想的目光，恰是一种夜视。这种夜视带来别离中的慰藉，却也和一切望眼欲穿的情思隐喻一样，令人"日夜不得安宁"：

Lo! thus, by day my limbs, by night my mind,
For thee, and for myself, no quiet find.
看，我白天劳力，夜里劳心，
为你，为我自己，我不得安宁。

【附】

Astrophel and Stella (Sonnet 89)

Sir Philip Sidney

Now that of absence the most irksome night,
With darkest shade doth overcome my day;
Since Stella's eyes, wont to give me my day,
Leaving my hemisphere, leave me in night,

Each day seems long, and longs for long-stayed night;
The night as tedious, woos th'approach of day;
Tired with the dusty toils of busy day,
Languished with horrors of the silent night;

Suffering the evils both of the day and night,
While no night is more dark than is my day,
Nor no day hath less quiet than my night:
With such bad mixture of my night and day,

>   That living thus in blackest winter night,
>   I feel the flames of hottest summer day.

爱星者与星（商籁第89首）

菲利普·西德尼爵士

现在，最惹人厌的黑夜用最暗的
缺席的阴影遮住了我的白日；
只因斯黛拉的眼睛一度赐予我白昼，
它们离开了我的半球，留我于黑夜中。

每日都那么漫长，渴望被长久阻隔的夜晚；
夜晚同样乏味，追求白昼的降临；
疲惫于忙碌的白日扬尘的苦役，
憔悴于沉默的夜晚的种种恐惧。

同时承受着白昼与黑夜的磨难，
没有一个夜晚比我的白昼更黑暗，
也没有一个白昼比我的黑夜更少僻静：
我的昼夜就这样糟糕地混为一体，

    就这样栖居于最黑暗的冬夜，
    我感觉着炎夏最炽热的火焰。

（包慧怡 译）

《爱星者与星》第二版标题与作者肖像页，1591年

既然我休息的福分已被剥夺,
我又怎能在快乐的心情中归来?
既然夜里我挣不脱白天的压迫,
只是在日日夜夜的循环中遭灾?

日和夜,虽然统治着敌对的地盘,
却互相握手,联合着把我虐待,
白天叫我劳苦,黑夜叫我抱怨
我劳苦在远方,要跟你愈分愈开。

我就讨好白天,说你辉煌灿烂,
不怕乌云浓,你能把白天照亮:
也恭维黑夜,说如果星星暗淡,
你能把黑夜镀成一片金黄。

但白天天天延长着我的苦痛,
黑夜夜夜使我的悲哀加重。

**商籁
第 28 首**

**昼与夜
情诗**

How can I then return in happy plight,
That am debarre'd the benefit of rest?
When day's oppression is not eas'd by night,
But day by night and night by day oppress'd,

And each, though enemies to either's reign,
Do in consent shake hands to torture me,
The one by toil, the other to complain
How far I toil, still farther off from thee.

I tell the day, to please him thou art bright,
And dost him grace when clouds do blot the heaven:
So flatter I the swart-complexion'd night,
When sparkling stars twire not thou gild'st the even.

> But day doth daily draw my sorrows longer,
> And night doth nightly make grief's length seem stronger.

商籁第 28 首与第 27 首互为双联诗，两者都属于别离诗或"分离商籁"(separation sonnet)，整本诗集其他位置穿插着若干这样的别离诗。在第 27 首(《夜视情诗》)中，爱人的倩影在夜色的衬托下熠熠生辉，仿佛黑夜成了一块被"你"珠玉般的美照亮的黑丝绒；本诗中，"你"的美将同时装点白昼和黑夜，后两者化作寓意人物，共同与"我"抗争。

第一节四行诗开篇用一个 then（那么），将本诗沿着上一首商籁的诗末对句发展下去（Lo! thus, by day my limbs, by night my mind, /For thee, and for myself, no quiet find, ll.13–14, Sonnet.27）——由于对"你"的刻骨思念，"我"在旅途中日夜都得不到休息。与第 27 首之间的首尾相连关系，在本首第一节中以诘问的口吻得到了强调，仿佛"我"是在给爱人写信，回答对方关于"我"将何时归来，又将在怎样的心情中归来的提问：

How can I then return in happy plight,
That am debarre'd the benefit of rest?
When day's oppression is not eas'd by night,
But day by night and night by day oppress'd,
既然我休息的福分已被剥夺，
我又怎能在快乐的心情中归来？

既然夜里我挣不脱白天的压迫,

只是在日日夜夜的循环中遭灾?

白昼被夜晚催逼,夜晚又被白昼催逼,在oppress(压迫)这个动词及其名词的反复出现中,我们几乎可以在读诗的舌尖感受到这种夜以继日的压迫,以及"我"在这种压迫下的力不从心。在这种情况下,"我"怎么可能"在快乐的心情中归来"(return in happy plight)?第二节四行诗中,白昼与黑夜被进一步拟人化,几乎要回归异教万神殿中它们作为自然神祇的尊位。根据赫西俄德的《神谱》,白昼(Hemera)其实是夜晚女神(Nyx)所生的女儿,两位女神都是前奥林匹斯时代的原始自然神,距离创世的起点非常近(夜晚是创世最初的混沌Chaos所生),在罗马万神殿中对应的名字分别是"日"(Dies)和"夜"(Nox)。从文艺复兴时期起,许多艺术作品中夜晚的人格化仍保留其女性形象,白昼的人格化却变成了男性,仿佛为了要与夜之女神形成对照。比如在米开朗琪罗为罗伦佐·美第奇之墓所塑群像《昼》《夜》《晨》《暮》中,"昼"与"夜"就以对称的位置、相反的姿态和对立的性别,出现在同一基座的两侧。莎士比亚继承了这一传统,在第27首中将夜晚拟人化为年老色衰的女性(Makes black night beauteous, and her old face new),在本诗中将白昼拟人化为一位与"我"同样爱慕着俊友的男性（I tell the day, to please him thou art bright）。

米开朗琪罗似乎格外偏爱夜之女神，在《献给夜晚的第三首商籁》中，这位雕塑家以同样卓绝的诗才写道："即使火焰或光明战胜黑夜/也不能将夜的神性减少本分……只有夜能赋予人种子和深根/阴影也就比光明优越，因为/大地上最出色的硕果，是人。"在莎士比亚的这首商籁中，昼与夜这对赫西俄德异教叙事中的母女不仅变更了一方的性别，而且彼此敌对竞争，当一方统御天空时，另一方就必须"下班"。但是，诗人强调道，尽管昼夜彼此作对，在"折磨我"这件事上却联合起来"握手言欢"：白昼用工作的劳碌和奔波折磨"我"，夜晚用"抱怨"来折磨"我"——抱怨"我"为何千里跋涉，远离爱人。白昼与黑夜在与"我"对峙这件事上似乎有共同的动机，即，他和她也都爱慕"你"，渴望早日回到"你"的身旁：

And each, though enemies to either's reign,
Do in consent shake hands to torture me,
The one by toil, the other to complain
How far I toil, still farther off from thee.
日和夜，虽然统治着敌对的地盘，
却互相握手，联合着把我虐待，

白天叫我劳苦，黑夜叫我抱怨
我劳苦在远方，要跟你愈分愈开。

第三节是本诗的高潮，"我"预备向联合起来对付自己的昼与夜施展口才，分别说服他们相信，他们共同渴望的"你"并未因"我"的远离就与他俩分离。"我"告诉白昼，"你"是如此明艳，当乌云遮蔽白日的晴空时，"你"可以替他分忧，代替他照亮世界；"我"又"奉承肤色黝黑的夜晚"，当繁星不在夜空闪耀之时——也就是多云或其他天气因素使地上的人们看不见星星时——"你"的美貌会为夜空"镀金"，以另一种形式把夜"照亮"。值得一提的是，如前所述，莎士比亚用阳性人称代词 him 来指代白昼，一方面可以看作对文艺复兴以来惯例的遵循（一如米开朗琪罗将《昼》表现为一名健壮的男子，而非赫西俄德笔下的女神），另一方面也可能反映了中古英语向早期现代英语过渡时期一些代词用法的遗留。中古英语中的第三人称宾格形式 him 既可以指男性的"他"，也可以指性别不明确的"它"，即等同于 it：

I tell the day, to please him thou art bright,
And dost him grace when clouds do blot the heaven:
So flatter I the swart-complexion'd night,

When sparkling stars twire not thou gild'st the even.

我就讨好白天,说你辉煌灿烂,

不怕乌云浓,你能把白天照亮:

也恭维黑夜,说如果星星暗淡,

你能把黑夜镀成一片金黄。

But day doth daily draw my sorrows longer,

And night doth nightly make grief's length seem stronger.

但白天天天延长着我的苦痛,

黑夜夜夜使我的悲哀加重。

全诗末尾,诗人表面上承认,自己对昼夜的说服在修辞上失败了,但未曾言明的弦外音仍然是:"你"太美,导致昼与夜都深爱"你"并迫切渴求"你"的在场,而不肯从"我"的诡辩中得到安慰。两者的联手为敌,使得"我"白天度日如年,夜晚又因悲伤辗转难眠。白昼与黑夜,一位男性一位女性,一位白皙一位黝黯,两人爱慕着同一位俊美青年,这种设定本身又如同对"我"和"黑夫人"与俊友关系的巧妙影射。

米开朗琪罗为罗伦佐·美第奇之墓所塑雕像《昼》,佛罗伦萨圣罗伦佐教堂

米开朗琪罗为罗伦佐·美第奇之墓所塑雕像《夜》,佛罗伦萨圣罗伦佐教堂

**商籁
第 29 首**

**云雀
情诗**

我一旦失去了幸福,又遭人白眼,
就独自哭泣,怨人家把我抛弃,
白白地用哭喊来麻烦聋耳的苍天,
又看看自己,只痛恨时运不济,

愿自己像人家那样:或前程远大,
或一表人才,或胜友如云广交谊,
想有这人的权威,那人的才华,
于自己平素最得意的,倒最不满意;

但在这几乎是自轻自贱的思绪里,
我偶尔想到了你呵,——我的心怀
顿时像破晓的云雀从阴郁的大地
冲上了天门,歌唱起赞美诗来;

  我记着你的甜爱,就是珍宝,
  教我不屑把处境跟帝王对调。

When in disgrace with fortune and men's eyes
I all alone beweep my outcast state,
And trouble deaf heaven with my bootless cries,
And look upon myself, and curse my fate,

Wishing me like to one more rich in hope,
Featur'd like him, like him with friends possess'd,
Desiring this man's art, and that man's scope,
With what I most enjoy contented least;

Yet in these thoughts my self almost despising,
Haply I think on thee, – and then my state,
Like to the lark at break of day arising
From sullen earth, sings hymns at heaven's gate;

> For thy sweet love remember'd such wealth brings
> That then I scorn to change my state with kings.

商籁第29首的前八行可以单独看作一首"怨歌"（plaint），诗人罗列了自己生活中的种种不如意，希望和这样那样的人物交换人生。后半部分则是典型情诗的主题：恋人的爱如此珍贵，整个世界都不能拿来交换。

本诗紧跟着一对"分离商籁"（第27—28首）出现，开篇的情绪比之前的所有商籁都更消极和激烈。"我"似乎在个人境遇的各方面都跌入了谷底，第一节四行诗以一长串不祥的词语——耻辱（disgrace）、悲泣（beweep）、放逐（outcast）、哭喊（cries）、诅咒（curse）——勾勒出一个怨恨自己命运的约伯。《旧约·约伯记》中的义人约伯因撒旦与上帝的一个赌注而无故受灾，他虽然坚强忍受，但到了失去一切（所有财产、全部儿女、自己的健康）时，也忍不住诅咒自己的生辰："愿我生的那日和说怀了男胎的那夜都灭没。愿那日变为黑暗；愿神不从上面寻找它，愿亮光不照于其上。愿黑暗和死荫索取那日，愿密云停在其上，愿日蚀恐吓它。愿那夜被幽暗夺取，不在年中的日子同乐，也不入月中的数目。"（《约伯记》3: 3—6）约伯也为自己遭受的不公向神发出诘问，悲叹自己的境遇："人的道路既然遮隐，神又把他四面围困，为何有光赐给他呢？我未曾吃饭，就发出叹息；我唉哼的声音涌出如水。因我所恐惧的临到我身；我所惧怕的迎我而来。我不得安逸，不得平静，也不得安息，却有患难来到。"（《约伯记》3：23—26）

由于无法确立每首十四行诗的具体写作年份,我们无法知道是否有、是什么悲惨的经历促成莎士比亚提笔写下这首诗,虽然我们确实知道在跨越十四行诗系列写作前后的年份中,他的生活中确实发生过一系列不幸事件:1596 年他唯一的 11 岁的儿子、双胞胎之一的哈姆内特(Hamnet)死去;1601 年他的父亲约翰去世;1607 年他的兄长埃德蒙死去……然而这些个人的不幸在死亡率极高的都铎时期英国并非偶然事件,随便在当时的伦敦街头问一个路人,近十年内他失去过多少亲友,有很大概率我们得到的结论将是,莎士比亚的不幸虽然无可慰藉,但在那个时代并不罕见。

我们当然也可以将第 29 首商籁的前两节纯粹看作文学修辞,并归入古典至中世纪盛行的怨歌(complaint/plaint)传统——莎士比亚的前辈乔叟就写得一手好怨歌,著名的有《情怨》(*Complaynt D'Amours*)、《致他的女士的怨歌》(*A Complaint to His Lady*)、《乔叟致他钱袋的怨歌》(*The Complaint of Chaucer to His Purse*)等,其中不妨戏谑之作。不过,要在那个时代,或者任何时代,找到理由悲叹自己的命运,对任何人来说实在都并非难事。诗人在第二节中进一步表达了自己由"怨"继而产生的期许:希望自己可以和某个更美、更有能力、人脉更广或前途更光明的人"交换位置":

Wishing me like to one more rich in hope,

Featur'd like him, like him with friends possess'd,

Desiring this man's art, and that man's scope,

With what I most enjoy contented least

愿自己像人家那样：或前程远大，

或一表人才，或胜友如云广交谊，

想有这人的权威，那人的才华，

于自己平素最得意的，倒最不满意；

"在我最享受的事上却最不满足"（With what I most enjoy contented least）具体指什么事，我们不得而知。一些学者认为"我"最享受的是"你"或者"对你的爱"，但这显然和第三节以及对句的信息矛盾。我们倾向于将之理解为诗人对自己的手艺的自谦：他享受写作（无论是诗歌还是剧本），但永远无法对自己写就的作品满足，这也符合莎氏这样对自己的才华绝非一无所知的文学巨擘的自我要求。接下来，转折段在第三节中出现得既醒目又自然：

Yet in these thoughts my self almost despising,

Haply I think on thee, — and then my state,

Like to the lark at break of day arising

From sullen earth, sings hymns at heaven's gate

> 但在这几乎是自轻自贱的思绪里,
> 我偶尔想到了你呵,——我的心怀
> 顿时像破晓的云雀从阴郁的大地
> 冲上了天门,歌唱起赞美诗来

当"我"深陷自怨自艾,只要"不小心/偶然"(haply)想到了心中爱慕的"你",就觉得自己像破晓时分的云雀,从愁云惨淡的土地振翅飞入云霄,在天堂门口唱起颂歌。莎士比亚精通鸟类知识,主要不是通过书斋里的阅读,而是通过田野里的亲身体验——他出生的华威郡是英格兰地貌变化最丰富、飞禽种类最多的地区之一,大自然是他早期最重要的诗歌学校。根据《莎士比亚的鸟》的作者阿奇博尔德·盖基的统计,莎氏熟知并写入作品的鸟共有五十多种,其中大多数都是多次提及,而云雀(lark)无疑是其中他最偏爱的鸟之一。云雀是莎士比亚的希望之鸟,被称为"清晨的云雀""黎明的使者",在他笔下总是和破晓时分的美景和振奋的心情相连。比如在长诗《维纳斯与阿多尼斯》第848—853行中,莎氏如此描摹这种参与日夜交替的小鸟:

> 看!云雀轻盈,蜷伏了一夜感到不受用,
> 从草地上带露的栖息处,盘上了天空,

把清晨唤醒。只见从清晨银色的前胸,

太阳初升,威仪俨俨,步履安详,气度雍容。

目光四射,辉煌地看着下界的气象万种,

把树巅山顶,都映得黄金一般灿烂光明。

(张谷若 译)

又比如《辛白林》第二幕第三场中,乐工们在克罗顿的敦促下演奏的《歌》:

Hark, hark! the lark at heaven's gate sings,

And Phoebus 'gins arise,

His steeds to water at those springs

On chaliced flowers that lies;

And winking Mary-buds begin

To ope their golden eyes:

With every thing that pretty is,

My lady sweet, arise:

Arise, arise. (ll.19–27)

听!听!云雀在天门歌唱,旭日早在空中高挂,天池的流水琮琤作响,日神在饮他的骏马;瞧那万寿菊倦眼慵抬,睁开它金色的瞳睛:美丽的万物都已醒来,醒醒吧,亲爱的美人!醒醒,醒醒!

只有在《罗密欧与朱丽叶》第三幕第五场中,云雀婉转的啼叫声不受欢迎,因为与它的歌声同时到来的白昼要无情地宣告爱人的分离,缠绵的夜晚将让位于(在这部戏中将是永别的)白日。罗密欧与朱丽叶这段难分难解的别离辞也向上承接古典和中世纪情诗中的"破晓歌"(aubade)传统:

> Juliet:
> Wilt thou be gone? it is not yet near day:
> It was the nightingale, and not the lark,
> That pierced the fearful hollow of thine ear;
> Nightly she sings on yon pomegranate-tree:
> Believe me, love, it was the nightingale.
> Romeo:
> It was the lark, the herald of the morn,
> No nightingale: look, love, what envious streaks
> Do lace the severing clouds in yonder east:
> Night's candles are burnt out, and jocund day
> Stands tiptoe on the misty mountain tops.
> I must be gone and live, or stay and die. (ll.1–11)
> …
> Juliet:

It is, it is: hie hence, be gone, away!
It is the lark that sings so out of tune,
Straining harsh discords and unpleasing sharps.
Some say the lark makes sweet division;
This doth not so, for she divideth us:
Some say the lark and loathed toad change eyes,
O, now I would they had changed voices too!
Since arm from arm that voice doth us affray,
Hunting thee hence with hunt's-up to the day,
O, now be gone; more light and light it grows.
Romeo:
More light and light; more dark and dark our woes! (ll. 26–36)

朱丽叶：你现在就要走了吗? 天亮还有一会儿呢。那刺进你惊恐的耳膜中的，不是云雀，是夜莺的声音；它每天晚上在那边石榴树上歌唱。相信我，爱人，那是夜莺的歌声。

罗密欧：那是报晓的云雀，不是夜莺。瞧，爱人，不作美的晨曦已经在东天的云朵上镶起了金线，夜晚的星光已经烧尽，愉快的白昼蹑足踏上了迷雾的山巅。我必须到别处去找寻生路，或者留在这儿束手等死。……

朱丽叶：天已经亮了，天已经亮了；快走吧，快走吧！那唱得这样刺耳、嘶着粗涩的噪声和讨厌的锐音的，正是天际的云雀。有人说云雀会发出千变万化的甜蜜的歌声，这句话一点不对，因为它只使我们彼此分离；有人说云雀曾经和丑恶的蟾蜍交换眼睛，啊！我但愿它们也交换了声音，因为那声音使你离开了我的怀抱，用催醒的晨歌催促你登程。啊！现在你快走吧；天越来越亮了。

罗密欧：天越来越亮，我们悲哀的心却越来越黑暗。

在商籁第29首中，云雀不是破晓歌传统中为爱人带来悲伤的鸟，却纯然表现念及爱人时的雀跃心情，最终演变成对句中铿锵有力的爱的宣告："你"甜蜜的爱是最无上的财富，因此"我"不屑与国王交换"境遇"。这里的"境遇"（state）同时有"国度，王国"的双关意，爱情中的"我"感到如此富足，仿佛已经拥有了一个完美的王国。

For thy sweet love remember'd such wealth brings
That then I scorn to change my state with kings.
我记着你的甜爱，就是珍宝，
教我不屑把处境跟帝王对调。

《罗密欧与朱丽叶》,福特·马多克斯·布朗
(Ford Madox Brown),1870 年

我把对以往种种事情的回忆
召唤到我这温柔的沉思的公堂,
为没有求得的许多事物叹息,
再度因时间摧毁了好宝贝而哀伤:

于是我久干的眼睛又泪如泉涌,
为的是好友们长眠在死的长夜里,
我重新为爱的早已消去的苦痛
和多少逝去的情景而落泪,叹息。

于是我为过去的悲哀再悲哀,
忧郁地数着一件件痛心的往事,
把多少叹过的叹息计算出来,
像没有偿还的债务,再还一次。

  但是,我只要一想到你呵,好伙伴,
  损失全挽回了,悲伤也烟消云散。

商籁
第 30 首

挽歌
情诗

When to the sessions of sweet silent thought
I summon up remembrance of things past,
I sigh the lack of many a thing I sought,
And with old woes new wail my dear time's waste:

Then can I drown an eye, unused to flow,
For precious friends hid in death's dateless night,
And weep afresh love's long since cancelled woe,
And moan the expense of many a vanished sight:

Then can I grieve at grievances foregone,
And heavily from woe to woe tell o'er
The sad account of fore-bemoaned moan,
Which I new pay as if not paid before.

> But if the while I think on thee, dear friend,
> All losses are restor'd and sorrows end.

商籁第30首延续了商籁第29首前八行的怨歌（plaint）主题，进一步发展为一首挽歌（elegy）基调的十四行诗。对逝去恋人和亡友的哀悼占据了全诗的前十二行，直到最后的对句中，对现在的恋人"你"的爱情主题才重新得到确认。

商籁第29首终结于一个"记起"的动作，"我记着你的甜爱，就是珍宝，/教我不屑把处境跟帝王对调"（For thy sweet love remember'd such wealth brings/That then I scorn to change my state with kings），对爱人的记忆扭转了整首诗的基调。而在商籁第30首中，整首诗始于"记忆"，对逝去的人和事的记忆。莎士比亚用法庭术语"传唤目击人"（summun up a witness）的动词"传唤"（summon up）与"记忆"（rememberance）搭配，而 summon up 在莎氏熟悉的通灵术语境中还有"召唤幽灵／亡魂"之意（summun up a spirit/ghost），"往昔之物"在许多意义上的确既是目击者，又是萦绕不去的幽魂：

When to the sessions of sweet silent thought
I summon up remembrance of things past,
I sigh the lack of many a thing I sought,
And with old woes new wail my dear time's waste
我把对以往种种事情的回忆

召唤到我这温柔的沉思的公堂,

为没有求得的许多事物叹息,

再度因时间摧毁了好宝贝而哀伤

第2行中的past不只是指时间上的"过去""已逝"（previous），同时也影射"故去""死去"，无论是恋人肉身的死亡，还是恋情的中断和消亡，都意味着某种不可逆的死亡，死去的恋情和死去的爱人一样值得悲叹。在第一节诗法律术语的基础上，第二节四行诗又加入了会计、做账、经济学的词汇：

Then can I drown an eye, unused to flow,

For precious friends hid in death's dateless night,

And weep afresh love's long since cancelled woe,

And moan the expense of many a vanished sight

于是我久干的眼睛又泪如泉涌,

为的是好友们长眠在死的长夜里,

我重新为爱的早已消去的苦痛

和多少逝去的情景而落泪，叹息。

"我"为藏身在"死亡之永夜"中的亡友一再悲泣（weep afresh），过去恋情的账目本已结清，"我"为爱所欠下的"悲伤"之债原本早已被"勾销"（love's long since cancelled woe）——或许是以偿还眼泪的方式——可"我"却总是再度悲伤，再度"泪流成河"（drown an eye），一再为"众多消失的面容"付出情感的"代价"（moan the expense of many a vanished sight）。下一节中，"我"甚至进一步成了"悲伤"这件货品的专职出纳员（teller），一遍遍如数家珍地清点（tell o'er）本已逝去的哀怨，同时又一遍遍再度支付已经支付过的悲伤之"账目"：

Then can I grieve at grievances foregone,
And heavily from woe to woe tell o'er
The sad account of fore-bemoaned moan,
Which I new pay as if not paid before
于是我为过去的悲哀再悲哀，
忧郁地数着一件件痛心的往事，
把多少叹过的叹息计算出来，
像没有偿还的债务，再还一次。

至此，全诗的措辞虽然洋溢着银行办事窗口和会计办公室的实用主义味道，其基调却无可置疑地属于"挽歌"。"挽歌"是一种历史悠久但定义模糊的诗歌种类，2012 年版《牛津挽歌手册》云："尽管使用广泛，但显然人们一直未能给'挽歌'这一术语一个满意的定义:有时它用来指所有声调肃穆或悲观的文本,有时则指为纪念而作的文本,严格时仅指哀悼亡者的文本。"斯坦利·格林菲尔德在试图界定最早的英语挽歌时——盎格鲁-撒克逊诗人在公元6—10世纪间用古英语写下的挽歌——给出的著名定义是,它是"一种篇幅较短的、反思性质或戏剧性的诗,同时包含着失去与慰藉的对照模式,表面上基于一段具体的个人经验或观察,并表达对于这种经验的态度"。[1]

商籁第30首在多个层面上满足以上这些挽歌的定义,我们甚至不必列举本诗中表达哀悼的词组(几乎每行都有至少一两个)。在上一首商籁(《云雀情诗》)的解析中我们曾提到,十四行诗系列写作前后,莎士比亚的生活中密集地发生过一系列不幸事件:1596年他唯一的儿子哈姆内特死去,1601年父亲约翰去世,1607年兄长埃德蒙死去;他的友人或至少是有交集的同辈作家中,《浮士德博士》的作者马洛于1593年死于酒馆斗殴,年仅26岁,《仙后》的作者斯宾塞死于1599年……如果我们对"朋友"或"爱"这些词的理解不那么狭隘,这些人都可以归入第6行中"被藏入死亡之永夜的密友"(precious friends hid in death's dateless night)之列。

诗人的"损失"和"悲哀"无疑是深重的,它们奠立了本诗的挽歌基调。但它们并非完全不可弥补,一种与开

---

[1] Stanley Greenfield, "The Old English Elegies", pp. 93–124.

篇处的"记忆"呼应的、关于"你"的"思想"(thought),可以在"我"想到"你"的瞬间,哪怕仅仅在这一瞬间,完成这种奇迹式的补偿(store)——在一切故去的人与事之后,唯独属于现在式的"你"具有终结"挽歌"基调的力量:

> But if the while I think on thee, dear friend,
> All losses are restor'd and sorrows end.
> 但是,我只要一想到你呵,好伙伴,
> 损失全挽回了,悲伤也烟消云散。

关于这首商籁的第二行"当我传唤对已往事物的记忆"(I summon up remembrance of things past),有一段轶事。普鲁斯特的七卷本《追忆似水年华》(*À la recherche du temps perdu*)的首位全本英译者、苏格兰作家及翻译家司各特·蒙哥利夫(C. K. Scott Moncrieff)为该书拟用的英文标题就出自莎翁的这行诗:*Remembrance of Things Past*——直译为《对往昔事物的回忆》,而原法文标题直译应是《追寻逝去的时光》。1922 年第一卷《斯万家那边》(*Swann's Way*)英文本出版前不久,一名英国友人致信普鲁斯特,告诉他书的英文标题"不精确到无望的程度"(hopelessly inaccurate),普鲁斯特因而非常焦虑,一度考虑过中止英文本的版权,直到那年9月拿到实体书并读了蒙哥利夫的译文,且看到媒体评论盛赞英译本后才放下心来。10月,普鲁斯特致信感谢蒙哥利夫,说他是一位才华敏锐的译者,但语气中仍有不悦和保留,例如说第一卷标题更准确的翻译是《去斯万家那边》(*To Swann's Way*),并反对他在英文标题中插入莎士比亚的这句诗;蒙哥利夫的回应也很不客气。普鲁斯特那年11月就去世了,作者和译者从此再未通过信。

对莎士比亚的连环商籁而言,挽歌的基调以及对死亡的沉思并不会终止于商籁第30首。在接下来的商籁第31首(《墓穴玄学诗》)和第32首(《遗作元诗》)中,挽歌将不动声色地变形为其他文类,并把自己肃穆的声调注入其他的抒情主题中。

威廉·布莱克为托马斯·格雷《写于教堂庭院中的挽歌》(1750)所作水彩插画,约1798年

多少颗赤心，我以为已经死灭， 不想它们都珍藏在你的胸口， 你胸中因而就充满爱和爱的一切， 充满我以为埋了的多少好朋友。 对死者追慕的热爱，从我眼睛里 骗出了多少神圣的、哀悼的眼泪， 而那些死者，如今看来，都只是 搬了家罢了，都藏在你的体内！ 你是坟，葬了的爱就活在这坟里， 里边挂着我多少亡友的纪念章， 每人都把我对他的一份爱给了你； 多少人应得的爱就全在你身上： 　　我在你身上见到了他们的面影， 　　你（他们全体）得了我整个的爱情。	**商籁** **第 31 首** ——— **墓穴** **玄学诗**

317

Thy bosom is endeared with all hearts,
Which I by lacking have supposed dead;
And there reigns Love, and all Love's loving parts,
And all those friends which I thought buried.

How many a holy and obsequious tear
Hath dear religious love stol'n from mine eye,
As interest of the dead, which now appear
But things remov'd that hidden in thee lie!

Thou art the grave where buried love doth live,
Hung with the trophies of my lovers gone,
Who all their parts of me to thee did give,
That due of many now is thine alone:

>   Their images I lov'd, I view in thee,
>   And thou–all they–hast all the all of me.

在本诗的核心奇喻中，现在的恋人被比成一座过去恋人的坟墓。而全诗也围绕生与死之间的可转换性展开，是一首回荡着挽歌声调的赞歌，更是一首探索爱情之生死的玄学诗。

商籁第30、31、32首都与死亡紧密相连。诗人曾在商籁第30首中悲叹"被藏入死亡之永夜的密友"（precious frends hid in death's dateless night, l. 6），但只要想到他的这位俊友，"一切损失都得到了弥补，悲伤化为乌有"（All losses are restor'd and sorrows end, l.14）。到了第31首中，他将这种想法向前推进一步，或者作为对"你"为何能弥补这一切损失的解释，诗人直接宣布："你"就是过去亡友的总和，"你"的心是所有那些故友的心的集合，因而就对"我"加倍珍贵（Thy bosom is endeared with all hearts）。那些心以及它们各自的主人，"由于（他们）不在，我只能认为已经死去"（Which I by lacking have supposed dead）。这些故友当然可能仅仅是相对而言的不在场，或许因为"我"与他们之间的情谊不再，与他们彻底断了联系，失去音信（lacking their news/tidings），那么对"我"而言他们就已经死去。但是，如果我们结合第30首中对密友们被藏入死亡之漫漫长夜的描述，再结合贯穿本诗的墓穴意象来看，这些故友更可能真的已经死去。整首诗的核心论证就在于：死去的爱人们（无论是象征层面的死还是事实层面的死)全部在"你"这个"我"最爱的人身上复活,"我"全部的爱都归于"你",这份爱所有的部件化零为整,共同组成一份大写的"爱",作为一个整体在"你"身上"复活":

And there reigns Love, and all Love's loving parts,
And all those friends which I thought buried.
你胸中因而就充满爱和爱的一切,
充满我以为埋了的多少好朋友。

在十四行诗集的初版,也就是1609年的"四开本"中,不仅此处的"Love"是大写,而且"Love"后是没有现代版本中的撇号的(And there raignes Loue and all Loues louing parts),这是早期现代英语沿袭中古英语的一个用法。也就是说,第3行中的所有格,既可能像今天绝大多数校勘本中那样,是修饰单数的"Love"(Love's)来表示"爱"这个概念,也可能是修饰复数的"Love"(使用今天的标点就是 Loves'),那么这里的 loving parts 就从属于诗人过往的"爱人们"(love=lover),而不是抽象的"爱"。这一层意思更好地呼应了第三节四行诗中诗人的总结性陈述:"你"是"我"(过往)被埋葬的爱情如今居住的坟墓,挂满"我"业已失去的爱人们的墓帔。trophy 指当时贵族入葬时盖在棺木上的墓帔或悬在墓雕旁的纪念旗等织物，上面通常绣有死者的家族纹章，屠译将 trophies 处理作"纪念章"，与原文有一定偏离。

Thou art the grave where buried love doth live,
Hung with the trophies of my lovers gone,
Who all their parts of me to thee did give,
That due of many now is thine alone
你是坟，葬了的爱就活在这坟里，
里边挂着我多少亡友的纪念章，
每人都把我对他的一份爱给了你；
多少人应得的爱就全在你身上

这些死去或失联的爱人（my lovers gone）把他们各自占有的"我"的部分（all their parts of me）转交给了"你"，因而本来属于多人的，现在只属于"你"一人。本诗中反复出现对"部分/部件"（parts）和"整体"（all）的对照和并举，仍是在回应基督教语境中的复活叙事，届时破碎的尸骨将凭着神恩再次汇作完整的身体。一如《哥林多前书》所录："死既是因一人而来，死人复活也是因一人而来。在亚当里众人都死了，照样，在基督里众人也都要复活。"（《林前》15：21—22）这个基督作为整体（all）而信众是部分(parts)的譬喻在《哥林多前书》第12章中表述得更为明确:"就如身子是一个,却有许多肢体;而且肢体虽多,仍是一个身子。基督也是这样。我们……都从一位圣灵受洗,成了一个身体。"(12:12—14)"若一个肢体得荣耀,所有的肢体就一同快乐。你们就是基督的身子,并且各自作肢体。"(12:26—27)"肢体"(member)在一些《新约》英译本中正是使用"部件"(part)一词来表达的,而part的拉丁文 *pars* 本来就可以指人的四肢(limb),人体中的一部分。正如莎士比亚熟读的《哥林多前书》将个别的信徒与基督的关系比喻成肢体与身子的关系,商籁第31首也把"你"推举到了一个至高无上的位置,把过往的爱人们和"你"的关系比作部分和整体,比作肢体和身子,进而通过暗示比作个别的信徒与基督本人。这首诗是对"你"的封神,在"我"的爱情中,"你"已获得超凡入圣的地位。如此我们就能理解为何在第二节四行诗中,诗人罕见地用了一批最直白的、指向来世的宗教语汇,来描述凡间的、此世的爱情:

How many a holy and obsequious tear

Hath dear religious love stol'n from mine eye …

对死者追慕的热爱,从我眼睛里

骗出了多少神圣的、哀悼的眼泪……

"宗教性的爱"（religious love）偷走了那么多颗"圣洁的"（holy）眼泪，"葬礼的"（obsequious）眼泪。obsequious的第一义项是"一味顺从，曲意逢迎"，拉丁文词源为 *ob-*（towards）+ *sequor*（follow），但它的名词形式 obsequy 却可以通过另一条拉丁文词源链追溯到葬礼/临终仪式（*exsequia*）。一些注家非要把这些明显是特意挑选的词汇"去宗教化"，比如把 religious 阐释为 obedient（顺从的），是因为对全诗的整体基调把握不够，也低估了莎士比亚这位语言大师在遣词造句上的匠心。

最后的对句中诗人说：他们（过往爱人）的形象"我"曾爱过，并且如今在你身上重新见到；而"你"作为"他们的总和"，同时也拥有"总和的我"——拥有"我"全部的爱情，全部的心（Their images I lov'd, I view in thee, / And thou–all they–hast all the all of me）。通过探讨死者以及死者的复活，商籁第31首描述了一种双向的汇总："你"是"我"所有爱人的总和，是"我"对其中每个人的爱的总和，而"你"也就占有所有部分的"我"。诗中描写的爱虽然发生在凡间，选用的语词却始终在试探着叩击来世的大门，也为下一首商籁中诗人讨论自己死后这份爱情的归宿做好了准备。

骷髅与蠕虫的辩论,15世纪中古英语诗歌手稿,今藏大英图书馆

如果我活够了年岁，让粗鄙的死
把黄土盖上我骨头，而你还健康，
并且，你偶尔又重新翻阅我的诗——
你已故爱友的粗糙潦草的诗行，

请拿你当代更好的诗句来比较；
尽管每一句都胜过我的作品，
保存我的吧，为我的爱，论技巧——
我不如更加幸福的人们高明。

呵，还望你多赐厚爱，这样想：
"如果我朋友的诗才随时代发展，
他的爱一定会产生更好的诗章，
和更有诗才的行列同步向前：

  但自从他一死、诗人们进步了以来，
  我读别人的文笔，却读他的爱。"

商籁
第 32 首

遗作
元诗

If thou survive my well-contented day,
When that churl Death my bones with dust shall cover
And shalt by fortune once more re-survey
These poor rude lines of thy deceased lover,

Compare them with the bett'ring of the time,
And though they be outstripped by every pen,
Reserve them for my love, not for their rhyme,
Exceeded by the height of happier men.

O! then vouchsafe me but this loving thought:
'Had my friend's Muse grown with this growing age,
A dearer birth than this his love had brought,
To march in ranks of better equipage:

    But since he died and poets better prove,
    Theirs for their style I'll read, his for his love'.

这首诗是整个莎士比亚十四行诗系列中，诗人第一首直接论及自己死亡的诗。正如他善于设想种种过去的情境，梳理它们的多重含义，诗人同样擅长"发明"未来，并像他在第1—17首惜时诗中所做的那样，将原本不确定的未来作为已经发生的、确凿的境况来展现，然后发明言语行为（speech act）去演绎这种前景。这个前景在本诗开篇已被言明——"如果我活够了年岁，让粗鄙的死／把黄土盖上我骨头，而你还健康，／并且，你偶尔又重新翻阅我的诗——"（If thou survive my well-contented day, /When that churl Death my bones with dust shall cover/And shalt by fortune once more re-survey）。正如修饰 thou（你）的第二人称情态动词 shalt 以及修饰 death（死亡）的第三人称情态动词 shall 所共同暗示的，首句中的 if（如果）是一个形式大于实质的 if，因为第一节中描摹的情景并非假设。"我"终有一天必将死去，死神必将用尘土掩埋"我的白骨"；而"我"所爱的"你"也必将——凭借一种合"我"心愿的语法的惯性——比"我"活得更久，并重读"你死去的恋人这些拙劣而鲁钝的诗行"（These poor rude lines of thy deceased lover）。

以上为第一节。这首十四行诗结构上的新颖之处，就在于它在起头的四行诗后，出现了一种中间5行与最后5行之间的回声和镜像，使得它在整体的行诗逻辑上变成了 4+5+5 的结构，既不属于典型的 4+4+4+2 的英国体十四行诗，也与意大利体十四行诗的 4+4+3+3 不同。我们可以看到全诗的第 5—9 行写的是诗人对自己死后，他的恋人会如何重读其遗作的设想和祈愿；而第 10—14 行中，想象中恋人未来真的完全按照诗人所希望的方式，去阅读了那些献给他本人的诗。这就构成了一种"心愿"与"实情"——哪怕是想象中的实情——之间的契合，一种借诗歌来达成的镜像对称。在诗人的第一重想象中，他的俊友将在他死后发现他的诗歌不如当代的诗人，也就是还和俊友一起活着的那些"更幸运的""经过了时光的增益的"诗人：

Compare them with the bett'ring of the time,
And though they be outstripped by every pen
Reserve them for my love, not for their rhyme,
Exceeded by the height of happier men.
请拿你当代更好的诗句来比较；
尽管每一句都胜过我的作品，
保存我的吧，为我的爱，论技巧——
我不如更加幸福的人们高明。

这里可以看到一种"进步论"的文学史观：认为诗歌

才华是一笔随历史前行而增加的、既属于个人又属于集体的财富;诗才如雪球,越往后滚得越大,未来的诗人既然加入了这个滚雪球的行列,他们的作品胜过包括"我"在内的死去的诗人,就是理所当然的。诗人对自己作品的未来评价在这第一重想象中的确实现了。在他的第二重想象,即恋人重读他的遗作时的内心独白中,俊友如此宣判了他"朋友"的诗歌的价值:

> Had my friend's Muse grown with this growing age,
> A dearer birth than this his love had brought,
> To march in ranks of better equipage
> 如果我朋友的诗才随时代发展,
> 他的爱一定会产生更好的诗章,
> 和更有诗才的行列同步向前

俊友思忖,假如他的诗人朋友还活着,其诗歌才华(缪斯)也会继续茁壮,与时俱进,那么他的爱就会促成(比目前这一系列十四行诗)更优美、更珍贵的作品(a dearer birth)——作品被习惯性地比成作家的孩子,作家写作被看作一种"生育";如此,他后来(现在)写的诗就可以大步行走(march)于一个更华丽的当代诗的队列,他本人也可以与更优秀的当代诗人并驾齐驱。在这第二重想象中,诗人对自己作品的身后评价,对自己的文学遗产和影响力,对他的诗在未来文学史上的接受,是完全预测对了。以他自己的恋人为代表的未来的读者,中肯地评价了他的作品:它们也许有相当价值,但还谈不上是第一流的;也许前无古人,但已被后人(未来的诗人)超越。

同样地,诗人对他爱人读诗时私人的情感进行了双重想象。在第一重想象,也就是诗人的心愿中,诗人希望爱人如此来阅读自己的遗作——"请为了我的爱保留这些诗,而不是为了它们的韵……请让我可以拥有这样充满爱的想法"(Reserve them for my love, not for their rhyme ... O! then vouchsafe me but this loving thought)。什么想法呢?就是"你"会在重读这些诗行时,怀着下面的情感,内心深处浮现这样的念头,也就是最后对句中的:

But since he died and poets better prove,
Theirs for their style I'll read, his for his love.
既然他已逝去,更好的诗人层出不尽,
我就品读他们的风格,深读他的心。

这是诗人对未来的第二重幻想中,他的俊友的内心独白。莎士比亚的剧本中有许多这样的内心独白,舞台上的演员向前迈进一步，面向观众，开始大声朗诵独白，虽然其他演员都还在舞台上忙活，但当演员用站位进入独白模式，熟悉传统的观众都能明白，自白开始了。哈姆雷特"生存还是毁灭"的独白只是其中最著名的一例，虽然当时他的恋人奥菲利娅还在台上。本诗的最后5行同样是一种独白，是一种诗歌中的戏剧独白。我们可以毫不费劲地想象俊友手握十四行诗落满尘埃的抄本，踱到房间的一角，说出他内心的所想。而他的所想，他声称他将采取的阅读方式，他的情感，恰恰是诗人在第5—9行中所祈求的：请因为爱而保留这些诗行，而非为了它们的韵脚（rhyme）。"韵脚"成了末行中"文采，风格"（style）的一个借代。诗人对自己身后事的双重牵挂——"我"的诗是否还会被阅读，"我"的爱人是否还会记得"我"——在他的双重构建中完美地合二为一。是的，"我"的诗会被爱人阅读，而爱人读这些遗作时，记得的是"我的爱"。

四百多年后的读者已经看到，和诗人的预言不同，他的诗在他死后仍被万千读者阅读，但却是因为它们的风格或文采（style）。而所谓他无法与最好的诗人并驾齐驱，我们也看到了反面：莎士比亚当然属于任何时代的最好的诗人之列，甚至重新定义了何为好诗。不过，虽然十四行诗为读者提供了通向莎士比亚内心的钥匙，但最笨拙的一种读法就是将它们当作诗人偷偷写下的秘密日记或回忆录来阅读。莎翁的天才远在此上。就像我们在商籁第 32 首中看到的，无论是对自己死后时代及其诗风的构想，还是对基于这一构想的阅读场景的假想，都是他的作品的一部分，是他琢磨诗艺的"元诗式"创作的一个环节，它们真正通向的，是语言最深处的秘密。

死神邀请手持尿液检验瓶的医生，15世纪晚期法国手抄本

多少次我看见,在明媚灿烂的早晨,
庄严的太阳用目光抚爱着山岗,
他金光满面,亲吻着片片绿茵,
灰暗的溪水也照得金碧辉煌;

忽然,他让低贱的乌云连同
丑恶的云影驰上他神圣的容颜,
使人世寂客,看不见他的面孔,
同时他偷偷地西沉,带着污点:

同样,我的太阳在一天清晨
把万丈光芒射到我额角上来;
可是唉!他只属于我片刻光阴,
上空的乌云早把他和我隔开。

  对于他,我的爱丝毫不因此冷淡;
  天上的太阳会暗,世上的,怎能免。

商籁
第33首

炼金
玄学诗

Full many a glorious morning have I seen
Flatter the mountain tops with sovereign eye,
Kissing with golden face the meadows green,
Gilding pale streams with heavenly alchemy;

Anon permit the basest clouds to ride
With ugly rack on his celestial face,
And from the forlorn world his visage hide,
Stealing unseen to west with this disgrace:

Even so my sun one early morn did shine,
With all triumphant splendour on my brow;
But out, alack, he was but one hour mine,
The region cloud hath mask'd him from me now.

> Yet him for this my love no whit disdaineth;
> Suns of the world may stain when heaven's sun staineth.

从商籁第 33 首起，我们进入了一组笼罩着不祥氛围的"内嵌诗系列"。在第 33—36 这四首关系紧密的组诗中，我们将看到诗人如何遭遇、面对和接受爱人的不完美，并试图用诗艺来为之提供合理的解释。

本诗标志着诗人对俊美青年，以及他们之间的关系的评估出现了戏剧性的变化。商籁第 30—32 首的基调虽然也比较抑郁，诗人聚焦于对故人之死以及自身死亡的沉思，但俊友是作为对这一切残忍的无常的补偿出现的："但是，我只要一想到你呵，好伙伴，／损失全挽回了，悲伤也烟消云散。"(ll.13–14, Sonnet 30) 但第 33 首却是诗人第一次确凿地向自己也向读者坦白，他的这位爱人并非完美无缺，并且最近出于某种并不高尚的原因弃绝了他的爱（或至少是与之疏远）。

这是一首基于单一奇喻的玄学诗，这个核心奇喻正是"太阳"。从整体结构来看，全诗采取了抑扬交错的写法，并在两个太阳（天上的太阳和人间的"太阳"）之间建立了平行参照，这一点也在结构上反映出来：第一节（1—4 行）写天上的太阳的"明面"，第二节（5—8 行）写它的"暗面"；第三节前两行（9—10 行）写"我的太阳"（即俊友）的明面，后两行（11—12 行）写他的暗面；对句则总结自己的态度。第一节中，绚烂的朝阳被比作"至尊的眼睛"（sovereign eye），恰如在商籁第 18 首中太阳被比作"天空之眼"(eye of heaven)。诗人在诗中为我们描绘了一片金碧辉煌的景象,说朝阳"用金黄的脸庞亲吻青翠的草甸,/以神圣炼金术为苍白溪流镀金"(Kissing with golden face the meadows green, /Gilding pale streams with heavenly alchemy)。

与商籁第14首中的占星术一样,炼金术也是莎士比亚及其同时代受过良好教育的人熟悉的一门学问,当时它的名声尚未如在今天这样受到玷污。英语中的"炼金术"(alchemy)一词来自阿拉伯语 al-kīmiyā'(الكيمياء),词源由阿拉伯语定冠词 al(ال)加上希腊语动词 khēmeía (χημεία,"对金属的铸造、熔化或混合")构成。炼金术的后代、被认为是纯科学和理性之产物的现代学科"化学",其名字 chemistry 就暴露了它的渊源。炼金术与化学的关系,颇类似占星术(astrology)与天文学(astronomy)的关系,前者都是后者的发源,却都在后者脱离前者获得独立地位的过程中遭到了驱逐。伊丽莎白一世宫中的大红人约翰·迪博士恰好兼具两种身份,既是为女王挑选登基和征战吉日的星相学家,又是混合不同的金属试图扩充女王国库和玄学知识库的炼金术师。只不过,在莎士比亚眼里,迪博士的两种技艺都是"世俗的",我们已在商籁第14首中看到诗人称自己占卜爱人的眼睛,以将自己的占星术区分于宫廷占星家。

在商籁第33首中，诗人将旭日东升的景观称为"神圣的炼金术"（heavenly alchemy）——由于整首诗中俊友都被比作太阳，所以这份神圣性，虽然此处用于描写天上的太阳，根据诗中的平行逻辑，同样也被地上的太阳、"我的太阳"，即"你"分享。但是天上的太阳有时会被乌云遮蔽，这种不完美的属性，我们早在商籁第18首中已经有所耳闻。本诗第二节集中书写这种属性，但诗人将乌云的遮蔽说成是经过了太阳的允许（Anon permit the basest clouds to ride），并说太阳是"带着耻辱"偷偷摸摸向西天隐去（Stealing unseen to west with this disgrace）且故意藏起自己的容颜（And from the forlorn world his visage hide），如此，对太阳自然属性的描绘中就掺杂了道德属性的责备。在它不完美的境况中，"太阳"是具有主观能动性且理应担责的。

地上的、人间的太阳同样如此。诗人在下一节中虽然使用了看似不带态度的客观描述，仿佛他不忍心归咎于自己的爱人。但是通过全诗至此早已建立的两个太阳之间的平行指涉，第11—12行巧妙地完成了一次不带任何刺耳话语的谴责：

But out, alack, he was but one hour mine,
The region cloud hath mask'd him from me now.

可是唉！他只属于我片刻光阴，
上空的乌云早把他和我隔开。

虽然第 11 行中已出现了通常标志转折段的大写 But，但全诗真正的转折要到最后两行对句中才会出现，并由 Yet 一词引出。即便俊友、"我的太阳"具有如上的缺陷（疏远"我"，允许自己与"我"分离），但"我的（对他的）爱"（my love）并不会减少半分，不会因此就轻视他（distain）。依据同样的平行逻辑，既然天上的太阳尚不能完美，尚有"斑点"（stain），那人间的太阳同样有瑕疵，似乎是再符合宇宙法则不过了。诗人也就借此完成了对爱人的缺陷、对自己执迷不悟的爱情的开脱，以及全盘接受：

Yet him for this my love no whit disdaineth;
Suns of the world may stain when heaven's sun staineth.
对于他，我的爱丝毫不因此冷淡；
天上的太阳会暗，世上的，怎能免。

商籁第 33 首中炼金的语汇贯穿全诗，并不限于第一节。比如第二节中遮蔽太阳容颜的"最低贱的云朵"（basest clouds）中，base 一词除了指"出身低贱"，还可指颜色"黑色，肮脏的色泽"，在本诗的语境中，还有炼金术语上的回声。所谓"低等金属"(base metals)就是那些与至高金属(黄金),及其在炼金手稿中的象征符号之一"太阳",形成鲜明反差的金属,需要经过艰苦卓绝的变形和提炼,才能向高等金属转变。与此同时,炼金术也与本诗的核心奇喻"太阳"紧密相连,在文艺复兴时期炼金术师的理想中,炼金的最后一个阶段正可以用太阳来象征。这以金黄的光辉为大地上的万物"镀金"的神圣天体,常常在炼金手稿中被表现为一轮红日。比如在16世纪早期德国炼金术手稿《太阳的光辉》(*Splendor Solis*)之贴金箔抄本的最后一页插图中,太阳的血红色(rubedo)就被认为是炼金这场漫长而伟大的半科学半玄学实验最终成功的标志。通过在太阳与炼金术之间建立联系,诗人从另一个侧面加固了本诗的核心论证:"天上的太阳"纵有神圣的炼金术,都难免偶然被乌云遮蔽,那么"人间的太阳"(suns of the world)即使有对等的缺陷,也理应得到原谅——"你"作为"我的太阳",总体而言瑕不掩瑜。在威廉·华兹华斯看来,基于本诗在"思想和语言方面的优点",它是莎士比亚最伟大的诗作之一。

16世纪德国炼金术手稿《太阳的光辉》之贴金箔抄本的最后一页插图中的"红日"

为什么你许给这么明丽的天光,
使我在仆仆的征途上不带外套,
以便让低云把我在中途赶上,
又在霉烟中把你的光芒藏掉?

尽管你再冲破了乌云,把暴风
打在我脸上的雨点晒干也无效,
因为没人会称道这一种只能
医好肉伤而医不好心伤的油膏:

你的羞耻心也难医我的伤心;
哪怕你后悔,我的损失可没少:
害人精尽管悔恨,不大会减轻
被害人心头强烈苦痛的煎熬。

  但是啊!你的爱洒下的眼泪是珍珠,
  一串串,赎回了你的所有的坏处。

商籁
第 34 首

医药
玄学诗

Why didst thou promise such a beauteous day,
And make me travel forth without my cloak,
To let base clouds o'ertake me in my way,
Hiding thy bravery in their rotten smoke?

'Tis not enough that through the cloud thou break,
To dry the rain on my storm-beaten face,
For no man well of such a salve can speak,
That heals the wound, and cures not the disgrace:

Nor can thy shame give physic to my grief;
Though thou repent, yet I have still the loss:
The offender's sorrow lends but weak relief
To him that bears the strong offence's cross.

    Ah! but those tears are pearl which thy love sheds,
    And they are rich and ransom all ill deeds.

在写作十四行诗方面,莎士比亚在英国最有能力的继任者之一威廉·华兹华斯曾写道:"诗歌的适当的志业(如果是真实的,就和纯粹的科学一样长久),诗歌的特权和职责,并不在于按照事物的本质去处理它们,而是按照它们的面目去处理;不是根据它们在自身中存在的方式,而是根据它们在我们的感官和激情中看起来存在的方式。"第34首商籁可以说是这方面的一个典范。

本诗是第33—36首"分手内嵌诗"组诗中的第二首。前六行延续了商籁第33首中把俊友比作太阳的核心奇喻。第33首诗人称太阳会被乌云遮蔽,甚至是太阳"允许"乌云掩盖自己灿烂的脸庞(Anon permit the basest clouds to ride/With ugly rack on his celestial face),以此来影射俊友在两人关系中的一次撤离,或许是公开否认和诗人的友谊,或许是某种背信弃义,破坏誓言。到了第34首中,诗人用一模一样的形容词来修饰乌云(base clouds),只不过这一次,乌云的出现直接影响到正在赶路的诗人,这都起源于太阳将自己的光辉(bravery)藏匿在一片乌烟瘴气中(To let base clouds o'ertake me in my way, /Hiding thy bravery in their rotten smoke)。可以说本诗始于对"你"的问责,"你"这枚太阳的错误不仅在于撤离,还在于哄骗,让"我"误以为这会是一个晴天,因此在出门旅行前没有带上大衣/斗篷(Why didst thou promise such a beauteous day,

/And make me travel forth without my cloak）。在初版四开本中，travel 一词的拼法是 travaile，这就十分醒目地提醒读者它的诺曼词源 travailler（劳作，努力，费力地做某事，类似于英语中的 labour），也让这句话成了一种双关：为何欺哄"我"，使"我"没有大衣就出门长途跋涉——为何诱导"我"没有任何防备而从事（爱"你"）这一徒劳无益的劳作（travaile forth）？

在"我"被乌云带来的暴雨淋得湿透后，"你"的确做出了某种补偿：从云翳背后再次露脸，晒干"我"饱经雨水的脸（'Tis not enough that through the cloud thou break, /To dry the rain on my storm-beaten face）。诗人用雨过天晴后再度照耀的太阳来暗示俊友或许为他的背叛行为道了歉，但这并不足以弥补诗人内心已经遭受的创痛。第7—9行中，气象学的比喻转变为一连串医学比喻：

For no man well of such a salve can speak,
That heals the wound, and cures not the disgrace:
因为没人会称道这一种只能
医好肉伤而医不好心伤的油膏：

Nor can thy shame give physic to my grief
你的羞耻心也难医我的伤心

我们看到俊友的确为自己先前的背弃感到羞耻（shame），但"你"的这份羞耻并不能成为医治"我"悲伤的良药（physic），这一剂药膏（salve）只能治愈伤口，却不能化解"我"因为失去"你"的爱，甚至是当众被弃绝而感到的耻辱（disgrace）。早期现代英语中，disgrace 这个词还可以指生理上的变形或者残疾，类似于 disfigurement，在本诗的语境中，也可以理解为伤口愈合后结出的痂，或者留下的伤疤。即使伤口愈合，伤疤也无法被"你"的羞耻和悔恨这剂药膏消除，正如"我"切实遭受的情感上的损失也不会消失（Though thou repent, yet I have still the loss）。"你"对"我"犯了罪，"我"却背负着"你"罪业的十字架（The offender's sorrow lends but weak relief/To him that bears the strong offence's cross）。我们可以看到，从第 10 行的 repent（忏悔）开始，连同下文的 offender（有罪者）、offence（罪）、cross（十字架）、ransom（赎罪）这一系列宗教色彩浓重的词，将全诗的动态比喻又从医学转入了神学领域，并且直指《新约》四福音书都有记载的"彼得三次不认主"的故事。耶稣在最后的晚餐之后对众门徒作出预言：鸡叫两遍以前，彼得会三次不认主。而彼得则发誓："我就是必须和你同死，也总不能不认你。"（《马太福音》26：35）但仅仅在几个时辰后，耶稣被抓，彼得被一个使女指认是耶稣的同伙，为了自保，"彼得就发咒起誓地说，我不认得那个人。立时鸡就叫了。彼得想起耶稣所说的话，鸡叫以先，你要三次不认我。他就出去痛哭"(《马太福音》26：74—75)。彼得的背誓，以及他事后悔恨的眼泪，都成为诗人织入商籁第 34 首最后 5 行的背景；前景所描述的则是同样背叛誓言、"不认"自己的爱人，事后又悔恨流泪的俊友的言行。

在最后的对句中，"你"的羞耻和悔恨都做不到的，却在"泪水"中完成了，那是"你"出于爱而洒下的"珍珠"。中世纪和文艺复兴时期的珍珠（更正式的名字是 margarite）被认为具有医疗功能，磨碎成粉后可以做成治疗各种疾病和伤痛的药膏。在这首玄学诗的最后一个强力意象中，医学与神学合二为一：但凡出于爱而流下的眼泪，就可以治一切病，赎一切罪（ransom）。无论发生了什么，对两人之间依然相爱的信心是诗人的力量之源：

Ah! but those tears are pearl which thy love sheds,
And they are rich and ransom all ill deeds.
但是啊! 你的爱洒下的眼泪是珍珠，
一串串，赎回了你的所有的坏处。

从比喻组的性质来看，商籁第 34 首的结构是 6+3+3+2，是气象比喻 + 医药比喻 + 宗教比喻 + 医药与宗教的混合比喻。这种在短短十四行内完成的自如切换,以及它们诉诸读者的感官和情感所达到的修辞效果,再次让我们看到了莎士比亚诗歌语言的魅力。

苏格兰女王玛丽（伊丽莎白一世的表亲，后来被她处决）佩戴一串黑珍珠项链的肖像

《弗兰德斯的犹滴之福音书》嵌宝石封面,下方十字架上的基督以及上方的"庄严圣主"周围都饰有珍珠。今藏纽约摩根图书馆(Morgen Library MS M.708)

商籁第 35 首

内战情诗

别再为你所干了的事情悲伤:
玫瑰有刺儿,银泉也带有泥浆;
晦食和乌云会玷污太阳和月亮,
可恶的蛀虫也要在娇蕾里生长。

没有人不犯错误,我也犯错误——
我方才用比喻使你的罪过合法,
我为你文过饰非,让自己贪污,
对你的罪恶给予过分的宽大:

我用明智来开脱你的荒唐,
(你的原告做了你的辩护士,)
我对我自己起诉,跟自己打仗:
我的爱和恨就这样内战不止——

  使得我只好做从犯,从属于那位
  冷酷地抢劫了我的可爱的小贼。

No more be griev'd at that which thou hast done:
Roses have thorns, and silver fountains mud:
Clouds and eclipses stain both moon and sun,
And loathsome canker lives in sweetest bud.

All men make faults, and even I in this,
Authorizing thy trespass with compare,
Myself corrupting, salving thy amiss,
Excusing thy sins more than thy sins are;

For to thy sensual fault I bring in sense, –
Thy adverse party is thy advocate, –
And 'gainst myself a lawful plea commence:
Such civil war is in my love and hate,

> That I an accessary needs must be,
> To that sweet thief which sourly robs from me.

本诗延续了商籁第33首和第34首的主题,即俊友的"罪",以及诗人如何为他"脱罪"。心成了爱与恨斗争的战场,诗人称之为"内战"。第一节四行诗密集地罗列了一组不详的意象,诗人用铿锵有力的短句和谚语式的口吻,勾勒了一个在事实层面上不完美的世界:"玫瑰有刺,银泉有泥;乌云与蚀玷污日月,可憎的毛虫入驻最甜的花心。"这三句诗让人想起《旧约·传道书》中类似的诗歌式表达:"人畏高处,路上有惊慌,杏树开花,蚱蜢成为重担,人所愿的也都废掉"(《传》12:5);"银链折断,金罐破裂,瓶子在泉旁损坏,水轮在井口破烂"(《传》12:6)。虽然莎士比亚的句子缺少《传道书》的末世论气氛,却同样使用一种习惯性的现在时(habitual present),表示一般性、持续存在的真相。在本诗语境中,这真相即,世间没有十全十美之物,最接近完美的事物最容易被败坏,恰恰具有某种致命的缺陷。

Roses have thorns, and silver fountains mud:
Clouds and eclipses stain both moon and sun,
And loathsome canker lives in sweetest bud.
玫瑰有刺儿,银泉也带有泥浆;
晦食和乌云会玷污太阳和月亮,
可恶的蛀虫也要在娇蕾里生长。

玫瑰作为美好而有缺陷的事物的代表,两次出现在本节中。一次是以"玫瑰"自身的形态(roses have thorns),今天英语中依然保留着"没有无刺的玫瑰"(no rose without a thorn)这类短语;一次是以被毛虫咬噬的蓓蕾的形态——如果我们结合诗系列中的其他"玫瑰诗",就会知道当莎士比亚提到一朵藏着毛虫的芬芳花朵,十有八九都是指玫瑰,比如商籁第95首第一节:

How sweet and lovely dost thou make the shame
Which, like a canker in the fragrant rose,
Doth spot the beauty of thy budding name!
O! in what sweets dost thou thy sins enclose.
耻辱,像蛀虫在芬芳的玫瑰花心,
把点点污斑染上你含苞的美名,
而你把那耻辱变得多可爱,可亲!
你用何等的甜美包藏了恶行!

色泽越鲜艳、形态越华美、花香越浓郁的玫瑰,似乎越容易吸引虫类等毁灭者,而它们一旦过了盛期,其凋谢也比其他花朵更迅速、更全面。自学成才的17世纪墨西哥修女、诗人、作曲家,十字架的圣胡安娜(Sor Juana Inés de la Cruz,1648—1695)曾写过一首关于玫瑰的诗,

被埃柯收入《〈玫瑰的名字〉注》中,同样描述了玫瑰这种万花之后的内在矛盾:

> 草甸中生长的红玫瑰
> 你将自己勇敢地抬高
> 沐浴在蔷薇色与深红色中:
> 一场华美而芳香的演出。
> 可是,不:你那么美
> 因此很快就会陷入痛苦。
>
> (包慧怡 译)

诗人的这位俊友、爱人、朋友,曾在整个诗系列里不止一次被比作一朵玫瑰,在第109首商籁中更是直白地被称作"我的玫瑰",因此他具有玫瑰的这种矛盾特质也就不足为奇了。第一节的铺垫都是为了替俊友开脱:"别再为你犯下的错误悲伤"(No more be griev'd at that which thou hast done),因为"每个人都会犯错,我自己也是"(All men make faults, and even I in this),虽然"我"的错就在于"认可你的错误",并且用种种精巧的比喻去解释"你"的罪行,在这个为"你"强行脱罪的过程中腐化了"我"自己(Authorizing thy trespass with compare, /Myself corrupting, salving thy amiss)。我们可以感受到一种爱恨交织的无奈：爱情本应该使诗人的内心更美好，现在他却不得不祭出自己全部的手艺，去为爱人的罪开脱（Excusing thy sins more than thy sins are）——也就是将不美好的粉饰为美好，为爱撒谎，这种习惯使得一贯求真的诗人产生了自我厌恶。

我们始终不知道俊美青年的罪过的确切性质，或许是对爱情的背叛，或许只是一般意义上的品行不端。很可能这份罪和情欲的感官享乐有关，因为诗人在第三节中说："我为你的感官之罪带去了理性"（For to thy sensual fault I bring in sense）。这一节接着出现了典型的莎士比亚式法律术语：因为"你"对"我"犯了错，所以"你"成了"我"在法庭上的对手，但"我"出于爱却要为"你"辩护，成为"你"的辩护律师，并向作为"你"的对手的"我"自己发起诉讼，与自己为敌（Thy adverse party is thy advocate, - And 'gainst myself a lawful plea commence）。

第三节四行诗的第四句与诗末对句的关系非常密切，它们和第三节前三句一样，讲述自己在爱情中的被迫分裂，只不过这一次使用了军事术语。换言之，全诗的第9—11行与第12—14行是并列和弱递进的关系，这也就把商籁第35首的整体结构推向了意大利体商籁的4+4+3+3结构，而非典型英国商籁的4+4+4+2。我们应该将第12—14行看作一个三行诗（tercet）来整体理解，在这最后的三行诗中,诗人把自己内心对俊友的爱恨交织的状态比作一场内战(civil war),这一比喻可以回溯到诸多中古英语寓言诗中。在这类中世纪寓言诗(allegory poem)中,拟人化的抽象品质常被设定为针锋相对的敌人,为了争夺某样事物——通常是主人公的灵魂——而大打出手,C.S. 刘易斯在《爱的寓言》中把这种战争称为"灵魂大战"(psychomachia)、"内战"(bellum intestinum)或"圣战"。我们可以在15世纪用中古苏格兰语写作的苏格兰诗人威廉·邓巴尔(William Dunbar)的中篇寓言诗《金盾》(*The Golden Targe*)中找到这类"内战"的优秀范例。[1] 在莎士比亚的这首商籁中,"内战"的敌我双方的组成要简单很多:开战的正是"我"心中对"你"的爱恋,还有上文提到的"我"的自我厌恶,以及这种自我厌恶导致的对"你"的憎恨。这份憎恨还出自诗人对自己的荒谬处境的体察:"我"竟然不得不去帮助那对"我"不公正之人,那对"我"犯下了抢劫罪之人,不得不去成为他的同谋,使出浑身解数去为他脱罪。

Such civil war is in my love and hate,
我的爱和恨就这样内战不止——

That I an accessary needs must be,
To that sweet thief which sourly robs from me.

---

[1] Huiyi Bao, "Allegorical Characterization in William Dunbar's *The Golden Targe*", pp. 5–17.

使得我只好做从犯，从属于那位
冷酷地抢劫了我的可爱的小贼。

　　玫瑰有刺，银泉有泥。正如光必须借助阴影的存在来体认自身，爱中有恨，这成了迄今可以被称为一个准理想主义者的诗人必须接受的主题，他将在未来的十四行诗中越来越深入地处理这一主题。

雷杜德笔下的高卢玫瑰,生着根根分明的刺

让我承认,我们俩得做两个人,
尽管我们的爱是一个,分不开:
这样,留在我身上的这些污痕,
不用你帮忙,我可以独自担载。
 	
我们的两个爱只有一个中心,
可是厄运又把我们俩拆散,
这虽然变不了爱的专一,纯真,
却能够偷掉爱的欢悦的时间。
 	
最好我老不承认你我的友情,
我悲叹的罪过就不会使你蒙羞;
你也别给我公开礼遇的荣幸,
除非你从你名字上把荣幸拿走:
 	
    但是别这样;我这么爱你,我想:
    你既然是我的,我就有你的名望。
	**商籁
	第36首**
	
	**分手
	情诗**

Let me confess that we two must be twain,
Although our undivided loves are one:
So shall those blots that do with me remain,
Without thy help, by me be borne alone.

In our two loves there is but one respect,
Though in our lives a separable spite,
Which though it alter not love's sole effect,
Yet doth it steal sweet hours from love's delight.

I may not evermore acknowledge thee,
Lest my bewailed guilt should do thee shame,
Nor thou with public kindness honour me,
Unless thou take that honour from thy name:

> But do not so, I love thee in such sort,
> As thou being mine, mine is thy good report.

商籁第33—36首这组诉说俊友的背叛的"分手内嵌诗"终结于第36首，第36首也是这组诗的高潮。我们不知道两人是如何决定分手，以及在怎样的境况下分手的，但仍可以在这首诗中看到诗歌史上最感人肺腑的分手宣言之一。它并没有聚焦于诗人和俊友之间关系决定性的瞬间，即向我们描述导致两人不得不分手的直接原因。本诗的焦点是对"必须分手"这一既成事实的接受，以及当事一方下定"不再相见"之决心后对这一决心的痛苦的表明。

本诗的叙事者究竟是哪一方，学界对此颇有争论。少部分学者认为，这首诗其实是俊美青年的"申辩诗"（*apologia*），其悔恨自咎的声音来自俊美青年，诗人不过是戴上了第35首商籁中所谓"你的辩护者"的面具，代其发声。这种看法有其依据，因为此前的第33—35首中，诗人始终表明有过错的是俊友一方（Suns of the world may stain when heaven's sun staineth, l.14, Sonnet 33; Nor can thy shame give physic to my grief; /Though thou repent, yet I have still the loss, ll.9–10, Sonnet 34; Authorizing thy trespass with compare, /Myself corrupting, salving thy amiss, /Excusing thy sins more than thy sins are, ll.6–8, Sonnet 35）。在这几首诗的语境下，假如诗人有什么过错，那就是对爱人之"罪"的过分宽宏和太轻易的原谅。到了第36首中，诗人却说自己将独自承担"我"身上的瑕疵（So shall those blots that do with me remain, /Without thy help, by me be borne alone, ll.3–4);并且称自己犯下了可能使爱人蒙羞的"悲叹的罪过"(I may not evermore acknowledge thee, /Lest my bewailed guilt should do thee shame, ll. 9–10)。何以受害人摇身变成了肇事人,赦免者转眼变成了罪犯?上述认为俊友借诗人之笔发声的"腹语术"理论的确有其吸引力。

但这不是唯一合理的解读方法,甚至远非最自然的解读。虽然莎士比亚在此前的十四行诗中曾多次写过两人情感的互动、爱意之表达的来回(不少是在诗人的想象中),然而就诗歌文本提供的证据而言,读者很难相信这是一场完全对等的爱情。不用说之前惜时诗和元诗系列中诗人谦卑到几近"低到尘埃里"的语调,就算是眼前的商籁第36首,像第11—12行这样的句子("你不能再当众赐我善意的尊荣/否则你自己声誉的荣光就会遭受损失"),显然是一个社会地位较低者向地位较高者发出的体贴的吁求。十四行诗系列在形式上终究不是一部剧本或小说,作者并没有向读者一一展现所有人物动机的理由。血肉之躯的"我"当然和"你"一样有可能在爱情中犯错,无论是以肉体还是心灵背叛的形式,无论有多短暂,就像我们将在献给"黑夫人"的系列诗作中看到的那样。甚至在更早的诗中,诗人在第109首、第110首等商籁中就已承认自己"曾如浪子般迷途走失"(I have ranged, /Like him that travels, ll.5-6, Sonnet 109),"为了新欢得罪旧日相知"(Made old offences of affections new, l.4, Sonnet 110),痛悔自己同样对俊友犯下了疏离、背叛、喜新厌旧的罪过。没有什么理由阻止我们相信商籁第 36 首只是为诗系列后半部分这些更直白的忏悔埋下了伏笔。

第 36 首中,诗人或许出于羞愧隐去了对自己的"瑕疵"(blots, l.3)或"罪过"(guilt, l.10)之性质的描述,或许出于自己在献给俊友的第 126 首诗中一如既往的极度谦卑,将对方的过错包揽在自己身上——这份谦卑,如果我们相信十四行诗系列是莎士比亚与一位很可能是他的赞助人的贵族青年的某种情感自传,就不仅是合理的,也是必要的。无论如何,第 36 首完全可以如十四行诗集中其余绝大多数诗作那样,被视为诗人以第一人称"我"发出的分手宣言。"腹语术"理论提供了一种有趣的视角,但绝不是唯一可信的视角。

本诗通篇围绕"一"和"二"、"一体"和"分离"的利害关系展开论证。比较罕见的是,其第 1—2 行(而不是第 13—14 行的对句)最有力地表现了全诗的核心张力——"让我承认我们两个必须分离,虽然我们不可分割的爱是一体"(Let me confess that we two must be twain, / Although our undivided loves are one)。这里表示"分离"的数量名词 twain 的字面意思是"两个","我们两个"必须"成为两个",即分手;但 twain 又可以表示"一对"(a pair, a couple),这样同一个词就包含着相反的两重含义。比如《暴风雨》第四幕第一场第 104 行中就取了 twain 的这重双关义——"祝福这一对人儿,愿他们时运昌盛"(to bless this twain, that they may prosperous be)。因此本诗第 1 行的意思也可以是"让我承认我们两个永远是一对"。这种"一"和"二"之间的对立或重合也体现在第 5—6 行中:In our two loves there is but one respect, /Though in our lives a separable spit。

布莱克摩尔·埃文斯(Blackmore Evans)和史蒂芬·布思等学者指出,开篇两行的灵感来源是《新约·以弗所书》:"你们作丈夫的,要爱你们的妻子,正如基督爱教会,为教会舍己。要用水藉着道把教会洗净,成为圣洁,可以献给自己,作个荣耀的教会,毫无玷污、皱纹等类的病,乃是圣洁没有瑕疵的。丈夫也当照样爱妻子,如同爱自己的身子,爱妻子便是爱自己了。从来没有人恨恶自己的身子,总是保养顾惜,正像基督待教会一样,因我们是他身上的肢体。为这缘故,人要离开父母,与妻子连合,二人成为一体。这是极大的奥秘,但我是指着基督和教会说的。然而你们各人都当爱妻子,如同爱自己一样;妻子也当敬重她的丈夫。"(《以弗所书》5:25-33)布思还指出,《以弗所书》第 5 章是莎士比亚尤其偏爱的灵感源泉,他在

《亨利四世》第一幕中也有对该段经文的化用。[1] J.D. 威尔逊则认为，如果按照"48, 57, 58, 61; 40, 41, 41; 33, 34, 35; 92, 93, 94"的顺序"跳着房子"来阅读十四行诗系列，就可以发现俊美青年"迷途"或对诗人"犯罪"的历程。[2] 商籁第 36 首的内容和紧随其后的第 37—38 首几乎不相关，却和跳开两首之后的第 39 首紧密相连。同时，第 36 首又与第 96 首拥有一模一样的对句（But do not so, I love thee in such sort, /As thou being mine, mine is thy good report），因此也有学者将这两首相距 60 首的商籁视作一组。关于 1609 年出版的四开本十四行诗集究竟是否，以及多大程度上，体现了莎士比亚本人对排序的决定，在莎学界至今仍是一个没有定论的问题。

---

[1] Stephen Booth, ed., *Shakespeare's Sonnets*, p.192.
[2] John Dover Wilson, ed., *The Works of Shakespeare*, p.306.

弹奏竖琴的小爱神,赫丘利古城公元1世纪罗马壁画

正像衰老的父亲,见到下一代
活跃于青春的事业,就兴高采烈,
我虽然受到最大厄运的残害,
却也从你的真与德得到了慰藉;

因为不论美、出身、财富,或智力,
或其中之一,或全部,或还不止,
都已经在你的身上登峰造极,
我就教我的爱接上这宝库的丫枝:

既然我从你的丰盈获得了满足,
又凭着你全部光荣的一份而生活,
那么这想象的影子变成了实物,
我就不残废也不穷,再没人小看我。

  看种种极致,我希望你能够获得;
  这希望实现了;所以我十倍地快乐!

**商籁
第 37 首**

**嫁接
元诗**

As a decrepit father takes delight
To see his active child do deeds of youth,
So I, made lame by Fortune's dearest spite,
Take all my comfort of thy worth and truth;

For whether beauty, birth, or wealth, or wit,
Or any of these all, or all, or more,
Entitled in thy parts, do crowned sit,
I make my love engrafted, to this store:

So then I am not lame, poor, nor despis'd,
Whilst that this shadow doth such substance give
That I in thy abundance am suffic'd,
And by a part of all thy glory live.

> Look what is best, that best I wish in thee:
> This wish I have; then ten times happy me!

商籁第37首和第38首的内容和出现在它们之前的、以第36首(《分手情诗》)为代表的一组处理决裂的内嵌诗几乎不相关,也和之后的第39首(《缺席情诗》)不相连。第37首和第38首前后都被谴责俊美青年背叛行为的不祥的组诗包围,它们赞美俊友的语调更接近第1—17首的惜时诗,仿佛是隔开二十首商籁后重新"嫁接"在第17首之后的,而第37首的核心动词恰是"嫁接"。这首诗的第一节采取了交叉对照的写法,诗人自比为一个垂垂老矣的父亲(decrepit father),只能静静旁观自己"好动的孩子"的青春活力;而诗人所恋慕的青春正当年的"你"也就成了他慰藉的源泉:

As a decrepit father takes delight
To see his active child do deeds of youth,
So I, made lame by Fortune's dearest spite,
Take all my comfort of thy worth and truth
正像衰老的父亲,见到下一代
活跃于青春的事业,就兴高采烈,
我虽然受到最大厄运的残害,
却也从你的真与德得到了慰藉

命运(Fortune)是莎士比亚商籁中出现次数最多的

异教神，从古典时期到文艺复兴时期，她时常被表现为一位转动车轮的盲眼女神，上一刻还是稳坐于车轮最高点的头戴王冠的人，往往下一刻就要狠狠跌落地面，或瘸或死。因而诗人说"命运的最严酷的恶意"（Fortune's dearest spite，dear 在此没有"亲爱"之意）让"我"变成了一个失去行动力的跛子（made lame），只能从"你"的"真与德"中获得安慰。此处 worth and truth 遵照原文顺序的译法是"荣耀和真理"（屠译对调了两个词的顺序），荣耀与真理的措辞，还有对父子关系的描述，都仿佛是《约翰福音》第 1 章第 12 节的遥远回响。出版于 1568 年、莎士比亚时代最常用的英文圣经《主教圣经》（*Bishop's Bible*）中这一段原文如下："And the same word became fleshe, and dwelt among vs and we sawe the glory of it, as the glory of the only begotten sonne of the father full of grace and trueth. " 和合本译作："道成了肉身，住在我们中间，充充满满地有恩典，有真理。我们也见过他的荣光，正是父独生子的荣光。"与此同时，商籁第 37 首开篇这种"父以子荣"的论调，在《旧约·诗篇》第 37 首赞美诗中亦有体现："我从前年幼，现在年老，却未见过义人被弃，也未见过他的后裔讨饭。他终日恩待人，借给人，他的后裔也蒙福。"（《诗篇》37: 25–26）父亲的美德可以传给后裔，儿子的美德也使父亲荣耀。"第 37"这个序数在《莎士比亚十四行诗集》

和《诗篇》中处理类似题材,或许并非巧合。本诗中父凭子荣的观点进一步体现在第二节四行诗中:

> For whether beauty, birth, or wealth, or wit,
> Or any of these all, or all, or more,
> Entitled in thy parts, do crowned sit,
> I make my love engrafted, to this store
> 因为不论美、出身、财富,或智力,
> 或其中之一,或全部,或还不止,
> 都已经在你的身上登峰造极,
> 我就教我的爱接上这宝库的丫枝

诗人说,一切美好,包括美貌、高贵的出身、财富、智慧等,在"你"身上的"各个部位"中全都名副其实(Entitled in thy parts)。许多学者认为这行包含了纹章学(heraldry)的意象,尤其是考虑到"你"的真实身份很可能是一位贵族青年:欧洲贵族的盾形纹章通常是四等分的,上下左右四个"部分"分别表现该家族的某种背景渊源,或是祖上曾使用过的族徽的一部分。盾章的上方有时会饰有一顶表示地位尊贵的王冠,也呼应了诗中的"(各种美德)戴着冠冕端坐"(do crowned sit)。但对我们来说,更惊人和重要的是第 8 行中的核心动词"嫁接":"我的爱在你这宝藏上嫁接。"(I make my love engrafted, to this store) engraft 一词来自中古英语动词 griffen，又写作 graffen 或 graffren，原指园艺中为植物做扦插或嫁接：在主枝上切开一个口子，然后将一株嫩芽或幼枝接在切口处，engraft a scion（幼枝）to a stock（主枝），待切口愈合后两者就长成了一体，主枝的生命也就在幼枝中得以延续。或许因为植物界这种繁殖术让人想起任何人工的生殖，engraft 的中古英语形式常在各种诗歌语境中带有性双关，其中最直白的一例成文于莎士比亚写作十四行诗系列前的一个多世纪。在《我有一座新花园》(*I Have a Newe Gardin*) 这首作于 15 世纪早期的第一人称抒情诗中，男性抒情主人公夸耀自己如何为一位少女做"嫁接"（griffen）并使之怀孕：

> The fairest maide of this town
> Preyed me
> For to griffen her a grif
> Of min pery tree.
>
> Whan I hadde hern griffed
> Alle at her wille
> The win and the ale
> She dede in fille.

And I griffed her
Right up in her home;
And be that day twenty wowkes,
It was quik in het womb

镇上最美丽的少女
她向我祈祷，
用我这棵梨树
给她嫁接一根枝。

当我给她做嫁接，
全随她的心意，
她用葡萄酒和麦酒
把我灌得畅快。

于是我给她嫁接
直达她深处：
那之后过了二十周
在她子宫里长得熟……

（包慧怡 译）

"嫁接"成为繁衍生命的方式，有时是通过性行为（如《我有一座新花园》中戏谑地加以描述的），有时则通过其他更含蓄的方式。整个十四行诗系列中莎翁另一次使用"嫁接"一词是在第15首(《园艺惜时诗》)的对句中：

And all in war with Time for love of you,
As he takes from you, I engraft you new.
一切都出于对你的爱，要与时光为敌
他夺走你的青春，我却将你嫁接一新。

（包慧怡 译）

商籁第15首中的"嫁接"是通过"我"的诗艺完成的，其许诺给爱人的"新生"并非肉体的再生，并非通过繁衍后代，考虑到"我"和"你"同为男性，这也是"我"作为一个诗人唯一能为你做的"繁衍"——通过诗而不是生殖的嫁接。商籁第37首中同样如此，I make my love engrafted, to this store 可以简写为 I engrafted my love to this stock，也就是"我"把 my love 这根幼枝嫁接到"这根主枝"上（store 与 stock 近义近形）。学者们一般把 my love 解作"我对你的爱"，而把 this store 解作上述"你"拥有的所有那些美德，或者干脆说是"我"通过"对你的爱"把自己嫁接在了是所有这些美德的集合的"你"身上。这些解读当然有其道理，但我们认为，在商籁第33—36首这组谴责俊友的背叛及其品行污点的"分手内嵌诗"之后，要当作什么都没发生过，重新回到第1—17首中纯然赞美的语调中已是不可能的。在十四行诗系列的这个位置，天真之歌的基调已变成了经验之歌，在表面的相似性之下，商籁第37首的叙事者已不像惜时诗序列的叙事者那样相信自己的爱人完美无瑕。因而此处的"嫁接"对象 my love 更可能就是字面上的"我的爱人"，也就是"你"，"我"要用诗歌将不再完美的"你""嫁接"到那些抽象的、普遍的完美品质上，使"你"获得新生，恰如诗人在商籁第15首的对句中做过的那样（虽然是出于不同的动机）。这也就解释了下一节中"影子"如何可以产生"实体"，被诗艺"嫁接"到这些美德之上的"你"可以象征性地与之长为一体，而作为园丁的"我"也就可以凭着"你的荣光一部分"活下去，在"你的充裕"中"感到满意"：

So then I am not lame, poor, nor despis'd,
Whilst that this shadow doth such substance give
That I in thy abundance am suffic'd,
And by a part of all thy glory live.
既然我从你的丰盈获得了满足，
又凭着你全部光荣的一份而生活，

那么这想象的影子变成了实物,
我就不残废也不穷,再没人小看我。

商籁第37首是一首披着情诗外衣的元诗,其对句中再次出现了我们已经逐渐熟悉的数理游戏:"看种种极致,我希望你能够获得;/这希望实现了;所以我十倍地快乐!"(Look what is best, that best I wish in thee: /This wish I have; then ten times happy me!)"十"是莎士比亚爱用的数字,言其数量之多,数字"十"在商籁第6首和紧随本诗的商籁第38首中都扮演了重要角色。

"俊友"热门候选人,第三任南安普顿伯爵亨利·里欧赛斯利的盾章,由上下左右四个主要"部件"组成

我的缪斯怎么会缺少主题——
既然你呼吸着,你本身是诗的意趣,
倾注到我诗中,是这样精妙美丽,
不配让凡夫俗子的纸笔来宣叙?

如果我诗中有几句值得你看
或者念,呵,你得感谢你自己;
你自己给了人家创作的灵感,
谁是哑巴,不会写好了献给你?

比那被诗匠祈求的九位老缪斯,
你要强十倍,你做第十位缪斯吧;
而召唤你的诗人呢,让他从此
献出超越时间的不朽的好诗吧。

  苛刻的当代如满意我的小缪斯,
  辛苦是我的,而你的将是赞美辞。

商籁
第 38 首

**"第十缪斯"
元诗**

How can my muse want subject to invent,
While thou dost breathe, that pour'st into my verse
Thine own sweet argument, too excellent
For every vulgar paper to rehearse?

O! give thy self the thanks, if aught in me
Worthy perusal stand against thy sight;
For who's so dumb that cannot write to thee,
When thou thy self dost give invention light?

Be thou the tenth Muse, ten times more in worth
Than those old nine which rhymers invocate;
And he that calls on thee, let him bring forth
Eternal numbers to outlive long date.

> If my slight muse do please these curious days,
> The pain be mine, but thine shall be the praise.

在商籁第 38 首中，古希腊神话中的缪斯第一次作为专司灵感的女神本身登场。我们也许还记得，商籁第 21 首（《缪斯元诗》）是整个诗系列第一次出现缪斯的名字，但那首诗中的"缪斯"却用来指诗人的某位竞争对手"那位缪斯"（that Muse）。"对手诗人"真正登场是在商籁第 76—86 首中，关于这位对手诗人真实身份的推断，我们也将留到那组商籁的分析中进行。

缪斯（希腊文 Μουσαι，拉丁文 *Musae*）是现代英语博物馆一词的词源（museum 本意为"缪斯的住处"），也是希腊神话中掌管艺术的九位女神的统称。她们原本是守护赫利孔山（Mount Helicon）泉水的水泽仙子，后世神话体系中，奥林匹斯神系中的诗歌与音乐之神阿波罗被设立为她们的首领。赫西俄德《神谱》中的缪斯是宙斯和提坦族记忆女神谟涅摩叙涅（Mnemosyne）所生育的九个优雅的女儿。荷马史诗中，缪斯有时单独出现，有时数个一起登场，均未提及个人名字，只说她们常为诗人歌手带去灵感。另一些古希腊作家则认为缪斯是天空之神乌拉诺斯和大地女神盖亚的三个女儿。公元前 7 世纪写作的古希腊诗人阿尔克曼有一首提到缪斯的《无题》诗：

缪斯声高亢，塞壬声悠扬，
我不需要她们感召，

听见你们这群少女的歌声

就给了我足够的灵感。

（水建馥 译）

《神谱》中出现了九位缪斯的具体名字，但她们各自掌管的艺术领域及其象征物都是在后来漫长的文学和绘画传统中才逐渐形成的，到了莎士比亚写作的年代，九位缪斯及其职责通常被定义如下：卡丽俄佩（Calliope，"悦耳的"）专司英雄史诗，象征物为铁笔、蜡板、里拉琴；克莉俄（Clio，"赞美的"），专司历史，象征物为书本、卷轴、短号与月桂花冠；埃拉托（Erato，"可爱的"），专司情诗与独唱，象征物为西特拉琴；欧忒耳佩（Euterpe，"使人欢欣的"），专司抒情诗与音乐，象征物为长笛、奥卢思琴、桂冠；忒耳蒲西柯（Terpsichore，"善舞的"），专司合唱与舞蹈，象征物为里拉琴与常春藤；墨尔波墨涅（Melpomene，"声音甜美的"），专司悲剧及哀歌，象征物为面具、短剑或靴子；塔丽雅（Thalia，"茂盛的"），专司喜剧及牧歌，象征物为面具、牧羊人手杖或常春藤花冠；波丽姆尼娅（Polyhymnia，"多颂歌的"），专司颂歌与修辞学、几何学，象征物为面纱或葡萄；乌拉尼娅（Urania，"天空的"），专司天文学与占星学，象征物为地球仪与罗盘。

可以看到，九位缪斯中至少有四位的职责主要与诗歌有关(史诗、抒情诗、情诗、颂歌),其中掌管抒情诗的欧忒耳佩尤其与十四行诗传统相关。不过,如上所述,在古典和中世纪诗人那里,她们常常是作为一个合集,被无差别地作为灵感之源召唤——通常是在作品开篇处,比如荷马《奥德赛》第一卷的开篇:

"告诉我,缪斯,那位聪颖敏睿的凡人的经历,
在攻破神圣的特洛伊城堡后,浪迹四方。"

(陈中梅 译)

再比如但丁在《神曲·地狱篇》第二歌中对缪斯的祈祷:

"缪斯啊!深邃的灵感啊,请帮助我!
记录下我目见之一切的记忆啊,在这里
你的高贵品质将会昭然天下。"

(包慧怡 译)

在莎士比亚这首元诗中,带有第一人称所有格的缪斯出现了两次:第1行中的"我的缪斯"(my muse)和第13行中的"我卑微的缪斯"(my slight muse),这两处的缪斯都指诗人专属的灵感之神。一如基督教世界中每个新生儿

都有对应于自己生日的守护圣人（patron saint），文艺复兴时期人们相信每个诗人也有自己的专属缪斯。全诗最重要的创新出现在第三节四行诗，确切说是第9—10行中——"比那被诗匠祈求的九位老缪斯，/你要强十倍，你做第十位缪斯吧"（Be thou the tenth Muse, ten times more in worth/Than those old nine which rhymers invoke）。诗人称俊美青年为"第十位缪斯"，认为他要比被平庸诗人召唤的九位缪斯多出"十倍的价值"（ten times more in worth）。"第十位缪斯"出现在全诗第9行，而古老的九缪斯出现在第10行，诗人仿佛通过这样的错位传递一种信息：九位传统的缪斯因为"不在其位"而失去其效力，沦为平庸的诗人（rhymers，字面是"押韵者"）程式化的开篇词；而"你"这史无前例的第十位缪斯，处在原本属于"九个缪斯"的位置上，却可以带来比九位过气的缪斯加起来还要多的灵感。这灵感能使任何召唤"你"的诗人写出永垂不朽的诗行——在本诗的语境中，也就是"我"自己一人。

商籁第37首是披着情诗外衣的元诗，商籁第38首却是披着元诗外衣的情诗。由于"你"这个题材本身是如此甜美（Thine own sweet argument），以"你"为写作对象的"我"笔头再拙，写出的诗行也不可能差到哪里去——恰如第7—8行所言，"你"本身就给创作带去了光，又有谁能笨到无法为"你"写诗？（For who's so dumb that cannot write to thee, /When thou thy self dost give invention light?）恰如《创世记》开篇所言，"神说：'要有光'，就有了光"（《创世记》1：3），光本身就与创世乃至一切创造的动作紧密相连。"你"既然是"我"的第十位缪斯，也就独为"我的缪斯"（"我"的诗艺）增光，因此就让写作和爱的痛苦归属于"我"，而让一切荣耀尽归于"你"（The pain be mine, but thine shall be the praise）。

公元2世纪一座古罗马石棺上的九位缪斯,今藏巴黎卢浮宫

商籁
第 39 首

缺席
情诗

呵,你原是半个我,那较大的半个,
我怎能把你的才德歌颂得有礼貌?
我怎能厚颜地自己称赞自己呢?
我称赞你好,不就是把自己抬高?

就为了这一点,也得让我们分离,
让我们的爱不再有合一的名分,
只有这样分开了,我才能把你
应当独得的赞美给你——一个人。

"隔离"呵,你将要给我多大的苦痛,
要不是你许我用爱的甜蜜的思想
来消磨你那令人难挨的闲空,
让我在思念的光阴中把痛苦遗忘,

  要不是你教了我怎样变一个为一对,
  方法是在这儿对留在那儿的他赞美!

O! how thy worth with manners may I sing,
When thou art all the better part of me?
What can mine own praise to mine own self bring?
And what is't but mine own when I praise thee?

Even for this, let us divided live,
And our dear love lose name of single one,
That by this separation I may give
That due to thee which thou deserv'st alone.

O absence! what a torment wouldst thou prove,
Were it not thy sour leisure gave sweet leave,
To entertain the time with thoughts of love,
Which time and thoughts so sweetly doth deceive,

>And that thou teachest how to make one twain,
>By praising him here who doth hence remain.

商籁第 39 首在堪称"分手宣言"的商籁第 36 首后跳过两首,接着处理既成事实的分手,以及爱人既成事实的缺席,同时沿着第 36 首的逻辑,继续讨论"一体"和"分离"、"一"和"二"之间的对立和统一。这是一首藏在矫饰主义(mannerism)面具背后的心碎之诗,因其要费尽心思将这场分离合理化、将爱人的缺席美化,而愈加令人不忍。该诗处理的"一体"和"分离"之间的辩证关系在一首七个世纪前的古英语哀歌中已出现过,两首诗跨越漫长的年代和语言差异依然产生着奇异的共鸣。大约公元 9 世纪,一位盎格鲁-撒克逊匿名诗人(学界认为很可能是一名女性)写下这首长仅 19 行的哀歌,后世编辑为它添加的标题是《狼与埃德瓦克》(*Wulf and Eadwacer*),它以这样两行动人的头韵诗收尾:

þæt mon eaþe tosliteð þætte næfre gesomnad wæs,
uncer giedd geador. (ll.18–19)
人们很容易撕开,原本不是一体的东西——
我们两人共同的歌。

(包慧怡 译)

古英语人称代词不仅有单数和复数,还有精确表示"两个"的双数,此句中的 uncer 就是第一人称双数所有格形式,相当于 of the two of us。《狼与埃德瓦克》是古英语诗歌中极罕见的由第一人称女性叙事者担任抒情主人公的作品,其中女主人公哀叹自己被迫与爱人"狼"分离的命运(诗中同样没有给出确切的理由),用语言探索"一"和"二"这两个数字可能包含的人物关系。"我们两人"(uncer)的"故事"或"歌"虽然是同一首(geador)——也即"我们"虽然相爱——但是"我们"从来都不是一对。既然从没有通过婚姻等合法形式被结合在一起(næfre gesomnad wæs,女主人公另有一位名叫埃德瓦克的主君/领袖/丈夫),所以人们要强行分开"我们",也是轻而易举的。这首哀歌中表现出来的痛苦的无可奈何、对自己命运的无法做主,以及对这种无奈的修辞上泰然自若的接受,我们都会在商籁第 39 首中找到。而且,与商籁第 39 首一样,《狼与埃德瓦克》开篇时,叙事者同样已经被迫与爱人生离,爱人同样已是缺席者:

Wulf is on iege, ic on oþerre.
Fæst is þæt eglond, fenne biworpen.(ll.4–5)
狼在彼岛,我在此岛
岛屿固若金汤,被沼泽环绕

(包慧怡 译)

以海伦·文德勒为代表的部分学者认为,商籁第 39

首跳过第37首与第38首,和之前的"分手情诗"第36首构成双联诗,这进一步佐证了1609年托马斯·索普(即扉页上神秘献词的落款人T.T.)出版的四开本十四行诗集并没有反映莎士比亚本人对154首商籁排列顺序的最终意志;或者莎士比亚本人有可能在他诗艺成熟的、写作时间较晚的商籁中插入了一些技艺尚未达精湛的早期诗作。[1] 的确,第36首与第39首不仅主题相似,而且还共享三个韵脚:me/thee、one/alone、twain/remain。更重要的是,它在第二节四行诗中重申了第36首第1行就已申明的与俊友"活着分开/分开生活"的必要性,即使是要以使得"我们珍贵的爱"失去"一个"的名声,失去两人在这份爱中心心相印、合二为一,从而成为"一个"的名声:

> Even for this, let us divided live,
> And our dear love lose name of single one,
> That by this separation I may give
> That due to thee which thou deserv'st alone.
> 就为了这一点,也得让我们分离,
> 让我们的爱不再有合一的名分,
> 只有这样分开了,我才能把你
> 应当独得的赞美给你——一个人。

---

[1] Helen Vendler, *The Art of Shakespeare's Sonnets*, p. 205.

在商籁第36首中,诗人把必须分离的原因归咎于自己的某种罪(这罪过的性质如何,以及它是否真的属于诗人-叙事者的罪过,我们在对第36首的分析中已经探讨过其可能性),而在本诗中,诗人为这分离生生造出了一种附加的、修辞上的必要性:由于"你是我更好的那一部分"(thou art all the better part of me)——"我更好的那部分"(my better half)这一短语在莎士比亚的时代常用来指代自己的配偶或者伴侣——那么"我赞美你时,岂不等于是在赞美我自己"(what is't but mine own when I praise thee)?由于自我赞美总是令人生厌的,或至少是徒劳无益的(What can mine own praise to mine own self bring),那么只要二人还在一起,只要"你"还是"我"的伴侣,"我"就无法恰如其分地、如"你"所应得的那样去赞美原原本本的"你自己"。这也就是第一行中诗人所忧虑的——或者表现出为之忧虑的——只要"我们"不分开,"我如何能以得体的风度/风格来赞美你的价值"(how thy worth with manners may I sing)?

到此为止,前八行的第二人称致意对象"你"都是俊友,诗人的恋慕对象;但从第9行起,本诗后六行的第二人称致意对象"你"摇身变成了"缺席"(absence,屠译"隔离")本身,"缺席"这个抽象概念在这个六行诗(sestet)中成了诗人直接向其发起呼求的某种寓言人物(allegorical figure），某种神明一般的存在：

> O absence! what a torment wouldst thou prove,
> Were it not thy sour leisure gave sweet leave,
> To entertain the time with thoughts of love,
> Which time and thoughts so sweetly doth deceive
>
> "隔离"呵，你将要给我多大的苦痛，
> 要不是你许我用爱的甜蜜的思想
> 来消磨你那令人难挨的闲空，
> 让我在思念的光阴中把痛苦遗忘

要不是爱人的"缺席"给予诗人的"酸楚的闲暇"（sour leisure）让他得以用情思度日，用爱去"甜蜜地欺骗"（sweetly doth deceive）时光和思念本身——要不是还有这些"福利"，"缺席"将会是怎样痛苦的一种折磨！但因为"缺席"允许"我"相思，"缺席"就成了一种幸福的缺席，分离也可以被看作甜蜜的分离。通过一系列典型莎士比亚风格的矛盾修饰法和悖论式短语（paradoxical phrases），我们可以看到诗人如何颇为费力，几乎可以说是牵强地，将"分离"美化，进而得出和第36首第1行一样的结论——"让我承认我们两人必须要分离"（Let me confess that we two must be twain）。

而最后同样直接向"缺席"呼告的对句则把这种令人心碎的自我催眠推向高潮。"缺席"带来的终极福利是与前面的八行诗（octave）呼应的：缺席可以教会诗人更好地赞颂爱人，那个离开了"我"，因而不会被"我"的自夸玷污的"他"（And that thou teachest how to make one twain, / By praising him here who doth hence remain）。所谓 make one twain 的艺术，根据 twain 这个词所蕴含的相反的双重含义，既可以是"化一为二"，即缺席教会"我"如何接受原本是"一对儿"的"我们"现在是"两个"不相干的个体这一苦涩的事实；又可以是"化一为一"，也就是让原本各自是"一个"的两人成为"一对"，即当爱人在物理层面缺席时，缺席教会"我"如何更好地去赞颂他，使得自己与爱人在精神层面上再度合一，达到更深层次的结合。缺席教会诗人 make one twain（"化一为二／一"）这门艺术，但这门高深而模棱两可的艺术到底意味着什么，恰恰是诗人向读者抛出的问题。

　　本诗又是一首爱得卑微的情诗。诗人通过 8+6 结构的人称转折，以及那么多曲折迂回的借口，说"缺席"可以让自己更好地歌颂对方，又可以让自己更好地思念，因此导致对方缺席的这场"分离"不仅是必要的，也是好的。但我们应当透过这表面的修辞，洞见诗人通篇不敢、不能或不愿触碰的真实情感：分离当然是糟糕的，缺席当然是一种折磨，但由于"我"对之无能为力，完全阻止不了它们的发生，那么就用"我"唯一能掌控的诗艺去改写它吧，就说这是一场自愿的分离，"就算是为了这一点"（Even for this）——就算是为了让"我"更好地为"你"写诗。商籁第39首让我们看到，诗歌在处理情感危机时如何能够按照诗人的意志"避重就轻"。

俊友侯选人、第三代南安普顿伯爵肖像，被认为出自画家约翰·德·克立兹（John de Critz）之手。右上角有伦敦塔风景画，下方的拉丁文铭文（*In vinculis invictus*）意为"在锁链中也未被征服"

**商籁
第 40 首**

**小偷
反情诗**

把我对别人的爱全拿去吧,爱人;
你拿了,能比你原先多点儿什么?
你拿不到你唤作真爱的爱的,爱人;
你就不拿,我的也全都是你的。

那么假如你为爱我而接受我的爱,
我不能因为你使用我的爱而怪你;
但仍要怪你,如果你欺骗起自己来,
故意去尝味你自己拒绝的东西。

虽然你把我仅有的一切都抢走了,
我还是饶恕你的,温良的盗贼;
不过,爱懂得,爱的缺德比恨的
公开的损害要使人痛苦几倍。

  风流的美呵,你的恶也显得温文,
  不过,恨杀我,我们也不能做仇人。

Take all my loves, my love, yea take them all;
What hast thou then more than thou hadst before?
No love, my love, that thou mayst true love call;
All mine was thine, before thou hadst this more.

Then, if for my love, thou my love receivest,
I cannot blame thee, for my love thou usest;
But yet be blam'd, if thou thy self deceivest
By wilful taste of what thyself refusest.

I do forgive thy robbery, gentle thief,
Although thou steal thee all my poverty:
And yet, love knows it is a greater grief
To bear love's wrong, than hate's known injury.

> Lascivious grace, in whom all ill well shows,
> Kill me with spites yet we must not be foes.

商籁第 40—42 首是一组内嵌"反情诗",我们称之为"情变内嵌诗"。在这场变故中,诗人所爱慕的俊美青年与诗人的情妇有了一段风流韵事,使诗人陷入一种可怕的双重背叛。虽然位于俊美青年商籁的序列中,这三首诗的情节却对应着黑夫人序列中的三首诗,即商籁第 133、134 和 144 首,形成一种谜语一般的对参。

　　本诗是整个诗系列中出现"爱"(love)这个词次数最多的一首十四行诗——高达 10 次,平均几乎每行都要出现一次,分别指"(抽象的)爱情"(bear love's wrong)、"情人"(my loves)或"俊美青年"本人(my love)等。讽刺的是,商籁第 40 首却也是诗系列中的第一首"反情诗"(mock love poem),其中描写的爱情不忠贞,被爱者夺走爱人的所爱,爱人之间互相伤害乃至仇恨,恋爱的三角关系非但不构成任何稳定结构,反而剧烈撕扯着爱人的心,其结果是一系列疾风暴雨般有悖经典情诗程式的表达。在本应有一切理由去"恨"的情境下,诗人最终选择继续去"爱",在最终的对句中以一种近乎受虐的口吻表达了"永不与你为敌"的决心:"你尽可以用轻视毒杀我,但我们决不能彼此仇视。"(Kill me with spites yet we must not be foes)"你"是"浪荡的佳人"(lascivious grace),能使"一切邪恶都显得美"(all ill well shows),"你"身上这种种矛盾的属性,在此前的三节四行诗中已有多处暗示,并在第

三节四行诗中总归于"温良的盗贼"(gentle thief)这一"冤亲词":

> I do forgive thy robbery, gentle thief,
> Although thou steal thee all my poverty:
> And yet, love knows it is a greater grief
> To bear love's wrong, than hate's known injury.
> 虽然你把我仅有的一切都抢走了,
> 我还是饶恕你的,温良的盗贼;
> 不过,爱懂得,爱的缺德比恨的
> 公开的损害要使人痛苦几倍。

莎士比亚在诗系列中虽然没有用过和 gentle thief 一模一样的搭配,却在多首商籁中使用过类似的表达,比如商籁第1首中的"温柔的村夫"(tender churl)、第35首中的"甜蜜的小偷",或是第151首中的"温柔的骗子"(gentle cheater)。而这"温良的盗贼"的狠心之处还在于,他要偷去赤贫之人的最后一点财产(thou steal thee all my poverty),集万千宠爱于一身,同时也为"我"所爱的"你",偏偏要从"我"这里偷走"我"仅有的情妇;"我"不得不诉诸一切爱过的人都明白的公理:忍受爱人的暗算,比忍受仇人可预期的伤害更令人悲伤。即使"你"以怨报德,对爱

"你"至深的"我"施加最深的背叛,"我"却仍选择"原谅你的掠夺",甚至在原谅之前就已经为"你"的开脱找好了借口:

> Then, if for my love, thou my love receivest,
> I cannot blame thee, for my love thou usest;
> But yet be blam'd, if thou thy self deceivest
> By wilful taste of what thyself refusest.
> 那么假如你为爱我而接受我的爱,
> 我不能因为你使用我的爱而怪你;
> 但仍要怪你,如果你欺骗起自己来,
> 故意去尝味你自己拒绝的东西。

第二节四行诗中诗人表现了这段关系中自己双重的卑微:一方面,"我"不怪罪"你"的背叛,虽然 my love thou usest,你和"我的情妇"(my love)发生了性关系。莎士比亚的剧本中常用 use 一词表示性交,而此处用来指代情妇的 my love 与其说表示字面上的"爱人",不如说是指"性伙伴"更为准确,因为诗人在本诗以及整个诗系列中无数次剖白过:自己真正的爱情是仅为"你"即俊美青年所保留的。诗人为"你"的背叛想象了一个浪漫的理由:因为"你"太爱"我","你"与"我"又同为男性而无法在身体上结合，所以"你"只有通过占有"我"的情妇来接近"我"。另一方面，仿佛意识到这种开脱的牵强——"如果""你"这么做是出于"对我的爱"（if for my love），那么"我"会选择原谅。但假如"你"这么做的理由是要任性地品尝"你"自己本来无意的东西（wilful taste of what thyself refusest），仅仅是为了伤害"我"，那么"我"就必须发出谴责，因为"你"不该自欺。此处诗人简直像在对一个恃宠而骄的恋人说："和我赌气事小，欺骗你自己，从而自我伤害事大，我不值得你为我这样自暴自弃。"而我们也终于逆行至本诗充满"爱"的字眼，却始终在无助地控诉"爱"之失落的第一节：

Take all my loves, my love, yea take them all;
What hast thou then more than thou hadst before?
No love, my love, that thou mayst true love call;
All mine was thine, before thou hadst this more.
把我对别人的爱全拿去吧，爱人；
你拿了，能比你原先多点儿什么？
你拿不到你唤作真爱的爱的，爱人；
你就不拿，我的也全都是你的。

"爱人啊，把我的情人们都夺去吧，一个都别剩"，但在这爱的加减法中,"你"纵然再用掠夺"我"来增添"你"的收成,"你"也注定无法将她们之中的任何一个称作"你"的"真爱"(No love ... that thou mayst true love call),因为只有"你我"才是彼此的真爱,而"我"的一切早已属于"你"。诗人在短短十四行中淋漓尽致地演绎了一场三角恋爱中背叛者和被背叛者可能的心路历程,给出了他对这场背叛,以及背叛他的爱人之可疑性格的合理化。这些复杂的被假设的人物动机、一波三折的潜在心理活动,在 1609 年的初版四开本中表现为远比其他十四行诗多的行内逗号,仿佛诗人要在一个个暗示因果、转折、递进的分句中蹒跚前行,才能说服自己:如此蓄意背叛的恋爱对象还是值得爱慕的。文德勒认为本诗每一行都可拆作前后两个分句,其影响或许来自盎格鲁-撒克逊诗歌的"行间停顿"(caesura),如此一来,整首诗就可以被看作一首 28 行的双倍十四行诗。[1] 我们可以通过以下这首古英语挽歌《废墟》(*The Ruin*)的节选,大致感受一下莎士比亚的语言祖先、盎格鲁-撒克逊诗人的行间停顿传统:

> Wrætlic is þes wealstan, wyrde gebræcon;
> burgstede burston, brosnað enta geweorc.
> Hrofas sind gehrorene, hreorge torras,
> hrungeat berofen, hrim on lime,

---

[1] Helen Vendler, *The Art of Shakespeare's Sonnets*, pp.208–10.

scearde scurbeorge	scorene, gedrorene,
ældo undereotone. (ll.1–6a)	
那些砌墙石精美无比，	被命运击碎；
城市广场都化为废墟，	巨人的杰作倾颓。
屋顶落地，	高塔崩塌，
染雪之门被毁，	灰岩蒙上白霜，
抵御风暴的工事	化作断壁残垣，
被时光无情吞噬。	（包慧怡 译）

无独有偶，本诗第 11 行（love knows it is a greater grief）中被当作一位神明召作见证人的"爱神"，在神话中恰恰也是一位知名的小偷。背着灵巧弓箭、挥动翅膀的丘比特不仅偷心，还爱偷蜂蜜。在最早记载这个故事的公元前 3 世纪古希腊诗人西奥克里特的《牧歌》中，偷蜜不成反被蜜蜂蛰的顽童丘比特跑去向母亲阿芙洛狄忒哭诉，不满于这么小的动物怎能造成如此剧烈的痛苦，后者笑着向小爱神指出，他自己也不过是个小孩，却能够射出伤人至深的爱之箭。莎士比亚对这个在文艺复兴时期拥有众多版本的故事的间接影射，会在接下来的两首商籁中表现得更为直接。

《窃取蜂蜜的小偷丘比特》，老卢卡斯·卡拉那赫（Lucas Cranach the Elder），约 1525 年

	商籁
有时候你心中没了我这个人,	**第41首**
就发生风流孽障,放纵的行为,	
这些全适合你的美和你的年龄,	
因为诱惑还始终跟在你周围。	背誓
	反情诗

你温良,就任凭人家把你占有,
你美丽,就任凭人家向你进攻;
哪个女人的儿子会掉头就走,
不理睬女人的求爱,不让她成功?

可是天!你可能不侵犯我的席位,
而责备你的美和你迷路的青春,
不让它们在放荡中领着你闹是非,
迫使你去破坏双重的信约、誓盟——

  去毁她的约:你美,就把她骗到手,
  去毁你的约:你美,就对我不忠厚。

Those pretty wrongs that liberty commits,
When I am sometime absent from thy heart,
Thy beauty, and thy years full well befits,
For still temptation follows where thou art.

Gentle thou art, and therefore to be won,
Beauteous thou art, therefore to be assail'd;
And when a woman woos, what woman's son
Will sourly leave her till he have prevail'd?

Ay me! but yet thou mightst my seat forbear,
And chide thy beauty and thy straying youth,
Who lead thee in their riot even there
Where thou art forced to break a twofold truth: –

> Hers by thy beauty tempting her to thee,
> Thine by thy beauty being false to me.

商籁第 41 首处理爱人的背誓,是第 40—42 首这组内嵌的"反情诗"中的一首。在这三首诗中,诗人哀叹俊美青年以及自己的情妇同时背叛了自己,同样的题材在商籁第 133、134 和 144 首中还会出现,只不过后者的归咎对象由美少年转向了黑夫人。

本诗的第一、第二节是一种代言的申辩(surrogate apology),由受害人"我"替加害人"你"作出,诗人在替背叛自己的俊友开脱的绝望尝试中,诉诸一系列抽象概念和公理式表述,仿佛要说服自己相信爱人的背叛是身不由己的。比如在第一节四行诗中,诗人将俊美青年的放荡不羁美化为"漂亮的过错"(pretty wrongs),说那不过是"风流罪"(liberty commits),而这风流又与"你"的"美貌"和"青春"相匹配,将美和青春当作了导致"你"容易受引诱的罪魁祸首。仿佛这还不够,诗人还要将"你"犯罪的时间限定于自己不在的时候,"当我有时从你的心中缺席"(When I am sometime absent from thy heart),第二行的意思明明是"当你没有想我的时候/当你忘记我的时候",诗人却要用"我"做主语,仿佛为了"你"的薄情宁肯责怪自己,怪自己没有能力常驻在爱人心里。

第二节四行诗继续为俊美青年辩护,其中充满了与莎士比亚其他作品的互文。比如第 5—6 行这一对因果句——"你那么温和,人人都想将你赢得,/你又那么美丽,人人都想把你围攻"(Gentle thou art, and therefore to be won, /

Beauteous thou art, therefore to be assail'd)。莎氏在历史剧《亨利六世》(上)第五幕第三场第78—79行中使用了几乎一样的措辞和句式:"她是一个美人,因此人人都想追求;她是一个女人,人人都想赢得她。"(She's beautiful, and therefore to be wooed; She is a woman, therefore to be won.)而本诗第7—8行中所谓当女性主动投怀送抱,没有任何男性能够或应当拒绝(And when a woman woos, what woman's son /Will sourly leave her till he have prevail'd),这一逻辑在莎士比亚大致写于同一时期的叙事长诗《维纳斯与阿多尼斯》中也多有指涉:美少年阿多尼斯不幸早夭的命运在该诗中一定程度上被归于他拒绝了女神维纳斯的爱。在商籁第41首的语境中,这种文本的互参和回响似乎有助于引起读者的同理心:假如是俊美青年的美貌使得女人们对他投怀送抱,那么他无法抵御也是人之常情。但到了全诗第三节中,出现了一个醒目的转折,诗人终于不得不指出整件事中"你"必须负责的那部分过错:

> Ay me! but yet thou mightst my seat forbear,
> And chide thy beauty and thy straying youth,
> Who lead thee in their riot even there
> Where thou art forced to break a twofold truth
> 可是天!你可能不侵犯我的席位,

而责备你的美和你迷路的青春,

不让它们在放荡中领着你闹是非,

迫使你去破坏双重的信约、誓盟

"你"本来可以(mightst)至少做到这一点:不要去染指"我"的女人,第9行中的"忍住不碰我的座位"(my seat forbear),即forbear from taking my place, abstain/restrain from riding in my seat,是一个直白到粗俗的性双关。在《奥赛罗》第二幕第一场第289—290行中也有类似表述,"……我怀疑那淫荡的摩尔人/已经跳上了我的专属座位"(...I do suspect the lustful Moor /Hath leap'd into my seat)。性关系中的占有欲、嫉妒、对忠诚的需求在本节中表现得淋漓尽致,而诗人愤懑的焦点在于,破坏了自己和情妇之间的性忠诚的,恰恰是俊友,自己的心之所属。这么多女人为"你"痴迷,"你"却偏偏选择了深爱着"你"的"我"的情妇,给予"我"双重的打击,并迫使两个人同时背誓:黑夫人对"我"起过誓的性方面的忠诚;"你"对"我"起过誓的爱情上的忠诚,即对句中所说的"去毁她的约:你美,就把她骗到手,/去毁你的约:你美,就对我不忠厚"(Hers by thy beauty tempting her to thee, /Thine by thy beauty being false to me)。

第12行"你被迫打破双重的誓言"(Where thou art forced to break a twofold truth),这一句中的"truth"比起它

的现代英语首要释义"真实,真相",更接近它在中古英语中的两重主要含义:1. 对自己的国家、亲友、爱人、婚姻所保持的忠诚(fidelity, loyalty, allegiance),宗教信仰中对神的虔诚(faithfulness, devotion);2. 表现这种忠诚的誓言、承诺、契约(promise, commitment, covenant),尤其是婚姻语境中的双方交换誓约(exchange of vows),比如婚礼仪式中的常用措辞"我郑重起誓"(I plight thee my troth),也可以指婚约/订婚的誓言(betrothal这个词就来自中古英语troth)。truth在中古英语中有troth、treuth、trawthe等几十种不同的拼写,含义也极其丰富。比如在14世纪骑士罗曼司《高文爵士与绿骑士》(*Sir Gawain and the Green Knight*)中,trawthe是理想骑士的核心和必要品质,包括一个人信守承诺的能力,诚实、正直等美德。但仅从以上罗列的两组首要含义中,我们已不难看出,这正是诗人在商籁第41首末尾指控俊友背离或打破的那种truth:"你"背离了爱情领域的忠诚/誓言,"她"背离了性领域的。通过背着"我"与"她"结合,"你"其实并非"被迫"(thou art forced)——如同"我"试图替"你"辩护的那样——而是主动引发了这场双重的背誓。

虽然在最后一节和对句中有所平衡,但总体而言,比起前一首反情诗,商籁第41首中对"你"的控诉平缓柔和了许多。诗人在挣扎着为自己寻找原谅的理由,而他也终将找到。这种原谅将以近乎受虐癖的语调在商籁第42首中得到表述。

1593年初版"四开本"《维纳斯与阿多尼斯》封面,此诗被认为是莎士比亚公开出版的第一部作品

商籁
第 42 首

"失去的艺术"
反情诗

你把她占有了,这不是我全部的悲哀,
尽管也可以说我爱她爱得挺热烈;
她把你占有了,才使我痛哭起来,
失去了这爱情,就教我更加悲切。

爱的伤害者,我愿意原谅你们:——
你爱她,正因为你知道我对她有情;
同样,她也是为了我而把我欺凌,
而容许我朋友为了我而跟她亲近。

失去你,这损失是我的情人的获得,
失去她,我的朋友又找到了那损失;
你们互相占有了,我丢了两个,
你们两个都为了我而给我大苦吃:

  但这儿乐了;我朋友跟我是一体;
  她也就只爱我了;这好话真甜蜜!

That thou hast her it is not all my grief,
And yet it may be said I loved her dearly;
That she hath thee is of my wailing chief,
A loss in love that touches me more nearly.

Loving offenders thus I will excuse ye:
Thou dost love her, because thou know'st I love her;
And for my sake even so doth she abuse me,
Suffering my friend for my sake to approve her.

If I lose thee, my loss is my love's gain,
And losing her, my friend hath found that loss;
Both find each other, and I lose both twain,
And both for my sake lay on me this cross:

> But here's the joy; my friend and I are one;
> Sweet flattery! then she loves but me alone.

商籁第42首是第40—42首这组内嵌"反情诗"中的最后一首,诗人在其中探讨了"爱"与"失去"的关系,以及两者如何能在一种近乎诡辩的逻辑中达成和解。

本诗中,"失去"这个动词(lose)以各种形式(loss、losing等)总共出现了6次,与"爱"这个动词(love)及其各种形式(名词love、现在分词loving等)出现的次数一样多。"失去"仅在第三节四行诗中就密集出现了五次,恰如"爱"在第一、第二节四行诗中总共出现了五次。叙事者承受并试图接受自己被爱人和情人双重背叛的事实,在爱与失去的漩涡中蹒跚前行,几度失衡却又努力用语词寻找着平衡。而第一节中的"悲伤"(grief)和"哀哭"(wailing)就已奠定了本诗挽歌式的基调:

That thou hast her it is not all my grief,
And yet it may be said I loved her dearly;
That she hath thee is of my wailing chief,
A loss in love that touches me more nearly.
你把她占有了,这不是我全部的悲哀,
尽管也可以说我爱她爱得挺热烈;
她把你占有了,才使我痛哭起来,
失去了这爱情,就教我更加悲切。

诗人暗示，即便自己和情妇之间主要是肉体关系，但也不是没有感情，"你"的横刀夺爱带给"我"的损失并不小，"可以说我也很爱她"（it may be said I loved her dearly）——这种矫枉过正的语调恰恰使得俊友和黑夫人在"我"情感天平上的轻重昭然若揭："她占有你……是触痛我更深的爱的失去。"（A loss in love that touches me more nearly）接下来，诗人为这一对双双背叛自己的男女找到了一个几近诡辩的借口，称这两人为"深情的冒犯者"：

Loving offenders thus I will excuse ye:
Thou dost love her, because thou know'st I love her;
And for my sake even so doth she abuse me,
Suffering my friend for my sake to approve her.
爱的伤害者，我愿意原谅你们：——
你爱她，正因为你知道我对她有情；
同样，她也是为了我而把我欺凌，
而容许我朋友为了我而跟她亲近。

第5行中的 ye 来自古英语中的双数人称代词，在莎士比亚时代的英语中用来表示第二人称复数"你们"。"你们"这对深情的冒犯者啊，"我"原谅"你们"，因为"你们"各自都是因为爱"我"的缘故而接近对方，以期通过占有对方来占有"我"的一部分——"她"占有"我"的身体,因此"你"通过占有"她"的身体来替代性地占有"我";而"你"占有"我"的心,所以"她"也通过占有"你"的身体来替代性地占有"我"。第8行中的suffer是allow(允许)的意思,"她"允许"我的朋友"(也就是"你")去试探她,在她身上进行性的冒险(approve)。"她"始终被略带疏离地称作"她",而第一节中被亲昵地以第二人称呼唤的"你"到了第二节末尾却成了"我的朋友",暗示"你"与"我"之间渐增的心理距离,两人曾经的亲密无间遭到了破坏。第三节中,诗人几近绝望地试图恢复这种亲密无间,再次把俊美青年称作"你":

If I lose thee, my loss is my love's gain,
And losing her, my friend hath found that loss;
Both find each other, and I lose both twain,
And both for my sake lay on me this cross
失去你,这损失是我的情人的获得,
失去她,我的朋友又找到了那损失;
你们互相占有了,我丢了两个,
你们两个都为了我而给我大苦吃

如果"我"失去"你",在这失去中,"我的情人"

("她")却会有所收获；与此同时，当"我"失去"她"，"我的朋友"（"你"）却会"失而复得"（found that loss）——失去的一方是"我"，得到的一方是"你"，就如同有人在失物招领处（lost and found）领走了并非自己丢失的东西。虽然本节中黑夫人被冠以"my love"的称谓而俊美青年被冠以"my friend"，但friend一词在中古英语和早期现代英语中本来就有"爱人"之意，恰如love在此诗语境中主要指的是（只涉及身体关系的）情人关系。"我"虽然"失去"双方，"你们"却"找到"了彼此，"为了我的缘故让我背负这十字架"（And both for my sake lay on me this cross），让"我"成了一个不得不承受双重背叛的基督般的受难者。但是即使如此，在这双重苦难中，"我"也找到了慰藉，通过想象力的转换，通过无所不能的词语，"我"在最后的对句中让自己相信了"你"和"我"是一体，"你"就是我的一部分，反之亦然。那么"她爱你"也就被转换成了"她爱我，并且只爱我"，因为"你就是我，我就是你"（But here's the joy; my friend and I are one; /Sweet flattery! then she loves but me alone）。

带有欺骗含义在内的flattery一词，以及"你"最终还是以"我的朋友"（而非更亲昵直白的第二人称）出现在对句中，都暗示这一事实：诗人在全诗中竭尽全力试图达成的"爱"与"失去"的平衡，终究是一场摇摇欲坠的自欺。

爱人的背叛既成事实，情人的被夺不可挽回，留给"我"的选项不过是如何去消化这事实，这双倍的苦难。而"我"通过在诗歌的修辞中选择"原谅"（I will excuse ye），方使得此后仍以俊美青年为唯一表白对象的 80 余首商籁成为可能。

仿佛一种诗歌史上的回声，莎士比亚写作十四行诗将近四百年后，同样用英语写作并处理同性爱情的一名美国女诗人，使用了诞生于莎士比亚商籁时代（16 世纪）、从法国舶来的一种牧歌体（维拉内勒体，villanelle），写下了 20 世纪关于"爱"与"失去"的最哀伤动人的诗篇之一。[1] 伊丽莎白·毕肖普一生中唯一的一首维拉内勒体诗，成为继莎翁商籁第 42 首之后，关于"失去的艺术"的绝唱：

One Art

Elizabeth Bishop

The art of losing isn't hard to master;
so many things seem filled with the intent
to be lost that their loss is no disaster.

Lose something every day. Accept the fluster
of lost door keys, the hour badly spent.

---

[1] 一首维拉内勒由五节三行诗与一节四行诗组成，第一节诗中的一、三句为叠句并且押尾韵，在其余诗节第三句交替重复，直至最后一节中同时重复。一般认为维拉内勒体的正式确立始于让·帕斯华（Jean Passerat）的法语名诗《我丢失了我的小斑鸠》(1606)，Villanelle 一词源于拉丁文，原指田园牧歌或民谣。

The art of losing isn't hard to master.

Then practice losing farther, losing faster:
places, and names, and where it was you meant
to travel. None of these will bring disaster.

I lost my mother's watch. And look! my last, or
next-to-last, of three loved houses went.
The art of losing isn't hard to master.

I lost two cities, lovely ones. And, vaster,
some realms I owned, two rivers, a continent.
I miss them, but it wasn't a disaster.

—Even losing you (the joking voice, a gesture
I love) I shan't have lied. It's evident
the art of losing's not too hard to master
though it may look like (Write it!) like disaster.

一种艺术

伊丽莎白·毕肖普

失去的艺术不难掌握;
如此多的事物似乎都
有意消失,因此失去它们并非灾祸。

每天都失去一样东西。接受丢失
门钥匙的慌张,接受蹉跎而逝的光阴。
失去的艺术不难掌握。

于是练习失去得更快,更多:
地方、姓名,以及你计划去旅行的
目的地。失去这些不会带来灾祸。

我丢失了母亲的手表。看!我的三座
爱屋中的最后一座、倒数第二座不见了。
失去的艺术不难掌握。

我失去两座城,可爱的城。还有更大的
我拥有的某些领地、两条河、一片大洲。
我想念它们,但那并非灾祸。

——即使失去你(戏谑的嗓音,我爱的
一种姿势)我不会撒谎。显然
失去的艺术不算太难掌握
即使那看起来(写下来!)像一场灾祸。

(包慧怡 译)

"黑夫人"候选人之一伊丽莎白·维农(Elizabeth Vernon)肖像,约作于1600年,此后维农成为南安普顿伯爵夫人,随夫姓更名为伊丽莎白·里欧赛斯利(Elizabeth Wriothesley)

我的眼睛要闭拢了才看得有力,
因为在白天只看到平凡的景象;
但是我睡了,在梦里它们就看见你,
它们亮而黑,天黑了才能看得亮;

你的幻影能够教黑影都亮起来,
能够对闭着的眼睛放射出光芒,
那么你——幻影的本体,比白天更白,
又怎能在白天展示白皙的形象!

你的残缺的美影在死寂的夜里
能透过酣睡,射上如盲的两眼,
那么我眼睛要怎样才有福气
能够在活跃的白天把你观看?

    不见你,个个白天是漆黑的黑夜,
    梦里见到你,夜夜放白天的光烨!

商籁
第 43 首

夜视
玄学诗

When most I wink, then do mine eyes best see,
For all the day they view things unrespected;
But when I sleep, in dreams they look on thee,
And darkly bright, are bright in dark directed.

Then thou, whose shadow shadows doth make bright,
How would thy shadow's form form happy show
To the clear day with thy much clearer light,
When to unseeing eyes thy shade shines so!

How would, I say, mine eyes be blessed made
By looking on thee in the living day,
When in dead night thy fair imperfect shade
Through heavy sleep on sightless eyes doth stay!

    All days are nights to see till I see thee,
    And nights bright days when dreams do show thee me.

商籁第 43 首起，献给俊美青年的诗系列进入了一组处理"离别中的恋情"，即异地恋主题的内嵌诗。这一主题从第 43 首一直延续到第 52 首，是十四行诗系列中最长的内嵌诗组，我们将它们统称为"离情内嵌诗"。其中，叙事者"我"展开了某种必要而不情愿的长途旅行，因而被迫与所爱天各一方。在爱人的缺席中，对爱人的思念和对恋情的反思达到了新的玄学深度。

本诗延续了商籁第 27 首(《夜视情诗》)和商籁第 28 首(《昼与夜情诗》)的主题，诗人所呈现的那种"黑暗中的视觉"实为"你"的美貌和"我"的思念共同作用的结果，它们使得"我"能够在睡梦中看见"你的影子"(ll.7–12, Sonnet 27)。商籁第 43 首同样充满了戏剧化的反题：看见与盲目；白昼与黑夜；影子与实体；黑暗与明亮；死与生。在睡梦中，身体的感官虽然关闭，心灵的感官却使得"你"的影子在"我"眼前栩栩如生，在"我"眼睛"闭得最紧"时却能看得最清晰，本诗第一节基本是对商籁第 27 首核心主题的延续：

When most I wink, then do mine eyes best see,
For all the day they view things unrespected;
But when I sleep, in dreams they look on thee,
And darkly bright, are bright in dark directed.

我的眼睛要闭拢了才看得有力,
因为在白天只看到平凡的景象;
但是我睡了,在梦里它们就看见你,
它们亮而黑,天黑了才能看得亮

但到了第二、第三节这两组并列的四节诗歌中,商籁第 43 首开始更多地展现玄学诗的特质,对"能够教黑影都亮起来,/能够对闭着的眼睛放射出光芒"的"你的影子"的潜能进行思考:如果影子都能在黑夜中熠熠生辉,那么产生影子的实体在白昼将形成怎样美好的形象!假如"我"的眼睛在闭着时,在"死气沉沉的黑夜"中,就能从"不完美的影子"中得到那样的快乐,那若能在光天化日之下直接注视"你"的形体,它们将感到何其幸运:

Then thou, whose shadow shadows doth make bright,
How would thy shadow's form form happy show
To the clear day with thy much clearer light,
When to unseeing eyes thy shade shines so!
你的幻影能够教黑影都亮起来,
能够对闭着的眼睛放射出光芒,
那么你——幻影的本体,比白天更白,
又怎能在白天展示白皙的形象!

How would, I say, mine eyes be blessed made
By looking on thee in the living day,
When in dead night thy fair imperfect shade
Through heavy sleep on sightless eyes doth stay!
你的残缺的美影在死寂的夜里
能透过酣睡,射上如盲的两眼,
那么我眼睛要怎样才有福气
能够在活跃的白天把你观看?

书写黑夜以及黑夜中的视觉的莎士比亚,在半个多世纪前的意大利——那个十四行诗诞生的国度,有一个格外有趣的对参诗人:文艺复兴三杰之一的米开朗琪罗。米开朗琪罗一生中写下了三百多首优美的十四行诗和抒情短歌(madrigal),是文艺复兴诗学史上声名与造诣最不成比例的诗人之一。这也难怪,米开朗琪罗本人对自己的诗歌并不自信,生前也从未出版过诗集,写诗于他是一种见缝插针的业余活动。他一生中留下的 343 首完整诗篇和诗歌片段在他去世半个多世纪后的 1623 年,才经由侄孙小米开朗琪罗之手首次结集出版。并且小米开朗琪罗为了维护老米开朗琪罗的名誉,擅自将情诗中的男性人称代词"他"全部替换成了"她"——直到 1878 年英国同性恋平权主义者约翰·阿丁顿·西诺兹（John Addington Symonds）自意大利原文将它们译入英文，诗集才以原来的面貌出现在世人面前。[1]

如果说但丁《新生》中献给碧雅特丽齐的25首商籁第一次将世俗爱欲与宗教情感在这一方言诗体中完美结合，而彼特拉克《歌集》中给劳拉的三百多首商籁把这一诗体推向修辞之巅，以至于意大利体商籁被永远冠以"彼特拉克体"的别名，那么米开朗琪罗对商籁体的贡献——将它的表现空间从情诗拓展到时事讽喻、创作心得、宗教冥想乃至日常生活的油盐酱醋等一切领域——却始终未得到文学史足够的关注。但丁、彼特拉克、米开朗琪罗，这三个活跃于中世纪盛期至文艺复兴早期的托斯卡尼同乡人的创作生涯，正是托斯卡尼方言作为诗歌语言登上历史舞台的过程，也为意大利体商籁日臻成熟，并在英国变体后生根开花，最终成为近现代最重要的诗体之一的后世发展奠定了根基。我认为，米开朗琪罗献给夜晚的三首商籁，代表了他最高的诗歌成就，与莎士比亚的第27、28、43首商籁对比阅读，可以看到这位生前没有诗名的意大利诗人与我们的"埃文河畔的吟游诗人"之间可贵的互文。

"正因太阳拒绝用光明的双臂／拥抱阴森又寒冷的大地／人们才把大地的另一面叫作'黑夜'／却对第二种太阳一无所知……假如黑夜注定也拥有出生／无疑它是太阳和

---

[1] 详见包慧怡《缮写室》，第198—204页。

大地的女儿／太阳赋予它生命，大地令它留驻"（米开朗琪罗《献给夜晚的第一首商籁》）——白天借助日光的劳作结束后，夜晚是他与自己的心灵独处的时候，白天属于执行和效率，夜晚则属于沉思和灵感。米开朗琪罗并未言明这为世人所不知的"第二种太阳"是什么，或许是月亮，更可能是一种如日光般点亮艺术家内心的天启之光：与幽深晦暗而不可言说的黑夜相随，诞生于混沌却命定为混沌赋形，每个真正的创作者都熟悉这"第二种太阳"带来的神秘的"照亮"（*illuminare*）。根据瓦萨里的记载，米开朗琪罗甚至常在黑夜中工作："生活上的节制使他清醒异常，只需要很少的睡眠。夜间他不能入睡时便起身拿起凿子工作，为此他还制作了一顶硬纸帽，帽顶中心固定一盏点亮的灯，无论在哪里工作都可以投下亮光，使他的双手无所障碍。本人多次见过这顶纸帽并注意到，米开朗琪罗同时使用蜡灯和羊脂灯照明。"（《艺苑名人传》）正因熟悉黑夜的这种创造性能量，米开朗琪罗可以向夜发出坚定的礼赞："谁赞颂你，谁就睿智而明察秋毫／谁向你顶礼，心中就不会空虚……你从最深的深渊里唤醒智慧／没有什么攻击能折损这智慧之光。"（《献给夜晚的第二首商籁》）米开朗琪罗"黑夜诗"中的光和视觉与莎翁商籁中的所指有所不同，但它们同样诉诸一种感官怀疑主义，一种悖论式的表达：夜晚未必漆黑一片，黑夜中的视觉未必不及白昼敏锐。

遵循但丁和彼特拉克的脚步,米开朗琪罗自然也写作以血肉之躯为致意对象的情诗。他写给比他年轻 34 岁的同性爱人托马索·卡瓦利耶里(Tommaso Cavalieri)的系列十四行诗,成了俗语(vernacular)文学史上最早由男性写给另一名男性的连环商籁,比莎士比亚写给"俊美青年"的十四行诗系列早了半个世纪,在某种意义上成了莎士比亚商籁中的俊美青年系列在欧陆的先声。在莎士比亚商籁第 43 首的结尾,幢幢的黑影似乎摇曳幻化成一个梦中世界,在这个世界中,昼夜可以互换,而"你"是转换的关键:

All days are nights to see till I see thee,
And nights bright days when dreams do show thee me.
不见你,个个白天是漆黑的黑夜,
梦里见到你,夜夜放白天的光烨!

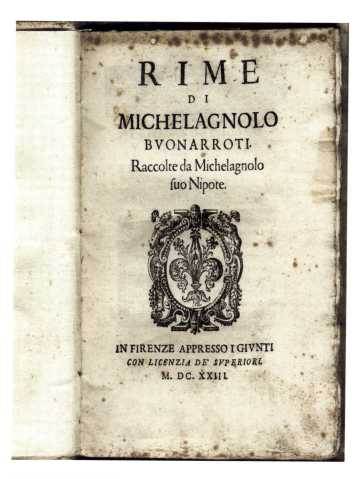

米开朗琪罗诗集初版封面

那距离远得害人,我也要出发,
只要我这个笨重的肉体是思想;
这时候顾不得远近了,从海角天涯
我也要赶往你所待着的地方。

那没有关系的,虽然我的脚站在
这块土地上,离开你非常遥远,
敏捷的思想能跃过大陆跟大海,
只要一想到自己能到达的地点。

但是啊!思想在绞杀我:我不是思想——
你去了,我不能飞渡关山来追踪,
反而,我是土和水做成的,这样,
我只得用叹息来伺候无聊的闲空;

  俩元素这么钝,拿不出任何东西,
  除了泪如雨,两者的悲哀的标记。

商籁
第 44 首

元素
玄学诗
(上)

If the dull substance of my flesh were thought,
Injurious distance should not stop my way;
For then despite of space I would be brought,
From limits far remote, where thou dost stay.

No matter then although my foot did stand
Upon the farthest earth remov'd from thee;
For nimble thought can jump both sea and land,
As soon as think the place where he would be.

But, ah! thought kills me that I am not thought,
To leap large lengths of miles when thou art gone,
But that so much of earth and water wrought,
I must attend time's leisure with my moan;

> Receiving nought by elements so slow
> But heavy tears, badges of either's woe.

在"离情内嵌诗"系列中,第 44 首和第 45 首商籁是一组非常典型的双联诗,合起来读,它们组成了一种"四元素奇喻"。我们将会在其中看到,与俊友-爱人别离的诗人如何将自己的身体大卸八块,把不同的部件分派给不同的元素。

历来就有人对莎翁的学问功底诟病不已。莎士比亚剧本和诗歌作品包罗万象,具有百科全书式的博物志视角,看似不可能出自一个没念过大学,只上过文法学校、主要靠自学写作的草根作家之手。四百多年来,诸多学者一口咬定莎士比亚的作品另有所谓"真实的作者",而"莎士比亚"只是个代名、化名或笔名,这些学者被统称为"反斯特拉福派"(Anti-Stratfordians)——反对历史上真有出生于埃文河畔斯特拉福镇的威廉·莎士比亚这个人,即使真有,目前被归入莎士比亚名下的作品也不是他写的。几百年来,"反斯特拉福派"各分支前后提出的"真实作者"候选人竟有五十人之多,大部分候选人都拥有远比莎士比亚优越的教育背景:本·琼森、克里斯托弗·马洛、牛津伯爵,甚至女王伊丽莎白一世本人……琼森本人也没有掩饰他对莎氏学养的歧视,当"第一对开本"的编辑约翰·海明斯和亨利·康德尔在序言中赞扬莎翁"心手合一,表达思想时极为顺畅,我们收到的手稿中简直没有一块涂抹的痕迹"时,琼森颇不屑地回应:"但愿他涂掉了一千块!"讥刺莎士比亚"少谙拉丁，更鲜希腊"的也是琼森。

莎士比亚的作品确实上通天文下通地理，具有普林尼式古典博物志的视野，对于占星、塔罗、元素说、炼金等玄学知识也颇有涉猎。但他的知识面恐怕还没有丰富到令人生疑的地步，以莎士比亚作品"太博学"来断定作者另有其人，实在是粗暴的背景歧视。同时，莎氏对这些博物和玄学知识的运用是高度灵活的，具有强烈的个人特色，极富原创性，远远不是只知掉书袋的学究式写法，这些在十四行诗系列中那些可归入玄学诗和博物诗的商籁中表现得尤为显著。

商籁第 44 首的第一节中，诗人向我们昭告了与俊友分别的状态，两人相隔重洋，距离远到"伤害人"的程度（Injurious distance）。但是，诗人在他的奇思中为自己虚拟了一具属灵的身体（If the dull substance of my flesh were thought）：如果"我"的肉身不是肉身，而是思想，是纯粹的精神，那么即使海角天涯，"我"也要赶往你的身旁（For then despite of space I would be brought, /From limits far remote, where thou dost stay）。

第二节中，诗人沿用这一虚拟情境：但凡"我"是思想的话，我的踏足之地距离"你"再远也无妨，因为敏捷的思想只需要轻轻一跃就能越过万水千山。潜台词是只要"我"一想起"你"，在这个思念的瞬间，"我"就会如瞬间移位般来到"你"身边,与你同在(For nimble thought can jump both sea and land, /As soon as think the place where he would be)。

第三节意料之中地出现了转折(volta)。回到物理现实世界的"我"哀叹(But, ah!):很遗憾"我"并不是思想,却是一具沉重的肉身。诗人在第9行中玩了一个精妙的文字游戏,原文作 thought kills me that I am not thought,"我不是思想"——意识到这一点的这个"想法"直接杀死了"我"(令"我"痛不欲生)。由于"我"不像自己希望的那样是思想,因此不能飞越万里去"你"身边(To leap large lengths of miles when thou art gone)——思想对应的元素是空气,而"我"的身体是四大元素中最重的土和水做成的(But that so much of earth and water wrought),由于被自己的重量锁在原地,"我"只能用叹息来伺候无聊的闲空(I must attend time's leisure with my moan)。

最后的对句中,诗人抱怨水和土是两个又重又慢的、"如此迟钝的元素"(elements so slow),它们捧不出任何东西(receiving nought),除了眼泪。在爱人的缺席中,"我"由泥土和水构成的肉身最后化成了悲伤的眼泪,这"沉重的眼泪"亦是这两种元素的"悲哀的印记"(But heavy tears, badges of either's woe)。

四元素学说从古典时期到中世纪和文艺复兴时期在物

理、医学和玄学领域一直非常盛行，但莎士比亚对它进行了高度创造性的灵活运用。受到亚里士多德等古希腊哲学家的启发，四大拉丁教父之一的奥古斯丁曾把四大元素进行阶梯式排序，按照与人体五种外感官的对应从"轻"到"重"列成一座金字塔，位于金字塔底部的就是"土"。奥古斯丁认为"土"（"地"）是最重、最物质、距离精神和理性最远的元素，对应的人体感官是触觉，并且"女人的触碰对一个男基督徒的精神来说是最危险的"，因为它是最粗重、最低劣的一种元素，最容易引人堕落。排在触觉之上的是味觉，味觉对应的元素是水（人需要唾液才能辨认食物的味道），正如味觉是饱食终日的老饕们偏爱的感官，对应的水元素也相对沉重、迟钝、笨拙，仅比土元素略轻盈一些。诗人在这首诗里自比为"土和水"，不仅描画了与爱人别离后自己的滞重心绪，更是为了与他所祈求成为的元素"风"（思想的化身）形成鲜明对照。至此，这幕"元素变形记"才演完了上半场。下半场中，"风"和另一种更轻的元素"火"成了主角，我们要读完商籁第 45 首才能看见全貌。

四元素构成的人体

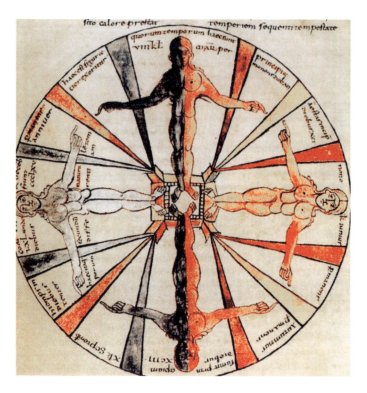

人体四元素图,塞维利亚的伊西多尔《物性论》手稿

我另外两个元素,轻风和净火,
不论我待在哪里,都跟在你身旁;
这些出席的缺席者,来去得灵活,
风乃是我的思想;火,我的渴望。

只要这两个灵活的元素离开我
到你那儿去做温柔的爱的使者,
我这四元素的生命,只剩了两个,
就沉向死亡,因为被忧伤所压迫;

两位飞行使者总会从你那儿
飞回来使我生命的结构复原,
甚至现在就回来,回到我这儿,
对我保证,说你没什么,挺康健:

  我一听就乐了;可是快乐得不久,
  我派遣他们再去,就马上又哀愁。

**商籁
第 45 首**

**元素
玄学诗
(下)**

The other two, slight air, and purging fire
Are both with thee, wherever I abide;
The first my thought, the other my desire,
These present-absent with swift motion slide.

For when these quicker elements are gone
In tender embassy of love to thee,
My life, being made of four, with two alone
Sinks down to death, oppress'd with melancholy;

Until life's composition be recur'd
By those swift messengers return'd from thee,
Who even but now come back again, assur'd,
Of thy fair health, recounting it to me:

> This told, I joy; but then no longer glad,
> I send them back again, and straight grow sad.

在早期教父时代到中世纪晚期的基督教感官文化史中，视觉长久以来位于感官金字塔的顶部。这种"感官等级制"（hierarchy of sensorium）很可能植根于亚里士多德和西塞罗，遂在奥古斯丁手中基本确立并深远地影响了后世的感官理论。五种"外感官"的等级通常自上而下这样排列：视觉（visus，对应最轻的"火"元素）、听觉（auditus，对应"气"元素，"气"元素也即"风"元素）、嗅觉（olfactus，同时对应"土"和"水"两种元素）、味觉（gustus，对应"水"元素）和触觉（tactus，对应最重的"土"元素）。触觉不仅由最"粗糙"的自然元素主宰，还被认为是"肉身"成分占据最多的感官，因此也对信徒的精神福祉造成最大的潜在威胁。

在商籁第44首中，我们已经看到莎士比亚是如何玩转四元素理论，用它所提供的阐释空间来进行创作的。"这两种缓慢的元素毫无所赐／除了沉重的眼泪，两者悲哀的印记。"这两种重元素即位于金字塔底部的土和水，列在它们所分别对应的触觉和味觉之上的是嗅觉（当时人们相信嗅觉是土和水的结合而产生的一种感官），再往上就是气，在古典时期到文艺复兴时期的感官论中，听觉的产生是因为风在鼓膜上爆破，所以对应着"听觉"。从风元素开始，就出现了一个物理性的、相对低劣的元素和灵性的、比较高等的元素之间的分界。

在风之上、位于金字塔顶部、最高等的一种元素就是火，而火对应的感官是我们的视觉。中世纪感官论区分于现代感官论的一个显著特征是"双向性"，人们相信感觉器官不仅是信息的被动接收器，同时还是发射端，能够向感知对象散布看不见的、独属于我们的"物种粒子"并改变它们的性质，反之亦然。这种双向性在视觉中表现得最为直接，从柏拉图时代起直到中世纪，不乏哲学家相信视觉的产生部分是因为人类的眼睛能放射出一种隐形的光，由于我们向注视对象投射出了光线（此过程被称作 extramission，"向外投射"），作为注视对象的物体会反射回一种新的光线（此过程被称作 intromission，"向内投射"），来自物体的光线最终进入我们的眼睛，如此才产生了视像。这种双向视觉理论被中世纪英国的光学大师罗伯特·格罗塞泰斯特（Robert Grossetteste）和他更有名的学生罗杰·培根（Roger Bacon）发扬光大。这种在人眼和物体之间交换的光在中世纪和早期现代被看作一种火的"变体"，因而在感官与元素对应的金字塔上，火和风分别位于最高和第二高的位置，是最具精神性、最接近理性的感官。

莎士比亚无疑熟悉这些植根于往昔，但在16世纪仍部分盛行的感官理论。第45首商籁开篇伊始，诗人自述"我"的"另外两种元素，轻风和净火"，永远伴"你"身旁，无论"我"身处何地（The other two, slight air, and purging fire/Are both with thee, wherever I abide)。诗人管这两种元素叫作"出席的缺席者"(These present-absent):风和火在"我"处缺席,在"你"处出席,因为风是"我"思念"你"的思想,火是"我"对"你"的渴求和欲望(The first my thought, the other my desire)。这两个灵活的元素(these quicker elements)被派到了俊友身边去做温柔的爱的使者(In tender embassy of love to thee),于是原先由四元素组成的生命只剩下了土和水这两个缓慢而沉重的、较少精神性的元素。

第三节中,诗人说风和火这两位飞速的使者(swift messengers)总会从"你"那儿飞回来,使我生命的结构复原,甚至此刻就在对"我"起誓,"你"一切安康(Who even but now come back again, assur'd, /Of thy fair health, recounting it to me)。但是好景不长,由于"我"无时无刻不在渴望和思念"你",所以这两名使者刚报完信就飞速离开,前往"你"的身边,不见爱人消息的"我"立刻再度陷入了忧愁中(This told, I joy; but then no longer glad, /I send them back again, and straight grow sad)。

对照阅读商籁第 44 首和第 45 首这组玄学双联诗,我们会看到莎士比亚不仅熟悉主流的元素理论,甚至也了解中世纪和文艺复兴时期四元素与塔罗牌四花色之间的对应。粗略论之,在塔罗小阿卡纳牌(Minor Arcanas)的花色中，风元素对应的是人的智力和思想，其符号是一把宝剑，到了塔罗的后裔扑克牌中就变成了黑桃（spade）；而火元素象征人的激情、欲望、意志力，符号是一根棍棒（wand 或 baton），这个花色到了现代扑克牌里变成了草花（club）。此外，水元素在塔罗中象征人的内心情感，符号是圣杯（cup），逐渐演变成现代扑克牌中的红心（heart）；土元素象征物质、人对实用的"接地气"之物的需求，还有沉重迟滞的肉身（与本组双联诗中莎士比亚的理解全然相通），其塔罗牌符号是一枚圆形的印有五芒星的钱币，又称星币（pentacle），对应的现代扑克牌中的花色是钻石（diamond），就是中文语境下的方块、方片。莎士比亚把他的四位"元素-感官"演员充分调动起来，在短短 28 行诗的篇幅中，上演了一场符号迷你剧，精巧又可信地诉说离情，把玄学知识天衣无缝地融入了情诗的主题。

棍棒	星币	剑	圣杯
(草花)	(方片)	(黑桃)	(红心)
火	土	气(风)	水
热情	实际	智力	情感
雄心	感官	概念	意见
力量	机会	思考	心理
直觉	扎根	理性	才能

四元素与四塔罗花色的对应,以及相应的人体构成

15世纪维斯康蒂塔罗牌中的圣杯王后

我的眼睛和心在拼命打仗,
争夺着怎样把你的容貌来分享;
眼睛不让心来观赏你的肖像,
心不让眼睛把它自由地观赏。

心这样辩护说,你早就在心的内部,
那密室,水晶眼可永远窥探不到,
但眼睛这被告不承认心的辩护,
分辩说,眼睛里才有你美丽的容貌。

于是,借住在心中的一群沉思,
受聘做法官,来解决这一场吵架;
这些法官的判决判得切实,
亮眼跟柔心,各得权利如下:

> 我的眼睛享有你外表的仪态,
> 我的心呢,占有你内心的爱。

**商籁
第 46 首**

**"眼与心之战"
玄学诗
(上)**

Mine eye and heart are at a mortal war,
How to divide the conquest of thy sight;
Mine eye my heart thy picture's sight would bar,
My heart mine eye the freedom of that right.

My heart doth plead that thou in him dost lie, –
A closet never pierc'd with crystal eyes–
But the defendant doth that plea deny,
And says in him thy fair appearance lies.

To side this title is impannelled
A quest of thoughts, all tenants to the heart;
And by their verdict is determined
The clear eye's moiety, and the dear heart's part:

> As thus; mine eye's due is thy outward part,
> And my heart's right, thy inward love of heart.

与之前的第 44 首和第 45 首商籁一样，第 46 首与第 47 首商籁是一组"双联诗"，也是一组玄学诗。在这两首诗中，莎士比亚虚构了一场"眼睛"和"心灵"之间的殊死决战，并让眼与心分别作为被告和原告闹上了法庭。

　　本诗中，诗人将眼与心部署为一场"生死大战"中的对立方（Mine eye and heart are at a mortal war），争夺的对象是对爱人之"在场"的占有权，即"看见"爱人所有权（How to divide the conquest of thy sight）。眼与心之间的战争这一奇喻并非莎士比亚的独创，比如他的同时代诗人兼剧作家托马斯·华生（Thomas Watson, 1555—1592）就曾在他的十四行诗系列《幻象之泪：或被蔑视的爱》（*The Tears of Fancie, or Loue Disdained*）的第 19 首和第 20 首中写过类似的眼睛与心灵之间爆发的一场大争吵。华生的十四行诗系列由 60 首商籁加一首序诗构成，于 1593 年结集出版。事实上，稍晚一点的一名教士作家威廉·考威尔（William Covell, d.1613）曾于 1595 年左右称莎士比亚为"华生的后继者"（Watson's heyre）。

　　再往前追溯，其实无论莎士比亚还是华生，都是在一个更久远的文体传统里写作的，即辩论诗（debate poem）。辩论诗中最常见的一种是灵肉辩论诗，又称"灵肉对话体"（body and soul dialogue）。这种文体可以追溯至尼西亚公会之前的早期教父作品，中世纪时在所有主要的欧洲俗语中都有许多优秀范例，且能在9—15世纪的古英语和中古英语文学中持续找到样本。在距离莎士比亚两三个世纪的中古英语灵肉辩论诗中，一个将死之人的灵魂总是指责身体软弱堕落，导致灵魂要在肉体消亡之后下地狱，身体则反驳说，一切都是因为灵魂没有指引它如何虔敬地生活——在这类辩论诗中，"灵"与"肉"唇枪舌剑的辩论不是为了争夺什么权利，却是为了彼此指责，将人的堕落归咎于对方。

莎士比亚的这首"心眼辩论"（heart and eye debate）商籁则有个浪漫得多的主题：爱情的表达。第一节四行诗的后两行遵循"交叉法"（chiasmus）："我的眼睛要阻止我的心看见你的肖像，我的心（要阻止）我的眼睛自由行使那种权利。"（Mine eye my heart thy picture's sight would bar, /My heart mine eye the freedom of that right.）这里的"肖像"(thy picture) 可能是记忆中存留的爱人的形象，也可能是一幅真实的肖像，或是珍藏在项链吊坠中的迷你肖像，就像伊丽莎白时期的贵族经常定制的那样。

无论是何种情况，心都否认眼睛对爱人的肖像权的垄断，进而在第二节四行诗中说，"你"的位置是在心的深处，而心是一个藏宝柜，再透彻的眼睛也无法将它洞穿（My heart doth plead that thou in him dost lie, –/A closet never pierc'd with crystal eyes）。这里出现了此后将贯穿全诗的法律术语：作不及物动词的plead，法学语境下意为在法庭上为某个观点或案件据理力争（to argue a case or cause in a court of law）。心在此成为了提出诉讼的主动方，也即原告（plaintiff）——被告自然是眼睛了。而眼这位被告不甘示弱，针锋相对，否认心的控告，认为爱人美丽的外表只藏在双眸中（But the defendant doth that plea deny, /And says in him thy fair appearance lies）。简而言之，原告"我的心"认为"你"整个都居住在心中，因此眼睛此前阻止心去看望"你的肖像"是无理的垄断；而被告"我的眼睛"认为"肖像"所代表的外貌只存在于眼中，因此原告的控诉无理。双方各执己见，相持不下。

于是第三节四行诗中，为了判定这个案件，只好拉来一个陪审团（To side this title is impannelled /A quest of thoughts, all tenants to the heart）——作动词的side这里相当于decide（裁决，判定），而impannell的现代拼法是impanel或empanel（把某人列入陪审员名单）。此处被列入名单的陪审员们是"一队思想，全部都是心灵的房客"（A quest of thoughts, all tenants to the heart）。这样就很成问题：当一个陪审团的全部成员都是原告的房客（眼睛无法思考，故thoughts只能是心的房客）时，我们当然要担心裁决的公正性，陪审员们显然会偏向原告，等等。不过，这群思想陪审员得出的裁决（verdict）倒也合乎逻辑和情理，表面上并无偏颇，无非是将原本属于眼睛的判给眼睛，将属于心的判给心，并没有将眼睛的份额强行划分给它们的房东。裁决的具体内容体现在最后的对句中："因此，你的外表属于我的眼睛，/ 而你心中的爱，属于我的心灵。"（As thus; mine eye's due is thy outward part, /And my heart's right, thy inward love of heart.）在这看似不偏不倚、符合事物本性的判决中，到底是眼还是心获得了更好的那一部分？读者们心中自会有答案。需要注意的是对句中对心灵之特权的修改，上文第二节中还只是说，"你"整个儿地住在"我"的心中，而到了对句里，我们看到了心灵更具体更确凿的诉求：是"你"心中的爱，是"你"对"我"的爱，住在"我"的心里；换言之，心所占有的是"你我"之间相爱的关系。不妨来对比一下《仲夏夜之梦》第一幕第一场中莎士比亚对"眼"与"心"在爱情中功能的比较：

> Love looks not with the eyes, but with the mind;
> And therefore is wing'd Cupid painted blind:
> Nor hath Love's mind of any judgement taste;
> Wings and no eyes figure unheedy haste:
> And therefore is Love said to be a child,
> Because in choice he is so oft beguiled. (ll.234–39)
> 爱，不用眼睛看，却是用心灵，

> 因此插翅的丘比特被画成盲目:
> 爱情的判断全然不凭着理性;
> 是翅膀,而非眼睛,造就这莽撞的心急:
> 所以人们说爱神是一个小孩,
> 只因做选择时他常常被欺瞒。

(包慧怡 译)

虽然在《仲夏夜之梦》中,失去视觉的心使得爱情盲目又莽撞,但这恰恰佐证了商籁第 46 首最后的判决:爱是被心所左右的,不是被眼睛。"去看还是去爱",眼与心的争论其实是一场审美与情感的争论。虽然与传统灵肉辩论诗中论战双方直接以第一人称和直接引语出场的形式不同,商籁第 46 首中的眼与心之战全程是由旁观者(也即眼和心的共同主人"我")间接概述的,但我们依然可以生动地感受到那份剑拔弩张。出乎读者意料的是,这股战地硝烟将在这首诗的"续诗"——商籁第 47 首——中奇迹般地消失无踪。

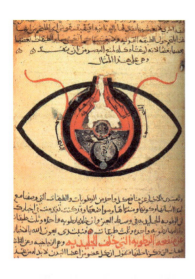

中世纪"光学之父"阿尔哈森的视觉神经手稿

托马斯·华生十四行诗集《幻想之泪》初版封面

我的眼睛和心缔结了协定,
规定双方轮流着给对方以便利:
一旦眼睛因不见你而饿得不行,
或者心为爱你而在悲叹中窒息,

我眼睛就马上大嚼你的肖像,
并邀请心来分享这彩画的饮宴;
另一回,眼睛又做客到心的座上,
去分享只有心才有的爱的思念:

于是,有了我的爱或你的肖像,
远方的你就始终跟我在一起;
你不能去到我思想不到的地方,
永远是我跟着思想,思想跟着你;

　　思想睡了,你肖像就走进我眼睛,
　　唤醒我的心,叫心跟眼睛都高兴。

**商籁
第 47 首**

**"眼与心之战"
玄学诗
（下）**

Betwixt mine eye and heart a league is took,
And each doth good turns now unto the other:
When that mine eye is famish'd for a look,
Or heart in love with sighs himself doth smother,

With my love's picture then my eye doth feast,
And to the painted banquet bids my heart;
Another time mine eye is my heart's guest,
And in his thoughts of love doth share a part:

So, either by thy picture or my love,
Thy self away, art present still with me;
For thou not farther than my thoughts canst move,
And I am still with them, and they with thee;

    Or, if they sleep, thy picture in my sight
    Awakes my heart, to heart's and eye's delight.

商籁第 47 首与第 46 首共同构成一组"眼与心之战"的双联诗,但第 47 首的开端却出人意料地刻画了一幅和平的场景。或许是第 46 首末尾"思想"陪审团的裁决平定了双方的纠纷,或许只是两者都不愿在继续争斗中两败俱伤,总之我们在全诗第 1—2 行中就被告知,"我的眼睛和心灵缔结了盟约,/ 彼此友爱,要给对方帮忙"(Betwixt mine eye and heart a league is took, /And each doth good turns now unto the other)。如果我们记得第 46 首最后对句中的裁决,"你的外表属于我的眼睛,/ 而你心中的爱,属于我的心灵",我们会知道,虽然心获得了在一段爱情关系中更核心的部分,即两人之间爱情的互动性,但诗人从未否认爱人的美貌是眼睛的领地。在莎士比亚笔下,美好的外表对触发一段爱情——至少在这段爱情的初始阶段——依然具有不可否认的重要性。《威尼斯商人》(*Merchant of Venice*)第三幕第二场的一首"剧中诗"里有一段类似的表述:

Tell me where is fancy bred,
Or in the heart or in the head,
How begot, how nourished?
Reply, reply.
It is engendered in the eyes,
With gazing fed; and fancy dies

In the cradle where it lies.
Let us all ring fancy's knell:
I'll begin it - Ding, dong, bell. (ll.63–71)

告诉我,爱情萌生于何方?

是在心里,还是在脑中,

它如何诞生?又如何茁壮?

回答吧,回答吧。

爱情的出生是在双眼中,

深情的凝望是它的食粮,

爱情的摇篮也是它葬身的地方。

就让我们把爱之丧钟敲响:

我来开始——叮,咚,当。

(包慧怡 译)

在这首剧中小诗里,莎士比亚回答了自己提出的问题:爱情诞生于何方?它不诞生于心灵,也不诞生于头脑,却诞生于双眼中,并且由情人的凝视滋养。然而双眼既是爱情的诞生地,也是它的葬身处,因为美丽的外表无法持久,终将被岁月摧残。换言之,"眼中之爱"只是爱情的一个阶段,而非全部。在商籁第47首中,诗人对"心眼辩论"的传统母题作了激进的革新,使得这首诗比商籁第46首更是一首打上了鲜明莎士比亚烙印的、充满奇喻的玄学诗。商籁第 47 首第一节四行诗的后半部分提出了一个困境：爱人的外表虽然归于眼睛，但当爱人不在身边时，眼睛也会因为"看不到"而闹饥荒；对爱人的思念虽然属于心灵，但当爱人缺席，这份思念会用叹息来让心灵窒息（When that mine eye is famish'd for a look, /Or heart in love with sighs himself doth smother）。这首诗和商籁第 44、45、46 首一样，属于"缺席商籁"，记录"我"在"你"远离时的所思所想。"你"不在时，"我"的眼和心都病了，早在第一节四行诗中，外在的病症已被诊断：饥饿和窒息。第二节四行诗紧接着就开出了处方，或者说，描述了对困境的解决——眼睛和心灵决定互惠合作，通过互相邀请对方来赴宴的形式：

> With my love's picture then my eye doth feast,
> And to the painted banquet bids my heart;
> Another time mine eye is my heart's guest,
> And in his thoughts of love doth share a part
> 我眼睛就马上大嚼你的肖像，
> 并邀请心来分享这彩画的饮宴；
> 另一回，眼睛又做客到心的座上，
> 去分享只有心才有的爱的思念

看不见爱人真身的"我的眼睛",决定用爱人的肖像(my love's picture,真实的肖像,或对"你"的容貌的记忆)大摆宴席,同时邀请"我的心"一起参加这"彩画的盛宴"(painted banquet)。礼尚往来一般,心也邀请眼睛作客,在对爱人的情思中分得一杯羹。如此,眼和心互相补充,互相完善,为彼此提供对方不具备的功能,而这一切都是为了更好地去爱。爱之饥荒,以及作为对策而出现的"赴宴"意象,在十四行诗系列的别处亦有表达,比如商籁第75首的第9—10行,"有时候我大嚼一顿,把你看个够,/不久又想看,因为我饿得厉害"(Sometime all full with feasting on your sight/And by and by clean starved for a look)。

商籁第47首的第三节四行诗中,诗人巧妙地为他的爱情上了双保险:眼和心通过轮流做东,彼此赴宴,确保"你"即使在缺席时也总是以某种方式在场——不是通过肖像(眼睛做东)就是通过思念(心做东)(So, either by thy picture or my love, /Thy self away, art present still with me)。而"我"的思念能够飞过千山万水去追寻"你"的身影,也就是"你"不可能走得比"我"对"你"的思念更远,不可能逃出"我"的情思的五指山(For thou not farther than my thoughts canst move)。而由于"我""始终和情思在一起"(即我无时无刻不在思念你),情思又始终追随"你"(And I am still with them, and they with thee),这里没有说出的三段论之结论就是,"我"其实始终和"你"在一起,再远的距离都不可能使"我们"分离。对照阅读元素商籁组诗,商籁第 44 首中就已提到"敏捷的思想"能够瞬间越过海洋和陆地,去往它思念的对象身边(For nimble thought can jump both sea and land, /As soon as think the place where he would be, ll.7–8)。莎士比亚的奇喻在十四行诗系列内部保持着相当的连贯性和可互文性。

眼和心的戏份在前八行中一直等重,诗人采取的一直是一句眼一句心的交叉写法,第 10—12 行主要关于心和心的功能"思想",到了第 13—14 行的对句,原本倾向于心的结构重获平衡:肖像作为一个备选,作为眼睛的战利品,保证说,一旦思想睡着,它就会唤醒这些情思的掌管者,也即"我的心",而这会让眼和心同样感到欢欣(Or, if they sleep, thy picture in my sight /Awakes my heart, to heart's and eye's delight)。眼和心在商籁第 46 首中对簿公堂后,终于在第 47 首中联手合作,共同完成"爱你"这件头等大事。这种将器官人格化为寓意角色、充满戏剧张力的"诗中剧",很好地体现了莎士比亚玄学诗的特色。

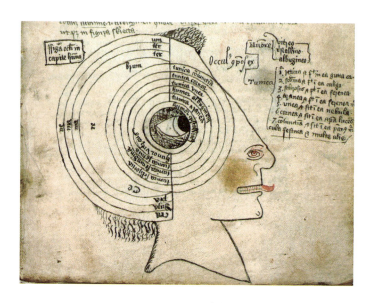

眼部构造示意图,15世纪英国手稿
(Sloane MS 981, f 68r)

**商籁
第 48 首**

**珠宝匣
玄学诗**

我临走之前,得多么小心地把每件
不值钱的东西都锁进坚固的库房——
让它们承受绝对可靠的保管,
逃过骗诈的手脚,等将来派用场!

但是你——使我的珠宝不值钱的你呵,
我的大安慰,如今,我的大忧虑,
我的最亲人,我的唯一的牵记呵,
给漏了,可能被普通的盗贼掳去。

我没有把你封锁进任何宝库,
除了我心头,你不在,我感到你在,
我用我胸膛把你温柔地围住,
这地方你可以随便来,随便离开;

  就是在这里,我怕你还会被偷掉,
  对这种宝物,连忠实也并不可靠。

How careful was I when I took my way,
Each trifle under truest bars to thrust,
That to my use it might unused stay
From hands of falsehood, in sure wards of trust!

But thou, to whom my jewels trifles are,
Most worthy comfort, now my greatest grief,
Thou best of dearest, and mine only care,
Art left the prey of every vulgar thief.

Thee have I not lock'd up in any chest,
Save where thou art not, though I feel thou art,
Within the gentle closure of my breast,
From whence at pleasure thou mayst come and part;

>   And even thence thou wilt be stol'n I fear,
>   For truth proves thievish for a prize so dear.

乔纳森·贝特在其2008年出版的莎翁传记《时代的灵魂：威廉·莎士比亚的生活、思想和世界》中写道："诗中人物无名无姓，甚至连虚构的寓言人物都无姓名，这意味着要'揭示'十四行诗集内容的本相，需要逆向阅读。莎士比亚的初衷是将诗集在私人朋友圈里发行传阅，因此，我们应该允许它们保留其私密性。"[1] 贝特从文本发生学的角度谈论十四行诗系列的私密性，假如我们细读献给俊美青年的组诗中那些最为苦楚的情诗，我们会发现一种迫不得已的、对私密性的绝对需要始终贯彻于诗系列中。诗人对青年的爱慕本质上是一种禁忌之恋，一种"不敢说出它的名字的爱"，这种爱在发生前、进行中和完成后都是谨小慎微的，无论是在主人公所居住的"现实"还是在存档这种"现实"的文本——即这些十四行诗中。这种禁忌之恋的私密性在商籁第36首（《分手情诗》）中表现得淋漓尽致："我再也不能把对你的爱开诚布公，/以防我可悲的罪过给你带去羞耻，/你也不能再当众赐我善意的尊荣，/否则你声誉的荣光就会蒙受损失。"（ll. 9–12, Sonnet 36）

在商籁第48首中，恋情的私密性由一件日常器物——高度的空间私密性的物质化身——珠宝匣（chest）来象征。珠宝匣是柜子的一种，其词源来自中古英语名词chest(e), chist(e), kist(e)，来自古英语名词cest，cist，并可进一步上溯到拉丁文 *cista*。作为一件可以在一开一合间化公共空间

---

[1] Jonathan Bate, *Soul of the Age: the Life, Mind and World of William Shakespeare*, p. 209.

为私密空间的物理容器，chest 这个名词涵盖了小至珠宝匣、首饰盒、保险箱、抽屉、骨灰瓮，大至棺材、墓室，乃至《旧约》中的约柜、婴儿摩西的摇篮、诺亚方舟的丰富可能性。商籁第 48 首中的珠宝匣和所有的柜子一样，是一个"藏物之处，人这个锁的伟大梦想者在那里封存或隐藏着他的秘密……柜子的内部空间是一个内心空间，一个不随便向来访者敞开的空间……是物品的单人间。梦想者正是在这里感到自己身处于他的隐私的单人间中"。[1] 诗人在第一、第二节四行诗中采取了对照的写法："我"总是"小心翼翼地"把（无论多微不足道的）宝物锁入珠宝匣中，为的是确保在下一次使用之前，匣中宝物不会被盗贼的手偷走。但"你"比"我"的一切珠宝更贵重，"我"匣中的宝物和"你"相比不过是微不足道的"琐物"（trifle）。"你"是"最无价的慰藉，也是我最大的悲伤（之来源）"，是"一切宝物中最好的，也是我唯一的焦虑（之源泉）"——焦虑（care）这个名词的词源本就来自拉丁文形容词 carus（宝贵的，珍贵的）。对于"你"这无价之宝，"我"却不愿或者不能将"你"和其他珠宝一样锁入匣中：

But thou, to whom my jewels trifles are,

Most worthy comfort, now my greatest grief,

Thou best of dearest, and mine only care,

---

[1] 加斯东·巴什拉，《空间的诗学》，张逸婧译，第 93、99、112 页。

> Art left the prey of every vulgar thief.
> 但是你——使我的珠宝不值钱的你呵,
> 我的大安慰,如今,我的大忧虑,
> 我的最亲人,我的唯一的牵记呵,
> 给漏了,可能被普通的盗贼掳去。

"我"在爱情中给予"你"的这份自由,表现在"我"不曾"小心翼翼地"(careful)为"你"上锁,这恰恰成了"焦虑"的源泉(care),因为现在"你"就可能落入任何平庸之辈或任何出身低贱的小偷手中(every vulgar thief)。vulgar 一词在莎士比亚十四行诗中几乎总是和庸众、庶民联系在一起(参见商籁第38首),仿佛为了与俊美青年可能的贵族出身形成对照。第三节四行诗中出现了一次弱转折(weak volta),既是第二节的递进和补充,又对统御第一、第二节的核心奇喻"珠宝匣"进行了局部的否定和更新:虽然"我"不曾将心中所爱锁入柜中,"我"却将爱慕的对象锁入了另一个看不见的柜子,也就是我的"心房",在它那"温柔的密闭空间中"。

> Thee have I not lock'd up in any chest,
> Save where thou art not, though I feel thou art,
> Within the gentle closure of my breast,

From whence at pleasure thou mayst come and part
我没有把你封锁进任何宝库,
除了我心头,你不在,我感到你在,
我用我胸膛把你温柔地围住,
这地方你可以随便来,随便离开

诚如加斯东·巴什拉在《空间的诗学》中关于"抽屉,箱子和柜子"的美妙章节所言:"在箱子的几何学和隐私的心理学之间有一种对应关系……对最高级的隐藏来说只有一个场所。一旦我们进入这个最高级的古怪领域,这个心理学几乎不曾研究过的领域,人心中的隐蔽处和物中的隐蔽处就属于同一种场所分析。"[1] 在第三节中,诗人的"心房"成了一种珍藏秘密的"珠宝匣",而其中的宝物——上文所描述的最高级的"你"(greatest, dearest, best, only)——始终以缺席的方式在场,这种在场仅仅通过"我"的情感和想象达成(where thou art not, though I feel thou art),也就使得"你"在现实中"来去自由"(at pleasure thou mayst come and part)。这份自由是"我"爱的方式,却也是"我"的"恐惧"(fear)的根源,这份恐惧广袤无比而深不可测,因为在"你"这样珍贵的宝物面前,任何"诚实的人"都有可能挡不住诱惑而沦为"如盗贼的":

[1] 加斯东·巴什拉,《空间的诗学》,第104、113页。

And even thence thou wilt be stol'n I fear,
For truth proves thievish for a prize so dear.
就是在这里，我怕你还会被偷掉，
对这种宝物，连忠实也并不可靠。

    密闭的珠宝匣与开放的心房，微不足道的珠宝和最无价的爱人，这场物理和想象的柜中上演的珍藏（ward）、上锁（lock）和偷窃（steal）的小戏剧尚未结束。"一切实证性都使最高级重新下降到比较级。为了进入最高级的区域，必须离开实证性，接近想象性。必须倾听诗人。"[1]《抽屉，箱子和柜子》一章的尾声仿佛是对莎士比亚这首珠宝匣般精巧却又打开了犹如深渊的内心空间的商籁的最佳注解。在诗系列中唯一另一首以"柜子"为核心奇喻的诗（商籁第52首）中，我们将继续探索想象之柜的秘密。

---

[1] 加斯东·巴什拉，《空间的诗学》，第113页。

《淑女与独角兽》系列挂毯之六《致我唯一的欲望》(A Mon Seul Désire),今藏巴黎中世纪博物馆。画面中淑女将此前五幅壁毯中自己始终佩戴的项链解下,放入侍女手中敞开的珠宝匣内,大多数艺术史家认为这一幕象征对之前五幅壁毯刻画的感官享乐的弃绝

商籁
第 49 首

"辟邪"元诗

恐怕那日子终于免不了要来临,
那时候,我见你对我的缺点皱眉,
你的爱已经付出了全部恩情,
种种理由劝告你把总账算回;

那日子要来,那时你陌生地走过去,
不用那太阳——你的眼睛来迎接我,
那时候,爱终于找到了严肃的论据,
可以从原来的地位上一下子变过;

那日子要来,我得先躲在反省里,
凭自知之明,了解自己的功罪,
我于是就这样举手,反对我自己,
站在你那边,辩护你合法的行为:

  法律允许你把我这可怜人抛去,
  因为我提不出你该爱我的根据。

Against that time, if ever that time come,
When I shall see thee frown on my defects,
When as thy love hath cast his utmost sum,
Call'd to that audit by advis'd respects;

Against that time when thou shalt strangely pass,
And scarcely greet me with that sun, thine eye,
When love, converted from the thing it was,
Shall reasons find of settled gravity;

Against that time do I ensconce me here,
Within the knowledge of mine own desert,
And this my hand, against my self uprear,
To guard the lawful reasons on thy part:

> To leave poor me thou hast the strength of laws,
> Since why to love I can allege no cause.

在一组玄学诗中间出现的这一首元诗中,诗人以咏叹调式循环往复的诗节,向十四行诗系列的头号大反派"时间"发起了挑战,只不过这次不是针对普遍的时间,而是针对一个特定的时辰或日子(that time)。

文德勒将商籁第 49 首看作一种"辟邪咒语"(apotropaic charm),诗人通过事先批准"你"只要不再爱"我"就可以随时离开,"通过谈及那不可谈起之事,来阻止它发生"。[1] 全诗的三节四行诗均以"为了抵御那个时辰"(against that time)开头,的确很像古英语文学传统中那些被冠以《抵御侏儒》《抵御视力衰弱》《抵御呕吐》等题目的咒语诗(charms),也使这首商籁读起来像诗人为了一种不可避免会降临的未来所开出的诊疗书,虽然在第一节四行诗中,他使用的句式仍是假设性质的:

> Against that time, if ever that time come,
> When I shall see thee frown on my defects,
> When as thy love hath cast his utmost sum,
> Call'd to that audit by advis'd respects
> 恐怕那日子终于免不了要来临,
> 那时候,我见你对我的缺点皱眉,
> 你的爱已经付出了全部恩情,
> 种种理由劝告你把总账算回

---

[1] Helen Vendler, *The Art of Shakespeare's Sonnets*, p. 245.

到了第二节四行诗中,第一节中的 if ever that time come(要是终有那个时辰)的条件从句"补丁"消失了,让位于一组并列的、一般将来时的时间从句,"那时你将会如陌生人般(从我身边走过),/几乎不用那太阳(你的眼睛)看我一眼;那时爱情已经转了向,今非昔比,/它将找到种种(离弃我的)庄重的理由"(Against that time when thou shalt strangely pass, /And scarcely greet me with that sun, thine eye, /When love, converted from the thing it was, /Shall reasons find of settled gravity)。用太阳来表示眼睛,或者用眼睛来表示太阳,这种双向的象征活动我们在诗系列中已经多次看到过。比如在商籁第 7 首(《太阳惜时诗》)第 2 行中,凡间的人们被描述为"处于那只眼睛之下的每个人";或在商籁第 18 首(《夏日元诗》)第 5 行中,夏日炽热的太阳被称作"苍穹之眼"(the eye of heaven);或者在商籁第 25 首(《金盏菊博物诗》)第 5—6 行中,决定那些攀高枝者的命运的贵人的目光被称作"太阳之眼",阿谀的朝臣们则被比作随日而转的金盏菊(Great princes' favourites their fair leaves spread/But as the marigold at the sun's eye);又如在商籁第 33 首(《炼金玄学诗》)开头两行中,在无数个辉煌的清晨爬上山巅、为苍白的溪流镀金的朝阳被称作"那只高贵的眼睛"(Full many a glorious morning have I seen/Flatter the mountain tops with sovereign eye)。

但在商籁第 49 首中,"你的眼睛"(thine eye)虽然被称作"那颗太阳"(that sun)——为此莎士比亚不得不使用了单数的"眼睛"来借代"你的双眼"——诗人却是在星相学意义上使用"太阳"这个意象的。也就是说,"太阳"被当作地心说宇宙中的一颗"行星",和该节中描述的("你"对"我"的)"爱"(love)一样,会偏离轨道或者转向(converted from the thing it was),也同时服从引力法则(参见商籁第 14 首《占星惜时诗》)。如果我们把第 8 行(Shall reasons find of settled gravity)中的 gravity 理解为万有引力或者重力,那显然是犯了年代误植的错误,毕竟莎氏写作的时代距离这些概念被正式提出尚有一个世纪之久——本句中的 gravity 更接近于凝重、严重、庄重之义(sobriety, seriousness, dignity)。但假如就此判定文艺复兴时期乃至中世纪的写作者对于这些概念没有任何本能的认知,这也完全是错误的。早在中古英语诗歌中,杰弗里·乔叟、约翰·高厄等备受莎氏尊崇的文学先驱就清晰地描写过这类天体运动,虽然施加于它们的那种力量尚未被命名。比如在乔叟的梦幻诗《声誉之宫》(*The House of Fame*)第二卷第 730—736 行中:

That every kyndely thyng that is
Hath a kyndely stede ther he

May best in hyt conserved be;

Unto which place every thyng

Thorgh his kyndely enclynyng

Moveth for to come to

Whan that hyt is awey therfro (ll.730–36)

每种存在的自然之物

皆有一种自然位置，

于彼　　得到最佳存置；

向彼所处，一切事物

凭其自然的秉性

转动不息。

（包慧怡　译）

C.S. 刘易斯对乔叟这段著名的诗有如下评注："现代科学的基本概念是——或者前不久还是——关于自然'法则'（laws）的，并且一切事物都被描述成'遵循'法则而发生。在中世纪科学中，基本概念却事关物质本身内在的某些交感、抵触和挣扎。万事万物都有自己正确的位置，它的家园，适合它的场域。假如没有被强行约束，它就带着一种归家的本能向彼岸转动……每个下坠的物体对我们现代人而言都展现了重力的'法则'，对中世纪人却展现着天体们回归其'自然位置'——地球，世界的中心——的'自然的秉性'。"[1]而处于中世纪和刘易斯的"现代"之间的莎士比亚，往往在一种暧昧的双重维度上使用"law"这个词及其衍生词。一方面，这个词回响着都铎时期宫廷和民事诉讼的喧嚣，是莎士比亚擅长移用到情感领域中的法律术语，如我们在商籁第 46 首（《"眼与心之战"玄学诗·上》）中，或者在《威尼斯商人》中夏洛特对"法律无情"的强调中所看到的那样。另一方面，莎士比亚这位站在中世纪与文艺复兴两条巨流交汇处的词语大师，恰恰时常在"自然的法则／秉性"的意义上使用 law 这个词及其变体，就如我们在本诗第三节和对句中将看到的那样。"你"厌弃并离开"我"在"法律"上自然没有任何障碍，更多地是遵循"自然的法则"——"你"那么青春貌美、出身高贵，"我"却年老而无名，"你"终有一天要弃绝"我"简直是再自然不过的事，就如星体遵循各自的轨道和引力法则运行一般自然，所以：

> Against that time do I ensconce me here,
> Within the knowledge of mine own desert,
> And this my hand, against my self uprear,
> To guard the lawful reasons on thy part:
> 那日子要来，我得先躲在反省里，
> 凭自知之明，了解自己的功罪，

---

[1] C. S. Lewis, *The Discarded Image*, p. 92.

我于是就这样举手,反对我自己,
站在你那边,辩护你合法的行为:

To leave poor me thou hast the strength of laws,
Since why to love I can allege no cause.
法律允许你把我这可怜人抛去,
因为我提不出你该爱我的根据。

"我"在这则"辟邪咒语"中为了对抗那个几乎必然要到来的、"你"不再爱"我"的日子,做出了最后一个决绝的姿势:举起手(my hand),同时也是举起笔(my handwriting/my hand of pen),把"我"自己的所想、所思、渴望和激情"藏在这里"(ensconce me here),也就是这首诗中,或是整个十四行诗系列中。唯有在为"你"写下的这些诗行中,"我"既保存了"我自己",也完成了对"你"的终极辩护:离开"我"吧,这首诗一开始"我"就已"准许"和原谅了"你"可能的背叛。只要这些诗还在,只要"人类在呼吸,眼睛看得见"(《夏日元诗》),"我们"的爱情就将永远在这些诗行里活下去。在元诗系列中,第一次,诗人要"藏于诗中"并保全的,不再是俊美青年的完美形象,而是爱情本身,无论它在多大意义上具有诗人所渴望的那种互动性。比起"辟邪"或"治疗",诗人在本诗第三节中举起的手势本质上是一个"元诗式"手势：诗歌可以使得诗人的爱情永生，在爱者和被爱者死去千百年后，这份页间的爱依然可以被吟诵、默读或思考，并激励或抚慰未来世代的爱人。在这一意义上，商籁第49首的确做到了"抵御时间"（against that time）。

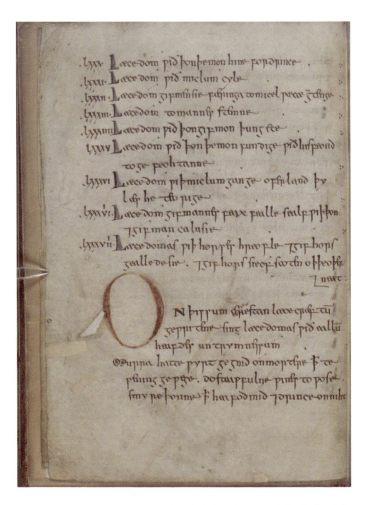

收录大量古英语辟邪咒语的《巴尔德医书》，10世纪英国

镜迷宫

3

在我身上
你或许会看见
秋天

莎士比亚十四行诗的世界

包慧怡 著

华东师范大学出版社
·上海·

目录

50 骑马玄学诗（上） *491*

51 骑马玄学诗（下） *499*

52 衣橱玄学诗 *507*

53 阿多尼斯玄学诗 *517*

54 "真玫瑰和犬蔷薇"博物诗 *529*

55 末日审判元诗 *537*

56 飨宴情诗 *547*

57 钟点情诗 *557*

58 等待情诗 *567*

59 古书元诗 *575*

60 海浪元诗 *585*

61 守夜情诗 *595*

62 自画像情诗 *605*

63 墨迹元诗 *615*

64	变形玄学诗	*625*
65	无机物元诗	*635*
66	厌世情诗	*643*
67	"玫瑰的影子"博物诗	*653*
68	地图与假发博物诗	*661*
69	野草博物诗	*671*
70	"蛆虫与花苞"博物诗	*681*
71	丧钟情诗	*689*
72	谎言情诗	*697*
73	秋日情诗	*707*
74	祝圣情诗	*717*
75	饕餮情诗	*727*
76	"对手诗人"元诗	*739*

在令人困倦的旅途上，我满怀忧郁，
只因每天，我到了路程的终点，
宽松和休憩的时刻就传来细语：
"你离开你朋友，又加了几里路远！"

驮我的牲口，也驮着我的苦恼，
驮着我这份沉重，累了，走得慢，
好像这可怜虫凭着本能，竟知道
他主人爱慢，快了要离你更远：

有时候我火了，用靴刺踢他的腹部，
踢到他流血，也没能催他加快，
他只用一声悲哀的叫唤来答复，
这叫唤刺我，比靴刺踢他更厉害；

　　因为他这声叫唤提醒了我的心：
　　我的前面是忧愁，后面是欢欣。

商籁
第50首

骑马
玄学诗
（上）

How heavy do I journey on the way,
When what I seek, my weary travel's end,
Doth teach that ease and that repose to say,
'Thus far the miles are measured from thy friend!'

The beast that bears me, tired with my woe,
Plods dully on, to bear that weight in me,
As if by some instinct the wretch did know
His rider lov'd not speed, being made from thee:

The bloody spur cannot provoke him on,
That sometimes anger thrusts into his hide,
Which heavily he answers with a groan,
More sharp to me than spurring to his side;

> For that same groan doth put this in my mind,
> My grief lies onward, and my joy behind.

商籁第 50 首和第 51 首就如 "离情内嵌诗" 系列中的第 44 首与第 45 首、第 46 首与第 47 首一样,是一组双联诗。连接这两首诗的核心奇喻是诗人的坐骑。这匹骏马在商籁第 50 首中是在 "忧郁" 下负重的土元素之马,在第 51 首中则成了御风而行的气元素之马。

本诗描述的是诗人离开俊友之旅的启程部分。由于马车旅行对路况要求甚高,骑马仍是都铎时期英国最重要的中短途旅行方式,莎士比亚曾无数次往返于工作地点伦敦和家乡埃文河畔斯特拉福之间,有时取道牛津,有时取道艾尔斯伯里(Ayelsbury)和班伯里(Banbury)。但商籁第 50 首所描述的似乎是一场更远也更令人疲惫的长途旅行,而在旅途跋涉之苦外,诗人还要额外忍受与所爱天各一方之苦。"我" 在第一节中抱怨道,一般人在旅途终点会喜悦于唾手可得的休息,但对 "我" 而言却不存在这样的 ease(安适)或者 repose(休憩),因为恰恰是在旅程终点处,"我" 与俊友之间的距离隔得最远:

How heavy do I journey on the way,
When what I seek, my weary travel's end,
Doth teach that ease and that repose to say,
'Thus far the miles are measured from thy friend!'
在令人困倦的旅途上,我满怀忧郁,

只因每天，我到了路程的终点，
宽松和休憩的时刻就传来细语：
"你离开你朋友，又加了几里路远！"

此节以及全诗其余部分充满了"负重"的意象：heavy、bear、tired、weight、heavily 等，与之相应的还有对"缓慢"的表述：plod、dully、lov'd not speed。在同属"离情内嵌诗"的商籁第44首中，诗人明确指出，与俊友分离的自己是由两种沉重而缓慢的元素组成的，即水和土，最终它们混合而变作了诗人在离别中流下的眼泪："这两种缓慢的元素毫无所赐 / 除了沉重的眼泪，两者悲哀的印记。"奥维德在《变形记》十五卷中将"四元素说"归于毕达哥拉斯："在永恒的宇宙之中有四种元素。其中两种，土和水，因为有重量，所以沉落到下面；另外两种，气和比气还纯的火，因为没有重量，若再没有阻挡，便升到上面。这些元素虽然隔离很远，但是彼此相生相成。土若溶解，就会稀薄，变成水；再稀薄，便由水变成风、气。气已经是很稀薄，若再失去它的重量，便跃而为火，升到最高的地方。反之亦然，火若凝聚即成浊气，浊气变为水，水若紧缩，就化硬成土了。"[1]
而宏观宇宙（macrocosm）的构成与人体这一"微观宇宙"（microcosm）的构成之间存在着某种"天人对应"，这是贯穿中世纪和文

---

[1] 奥维德、贺拉斯，《变形记·诗艺》，第 412 页。

[2] 参见 Alexander Roob, *Alchemy and Mysticism*, pp. 34–109, 428–91；亦可参见胡家峦，《历史的星空：文艺复兴时期英国诗歌与西方传统宇宙论》，第 163—184 页。

艺复兴宇宙论的观点。[2] 人体中肉身与土元素对应,血液与水元素对应,呼吸与气元素对应,体温与火元素对应;人类的双眼对应于宇宙中的日月,人的骨骼和指甲对应于宇宙中的石头。[1] 莎士比亚的同时代人无敌舰队之役的军事统领之一沃尔特·罗利(Walter Raleigh)在《世界史》中有更诗意的表述:"人的血液沿着血管流遍全身,犹如河川流贯大地,人的气息如同开孔器,人的体温像大地内部的热量……我们的两只眼睛如同天上发光的日月,我们的青春之美如同春天的鲜花,它们转瞬之间就因太阳的热力而枯萎凋谢,或被阵阵的疾风从花茎上吹落。"[2] 但莎士比亚运用他的巧思,将人体中对应于土和水的两种"如此缓慢的元素"(elements so slow)混合成了"沉重的眼泪,两者悲哀的印记"(heavy tears, badges of either's woe, ll. 13–14, Sonnet 44)。类似地,在商籁第 50 首中,被迫与爱人别离的"我"的身体和心情一样滞重又缓慢。这种"拖泥带水"的特质仿佛传染给了胯下的坐骑,使得这匹本该飞驰的"野兽"即使屡屡被马刺袭击,也完全提不起速度,只是发出"沉重的呻吟":

The beast that bears me, tired with my woe,
Plods dully on, to bear that weight in me,
…

驮我的牲口,也驮着我的苦恼,

---

[1] S. K. Heninger Jr., *Touches of Sweet Harmony*, p.191.
[2] 转引自胡家峦,《历史的星空》,第 166 页。

驮着我这份沉重，累了，走得慢，
……

The bloody spur cannot provoke him on,
That sometimes anger thrusts into his hide,
Which heavily he answers with a groan,
More sharp to me than spurring to his side
有时候我火了，用靴刺踢他的腹部，
踢到他流血，也没能催他加快，
他只用一声悲哀的叫唤来答复，
这叫唤刺我，比靴刺踢他更厉害

第二、第三节中频繁出现的一个主题是"忧郁"（woe, wretch, groan）。由古希腊医学家希波克拉底提出、由盖伦发扬光大的"四体液说"两千多年来一直主导西方医学界直至 16 世纪，其基础正是上述以毕达哥拉斯为代表的古希腊自然哲学中的"四元素说"。希波克拉底观察到血液静置后会分成红、白、黄、黑四种不同的色层，于是提出人体中存在相对应的四种不同体液，即血液（blood）、黏液（phlegm）、黄胆汁（yellow bile）和黑胆汁（black bile）。不同的人也就根据体内何种体液占据最多而分为四种体质及性格的类型：多血质（sanguine，激情澎湃）、黏液质（phlegmatic，迟钝冷漠)、黄胆汁质(choleric,暴躁易怒)和黑胆汁质(melancholic,忧郁愁闷)。[1]最后一种就是我们今天说的抑郁症体质了,表示忧郁体质的melancholia一词在其希腊语词源中本就意为"黑色的(melaina)胆汁(chole)"。后世将四体液对应于四种元素,黑胆汁与土元素对应,因而也在"沉重的"土元素与忧郁之间建立了某种对等。莎士比亚十四行诗系列中唯一一次直接出现melancholia的英语形式melancholy一词,是在商籁第45首中,"我这四元素的生命,只剩了两个,/就沉向死亡,因为被忧伤所压迫"(My life, being made of four, with two alone/Sinks down to death, oppress'd with melancholy, ll.7–8, Sonnet 45)。

如果我们把第44首、第45首这组元素双联诗与第50首、第51首这组骑马双联诗联系起来看,就能更清楚地看到莎翁如何悠游于宏观宇宙的四元素说和微观宇宙的四体液说之间,用生动的语言更新着古老的医学和玄学象征。被迫与爱人别离的诗人将自己描写成一个被土元素主宰的人,而他的坐骑也分享土元素的沉重和迟缓,人和马同样成了负重前行的"忧郁"的样本。在最后的对句中,诗人说马儿在马刺下的呻吟比不上它在"我"心中激起的忧思更残酷,这忧思便是,"我"走得越远就离"你"越远,"前路只有忧愁,欢乐全在身后"(For that same groan doth put this in my mind, /My grief lies onward, and my joy behind)。

---

[1] Hippocrate, *Hippocratic Writings*, pp. 261–66.

阿尔布莱希特·丢勒版画《忧郁I》,1514年

商籁
第 51 首

骑马
玄学诗
（下）

那么，背向着你的时候，由于爱，
我饶恕我这匹走得太慢的坐骑：
背向着你呀，为什么要走得飞快？
除非是回来，才须要马不停蹄。

那时啊，飞行也会觉得是爬行，
可怜的牲口，还能够得到饶恕？
他风驰电掣，我也要踢他加劲；
因为我坐着，感不到飞快的速度：

那时候，没马能跟我的渴望并进；
因此我无瑕的爱所造成的渴望
（不是死肉）将燃烧，奔驰，嘶鸣；
但是马爱我，我爱他，就对他原谅；

　　因为背向你，他曾经有意磨蹭，
　　面向你，我就自己跑，放他去步行。

Thus can my love excuse the slow offence
Of my dull bearer when from thee I speed:
From where thou art why should I haste me thence?
Till I return, of posting is no need.

O! what excuse will my poor beast then find,
When swift extremity can seem but slow?
Then should I spur, though mounted on the wind,
In winged speed no motion shall I know,

Then can no horse with my desire keep pace;
Therefore desire, of perfect'st love being made,
Shall neigh–no dull flesh–in his fiery race;
But love, for love, thus shall excuse my jade, –

> 'Since from thee going, he went wilful-slow,
> Towards thee I'll run, and give him leave to go.'

商籁第 51 首是第 50 首的镜象诗,快与慢、欢乐和忧愁如在镜中,第 50 首中出现的作为"我"的坐骑的马的意象也在这首续诗中得到了反转,虽然两首诗的语境同样是"恋爱中的分离"。商籁第 50 首通篇讲述离开爱人的行旅的去程,第 51 首则通过一个巧妙的问句,直接跳到了归程:"既是从你身边远离,我又何必赶路?/只有在归程中,我才需要邮马。"这里的邮马(posting),指英国当时在主干道沿途的客栈设置的换马处,那里所提供的快马,一般是作传递邮政公文所用。与诗人自己的马匹不同,使用邮马且频繁换马的话,一天可以跑 100 英里,所谓"需要邮马"也就是用当时骑马能够达到的最大速度赶路:

Thus can my love excuse the slow offence
Of my dull bearer when from thee I speed:
From where thou art why should I haste me thence?
Till I return, of posting is no need.
那么,背向着你的时候,由于爱,
我饶恕我这匹走得太慢的坐骑:
背向着你呀,为什么要走得飞快?
除非是回来,才须要马不停蹄。

诗人在第二节中笔锋一转,说在归途中,和自己心急如焚、想要尽快回到俊友身边的心情相比,最快的马匹也"显得太慢"。因此"我"要重复第 50 首第三节中做过的用马刺蹬马、催促其加速的动作,而"我"又明确知道,即使"我"御风而行,即使"我"的马儿插上空气的翅膀疾驰(in winged speed),成为希腊神话中派格萨斯那样的飞马,归心似箭的"我"依然会感到自己纹丝不动,假想中飞马的速度都不能赶上"我"一心要回到爱人身边的渴望:

> O! what excuse will my poor beast then find,
> When swift extremity can seem but slow?
> Then should I spur, though mounted on the wind,
> In winged speed no motion shall I know
> 那时啊,飞行也会觉得是爬行,
> 可怜的牲口,还能够得到饶恕?
> 他风驰电掣,我也要踢他加劲;
> 因为我坐着,感不到飞快的速度

也就是说,在逐渐向俊友靠近的回程中,"我"原先的普通马匹赶不上"我"的归心,现实中最快的邮政马匹同样赶不上,甚至连想象中的飞马——一匹与风元素结合的天空之马——都不能赶上"我"回家的渴望(with my desire keep pace)。因为诗人想要见到俊友的渴望如同世间最快的马:一匹与四元素中最轻最快的火元素相结合的火焰之马。它将不再有任何笨重的肉身(no dull flesh),而是一匹无形的精神之马,它将在"完美的爱欲"中嘶鸣,奔腾如火焰(in his fiery race)。既然这第四匹马是渴望与爱欲之火本身的化身,是最轻快的元素的道成肉身,那风之马、邮马,还有现实中"我"这匹"没用的马"(jade)赶不上它也就容易被原谅了;为了爱的缘故,爱人也会原谅它。

Then can no horse with my desire keep pace;
Therefore desire, of perfect'st love being made,
Shall neigh–no dull flesh–in his fiery race;
But love, for love, thus shall excuse my jade, –
那时候,没马能跟我的渴望并进;
因此我无瑕的爱所造成的渴望
(不是死肉)将燃烧,奔驰,嘶鸣;
但是马爱我,我爱他,就对他原谅

在商籁第 45 首(《元素玄学诗·下》)的第一节中,诗人曾将对俊友的思念比作风元素,而将对他的渴望或爱欲比作火元素,称这两者是"缺席的出席者",无论"我"身在何处,"我"对"你"的思念和渴望都与"你"同在(The other two, slight air, and purging fire … The first my thought, the other my desire, /These present-absent with swift motion slide, ll.1–4, Sonnet 45)。这种将自然界的宏观宇宙与人体的微观宇宙联系起来的元素奇喻，可以被莎士比亚灵活地运用于各种语境，塑造丰富生动的人物性格和心理活动，比如在《李尔王》第三幕第二场中，莎翁让蒙受了不公的李尔去狂野中呼喊："吹吧，风啊! 胀破了你的脸颊，猛烈地吹吧! 你，瀑布一样的倾盆大雨，尽管倒泻下来，浸没了我们的尖塔，淹沉了屋顶上的风标吧! 你，思想一样迅速的硫磺的电火，劈碎橡树的巨雷的先驱，烧焦了我的白发的头颅吧! 你，震撼一切的霹雳啊，把这生殖繁密的、饱满的地球击平了吧! 打碎造物的模型，不要让一颗忘恩负义的人类的种子遗留在世上!"

愤怒的李尔召唤土（地球）、水（瀑布、大雨、倒泻、浸没、淹沉）、火（硫磺、电火、劈碎、巨雷、烧焦、霹雳）、风（风、胀破脸颊、吹、风标）四种元素一同来摧毁世界，而这四元素之间的激烈斗争也是李尔自己被情感撕裂的内心的象征，与十四行诗系列中的用法迥然不同。在活用奇喻并以诗才更新传统方面，莎士比亚的确可以担起海伦·加德纳加诸他身上的"原始玄学派"（proto-metaphysical）这一称谓。[1] 后世的玄学派诗人不乏在这方面受到莎翁影响的，譬如晚一辈的玄学派诗人之翘楚约翰·多恩。多恩出版于 1635 年的印刷诗集《歌与十四行诗》中有一首

---

[1] 详见商籁第 24 首的解读。

题为《解体》的短诗,其中诗人提到自己和爱人的身体都是由四元素构成的,并且互相构造、彼此消磨:

> She's dead; and all which die
> To their first elements resolve;
> And we were mutual elements to us,
> And made of one another.
> My body then doth hers involve,
> And those things whereof I consist hereby
> In me abundant grow, and burdenous,
> And nourish not, but smother.
> My fire of passion, sighs of air,
> Water of tears, and earthly sad despair,
> Which my materials be,
> But near worn out by love's security … (ll.1–12)

> 她死了;一切死者
> 都向他们最初的元素还原;
> 而我们彼此互为元素,
> 是用彼此造制。
> 那么我的身体就与她的相纠缠;
> 那些构成我的东西,遂在我
> 体内大量增长,成为重负,

非但不供营养,反倒令人窒息。
我的热情之火、叹息之气、
眼泪之水和土似的悲伤绝望,
这些是我的原料,
却近乎被爱情的鲁莽都消磨掉……(第 1—12 行)[1]

在商籁第 51 首——这首出现了四种马匹(两种现实之马和两种想象之马)的玄学诗的最后,诗人再次加入了一个急转(volta),既然属土的马("我"的疲惫的马或快捷的邮马)以及属风的马(插翅的天马)都赶不上属火的马("我"对"你"的渴望),那么"我"决定干脆不坐任何马匹,放走胯下这匹在离开"你"时就拖泥带水的慢吞吞的马,转而亲自奔向"你"——不是用属土的肉身,那样"我"还不如骑同样属于土的老马更快,而是全然仰仗"我"的精神,仰仗爱情本身——乘坐看不见的渴望之马,以火焰的速度,脱离了肉体,向"你"飞奔:

'Since from thee going, he went wilful-slow,
Towards thee I'll run, and give him leave to go.'
因为背向你,他曾经有意磨蹭,
面向你,我就自己跑,放他去步行。

[1] 约翰·但恩,《英国玄学诗鼻祖约翰·但恩诗集》,傅浩译,第 116 页。

我像个富翁,有一把幸福的钥匙,
能随时为自己打开心爱的金库,
可又怕稀有的快乐会迟钝消失,
就不愿时刻去观看库里的财富。

同样,像一年只有几次的节期,
来得稀少,就显得更难得、更美好,
也像贵重的宝石,镶得开、镶得稀,
像一串项链中几颗最大的珠宝。

时间就像是我的金库,藏着你,
或者像一顶衣橱,藏着好衣服,
只要把被囚的宝贝开释,就可以
使人在这一刻感到特别地幸福。

  你是有福了,你的德行这么广,
  使我有了你,好庆祝,没你,好盼望。

商籁
第 52 首

衣橱
玄学诗

So am I as the rich, whose blessed key,
Can bring him to his sweet up-locked treasure,
The which he will not every hour survey,
For blunting the fine point of seldom pleasure.

Therefore are feasts so solemn and so rare,
Since, seldom coming in that long year set,
Like stones of worth they thinly placed are,
Or captain jewels in the carcanet.

So is the time that keeps you as my chest,
Or as the wardrobe which the robe doth hide,
To make some special instant special-blest,
By new unfolding his imprison'd pride.

>   Blessed are you whose worthiness gives scope,
>   Being had, to triumph; being lacked, to hope.

在商籁第48首(《珠宝匣玄学诗》)中,我们看到了一系列空间意象的对照:密闭的珠宝匣与开放的心房,微不足道的珠宝和最无价的爱人……这场物理和想象的柜中上演的珍藏、上锁和偷窃的小戏剧尚未结束,即将在商籁第52首,也是"离情内嵌诗"系列的最后一首中,展开新的维度。

莎士比亚的浪漫主义后继者威廉·华兹华斯曾在自己的一首十四行诗中,把十四行诗系列比作开启莎翁内心的钥匙:

Scorn not the Sonnet; Critic, you have frowned,
Mindless of its just honours; with this key
Shakespeare unlocked his heart.
别小瞧十四行;评论家啊,你皱起眉头
无视它应得的尊荣;正是用这把钥匙
莎士比亚开启了他的心扉。

(包慧怡 译)

第52首是莎士比亚154首商籁中唯一一次出现"钥匙"(key)一词的地方。钥匙的功能是开锁,钥匙存在是为了开启柜子并通向"被锁起的宝藏"(up-locked treasure),钥匙本身就是一种引诱。加斯东·巴什拉写道:"没有什么锁可以抵挡住所有的暴力。每一把锁都是对撬锁者的召唤。锁是怎样一个心理学门槛啊。带有装饰的锁对铤而走险者是怎样的挑战!一把装饰漂亮的锁里有怎样的'情结'!"[1] 就像商籁第 52 首第一节中描写的那个富翁,要抵挡时时刻刻去检视宝物的诱惑需要付出额外的意志力,更何况诗人的宝物是比一般首饰贵重得多,也使拥有者"富足"得多的"你":

> So am I as the rich, whose blessed key,
> Can bring him to his sweet up-locked treasure,
> The which he will not every hour survey,
> For blunting the fine point of seldom pleasure.
> 我像个富翁,有一把幸福的钥匙,
> 能随时为自己打开心爱的金库,
> 可又怕稀有的快乐会迟钝消失,
> 就不愿时刻去观看库里的财富。

这一节延续了商籁第 48 首中珠宝匣的意象,虽然此处的"宝箱"并未直接出现,而仅仅以钥匙的形式现身。钥匙总是和箱子、柜子、衣橱以及它为之上锁的密闭空间同时出现,一个没有钥匙的柜子是不自然的。不难体会兰波在《孤儿的新年礼物》中描写的孩子的惊诧和焦虑:

---

[1] 加斯东·巴什拉,《空间的诗学》,第 103 页。

——橱柜没有钥匙!……没有钥匙,那个大橱!

孩子们常常盯着它黑黑的门……

没有钥匙!……真奇特!……他们

多少次梦见那橱板间隐藏的秘密,

似乎听见,从张开的锁眼深处,

传来遥远的回音,虚无缥缈的幸福耳语……

——可今天,父母的卧室空空荡荡,

门缝里没有一丝红红的闪光;

没有父母,没有炉火,没有钥匙……[1]

钥匙有能力锁上和打开的是体积,是物理空间,同时更是内心的空间和隐私。无论是在"柜中骷髅"(skeleton in the cupboard,"丑闻/秘密")、"出柜"(come out of the closet,"公布同性恋身份"),还是"保密"(hold the information close to his chest)或"心照不宣"(keep her opinions close to her chest)这样的惯用法中,可被上锁的柜子都是一种隐秘的场所,无论那里储存的是珠宝、信息还是晦暗的激情。一个心怀不可言说的深情的人不可能随意向人炫耀自己的柜子,就连对自己,也最好是保留到特殊的日子,每逢"庄严而稀罕的圣节"才谨慎地打开——就如节日在一年中只落在少数的日子,再华美的项链上大型宝石也只应当稀疏点缀——如此方配得上这日子、这宝石、

---

[1] 阿尔蒂尔·兰波,《兰波作品全集》,王以培译,第9页。

这秘密的珍贵:

> Therefore are feasts so solemn and so rare,
> Since, seldom coming in that long year set,
> Like stones of worth they thinly placed are,
> Or captain jewels in the carcanet.
> 同样,像一年只有几次的节期,
> 来得稀少,就显得更难得、更美好,
> 也像贵重的宝石,镶得开、镶得稀,
> 像一串项链中几颗最大的珠宝。

下一节中我们将看到本诗中除珠宝匣外的第二种"柜子",即"衣橱"(wardrobe)。1609 年初版四开本第 10 行中这个词的拼法是 ward-robe,直指它的词源,即中古英语从古法语 garderobe 变形而来的 warderobe 一词,而古法语中这个名词则由动词 garder(守卫,看护)+ robe(衣物)组合而成。不乏学者认为莎士比亚使用 wardrobe 一词时,该词并非指"衣橱",而是指"放衣物、盔甲或其他装备的房间",即今日所说的"衣帽间"。我们认为,虽然 ward-robe 一词在已知文献中第一次被记载(14 世纪)时的确指"房间",但同时期和稍晚的文本中绝不缺少将该词作为"衣橱"使用的例子。在《中古英语词典》(*MED*)所记载的1440年、1462年和1475年的三个例子中，wardrobe都是被当作"衣橱"或"衣柜"来使用的，更接近法语中的armoire一词。[1]何况无论是"衣帽间"还是"衣橱"，在本诗的修辞中都是"我"珍藏"你"的幽闭空间，通过时光的魔法，宝物（"你"）甚至变成了"我的宝箱"（my chest）本身，宝藏与藏宝地不复有别，通过chest一词的双关潜力，"你"又同时变成了珍藏"你"的"我的心"（my chest，屠译未体现）本身：

> So is the time that keeps you as my chest,
> Or as the wardrobe which the robe doth hide,
> To make some special instant special-blest,
> By new unfolding his imprison'd pride.
> 时间就像是我的金库，藏着你，
> 或者像一顶衣橱，藏着好衣服，
> 只要把被囚的宝贝开释，就可以
> 使人在这一刻感到特别地幸福。

莎士比亚十四行诗中的"时光"（time）最常见的形象是一个暴虐、凶残、吞噬一切青春和美的、与死神可互换的"收割者"的角色。但在此节中，"时光"却有了使得爱情历久弥新的魔力，可以"保存你"，可以"令一些特殊时

---

[1] https://quod.lib.umich.edu/m/middle-english-dictionary/dictionary/MED51734.

刻蒙上特殊的福分"(make some special instant special-blest),可以通过"展开"使一切"焕然一新"(by new unfolding)。法国超现实主义诗人安德烈·布列东在《白头发的手枪》一诗中描写了一个注满月光、等待被展开并检视的衣橱,"柜子装满了衣物/甚至有些隔层洒满月光,我可以将它们展开";另一位法国超现实主义诗人约瑟夫·鲁方什(Joseph Rouffanche)在《心中的葬礼和奢华》一诗中更直白地写道:"在壁橱的苍白衣物中,/我寻找着超现实。"[1] 衣橱成了一种时间机器,只要使用得当,在其中藏着秘密的人可以不断回到过去,重温那些特殊的蒙福的时光,不断展开并更新心上人的"被囚禁的光芒"(his imprison'd pride)。而"蒙福"的措辞,又以与《新约》中登上宝训之真福八端(Eight Beatitudes)一致的句式,在最终的对句中掷地有声地出现:

Blessed are you whose worthiness gives scope,
Being had, to triumph; being lacked, to hope.
你是有福了,你的德行这么广,
使我有了你,好庆祝,没你,好盼望。

最后一行中的情色意味(have 暗示性方面的占有)可以与黑夫人序列中的商籁第129首第10行对照阅读(Had,

---

[1] 加斯东·巴什拉,《空间的诗学》,第102页。

having, and in quest to have extreme, ll.10, Sonnet 129）。在本诗中，不得不说这个结尾削弱了前三节通过空间（衣橱、珠宝匣）和时间（圣节）两个维度次第打开的玄学式抒情的力度。

巴什拉在《空间的诗学》中强调一种寻找的必要性，即"寻找人的内心空间和物质的内心空间的两个梦想者的同场地性（homodromie）"。[1] 这种"同场地性"在莎士比亚以"珠宝匣"（第48首）和"衣橱"（第52首）为核心奇喻的两首玄学诗中表现得尤为精彩。从商籁第43首开始的"离情内嵌诗"系列至此也告一段落。

---

[1] 加斯东·巴什拉，《空间的诗学》，第113页。

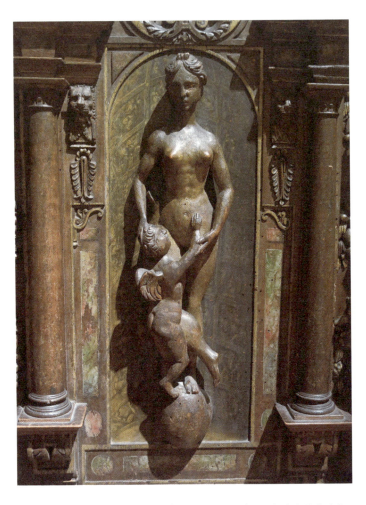

雕有维纳斯与丘比特的胡桃木与橡木衣橱，约1580年

你这人究竟是用什么物质造成的,
能使几千万别人的影子跟你转?
因为每个人都只能有一个影子,
你一人却能借出去影子几千万!

描述阿董尼吧,他这幅肖像,
正是照你的模样儿拙劣地描下;
把一切美容术都加在海伦的脸上,
于是你成了穿希腊服装的新画:

就说春天吧,还有那丰年的收获;
春天出现了,正像你美丽的形态,
丰年来到了,有如你仁爱的恩泽,
我们在各种美景里总见到你在。

> 一切外表的优美中,都有你的份,
> 可谁都比不上你那永远的忠贞。

商籁
第 53 首

**阿多尼斯
玄学诗**

What is your substance, whereof are you made,
That millions of strange shadows on you tend?
Since every one, hath every one, one shade,
And you but one, can every shadow lend.

Describe Adonis, and the counterfeit
Is poorly imitated after you;
On Helen's cheek all art of beauty set,
And you in Grecian tires are painted new:

Speak of the spring, and foison of the year,
The one doth shadow of your beauty show,
The other as your bounty doth appear;
And you in every blessed shape we know.

> In all external grace you have some part,
> But you like none, none you, for constant heart.

1593年，莎士比亚以四开本小册子的形式付梓出版了叙事长诗《维纳斯与阿多尼斯》，该诗的出版早于他任何戏剧的出版，诗由作者题献给南安普顿伯爵。同时或不久后，莎士比亚开始写作十四行诗系列，而诗系列中唯一一次直接出现"阿多尼斯"这个人物，就是在商籁第53首中。

商籁第53首开启了整本诗集的新篇章，此前从商籁第43首开始、长达10首的"离情内嵌诗"，以及其中对俊友不忠的指控（第40—42首）告一段落。从本诗起，诗人转而再次全心全力歌颂俊友的完美，无论是外表还是内心。第一节四行诗中，诗人以新柏拉图主义的视角提出"本质"（substance）与"影子"（shadow）的对题。第1、第2行首先提出一个典型的玄学问题："你"的本质是什么，可以使无数的影子都追随"你"？第3、第4行旋即给出一个不直接切题的回答："你"就是所有那些影子的"本质"，虽然尘世间每人只能有一个影子，但你仿佛超凡脱尘，可以"仅仅一个人"（you but one）为"每一个影子"（every shadow）提供原型。严格来说，莎士比亚在此已经部分偏离了"理念/原型"说，而颇有一些《永嘉大师证道歌》中"一月普现一切水，一切水月一月摄"的禅意了：

What is your substance, whereof are you made,
That millions of strange shadows on you tend?

Since every one, hath every one, one shade,

And you but one, can every shadow lend.

你这人究竟是用什么物质造成的,

能使几千万别人的影子跟你转?

因为每个人都只能有一个影子,

你一人却能借出去影子几千万!

下一节中出现了希腊神话中不幸早夭的美少年"阿多尼斯"(屠译"阿董尼")的名字,这也是十四行诗系列中唯一一次出现这个名字。众人皆知俊美无双的阿多尼斯是维纳斯所爱上的少年,最终他不听维纳斯的警告,在一次鲁莽的狩猎中葬身于野猪的獠牙,其鲜血与随之赶来的维纳斯的泪水融为一体,化作银莲花(anemone,字面意思为"风之女",传说此花见风就开,同时风一吹也就轻易凋谢)。阿多尼斯故事最著名的版本出现在奥维德《变形记》第十卷中,最早则出现在公元前6世纪左右女诗人萨福留下的残篇中。莎士比亚显然熟知奥维德的版本,奥维德对阿多尼斯之美是这样描述的:"甚至嫉妒女神也不得不称赞他的美,因为他简直就像画上画的赤裸裸的小爱神。假如你再给他一副弓箭,那么连装束也都一样了";[1](维纳斯对阿多尼斯说)"(阿塔兰塔[Atalanta])美得简直和我一样,或者和你一样,假如你是女子的话"。[2] 阿多尼斯这种

---

[1] 奥维德、贺拉斯,《变形记·诗艺》,第279页。

[2] 奥维德、贺拉斯,《变形记·诗艺》,281页。

中性的、近乎雌雄一体的美，在商籁第 53 首的第二节中也得到了凸显，莎翁在此巧妙地将阿多尼斯之美与"凡间最美的女子"海伦之美并置：

> Describe Adonis, and the counterfeit
> Is poorly imitated after you;
> On Helen's cheek all art of beauty set,
> And you in Grecian tires are painted new
> 描述阿董尼吧，他这幅肖像，
> 正是照你的模样儿拙劣地描下；
> 把一切美容术都加在海伦的脸上，
> 于是你成了穿希腊服装的新画

诗人对俊友说，任何人要描绘（describe）最美的少年阿多尼斯，所得的画像都不过是对"你"的拙劣模仿。这就非常值得注意了，因为诗人自己不久前刚用文字做了画家们用画笔做的事——"描绘阿多尼斯"（describe）——还不是轻描淡写，而是写了整整 1194 行的叙事长诗。《维纳斯与阿多尼斯》出版于 1593 年，被普遍看作莎翁一生中最早付梓的作品，其写作时间一般被认为是 1592 年，也就是十四行诗系列写作的同时或更早一点。该诗每节六行，有 199 节（共计 1194 行），韵式为 ababcc，相当于由一节交叉韵的四行诗（quatrain）加一组对句（couplet）构成，通篇也用五步抑扬格写就，因此就形式而言，这首长诗与十四行诗关系紧密。更重要的是，与《莎士比亚十四行诗集》的题献由出版商代笔不同，《维纳斯与阿多尼斯》是由莎翁亲自题献给他的诗歌赞助人，也是现实中"俊美青年"的头号候选人南安普顿伯爵的。该题献措辞极尽谦卑却也不失真诚，大意如下：

尊敬的阁下：

余不揣冒昧，率奉拙诗与阁下，亦不揣世人将如何指斥某竟择如此强有力之后盾以扶持何其差强之赘吟；伏惟或博阁下一粲，余当自视为崇高之荣耀，并誓以所有之闲暇勉力进取，直至向阁下敬献精雕之力作。然则余此番之初作倘有所鄙陋，将愧对其高贵之尊教，并永不耕耘如是贫瘠之原，盖因惧其犹馈余乏善之收获矣。余呈此以待阁下垂顾怡赏；余愿斯以应阁下之所欲及世人之所期也。

尊奉阁下之威廉·莎士比亚

（方平 译）

当莎士比亚将南安普顿伯爵称作"我创作的头生子"（the first heir of my invention，方译"余此番之初作"）的

"如此高贵的教父"(so noble a god father,方译"高贵之尊教"),也即《维纳斯与阿多尼斯》这最早出版的诗歌小册子的催生者时,我们一定会想起1609年四开本《莎士比亚十四行诗集》题献页上对"俊美青年"W.H.先生的描述:"下面刊行的十四行诗的唯一的促成者。"至此,神话中的美少年阿多尼斯,十四行诗系列中的戏剧人物"俊美青年",商籁第53首中被称为"对你的拙劣模仿"的"阿多尼斯(的画像)",《维纳斯与阿多尼斯》的题献对象南安普顿伯爵,《莎士比亚十四行诗集》的题献对象W.H.先生……这五者之间的互相指涉和回响已经显著到不容任何细心的读者忽略。不妨来一读《维纳斯与阿多尼斯》的头两节,它们的长短合起来恰如一首缺了两行的十四行诗:

> 太阳刚刚东升,圆圆的脸又大又红,
> 泣露的清晓也刚刚别去,犹留遗踪,
> 双颊绯红的阿都尼,就已驰逐匆匆。
> 他爱好的是追猎,他嗤笑的是谈[情]。
> 维纳斯偏把单思害,急急忙忙,紧紧随[定],
> 拚却女儿羞容,凭厚颜,要演一出凰求凤。
>
> 她先夸他美,说,"你比我还美好几倍。
> 地上百卉你为魁,芬芳清逸绝无对。

仙子比你失颜色，壮男比你空雄伟。

你洁白胜过白鸽子，娇红胜过红玫瑰。

造化生你，自斗智慧，使你一身，俊秀荟萃。

她说，'你若一旦休，便天地同尽，万物共毁。'"

（第1—12行，张谷若 译）[1]

莎翁在商籁第53首中没有突出阿多尼斯故事的悲剧性，如果他的十四行诗集和《维纳斯与阿多尼斯》一样是献给现实中的"阿多尼斯"的，这一做法就很容易理解。在商籁第53首的剩余部分，诗人转而再次强调俊友之完美，自然界的春华秋实都无法与"你"的美和丰沛相比；并且在对句中进一步补充，"你"不仅是一切"美"的终极原型，还兼具"恒定"（constant heart）之美德：

Speak of the spring, and foison of the year,

The one doth shadow of your beauty show,

The other as your bounty doth appear;

And you in every blessed shape we know.

就说春天吧，还有那丰年的收获；

春天出现了，正像你美丽的形态，

丰年来到了，有如你仁爱的恩泽，

我们在各种美景里总见到你在。

---

[1] 莎士比亚，《维纳斯与阿都尼》，出自《莎士比亚全集·十一》，第6页。

> In all external grace you have some part,
>
> But you like none, none you, for constant heart.
>
> 一切外表的优美中，都有你的份，
>
> 可谁都比不上你那永远的忠贞。

由于在本首商籁之前不久诗人刚控诉过俊友的背叛、不忠、不恒定（第40—42首），这个结尾在许多批评家看来颇具讽刺意味。西摩-史密斯认为最后一行应该被解释为："你不爱任何人，也没有任何人因为你的恒定而爱你。"[1] 言下之意是，爱你的人都是被你的美吸引，而非美德。我们则倾向于同意朗德力和文德勒等人的看法，即最后这行不是对事实的描述，而是诗人的祈愿[2]——你已经是世上一切外表之美的源泉（字面：所有外表的美都被你分享），唯愿你的内心也同样无人可比，无比恒定。

阿多尼斯的故事其实终于悲剧，也始于悲剧。他出生于因为和父亲犯了乱伦，在悔恨中变成一棵没药树的塞浦路斯公主密耳拉（Myrrha）的树皮中，出生时周身抹上了母亲的眼泪（即没药树脂）。没药从古埃及起就是制作木乃伊的重要香料，与死亡紧密相连，在《新约》三王来朝故事中，则是三博士之一巴尔塔萨献给婴儿基督的礼物，预示着基督未来的受难。在其他古希腊文本中，阿多尼斯在被

---

[1] Carl D Atkins, ed., *Shakespeare's Sonnets with Three Hundred Years of Commentary*, pp. 148–49.

[2] Hilton Landry, *Interpretations in Shakespeare's Sonnets*, pp. 47–55.

野猪杀死前曾主动藏身于，或被维纳斯藏身于一棵莴苣（lettuce）中，莴苣又是一种与腐烂与速朽相连的植物。阿多尼斯作为不详的植物神的形象，其实在《维纳斯与阿多尼斯》中已有多处端倪，到了19世纪之后，又得到詹姆斯·弗雷泽、马塞尔·德蒂安等近现代人类学家的高度关注和详尽解析。[1] 当然，这些就不在莎士比亚的考虑范围之内了。

---

[1] Marcel Detienne, *The Gardens of Adonis: Spices in Greek Mythology*, pp. 4-36. 亦可见包慧怡，《没药树的两希旅程——从阿多尼斯的降生到巴尔塔萨的献礼》(《书城》2021年第3期，第92—97页)。

《唤醒阿多尼斯》,约翰·沃特豪斯,
1899—1900年

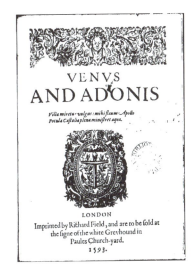

莎士比亚《维纳斯与阿多尼斯》
1593年初版四开本扉页

呵，美如果有真来添加光辉，
它就会显得更美，更美多少倍！
玫瑰是美的，不过我们还认为
使它更美的是它包含的香味。

单看颜色的深度，那么野蔷薇
跟含有香味的玫瑰完全是一类，
野蔷薇自从被夏风吹开了蓓蕾，
也挂在枝头，也玩得如痴如醉：

但是它们的好处只在容貌上，
它们活着没人爱，也没人观赏
就悄然灭亡。玫瑰就不是这样，
死了还可以提炼出多少芬芳：

  可爱的美少年，你的美一旦消亡，
  我的诗就把你的真提炼成奇香。

商籁
第 54 首

**"真玫瑰和
犬蔷薇"
博物诗**

O! how much more doth beauty beauteous seem
By that sweet ornament which truth doth give.
The rose looks fair, but fairer we it deem
For that sweet odour, which doth in it live.

The canker blooms have full as deep a dye
As the perfumed tincture of the roses.
Hang on such thorns, and play as wantonly
When summer's breath their masked buds discloses:

But, for their virtue only is their show,
They live unwoo'd, and unrespected fade;
Die to themselves. Sweet roses do not so;
Of their sweet deaths, are sweetest odours made:

    And so of you, beauteous and lovely youth,
    When that shall fade, my verse distills your truth.

本诗可以被归入"博物诗"(naturalist poem)。全诗聚焦"玫瑰"和"犬蔷薇"这两种近亲植物之间的对照,同时延续商籁第5首和第6首中"蒸馏/提炼"(distill)这一核心动词,探讨俊美青年所具有的美德。

从古典时期到中世纪,再到莎士比亚写作的早期现代,如要举出一种在文学中出现最多,意义也最丰富的花,相信玫瑰是一个没有太多争议的选择。这种蔷薇科植物不仅将所有的美综合于一个意象,成为"永恒不朽的美"的化身,更几乎成为一切崇高和值得渴望之事的符号,一个所有的上升之力汇聚的轴心,一种"一切象征的象征"。这一点在莎士比亚同时期或之后的诸多近现代诗人的作品中都可以看到。仅欧洲著名的"玫瑰诗人"就有法语中的龙沙、英语中的布莱克和叶芝、德语中的里尔克、西班牙语中的博尔赫斯等,他们都在各自的写作语言中留下了关于玫瑰的不朽篇章。叶芝更是将他出版于1893年的重要诗集命名为《玫瑰集》(*The Rose*),该诗集中除了《当你老了》等名篇,还收录了《致时间十字架之上的玫瑰》《战斗的玫瑰》《世界的玫瑰》《和平的玫瑰》等脍炙人口的"玫瑰诗"。

莎士比亚的第54首商籁也是一首著名的玫瑰诗。在十四行诗系列中,诗人曾在多处将俊美青年比作玫瑰,每一首个别诗中的玫瑰意象都有不同的含义。除了第54首,这样的玫瑰诗还有第1、67、95、98、99和109首等。在第54首的第一节四行诗中,诗人借用玫瑰意象探讨了"美"和"真"的关系,"真"可以为"美"带去一种"甜美的装饰",可以为"美"锦上添花,使得原先已经是美的事物"显得更美"(how much more doth beauty beauteous seem / By that sweet ornament which truth doth give)。这种关系就如同玫瑰花的"外表"和它的"香气"之间的关系:馥郁的花香,可以让原先只是"看起来很美"的玫瑰,在我们心中变得更美(The rose looks fair, but fairer we it deem/ For that sweet odour, which doth in it live),真和美之间也是如此。换言之,第一节四行诗告诉我们:"真"是更美的"美","真"是"美"的"比较级"。

第二节四行诗中,出现了玫瑰意象的一个变体,在这首诗的语境中,也作为"真正的玫瑰"的对立面出现,一种和玫瑰同属蔷薇科的常见英国植物——野蔷薇(canker bloom)。野蔷薇俗名犬蔷薇(dog rose),这是它的拉丁文名称 *rosa canina* 的直译,这个古典拉丁语术语又来自古希腊语 κυνόροδον,其中"犬"的元素,据说来自人们自古相信这种野生蔷薇的根可以用来治疗狂犬病;直到18、19世纪,欧洲乡间的土方里还记载着用犬蔷薇的根部熬药为被疯狗咬伤的人热敷的药方。

在这首商籁中,莎士比亚是将犬蔷薇作为一种冒牌的玫瑰来呈现的:它们有玫瑰一样华美的色泽(The canker

blooms have full as deep a dye/As the perfumed tincture of the roses),有玫瑰一样的刺(Hang on such thorns),夏日的微风像吹开玫瑰的蓓蕾一样,使犬蔷薇的骨朵含苞绽放,而它们也像玫瑰一样热情地回应这吹拂(play as wantonly/ When summer's breath their masked buds discloses),但它们究竟不是真正的玫瑰。作为转折段出现的第三节四行诗以一个谚语式的"但"开始——"但是它们的好处只在容貌上"(But, for their virtue only is their show),这里的show即花朵的外表、容貌,也就是上文中的dye(色彩,色泽)。而"芬芳的玫瑰不是如此"(Sweet roses do not so),因为在迷人的色泽之外,玫瑰还散发馥郁的气味,从玫瑰甜美的死亡中可以生产出甜美的玫瑰香露(Of their sweet deaths, are sweetest odours made)。第11—12行重复出现了三个sweet(甜美),仿佛在呼应蒸馏过程中浓度越来越高的香气,同时也点出了"真正的玫瑰"三段式的甜美:甜美地生,甜美地死,并在死后留下的遗产(也即玫瑰香水)中最为甜美。这三重的甜美是徒有其表的犬蔷薇所不具备的。

诗人在第三节四行诗中巧妙而不动声色地完成了一次意义重大的概念替换:花朵的色彩被等同于表象(show)甚至是假象(disguise),就如文中犬蔷薇的字面意思一样,是"蛆虫之花""溃烂之花",其美丽的外表暗示着金玉其外而败絮其中；只有花朵的香气（odour）才被等同于实质（substance），也是一朵花最重要的美德（virtue）。virtue 一词在中古英语和早期现代英语中另一个重要的义项就是"力量"（power），来自它的拉丁文词根 *vir*（男人）。犬蔷薇唯一的力量在于色相，这远非什么恒久的力量，而是转瞬即逝的、容易腐烂的、易朽的。真正称得上美德的"力量"，对于玫瑰这样的花朵，是它的香气；而对于人类，就是"真"，一种在本诗第一节中还只是为外表的"美"锦上添花，到了诗末却已经与外表的美分离开来、作为表象之美的对立面被集中凸显的"真"。

因此在最后的对句中，诗人说，"你也是如此"（And so of you, beauteous and lovely youth），这里的 youth 既可以是本诗的致意对象"俊美青年"（Fair Youth）的简缩，也可以指"你"的青春。当"你"外表的美，或者它所象征的青春年华褪色，就像一朵玫瑰凋零，失掉它华美的色彩，"你"的内在的美德、"你"的"真"却不会受到影响，反而会在"你"死后愈加芬芳。这首先是因为"你"本身就拥有这样的芬芳，"你"的实质和外表一样美好；另一方面，还有"我"用诗歌来为"你"提纯（my verse distills your truth）——诗人自信自己的技艺能够歌颂、保留、铭记俊美青年内在的"真"，这也使得商籁第 54 首在博物诗的外表下，成为一首反思诗艺及其功用的元诗。

第54首商籁不仅赞颂俊友的外表,更赞颂他的内在,这也同整个诗系列中俊友始终被比作一朵真正的玫瑰(而不是犬蔷薇之类的伪玫瑰)是保持一致的。但是,这位青年在"俊美"之外,是否真的具备诗人所赞颂的那种真,这是一个在本诗前后的其他商籁中都受到质疑的问题。

德国植物学家及园艺画家奥托·威廉·托米笔下犬蔷薇的不同生长阶段

**商籁
第 55 首**

**末日审判
元诗**

白石,或者帝王们镀金的纪念碑
都不能比这强有力的诗句更长寿;
你留在诗句里将放出永恒的光辉,
你留在碑石上就不免尘封而腐朽。

毁灭的战争是会把铜像推倒,
火并也会把巨厦连根儿烧光,
但是战神的利剑或烈火毁不掉
你刻在人们心头的鲜明印象。

对抗着湮灭一切的敌意和死,
你将前进;人类将永远歌颂你,
连那坚持到世界末日的人之子
也将用眼睛来称赞你不朽的美丽。

　　到最后审判你复活之前,你——
　　活在我诗中,住在恋人们眼睛里。

Not marble, nor the gilded monuments
Of princes, shall outlive this powerful rhyme;
But you shall shine more bright in these contents
Than unswept stone, besmear'd with sluttish time.

When wasteful war shall statues overturn,
And broils root out the work of masonry,
Nor Mars his sword, nor war's quick fire shall burn
The living record of your memory.

'Gainst death, and all-oblivious enmity
Shall you pace forth; your praise shall still find room
Even in the eyes of all posterity
That wear this world out to the ending doom.

> So, till the judgment that yourself arise,
> You live in this, and dwell in lovers' eyes.

商籁第 55 首中,诗人综合了古希腊罗马和基督教传统中的末世意象,以先知般斩钉截铁的语调预言并塑造爱人在诗篇中的不朽,以及爱人的形象与自己诗篇的不可分离。"不朽"(immortality)是本诗中缺席在场的主角。

本诗开篇就是对古罗马诗人贺拉斯《颂歌集》(*Carmina*)第三卷第 30 首的回响,第三卷中这最后一首颂歌处理的主题正是诗人不朽的声明,它的第一行原文是这样的:*Exegi monumentum aere perennius*("我树立起一座比青铜更恒久的纪念碑")。商籁第 55 首第一节则预言道:

> Not marble, nor the gilded monuments
> Of princes, shall outlive this powerful rhyme;
> But you shall shine more bright in these contents
> Than unswept stone, besmear'd with sluttish time.
> 没有任何王公贵族的大理石,没有任何
> 镀金的纪念碑,能比这强健的诗行长寿;
> 你将在这些诗篇中熠熠生辉,赛过任何
> 疏于清扫、被邋遢的时光玷污的石头。
>
> (包慧怡 译)

和莎士比亚其余的"阳刚型"元诗一样,这首诗始于诗人对其诗篇获得不朽的自信,却立刻转入"情诗"的语境:"我"写诗不是为了自己获得不朽的诗名,而是为了让"你"荣耀,真正不朽的、能够战胜时间这一大敌的是被爱者"你"的形象。这与商籁第18、19、65、81、107、123首等元诗的主题是一致的。但颇具悖论意味的是,我们记住的依然只是作为求爱者和赞颂者的诗人的名字,对于那位被深爱的俊美青年却一无所知,不知道他的真实名姓,甚至不能肯定他是否真的是一位历史人物。诗人确实在诗篇中使自己的爱人获得了不朽,却并未揭示"你"究竟是谁,仿佛一切"不朽"的所指(signified)都注定以匿名和退隐的方式存在,唯有能指(signifier)——本节中用以歌颂和保存爱人形象的"这些诗篇"(these contents)——能够彰显自身。"时间"这位献给俊友的诗中最常出现的反派角色在此一反常态,以一种"不作为"的被动形象登场:不是通过做什么(像其他几首元诗中那种与死神合体的凶悍的收割者、谋杀者的形象),而是通过"什么都不做",通过疏忽(unswept)和懒惰(sluttish)来造成破坏。万物仅仅在时光的兀自流逝中就会自行衰败:

When wasteful war shall statues overturn,

And broils root out the work of masonry,

Nor Mars his sword, nor war's quick fire shall burn

The living record of your memory.
毁灭的战争是会把铜像推倒,
火并也会把巨厦连根儿烧光,
但是战神的利剑或烈火毁不掉
你刻在人们心头的鲜明印象。

第一节四行诗中"不朽"的仇敌是时光,而第二节四行诗中"不朽"的敌人则是战争(war)及其人格化形象战神马尔斯(Mars)。战争能将一切化为荒原(wasteful),waste 的这一词义来自其中古英语动词 wasten(使成为荒地,to lay waste),来自拉丁文动词原形 *vastare* 并可进一步追溯到拉丁文形容词 *vastus*(荒凉的,无人的,广漠的)。wasteful war 能够推倒一切雕像,战事的纷争(broil)将一切"石匠的作品"(work of masonry)夷为平地,而身兼战神和火星的人格化形象的马尔斯则善用宝剑杀戮,一如战争本身善用火焰焚烧,但他们都无法破坏"对你的记忆的鲜活的记录"(living record of your memory),即眼下这首诗。到了第二节的末尾,"不朽性"(immortality)的载体开始由"你"本身向("我"对"你"的)"记录"过渡,虽然诗人表面上仍将赞颂的对象落实在"你"身上。

'Gainst death, and all-oblivious enmity

Shall you pace forth; your praise shall still find room

Even in the eyes of all posterity

That wear this world out to the ending doom.

对抗着湮灭一切的敌意和死,

你将前进;人类将永远歌颂你,

连那坚持到世界末日的人之子

也将用眼睛来称赞你不朽的美丽。

到了第三节中,出现了"不朽"的终极大敌,"死亡"本身,一种吞噬万物也令人忘记一切的"敌意"(all-oblivious enmity)。第 10 行中,诗人先说"你"会无畏地向"死亡"走去,这里更多地是指"你的形象",也就是同一行后半部分强调的"对你的赞美"(your praise),也就是以诗篇的形式保留下来的"我"对"你"的赞颂,它将"永远能找到空间 / 在所有后代的目光中"(shall still find room/Even in the eyes of all posterity),直到最终的末日来临,直到这个世界被"耗损完"的那一天。从语法上来说,wear this world out(耗损完这个世界)的先行词是"所有后代"(all posterity),但根据上下文语境,"耗损完"这个世界的同时也有前三节中被一一列举的敌人:时间、战争和死亡。诗人在第三节和对句中全面引入了基督教末世论(eschatology)的意象：最后审判之日，死人将要复活/从坟墓中升起（arise），其中自然也包括"你"。但在"我"写诗的今天，在"你"的肉身必然遵从自然规律消亡的明天，以及遥远未来的末日审判之间，还隔着漫长的不可计数的岁月。在这漫长的等待期间，在"你"真正的"复活"到来之前，就让"你"在这诗篇中获得一种代理性的"不朽"吧，让"你"在"我的诗篇"中，以及所有会读到这些诗篇的爱人眼中"永生"。在全诗末尾，"我的诗"是"你"所居住的空间，"我的诗"与"你的形象"已经不复有别，这浑然一体的两者对于锻造可抵抗死亡的"不朽"都是必需的：

> So, till the judgment that yourself arise,
> You live in this, and dwell in lovers'eyes.
> 到最后审判你复活之前，你——
> 活在我诗中，住在恋人们眼睛里。

《新约》中对末日审判的记载散落在四福音书、使徒书信和《启示录》各处，譬如："我又看见死了的人，无论大小，都站在宝座前。案卷展开了，并且另有一卷展开，就是生命册。死了的人都凭着这些案卷所记载的，照他们所行的受审判。于是海交出其中的死人，死亡和阴间也交出其中的死人。他们都照各人所行的受审判"（《启示录》20:

12);"但各人是按着自己的次序复活,初熟的果子是基督,以后在他来的时候,是那些属基督的"(《哥林多前书》15:23)。比起这终极意义上的真正的复活和不朽,诗人能用艺术给予爱人的不朽当然是不彻底的、暂时的、不全面的,但这已是凡人之手能够赋予另一位凡人的最接近"不朽"的永恒。

《最后的审判》,斯蒂芬·洛赫纳,1435 年

**商籁
第 56 首**

**餐宴
情诗**

你的锋芒不应该比食欲迟钝,
甜蜜的爱呵,快更新你的力量!
今天食欲满足了,吃了一大顿,
明天又会饿得凶,跟先前一样;

爱,你也得如此,虽然你今天教
饿眼看饱了,看到两眼都闭下,
可是你明天还得看,千万不要
麻木不仁,把爱的精神扼杀。

让这可悲的间隔时期像海洋
分开了两边岸上新婚的恋人,
这对恋人每天都来到海岸上,
一见到爱又来了,就加倍高兴;

  或唤它作冬天,冬天全都是忧患,
  使夏的到来更叫人企盼,更稀罕。

Sweet love, renew thy force; be it not said
Thy edge should blunter be than appetite,
Which but to-day by feeding is allay'd,
To-morrow sharpened in his former might:

So, love, be thou, although to-day thou fill
Thy hungry eyes, even till they wink with fulness,
To-morrow see again, and do not kill
The spirit of love, with a perpetual dulness.

Let this sad interim like the ocean be
Which parts the shore, where two contracted new
Come daily to the banks, that when they see
Return of love, more blest may be the view;

> Or call it winter, which being full of care,
> Makes summer's welcome, thrice more wished, more rare.

商籁第 56 首的致意对象虽然仍是第二人称"你",却不再是诗人仰慕的俊美青年,而变成了爱情本身,甚至是爱情的人格化形象"爱神"。这首情诗可以说是一首探讨爱情特质的"元情诗"。

莎士比亚早在《维纳斯与阿多尼斯》(*Venus and Adonis*)中就强调过爱情中表白的重要性:

For lovers say, the heart hath treble wrong
When it is barred the aidance of the tongue. (ll.329–30)
情人说,如无法借口舌去表白
心灵就会受到三倍的摧残。

(包慧怡 译)

这"三倍的摧残"一般被解作"出于三个原因":1. 爱慕者无法去表白;2. 被爱者没有机会听到表白;3. 爱慕者没有机会听到被爱者的回应。但对熟悉莎士比亚十四行诗措辞的我们而言,通常"三倍"也就是莎氏形容数量众多的惯用词之一,和商籁第 56 首最后对句中的"三倍受欢迎"用法相似(thrice more wished)。可以说整本十四行诗,尤其是其中献给俊美青年的情诗系列,全面贯彻了《维纳斯与阿多尼斯》中爱与美女神维纳斯对于"爱情必须付诸口舌"的观点,将"表白"这件事做到了推陈出新、

花样穷尽的高度。商籁第56首作为一首情诗,开篇并不直接召唤被爱者,而是直接向爱情本身或其人格化形象"甜蜜的爱神"呼告:

> Sweet love, renew thy force; be it not said
> Thy edge should blunter be than appetite,
> Which but to-day by feeding is allay'd,
> To-morrow sharpened in his former might
> 你的锋芒不应该比食欲迟钝,
> 甜蜜的爱呵,快更新你的力量!
> 今天食欲满足了,吃了一大顿,
> 明天又会饿得凶,跟先前一样

诗人对爱神说,请时时恢复你的威力,别让他人说你的"刀锋"(edge)或威力还赶不上不知餍足的"食欲"(appetite)。诗人在此没有直呼爱神的名字丘比特,像他在其他一些十四行诗中所做的那样,但这种拿食欲来比爱欲,用一种通常被看作基本或低劣的肉体需求来挑战爱神权威的措辞,十分像与一个小男孩(爱神在莎士比亚诗歌与戏剧中最常见的形象)说话的激将法口吻:爱神啊,"你"既自夸有"劲"(force),就别让人说"你"在自我复原方面还比不上一个饱腹之神:

So, love, be thou, although to-day thou fill

Thy hungry eyes, even till they wink with fulness,

To-morrow see again, and do not kill

The spirit of love, with a perpetual dulness.

爱,你也得如此,虽然你今天教

饿眼看饱了,看到两眼都闭下,

可是你明天还得看,千万不要

麻木不仁,把爱的精神扼杀。

爱神,或被他统辖的爱欲,再次被刻画成生着"饿眼",甚至被喜剧化地处理成因为吃得太饱而眨巴着眼睛,诗人希望这双眼睛不会因为餍足而变得模糊(dulness),而要日复一日地"看见"(see)。这里我们可以对比阅读商籁第47首(《"眼与心之战"玄学诗·下》),在那首诗中,爱欲的语言同样被转化为食欲的语言:当爱人不在身边时,诗人的眼睛会因为"看不到"而闹饥荒;而看不见爱人真实形象的诗人的眼睛,决定用爱人的肖像(my love's picture)来大摆宴席,并邀请同样相思成疾的心一起参加这"彩画的盛宴"(painted banquet)。"爱的盛宴/宴会/飨宴"是中世纪到文艺复兴诗歌中常见的意象,但丁未完成的诗集直接题为《飨宴》(*Convivio*,1304—1307)。类似地,在《维纳斯与阿多尼斯》中,莎士比亚让被阿多尼斯一再回绝的女神

声称,即使自己的视觉、听觉、触觉、嗅觉都被剥夺,她也能凭"味觉"这一种感官,让爱的"盛宴"不断延续:

> Say, that the sense of feeling were bereft me,
> And that I could not see, nor hear, nor touch,
> …
> But, O, what banquet wert thou to the taste,
> Being nurse and feeder of the other four!
> Would they not wish the feast might ever last,
> And bid Suspicion double-lock the door,
> Lest Jealousy, that sour unwelcome guest,
> Should, by his stealing in, disturb the feast? (ll.439–50)
> 假如说这些感官一个都不剩,
> 不能眼看,不能耳听,也无法触摸,
> ……
> 哦,凭味觉你是多美的盛宴,
> 看护并喂养着其他那四个感官,
> 难道不是为这盛宴持续到永远,
> 为小心谨慎它们才叫大门紧关,
> 免得那不受欢迎的妒忌心造访,
> 偷偷溜进来,把这盘美宴搅黄?
>
> (屠岸 译)

在商籁第 56 首中，诗人似乎感觉到爱情有在时光中磨损的倾向，因此花了整整两节四行诗围绕"飨宴"这一核心比喻，敦促爱神或爱情克服这种倾向。本诗的前八行（octave）可以看作诗人的一种内心独白，在这一个人的心灵剧场中，对话者是诗人身上似乎察觉到爱情减退的、不再那么爱（俊友）的那部分自己，以及决定坚定心意、将爱情贯彻到底的那部分自己。到了第三节四行诗中，"飨宴"的意象突然让位于一种"悲哀的间隔"，这间隔既是空间的（"如同隔开两岸的海洋"），也是时间的（被迫分开的两名爱人日复一日地来到岸边，隔着海洋见证爱情的回归）：

> Let this sad interim like the ocean be
> Which parts the shore, where two contracted new
> Come daily to the banks, that when they see
> Return of love, more blest may be the view
> 让这可悲的间隔时期像海洋
> 分开了两边岸上新婚的恋人，
> 这对恋人每天都来到海岸上，
> 一见到爱又来了，就加倍高兴

这个看似转折段的诗节其实还是对前文八行诗的发

展。本诗并不属于"离情内嵌诗"的一部分，诗内上下文以及前后的十四行诗都没有出现叙事者与爱人分开的信息，因此第 9 行中的"悲哀的间隔"（sad interim）是一种修辞上的间隔，不宜被理解成现实中的分离。恰如海洋无法隔开相爱的人的心意，无法阻碍他们每日隔岸相会，诗人希望爱情中的这种 interim（间隔）也是如此，不会磨损爱情中最核心的部分，反而能使之历久弥新。对句中再次强调，如果爱情中的"间隔"不能如第三节中分开爱人却加强爱情的海洋那样，那不妨从空间维度再次切入时间维度，把这种"间隔"称为"冬日"——虽然充满忧虑，却能够使即将到来的夏日"三倍地"更受欢迎、更珍贵。无论是海洋还是冬日，其表面的阻隔最终反而会加强双方的爱情，至少在情诗的理想世界里是这样：

> Or call it winter, which being full of care,
> Makes summer's welcome, thrice more wished, more rare.
> 或唤它作冬天，冬天全都是忧患，
> 使夏的到来更叫人企盼，更稀罕。

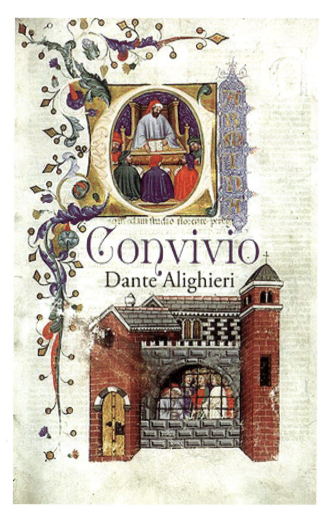

但丁《飨宴》(1304—1307)封面

商籁
第 57 首

钟点
情诗

做了你的奴隶,我能干什么,
假如不时刻伺候你,随你的心愿?
我的时间根本就不算什么,
我也没事情可做,只等你使唤。

我的君王!我为你守着时钟,
可是不敢责骂那不尽的时间,
也不敢老想着别离是多么苦痛,
自从你对你仆人说过了再见;

我也不敢一心忌妒地去探究
你到了哪儿,或猜测你的情形,
只像个悲伤的奴隶,没别的念头,
只想:你使你周围的人们多高兴。

  爱真像傻瓜,不管你在干什么,
  他总是以为你存心好,不算什么。

Being your slave what should I do but tend,
Upon the hours, and times of your desire?
I have no precious time at all to spend;
Nor services to do, till you require.

Nor dare I chide the world-without-end hour,
Whilst I, my sovereign, watch the clock for you,
Nor think the bitterness of absence sour,
When you have bid your servant once adieu;

Nor dare I question with my jealous thought
Where you may be, or your affairs suppose,
But, like a sad slave, stay and think of nought
Save, where you are, how happy you make those.

> So true a fool is love, that in your will,
> Though you do anything, he thinks no ill.

商籁第 57 首和第 58 首是一组双联诗,"主人"与"扈从",以及"你的时间"和"我的时间"之间的对立,是连接这两首带有浓重怨歌(plaint)色彩的情诗的枢纽。

比莎士比亚稍晚出生的玄学派诗人安德鲁·马维尔(Andrew Marvell)在《花园》(*The Garden*)一诗的最后一节中把日晷比作花园,说它只用碧草和鲜花计算时辰。花园中的草木枯荣由钟点和年份制约,但最美的时辰也只能用生命如昙花一现的草木来计算:

How well the skillful gard'ner drew

Of flow'rs and herbs this dial new,

Where from above the milder sun

Does through a fragrant zodiac run;

And as it works, th'industrious bee

Computes its time as well as we.

How could such sweet and wholesome hours

Be reckon'd but with herbs and flow'rs!

多才多艺的园丁用鲜花和碧草

把一座新日晷勾画得多么美好;

在这儿,趋于温和的太阳从上空

沿着芬芳的黄道十二宫追奔;

还有那勤劳的蜜蜂,一面工作,

一面像我们一样计算着它的时刻。

如此甜美健康的时辰，只除

用碧草与鲜花计算，别无他途！

（杨周翰 译）[1]

类似地，在商籁第 57 首中，诗人首先提出了我们已经在商籁第 26 首（《典雅爱情玄学诗》）中看到过的、滥觞于骑士文学的对恋爱双方关系的定义：被爱慕追求者（骑士文学中的淑女或贵妇）是主人，求爱的骑士是奴仆或扈从，必须不惜一切代价满足前者的心愿，或完成看似不可能的历险、建功立业来证明自己配得上前者的爱情。在商籁第 26 首中，诗人称俊美青年为"主公"，而自己是附庸的诸侯——"我爱的主呵，你的高尚的道德／使我这臣属的忠诚与你紧系"（Lord of my love, to whom in vassalage/ Thy merit hath my duty strongly knit）。在商籁第 57 首和第 58 首中，俊美青年自然也担任了"主人"的角色，诗人则依然是"奴仆"（slave）或"佣人"（servant），有提供"服务"（service）的责任：

Being your slave what should I do but tend,

Upon the hours, and times of your desire?

I have no precious time at all to spend;

---

[1] 转引自胡家峦，《历史的星空》，第 51 页。

Nor services to do, till you require.
做了你的奴隶，我能干什么，
假如不时刻伺候你，随你的心愿？
我的时间根本就不算什么，
我也没事情可做，只等你使唤。

这就导致了本来绝对公平的由日晷、钟表或其他计时器计算的机械时间，在情诗的语境中成了价值有高低的、诉求有先后的、绝对不公平的情感时间。"我"的时间一文不值（no precious time at all），"你"的欲望的时机（times of your desire）才是重要的，"我"的时间只有在服务于"你"的时候才是有价值的，除此之外，"我"都是在虚掷光阴：

Nor dare I chide the world-without-end hour,
Whilst I, my sovereign, watch the clock for you,
Nor think the bitterness of absence sour,
When you have bid your servant once adieu
我的君王！我为你守着时钟，
可是不敢责骂那不尽的时间，
也不敢老想着别离是多么苦痛，
自从你对你仆人说过了再见

第二节中诗人直接称呼俊美青年为"我的君王"（my sovereign），而说自己是为这位君王看守时钟的人，或者说，是随时等待爱人的差遣，甚至为这种差遣迟迟不来而如坐针毡的、"盯着钟表的人"（watch the clock）。爱人的缺席，以及对爱人缺席时去了哪里、与何人在一起寻欢作乐的猜疑，都苦苦折磨着诗人，使他虽然深陷嫉妒却不敢质疑，不在爱人身边，却时时刻刻除爱人之外"想不了任何事情"：

> Nor dare I question with my jealous thought
> Where you may be, or your affairs suppose,
> But, like a sad slave, stay and think of nought
> Save, where you are, how happy you make those.
> 我也不敢一心忌妒地去探究
> 你到了哪儿，或猜测你的情形，
> 只像个悲伤的奴隶，没别的念头，
> 只想：你使你周围的人们多高兴。

"我也不敢质疑"（Nor dare I question）这个词组可以说概括了本诗所描述的爱情之主仆关系中，诗人的绝对卑微的地位。比起处理类似主题的商籁第26首，商籁第57首中大量出现的表现苦涩、哀怨、嫉妒等晦暗情绪的词语

(world-without-end, bitterness, absence, sour, jealous, sad, ill)让这首诗蒙上了"怨歌"(plaint/complaint)的阴霾。在第26首中让诗人心甘情愿在爱情中臣服的主君,在第57首中有恃宠而骄、变为暴君的嫌疑。"暴君"的主题虽然要到黑夫人组诗中才会正式登场,在这首怨歌基调的献给俊友的情诗中却已经初露端倪。是深切的爱,及其在恋爱关系中的不被回馈,造成了诗人和俊友双方地位的不平等;俊友可以随意调遣诗人的时间,对他召之即来,诗人却只有在焦躁和嫉妒中掐着钟表度日如年,随时等候俊友的差遣。

这种对恋爱中不平等的心理时间的入木三分的刻画,以及对折磨自己又给自己带去安慰的爱人的矛盾情感的剖析,不仅能引起读者的共情,也让读者更倾向于相信俊美青年组诗的素材有其现实依据。对句中,诗人说爱情让爱着的人变傻,甚至爱情本身就是个傻子,因此能够让被爱者为所欲为自己却无怨无悔:

So true a fool is love, that in your will,
Though you do anything, he thinks no ill.
爱真像傻瓜,不管你在干什么,
他总是以为你存心好,不算什么。

自由意志（will）独属于被爱者，而处于仆从地位的爱慕者只能服侍（tend）。至于这个过程中后者是否真如自己所说的那样"毫无哀怨的想法"，我们在读完下一首商籁（本诗的镜像诗）后，或许会有所判断。

文艺复兴钟楼式时钟，约 1570 年德国

造我做你的奴隶的神，禁止我
在我的思想中限制你享乐的光阴，
禁止我要求你算清花费的时刻，
是臣仆，我只能伺候你的闲情！

呵，让我忍受（在你的吩咐下）
囚人的孤独，让你逍遥自在，
我忍受惯了，你对我一声声责骂，
我也容忍，不抱怨你把我伤害。

你爱上哪儿就上哪儿：你的特权
大到允许你随意支配光阴：
你爱干什么就干什么，你也完全
有权赦免你自己干下的罪行。

  即使是蹲地狱，我也不得不等待；
  并且不怪你享乐，无论好歹。

**商籁
第 58 首**

**等待
情诗**

That god forbid, that made me first your slave,
I should in thought control your times of pleasure,
Or at your hand the account of hours to crave,
Being your vassal, bound to stay your leisure!

O! let me suffer, being at your beck,
The imprison'd absence of your liberty;
And patience, tame to sufferance, bide each check,
Without accusing you of injury.

Be where you list, your charter is so strong
That you yourself may privilage your time
To what you will; to you it doth belong
Yourself to pardon of self-doing crime.

> I am to wait, though waiting so be hell,
> Not blame your pleasure be it ill or well.

商籁第 58 首是商籁第 57 首的双联诗,主人与扈从之间的角色反差被刻画得更加鲜明,而全诗的核心动词则是"等待"以及等待中承受的"苦难"。莎士比亚同时代最杰出的宫廷诗人菲利普·西德尼爵士在其十四行诗系列《爱星者与星》(*Astrophel and Stella*)第 2 首和第 47 首中曾于多处将深陷爱情无力自拔的遭遇称作"失去自由"或"忍受暴行":

Now even that footstep of lost liberty
Is gone, and now, like slave born Muscovite
I call it praise to suffer tyranny. (Sonnet 2)
现在,就连失去的自由的脚步声
都消失了,现在,如同生来为奴的莫斯科人
我把忍受暴行称之为赞美

(包慧怡 译)

What, have I thus betrayed my liberty?
Can those black beams such burning marks engrave
In my free side? or am I born a slave,
Whose neck becomes such yoke of tyranny? (Sonnet 47)
什么,我就这样出卖了我的自由吗?
难道那些黑色的目光能在我的自由身上

刻下如此滚烫的标记?我难道天生是奴隶

脖子变成了这暴行的轭?

(包慧怡 译)

商籁第58首同样提到爱情中自由的丧失和沦为奴隶的处境。第一节中,诗人说起初是一位神明让自己做了"你的奴隶",这位显然掌管爱情的神可以是 god 也可以是goddess,很可能是小爱神丘比特(希腊神话中爱欲之神爱若斯[Eros]的罗马版本),也可能是罗马神话中他的母亲维纳斯。诗人对俊友一腔痴情的始作俑者,这位未被明确点名的爱神,"禁止"诗人产生任何企图限制俊友寻欢作乐的念头,严禁"我"试图盘点"你"如何消磨光阴,因为爱神一开始就以中世纪封建制度和骑士文学的词汇,规定了这场恋爱中的主从关系:"我"是扈从(vassal),"你"是主公(liege lord)。

That god forbid, that made me first your slave,
I should in thought control your times of pleasure,
Or at your hand the account of hours to crave,
Being your vassal, bound to stay your leisure!
造我做你的奴隶的神,禁止我
在我的思想中限制你享乐的光阴,

禁止我要求你算清花费的时刻,
是臣仆,我只能伺候你的闲情!

第二节中,诗人进一步强调自己作为扈从对其主君的唯命是从(being at your beck),并用一个矛盾修饰词组(冤亲词),将这种遭遇比喻成一座自由的监狱,确切地说是"你的自由"所造成的"你"的缺席,造就了"我的监狱":

O! let me suffer, being at your beck,
The imprison'd absence of your liberty;
And patience, tame to sufferance, bide each check,
Without accusing you of injury.
呵,让我忍受(在你的吩咐下)
囚人的孤独,让你逍遥自在,
我忍受惯了,你对我一声声责骂,
我也容忍,不抱怨你把我伤害。

"忍耐""等待"和"受苦"本为同源词。莎士比亚使用的现代英语名词"耐心"(patience)来自中古英语名词(pacience),来自拉丁文名词 *patientia*,进一步源于拉丁文第一人称单数动词"我忍耐、承受、等待"(*patior*),与现代英语名词"受难"(Passion)同源。与之相近,"坚忍"

(sufferance)这个现代英语名词则来自盎格鲁-诺曼法语suffraunce，可追溯到晚期拉丁文名词 *sufferentia*。诗人在第二节中连续使用 suffer、patience、sufferance，强调了等待的难熬，而受苦却不出口抱怨或申诉（Without accusing you of injury），恰恰是"坚忍"这一品质的核心内涵。第三节表现的依然是"你"为所欲为的特权与"我"沉默的服从之间的对比：

Be where you list, your charter is so strong
That you yourself may privilage your time
To what you will; to you it doth belong
Yourself to pardon of self-doing crime.
你爱上哪儿就上哪儿：你的特权
大到允许你随意支配光阴：
你爱干什么就干什么，你也完全
有权赦免你自己干下的罪行。

诗人用了通常用来指王家颁布的法律文献的 charter 一词来描述俊美青年的主权。金雀花王朝的约翰王（King John）在1215年颁布的《大宪章》的名字正是 *Magna Carta*，拉丁文名词 *carta* 也是英文 charter 的词源，最初是指任何正式书写在羊皮或其他媒介上的契约、文献。此处选用charter一词（your charter is so strong），可谓将俊友在两人关系中拥有的绝对权威毫无保留地展现出来："你"不仅可以借着这份源自爱神的契约来去自由（Be where you list）、为所欲为（to what you will），甚至可以借助它的效力来为自己赦罪，哪怕这份罪过是"自造孽"（self-doing crime）的结果。

商籁第58首的对句延续了商籁第57首对句的基调："我"决定且必须等待（I am to wait），哪怕等待令"我"感到身处地狱；"我"也无法责备"你"，无论"你"寻找的乐子"是善是恶"。与表面的字句不同，诗人早已对青年寻欢作乐的性质作出了判断，正如我们也无法将对句中的"无法责备"当作诗人内心深处的真实独白：

> I am to wait, though waiting so be hell,
> Not blame your pleasure be it ill or well.
> 即使是蹲地狱，我也不得不等待；
> 并且不怪你享乐，无论好歹。

约翰王 1215 年《大宪章》,今藏大英图书馆

**商籁
第 59 首**

**古书
元诗**

假如除原有的事物以外,世界上
没新的东西,那么,我们的脑袋,
苦着想创造,就等于教自己上当,
白白去孕育已经出世的婴孩!

呵,但愿历史能回头看已往
(它甚至能追溯太阳的五百次运行),
为我在古书中显示出你的形象,
既然思想从来是文字所表明。

这样我就能明了古人会怎样
述说你形体的结构是一种奇观;
明了究竟是今人好,还是古人强,
究竟事物变不变,是不是循环。

  呵!我断言,古代的天才只是
  给次等人物赠送了美言和赞辞。

If there be nothing new, but that which is
Hath been before, how are our brains beguil'd,
Which labouring for invention bear amiss
The second burthen of a former child.

Oh that record could with a backward look,
Even of five hundred courses of the sun,
Show me your image in some antique book,
Since mind at first in character was done,

That I might see what the old world could say
To this composed wonder of your frame;
Whether we are mended, or where better they,
Or whether revolution be the same.

>   Oh sure I am the wits of former days,
>   To subjects worse have given admiring praise.

作为抒情诗人的莎翁是旧时代的拾穗人,也是新世界的开荒者,是自觉与往昔书写传统角力过招的古书崇拜者,也是不自觉召唤出未来之书的通灵者。在"作者意识"从中世纪式转向文艺复兴式、从匿名和幕后转向署名和台前的 16 世纪,大部分早期印刷术时代的"作者"(拉丁文 *auctor*)依然将自己理解成手抄本时代亲笔写书的"书籍制作者"(book-makers)中的一员,莎士比亚也不例外。*Liber liberum aperit*(一本书打开另一本),通过聚焦十四行诗集中俯拾即是的"书籍"隐喻,我们或许能找到通向"作者"莎士比亚内心的关键一页。

本诗的核心论证并不复杂,它起于对《旧约·传道书》中的古训"日光之下并无新事"(*nihil novum sub sole*)的沉思。确切地说,第一节四行诗探索的是创作者的手艺是否可能赶超古人,那些苦心经营的艺术家(此处尤指诗人)是否不过是"再次产下了前代已有的婴孩"(... labouring for invention bear amiss/The second burthen of a former child)。在第二、第三节四行诗中,诗人要求历史向前回溯五百年甚至更久——在莎士比亚时代和更早时代的英语中,hundred 这个词可以表示 120,因此太阳运行 500 周需要的时间可能是 600 年[1]——然后向过去世代的诗人发出了挑战式的祈愿:

---

[1] See G. R. Legder, http://www.shakespeares-sonnets.com/sonnet/59.

Oh that record could with a backward look,
Even of five hundred courses of the sun,
Show me your image in some antique book,
Since mind at first in character was done

呵,但愿历史能回头看已往
(它甚至能追溯太阳的五百次运行),
为我在古书中显示出你的形象,
既然思想从来是文字所表明。

这里"你的形象"(your image)自然指俊美青年,但祈愿对象却是"古书"(antique book)的作者,即过去时代的所有诗人。既然"心灵最早是由文字(character)记载",那就让"我"看看,五六百年前乃至人类历史上的一切"古书"中,是否用文字刻画过如"你"一般卓越的佳人。"书籍"一直是莎士比亚核心象征系统的构件,这一部分反映了早期现代英国文学传统对中世纪修辞的继承,另一方面也是莎士比亚个人才智的体现——尽管本·琼森讥讽莎翁"少谙拉丁,更鲜希腊",四百多年来围绕"莎士比亚的书架"(莎士比亚读过什么)的研究越来越显示他虽然算不上学者,却绝对称得上博览群书。1759年,英国诗人爱德华·杨(Edward Young)在《原创计划》(*Conjectures on Original Composition*)中更是称莎士比亚为一位掌握了"自然之书与人类之书"的作家。[1] 在更直白的意义上，莎翁及其同时代人常常把人的面孔比作一本书，这一奇喻直接继承自古典和中世纪文学，比如莎翁熟读的但丁就曾从人面上看到了 OMO 的字母组合——在意大利语中，OMO 读音近似 uomo（意大利语"人"），来自 *homo*（拉丁文"人"）。但丁以下这三行诗可谓将音、形、意巧妙地结合到了一张人面上：

> 亡魂的眼眶像戒指的宝石被抠。
> 有谁在众脸读出 OMO 这个字符，
> 就会轻易看见字母 M 的结构。[2]

比莎士比亚早出生两代的英国诗人约翰·海伍德（John Heywood, 1497—1580）曾将当时在位的苏格兰女王玛丽·都铎（Mary Tudor, 1516—1568，伊丽莎白一世之后继任英格兰国王的詹姆士一世的母亲）的脸比作令人手不释卷的书：

> The virtue of her lively looks
> Excels the precious stone;
> I wish to have non other books
> To read or look upon.[3]

---

[1] R. Ernst Curtius, *European Literature and the Latin Middle Ages*, p. 439.

[2] 但丁,《神曲·炼狱篇》，黄国彬译，第 332 页。

[3] R. Ernst Curtius, *European Literature and the Latin Middle Ages*, p.453.

她鲜活的容颜

卓越胜过宝石；

除此我再不愿

读览其他书卷。

（包慧怡 译）

莎士比亚戏剧中在"人面""人的形象"与"书籍"之间建立联系的例子同样比比皆是。譬如《错误的喜剧》第五幕第一场中，莎士比亚借伊勤之口哀叹"人脸"这本书如何被忧愁"改写"："唉！自从我们分别以后，忧愁已经使我大大变了样子，/ 年纪老了，终日的懊恼 / 在我的脸上刻下了难看的痕迹。"再如《麦克白》第一幕第五场中，麦克白夫人向丈夫传授用面部神态这本书去欺骗的技艺："您的脸，我的爵爷，正像一本书，人们 / 可以从那上面读到奇怪的事情。"又如《理查二世》第四幕第一场中，被迫退位的理查索要一面镜子，好借着它阅读自己的"面孔之书"，同时间接地对篡位者波林勃洛克（后来的亨利四世）发出控诉："他们将会得到满足；当我看见那本记载着我的一切罪恶的书册（book），/ 也就是当我看见我自己的时候，/ 我将要从它上面读到许多事情。/ 把镜子给我，我要借着它阅读我自己（wherein will I read）。"人用自己的悲喜、离合、善恶、一切过往的经验刻画自己的面孔，用一生所历书写自己的"脸书",他是自己人生之书的唯一作者,通常也是唯一真正留心的读者,如同理查二世那样(虽然为时已晚)。这般洞见与修辞天衣无缝的结合,是莎士比亚比同样嗜好书籍隐喻的前辈诗人但丁走得更远之处。

或许莎剧中关于"人面之书"的最华丽的辞章出自《罗密欧与朱丽叶》。第一幕第三场中,朱丽叶的母亲凯普莱特夫人向女儿介绍她的求婚者帕里斯,并把后者比作一卷"美好的书"(fair volume)、一本"珍贵的恋爱的经典"(precious book of love);进一步说帕里斯这本书尚未装帧(unbound),缺少封面(lacks a cover),而朱丽叶正应该嫁给这个男人,去做他的"封面",使这本书尽善尽美:"从年轻的帕里斯的脸上,你可以读到用秀美的笔写成的迷人诗句;一根根齐整的线条,交织成整个一幅谐和的图画;要是你想探索这一卷美好的书中的奥秘,在他的眼角上可以找到微妙的诠释。这本珍贵的恋爱的经典,只缺少一帧可以使它相得益彰的封面;正像游鱼需要活水,美妙的内容也少不了美妙的外表陪衬。记载着金科玉律的宝籍,锁合在漆金的封面里,它的辉煌富丽为众目所共见;要是你做了他的封面,那么他所有的一切都属于你所有了。"通过将男子比作书籍的"内容"而将女子比作陪衬的"外表"和"封皮",莎翁不动声色地暗示了这段起于父母之命的婚姻安排注定不会有结果,朱丽叶这样的女子注定要在更平等的关系中追求自己的幸福,即使潜在的代价是付出生命。

在十四行诗集中,"书册"(book)一词总共出现了六次,其他表示各类具体书籍形式的近义词则数不尽数。商籁第 59 首中的"古书"虽然以单数形式出现(some antique book),却指向过去以手抄、拓印等方式流传于人世的一切书籍。因为诗人的修辞意图是"明了古人会怎样/述说你形体的结构是一种奇观",看看是往昔的诗人在描摹美貌方面做得更出色,还是"我"改良和超越了他们所有人,或者说第一行中关于日光之下无新事的古谚终究是对的:"我"的创作比起古人是原地踏步,并无实质变化(revolution be the same)。revolution 一词在早期现代英语中并不用来指更新换代的"革命",而仅指时间的流逝,或一般的无常变迁:

That I might see what the old world could say
To this composed wonder of your frame;
Whether we are mended, or where better they,
Or whether revolution be the same.
这样我就能明了古人会怎样
述说你形体的结构是一种奇观;
明了究竟是今人好,还是古人强,
究竟事物变不变,是不是循环。

诗人的答案当然是斩钉截铁的,在第三节四行诗中提出的三种可能性中,是第二种,比起古书,比起过去的诗人们,"我们更好"(we are mended)。这份荣耀共同归于你我,是作为作者的"我"和作为主题(subjects)的"你"合作的结果,因为过去时代的"才智"(对句中的 wits,类似于第二行中的 brains),也即拥有这些才智的诗人们,他们赞颂的主题远远比不上"你"(Oh sure I am the wits of former days, /To subjects worse have given admiring praise)。"你"成了前无古人的美之主题,"你"本身的卓越决定了"我"的艺术的卓越。由于确信古代诗人缺乏"我"因"你"无双的美貌得到的优势,诗人也就能颇为自信地断言,正如过去从未有人如"你"一般美,往昔一切"古书"在描摹"美"这一领域也就无一能超越"我"写下的这本十四行诗集。莎士比亚这种借戏剧冲突之语境悄然将自己"写入经典"的手法我们还会不断看到。

《但丁眺望炼狱山》,阿涅奥罗·布朗奇诺（Agnolo Bronzino），约1540年

商籁
第 60 首

海浪
元诗

正像海涛向卵石滩头奔涌,
我们的光阴匆匆地奔向灭亡;
后一分钟挤去了前一分钟,
接连不断地向前竞争得匆忙。

生命,一朝在光芒的海洋里诞生,
就慢慢爬上达到极峰的成熟,
不祥的晦食偏偏来和他争胜,
时间就捣毁自己送出的礼物。

时间会刺破青春表面的彩饰,
会在美人的额上掘深沟浅槽;
会吃掉稀世之珍:天生丽质,
什么都逃不过他那横扫的镰刀。

    可是,去他的毒手吧!我这诗章
    将屹立在未来,永远地把你颂扬。

Like as the waves make towards the pebbled shore,
So do our minutes hasten to their end;
Each changing place with that which goes before,
In sequent toil all forwards do contend.

Nativity, once in the main of light,
Crawls to maturity, wherewith being crown'd,
Crooked eclipses 'gainst his glory fight,
And time that gave doth now his gift confound.

Time doth transfix the flourish set on youth
And delves the parallels in beauty's brow,
Feeds on the rarities of nature's truth,
And nothing stands but for his scythe to mow:

> And yet to times in hope, my verse shall stand.
> Praising thy worth, despite his cruel hand.

商籁第 60 首的地位,和商籁第 12 首(《紫罗兰惜时诗》)一样重要,两者的主题同样是时间。在 1609 年的初版对开本中,"时间"这个单词在两首诗中同样出现了三次(两次小写,一次大写)。恰如时钟上指示着十二个时辰,每小时也有六十分钟。出现在十四行诗系列这个特定位置的商籁第 60 首,如果仅读前 12 行,甚至可以被看作一首惜时诗。《紫罗兰惜时诗》写了时间摧残万物的两种模式(被动和主动),商籁第 60 首继续了这一主题,聚焦于其主动出击的类似于死神的"严酷的收割者"(Grim Reaper)形象。商籁第 60 首第 2 行中直接出现了"分钟"(minutes)一词,仿佛在提醒读者光阴的逝去:

Like as the waves make towards the pebbled shore,
So do our minutes hasten to their end;
Each changing place with that which goes before,
In sequent toil all forwards do contend.
正像海涛向卵石滩头奔涌,
我们的光阴匆匆地奔向灭亡;
后一分钟挤去了前一分钟,
接连不断地向前竞争得匆忙。

诗人将一分钟一分钟向前"推挤"的时间比作涌上卵

石海滩的波浪,这本身是一个寻常的譬喻。不过,乔纳森·贝特等学者认为本诗对时间属性的描述深受奥维德影响,其三节四行诗在《变形记》卷十五中均有对应的源章节。奥维德在该卷中借毕达哥拉斯之口教谕道:"我现在在大海上航行,任凭海风吹满我的帆篷。宇宙间一切都无定形,一切都在交易,一切形象都是在变易中形成的。时间本身就像流水,不断流动;时间和流水都不能停止流动,而是像一浪推一浪,后浪推前浪,前浪又推前浪,时间也同样前催后拥,永远更新。过去存在的,今天就不存在了;过去没有存在过的,今天即将到来。时间永远在翻新。"[1] 类似地,商籁第 60 首第一节描述的是尚未有人类参与的、时间自然流逝的场景,时间只是周而复始地"奔赴终点"(hasten to their end)和"换位"(changing place),没有什么显而易见的动机。但到了第二节四行诗中,人格化的"时间"出现了,其核心性格特征也得到了凸显,那就是"悭吝":

> Nativity, once in the main of light,
> Crawls to maturity, wherewith being crown'd,
> Crooked eclipses 'gainst his glory fight,
> And time that gave doth now his gift confound.
> 生命,一朝在光芒的海洋里诞生,

---

[1] 奥维德、贺拉斯,《变形记·诗艺》,第 410 页。

> 就慢慢爬上达到极峰的成熟，
> 不祥的晦食偏偏来和他争胜，
> 时间就捣毁自己送出的礼物。

这节中描述的从"出生"（nativity）到"成熟"（maturity）的生命历程是一个典型莎士比亚式的双重隐喻：既指一日内太阳在海面上东升西落的旅程，又指人的一生。此处的 main 指大海（拉丁文 *mare*，法语 mer），开阔海面上的日出固然壮丽，当它"爬"（crawls）上中天，爬到宛如被"加冕"（crown'd）的最高点，其命运就将急转直下，被"扭曲的"（crooked）日蚀侵袭而失去荣光。无论日蚀还是月蚀，在文艺复兴时期都被看作灾祸和不幸的先兆，明亮的天体被看作在蚀相中与黑暗作着艰苦斗争，一如壮年为了保住其芳华而与暮年斗争（'gainst his glory fight）——当然是注定失败的斗争。曾经慷慨给予生命的时间（time that gave）现在却变得悭吝，亲手摧毁了自己的馈赠（doth now his gift confound）。该节中用一系列头韵动词（crawls/crown'd/crooked/confound）追溯了人如海面上的太阳一般三段式的生命旅程：日出——"爬行"的婴儿，日中——"加冕"的青壮年，日蚀——暮年。诗人是将青年和中年/壮年合并为一个时期来谈论的，两者共同形成一个人最好的年华，对应太阳的"如日中天"，也即其他商籁中出现过的 middle age（盛年）这个词。这一描述在《变形记》卷十五中亦有迹可循："日神的圆盾从地面升起的时候是朱红的；在落山的时候，也是朱红的；而在当头的时候则是雪白的，因为天顶的气最清，离开污浊的尘世最远……婴儿见了天光，但是还只能仰卧着，毫无气力。不久，他就会手足并用，像牲畜一样地爬行了……此后，他便矫健敏捷，度过了青年时期。等到中年过去，他便走上了下坡路，到了老年。这时，早年的气力耗尽了，衰退了。"[1]

而莎士比亚此诗中的创新在于用更"不详"甚至是"邪恶"的日蚀（crooked 可指心灵的扭曲，譬如在 a crooked mind 中）来替代奥维德式的自然的日落，也就更好地衔接了第三节四行诗中时间蓄意破坏甚至是"行凶"的凶恶形象——"时间会刺破青春表面的彩饰，/ 会在美人的额上掘深沟浅槽"（Time doth transfix the flourish set on youth/And delves the parallels in beauty's brow）。动词 transfix（刺破）来自拉丁文过去分词 *transfixus*，其动词原形是 *transfigere*，由 *trans-*（穿过）+ *figere*（固定，刺透）构成，我们可以说 transfix butterfly specimens to the collection board（用针把蝴蝶标本固定在标本柜中）。时间如一根长矛刺过青春的芳华，把原本鲜活的生命固定在一种永恒的"死后僵硬"（*rigor mortis*）中；时间还在美人的眉毛（美的堡垒）中挖掘壕沟来摧毁美，类似的表述在其他商籁中也

[1] 奥维德、贺拉斯，《变形记·诗艺》，第410—411页。

可以找到，比如商籁第 2 首的开篇（"四十个冬天将围攻你的额角，/ 将在你美的田地里挖浅沟深渠"）。至此，自然主义的"时间"已经彻底完成了人格化，甚至是"神格化"，第一节中海浪般自然奔涌的"分钟"站到了"自然"的反面，变成了吞噬自己孩子的时间之神克罗诺斯，变成了手握镰刀的"严酷的收割者"，变成了死神本身（Feeds on the rarities of nature's truth, /And nothing stands but for his scythe to mow）。

只有到了这里，全诗的终点处，诗人才向"你"发出了金声玉振的表白，一种捍卫美的决心，也是一种"元诗"式的祈愿：唯愿"我"的诗屹立千古，永远赞颂"你"的美德，无论时光之手多么残酷。这里的"手"是神话中收割生命的时光-克罗诺斯-死神握镰刀的手，更是机械钟表上的时针（hand）——至此，本诗也如时针在表面跑完一圈，回到原点，但原点早已不是出发时的原点：

And yet to times in hope, my verse shall stand.
Praising thy worth, despite his cruel hand.
可是，去他的毒手吧！我这诗章
将屹立在未来，永远地把你颂扬。

结构上，商籁第 60 首是一首典型的 4+4+4+2 式莎士比亚商籁，迟来的转折段虽然在最后的对句中才出现，却矢志要与之前的 12 行对抗到底。类似的结构在同样处理光阴流逝的商籁第 73 首中也可以看到。

经典塔罗大阿卡纳中的第十三张牌"死神",
常被看作"时间"的一个化身

**商籁
第 61 首**

———

**守夜
情诗**

是你故意用面影来使我面对
漫漫的长夜张着沉重的眼皮?
是你希望能打破我的酣睡,
用你的影子来玩弄我的视力?

是你派出了你的魂灵,老远
从家乡赶来审察我干的事情;
来查明我怎样乱花了空闲的时间,
实现你猜疑的目的,嫉妒的用心?

不啊! 你的爱虽然多,还没这样大;
使我睁眼的是我自己的爱;
我对你真爱,这使我休息不下,
使我为你扮守夜人,每夜都在:

> 我为你守夜,而在老远的地方,
> 你醒着,有别人紧紧靠在你身旁。

Is it thy will, thy image should keep open
My heavy eyelids to the weary night?
Dost thou desire my slumbers should be broken,
While shadows like to thee do mock my sight?

Is it thy spirit that thou send'st from thee
So far from home into my deeds to pry,
To find out shames and idle hours in me,
The scope and tenure of thy jealousy?

O, no! thy love, though much, is not so great:
It is my love that keeps mine eye awake:
Mine own true love that doth my rest defeat,
To play the watchman ever for thy sake:

> For thee watch I, whilst thou dost wake elsewhere,
> From me far off, with others all too near.

在莎士比亚这里，夜晚始终是相思和对着缺席的爱人诉说相思的时刻，是无法相伴的恋人们辗转难眠、千头万绪的时刻。在商籁第 27 首和商籁第 28 首这对双联诗中，我们已经看到过夜色使得诗人产生了何等丰富的幻视，他可以终宵瞪着黑暗，直到思念化身香客去向爱人朝圣："劳动使我疲倦了，我急忙上床，/ 来好好安歇我旅途劳顿的四肢；/ 但是，脑子的旅行又随即开场，/ 劳力刚刚完毕，劳心又开始。"(ll.1–4, Sonnet 27) 他也可以因为试图平息假想中白天与黑夜对他爱人的争夺，而终夜不得安眠："我就讨好白天，说你辉煌灿烂，/ 不怕乌云浓，你能把白天照亮；/ 也恭维黑夜，说如果星星暗淡，/ 你能把黑夜镀成一片金黄。"(ll.9–12, Sonnet 28) 或是如商籁第 43 首(《夜视玄学诗》)中那样，赋予情人的幻影转换昼夜的魔力："不见你，个个白天是漆黑的黑夜，/ 梦里见到你，夜夜放白天的光烨！"(ll.13–14, Sonnet 43)。

而商籁第 61 首的核心动词是"守夜"(watch)。这首诗用前两节四行诗的三个问句和第三节对上述问题的回答串起通篇论证，全诗的转折段也出现在第三节中。之前的八行诗中，诗人都试图将自己失眠的痛苦以一种被问句柔和化了的语调，"归咎"于不在身边的恋人：

Is it thy will, thy image should keep open

My heavy eyelids to the weary night?
Dost thou desire my slumbers should be broken,
While shadows like to thee do mock my sight?
是你故意用面影来使我面对
漫漫的长夜张着沉重的眼皮?
是你希望能打破我的酣睡,
用你的影子来玩弄我的视力?

Is it thy spirit that thou send'st from thee
So far from home into my deeds to pry,
To find out shames and idle hours in me,
The scope and tenure of thy jealousy?
是你派出了你的魂灵,老远
从家乡赶来审察我干的事情;
来查明我怎样乱花了空闲的时间,
实现你猜疑的目的,嫉妒的用心?

  诗人问道,是不是"你的意志"(thy will)、"你的形象"(thy image)、"你的精神"(thy spirit)、"你的嫉妒"(thy jealousy),是不是缺席的"你"从远处派出了这一切,好来"监测我的行动"(into my deeds to pry),看"我"是否保持忠贞不渝?第三节四行诗立刻对所有这些问题作出了否定：不是的，"你"对"我"并未爱到会如此嫉妒、如此不安的程度。关于"你"会如偷偷派出间谍般派出自己的形象和精神，来监视"我的行动"——这种热恋中人才有的体现出强烈占有欲的事，"你"并没有做——连这些念头都是"我"的想象。如果"你"真的这么做了，那或许还能带来安慰，至少"我"可以确信"你"仍在乎"我"。但现实是，"你的爱……还没这样大"，并没有大到派出魑魅魍魉干扰"我"睡眠的地步，真正让"我"辗转难眠的，是"我"自己心中的爱，是这份单方面的爱让"我"终夜为"你"守夜：

> O, no! thy love, though much, is not so great:
> It is my love that keeps mine eye awake:
> Mine own true love that doth my rest defeat,
> To play the watchman ever for thy sake
> 不啊！你的爱虽然多，还没这样大；
> 使我睁眼的是我自己的爱；
> 我对你真爱，这使我休息不下，
> 使我为你扮守夜人，每夜都在

而此时，在"我"思念的夜色中被守护的"你"又在哪里呢？"你"很可能正在别人身边醒来，"与别人靠得太近"。对句中再次点出"我为你守夜"的主题,并用另一个本可以表示"守夜"的动词 wake 来描述"你"的所为——詹姆斯·乔伊斯的《芬尼根守灵夜》(*Finnegan's Wake*)恰恰使用了 wake 一词表示"守夜"。商籁第 61 首的对句是无比苦涩的:相爱的人本应互相守夜,若他们在长夜里无法陪伴在彼此身边,但"你我"之间的反差在于,当"我守夜"(watch I)时,"你"却在别人身边"醒来"(wake)。

For thee watch I, whilst thou dost wake elsewhere,
From me far off, with others all too near.
我为你守夜,而在老远的地方,
你醒着,有别人紧紧靠在你身旁。

1599 年,在书商威廉·贾加德(William Jaggard)未经莎士比亚同意就冠上他的名字缩写(W. Shakespeare)出版的抒情诗集《激情的朝圣者》(*The Passionate Pilgrim*)中,通常被编为第 14 首的《晚安,好睡》(*Good Night, Good Rest*)一诗,处理的主题和修辞风格都与商籁第 61 首颇相似。虽然现代学者通常认为《激情的朝圣者》中只有 5 首诗确实出自莎士比亚之手(并不包括《晚安,好睡》,该诗的确切作者至今没有定论),但该诗叙事者通篇描述的"心与钟表的较量",以及爱人不在身边时"分钟汇聚成小

时……每分钟都似一个月那么长"的内心活动,依然值得拿来与商籁第 61 首对参阅读:

Good Night, Good Rest

Lord! how mine eyes throw gazes to the east;
My heart doth charge the watch; the morning rise
Doth cite each moving sense from idle rest.
Not daring trust the office of mine eyes,
While Philomela sits and sings, I sit and mark,
And wish her lays were tuned like the lark;
…
Were I with her, the night would post too soon;
But now are minutes added to the hours;
To spite me now, each minute seems a moon;
Yet not for me, shine sun to succour flowers!
Pack night, peep day; good day, of night now borrow:
Short, night, to-night, and length thyself to-morrow.

(ll.13–18, 25–30)

晚安,好睡

神啊!我的眼如何将目光抛向东方;
我的心值班守夜;白日骤升
从慵懒中激起每种活动的感官。
不敢信任我自己双眼的轮值,
当夜莺坐着歌唱,我端坐聆听,
惟愿她的歌谣能有云雀的调式。
……
若我能共她一处,夜晚会转瞬即逝;
如今却一分分叠加在一个个时辰上;
为了把我轻蔑,每分钟都漫长如月;
太阳却并非为我闪耀,把花儿帮持!
打点夜晚,窥探白日;好白日,现在借过夜晚:
今夜让黑夜变短吧,明天,延长你自身。

(包慧怡 译)

1599年未经莎士比亚同意而冠其名字出版的
"盗版诗集"《激情的朝圣者》封面

商籁
第 62 首

自画像
情诗

自爱这罪恶占有了我整个眼睛,
整个灵魂,以及我全身各部;
对这种罪恶,没有治疗的药品,
因为它在我的心底里根深蒂固。

我想我正直的形态、美丽的容貌、
无匹的忠诚,天下没有人比得上!
我要是给自己推算优点有多少,
那就是:在任何方面比任谁都强。

但镜子对我显示出:又黑又苍老,
满面风尘,多裂纹,是我的真相,
于是我了解我自爱完全是胡闹,
老这么爱着自己可不大正当。

  我赞美自己,就是赞美你(我自己),
  把你的青春美涂上我衰老的年纪。

Sin of self-love possesseth all mine eye
And all my soul, and all my every part;
And for this sin there is no remedy,
It is so grounded inward in my heart.

Methinks no face so gracious is as mine,
No shape so true, no truth of such account;
And for myself mine own worth do define,
As I all other in all worths surmount.

But when my glass shows me myself indeed
Beated and chopp'd with tanned antiquity,
Mine own self-love quite contrary I read;
Self so self-loving were iniquity.

>'Tis thee, –myself, –that for myself I praise,
>Painting my age with beauty of thy days.

商籁第 62 首又是一首"镜迷宫"商籁,表面上看起来,这是一首关于错位的自恋及其反省的诗。第一节中,诗人就把"自爱"(self-love)称为"一种罪",如果说迷恋自己的水中倩影的美少年纳西索斯的自恋首先是通过眼睛发生的,那么此诗中叙事者的自恋则不仅通过眼睛,还通过灵魂,以及"每个部分"发生,这种"无药可救"的自恋植根于诗人的"心":

> Sin of self-love possesseth all mine eye
> And all my soul, and all my every part;
> And for this sin there is no remedy,
> It is so grounded inward in my heart.
> 自爱这罪恶占有了我整个眼睛,
> 整个灵魂,以及我全身各部;
> 对这种罪恶,没有治疗的药品,
> 因为它在我的心底里根深蒂固。

这是我们在整本诗集中第一次听见诗人说他沉迷于自己的面庞。在之前的商籁中,所有关于外在美貌的赞扬都是留给俊美青年的,在本诗中,我们却发现诗人一反常态、心眼合一地夸耀自己的"面容"(face)和"形体"(shape)。"照镜子"是个属于自恋者的经典动作,在中世纪与文艺复兴关于七宗罪主题的艺术作品中,画家或雕刻家常用一个背对观者的照镜人形象来表示"骄傲"(*superbia*)这一基督教语境下的首罪。然而本诗中照镜人的骄傲却并未维系很久,到了第三节中,诚实的镜子就让诗人看见了自己容貌的真相:风烛残年,肤色黧黑,遍布皱纹。这就使照镜者陷入了自省,原来之前的自恋都是基于错误的幻觉,他的自我认知一直是错位的,如此错置的自爱更是大错特错:

> But when my glass shows me myself indeed
> Beated and chopp'd with tanned antiquity,
> Mine own self-love quite contrary I read;
> Self so self-loving were iniquity.
> 但镜子对我显示出:又黑又苍老,
> 满面风尘,多裂纹,是我的真相,
> 于是我了解我自爱完全是胡闹,
> 老这么爱着自己可不大正当。

"照镜"作为戏剧人物自我反省和玄学独白的导火索,在莎士比亚的戏剧作品中可谓层出不穷。譬如《哈姆雷特》第三幕第四场中,哈姆雷特对生母格特鲁德说:"来,来,坐下来,不要动;我要把一面镜子放在你的面前,让你看

一看你自己的灵魂。"(朱生豪 译)

《理查二世》第四幕第一场中,被迫退位的理查二世对镜自伤的独白也堪称经典:"把镜子给我,我要借着它阅读我自己。还不曾有深一些的皱纹吗?悲哀把这许多打击加在我的脸上,却没有留下深刻的伤痕吗?啊,谄媚的镜子!正像在我荣盛的时候跟随我的那些人们一样,你欺骗了我。这就是每天有一万个人托庇于他的广厦之下的那张脸吗?这就是像太阳一般使人不敢仰视的那张脸吗?这就是曾经'赏脸'给许多荒唐的愚行、最后却在波林勃洛克之前黯然失色的那张脸吗?一道脆弱的光辉闪耀在这脸上,这脸儿也正像不可恃的荣光一般脆弱,瞧它经不起用力一掷,就碎成片片了。沉默的国王,注意这一场小小的游戏中所含的教训吧,瞧我的悲哀怎样在片刻之间毁灭了我的容颜。"(朱生豪 译)

再如《理查三世》第一幕第一场中理查三世的独白:"可是天生我畸形,不适于戏谑,也无从向含情的明镜前讨欢爱;我粗陋成相,比不上爱神的仪容,焉能在袅娜的仙姑前昂首阔步;我既被卸除了一切匀称的外表,欺人的造化骗去我种种貌相,残缺不全,时日还不及成熟,便送来这喘息的人际,不过半成型,加之,我如此跛踬,如此地不合时,甚至狗儿见我跛足而过,也要对我吠叫……"(梁实秋 译)

而商籁第 62 首的对句中,揽镜自照带来了顿悟般的觉醒:原来"我"真正爱的不是自己,"我"之所以孤芳自赏,是因为自知写下了美丽的诗行,而这些诗行的来源和主题却是"你"。是"我"自己的认知发生了偏差,误认为描写俊友这般美好之人的"我"自己也是美好的,其实不过是在"用你青春的美貌来藻绘我的暮年":

'Tis thee, –myself, –that for myself I praise,
Painting my age with beauty of thy days.
我赞美自己,就是赞美你(我自己),
把你的青春美涂上我衰老的年纪。

1623 年出版的莎士比亚戏剧集《第一对开本》的标题页上,有一幅马丁·德罗肖特(Martin Droeshout)所作的镌刻肖像,用来强调该书的内容的确出自威廉·莎士比亚之手。这幅大额头、肿眼皮的莎士比亚肖像也是最为后世熟悉的莎士比亚的作者像。这其貌不扬的肖像页对面的书页却写着一首题为《致读者》(*To the Reader*)的短诗,作者是莎士比亚的生前友人本·琼森(1572—1637),该诗也被后世称为《论莎士比亚的肖像》(*On the Portrait of Shakespeare*),其诗如下:[1]

---

[1] 戴维·斯科特·卡斯顿,《莎士比亚与书》,第 104—105 页。

To the Reader

Ben Jonson

THE FIGURE that thou here seest put,
It was for gentle SHAKESPEARE cut,
Wherein the graver had a strife
With nature, to out-do the life:
O could he have but drawn his wit
As well in brass, as he has hit
His face; the print would then surpass
All that was ever writ in brass:
But since he cannot, reader, look
Not on his picture, but his book.

致读者

本·琼森

你所看到呈现在此的肖像,
是为了高贵的莎士比亚所作,
雕刻家在其中与自然竞争
试图比真人画得更栩栩如生:
哦,假如他能像刻画他的面容般

用黄铜刻画出他的智慧;
这本印刷书籍就能超越一切
曾用黄铜镌刻下的事物:
然而既然刻工欠缺这份手艺,读者啊
不要看他的肖像,去读他的书。

(包慧怡 译)

"不要看他的肖像,去读他的书。"诗人作为一名照镜者,之所以描绘这一场顾影"自恋"后的幻灭,用意都在全诗最后两行中:"你"才是"我"的镜子,或者说,关于"你"的、由"我"写下的诗行才是"我"最可靠的镜子。情诗和元诗的主题结合到了一起,诗人最持久的镜子永远是他的作品。

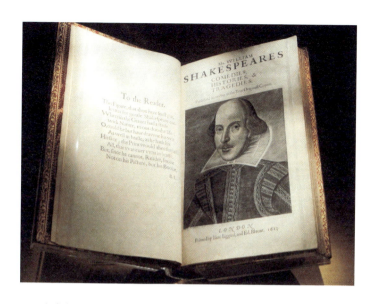

1623年《第一对开本》莎士比亚肖像页(右)
及琼森题诗页(左)

我爱人将来要同我现在一样，
会被时间的毒手揉碎，磨损；
岁月会吸干他的血，会在他额上
刻满皱纹；他的青春的早晨，

也会走进老年的险峻的黑夜；
他如今是帝王，是一切美的领主，
这些美也会褪去，最后会消灭，
使他失掉他春天的全部宝物；

我怕这时期要来，就现在造碉堡，
预防老年用无情的刀斧来逞威，
使老年只能把他的生命砍掉，
砍不掉他留在后人心中的美。

　　他的美将在我这些诗句中呈现，
　　诗句将长存，他也将永远新鲜。

商籁
第63首

墨迹
元诗

Against my love shall be as I am now,
With Time's injurious hand crushed and o'erworn;
When hours have drained his blood and filled his brow
With lines and wrinkles; when his youthful morn

Hath travelled on to age's steepy night;
And all those beauties whereof now he's king
Are vanishing, or vanished out of sight,
Stealing away the treasure of his spring;

For such a time do I now fortify
Against confounding age's cruel knife,
That he shall never cut from memory
My sweet love's beauty, though my lover's life:

> His beauty shall in these black lines be seen,
> And they shall live, and he in them still green.

本诗的主题与商籁第 60 首(《海浪元诗》)十分相似，在某种意义上可以看作后者的第一人称改写版。"时间"的受害者从第 60 首中抽象的"青春"变成了具体的"我的爱人"，诗人则以"守护者"的身份出现，立誓要在岁月面前捍卫爱人的美，用一种与之匹配的武器。

商籁第 60 首的最后一个意象"残忍的时光之手"(Praising thy worth, despite his cruel hand, l.14) 在间隔两首诗之后，作为商籁第 63 首的第一个意象再度登场：时光"有害的"手已经摧残了"我"的容颜(With Time's injurious hand crushed and o'erworn)，这是诗人在商籁第 62 首中对着镜子得出的真相(… when my glass shows me myself indeed, l.9)。本诗中，"我"担心的是它会对"我的爱人"做同样的事：吸干他的血，在他的眉头刻满皱纹(When hours have drained his blood and filled his brow /With lines and wrinkles)。在"饮干"(drain)和"斟满"(fill)这一对反义动词的灵活组句中，我们再次看到人格化的时间在扼杀青春时采用的手段的丰富多样。十四行诗系列中充斥着对时间这一秉性的贬抑，以下这些序号的商籁中都可以找到类似的表述：第 5、12、15、16、19、22、55、60、63、64、65、77、100、115、116、123、126 首。

就句式而言，商籁第 63 首是一首"崎岖的"十四行诗。全诗有大量跨行(enjambment)甚至跨节的写法，长短不一的从句不规律地分布在第 9 行（volta）前后，打破了我们已在莎士比亚十四行诗中习惯的结构平衡。除了在全诗末尾，句号一次都没有出现，仿佛诗人有意以语句不可遏止的流泻来模仿时间无法被阻挡的进程：

… when his youthful morn
……他的青春的早晨，

Hath travelled on to age's steepy night;
And all those beauties whereof now he's king
Are vanishing, or vanished out of sight,
Stealing away the treasure of his spring
也会走进老年的险峻的黑夜；
他如今是帝王，是一切美的领主，
这些美也会褪去，最后会消灭，
使他失掉他春天的全部宝物

俊友此刻的年纪被比作一日中的清晨，以及一年中的春天，而他必将来到的晚年则被比作"陡峭的黑夜"（age's steepy night）和一个心照不宣的（诗中并未直接出现）冬天。这种将人的年龄放入岁时的大框架中看待的做法，奥维德在《变形记》卷十五中已经给出了先例。在通常被称作"毕达哥拉斯的演说"的那一部分中,奥维德借"那个定居克罗托那的萨摩斯人"(毕达哥拉斯)之口,宣说"大宇宙的起源,事物的成因,事物的性质",并将人的生命划分为四个阶段,对应自然界的四季:"你们不见一年有四季的变化么?岁月效法人生分为四段:春天是新生,一切娇嫩,就像婴孩。这时候,绿草生芽,使农夫见了充满喜悦与希望,但是仍然荏弱无力。随后,百花竞放,开遍沃野,宛如锦绣,但是此时绿叶也仍然不很茁壮。春天过去,气候转入夏令,万物日渐结实,就如强健的青年。这一季节最为健壮,最为炽热。然后秋天到来,青春的红润逐渐消失,进入成熟境界,这时的情景介于青年与老年之间,额角上渐渐露出华发。最后是残冬老年,步履蹒跚,形容瑟缩,头发不是雪白,便是脱落干净了。"[1] 奥维德之后,3 世纪罗马传记作家第欧根尼·拉尔修斯(Diogenes Laërtius)在他的《名哲言行录》中也记录了毕达哥拉斯的时间观:"童年占 20 年,青年占 20 年,壮年占 20 年,老年占 20 年……把童年比作春天,把青年比作夏天,把壮年比作秋天,把老年比作冬天。"

对于一个人的生命历程,如果说莎士比亚在商籁第 7 首(《太阳惜时诗》)、第 60 首(《海浪元诗》)等十四行诗中采取的是三段式的划分法,以对应于一日内太阳在空

---

[1] 奥维德、贺拉斯,《变形记·诗艺》,第 411 页。

中的旅程,那么在本诗以及商籁第 6 首(《数理惜时诗》)、第 73 首(《秋日情诗》)等多处,他则采取了毕达哥拉斯式的四段式划分,将人生四阶段比作四季。本诗第二节提到,时间要偷走(steal)俊美青年的春日(Stealing away the treasure of his spring),这里的 steal 语法上作及物动词,相当于(time) steal the treasure of his spring away,但我们也应考虑到另一层潜在的双关意,即"时间"自己会"悄悄溜走"(steal away, steal 作不及物动词)。这正是文艺复兴时期对"时间"负面属性的另一种表现:时间不仅是吞噬自己子嗣的克罗诺斯(如商籁第 19 首中),或手舞镰刀的收割者(如商籁第 60 首中),或者操持其他武器的暴徒(如本诗第三节四行诗中的"小刀");它还可以是一个蹑手蹑脚的小偷,偷走人间的至宝(青春和美),自己也偷偷溜走。作为盗贼的时间没有作为暴徒时那么凶恶残忍,但同样"有害"(injurious),同样难以防范。而诗人在第三节中用一个倒装句(do I now)、一个表示"必将"的 shall、一个军事比喻(建造堡垒),斩钉截铁地起誓说,自己要在时间面前亲手捍卫爱人的美,即使他无法捍卫爱人的生命:

For such a time do I now fortify
Against confounding age's cruel knife,

That he shall never cut from memory
My sweet love's beauty, though my lover's life
我怕这时期要来,就现在造碉堡,
预防老年用无情的刀斧来逞威,
使老年只能把他的生命砍掉,
砍不掉他留在后人心中的美。

时间的武器是"残忍的小刀"(屠译"无情的刀斧"),而"我"的武器是笔和墨水。本诗的对句呈现了一种触目惊心的色彩对比:墨水及其写就的诗句(black lines)是乌黑的,但其中所保存的爱人的美是翠绿的(green)。在黑色中央,绿色将长存不朽;在无法逃避的黑色的死亡之后,爱人绿色的美和青春将活下去,被吟诵,被记忆,被保存,比黑色更为持久。

His beauty shall in these black lines be seen,
And they shall live, and he in them still green.
他的美将在我这些诗句中呈现,
诗句将长存,他也将永远新鲜。

"伟大的时间啊,你吞噬一切;你和妒嫉成性的老年,你们把一切都毁灭了,你们用牙齿慢慢地咀嚼,消耗着一切,使它们慢慢地死亡。"《变形记》中"毕达哥拉斯的演说"以此收尾。而诗人在商籁第 63 首这首元诗中表达的雄心,正是向"伟大的时间"宣战:至少在一首十四行诗的有限空间内,通过呈现对诗艺能够且必将保存美的信心,来战胜时间。

《一位93岁老人的肖像习作》，丢勒（Albrecht Dürer），1521年

我曾经看见:时间的残酷的巨手
捣毁了往古年代的异宝奇珍;
无常刈倒了一度巍峨的塔楼,
狂暴的劫数甚至教赤铜化灰尘;

我又见到:贪婪的海洋不断
侵占着大陆王国滨海的领地,
顽强的陆地也掠取大海的地盘,
盈和亏、得和失相互代谢交替;

我见到这些循环变化的情况,
见到庄严的景象向寂灭沉沦;
断垣残壁就教我这样思量——
时间总会来夺去我的爱人。

  这念头真像"死"呀,没办法,只好
  哭着把唯恐失掉的人儿抓牢。

商籁
第64首

变形
玄学诗

When I have seen by Time's fell hand defaced
The rich proud cost of outworn buried age;
When sometime lofty towers I see down-razed,
And brass eternal slave to mortal rage;

When I have seen the hungry ocean gain
Advantage on the kingdom of the shore,
And the firm soil win of the watery main,
Increasing store with loss, and loss with store;

When I have seen such interchange of state,
Or state itself confounded to decay;
Ruin hath taught me thus to ruminate
That Time will come and take my love away.

> This thought is as a death which cannot choose
> But weep to have that which it fears to lose.

商籁第 64 首继承了古典和中世纪诗人最为偏爱的主题之一:"鄙夷尘世"(*contemptus mundi*)。可以比较明显地看出贺拉斯和奥维德对莎士比亚的影响,而莎氏将这一古老的主题与自己对爱人的依恋结合在一起,使得这首玄学诗最后具有了挽歌的气质。第一节四行诗立刻让人想起贺拉斯《颂歌集》第三卷中的第 30 首颂歌:

> Exegi monumentum aere perennius
> Regalique situ pyramidum altius,
> Quod non imber edax, non Aquilo impotens
> Possit diruere, aut innumerabilis
> Annorum series et fuga temporum.
> 我建造了一座比青铜更恒久的纪念碑,
> 比屹立于王家宝座上的金字塔更宏伟,
> 无论是销蚀一切的雨还是暴怒的北风
> 都永远不能将它夷为平地,那数不尽的
> 流年时序以及荏苒光阴的捷足同样不能。
>
> (包慧怡 译)

莎士比亚的开篇如同对贺拉斯这节诗的一次致意,只是诗人并没有他的古罗马前辈那般掷地有声的自信,不像贺拉斯那样能够声称自己写下的颂歌是"建造了一座比青铜更恒久的纪念碑"。我们的诗人此刻尚且在悲叹,即使最巍峨的高塔、最坚固的黄铜,也难逃光阴的毒手,终将遭到流年的磨损,最终被夷为平地:

When I have seen by Time's fell hand defaced
The rich proud cost of outworn buried age;
When sometime lofty towers I see down-razed,
And brass eternal slave to mortal rage
我曾经看见:时间的残酷的巨手
捣毁了往古年代的异宝奇珍;
无常刈倒了一度巍峨的塔楼,
狂暴的劫数甚至教赤铜化灰尘

如果说首节令人想起贺拉斯,那本诗第二节则犹如莎士比亚对他最喜爱的古典诗人奥维德的改写。奥维德《变形记》卷十五中的这段话常被看作启发了莎士比亚,他那个时代最有可能阅读的英语版《变形记》出自同时代翻译家亚瑟·戈尔丁(Arthur Golding, 1536—1606)之手:"我相信事物绝不会长久保持同一形状。以时代而论,黄金时代转变为铁的时代……我亲眼看见陆地变成沧海,而沧海又变成陆地。在远离海洋的地方可以发现贝壳,在山巅上发现过古代的船锚。古代的平原,山洪把它们变成河谷;

而山岭也曾被洪水冲进海洋。过去的沼泽地带,今天变成一片沙漠;过去的干枯的沙地,今天又变成池沼……"[1]

莎士比亚则在本诗第二节中写道:

When I have seen the hungry ocean gain
Advantage on the kingdom of the shore,
And the firm soil win of the watery main,
Increasing store with loss, and loss with store
我又见到:贪婪的海洋不断
侵占着大陆王国滨海的领地,
顽强的陆地也掠取大海的地盘,
盈和亏,得和失相互代谢交替

平心而论,莎士比亚的修辞与奥维德这段话的相似虽然不言而喻,但也算得上是一种眼观沧海桑田变幻后产生的普遍的沉思。总体来说,商籁第64首的核心母题是"鄙夷尘世"。该母题从古典时期一直到基督教中世纪始终活跃,并且是过渡得天衣无缝的最古老的文学母题之一。使用该母题的诗人敦促读者沉思俗世生命和人世荣华富贵的必朽性,提醒人们生前拥有的一切都是虚空中的虚空(*vanitas vanitatum*)。早在9世纪或者更早,英语文学传统就已在《流浪者》(*The Wanderer*)这首雄浑悲壮的古英语哀歌中

---

[1] 奥维德、贺拉斯,《变形记·诗艺》,第412页。

回应了这一母题:

> Hwær cwom mearg? Hwær cwom mago? Hwær cwom maþþumgyfa?
> Hwær cwom symbla gesetu? Hwær sindon seledreamas?
> Eala beorht bune! Eala byrnwiga!
> Eala þeodnes þrym! Hu seo þrag gewat,
> genap under nihthelm, swa heo no wære. (ll. 92-96)

> 骏马们去了哪里?骑士们去了哪里?财富的分发者去了哪里?
> 盛宴上的宝座去了哪里?厅堂里的欢愉今何在?
> 呜呼,闪亮的杯盏!呜呼,穿锁子甲的武士!
> 呜呼,王公的荣耀!那时光如何逝去
> 隐入黑夜的荫蔽,仿佛从不曾存在!

(包慧怡 译)

"鄙夷尘世"母题在中世纪欧洲最著名和完整的拉丁文演绎要到13世纪的一首饮酒诗(goliardic poem)中才会出现。该饮酒诗题为《论人生苦短》(*De Brevitate Vitae*),更广为人知的标题是它配乐版的首句《让我们尽情欢愉》(*Gaudeamus Igitur*)。这首欢乐的歌谣是许多中世纪和近代大学毕业典礼上的必唱曲目:"让我们尽情欢愉/

趁青春年少/快活的青春逝去后/忧愁的老年逝去后/土壤会吞噬我们/那些在我们之前来到此世的人们/今何在?"(*Gaudeamus igitur /Juvenes dum sumus ... Ubi sunt qui ante nos/in mundo fuere?*) 不过,商籁第64首倒未必是诗人对《流浪者》和《论人生苦短》这类典型"鄙夷尘世"诗歌的有意识的继承。莎士比亚在第三节诗中似乎沉迷于描述"变形"(interchange of state)这一恒久不变的现象,沉迷于"形"或"状态"这个词语在政治学领域的回响——一如在商籁第29首(《云雀情诗》)的对句中,诗人说"我不屑与国王交换位置"(I scorn to change my state with kings),其中的 state 自然也同时兼有"状态"或者"王国,国度"的双关意。诗人沉思"变动"这唯一"不变"的状态,同时再用一个派生词双关,"废墟教会我深思熟虑":

> When I have seen such interchange of state,
> Or state itself confounded to decay;
> Ruin hath taught me thus to ruminate
> That Time will come and take my love away.
> 我见到这些循环变化的情况,
> 见到庄严的景象向寂灭沉沦;
> 断垣残壁就教我这样思量——
> 时间总会来夺去我的爱人。

所有这些玄思的结果是,诗人感到极度悲伤,几欲哭泣,因为恐怕自己的爱人也会同样被这永恒的变动夺走。这个关于爱人必死性的念头对诗人而言如同死亡一般痛苦却无法逃避(a death which cannot choose),也就将本诗导向了它挽歌式(elegiac)的对句:

This thought is as a death which cannot choose
But weep to have that which it fears to lose.
这念头真像"死"呀,没办法,只好
哭着把唯恐失掉的人儿抓牢。

威廉·卡克斯顿(William Caxton)翻译的《变形记》手稿(首个英文版《变形记》),1480 年

**商籁
第 65 首**

**无机物
元诗**

就连金石、土地、无涯的海洋,
也奈何不得无常来扬威称霸,
那么美,又怎能向死的暴力对抗——
看她的活力还不过是一朵娇花?

呵,夏天的香气怎能抵得住
多少个日子前来猛烈地围攻?
要知道,算顽石坚强、巉岩牢固、
钢门结实,都得被时间磨空!

可怕的想法呵,唉!时间的好宝贝
哪儿能避免进入时间的万宝箱?
哪只巨手能拖住时间这飞毛腿?
谁能禁止他把美容丽质一抢光?

  没人能够呵,除非有神通显威灵,
  我爱人能在墨迹里永远放光明。

Since brass, nor stone, nor earth, nor boundless sea,
But sad mortality o'ersways their power,
How with this rage shall beauty hold a plea,
Whose action is no stronger than a flower?

O! how shall summer's honey breath hold out,
Against the wrackful siege of battering days,
When rocks impregnable are not so stout,
Nor gates of steel so strong but Time decays?

O fearful meditation! where, alack,
Shall Time's best jewel from Time's chest lie hid?
Or what strong hand can hold his swift foot back?
Or who his spoil of beauty can forbid?

> O! none, unless this miracle have might,
> That in black ink my love may still shine bright.

商籁第 65 首延续了第 64 首关于世间物质持续变形、元素之间此消彼长、一切有形之物都难以在时光中长存的玄思。第 64 首对万物必朽性的悲叹最后落实于具体的一位爱人身上，第 65 首同样起于对普遍的美之脆弱的哀叹，最后却试图将前一首商籁的挽歌式结局改写成一种元诗式的乐观。

本诗第一节就呈现了诸多被视为坚固之物本质上的不稳定性，这些物质包括黄铜、磐石、大地、海洋等无机物。这也是一个古老的主题。古代诗人们早已嘲笑过试图用建筑令声名永存的人类行为的荒谬，这无异于在沙上建造城堡。卡尔科皮诺（Carcopino）关于图拉真石柱（Trojan Column）以及起先安放它的乌尔皮亚大会堂（Basilica Ulpia）是这么描述的："……这座三层的建筑四周是图书馆；图书馆之间屹立的那根历史石柱（至今还无人找出它的原型）……毫无疑问应该……经大马士革的建筑师阿波罗多鲁斯的原始设计，凸显了皇帝的心思；这根矗立于书城的石柱，贴了许多盘旋而上的大理石浮雕，图拉真想通过这些浮雕展示自己的赫赫战功，向苍穹歌颂自己的实力与精明。"[1] 用商籁第 65 首第一节的原文来说，既然所有这些无机物都终将屈从于"可悲的必朽性"，更不用提如有生命的鲜花一般娇弱的"美"了，美当然是格外脆弱和尤其不可长存的：

---

[1] 恩斯特·R. 库尔提乌斯，《欧洲文学与拉丁中世纪》，第 419 页。

Since brass, nor stone, nor earth, nor boundless sea,

But sad mortality o'ersways their power,

How with this rage shall beauty hold a plea,

Whose action is no stronger than a flower?

就连金石,土地,无涯的海洋,

也奈何不得无常来扬威称霸,

那么美,又怎能向死的暴力对抗——

看她的活力还不过是一朵娇花?

第二节基本是对第一节的递进论证,并在"固若金汤"(impregnable)的无机物的名单中加上了"岩石"和"钢铁的大门"。而脆弱的美被比作"夏日蜂蜜般的气息",虽然萃取季节的精华,却难以抵抗光阴的摧残——正如商籁第18首(《夏日元诗》)开篇,诗人不愿将爱人比作"租期太短的"夏日的一天。

O! how shall summer's honey breath hold out,

Against the wrackful siege of battering days,

When rocks impregnable are not so stout,

Nor gates of steel so strong but Time decays?

呵,夏天的香气怎能抵得住

多少个日子前来猛烈地围攻?

要知道，算顽石坚强、巉岩牢固，
钢门结实，都得被时间磨空！

第三节四行诗看似过渡到了玄学诗领域，诗人似乎在认真思考：究竟有没有一只强劲的手（strong hand）可以力挽狂澜，拦截住时间的捷足（swift foot），既然时间就是这一切无可逃避的变动背后的主谋？人类是不是可以通过了解并掌握自然规律，进而改写必朽性的定律？弥尔顿在剑桥求学期间撰写的《第七篇演说》中就表达了类似的渴求。诗人希望能够上天入地，掌握一切自然规律，并以这些关于"变动"的知识为人类启智："掌握住宇宙苍穹和全部星辰的奥秘，大气的全部运动和变化的规律，掌握住那些使愚昧无知的人惊慑的隆隆雷声和火焰般的彗星的奥秘，能了解风的转变和从陆地与大海上升的云气；能识辨植物与矿物的潜能，了解一切生物的本性与感觉（如果可能的话），了解人体帷幔的结构，以及使之保持健康的方法，然后更进一步去了解灵魂的神力，掌握我们所能掌握的有关我们所谓的家神、魂魄和护身神——这将是多么了不起啊！……当我们把一切知识都掌握了，人的精神就不再被关闭在这所黑暗的牢房里了，而是高飞远翔充斥宇宙，以其天神般的伟大气魄，充塞到宇宙意外的空间。"[1]

而莎士比亚在商籁第65首第三节中虽然以一个

---

[1] 胡家峦，《历史的星空》，第10—11页。

where、一个 what 和一个 who 表达了类似的探求,却是为了立刻在对句中给予否定的回答。在该节一开始,诗人就将这种探求称作"可怕的玄思",并用一个不详的双关,点明了时间是死亡的同盟。Time's chest 字面意思是"时光的抽屉/宝箱/柜子",但如我们在商籁第 48 首(《珠宝匣玄学诗》)中看到的,chest 这个词也可以指骨灰瓮、棺材、墓室。"时光的最美的珍宝"是否可以去哪里躲开"时光的棺材"(注意第 10 行中的介词是 from 而不是 in)?诗人给出的答案是不能,这份珍宝无处藏身,美在时间和死亡面前终究无处可逃:

O fearful meditation! where, alack,
Shall Time's best jewel from Time's chest lie hid?
Or what strong hand can hold his swift foot back?
Or who his spoil of beauty can forbid?
可怕的想法呵,唉!时间的好宝贝
哪儿能避免进入时间的万宝箱?
哪只巨手能拖住时间这飞毛腿?
谁能禁止他把美容丽质一抢光?

O! none, unless this miracle have might,
That in black ink my love may still shine bright.

没人能够呵，除非有神通显威灵，
我爱人能在墨迹里永远放光明。

对句中，诗人为那个斩钉截铁的"O! none"保留了一种轻微的让步——"除非"（unless），但他紧接着将"除非……"要发生的事称为一种"奇迹"（unless this miracle have might）。换言之，一种通常不可能发生的事，这件事就是莎士比亚元诗的典型主题，"我爱人能在墨迹里永远放光明"（my love 在此既可以是爱人的形象，也可以是诗人心中的爱），诗句可以战胜必朽性，获得一种不受时间威力影响的不朽。我们说，商籁第65首试图将商籁第64首挽歌式的结局改写成一种元诗式的乐观，但诗人的用词"除非"（unless）、"奇迹"（miracle）、"或许能"（may）却不能可信地传递这份乐观，反而让读者在读完全诗时依旧处于忧思的重负之下：真相或许是，不会有什么奇迹，诗行或许与无机物并没有本质的差别，两者都无法逃离必朽性（mortality），终将被时光腐蚀。

斯宾塞在《仙后》（*The Fairie Queene*）第七卷第25节中详细描述了四种元素之间此消彼长，时而冲突时而结合的关系，这或许能让我们清楚地看见，奥维德式的关于永恒变动的沉思在文艺复兴英国诗人之中是一个绝不罕见的主题。莎士比亚——这个拉丁文水平被本·琼森诟病的文法学校毕业生——也绝不是那个最浸淫于古典文学并跳不出其影响的都铎时代诗人。传统是可写且开放的，无论是斯宾塞还是莎士比亚，都不曾让"影响的焦虑"影响其施展诗才：

> 所有这四种元素（它们是构建
> 整个世界和一切生物的根基）
> 都在千变万化，如我们所见：
> 但它们（通过其他神妙的设计）
> 相互变换，失去固有的内力；
> 火变气，气变成水，清澈明亮，
> 水又变成土；但是，水抗击
> 火，气与水相逼，互不相让：
> 却都溶汇在一起，就像是一体那样。[1]

---

[1] 胡家峦，《历史的星空》，第37页。

对这些都倦了,我召唤安息的死亡,——
譬如,见到天才注定了做乞丐,
见到草包穿戴得富丽堂皇,
见到纯洁的盟誓遭恶意破坏,

见到荣誉被可耻地放错了位置,
见到暴徒糟蹋了贞洁的处女,
见到不义玷辱了至高的正义,
见到瘸腿的权贵残害了壮士,

见到文化被当局封住了嘴巴,
见到愚蠢(像博士)控制着聪慧,
见到单纯的真理被瞎称作呆傻,
见到善被俘去给罪恶将军当侍卫;

对这些都倦了,我要离开这人间,
只是,我死了,要使我爱人孤单。

**商籁
第 66 首**

**厌世
情诗**

Tired with all these, for restful death I cry,
As to behold desert a beggar born,
And needy nothing trimm'd in jollity,
And purest faith unhappily forsworn,

And gilded honour shamefully misplac'd,
And maiden virtue rudely strumpeted,
And right perfection wrongfully disgrac'd,
And strength by limping sway disabled

And art made tongue-tied by authority,
And folly–doctor-like–controlling skill,
And simple truth miscall'd simplicity,
And captive good attending captain ill:

> Tir'd with all these, from these would I be gone,
> Save that, to die, I leave my love alone.

商籁第 66 首以求死的愿望开始，以存活的决心收尾。全诗的主题是"悲叹时局"（*O tempora O mores*），这个起于古罗马演说家西塞罗的短语也是莎剧中被反复演绎的主题。肖斯塔科维奇曾为帕斯捷尔纳克对商籁第 66 首的俄文翻译谱了曲，作为他 1942 年发表的套曲《六部出自英国诗人的诗体罗曼司》（Op. 62）中的一首。

本诗很难不让人想起《哈姆雷特》第三幕第一场以"生存还是毁灭"开篇的著名独白。在这篇独白的后半部分，无法下定决心孤注一掷去复仇的哈姆雷特清点了世上的不公，说如果不是畏惧死后未知的梦境，谁都不愿继续在这险恶时局中苟活下去：

> For who would bear the whips and scorns of time,
> The oppressor's wrong, the proud man's contumely,
> The pangs of despised love, the law's delay,
> The insolence of office and the spurns
> That patient merit of the unworthy takes,
> When he himself might his quietus make
> With a bare bodkin? Who would fardels bear,
> To grunt and sweat under a weary life,
> But that the dread of something after death,
> The undiscover'd country from whose bourn
> No traveller returns, puzzles the will,

And makes us rather bear those ills we have

Than fly to others that we know not of? (ll. 69–82)

  谁愿意忍受人世的鞭挞和讥嘲、压迫者的凌辱、傲慢者的冷眼、被轻蔑的爱情的惨痛、法律的迁延、官吏的横暴和费尽辛勤所换来的小人的鄙视，要是他只要用一柄小小的刀子，就可以清算他自己的一生？谁愿意负着这样的重担，在烦劳的生命的压迫下呻吟流汗，倘不是因为惧怕不可知的死后，惧怕那从来不曾有一个旅人回来过的神秘之国，是它迷惑了我们的意志，使我们宁愿忍受目前的折磨，不敢向我们所不知道的痛苦飞去？

  相比之下，商籁第66首在十一行诗句（第2—12行）中所列举的"人世的鞭挞和讥嘲"（whips and scorns of time）更加世俗，比如它肯定不包括上述《哈姆雷特》引文中"被轻蔑的爱情的惨痛"。第66首一连用10个and开头的单行句，一一痛斥诗人在这世上看到的罪恶和乱象，却又没有西塞罗《反喀提林演说》（*In Catilinam*）中"O tempora! O mores!"（哦，时代啊！道德啊！）那样激情澎湃的语调。10个and引出的单行句中完全没有跨行句，语势之强烈、结构之紧凑、节奏之铿锵在整本十四行诗集中都可谓凤毛麟角。但将这10个单行句包裹在其中的第1行和第13行却只是用一个"厌倦"提纲挈领，这两行中用作首语重复（anaphora）的tired with（厌倦了）可以被看作诗人对中段所描述的一切现象的主要态度：

> Tired with all these, for restful death I cry,
> As to behold desert a beggar born,
> And needy nothing trimm'd in jollity,
> And purest faith unhappily forsworn
> 对这些都倦了，我召唤安息的死亡，——
> 譬如，见到天才注定了做乞丐，
> 见到草包穿戴得富丽堂皇，
> 见到纯洁的盟誓遭恶意破坏

诗人说自己受够了，倦怠了，唯求"安宁的死亡"。莎士比亚十四行诗的忠实仰慕者约翰·济慈在他著名的《夜莺颂》（*Ode to a Nightingale*）中一节的开头，使用了非常相似的表达（同样使用五步抑扬格）：

> Darkling I listen; and, for many a time
> I have been half in love with easeful Death
> 我坐在黑暗中听你歌唱，有许多次
> 我几乎爱上了宁谧的死亡

（包慧怡 译）

商籁第 66 首的叙事者求死的原因却与《夜莺颂》的叙事者大相径庭——主要是因为目睹这世上的一切不公,也就是说,下文 10 个 and 引出的都是他观看(behold)的对象。诗人故意使用《圣经》中常用的"看哪"(behold)一词,暗示被观看的下列现象如普遍规律般反复发生,几乎没有改善的潜能。这些现象主要可分为两大类,也就是两类的不公(injustice):一是从正面说的,有才华、纯洁、有力、善良的人遭到贬斥;一是从反面说的,一无是处的、邪恶的、愚蠢的人被赋予种种荣誉。第一节罗列这两种不公的顺序是正、反、正;第二节则是反、正、正、正——此诗通篇用表示品质的名词或偏正结构来指代拥有相应品质的人群:

And gilded honour shamefully misplac'd,
And maiden virtue rudely strumpeted,
And right perfection wrongfully disgrac'd,
And strength by limping sway disabled
见到荣誉被可耻地放错了位置,
见到暴徒糟蹋了贞洁的处女,
见到不义玷辱了至高的正义,
见到瘸腿的权贵残害了壮士

在第三节中，我们看到一点元诗的端倪：作者谴责的对象是艺术（包括写诗的艺术）——艺术由于当权者的压迫而无法自由发展，这可以看作对文艺复兴时期英国出版审查制度的一次声音微小的批评。第三节罗列不公的顺序是正、反、正、正。可以看出，诗人在全诗中针对高贵之人被命运恶意贬低，用笔多于针对低贱之人被盲目抬高：

>And art made tongue-tied by authority,
>And folly–doctor-like–controlling skill,
>And simple truth miscall'd simplicity,
>And captive good attending captain ill:
>见到文化被当局封住了嘴巴，
>见到愚蠢（像博士）控制着聪慧，
>见到单纯的真理被瞎称作呆傻，
>见到善被俘去给罪恶将军当侍卫；

>Tir'd with all these, from these would I be gone,
>Save that, to die, I leave my love alone.
>对这些都倦了，我要离开这人间，
>只是，我死了，要使我爱人孤单。

诗人在对句中强调了自己对这一切的厌倦,虽然并未点明所有这些非正义的主谋是谁:世界、社会、时局、某个特定的君主,或某群特定的当权者。这些当然都可以被归入原文的措辞"这一切"(all these),由于对这一切感到厌倦,诗人希望逃离一切(from these),重申第一行中已被陈述的求死的渴望。而全诗的转折要到最后一行才出现,求死的诗人仍有唯一的顾虑:自己一死,爱人就会孑然一人。出于对爱人孤独的不忍,诗人到第14行才否定了自己在第1行和第13行中两次申明的厌世之心,至少他将不会采取自杀这样极端的方法去厌世。

本诗在整本《莎士比亚十四行诗集》中的位置"66"值得玩味。数字6在《圣经》中是一个不完美之数,《启示录》第13节中第二头野兽的数目是666(对6的三次强调),这只兽通常被后世学者看作全世界政体的象征,统治着"每个部族、民族、语言、国族的人"(《启示录》13:7)。这个666之兽在本诗的语境中很容易被解读为一切俗世不公的象征:

> 它因赐给它权柄在兽面前能行奇事,就迷惑住在地上的人,说:"要给那受刀伤还活着的兽作个像。又有权柄赐给它,叫兽像有生气,并且能说话,又叫所有不拜兽像的人都被杀害。它又叫众人,无论大小贫

富,自主的,为奴的,都在右手上,或是在额上,受一个印记。除了那受印记,有了兽名或有兽名数目的,都不得作买卖。在这里有智慧。凡有聪明的,可以算计兽的数目,因为这是人的数目,它的数目是六百六十六。"(《启示录》13:14—18)

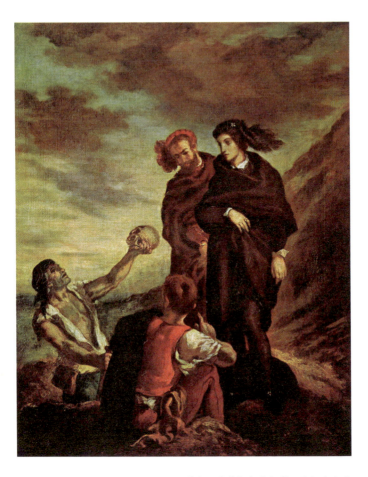

《哈姆雷特》掘墓场景,德拉克洛瓦(Eugène Delacroix),1839年

啊！为什么他要跟瘟疫同住，
跟恶徒来往，给他们多少荣幸，
使他们能靠他获得作恶的好处，
用跟他交游这方法来装饰罪行？

为什么化妆术要把他的脸仿造，
从他新鲜的活画中去盗取死画？
为什么可怜的美人要拐个弯去寻找
花儿的假影——就因为他的花是真花？

他何必活呢，既然造化破了产，
穷到没活血红着脸在脉管运行？
原来除了他，造化没别的富源，
她夸称大富，却从他得利而活命。

  呵，她是藏了他来证明，古时候，
  这些年变穷以前，她曾经富有。

商籁
第 67 首

"玫瑰的影子"
博物诗

Ah! wherefore with infection should he live,
And with his presence grace impiety,
That sin by him advantage should achieve,
And lace itself with his society?

Why should false painting imitate his cheek,
And steel dead seeming of his living hue?
Why should poor beauty indirectly seek
Roses of shadow, since his rose is true?

Why should he live, now Nature bankrupt is,
Beggar'd of blood to blush through lively veins?
For she hath no exchequer now but his,
And proud of many, lives upon his gains.

> O! him she stores, to show what wealth she had
> In days long since, before these last so bad.

商籁第 66—70 首是一组针砭世风日下的诗。诗人在第 66 首中表达了对这个被"恶"统御的世界的厌倦,说自己之所以还在人间苟活,是因为不忍心让爱人孤单。我们会看到,在第 67 首中,诗人对与爱人相依为命活下去的意义都产生了质疑。

本诗继续了商籁第 66 首中"悲叹时局"的主题,只不过在第 67 首中,连本身是诗人活下去的唯一理由的俊友,似乎都已经被这个世界腐蚀,不复完美。早在商籁第 33—36 首中,诗人已经论及俊美青年某种品质上的污点,以及可能犯下的某种使他的美名和他们的关系蒙羞的"罪行",同样影射这一点的商籁第 67 首却没有使用第 34—36 首中的第二人称来指称俊友,对其进行直接的问罪,而是像第 33 首那样使用了第三人称。这就使得诗人的诘问对象表面上是俊友,实际上还是这个糟糕的世界,是允许完美的俊友诞生于这糟糕的时代的"造化"(Nature)。

> Ah! wherefore with infection should he live,
> And with his presence grace impiety,
> That sin by him advantage should achieve,
> And lace itself with his society?
> 啊!为什么他要跟瘟疫同住,
> 跟恶徒来往,给他们多少荣幸,

使他们能靠他获得作恶的好处，
用跟他交游这方法来装饰罪行？

为什么俊友不得不和这个时代的病症共存？他是如此完美，以至于他的在场让不虔敬的事物都蒙上了恩典（with his presence grace impiety），让罪过都获得了优势（sin by him advantage should achiev），甚至用他的陪伴（his society）来为自己装点门面。这里的"装点门面"用了 lace itself 这个短语，仿佛俊美青年是一件昂贵的蕾丝领饰，可以把罪过装扮得雍容华贵。伊丽莎白时期的蕾丝工艺高度发达，精致的蕾丝花边领是贵族阶层（无论男女）用来彰显品味和地位的重要道具，女王本身在诸多肖像中都戴着天价的蕾丝皱领。由于上流社会攀比成风，最后宫廷不得不通了好几条反奢侈法案，来明确限制可以花在一件蕾丝皱领上的金钱——这些法案在实施过程中往往被睁只眼闭只眼地规避了。这首商籁第一节四行诗中把俊美青年比作一件装点罪行的蕾丝领，含蓄地批评了他的轻浮和不辨是非。

第二节四行诗的前半部分延续了此前数首商籁中对"化妆"这一行为的申斥，认为这不仅是审美上的弄虚作假，更是一种拙劣的摹仿，一种偷窃行为。被摹仿和偷窃的对象恰恰是自己的俊友，是对他真实的美貌和鲜活的气色犯下的罪（Why should false painting imitate his cheek, /

And steel dead seeming of his living hue)。到了第二节四行诗的后半部分,诗人笔锋一转,进入了新柏拉图主义的思想领域。他诘问一种摹仿得来的、二手的、苍白的美,为什么要去寻找"玫瑰的影子"(roses of shadow,屠译"花儿的假影"),或者说,这种苍白的美本身就是玫瑰的影子,无法与俊友这朵真正的玫瑰相提并论:

> Why should poor beauty indirectly seek
> Roses of shadow, since his rose is true?
> 为什么可怜的美人要拐个弯去寻找
> 花儿的假影——就因为他的花是真花?

在这里,俊友成了美的实质(substance),那些摹仿者最多只能得到美的影子;俊友是真玫瑰,是柏拉图式的"玫瑰"的理念,是玫瑰所代表的美的原型,其他一切只能是对原型的拙劣模仿,是"玫瑰的影子"或者"影子玫瑰"。莎士比亚在商籁第37首、第43首和第53首中也处理过影子和实质的二元对立。在商籁第67首中,我们再次看到了"玫瑰"这一意象被推举到几乎和柏拉图的"善"等高的位置,玫瑰成了真与美的最高象征。诗人在第二节中变相地质问造化:既然已经有了美的真身,为何还要造出这么多赝品?玫瑰尚在,就不该有玫瑰的影子。诗人悲叹一个赝品横行的世界,更哀叹于在这样一个世界里,连真品都被蒙上了阴影,难洗同流合污的嫌疑。

到了第三节中,诗人终于把诘难的矛头直接对准了造化:如今"造化"或曰"大自然"已经破产,缺乏鲜活的血液(now Nature bankrupt is, /Beggar'd of blood to blush through lively veins),就只能造出一些没有血色的假人来。这里再次影射那些用含白铅的化妆品粉饰自己的面孔的人,讽刺他们那人工而没有生机的美。在这样一个腐化的世界里,诗人说,像俊友这样真正的美都不该存在(Why should he live),因为他活着只能成为赝品们偷窃的对象,成为破产的造化/自然的仅剩的摇钱树(For she hath no exchequer now but his),不断被她剥削。造化或许曾经富足而骄傲,现在却唯有靠着俊友这唯一的财源来"赚取利润"(And proud of many, lives upon his gains)。

到了最后的对句中,造化成了一座空荡荡的博物馆,唯一珍藏着并且可以夸耀的就只有俊友这一件藏品。在如今这个美与真同样匮乏的年代,"他"成了见证一个失落的黄金年代的唯一活着的证据:

O! him she stores, to show what wealth she had
In days long since, before these last so bad.
呵,她是藏了他来证明,古时候,
这些年变穷以前,她曾经富有。

尼古拉斯·希利亚德（Nicolas Hillard, 1547—1619）为伊丽莎白一世所绘的"鹈鹕肖像"。画像上的女王戴着精美的蕾丝领饰，画像左上角和女王裙摆上都装饰着红白相间的"都铎玫瑰"

商籁
第 68 首

地图与假发
博物诗

如此,他的脸颊是往昔岁月的地图,
那时美如今日的鲜花,盛开又凋落,
那时伪劣之美的标记尚未生出,
也不敢在生者的眉端正襟危坐;

那时,死者金黄的鬈发丝,
仍属于坟茔,尚未被剪下,
去第二个头颅上,再活第二次,
逝去之美的金羊毛尚未妆点别家:

古代的神圣时辰在他身上重现,
恰是本真的它,没有任何装帧,
不用别人的青翠织造他的夏天,
不为更新自己的美去抢掠古人;

　　造化就这样把他当作地图珍藏,
　　向假艺术展示昔日之美的模样。

（包慧怡 译）

Thus is his cheek the map of days outworn,
When beauty lived and died as flowers do now,
Before these bastard signs of fair were born,
Or durst inhabit on a living brow;

Before the golden tresses of the dead,
The right of sepulchres, were shorn away,
To live a second life on second head;
Ere beauty's dead fleece made another gay:

In him those holy antique hours are seen,
Without all ornament, itself and true,
Making no summer of another's green,
Robbing no old to dress his beauty new;

> And him as for a map doth Nature store,
> To show false Art what beauty was of yore.

商籁第68首以"地图"这一意象开篇(Thus is his cheek the map of days outworn),又以地图这一意象结尾(And him as for a map doth Nature store, /To show false Art what beauty was of yore)。只不过,诗中的地图并不标识当下的地理和路况,而是一份保存现已消失之物的古董手稿。这份地图记录的是一个已经逝去的黄金年代的地貌,在这黄金年代中,美同时是真,像花儿一样自然盛放又自然死亡(When beauty lived and died as flowers do now),没有人用次等的、假冒的美去改写自然。

第一节论证,俊美青年的容颜就是这份地图,人们可以通过这张脸看见造化的完美,进而去想象一个业已失落的完美世界。"你"的脸,这张记载黄金年代地貌的地图,出现在商籁第68首的第1行和第13行,首尾相连画成一个圆。莎氏并非第一个在人脸与地图之间建立联系的人,比如用中古英语写作的14世纪诗人杰弗里·乔叟在他的一首不那么有名的短抒情诗中就用过类似的比喻。以下是这首被称作《致罗莎蒙德的谣曲》的中古英语抒情诗的第一节:

To Rosemounde: A Balade

Geoffrey Chaucer

Madame, ye ben of al beaute shryne

As fer as cercled is the mapamounde,

For as the cristal glorious ye shyne,

And lyke ruby ben your chekes rounde …

致罗莎蒙德的谣曲

杰弗里·乔叟

女士,你是一切之美的圣殿

在世界地图圈起的所有地方。

因为你闪耀,如水晶般璀璨

你圆圆的脸颊有如红宝石……

（包慧怡 译）

中古英语复合名词"世界地图"(mapamounde)来自中世纪拉丁语 *mappamundi*,由拉丁文 *mappa*(地图)与 *mundus*(世界)构成。*mappa* 原意为"布料""桌布",该词只是中世纪拉丁语和俗语中众多用来表示"地图"的词汇之一,其他词汇包括描述(*descriptio*)、图画(*pictora*)、绘表(*tabula*)、故事/历史(*estoire*)等。但在中世纪英国人谈到世界地图时,*mappa* 是用得最广的一个词,因为当时最常见的一种世界地图被称为 T-O 地图(T-O *mappamundi*)。T-O 地图是一块圆形的牛皮或羊皮手稿,世界的边缘被描绘成一个圆(O),欧洲人眼中的三大中心水系(尼罗河、顿河与地中海)从地图中央将世界分作三块——上方的半圆是亚洲,左下与右下的两个四分之一扇面分别是欧洲与非洲——这三大水系共同构成字母 T 的形状。因此,乔叟说女郎罗莎蒙德的美遍及"世界地图圈起的所有地方",紧接着又强调她的脸蛋(chekes)是圆形的(rounde)。在商籁第 68 首第一节中,莎士比亚同样用"脸颊"(cheek)一词来指代俊美青年的整张脸,造化用这张"脸之地图"来备份"过去的美"。第 13 行(And him as for a map doth Nature store)的正常语序为"造化就这样把他当作地图珍藏"(And Nature doth store him as for a map)——莎士比亚使用的早期现代英语"地图"(map)一词正来自拉丁语 *mappa*,也就将俊友的脸写入了往昔所有时代"脸之地图"的传统。

第二和第三节四行诗中,诗人集中火力攻击了当时的一种流行风尚:制作假发套,尤其是从已故之人头上剪下金黄的鬈发,经过处理后做成假发,戴在一个秃顶者,或是一个天生的发色并非金黄的人头上,让死人头发这一"坟墓的财产"去"第二个脑袋上度过第二次生命"(Before the golden tresses of the dead, /The right of sepulchres, were shorn away, /To live a second life on second head)。他接着提到,在过去,美人的"金羊毛"(Golden Fleece,影射希腊神话中伊阿宋及其远征队对金羊毛的追寻）不会被夺去为另一个人增辉（Ere beauty's dead fleece made another gay），正如在今天，俊友的美完全是出自天然，而"没有用别人的青翠来装点自己的夏日"（Making no summer of another's green）。

在莎士比亚写作十四行诗的年代，全英国最华丽、最昂贵的假发套只有一个去处：将近花甲之年的女王伊丽莎白一世本人。女王自己的发色介于金色和红色之间，像我们在她少女时期与初登基时期的肖像以及历史文献中看到的那样。但当她年过半百，两鬓开始斑白，便在几乎一切正式场合佩戴用金栗色鬈发精心制作的发套，如我们在她晚年的肖像中所见到的。据说女王一度宠爱的埃塞克斯伯爵、年轻的罗伯特·德弗罗（Robert Devereux）有一天晚上从爱尔兰战争返回，未经禀报就冲入了她的闺房，因而不小心看见了未戴假发、头发稀疏斑白的女王，这致使伊丽莎白勃然大怒，为他后来的彻底失宠乃至被处决点燃了最后一根导火索。女王虽然年事渐高并早已决定一辈子独身，不再像年轻时那样被来自世界各地的求婚者环绕，但依然享受跳舞、看戏等宫廷娱乐活动，十分在意自己的容貌，对于子民们对她体态和容貌的奉承也总是照收不误，尤其满意于宫廷诗人献给她的种种准女神式的头衔（月神辛西娅、"仙后"格罗丽安娜等）。

作为一个日渐成功的剧作家，莎士比亚的写作生涯和活动圈子与宫廷的联系日渐密切，在女王在位期间如此，在女王的继任者詹姆士一世在位期间更是如此。莎士比亚及其环球剧院的同僚们曾被詹姆士一世授予金印，赐名"国王供奉剧团"。从詹姆士登基到莎翁去世的十三年中，"国王供奉剧团"共进宫表演过187次，比其他所有剧团加起来还要多。如果我们再考虑到莎士比亚十四行诗集的题献对象很可能是女王宫中一名位高权重的贵族，我们不禁要为他在商籁第68首中这种看似直接攻击当朝君主（及其不是秘密的对假发的嗜好）的做法捏一把汗。伊丽莎白时期的文学审查制度并不那么完整和体制化，真正执行起来更是时常比较随性，作家如果出版了被认定为有伤风化，或煽动危险政见的作品，很可能会在书付印后受到惩罚，而不是之前就受到限制。即便如此，在不止一首诗中讽刺包括女王在内的同时代人对假发的使用，反对"用旧人的美把自己的美修葺一新"，依然很可能是危险的。莎士比亚的十四行诗集要到1609年，也就是女王去世后五年，才初次出版，一定程度上或许有规避审查的考虑。

话说回来，莎翁的任何作品在其生前就出版的情况本来就少之又少，收录他绝大部分剧本的《第一对开本》要到1623年（他本人去世七年后）才出版，相比之下，《莎士比亚十四行诗集》的付梓还算早的。因此，要仅从出版年份来回答以上关于规避审查之可能性的问题仍然是困难的。更何况,各种证据显示,在以印刷书本形式流传之前,莎氏的部分十四行诗已经以手抄本或口头传颂的形式在宫中流传。或许伊丽莎白一世终究是个较为开明的君主。作为一个自己也写诗并且文采斐然的国君,国民剧作家莎士比亚的一两首小诗中有一些细节或许会冒犯她,但尚不至于让她暴跳如雷。毕竟,那些认为莎士比亚作品的作者另有其人的学者,那些"反斯特拉福派"的评论家,其中不乏有人认为女王伊丽莎白才是莎士比亚戏剧和诗歌的真正"幕后写手"呢。

小马克·吉尔拉茨(Marcus Gheeraerts the Younger)或他的画室为女王所作肖像,约绘于1595年,伊丽莎白一世当时62岁左右

伊丽莎白一世足踏地图的"迪奇利肖像"
(The Ditchley Portrait),小马克·吉尔拉茨,
约1592年

世人的眼睛见到的你的各部分,
并不缺少要心灵补救的东西:
一切舌头(灵魂的声音)都公正,
说你美,这是仇人也首肯的真理。

你的外表就赢得了表面的赞叹;
但那些舌头虽然赞美你容貌好,
却似乎能见得比眼睛见到的更远,
于是就推翻了赞美,改变了语调。

他们对你的内心美详审细察,
并且用猜度来衡量你的行为;
他们的目光温和,思想可褊狭,
说你这鲜花正发着烂草的臭味:

  但是,为什么你的香和色配不拢?
  土壤是这样,你就生长在尘俗中。

商籁
第69首

野草
博物诗

Those parts of thee that the world's eye doth view
Want nothing that the thought of hearts can mend;
All tongues—the voice of souls—give thee that due,
Uttering bare truth, even so as foes commend.

Thy outward thus with outward praise is crown'd;
But those same tongues, that give thee so thine own,
In other accents do this praise confound
By seeing farther than the eye hath shown.

They look into the beauty of thy mind,
And that in guess they measure by thy deeds;
Then—churls—their thoughts, although their eyes were kind,
To thy fair flower add the rank smell of weeds:

>   But why thy odour matcheth not thy show,
>   The soil is this, that thou dost common grow.

商籁第 69 首的主题近似于"品行鉴定"，虽然通篇是借助他人之口——体现在"众眼"（the world's eye）、"众口"（all tongues）等表达中——诉说的莫若说是诗人自己的隐忧，担心自己的爱慕对象"你"的某种或某几种道德瑕疵，这也是对商籁第 67 首和第 68 首主题的延续。

全诗起于对"你"完美无缺的外表的赞美，指出一般意义上的"爱情令人盲目"对"你"并不适用：如果说普通人心中的情思能使他们的爱慕对象不够美的外表得到"修补"，那么在美貌上无懈可击的"你"则完全不需要这种修补。"你那众目共睹的无瑕的芳容，/ 谁的心思都不能再加以增改"（Those parts of thee that the world's eye doth view/Want nothing that the thought of hearts can mend，梁宗岱译）。这里明确提出了"心"作为"思想 / 情思"的发源地这一看法，正如汉语里也有"心思"这样的词语。这种文艺复兴时期通行的解剖学-心理学看法在莎士比亚此前的商籁中已经多次出现，比如商籁第 46 首中"于是，借住在心中的一群沉思，/ 受聘做法官，来解决这一场吵架"；或者商籁第 47 首中"有时眼睛又是心的座上客，/ 去把心灵的缱绻情思分享"。

我们在解读商籁第 24 首（《眼与心玄学诗》）时提到过，源于古典哲学和早期基督教传统的灵肉二元论中，最常见的一种对待身体及其五种感官的态度是"抑肉扬灵"。

这种态度在中世纪和文艺复兴早期的宗教和文学作品中表现为一种对所有肉身感官体验的普遍不信任,肉身感官(corporeal senses)也就是我们通常说的视觉、听觉、嗅觉、味觉、触觉这五官,在中世纪时它们被并称为"外感官"(external senses),以对应于想象、估算、认知等五种"内感官"。与此同时,通过外感官得到的知识又被人为地与通过心灵体验得到的知识对立起来,这种对立时常表现为一种"感官怀疑主义",尤其是"视觉怀疑主义"。眼睛作为最敏锐的外感官,对于"眼见所得"的警惕和疑虑在莎士比亚的其他商籁中也频繁出现过,比如商籁第 24 首中:"但眼睛还缺乏画骨传神的本领,/ 只会见什么画什么,不了解心灵。"这份对外在的眼睛,对肉体感官的普遍不信任,时常表现为对于内在的认知能力,即"心"及其产生的"思想"的倚重,就如商籁第 69 首中众人虽然用眼睛从"你"的外表挑不出错,却(用心之思想)看进了"你"的内心,"丈量你的行为"(deeds),并对"你"的品行给出了恶评:

They look into the beauty of thy mind,
And that in guess they measure by thy deeds;
Then–churls–their thoughts, although their eyes were
 kind,

To thy fair flower add the rank smell of weeds
他们对你的内心美详审细察,
并且用猜度来衡量你的行为;
他们的目光温和,思想可褊狭,
说你这鲜花正发着烂草的臭味

在中世纪至文艺复兴的感官理论中,"舌头"这种器官通常被看作拥有"被动"和"主动"两种官能,前者对应品尝食物的过程,即"味觉";后者则对应"吐出话语",即言辞、说话、评论的过程。本诗中舌头始终是以其"主动的"官能的担任者出场,按照上述感官怀疑主义的逻辑,通过其他四种外感官得到的知识也理应遭到和视觉一样的不信任。但在商籁第69首中,只有"眼睛"所见被等同于肤浅的具有欺骗性的表面知识,与"心之所想"所获得的知识对立,其他官能却都与"心"站在了同一战线。比如第一节中"舌头"的话语功能被称为"灵魂/心灵的声音"(the voice of souls),虽然舌头起先同意眼之所见,因为"你"的美是"赤裸裸的真实";但一旦(通过心之所思)"看见了眼睛看不见的更深处",看见了"你"品行中的不完美,就立刻取消了之前的赞扬:

Thy outward thus with outward praise is crown'd;

But those same tongues, that give thee so thine own,

In other accents do this praise confound

By seeing farther than the eye hath shown.

你的外表就赢得了表面的赞叹；

但那些舌头虽然赞美你容貌好，

却似乎能见得比眼睛见到的更远，

于是就推翻了赞美，改变了语调。

嗅觉也是如此。在商籁第 54 首(《"真玫瑰与犬蔷薇"博物诗》)中，花朵的色彩曾被等同于表象(show)，只有花朵的香气(odour)才被等同于实质(substance)。类似地，表象在本诗中被等同于眼之所见，而一个人的实质，即由"你的行为"(thy deeds)决定的"你"的品行，则被等同于鼻子闻到的气味，一种嗅觉经验。因此那些看进"你"内心的人才会在承认"你"鲜花般美丽的外表的同时，说"你"如"野草般散发恶臭"，说"你的气味"与"你的外表"毫不匹配："说你这鲜花正发着烂草的臭味：/但是，为什么你的香和色配不拢？"(To thy fair flower add the rank smell of weeds: /But why thy odour matcheth not thy show ...)

野草(weed)在莎士比亚这里经常是腐烂和朽坏的象征，这或许和丛生的野草能败坏农作物有关。而作形容词的rank除了强调程度之甚(相当于absolute、downright)之外,本身也时常带有恶臭、剧毒等贬义,比如在《哈姆雷特》第三幕第三场中:"啊!我的罪恶的炭气已经上达于天。"(Oh my offence is rank, it smells to heaven.)莎士比亚经常在剧作中将rank和weed搭配使用,如《哈姆雷特》第三幕第二场,"你夜半采来的毒草炼成,/赫卡忒的咒语念上三巡"(Thou mixture rank, of midnight weeds collected, /With Hecate's ban thrice blasted, thrice infected);或者同样在该剧的第三幕第四场中,"忏悔过去,警戒未来;/不要把肥料浇在莠草上,/使它们格外蔓延起来"(Repent what's past; avoid what is to come; /And do not spread the compost on the weeds, /To make them ranker)。

商籁第69首中的野草比喻也让人想起商籁第94首的对句:"最甜美之物一作恶就最为酸臭,/腐烂的百合比野草更闻着难受。"(For sweetest things turn sourest by their deeds; /Lilies that fester smell far worse than weeds, ll.13–14)在商籁第69首的对句中,诗人试图解释"为什么你的气味与你的外表毫不匹配",这也就暴露了虽然这句话表面上是引述他人的看法,其实也是"我"心底不得不承认的,尽管"我"不忍心亲口说出对爱人品行的非议。全诗最后一行即"我"试图为"你"的品德辩护而找到的理由:"土壤是这样,你就生长在尘俗中。"(The soil is this, that thou dost common grow.）这里的土壤（soil）在1609年出版的四开本中原拼作solye，一些校勘者认为这个词来自今天已几乎不用的动词assoil（尝试解决，解释），因此最后一行前半句的意思是"应该这样解释"（the solution/explanation is this）。[1] 即使我们保留这种可能，也仍然很难忽略soyle与soil（土壤）词形上的惊人相似，何况还有"公用土地"（common soil）这个莎士比亚时期常用的词组将最后一行中的common与soil联系在一起。早期现代英语中的common一词比今日英语中携带的贬义要更多一些，或许诗人也在此责备身为贵族的俊友不该行事如一介平民（commoner），但他终究将锅甩给了俊友自身之外的因素，即象征生长环境或者社交圈子的"土壤"。假使我们同意那些认为solye与"土壤"无关的校勘者，那么在动词grow中也可以听到诗人辩护的声音："你"并非天生庸劣，而是"变得"庸劣（that thou dost common grow），另有"你"本人之外的原因该为"你"的堕落负责。

本诗打破了一概而论、认为外在的五感都爱撒谎的"感官怀疑主义"传统，转而表现"舌头"和"鼻子"有时会比执着于外表的"眼睛"更具有洞察力，会和心灵及其思想一起站到眼睛及视觉的对立面，给出一份更接近真实的"品行鉴定"。

---

[1] http://www.shakespeares-sonnets.com/sonnet/69.

Chap. 30. Of Reeds.

¶ *The kindes.*

OF Reeds the Ancients haue set downe many sorts. *Theophrastus* hath brought them all first into two principall kindes, and those hath he diuided againe into moe sorts. The two principall are these, *Auleticæ*, or *Tibiales Arundines*, and *Arundo vallatoria*. Of these and the rest we will speake in their proper places.

1 *Arundo vallatoria.*
Common Reed.

2 *Arundo Cypria.*
Cypresse Canes.

¶ *The description.*

1 The common Reed hath long strawie stalkes full of knotty joints or knees vnto come, whereupon do grow very long rough flaggy leaues. The tuft or spoky eare doth grow at the top of the stalkes, browne of colour, barren and without seed, and doth resemble a bush of feathers, which turneth into fine downe or cotton which is carried away with the winde. The root is thicke, long, and full of strings, disperfing themselues farre abroad,

whereby

杰拉德《草木志》中的"常见野草"
（common reed）

商籁
第 70 首

**"蛆虫与花苞"
博物诗**

你被责备了,这不是你的过失,
因为诽谤专爱把美人作箭靶;
被人猜忌恰好是美人的装饰,
像明丽的天空中飞翔的一只乌鸦。

假如你是个好人,诽谤只证明
你有偌大的才德,被时代所钟爱,
因为恶虫顶爱在娇蕾里滋生,
而你有纯洁无瑕的青春时代。

你已经通过了青春年华的伏兵阵,
没遇到袭击,或者征服了对手;
不过这种对你的赞美并不能
缝住那老在扩大的嫉妒的口:

　　恶意若不能把你的美貌遮没,
　　你就将独占多少座心灵的王国。

That thou art blam'd shall not be thy defect,
For slander's mark was ever yet the fair;
The ornament of beauty is suspect,
A crow that flies in heaven's sweetest air.

So thou be good, slander doth but approve
Thy worth the greater being woo'd of time;
For canker vice the sweetest buds doth love,
And thou present'st a pure unstained prime.

Thou hast passed by the ambush of young days
Either not assail'd, or victor being charg'd;
Yet this thy praise cannot be so thy praise,
To tie up envy, evermore enlarg'd,

> If some suspect of ill mask'd not thy show,
> Then thou alone kingdoms of hearts shouldst owe.

商籁第69首提到了"说你这鲜花正发着烂草的臭味"（To thy fair flower add the rank smell of weeds, l.12），仿佛构成对仗般，商籁第70首中出现了"蛆虫热爱最甜蜜的花蕾"（For canker vice the sweetest buds doth love）。这一对暗示"美中总有不足"的谚语式表达指向俊美青年的某种可疑的声誉，在第69首中表现为"表面的赞扬"（outward praise），到了第70首中就变成了直白的"谴责"（blam'd）和"诽谤"（slander），"因为诽谤专爱把美人作箭靶"（For slander's mark was ever yet the fair）。第一节四行诗的后半部分出现了一对奇怪的论美的句子："被人猜忌恰好是美人的装饰，/像明丽的天空中飞翔的一只乌鸦。"（The ornament of beauty is suspect, /A crow that flies in heaven's sweetest air.）

大家也许会记得，在商籁第54首（《"真玫瑰与犬蔷薇"博物诗》）中，莎士比亚对"美的装饰"有迥然不同的论断。在第54首的第一节四行诗中，诗人借用玫瑰意象探讨了"美"和"真"的关系，说"真"可以为"美"带去一种"甜美的装饰"，可以为"美"锦上添花，使得原先美的事物"显得更美"（O! how much more doth beauty beauteous seem /By that sweet ornament which truth doth give; ll. 1-2）。第54首的第一节接着说，而这种关系就如同玫瑰花的"外表"和它的"香气"之间的关系：馥郁的花香，可以让原先只是"看起来很美"的玫瑰，在我们心中变得更美(The rose looks fair, but fairer we it deem/For that sweet odour, which doth in it live, ll.3-4)。何以到了商籁第 70 首中,"美的装饰"就变成了"猜忌"(suspect)或者"猜疑"(suspicion)?下面两节四行诗中继续说,"你"的名声遭到了诽谤,但诽谤却更加确立了"你的美德";"你"在青葱岁月里遭受过类似的攻击,却总能战胜恶语,不受玷污:

So thou be good, slander doth but approve
Thy worth the greater being woo'd of time;
For canker vice the sweetest buds doth love,
And thou present'st a pure unstained prime.
假如你是个好人,诽谤只证明
你有偌大的才德,被时代所钟爱,
因为恶虫顶爱在娇蕾里滋生,
而你有纯洁无瑕的青春时代。

我们需要将商籁第 70 首放入连环十四行诗中其他"玫瑰诗"的语境中考量。除了刚才提到的第 54 首,另一首最重要的对参诗是商籁第 95 首(《"玫瑰之名"博物诗》)。第 95 首的第一、二节四行诗中说,未来时代的舌头想要斥责(dispraise)却反而赞颂了(praise)"你",因为光是提到"你"的名字,就让"坏话受到了祝福";因为"你"

是这样美好,导致"你"的名字已经和一切美的事物联系在一起,甚至可以净化"你"本身可疑的品行,使得没有人能够提到你的名字而不终结于赞扬:

> How sweet and lovely dost thou make the shame
> Which, like a canker in the fragrant rose,
> Doth spot the beauty of thy budding name!
> O! in what sweets dost thou thy sins enclose.
> 耻辱,像蛀虫在芬芳的玫瑰花心,
> 把点点污斑染上你含苞的美名,
> 而你把那耻辱变得多可爱、可亲!
> 你用何等的甜美包藏了恶行!
>
> …
> Naming thy name, blesses an ill report.
> ……
> 一提你姓名,坏名气就有了福气。(ll.1–4, 8, Sonnet 95)

商籁第70首用一样的逻辑化解"你"受到的"猜疑","你"的存在本身(如同第95首中"你的名字")就可以净化一切。这三首商籁中都出现了"蛆虫"(canker)与"花苞/含苞欲放"(buds/budding)的对立:在第95首中

canker 是作为实实在在的蛀坏花朵的虫子,在第 70 首中是用作形容词(canker vice,"蛆虫般的恶习"),在第 54 首中却是作为花朵的一部分(canker bloom,"犬蔷薇",字面意思一样是"蛆虫之花""溃烂之花"),"犬蔷薇"有着玫瑰一样美丽的外表却败絮其中。第 54 首与第 95 首都明确点出了花朵的名字"玫瑰",而在第 70 首中,"你"被比作蛆虫喜爱的"最甜蜜的花蕾",能够"捧出纯洁无瑕的全盛的花期"(For canker vice the sweetest buds doth love, /And thou present'st a pure unstained prime)——虽然没有点明,但语境决定了满足这些描述的花苞亦只能是玫瑰:花中之花,艳冠群芳之花,与春日同盛之花。杰拉德在《草木志》中说,玫瑰是王冠和花环中最重要的成分,并援引古希腊诗人阿纳克里翁(Anacreon Thius)在《玫瑰之诗》开篇中对这种花的赞颂:

玫瑰是花之荣耀,万花之美
玫瑰被春日照料,被春日所爱:
玫瑰是神圣力量的喜悦。
美神维纳斯的男孩,月神辛西娅的甜心,
每当他去赴美惠三女神的舞会,
就用玫瑰花环包围自己的头颅。

(包慧怡 译)

商籁第 70 首其实是一首没有直呼玫瑰名字的隐形"玫瑰诗",而被比作玫瑰的俊美青年"你"在诽谤、谗言、猜疑面前都能够作为美的化身屹立不败,持续受赞颂——但这份赞颂又不足以熄灭别人对"你"的嫉妒(Yet this thy praise cannot be so thy praise, /To tie up envy, evermore enlarg'd)。诗人在全诗迂回往复的论证中有些牵强地得出了对句中的结论:让这些猜忌继续存在吧,因为如果对"你"连猜忌都不存在,"你"就会太过完美而征服全天下"所有心灵的王国",如此一来,卑微的"我"或许就连爱"你"的机会都将失去。此话看似恭维,却又深深暗示出焦躁与不安,以及对"你"很可能有所欠缺的品行的隐隐不满:

If some suspect of ill mask'd not thy show,
Then thou alone kingdoms of hearts shouldst owe.
恶意若不能把你的美貌遮没,
你就将独占多少座心灵的王国。

《玫瑰花丛中的青年》，尼古拉斯·希利亚德，约 1585—1595 年。今藏维多利亚与阿尔伯特博物馆。画上的青年被认为是女王的宠臣埃塞克斯伯爵（Earl of Essex）

只要你听见丧钟向世人怨抑地
通告说我已经离开恶浊的人世,
要去和更恶的恶虫居住在一起:
你就不要再为我而呜咽不止;

你读这诗的时候,也不要想到
写它的手;因为我这样爱你,
假如一想到我,你就要苦恼,
我愿意被忘记在你甜蜜的思想里。

或者,我说,有一天你看到这首诗,
那时候我也许已经化成土堆,
那么请不要念我可怜的名字;
最好你的爱也跟我生命同毁;

  怕聪明世界会看穿你的悲恸,
  在我去后利用我来把你嘲弄。

**商籁
第 71 首**

**丧钟
情诗**

No longer mourn for me when I am dead
Than you shall hear the surly sullen bell
Give warning to the world that I am fled
From this vile world with vilest worms to dwell:

Nay, if you read this line, remember not
The hand that writ it, for I love you so,
That I in your sweet thoughts would be forgot,
If thinking on me then should make you woe.

O! if, –I say you look upon this verse,
When I perhaps compounded am with clay,
Do not so much as my poor name rehearse;
But let your love even with my life decay;

> Lest the wise world should look into your moan,
> And mock you with me after I am gone.

商籁第 71—74 首是一组关于诗人自己身后事的"死亡内嵌诗",诗人沉思的对象从俊美青年的死亡变成了自己的死亡。但令他忧虑的并非死亡本身,而是比他年轻因而很可能生存得更久的俊友在诗人死后将如何处理他们的关系,是缅怀还是遗忘。第 71 首或许是开启一组"死亡内嵌诗"的好地方,在那则关于上帝给万物分派寿命的著名民间传说中,上帝将驴子、狗、猴的 18、12、10 年寿命加给原先只有 30 年可活的人类之后,人类的"法定"寿命恰好是 70 年。第 71 首商籁以一个肃穆的意象"丧钟"开篇,直接为全诗奠定了葬礼式的基调:

> No longer mourn for me when I am dead
> Than you shall hear the surly sullen bell
> Give warning to the world that I am fled
> From this vile world with vilest worms to dwell
> 只要你听见丧钟向世人怨抑地
> 通告说我已经离开恶浊的人世,
> 要去和更恶的恶虫居住在一起:
> 你就不要再为我而呜咽不止

诗人请他的俊友不要长久地为他的死哀悼,而是等到丧钟一敲完就结束悲伤。比莎士比亚晚八年出生的玄学派诗人约翰·多恩于1624年出版了散文体作品《紧急时刻的祷告》(*Devotions Upon Emergent Occasions*)，其中的《第17篇沉思》(*Meditation 17*)包含着或许是整个文艺复兴时代最著名的关于丧钟的表达，虽然多恩的原文并不（像人们误认为的那样）分行：[1]

No man is an island, entire of itself; every man is a piece of the continent, a part of the main. If a clod be washed away by the sea, Europe is the less, as well as if a promontory were, as well as if a manor of thy friend's or of thine own were: any man's death diminishes me, because I am involved in mankind, and therefore never send to know for whom the bells tolls; it tolls for thee.

没有人是一座岛屿，自洽而整全；每个人都是陆地的一片，主体的一份。如果一块泥土被海水冲走，欧洲就会变小一点，就如海岬会失去一角，就如你朋友或你自己的领地失去一块；任何人的死亡都会令我亏缺，因为我参与全人类的命运，因此不要派人去打听丧钟为谁而鸣；丧钟为你而鸣。

（包慧怡 译）

---

[1] 多恩时任圣保罗大教堂（St Paul's Cathedral）的牧师长，为他安排这个显赫的神职的是当时的英国国王詹姆士一世，多恩《紧急时刻的祷告》中的23篇散文体《沉思》正是题献给詹姆士一世之子查理王子的。

对比阅读之下，商籁第 71 首第一节中要俊友刚听到丧钟鸣响就忘掉自己的请求，无论如何都显得不近人情。更何况对方还是诗人此生的挚爱，并且前 70 首商籁基本还是将这种爱情关系塑造成了相互的、有所反馈的，虽然双方的投入程度并不对等。诗人在第二节四行诗中解释自己如此不合理的请求的动机：

Nay, if you read this line, remember not
The hand that writ it, for I love you so,
That I in your sweet thoughts would be forgot,
If thinking on me then should make you woe.
你读这诗的时候，也不要想到
写它的手；因为我这样爱你，
假如一想到我，你就要苦恼，
我愿意被忘记在你甜蜜的思想里。

所有的爱人都希望自己被对方永远铭记，但诗人偏要建立这样的悖论："我"越是爱"你"，越是希望"你"在"我"死后迅速忘记"我"，因为假如记起"我"会令"你"悲哀，那么深爱"你"的"我"宁肯被遗忘。在这节关于遗忘和铭记的爱的悖论中，还套着一个关于书写和阅读的悖论：第 5—6 行中说"如果你读到这行诗，请忘掉／那曾写下这诗句的手",无论这在认知学上是否可能,至少诗人将之可信地塑造为了最慷慨、宽宏和无私的爱之修辞的一部分。第三节四行诗延续了这一爱的悖论中关于阅读和书写的部分:

> O! if, –I say you look upon this verse,
> When I perhaps compounded am with clay,
> Do not so much as my poor name rehearse;
> But let your love even with my life decay
> 或者,我说,有一天你看到这首诗,
> 那时候我也许已经化成土堆,
> 那么请不要念我可怜的名字;
> 最好你的爱也跟我生命同毁

我们会注意到,在第10行中谈及自己的肉身腐朽时,诗人特意使用了clay这个词,这个词恰恰也可以表示早期书写技艺中十分重要的黏土板,从而在"书写"和"死亡"之间建立了新的联系。他敦促俊友,也就是一位届时还活着的阅读者,在读到一位亡人的书写时,连他的名字都不要念出来,而是"最好你的爱也跟我生命同毁"。如此决绝的表述背后的原因,在第二节四行诗中已经被诗人点明了:是因为不忍心自己死后令爱人伤心。但是在最后的对句中,诗人却给出了一个更令人不安的新理由：请别为"我"悲伤，"怕聪明世界会看穿你的悲恸，/ 在我去后利用我来把你嘲弄"（Lest the wise world should look into your moan, /And mock you with me after I am gone）。为什么世人要嘲笑一个为亡友伤心的人？"不容于世的恋情"这片此前就笼罩着诸多商籁的阴云再次出现，我们不知道是不是两人社会地位的悬殊、性别的相同或是其他难言之隐，使得诗人始终为两人的关系会给对方带去的坏名声操心。但假如仅仅一些"嘲笑"（mock）就足以成为俊友彻底遗忘已经死去的诗人的理由，关于这段恋情到底在何等程度上不对等，我们或许会得出更确凿的结论。

假如"不能忍受嘲笑"是诗人对自己死后的俊友的预期，那么通篇原先看似出于绝对无私的爱的、祈求遗忘而不是铭记的、低到尘埃里的姿态就增添了一种新的苦涩：不是"我"想要请求被遗忘，而是"我"或许最好这么做，因为"你忘记我"这件事，很可能不以"我"的意志为转移，本来就一定会在"我"死后不久发生。这种潜在的以"不对等的爱情中的无奈"为基调的苦涩将在商籁第72首中得到更全面的展现。

商籁
第 72 首

谎言
情诗

呵,恐怕世人会向你盘问:
我到底好在哪儿,能够使你在
我死后还爱我——把我忘了吧,爱人,
因为你不能发现我值得你爱;

除非你能够造出善意的谎言,
把我吹嘘得比我本人强几倍,
给你的亡友加上过多的颂赞,
超出了吝啬的真实允许的范围;

啊,怕世人又要说你没有真爱,
理由是你把我瞎捧证明你虚伪,
但愿我姓名跟我的身体同埋,
教它别再活下去使你我羞愧。

    因为我带来的东西使我羞惭,
      你爱了不值得爱的,也得红脸。

O! lest the world should task you to recite
What merit lived in me, that you should love
After my death, –dear love, forget me quite,
For you in me can nothing worthy prove;

Unless you would devise some virtuous lie,
To do more for me than mine own desert,
And hang more praise upon deceased I
Than niggard truth would willingly impart:

O! lest your true love may seem false in this
That you for love speak well of me untrue,
My name be buried where my body is,
And live no more to shame nor me nor you.

    For I am shamed by that which I bring forth,
    And so should you, to love things nothing worth.

商籁第72首是自第71首开始的四首关于死亡的内嵌组诗中的第二首。本诗基本延续了第71首中诗人祈求死后被爱人遗忘的主题，但给出的理由不同，这首诗的论证重点在于必须保存俊友的真，必须避免令他陷入说谎的义务，结论则与上一首相同："忘记我。"

在大部分赞美俊友的十四行诗中，诗人都将俊友描绘为理念的"美"的化身，在其中的一部分里，诗人还给俊友加上了另一顶冠冕，使他成为理念的"真"的化身。虽然诗系列中不乏质疑俊友品行的诗篇，尤其在涉及俊友对自己的情感忠诚一事上，但我们应该看到，俊友从来没有被塑造为"真"的反面，相反，却在更多诗篇中被直白地与抽象的"真"等同。比如在商籁第54首（《"真玫瑰与犬蔷薇"博物诗》）中，俊友是兼具美与真、因为"真"而显得更"美"的、令犬蔷薇成为冒牌货的真玫瑰(ll.1–2, 13–14)；在商籁第67首（《"玫瑰的影子"博物诗》）中，俊友则是玫瑰唯一的实体，也是唯一的"真玫瑰"，而世上东施效颦之人都不过是从他身上窃取美的"玫瑰的影子"(ll.7–8)；在商籁第68首（《地图与假发博物诗》）中，俊美青年是天然去雕饰的，属于逝去的黄金时代的"真之美"的化身，"古代的神圣时辰在他身上重现，／恰是本真的它，没有任何装帧"(ll.9–10)。而保持俊友与"真"这种理想品质之间的绑定，将俊友与"真"的反面隔离开来，就是商籁第 72 首这"事关死后"(postmortem)的情诗的核心论证,也是诗人要求爱人"彻底忘了我"(forget me quite)的主要原因,这一重原因是第 71 首中不曾出现过的——第 71 首的"遗忘"请求诉诸诗人对俊友的爱(因此不愿俊友为已经死去的自己伤心),以及对俊友可能受到的嘲讽的忧虑:

O! lest the world should task you to recite
What merit lived in me, that you should love
After my death, –dear love, forget me quite,
For you in me can nothing worthy prove
呵,恐怕世人会向你盘问:
我到底好在哪儿,能够使你在
我死后还爱我——把我忘了吧,爱人,
因为你不能发现我值得你爱

第一节中,诗人说自己死后"恐怕"(lest)世人要问起"你"到底爱"我"什么,"我"到底有过什么优点——关于"我"的部分已经切换为过去式,因为此诗谈论的是从某个将来时刻回看时已经死去的"我"——"恐怕"这问题会让"你"为难,因为"我"身上的确乏善可陈。所以诗人敦促俊友"忘了我",好免除自己的窘境。这窘境在下一节中进一步被潜在的说谎的必要性复杂化了,"除非你能够造出善意的谎言,/把我吹嘘得比我本人强几倍"(Unless you would devise some virtuous lie, /To do more for me than mine own desert)。也就是说,"你"若要在"我"死后向世人证明"我"配得上"你"的爱,就不得不说谎,不得不违背"真",因为关于"我"的真实品质,"真相是吝啬的"(niggard truth),"我"并没有多少值得赞扬的地方,而"你"却要被迫在"我"死去后为我粉饰。诗人说,别这样做,因为"你"对"我"的爱本来是"真的",并不有损"你"作为"真"之化身的地位,如果出于这份爱而为"我"撒谎,替"我"增添"我"不具备的优点,那反而让真爱变得虚假了:

> O! lest your true love may seem false in this
> That you for love speak well of me untrue,
> My name be buried where my body is,
> And live no more to shame nor me nor you.
> 啊,怕世人又要说你没有真爱,
> 理由是你把我瞎捧证明你虚伪,
> 但愿我姓名跟我的身体同埋,
> 教它别再活下去使你我羞愧。

为了避免未来出现这种"真"动机导致"假"结果的情形，为了自始至终不让俊友背离"真"，诗人在第11—12句中重申和详述了第3行中就已出现过的核心祈使句，这也是之前第71首的核心诉求：彻底忘记"我"。"让我的名字和我的身体一起埋葬"，而不是继续留存，给"你"也给"我"自己带去耻辱。会潜在给"你"带去耻辱的是谎言，但我们并不清楚诗人笔下给自己带去的耻辱的性质。第12句的三重否定句式（no more … nor me nor you）具有麻醉剂一般的声音效果，但其核心词"耻辱"的所指要到对句中才会变得清晰一点：

For I am shamed by that which I bring forth,
And so should you, to love things nothing worth.
因为我带来的东西使我羞惭，
你爱了不值得爱的，也得红脸。

诗人说，"我"的耻辱是由"我所生成之物"（which I bring forth）造成的，狭义来看，这里指的自然是眼下"我"写的这些十四行诗。诗人用他那些消极型元诗中常见的自谦，说这些作品都没什么价值，它们低劣的品质会让"我"自己以及试图为"我"正名的"你"蒙羞。另一层潜藏的原因，则是"我"的这些商籁中那些对"你"倾诉衷肠的情诗——包括眼下这一首——尤其会令"你"蒙羞，出于地位、性别等一系列此前的商籁中反复暗示过的原因。"我"写下的这些诗既然令"我"自己蒙羞，要是"你"去爱这些一无是处的作品——并且还让世人看到这一点——"你"就注定会同样蒙羞。既然为"我"说谎会令"你"遭受耻辱（前12行的内容），"爱"我的诗也会给"你"带去耻辱（对句的内容），为了避免这双重的羞耻，诗人再次说出这终极"反自然"的悲伤的情话：爱人，在我死后请把"我"彻底忘记。

14世纪中古高地德语情歌集《马内赛抄本》(*Codex Manesse*),14世纪德国

带钟楼的教堂，15世纪英国手稿

商籁
第 73 首

秋日
情诗

你从我身上能看到这个时令:
黄叶落光了,或者还剩下几片
没脱离那乱打冷颤的一簇簇枝梗——
不再有好鸟歌唱的荒凉唱诗坛。

你从我身上能看到这样的黄昏:
落日的回光沉入了西方的天际,
死神的化身——黑夜,慢慢地临近,
挤走夕辉,把一切封进了安息。

你从我身上能看到这种火焰:
它躺在自己青春的余烬上缭绕,
像躺在临终的床上,一息奄奄,
跟供它养料的燃料一同毁灭掉。

  看出了这个,你的爱会更加坚贞,
  好好地爱着你快要失去的爱人!

That time of year thou mayst in me behold
When yellow leaves, or none, or few, do hang
Upon those boughs which shake against the cold,
Bare ruin'd choirs, where late the sweet birds sang.

In me thou see'st the twilight of such day
As after sunset fadeth in the west;
Which by and by black night doth take away,
Death's second self, that seals up all in rest.

In me thou see'st the glowing of such fire,
That on the ashes of his youth doth lie,
As the death-bed, whereon it must expire,
Consum'd with that which it was nourish'd by.

> This thou perceiv'st, which makes thy love more strong,
> To love that well, which thou must leave ere long.

商籁第 73 首是诗系列中最著名的篇章之一。虽然都属于诗人沉思自己"身后事"的内嵌组诗，本诗的主题却和第 71、72 首截然不同。第 71、72 首互为双联诗，诗人在其中劝说俊友在他死后连他的名字都不要提起，核心论证是对"遗忘"的规劝；而第 73、74 首同样互为双联诗，核心论证却是对永生和"铭记"的预言。

本诗前 12 行的结构非常清晰，表面上，诗人在三节四行诗中都从俊友"你"的视角出发，观看"我"的形象（thou mayst in me behold; in me thou see'st; in me thou see's）。我们细读后却不难发现，诗人以三种不同的时间维度作为标尺刻画的，始终是自己的形象，被观看者和观看者始终都是诗人自身。想象中的爱人的目光，不过帮助此刻独自一人的诗人完成一幅镜中的肖像。第一节四行诗中，作为丈量时间的标尺的是"一年"，诗人自比为一年四季中的秋天：

That time of year thou mayst in me behold
When yellow leaves, or none, or few, do hang
Upon those boughs which shake against the cold,
Bare ruin'd choirs, where late the sweet birds sang.
你从我身上能看到这个时令：
黄叶落光了，或者还剩下几片

没脱离那乱打冷颤的一簇簇枝梗——

不再有好鸟歌唱的荒凉唱诗坛。

我们会注意到第 3—4 行中用时态体现出来的现在和过去的对比：早先是鸟儿歌唱的地方，现在是化作废墟的歌坛。歌坛（choir）一词原指教堂中安置唱诗班的地方，在 1609 年四开本中拼作 quire，当时它还有 quyre、quiere 等多种拼法，直到 17 世纪末才逐渐统一为今天的拼法 choir。废墟歌坛这一本身就蕴含着今昔对比意思的意象，加上前两行里风中瑟缩的黄叶，使诗人的第一幅自画像"秋天"充满了肃杀和衰败气息。秋天这一季节在莎士比亚作品中通常是一个收获、饱满、万物成熟的季节，比如在《仲夏夜之梦》第二幕第一场中：

The childing autumn, angry winter, change

Their wonted liveries, and the mazed world,

By their increase, now knows not which is which.

（ll.116–18）

丰收的秋季、暴怒的冬季，都改换了

他们素来的装束，惊愕的世界不能再

凭着他们的出产辨别出谁是谁来。

（朱生豪　译）

又比如在商籁第 97 首（《四季情诗》）中：

The teeming autumn, big with rich increase,
Bearing the wanton burden of the prime,
Like widow'd wombs after their lords' decease（ll.6–8）
多产的秋天呢，因受益丰富而充实，
像死了丈夫的寡妇，大腹便便，
孕育着春天留下的丰沛的种子

而商籁第 73 首强调的却是秋季盛极而衰、作为死亡之先驱的暗面。第二节四行诗中诗人顺着这个修辞逻辑，选取更短的"一日"作为时间标尺，将自己比作一日中的薄暮时分：

In me thou see'st the twilight of such day
As after sunset fadeth in the west;
Which by and by black night doth take away,
Death's second self, that seals up all in rest.
你从我身上能看到这样的黄昏：
落日的回光沉入了西方的天际，
死神的化身——黑夜，慢慢地临近，
挤走夕辉，把一切封进了安息。

日薄西山之后的残余的暮光，这个白昼即将转为黑夜的时辰，是诗人借爱人的眼睛为自己画下的第二幅肖像。诗人似乎越来越确切地感知到衰老和迫近的死亡，将第一节中的"在我身上你或许会看见"（thou mayst in me behold）转换成了第二节中的"在我身上你会看见"（In me thou see'st），仿佛"你"所看见的"我"的风烛残年已经不是一种潜在的可能，而是此刻就确凿无疑的事实。在第8行中，"死亡"这个此前隐藏的大敌终于登场，虽然是以它的"第二个自己"（second self）或曰分身的形式——此处，死亡的分身是黑夜，因为黑夜如同死亡（及其象征物棺材或墓穴）一样"将一切封存在安息之中"（seals up all in rest）。到了第三节四行诗中，"死亡"甚至不再以"第二个自己"的形象登场，而是终于亲自上阵：

In me thou see'st the glowing of such fire,
That on the ashes of his youth doth lie,
As the death-bed, whereon it must expire,
Consum'd with that which it was nourish'd by.
你从我身上能看到这种火焰：
它躺在自己青春的余烬上缭绕，
像躺在临终的床上，一息奄奄，
跟供它养料的燃料一同毁灭掉。

第三节中被选作时间标尺的是一个人的一生。诗人自比为人类一生中的垂死时分,确切地说是垂死时分生命余火的燃烧。同样是确凿的"在我身上你会看见"(In me thou see'st),但被看见的对象并不是第一、第二节中那样的具体名词(that time of year; twight),而是一个进行中的动作(glowing of such fire)。这使得第三节成了全诗的转折段,虽然是一次弱转折,却辅助完成了前两节的挽歌声调向对句中的情诗祈愿的过渡。虽然青春已成灰烬,如同死亡的象征"灵床"(death-bed)般毫无生机地躺着,但这灰烬上头还有微弱的生命之火在燃烧,在闪烁着微光,诗人想要"你"看见的,也是他为自己画的第三幅自画像:这竭尽全力的"闪光"本身(In me thou see'st the glowing of such fire)。虽然这最后的生命火苗也注定要熄灭,但吞噬它的却是曾经滋养过它的事物(Consum'd with that which it was nourish'd by),从上下文可知这事物正是诗人心中的"爱":

This thou perceiv'st, which makes thy love more strong,
To love that well, which thou must leave ere long.
看出了这个,你的爱会更加坚贞,
好好地爱着你快要失去的爱人!

当"你"看到了以上三幅自画像,也就看明白了"我"的一生,那是在对"你"的爱中度过的、有"滋养"的欢喜也有"吞噬"的悲凉的一生。诗人在最后的对句中发出了情诗式的祈愿:既然"我"的一生是在爱"你"中走完的,而"你"将亲眼目睹它的"秋日""黄昏"和"垂死时分",那么请怜恤"我",让自己对"我"的爱也更坚定,因为不久后"我"的青春和生命都将隐入黑暗,在灵床上永久熄灭。

1599年未经莎士比亚批准而挂他的名字出版的诗集《激情的朝圣者》中的第12首诗与本诗处理的主题相似,有心的读者不妨对照阅读:

Crabbed age and youth cannot live together:
Youth is full of pleasaunce, age is full of care;
Youth like summer morn, age like winter weather;
Youth like summer brave, age like winter bare.
Youth is full of sport, age's breath is short;
Youth is nimble, age is lame;
Youth is hot and bold, age is weak and cold;
Youth is wild, and age is tame.
Age, I do abhor thee; youth, I do adore thee;
O, my love, my love is young!

Age, I do defy thee: O, sweet shepherd, hie thee,

For methinks thou stay'st too long.

衰老和青春不可能同时并存:

青春充满欢乐,衰老充满悲哀;

青春像夏日清晨,衰老像冬令;

青春生气勃勃,衰老无精打采。

青春欢乐无限,衰老来日无多!

青春娇健,衰老迟钝;

青春冒失、鲁莽,衰老胆怯、柔懦;

青春血热,衰老心冷。衰老,我厌恶你;

青春,我爱慕你。

啊,我的爱,我的爱年纪正轻!

衰老,我仇恨你。

啊,可爱牧人,快去,

我想,你已该起身。

(朱生豪 译)

四季变迁,《贵人祈祷书》,15世纪法国手稿

**商籁
第 74 首**

**祝圣
情诗**

但是,安心吧:尽管那无情的捕快
到时候不准保释,抓了我就走,
我生命还有一部分在诗里存在,
而诗是纪念,将在你身边长留。

你只要重读这些诗,就能够看出
我的真正的部分早向你献呈。
泥土只能得到它应有的泥土;
精神将属于你,我那优秀的部分:

那么,你不过失去我生命的渣滓,
蛆虫所捕获的,我的死了的肉体,
被恶棍一刀就征服的卑怯的身子;
它太低劣了,不值得你记在心里。

  我身体所值、全在体内的精神,
  而精神就是这些诗,与你共存。

But be contented: when that fell arrest
Without all bail shall carry me away,
My life hath in this line some interest,
Which for memorial still with thee shall stay.

When thou reviewest this, thou dost review
The very part was consecrate to thee:
The earth can have but earth, which is his due;
My spirit is thine, the better part of me:

So then thou hast but lost the dregs of life,
The prey of worms, my body being dead;
The coward conquest of a wretch's knife,
Too base of thee to be remembered.

> The worth of that is that which it contains,
> And that is this, and this with thee remains.

商籁第 74 首与第 73 首互为双联诗,核心论证是对永生和"铭记"的预言——通过圣礼(sacraments)的词汇。在"上联"商籁第 73 首的第三节中我们读到诗人对自己生命将逝的预言:

In me thou see’st the glowing of such fire,
That on the ashes of his youth doth lie,
As the death-bed, whereon it must expire
你从我身上能看到这种火焰:
它躺在自己青春的余烬上缭绕,
像躺在临终的床上,一息奄奄

作为"下联"的第 74 首开篇,诗人紧接着谈论自己的死亡,却是以劝慰的形式。全诗第一个单词 but 既显示出和上一首商籁之间的密切关系,又是对总体肃穆、哀矜的第 73 首的挽歌风格的一次逆转:

But be contented: when that fell arrest
Without all bail shall carry me away,
My life hath in this line some interest,
Which for memorial still with thee shall stay.
但是,安心吧:尽管那无情的捕快

到时候不准保释，抓了我就走，
我生命还有一部分在诗里存在，
而诗是纪念，将在你身边长留。

死亡被称作一名不容许任何保释（bail）的"无情的拘捕"（fell arrest），fell 在此作形容词，表示"残忍、野蛮、冷酷无情"，而 arrest 则是动词作名词，指执行逮捕命令的官员或捕快（captor）。因此死亡在十四行诗系列中又有了一幅新的面容：一名公事公办、绝不通融的公务员。莎士比亚在《哈姆雷特》第五幕第二场中用过类似的比喻和偏正结构：

Had I but time, as this fell Sergeant, Death,
Is strict in his arrest. (Ham.V.2.328–29)

朱生豪将此句译作"倘不是因为死神的拘捕不给人片刻的停留"，梁实秋则译作"无奈死神这个酷吏拘捕得紧"，都把 arrest 这个词的早期义项"使……停止"与较晚出现的义项"逮捕"同时体现了出来，是双关语翻译的出色例子。

死神虽然无情，商籁第 74 首第一节后半部分说，但"我的生命牵连在这诗行中"（My life hath in this line some interest）。在莎士比亚写作的时代，interest 一词主要表示

share(股份)、property tie(财产关系)、legal title(法定权)等经济学和法学范畴的意义,而"兴趣,关心"等义项要到更晚一些才变得常用。第二节具体解释了诗歌是如何挽留"我"的生命的:是通过一个核心动词"观看"(已在商籁第73首中以behold、see、perceive等不同形式出现过);商籁第74首使用的动词则是review,能与死神争锋的是爱人阅读的目光。

> When thou reviewest this, thou dost review
> The very part was consecrate to thee:
> The earth can have but earth, which is his due;
> My spirit is thine, the better part of me
> 你只要重读这些诗,就能够看出
> 我的真正的部分早向你献呈。
> 泥土只能得到它应有的泥土;
> 精神将属于你,我那优秀的部分

本节的核心动词是consecrate(奉献),在本节中用动词原形代替过去分词,当"你"阅读这些诗,要记得"我更好的那部分"(the better part of me),即"我的属于你的灵魂"(My spirit is thine),包括"我"对"你"的爱——这一切都已经如在一场祝圣仪式中那般"奉献给了你"

(was consecrate to thee)。consecrate 在此的近义词是 devote(奉献)、dedicate(献身),比如在词组 consecrate one's life to God(献身于上帝)中,但从这个词的词源(cum + sacrare)就可以看出其宗教来源,在天主教圣礼中尤其与圣餐礼(Eucharist)和圣餐弥撒(Mass)紧密相关,当牧师为圣餐饼(host)祝圣,说出拉丁文祝圣辞(*hoc est enim corpus meum*),"这实实在在是我的身体",也就是面包被相信发生了"变体"(transubstantiation)而转化为基督身体的时候。虽然伊丽莎白时期新教弥撒的祝圣辞与此并不相同,但这一节在审查者的眼中依然难逃亵神的嫌疑。好在诗人只是通过诗的语言来暗示:当俊友在诗人死去之后阅读他留下的"这诗行"(this line),或许文字将化作死去诗人的身体,完成一次圣餐礼式的"变体"。"我"将诗歌奉献(consecrate)给"你",而"你"通过为之祝圣(consecrate),使"我"重生。诗人在第三节中接着说:

So then thou hast but lost the dregs of life,
The prey of worms, my body being dead;
The coward conquest of a wretch's knife,
Too base of thee to be remembered.
那么,你不过失去我生命的渣滓,
蛆虫所捕获的,我的死了的肉体,

被恶棍一刀就征服的卑怯的身子；

它太低劣了，不值得你记在心里。

如此你就丢掉了（我的）"生命的渣滓／糟粕"（dregs of life），这只能去喂蛆虫的、执刀的死神的怯弱的战利品（coward conquest of a wretch's knife），也是上节中提到的，尘归尘土归土，肉身必须被交还大地（The earth can have but earth, which is his due）。而诗人最终要求被爱人铭记的，不是生命的外壳（肉体），而是生命所承载的"内容"，即自己的灵魂，在对句中，诗人的灵魂被等同于"这个"，即上文中提到的"这诗行"。在第71—74首这组关于死亡的内嵌组诗末尾，诗人终究还是让元诗与情诗的联姻战胜了"鄙夷尘世"式的消极的挽歌声调，希望也期待爱人通过阅读这些诗来铭记诗人已逝的生命，并且做出预言，只要自己的诗还在被爱人阅读，这就是诗歌与爱情对死亡的战胜：

The worth of that is that which it contains,
And that is this, and this with thee remains.
我身体所值，全在体内的精神，
而精神就是这些诗，与你共存。

莎士比亚最后的传奇剧《暴风雨》第一幕第二场中，精灵爱丽尔向费迪南唱了一首短歌，后者误认为自己的父亲已经葬身大海。这首小曲后来被冠以《海之悼歌》（Sea Dirge）的题目收入1612年出版的《配乐杂诗》。与商籁第74首相似，我们看到死亡并非终点，而是一场奇异的变体（sea-change）的开始，谁能说经历这场"海变"后的死者的身体不及身前荣耀呢?

>Full fathom five thy father lies:
>Of his bones are coral made;
>Those are pearls that were his eyes:
>Nothing of him that doth fade
>But doth suffer a sea-change
>Into something rich and strange.
>Sea-nymphs hourly ring his knell:
>Hark! now I hear them, ——
>Ding, dong, bell.
>
>五寻的水深处躺着你的父亲，
>他的骨骼已化成珊瑚；
>他眼睛是耀眼的明珠；
>他消失的全身没有一处不曾
>受到海水神奇的变幻，

化成瑰宝,富丽而珍怪。

海的女神时时摇起她的丧钟,

叮!咚!

听!我现在听到了叮咚的丧钟。

(朱生豪 译)

《圣餐的设立》,斯特法诺·迪·乔万尼(Stefano di Giovanni),15世纪意大利

**商籁
第 75 首**

**饕餮
情诗**

我的思想需要你,像生命盼食物,
或者像大地渴望及时的甘霖;
为了你给我的安慰,我斗争,痛苦,
好像守财奴对他的财物不放心:

有时候是个享受者,挺骄傲,立刻——
又害怕老年把他的财物偷去;
刚觉得跟你单独地相处最快乐,
马上又希望世界能看见我欢愉:

有时候我大嚼一顿,把你看个够,
不久又想看,因为我饿得厉害;
任何欢乐我都不追求或占有,
除了从你那儿得到的欢乐以外。

  我就这样子一天挨饿一天饱,
  不是没吃的,就是满桌的佳肴。

So are you to my thoughts as food to life,
Or as sweet-season'd showers are to the ground;
And for the peace of you I hold such strife
As 'twixt a miser and his wealth is found.

Now proud as an enjoyer, and anon
Doubting the filching age will steal his treasure;
Now counting best to be with you alone,
Then better'd that the world may see my pleasure:

Sometime all full with feasting on your sight,
And by and by clean starved for a look;
Possessing or pursuing no delight,
Save what is had, or must from you be took.

> Thus do I pine and surfeit day by day,
> Or gluttoning on all, or all away.

在四首沉重的"死亡内嵌诗"之后，商籁第 75 首又回到了纯粹情诗的领域。诗人将自己的痴迷比作七宗罪之一的饕餮（gluttony），开篇就直抒胸臆地坦白恋人之于他就如食物之于生命，或者甘霖之于大地一般必需：

So are you to my thoughts as food to life,
Or as sweet-season'd showers are to the ground;
And for the peace of you I hold such strife
As 'twixt a miser and his wealth is found.
我的思想需要你，像生命盼食物，
或者像大地渴望及时的甘霖；
为了你给我的安慰，我斗争，痛苦，
好像守财奴对他的财物不放心

莎士比亚熟读乔叟的作品，第二行可以说是对《坎特伯雷故事集》之《序诗》(*The General Prologue*) 开头前四行的遥远致敬：

Whan that Aprill with his shoures soote
The droghte of March hath perced to the roote,
And bathed every veyne in swich licour
Of which vertu engendred is the flour

当四月以它甜蜜的骤雨

将三月的旱燥润湿入骨,

用汁液洗濯每一株草茎

凭这股力量把花朵催生

(包慧怡 译)

而在第一节后半部分中,诗人点出了自己在热恋中的内心悖论:只有"你"能给我带来"和平"(peace),但为了获得这份和平或安宁,"我"却不得不时刻处于内心的"纷争"(strife)中。这种纷争最好地体现在守财奴对他的财富的态度上,也就是第二节中具体展开的那种心理:自己一会儿因为享有这财富而洋洋自得,一会儿又担心财富被人偷走而疑神疑鬼;此刻觉得和珍宝(此诗语境中即"你")单独在一起最好,下一刻又想向全世界炫耀自己的快乐:

Now proud as an enjoyer, and anon

Doubting the filching age will steal his treasure;

Now counting best to be with you alone,

Then better'd that the world may see my pleasure

有时候是个享受者,挺骄傲,立刻——

又害怕老年把他的财物偷去;

刚觉得跟你单独地相处最快乐，
马上又希望世界能看见我欢愉

以上都是非常生动的热恋心情的写照。在第三节中，诗人点出了自己的迷恋中一种新的令人不安的元素："我"此刻拥有"你"，爱着"你"，这都无法让"我"满足；想见"你"的欲望是实时更新的，得到的越多想要的就越多。这就使"我"犹如一个贪得无厌的老饕。在今人看来，"饕餮"（*gula*）作为七宗罪之一，不是特别严重的罪过，然而在古代晚期和中世纪，尤其在经典七宗罪的名单刚逐渐固定不久的公元 4—5 世纪，在许多教父作家的清单里，"饕餮"（而不是后世所认为的"骄傲"）都是名列七罪之首的罪行，被认为是触发其余罪过、引起蝴蝶效应的"始祖之罪"。乔叟在《坎特伯雷故事集》之《赦罪僧的故事》（*The Pardoner's Tale*）中说得再直白不过了，赦罪僧故事中的叙事者将饕餮称作"充满诅咒""我们所有毁灭的第一原因""我们最终永罚的原始因"，还强调说亚当和夏娃就是"为了这一宗罪"被逐出伊甸园，不得不在劳作和痛苦中度过余生：

O glotonye, ful of cursednesse!
O cause first of oure confusioun!

O original of oure dampnacioun,

…

Corrupt was al this world for glotonye.

Adam oure fader, and his wyf also,

Fro Paradys to labour and to wo

Were dryven for that vice … (ll. 498–507)

哦饕餮，你这充满诅咒的！

哦我们所有毁灭的第一因！

哦我们最终永罚的原始因！

……

整个世界都是被饕餮腐化的。

我们的父亲亚当，还有他的妻，

被赶出天堂，苦苦劳动又悲泣

都是因为那宗恶习……

（包慧怡 译）

然而在莎士比亚这里，饕餮这种罪行却可以被转换为爱情和迷恋的语汇。十四行诗系列中最显著的一例出现在商籁第56首（《飨宴情诗》）的第二节中，其中诗人甚至请求爱神保持饥饿，好日复一日不断从爱人的形象中得到满足：

So, love, be thou, although to-day thou fill

Thy hungry eyes, even till they wink with fulness,

To-morrow see again, and do not kill

The spirit of love, with a perpetual dulness (ll. 5–8)

爱,你也得如此,虽然你今天教

饿眼看饱了,看到两眼都闭下,

可是你明天还得看,千万不要

麻木不仁,把爱的精神扼杀。

类似地,在商籁第 47 首(《"眼与心之战"玄学诗·下》)中,爱欲的语言同样与食欲的语言相通:当爱人不在身边时,诗人的眼睛会因为"看不到"而闹饥荒;而看不见爱人真实形象的诗人的眼睛,决定用爱人的肖像来设宴,并邀请同样相思成疾的心一同赴宴,大快朵颐。

When that mine eye is famish'd for a look,

Or heart in love with sighs himself doth smother,

一旦眼睛因不见你而饿得不行,

或者心为爱你而在悲叹中窒息,

With my love's picture then my eye doth feast,

And to the painted banquet bids my heart (ll.3–6)
我眼睛就马上大嚼你的肖像,
并邀请心来分享这彩画的饮宴

甚至在《安东尼与克莉奥帕特拉》第二幕第二场中也有一段无韵诗,莎士比亚借爱诺巴勃斯(Enopabus)之口说,埃及艳后的特殊魅力之一在于她永远能使爱慕她的人饥饿,使包括安东尼在内的男人们的情欲永不餍足:

No, he would never forsake her;
Age cannot wither her, nor customstale.
Her infinite variety: other women cloy
The appetites they feed: but she makes hungry.
Wheremost she satisfies …

不,他决不会丢弃她,年龄不能使她衰老,习惯也腐蚀不了她的变化无穷的伎俩;别的女人使人日久生厌,她却越是给人满足,越是使人饥渴……

商籁第 75 首强调的不仅是"我"对"你的形象"的无法饱足的渴求(此处的重点再次落在"看"这个动词上,审美因素在诗人对俊友的爱中至关重要),也将眼睛和舌头的官能在情诗的修辞中统合(feasting on your sight; starved for a look)。更重要的是,诗人还强调了自己的专一:除了从"你"这里得到的快乐,"我"已无法再占有或追求任何别的快乐。

> Sometime all full with feasting on your sight,
> And by and by clean starved for a look;
> Possessing or pursuing no delight,
> Save what is had, or must from you be took.
> 有时候我大嚼一顿,把你看个够,
> 不久又想看,因为我饿得厉害;
> 任何欢乐我都不追求或占有,
> 除了从你那儿得到的欢乐以外。

诗人直到最后的对句中才对饕餮(gluttoning)这种表面的感官之罪直呼其名,并彻底完成了肉体与精神两套词汇的整合:爱情让人饥饿难耐,也让人暴饮暴食;令人一时狼吞虎咽,一时又腹内空空。在这种对自身情欲的不健康但却还称不上病态的描述中,我们已经可以依稀看到此后更激烈也更晦暗的情欲之诗(比如商籁第129首《色欲反情诗》)中那种与情欲的无法满足紧紧相连的、西西弗推巨石式的徒劳悲剧。

Thus do I pine and surfeit day by day,

Or gluttoning on all, or all away.

我就这样子一天挨饿一天饱,

不是没吃的,就是满桌的佳肴。

"饕餮",《七宗罪与万民四末》,博施(Hieronymus Bosch),约1480年

**商籁
第 76 首**

**"对手诗人"
元诗**

为什么我诗中缺乏新的华丽?
没有转调,也没有急骤的变化?
为什么我不学时髦,三心两意,
去追求新奇的修辞,复合的章法?

为什么我老写同样的题目,写不累,
又用著名的旧体裁来创制新篇——
差不多每个字都能说出我是谁,
说出它们的出身和出发的地点?

亲爱的,你得知道我永远在写你,
我的主题是你和爱,永远不变;
我要施展绝技从旧词出新意,
把已经抒发的心意再抒发几遍:

 既然太阳每天有新旧的交替,
 我的爱也就永远把旧话重提。

Why is my verse so barren of new pride,
So far from variation or quick change?
Why with the time do I not glance aside
To new-found methods, and to compounds strange?

Why write I still all one, ever the same,
And keep invention in a noted weed,
That every word doth almost tell my name,
Showing their birth, and where they did proceed?

O! know sweet love I always write of you,
And you and love are still my argument;
So all my best is dressing old words new,
Spending again what is already spent:

> For as the sun is daily new and old,
> So is my love still telling what is told.

从商籁第 76 首开始，诗系列中出现了一位新的"剧中人"(*dramatis personae*)，我们称之为"对手诗人"(rival poet)。其实对手诗人的存在已经在之前的个别元诗中被暗示过，但学界一般把第 76 首开始，或者第 78 首开始，直到第 86 首（除第 81 首外）的十多首商籁称作"对手诗人序列诗"(rival poet sequence)。之所以有两种看法，是因为第 77 首是独立于该序列之外的，和第 81 首一样，都单独处理死亡主题，这两个数字也被当时的英国人认为是人生命中极为危险的两年。我认为"对手诗人序列诗"应该从第 76 首开始，因为这首诗的基调与该序列中的其他商籁保持了一致。

既然商籁第 76 首正式拉开了"对手诗人序列诗"的幕布，我们就先来综述一下关于这位神秘对手诗人的各种理论，尤其是那些持"历史人物观"的看法，即认为对手诗人与俊美青年和黑夫人一样，都是莎翁生活中有史可靠的重要人物。和俊友与黑夫人一样，四百年来，莎学界也给对手诗人开出了一张长长的候选人名单，其中呼声最高的包括这几位：诗人翻译家乔治·查普曼（George Chapman, 1559—1634），剧作家克里斯托弗·马洛（Christopher Marlowe, 1564—1593），诗人历史学家塞缪尔·丹尼尔（Samuel Daniel, 1562—1619），诗人迈克尔·德雷顿（Michael Drayton, 1563—1631），诗人巴纳比·巴恩斯

(Barnabe Barnes, 1571—1609)、诗人杂文家杰瓦斯·马肯(Gervase Markham, 1568—1637)、理查德·巴恩菲尔德(Richard Barnfield, 1574—1620)等。

20世纪以来,以罗尔夫为代表的多数莎学者们认为查普曼是最有可能的候选人。[1]我们必须承认,查普曼作为诗人和荷马的翻译者,确是莎士比亚写作时代最杰出的诗人之一。莎士比亚很可能读过他的诗作或译作,尤其是他译的《伊利亚特》,这一点比较明显地体现在莎剧《特洛伊罗斯和克丽希达》中。查普曼自己写过《奥维德的感官之宴》(*Ovid's Banquet of Sense*)这首玄学诗,它看起来就像是对莎士比亚的长诗《维纳斯与阿多尼斯》(同样基于奥维德《变形记》)的回应,仿佛要修正后者将奥维德情欲化甚至色情化的写法,而试图注入更多道德教化。查普曼的赞助人也是莎士比亚活动圈子里的人,查普曼又以博学和精通古典语言著称,这对在诗歌领域算是新手的莎士比亚可能构成了潜在的心理威胁。

马洛紧随其后,是第二大热门的"对手诗人"候选人。但由于马洛生前主要因其戏剧扬名,而莎士比亚在诗系列中描述的"对手"是一位声名赫赫、足以对作为诗人的莎士比亚构成威胁的职业诗人,所以"马洛说"不能不因此大打折扣。不过,莎士比亚和马洛的职业生涯显然一直保持着密切互动,一种主要是良性的竞争关系。就如贝特在《莎士比

---

[1] W. J. Rolfe, "Who was the Rival Poet", p.5.

亚的天才》中所言:"莎士比亚和马洛两人间的互通有无一直持续到后者去世。"[1] 莎士比亚作为剧作家声名鹊起之初,马洛已是伦敦最负盛名的天才剧作家,这种同行竞争的压力也促使莎士比亚在努力超越对手的同时不断超越自身,在这一意义上,说马洛是"对手诗人"也不是空穴来风。

另一种被广为接受的关于对手诗人身份的理论是"多人说"(Multiple Poets),即认为令莎士比亚感到在诗歌事业上受到了威胁的不是单个诗人,而是一群诗人。这一点可以在第76、78、82首等商籁对复数代词或动词的运用中得到佐证,却与第79、80、86首等商籁中明显对单一对手的指称不相符。所以我们依然需要将对手诗人序列诗当作一组作品来看,其中对具体人物的影射(如果这真是莎氏的用意)或许在不同的单首作品中亦有不同的侧重。

作为这一序列的"开幕诗",商籁第76首本身比较简单。前置的八行诗是诗人对一个缺席的质疑者——文德勒认为那就是俊美青年本人[2]——作出的自我申辩(*apologia*)。该质疑主要针对为何诗人不写点新的主题,操练一些新的技巧,学学其他(对手诗人的)新的组词方法,来使得自己的诗歌作品更多变:

Why is my verse so barren of new pride,
So far from variation or quick change?

---

[1] Jonathan Bate, *The Genius of Shakespeare*, p. 107.
[2] Helen Vendler, *The Art of Shakespeare's Sonnets*, pp. 344–45.

Why with the time do I not glance aside

To new-found methods, and to compounds strange?

为什么我诗中缺乏新的华丽?

没有转调,也没有急骤的变化?

为什么我不学时髦,三心两意,

去追求新奇的修辞,复合的章法?

第一节质疑的侧重点是为什么"我"不学新技巧,第二节质疑的侧重点则是为什么"我"在主题上如此守旧,到了这些诗叫旁人一看就是出自"我"笔下的地步:

Why write I still all one, ever the same,

And keep invention in a noted weed,

That every word doth almost tell my name,

Showing their birth, and where they did proceed?

为什么我老写同样的题目,写不累,

又用著名的旧体裁来创制新篇——

差不多每个字都能说出我是谁,

说出它们的出身和出发的地点?

这就自然地过渡到了第三节的申辩段:"我"守旧不变,是因为"你"是"我"唯一想写和能写的主题。诗人声称

"爱人和爱情"是自己永远的命题,在这一命题下,自己永远不会厌倦于"给旧词披上新衣",或"把已经消耗过的再消耗一遍",第12行中的spending和spent是一个比较明显的情色双关:

> O! know sweet love I always write of you,
> And you and love are still my argument;
> So all my best is dressing old words new,
> Spending again what is already spent
> 亲爱的,你得知道我永远在写你,
> 我的主题是你和爱,永远不变;
> 我要施展绝技从旧词出新意,
> 把已经抒发的心意再抒发几遍

对句中,诗人再度举出他最偏爱的比喻之一——"太阳"(最早在商籁第7首中就已成为核心奇喻),说正如天空中每日照耀的是同一个太阳,但每天破晓升起的太阳又是全新的,人们也不会因此就厌倦阳光。同理,"我"也不会厌倦再次、反复诉说已经被诉说过的"我"唯一的主题,理由是:"既然太阳每天有新旧的交替,/我的爱也就永远把旧话重提。"(For as the sun is daily new and old, /So is my love still telling what is told.)

对手诗人候选人之一克里斯托弗·马洛的肖像，1585年

镜迷宫

4

我把早熟的紫罗兰这样斥责

莎士比亚十四行诗的世界

包慧怡 著

华东师范大学出版社
·上海·

目录

77 时辰书元诗 747

78 "我的缪斯"元诗 757

79 病缪斯元诗 767

80 船难博物诗 775

81 墓志铭元诗 785

82 "每本书"元诗 797

83 "两位诗人"元诗 807

84 手抄本博物诗 819

85 "沉默的缪斯"元诗 829

86 通灵玄学诗 839

87 债券博物诗 849

88 天平博物诗 859

89 忍辱反情诗 869

90 别离反情诗 879

91 猎鹰博物诗　　　　　　885
92 生死情诗　　　　　　　895
93 夏娃反情诗　　　　　　903
94 百合博物诗　　　　　　913
95 "玫瑰之名"博物诗　　　923
96 "女王的戒指"博物诗　　933
97 四季情诗　　　　　　　943
98 红玫瑰与白百合博物诗　955
99 "物种起源"博物诗　　　963
100 "健忘的缪斯"元诗　　 971
101 "旷工的缪斯"元诗　　 983
102 夜莺博物诗　　　　　 991
103 "贫乏的缪斯"元诗　　 1001
104 时序玄学诗　　　　　 1011

商籁
第 77 首

时辰书
元诗

镜子会告诉你,你的美貌在凋零,
日晷会告诉你,你的光阴在偷移;
空白的册页会负载你心灵的迹印,
你将从这本小册子受到教益。

镜子会忠实地显示出你的皱纹,
会一再提醒你记住开口的坟墓;
凭着日晷上潜移的阴影,你也能
知道时间在偷偷地走向亘古。

记忆中包含不了的任何事物,
你可以交给空页,你将看到
你的脑子所产生、养育的子女,
跟你的心灵会重新相识、结交。

  这两位臣属,只要你时常垂顾,
  会使你得益,使这本册子丰富。

Thy glass will show thee how thy beauties wear,
Thy dial how thy precious minutes waste;
These vacant leaves thy mind's imprint will bear,
And of this book, this learning mayst thou taste.

The wrinkles which thy glass will truly show
Of mouthed graves will give thee memory;
Thou by thy dial's shady stealth mayst know
Time's thievish progress to eternity.

Look! what thy memory cannot contain,
Commit to these waste blanks, and thou shalt find
Those children nursed, deliver'd from thy brain,
To take a new acquaintance of thy mind.

    These offices, so oft as thou wilt look,
    Shall profit thee and much enrich thy book.

在商籁第 77 首中，我们来到了整个 154 首十四行诗的中点（middle point）。与序号为 49、63、77、81、126、154 等 7 或 9 的整倍数的商籁一样，商籁第 77 首也是一首哀悼青春、死亡、爱情和美的重要商籁，这些商籁往往看似突兀地夹在一系列主题相同的内嵌组诗中间，比如此处就打断了从第 76 首延续至第 86 首的"对手诗人"组诗。

商籁第 77 首的结构宛若七宝楼台：围绕全诗的三个意象（镜子、日晷和书本）在三节四行诗中采取 1（镜子）+1（日晷）+2（书本）、2（镜子）+2（日晷）+4（书本）的写法，交叉递进。我们不妨把聚焦同一意象的诗行放在一起看，首先是"你的镜子"（thy glass），这个十四行诗系列中最核心的意象之一也曾在第 3、22、62、103、126 首商籁中出现过，是典型的"死亡预警"（*memento mori*）主题意象：

> Thy glass will show thee how thy beauties wear,
> ...
> 镜子会告诉你，你的美貌在凋零，
> ……
>
> The wrinkles which thy glass will truly show
> Of mouthed graves will give thee memory

镜子会忠实地显示出你的皱纹,

会一再提醒你记住开口的坟墓

全诗第1行以及第5、第6行中,诗人说镜子会照出俊美青年往昔的容颜,也会照出他未来的皱纹,以及让他想起昔日美人们"张开大嘴的坟墓"。这本来是典型的惜时诗式的训诫,出现在商籁第77首中,却与元诗的主题结合在一起。77是154的中点,本诗是《莎士比亚十四行诗集》这本"书"的中点,其中出现的镜子也仿佛一条中轴线,向前向后映射出读诗人和写诗人过去与未来的命运。镜子的这种分割作用并非偶然,埃德蒙·斯宾塞(Edmund Spenser)在他出版于1595年的十四行诗系列《爱情小唱》(*Amoretti*)的中点,也就是89首诗中的第45首中也提到了镜子——"女士,请在你清澈无瑕的镜中/留下自己的倩影,供永久瞻望"(Leaue lady in your glasse of christall clene, /Your goodly selfe for euermore to vew)。

第二个意象同样是中世纪文艺复兴文学和绘画中常见的"死亡预警"物件:日晷。只不过本诗在第2行,以及第7、第8行中更多强调了"你的日晷"对"偷偷逝入永恒的时间"的监管作用,一五一十地用晷针投下的影子记录下时间流逝的痕迹:

Thy dial how thy precious minutes waste;

…

日晷会告诉你,你的光阴在偷移;

……

Thou by thy dial's shady stealth mayst know
Time's thievish progress to eternity.

凭着日晷上潜移的阴影,你也能
知道时间在偷偷地走向亘古。

第三个意象,也是占据行数最多的意象(共 6 行,为前两个意象所占行数之和),才是本诗的核心奇喻——"这本书"(this book),及其"空白的书页"(vacant leaves):

These vacant leaves thy mind's imprint will bear,
And of this book, this learning mayst thou taste.

空白的册页会负载你心灵的迹印,
你将从这本小册子受到教益。

……

Look! what thy memory cannot contain,

Commit to these waste blanks, and thou shalt find
Those children nursed, deliver'd from thy brain,
To take a new acquaintance of thy mind.

记忆中包含不了的任何事物,

你可以交给空页,你将看到

你的脑子所产生、养育的子女,

跟你的心灵会重新相识、结交。

我们可以看到,诗人在第三节四行诗中一反常态,不是说自己的诗歌要如何保存爱人的美,而是直接建议俊美青年亲自投身于书写,将"记忆容不下的"(what thy memory cannot contain)思想"付诸白纸"(commit to these waste blanks),并将即将被写入"这本书"的内容称作"你抚育的孩子,从你的头脑产出"。把作品比作孩子是莎氏此前常用来称呼自己的文本和自己的关系的比喻,而"这本书"一般被理解为诗人送给俊美青年的一个空白笔记本,或者就是这本十四行诗集本身,只不过其中附加了许多空白页,供受赠者用自己的思想填满。诗人在短短六行中两次提到"空白的书页",作为书籍隐喻的一部分,"白页"的意象有其认知论上的两希起源。

在希腊-罗马古典传统中,它通常被称作"白板"(*tabula rasa*,直译"擦净之板")。亚里士多德在《论灵魂》中写道，认识事物前的头脑"就像一块从未书写的记录板，空无一字"；希腊化时期的评注家将此句解为"理性如同未被书写的记录板"；在更晚时期的作家笔下，"记录板"的措辞又逐渐被"白板"取代。晚期罗马散文中亦出现过一种新的书籍比喻，字面意思是"白色之物"（*album*），起先用来指发布公告的白板，后来指包括元老院成员名单在内的官员名册；在《金驴记》的作者阿普列乌斯笔下，朱庇特召开万神大会前说，"神以白板征召缪斯"（*Dei conscripti Musarum albo*）；album 一词成了英语中"相簿、专辑"的词源，指向某种志在抵抗遗忘、待被填满的空白的载体。"空白之书"的意象在希伯来传统中同样重要，"书籍"甚至可以说是描绘"神圣历史"展开之进程的核心隐喻。《旧约·以赛亚书》载，"天被卷起，好像书卷"（34：4）；《出埃及记》载，"你要将这话写在书上作纪念"（17：14）；《约伯记》载，"惟愿我的语言现在写上，都记录在书上。用铁笔镌刻，用铅灌在磐石上，直存到永远"（19：23-24）；《新约·哥林多后书》载，"你们明显是基督的信，借着我们修成的；不是用墨写的，乃是用永生上帝的灵写的。不是写在石版上，乃是写在心版上"（3：3）；《启示录》载，"天就挪移，好像书卷被卷起来"（6：14）；不胜枚举。[1]

莎士比亚商籁第 77 首亦有一个宗教色彩浓重的结尾，

---

[1] R. Ernst Curtius, *European Literature and the Latin Middle Ages*, pp. 310–12.

在对句中,诗人再次敦促俊美青年去"丰富书本",先前的"这本书"(this book)变成了"你的书"(thy book),并且丰富书本的方式是反复温习"这些日课"(these offices,屠译"这两位臣属"):

> These offices, so oft as thou wilt look,
> Shall profit thee and much enrich thy book.
> 这两位臣属,只要你时常垂顾,
> 会使你得益,使这本册子丰富。

office 的原意是"职责",在字面意义上,俊友的"职责"包括前三节中提到的常照镜子、观察日晷、记录思想,这三项活动所通向的"认识你自己"可以抵御夺走美貌和生命的时间。但熟悉中世纪和文艺复兴书籍文化的读者会敏感地察觉到,office 在本诗语境中更直接的所指是"时辰书"(book of hours)——英国中世纪盛期到文艺复兴早期最华丽和常见的书籍种类之一(通常为泥金彩绘手抄本)。这种集年历、赞美诗、祈祷文于一体的,有时尺寸小到可以捧在手心的书籍,是提醒人们在一年和一天里的特定时间履行特定仪式、念诵特定祷文的重要媒介,这些仪式和祷文被统称为 offices(时辰礼仪)。在教会和修院的语境外,制作豪华精美的时辰书被看作一种高度个人化的宗教表达方式，在英国尤见于中世纪晚期的贵族家庭，回应了俗众/平信徒（laity）新近被唤醒的对更自主化的虔信生活的需求。

无论诗人赠给俊友的 book 是空白笔记本、含空白页的十四行诗集，还是带空白页的时辰书（这种赠予在现实中是否发生对我们并不重要），到了本诗的结尾，时辰书的意象都变得无比鲜明：不仅是作为一本督促"你"勤于自省，多多"理解自己"的私人仪式之书，也作为一本字面意思上的"时辰之书"。"日晷"是一种计时器，"镜子"则是时辰流逝的提醒之物，在本诗对"时辰之书"（book of hours）这个意象的改造中，"时辰"与"书本"的象征意义融为一体，以一种典型莎士比亚风格的精妙双关，将丰富的动态含义糅入时辰书这一古老的书籍形式中。

《黑斯廷时辰书》,根特或布鲁日,约1480年

"等待被填满的书页",《马内塞抄本》

**商籁
第 78 首**

**"我的缪斯"
元诗**

我常常召唤了你来做我的缪斯,
得到了你对我诗作的美好帮助,
引得陌生笔都来学我的样子,
并且在你的保护下把诗作发布。

你的眼,教过哑巴高声地唱歌,
教过沉重的愚昧向高空直飞,
又给学者的翅膀增添了羽翮,
给温文尔雅加上了雍容华贵。

可你该为我的作品而大大骄傲,
那全是在你的感召下,由你而诞生:
别人的作品,你不过改进了笔调,
用你的美质美化了他们的才能;

　　你是我诗艺的全部,我的粗俗
　　和愚昧被你提到了饱学的高度。

So oft have I invoked thee for my Muse,
And found such fair assistance in my verse
As every alien pen hath got my use
And under thee their poesy disperse.

Thine eyes, that taught the dumb on high to sing
And heavy ignorance aloft to fly,
Have added feathers to the learned's wing
And given grace a double majesty.

Yet be most proud of that which I compile,
Whose influence is thine, and born of thee:
In others' works thou dost but mend the style,
And arts with thy sweet graces graced be;

> But thou art all my art, and dost advance
> As high as learning, my rude ignorance.

商籁第78首是"对手诗人"内嵌组诗中的第二首。此前,诗人已在商籁第38首中将俊美青年尊为"第十位缪斯"。本诗中,我们就来简单回顾一下从古希腊到文艺复兴英国的"召唤缪斯"的诗学传统(invocation of the Muses),并看看莎士比亚是如何在这一传统中推陈出新的。

作为希腊神话中最古老的神明之一,对缪斯女神的召唤的历史几乎和西方诗歌史一样长。在有文字传世的最古老的诗人之一赫西俄德那里,"召唤缪斯"就具有举足轻重的地位。赫西俄德在《工作与时日》开篇如此呼唤她们:"皮埃里亚善唱赞歌的缪斯神女,请你们来这里,向你们的父神宙斯倾吐心曲,向你们的父神歌颂。"[1] 而同一位古希腊诗人在《神谱》开篇处,更是强调了《神谱》这部作品是缪斯当面口传心授给他的:"让我们从赫利孔的缪斯开始歌唱吧,她们是这圣山的主人。她们轻步曼舞,或在碧蓝的泉水或围绕着克洛诺斯之子、全能宙斯的圣坛。她们在珀美索斯河、马泉或俄尔斯泉沐浴过娇柔的玉体后,在至高的赫利孔山上跳起优美可爱的舞蹈,舞步充满活力。她们夜间从这里出来,身披浓雾,用动听的歌声吟唱……曾经有一天,当赫西俄德正在神圣的赫利孔山下放牧羊群时,缪斯教给他一支光荣的歌。也正是这些神女——神盾持有者宙斯之女,奥林波斯的缪斯,曾对我说出如下的话,我是听到这话的第一人……"[2]

---

[1] 赫西俄德,《工作与时日·神谱》,第1页。
[2] 赫西俄德,《工作与时日·神谱》,第26—27页。

与赫西俄德写作年代相差无几的荷马自然也不会忘记在史诗开篇处召唤缪斯,《伊利亚特》的第一句即"歌唱吧女神,歌唱裴琉斯之子阿基琉斯招灾的愤怒……"[1]《奥德赛》的第一句则是"告诉我,缪斯,那位精明能干者的经历……"[2]

古罗马黄金时代诗人维吉尔同样在《埃涅阿斯纪》开篇召唤缪斯:"我要说的是战争和一个人的故事……诗神啊,请你告诉我,是什么原故,是怎样伤了天后的神灵……"[3] 比维吉尔晚出生五年的贺拉斯也在《颂歌集》中召唤缪斯女神(Carmina, I, 1),但被他直呼的是两位特定的、与诗歌密切相关的缪斯,即专司抒情诗的欧忒耳佩(Euterpe,象征物为长笛、奥卢思琴、桂冠等),以及专司颂歌的波丽姆尼娅(Polyhymnia,象征物为面纱或葡萄等):

> 常春藤——渊博之士的奖品,能让我
> 跻身天上诸神的行列;凉爽的树林、
> 轻巧的仙女与萨梯能让我远离人群:
> 只要欧忒耳佩肯出借
> 她的长笛,只要波利姆尼娅肯校准
> 那莱斯波斯的竖琴。[4]

随着古典时期的结束,缪斯作

---

[1] 荷马,《伊利亚特》,第1页。
[2] 荷马,《奥德赛》,第1页。
[3] 维吉尔,《埃涅阿斯纪》,第1页。
[4] 恩斯特·R.库尔提乌斯,《欧洲文学与拉丁中世纪》,第304页。

为异教女神在早期基督教诗歌中的地位急遽下降，像尤文库斯（Juvencus）那样的基督教史诗诗人以召唤圣灵代替召唤缪斯，以约旦河水取代赫利孔山的神泉；普鲁登提乌斯（Prudentius）则恳求缪斯把她头上的常春藤花冠换成"神秘主义的桂冠"，好彰显上帝的荣耀。[1] 到了中世纪人文主义诗人那里，缪斯的地位逐渐恢复，在世俗主题的田园诗和宗教主题的圣餐歌中再次被频繁召唤，虽然常常是以诙谐的方式，其中就包括薄伽丘和彼特拉克。同样身为基督教诗人的但丁对待缪斯的态度要肃正得多，但丁并不顾虑其异教起源，在《神曲》之《地狱篇》《炼狱篇》《天堂篇》中多次将缪斯们称为"最圣洁的贞女"。其中或许以《地狱篇》第二歌开篇处的召唤最为著名：

> 啊，诗神缪斯啊！啊！崇高的才华！现在请来帮助我；
> 我的脑海啊！请写下我目睹的一切，
> 这样，大家将会看出你的高贵品德。（ll.7–9）[2]

到了文艺复兴时期的英国，诗人们更加无所顾虑地将缪斯崇拜与基督教童贞女崇拜杂糅起来。斯宾塞在《仙后》序言中召唤"名列九位之首的圣处女"（holy virgin chief of nine），在第三卷中召唤掌管历史书写的缪斯克利俄（Clio），在第六卷开篇处又"二度召唤缪斯"。莎士比亚仅在十四行

---

[1] 恩斯特·R. 库尔提乌斯,《欧洲文学与拉丁中世纪》, 第308页。
[2] 但丁,《神曲·地狱篇》, 第11页。

诗系列中就有十五次提到缪斯,但将自己的言行正式定义为"召唤缪斯"只有在商籁第78首中。我们从第一节就知道,他召唤的不是赫利孔山上九位跳舞的缪斯,而是他个人的缪斯,即俊美青年,"我的缪斯"——"我常常召唤了你来做我的缪斯,/得到了你对我诗作的美好帮助"(So oft have I invoked thee for my Muse, /And found such fair assistance in my verse)。

随后的六行呈现的却是一种悖论,"我"虽然称"你"为"我的缪斯",可"你"实际上却并不独属于"我"。莫如说,"你"是为许多对手诗人所共享的缪斯,"每一支陌生的笔"都篡夺"我"的权利,而"你"尤其为那些"博学之士的翅膀"增添羽翼——这些"博学之士"很可能就包括解析第76首时提到的那些大学才子派诗人:

As every alien pen hath got my use
And under thee their poesy disperse.
引得陌生笔都来学我的样子,
并且在你的保护下把诗作发布。

Thine eyes, that taught the dumb on high to sing
And heavy ignorance aloft to fly,
Have added feathers to the learned's wing

And given grace a double majesty.
你的眼,教过哑巴高声地唱歌,
教过沉重的愚昧向高空直飞,
又给学者的翅膀增添了羽翮,
给温文尔雅加上了雍容华贵。

接下来的第9行起是全诗的转折段。诗人对青年说,作为缪斯,"你"最应骄傲的是"我"出于爱而写下的这些诗,"你"所能赋予的灵感和"影响"(influence 在此具有星相学意义上的双关,即"你"是照耀"我"创作的吉星),在"我"这里是决定性的,在其他诗人那里却不过是"为其风格缝缝补补"的锦上添花。接着他又在对句中自谦道,"我"的愚拙能够被"你"提升到"博学之巅"(As high as learning),言下之意是,那些已然博学的诗人能从"你"那里收获的灵感是有限的。只有在以爱书写的"我"这里,"你才是我全部的艺术":

Yet be most proud of that which I compile,
Whose influence is thine, and born of thee:
In others'works thou dost but mend the style,
And arts with thy sweet graces graced be;
可你该为我的作品而大大骄傲,

那全是在你的感召下,由你而诞生:
别人的作品,你不过改进了笔调,
用你的美质美化了他们的才能;

> But thou art all my art, and dost advance
> As high as learning, my rude ignorance.
> 你是我诗艺的全部,我的粗俗
> 和愚昧被你提到了饱学的高度。

对句中出现的高山意象将我们再度带回古典神话中缪斯居住的赫利孔山,而诗人真正的祈愿(invocation)也终于明晰:请只做"我"一个人的缪斯,不要让"我的缪斯"这个称号虚有其名;请让"你"所具有的赐予灵感的能力从此只与"我"一人的艺术捆绑在一起吧。恰如古往今来不少诗人为特定的作品召唤专属于那部作品的缪斯,请让这部十四行诗集中的召唤者"我"和被召唤者"你"之间也这样专属于彼此,独一无二。

《赫西俄德与缪斯》,莫罗(Gustave Moreau),
1891 年

**商籁
第79首**

**病缪斯
元诗**

从前只有我一个人向你求助,
我的诗篇独得了你全部优美;
如今我清新的诗句已变得陈腐,
我的缪斯病倒了,让出了地位。

我承认,亲爱的,你这个可爱的主题
值得让更好的文笔来精雕细刻;
但你的诗人描写你怎样了不起,
那文句是他抢了你又还给你的。

他给你美德,而这个词儿是他从
你的品行上偷来的;他从你面颊上
拿到了美又还给你:他只能利用
你本来就有的东西来把你颂扬。

　　他给予你的,原是你给他的东西,
　　你就别为了他的话就对他表谢意。

Whilst I alone did call upon thy aid,
My verse alone had all thy gentle grace;
But now my gracious numbers are decay'd,
And my sick Muse doth give an other place.

I grant, sweet love, thy lovely argument
Deserves the travail of a worthier pen;
Yet what of thee thy poet doth invent
He robs thee of, and pays it thee again.

He lends thee virtue, and he stole that word
From thy behaviour; beauty doth he give,
And found it in thy cheek: he can afford
No praise to thee, but what in thee doth live.

> Then thank him not for that which he doth say,
> Since what he owes thee, thou thyself dost pay.

商籁第 79 首仍然是"对手诗人"内嵌诗系列中的一首，诗人在其中将自己似乎正在日益衰朽，甚至被别人比下去的诗歌才华，称作一位"病缪斯"。

赫西俄德《神谱》开篇，诗人声称自己的作品是缪斯们神授的，而她们对他说出的话从未对任何凡人说过："奥林波斯的缪斯，曾对我说出如下的话，我是听到这话的第一人：'荒野里的牧人，只知吃喝不知羞耻的家伙，我们知道如何把许多虚构的故事说得像真的，但是如果我们愿意，我们也知道如何述说真事。'"[1] 对于缪斯们亲口说自己时而"写实"时而"说谎"，诗人似乎并不感到困扰，仿佛"把虚构的故事说得像真的"一开始就是诗人天命的一部分，应当欣然接受。而且，拥有一个能够教人把一切亦真亦幻都写成栩栩如生的缪斯，恰恰是这位诗人有才华的明证。在莎士比亚商籁第 79 首中，我们会看到，诗人通篇坚持自己的对手——无论他是谁——写下的俊美青年的每一种美和善，只不过是对现实中这位青年的"写实"，并不像赫西俄德笔下的缪斯那样能够教人"把许多虚构的故事说得像真的"，间接地讽刺自己的对手不过是一介没有灵光附体的摹仿者，对俊美青年的美并无实际贡献，因此也不值得俊美青年铭记或感谢。

Whilst I alone did call upon thy aid,

---

[1] 赫西俄德，《工作与时日·神谱》，第 27 页。

My verse alone had all thy gentle grace;
But now my gracious numbers are decay'd,
And my sick Muse doth give an other place.
从前只有我一个人向你求助,
我的诗篇独得了你全部优美;
如今我清新的诗句已变得陈腐,
我的缪斯病倒了,让出了地位。

第一节中,诗人像商籁第78首中那样重述了自己有向"你"祈求帮助、把"你"当作缪斯来召唤的习惯:曾经"我"是"一个人"(alone)召唤"你","你"也只为我"一个人"(alone)的诗增添荣耀。但如今诗人的"诗艺"(numbers)既然朽坏,他的"病缪斯"(sick Muse)只好"转而眷顾他人"(doth give an another place)。用numbers来指代音节单位或行数,进而泛指"诗节""诗律"或"写诗的艺术",这种用法我们在商籁第17首中就已见过——"如果我能够写出你明眸的流光,/用清新的诗章勾出你全部的仪容"(If I could write the beauty of your eyes/And in fresh numbers number all your graces)。

同样是在《神谱》中,赫西俄德描述了缪斯们是如何将诗歌的灵感带入他心中的,并且解释了"召唤缪斯"传统的来源——这是缪斯们自己的要求:"伟大宙斯的能言善辩的女儿们说完这话,便从一棵粗壮的橄榄树上摘给我一根奇妙的树枝,并把一种神圣的声音吹进我的心扉,让我歌唱将来和过去的事情。她们吩咐我歌颂永生快乐的诸神的种族,但是总要在开头和收尾时歌唱她们——缪斯自己。"[1] 我们可以看到在缪斯叙事的源头,赫利孔山上的缪斯们就要求被鸣谢,要求诗人承认她们在诗歌创作过程中的贡献,那么凡间的缪斯有类似的被提名感谢的希求也就不足为奇了。仿佛预见到了这种希求,商籁第79首的第二节中,诗人不仅默认俊美青年作为灵感之源的重要地位——他是这首诗的可爱的"主题"或"核心论点"(thy lovely argument),也是整个诗系列的缘起——还进一步"承认"(grant)自己的"笔头"配不上他的价值:

> I grant, sweet love, thy lovely argument
> Deserves the travail of a worthier pen;
> Yet what of thee thy poet doth invent
> He robs thee of, and pays it thee again.
> 我承认,亲爱的,你这个可爱的主题
> 值得让更好的文笔来精雕细刻;
> 但你的诗人描写你怎样了不起,
> 那文句是他抢了你又还给你的。

---

[1] 赫西俄德,《工作与时日·神谱》,第27页。

第7—8行中这位更优秀的"你的诗人",诗人提醒道,不过是对"你"实行了抢劫,再通过写诗赞颂的方式把原本就属于"你"的东西"再度偿还"。[1] 第三节中延续了这种指控,对手诗人被进一步描写成一个小偷、一名放贷者,而他向"你"借出的东西本就为"你"所有:美德本就存在于"你"的行为中,正如美本身就存在于你的脸颊上,而"他"(he)能给予"你"的赞颂,不过就是对"你"原原本本的写实。

He lends thee virtue, and he stole that word
From thy behaviour; beauty doth he give,
And found it in thy cheek: he can afford
No praise to thee, but what in thee doth live.
他给你美德,而这个词儿是他从
你的品行上偷来的;他从你面颊上
拿到了美又还给你:他只能利用
你本来就有的东西来把你颂扬。

通过描述一系列在诗歌艺术原创性的法庭中理应被界定为非法的行为(robs, pays again, lends, stole),诗人真正的指控是,这位与之竞争的对手极其缺乏想象力,只能一五一十地依赖俊美青年自身提供的素材。对手诗人只能

---

[1] 仅从语法上来看,thy poet 在这里也可能是诗人的自称;但结合本诗中诗人与"对手诗人"竞争的语境,"你的诗人"指"你的另一位诗人"的可能性显然更大。

从他的主题那里索取和偷窃，却无法带去任何新的东西，无法为作为诗歌主题的俊友增色半分。在最后的对句中，对手诗人和俊美青年之间不正常的欠债和偿还关系再次被强调："你"不得不为本身就是"他"欠"你"的东西买单，这种不合法的再度支付或再度偿还，就是"你"放弃"我"这位真心的仰慕者之后，在另一位诗人那里得到的不公待遇。

Then thank him not for that which he doth say,
Since what he owes thee, thou thyself dost pay.
他给予你的，原是你给他的东西，
你就别为了他的话就对他表谢意。

《缪斯克莉俄、欧忒耳佩和塔丽雅》,勒苏厄(Eustache Le Sueur),17世纪中期

**商籁
第 80 首**

**船难
博物诗**

我多么沮丧啊!因为在写你的时候
我知道有高手在利用你的声望,
知道他为了要使我不能再开口,
就使出浑身解数来把你颂扬。

但是,你的德行海一样广大,
不论木筏或锦帆,你一律承担,
我是只莽撞的小舟,远远不如他,
也在你广阔的海上顽强地出现。

你浅浅一帮就能够使我浮泛,
而他正航行在你那无底的洪波上;
或者我倾覆了,是无足轻重的舢舨,
而他是雄伟的巨舰,富丽堂皇:

  那么,假如他得意了,而我被一丢,
  最坏的就是——我的爱正使我衰朽。

O! how I faint when I of you do write,
Knowing a better spirit doth use your name,
And in the praise thereof spends all his might,
To make me tongue-tied speaking of your fame!

But since your worth–wide as the ocean is, –
The humble as the proudest sail doth bear,
My saucy bark, inferior far to his,
On your broad main doth wilfully appear.

Your shallowest help will hold me up afloat,
Whilst he upon your soundless deep doth ride;
Or, being wrack'd, I am a worthless boat,
He of tall building, and of goodly pride:

> Then if he thrive and I be cast away,
> The worst was this, –my love was my decay.

商籁第80首第一节可谓将"影响的焦虑"能给创作者带来的负面心理影响描述得惟妙惟肖。诗人说,当他心知肚明,自己在写诗赞颂俊美青年时,有一位"更好的精灵"(better spirit)正在竭尽全力做着同样的事,与自己同时航行在俊友所提供的浩渺的灵感之海上。这个念头令他几乎要昏厥(faint),并且张口结舌,连本来拥有的实力都无法全部发挥出来:

> O! how I faint when I of you do write,
> Knowing a better spirit doth use your name,
> And in the praise thereof spends all his might,
> To make me tongue-tied speaking of your fame!
> 我多么沮丧啊! 因为在写你的时候
> 我知道有高手在利用你的声望,
> 知道他为了要使我不能再开口,
> 就使出浑身解数来把你颂扬。

当然,诗人会如此紧张,不完全是因为知道那位被冠以"精灵"(spirit,屠译"高手")之名的对手实力在自己之上,而是因为自己和俊友的关系并不是简单的作者和主题的关系。"我"同时用生命爱着这位俊友,就如皮格马利翁爱着自己亲自雕刻的肖像,是这份爱使得诗人在纯粹诗艺的竞争压力之外还多了情感的压力。第二、第三节四行诗用了一连串航海的比喻，来刻画这种双重的心理压力。伊丽莎白执政时期是英国作为航海强国逐渐登上历史舞台的时期，无论是对西班牙无敌舰队的大获全胜，还是女王派出并嘉奖的一系列航海发现和殖民活动，都让彼时的英国人越来越实际地意识到自己作为一个四面被海包围的岛国的子民，如何面临着和海洋同样浩瀚的机遇和风险。在莎士比亚的戏剧作品中，大海主要还是作为一个危险而冷酷无情的地方，作为无法被驯服的自然伟力的象征出现的。比如《哈姆雷特》第一幕第四场中，霍拉旭向哈姆雷特描述了随时能吞噬人的海洋的恐怖：

> What if it tempt you toward the flood, my lord,
> Or to the dreadful summit of the cliff
> That beetles o'er his base into the sea,
> And there assume some other horrible form,
> Which might deprive your sovereignty of reason
> And draw you into madness? think of it:
> The very place puts toys of desperation,
> Without more motive, into every brain
> That looks so many fathoms to the sea
> And hears it roar beneath. (ll.69–77)

> 殿下，要是它把您诱到潮水里去，或者把您领到下临大海的峻峭的悬崖之巅，在那边它现出了狰狞的面貌，吓得您丧失理智，变成疯狂，那可怎么好呢？您想，无论什么人一到了那样的地方，望着下面千仞的峭壁，听见海水奔腾的怒吼，即使没有别的原因，也会怪念迭起。

传奇剧《暴风雨》第一幕第二场中，普洛斯彼罗（Prospero）的女儿米兰达（Miranda）为一场暴风雨中遭遇船难的乘客向父亲求情，栩栩如生地描绘了风浪的恐怖："亲爱的父亲，假如你曾经用你的法术使狂暴的海水兴起这场风浪，请你使它们平息了吧！天空似乎要倒下发臭的沥青来，但海水腾涌到天的脸上，把火焰浇熄了。唉！我瞧着那些受难的人们，我也和他们同样受难：这样一只壮丽的船，里面一定载着好些尊贵的人，一下子便撞得粉碎！啊，那呼号的声音一直打进我的心坎。可怜的人们，他们死了！要是我是一个有权力的神，我一定要叫海沉进地中，不让它把这只好船和它所载着的人们一起这样吞没了。"

但在商籁第80首中，海洋是作为俊友的无穷美德的象征出现的，海洋就如同俊友激发诗人写作的能力一样无边无际。作为诗歌灵感的源泉，俊友就是一片广袤浩瀚的大海，无论是天赋异禀的对手还是（在诗人的自谦中）才华有限的"我"自己,都可以驾着诗才的船在"你"广阔的海面航行。差别不过是,对手诗人是一艘扬起高傲风帆的大船,"我"只是一叶"莽撞的小舟":

> But since your worth–wide as the ocean is, –
> The humble as the proudest sail doth bear,
> My saucy bark, inferior far to his,
> On your broad main doth wilfully appear.
> 但是,你的德行海一样广大,
> 不论木筏或锦帆,你一律承担,
> 我是只莽撞的小舟,远远不如他,
> 也在你广阔的海上顽强地出现。

诗人接着论证,由于"我"这条小舟吃水浅,"你"只要稍稍助力就能让"我"航行,而"他"满载才华的大船则需要航行在"你"更深的海域,甚至是"无法测量的深海"(soundless deep)。soundless 一词在这里意为 unable to be sounded,作动词的 sound 指早先海员放下铅锤测量海深的做法,soundless 因此指海深到难以探底,同时也含有"无声"的双关。这里诗人的态度比较暧昧,虽然对手能远航去"你"的深海,但只需要一点点水就能自己开航(写诗)的"我",是否反而是更被缪斯祝福,或至少是更得益于爱情之灵感的那一个呢?

> Your shallowest help will hold me up afloat,
> Whilst he upon your soundless deep doth ride;
> Or, being wrack'd, I am a worthless boat,
> He of tall building, and of goodly pride
> 你浅浅一帮就能够使我浮泛,
> 而他正航行在你那无底的洪波上;
> 或者我倾覆了,是无足轻重的舢舨,
> 而他是雄伟的巨舰,富丽堂皇

第三节后半部分引入了船难的意象,这无疑也是伊丽莎白时期英国水手日常现实的一部分。《暴风雨》第一幕第二场中,精灵爱丽尔(Ariel)向主人普洛斯彼罗描述了自己是如何运用法力兴起暴风雨,使得海面上电闪雷鸣、翻起惊涛骇浪,进而造成了那场对全剧至关重要的海难的:"我跃登了国王的船上;我变作一团滚滚的火球,一会儿在船头上,一会儿在船腰上,一会儿在甲板上,一会儿在每一间船舱中,我煽起了恐慌。有时我分身在各处烧起火来,中桅上,帆桁上,斜桅上——都同时燃烧起来;然后我再把一团团火焰合拢来,即使是天神的闪电,那可怕的震雷的先驱者,也没有这样迅速而炫人眼目;硫磺的火光和轰炸声似乎在围攻那威风凛凛的海神,使他的怒涛不禁颤抖,使他手里可怕的三叉戟不禁摇晃。……除了水手们之外,所有的人都逃出火光融融的船而跳入泡沫腾涌的海水中。王子腓迪甫头发像海草似的乱成一团,第一个跳入水中;他高呼着,'地狱开了门,所有的魔鬼都出来了!'"

不过商籁第80首中的海难没有《暴风雨》中《启示录》般可怖的末日叙事,诗人只是以略带辛酸的声调,预言了若是发生海难,他和对手诗人可能会遭遇的截然不同的命运。吃水浅的小舟当然更容易倾覆,体量大的帆船则更可能幸存,故而有对句中的哀叹:

Then if he thrive and I be cast away,
The worst was this, –my love was my decay.
那么,假如他得意了,而我被一丢,
最坏的就是——我的爱正使我衰朽。

在最后一行中,诗人点出,最可悲叹的还不是自己翻船,"被抛弃",而是如下的事实:造成"我"毁灭的是"我"的爱情。他是否在暗示:如若不是被爱情催动,他这样才华有限的小舟本不会出海,也就不会倾覆?或是在回应第一节中的影响的焦虑,正因为深爱,因为太过在意,导致他在书写爱人时无法发挥出全部实力,导致了创作上的

"船难"？莎士比亚对航海意象的灵活运用为各种丰富的理解提供了可能性之海面,在这个意义上,是他,而不是俊友,才是一片最浩瀚无垠的大海。

《米兰达》(米兰达为传奇剧《暴风雨》女主角),约翰·威廉·沃特豪斯

商籁
第 81 首

墓志铭
元诗

不是我活着来写下你的墓志铭,
就是你活着,而我已在地里腐烂;
虽然人们会把我忘记干净,
死神可拿不走别人对你的怀念。

你的名字从此将得到永生,
而我呢,一旦死了,就永别人间:
大地只能够给我个普通的坟茔,
你躺的坟墓却是人类的肉眼。

你的纪念碑将是我温雅的诗辞,
未来的眼睛将熟读这些诗句,
未来的舌头将传诵你的身世,
哪怕现在的活人都已经死去;

  我的千钧笔能使你万寿无疆,
  活在口头——活人透气的地方。

Or I shall live your epitaph to make,
Or you survive when I in earth am rotten;
From hence your memory death cannot take,
Although in me each part will be forgotten.

Your name from hence immortal life shall have,
Though I, once gone, to all the world must die:
The earth can yield me but a common grave,
When you entombed in men's eyes shall lie.

Your monument shall be my gentle verse,
Which eyes not yet created shall o'er-read;
And tongues to be, your being shall rehearse,
When all the breathers of this world are dead;

> You still shall live, –such virtue hath my pen, –
> Where breath most breathes, even in the mouths of men.

商籁第 81 首是第 80 首的双联诗,主旨却和第 71—74 首那组关于死亡的内嵌组诗相似。与那四首侧重点截然相反的商籁(两首侧重遗忘,两首侧重铭记)一样,本诗是诗人对自己死后自己作品命运的沉思;与那四首内嵌诗不同的是,这一次,死亡的阴影同时笼罩着诗人和俊友两人。

商籁第 80 首以不详的海难意象收尾,诗人虽然谈论的是灵感的海洋和创作力的小舟,但倾覆船只的意象依然很容易让我们想到诗人自己生命的终结:"那么,假如他得意了,而我被一丢,/ 最坏的就是——我的爱正使我衰朽。"于是紧接其后的第 81 首以"死亡"开始也就十分自然了。这一回,诗人谈论的是真正的、肉身的死亡,并且他的思虑对象从自己一个人的死——诗人的去世在此前的商籁中都被预言为会发生在俊友的去世之前——延伸到了俊友的死。如果俊友不幸先于自己亡逝,诗人说,他将活下来为他写下墓志,这第一行中的"活下来……写作"(live ... to make)也可以理解为一个目的性的结构——"我"会活下来,但只是"为了替你写下墓志":

Or I shall live your epitaph to make,
Or you survive when I in earth am rotten;
From hence your memory death cannot take,
Although in me each part will be forgotten.

不是我活着来写下你的墓志铭,
就是你活着,而我已在地里腐烂;
虽然人们会把我忘记干净,
死神可拿不走别人对你的怀念。

如果自己先于俊友死去,就算"在地下腐烂",诗人断言,"死神都不能从那里剥夺"他对俊友的记忆。但俊友的情况就不一样了,诗人没有自信断言俊友同样会为他写墓志,甚至认为俊友会"忘了我的每一部分"。这里关于自己死后被爱人遗忘的表述与第71、72首中诗人主动请求被遗忘的情况不同。在这里,"忘了我"不是一个需要被论证然后劝说俊友去执行的动作,而是以直白的将来时陈述的、似乎未来必然会发生的事实(第4行中的 will be forgotten)。这种关于自己"必然将被遗忘"的预言,与第二节中关于俊友"必然将被铭记"的预言一样,陈述得斩钉截铁,只不过这一次,铭记俊友的不是诗人,而是两人都死去后千秋万代的诗歌读者:

Your name from hence immortal life shall have,
Though I, once gone, to all the world must die:
The earth can yield me but a common grave,
When you entombed in men's eyes shall lie.

你的名字从此将得到永生,

而我呢,一旦死了,就永别人间:

大地只能够给我个普通的坟茔,

你躺的坟墓却是人类的肉眼。

"你的名字……必将永生"(your name ... immortal life shall have),并且"你必将永远埋葬在后人的眼睛里"(you entombed in men's eyes shall lie)——两个不容置疑的 shall(必将)对自己与俊友死后截然不同的命运作出了预言:"我"的肉身一旦消亡,"对所有的世代而言"就算永远逝去了。如果我们只读到这里,或许会为诗人这种卑微的爱情自白感慨,就像在商籁第 71—72 首中那样。但接着读第三节,我们就会发现这不是全部的真相。即使仅在修辞的层面上,诗人的预言只在表面上关乎俊友死后的名声:真正将永垂不朽的是"我"的诗,"你"的永生也只能通过被写入"我的诗篇"来完成。在商籁第 31 首中成为核心比喻的墓穴意象在本诗中再度出现:所有阅读这些诗篇的未来的眼睛都是"你"的墓穴(entombed),而"我温柔的诗行"将成为"你的纪念碑"。

Your monument shall be my gentle verse,
Which eyes not yet created shall o'er-read;

And tongues to be, your being shall rehearse,
When all the breathers of this world are dead
你的纪念碑将是我温雅的诗辞,
未来的眼睛将熟读这些诗句,
未来的舌头将传诵你的身世,
哪怕现在的活人都已经死去

尚未出生者的眼睛都将阅读这些诗,恰如尚未出生者的舌头都将默念这些诗中的"你的存在"(your being),直到所有的呼吸者都停止呼吸,直到这个世界的末日为止。对句不过是对第三节后两行的递进重复,依然是通过先知语调的 shall。然而在对句中,诗人以创作者的阳刚的自信撕去了情诗的温情面纱,坦率地声称:"你"的确会获得永生,但这一切不朽都来自"我的笔"(my pen),来自"我的笔"具有的特殊"能力"(virtue 一词来自拉丁文 *vir*,男人,原意指能力,"美德"是出现较晚的释义)。

You still shall live, –such virtue hath my pen, –
Where breath most breathes, even in the mouths of men.
我的千钧笔能使你万寿无疆,
活在口头——活人透气的地方。

当然,商籁第 81 首沉重肃穆的基调并不因结尾处诗人对自己手艺的自信表达而改变,毕竟,本诗是一首设想恋爱中的双方都死去后的情境的"身后诗"(postmortem poem)。这不能不让我们想到一首出版于 1601 年(早于十四行诗系列出版 8 年)的处理死亡主题的寓言诗。该诗出版时无标题,但被出版商归到莎士比亚名下,却被塞入另一位名叫罗伯特·切斯特(Robert Chester)的诗人的诗集《爱的殉道者:或罗莎琳的怨歌》(*Loves Martyr: or Rosalins Complaint*)中,作为该诗集的附录《诗的尝试》(*Poeticall Essaies*)的一部分出版。今天的学者通常认为这首神秘的寓言诗的确出自莎士比亚之手,称之为"最早被出版的玄学诗杰作",并给它加了《凤凰与斑鸠》(*The Phoenix and the Turtle*)这一标题:

The Phoenix and the Turtle

…

Here the anthem doth commence:
Love and constancy is dead;
Phoenix and the Turtle fled
In a mutual flame from hence.

So they lov'd, as love in twain

Had the essence but in one;
Two distincts, division none:
Number there in love was slain.

Hearts remote, yet not asunder;
Distance and no space was seen
'Twixt this Turtle and his queen:
But in them it were a wonder.

So between them love did shine
That the Turtle saw his right
Flaming in the Phoenix' sight:
Either was the other's mine.

Property was thus appalled
That the self was not the same;
Single nature's double name
Neither two nor one was called.

Reason, in itself confounded,
Saw division grow together,
To themselves yet either neither,
Simple were so well compounded (ll.21–44)

凤凰与斑鸠(节选)

……

接着他们唱出送丧的哀辞,
爱情和忠贞已经死亡;
凤和鸠化作一团火光
一同飞升,离开了尘世。

它们是那样彼此相爱,
仿佛两者已合为一体;
分明是二,却又浑然为一:
是一是二,谁也难猜。

两颗心分开,却又在一起;
斑鸠虽和它的皇后分开,
它们之间却并无距离存在:
这情景只能说是奇迹。

爱情在它俩之间如电光闪灼,
斑鸠借着凤凰的眼睛,
就能清楚地看见自身:
彼此都认为对方是我。

物性仿佛已失去规矩,
本身竟可以并非本身,
形体相合又各自有名,
两者既分为二又合为一。

理智本身也无能为力,
它明明看到合一的分离,
全不知谁是自己,
这单一体原又是复合体。

（朱生豪 译）

《凤凰与斑鸠》哀悼理想爱情的死亡,但始终强调死亡中的合二为一。也只有通过死亡和火焰的净化,生前无法结合的二人——诗中化身为雄性的斑鸠和雌性的凤凰——才真正成为你中有我、我中有你,甚至重新定义了物性(property),更新了自我与他者、"一个"与"一对"的内涵。或许这种死亡中的结合,分离中的合一,消逝中的永恒,也是在一个理想的世界中诗人希望能借助爱与诗,与自己的爱人构成的关系。商籁第81首通篇处理死后的事,诗人似乎暂时忘记了对手诗人带来的压力,本诗因而是对手诗人序列诗中继第77首之后的第二个中断点,该序列将在第82首中继续。

《阿伯丁动物寓言集》中的凤凰，12世纪英国

我承认你没有跟我的缪斯结亲,
所以作家们把你当美好主题
写出来奉献给你的每一卷诗文,
你可以加恩查阅而无所顾忌。

你才学优秀,正如你容貌俊秀,
却发觉我把你称赞得低于实际;
于是你就不得不重新去寻求
进步的时尚刻下的新鲜印记。

可以的,爱;不过他们尽管用
修辞学技巧来经营浮夸的笔法,
你朋友却爱说真话,他在真话中
真实地反映了你的真美实价;

　　他们浓艳的脂粉还是去化妆
　　贫血的脸吧,不要滥用在你身上。

**商籁
第 82 首**

**"每本书"
元诗**

I grant thou wert not married to my Muse,
And therefore mayst without attaint o'erlook
The dedicated words which writers use
Of their fair subject, blessing every book.

Thou art as fair in knowledge as in hue,
Finding thy worth a limit past my praise;
And therefore art enforced to seek anew
Some fresher stamp of the time-bettering days.

And do so, love; yet when they have devis'd,
What strained touches rhetoric can lend,
Thou truly fair, wert truly sympathiz'd
In true plain words, by thy true-telling friend;

> And their gross painting might be better us'd
> Where cheeks need blood; in thee it is abus'd.

作为"对手诗人"内嵌诗系列中的第五首,本诗的立意较为直白。威胁到"我"对"你"的权利的"对手诗人"在此以复数而非单数形式出现(writers, their fair subject, every book, they have devis'd, their gross painting)。更糟的是,"你"本人也甘愿与这些对手诗人同谋,甘愿去做"他们的主题",因为"自知你的价值胜过我的赞颂"(Finding thy worth a limit past my praise)。对于已经自认苦心经营,将最好的艺术献给了俊友的诗人而言,嫉妒是此种情况下自然的情感。这种嫉妒混合着同行竞争的压力,最早在商籁第21首《缪斯元诗》第一节中就已出现过:

So is it not with me as with that Muse,
Stirr'd by a painted beauty to his verse,
Who heaven itself for ornament doth use
And every fair with his fair doth rehearse (ll.1–4)
我跟那位诗人可完全不同,
他一见脂粉美人就要歌吟;
说这美人的装饰品竟是苍穹,
铺陈种种美来描绘他的美人

如我们所见,诗人早在整个诗系列中的第一首"缪斯诗"中就声明"我的缪斯不像那一位缪斯"——那一位

"对手缪斯"即对手诗人,他的工于藻饰和矫揉夸张是商籁第 21 首的批评对象。在那首诗的结尾,对手缪斯的数量实际已经变成了复数,"人们尽可以把那类空话说个够;/ 我这又不是叫卖,何必夸海口"(Let them say more that like of hearsay well; /I will not praise that purpose not to sell, ll.13–14)。到了商籁第 82 首中,读者一开始就知道"你"是一众对手诗人们歌颂的主题,以至于"对你的赞美,为每本书带去福佑":

I grant thou wert not married to my Muse,
And therefore mayst without attaint o'erlook
The dedicated words which writers use
Of their fair subject, blessing every book.
我承认你没有跟我的缪斯结亲,
所以作家们把你当美好主题
写出来奉献给你的每一卷诗文,
你可以加恩查阅而无所顾忌。

本诗的重点在于,"我"无法因为(在之前的商籁中曾与"我"交换过爱的誓言的)"你"去装点别人的诗集而责备"你",因为"你"一开始就"不曾与我的缪斯成婚"。库尔提乌斯写道,"缪斯女神不仅属于诗歌,而且属于一切更高级的精神生活形式",他随即引用了西塞罗,"与缪斯生活,就是有教养有学问地生活"(*cum Musis, id est, cum humanitate et doctrina*)。[1] 本诗中的俊美青年既然不曾与诗人的缪斯喜结连理,实际上也就是不曾真正全面地参与诗人的精神生活,不曾与诗人的心灵紧密结合。

从古典时期到中世纪,诗人们常常在缪斯女神的名字前加上第一人称属格或所有格。这与其说是为了彰显对缪斯的占有权,莫如说是一种修辞惯例,强调的是每位诗人有自己的缪斯作为独属的灵感源泉。甚至同一位诗人笔下的每本书都有自己独属的缪斯,这就使得缪斯女神越来越频繁地作为一部作品、一本书的守护者出现。例如,罗马赫库兰尼姆(Herculaneum)古城的赫尔密斯方形石柱上留下了以下铭文,提到一座可能位于悬铃木中并装饰着缪斯雕像的图书馆,缪斯女神在铭文中说:

快说这片树林是献给我们的缪斯女神的,
快指着悬铃木林旁的那些书籍。
我们在此守护它们,但允许真正敬爱
我们的人靠近:我们将给她戴上常春藤桂冠。[2]

有时,诗人会在缪斯的名号前加上地点,特指某一位来自该地方的前辈诗人对自己眼下这部作品的影响。比如

---

[1] 恩斯特·R.库尔提乌斯,《欧洲文学与拉丁中世纪》,第299页。
[2] 恩斯特·R.库尔提乌斯,《欧洲文学与拉丁中世纪》,第414页。

维吉尔《牧歌》第四章开篇:"西西里的缪斯,让我们唱一首略显庄重的歌曲!并非人人都眷爱园囿和低矮的柽柳,要歌唱丛林,也应该符合'执政'的名分。"[1] 这里"西西里的缪斯"是一位凡人,即通常被认为田园诗的开山诗人、来自西西里的叙拉古的忒奥克里图斯;维吉尔此处的缪斯召唤是对自己所师承的文学传统的雅致的声明。

晚期希腊诗人贾大拉的墨勒阿革洛斯(Meleager of Gadara)在收录了自己和其他诗人的作品的《诗歌选集》(*Garland*)中,将"各位诗人的作品"比作"这些花朵",而将最终成形的诗集比作一个不朽的"缪斯花环"(如这本诗集的希腊文标题字面意思所暗示的那样):

我,书标——书页的忠诚卫士宣布,
本书到此为止,
我生命,墨勒阿革洛斯在一部作品中,
收录了他搜集的各位诗人的作品;
他用这些花朵,为狄奥克里斯编织了
这个将永世长存的缪斯花环。
而我,此刻就像蛇一样,
盘曲在这部悦人之作的结尾处。[2]

在莎士比亚的商籁第 82 首中,

---

[1] 维吉尔,《牧歌》,第 71 页。
[2] 恩斯特·R. 库尔提乌斯,《欧洲文学与拉丁中世纪》,第 415 页。为契合"花环-诗集"意象,我们将中译原文第 6 行中的"编制"改作了"编织"。

缪斯的形象更紧密地与作品-书-诗集联系在一起。"你"没有和"我的缪斯"联姻（married），实际上也没有和任何别的缪斯结成婚姻。基督教语境下一夫一妻制的婚姻不适用于描述"你"和任何缪斯的关系，因为"你"奉行的乃是多妻制，"你"娶了众多对手诗人的缪斯。而这众多对手对"你"的赞美"为每本书带去福佑"（blessing every book），没有比这更严重却又表达得委婉的指控了。即使如此，诗人还要强调你的"真"，甚至在第三节中连说四次（truly, truly, true, true-telling），由于 true 一词在中古英语和早期现代英语中的一个重要义项就是"忠诚，忠贞，诚实"，这一节可谓处于"无力的辩护"和"苦涩的自嘲"之间了：

And do so, love; yet when they have devis'd,
What strained touches rhetoric can lend,
Thou truly fair, wert truly sympathiz'd
In true plain words, by thy true-telling friend
可以的，爱；不过他们尽管用
修辞学技巧来经营浮夸的笔法，
你朋友却爱说真话，他在真话中
真实地反映了你的真美实价

诗人终究还是不能够直接去控诉自己的爱人，全诗的矛头到底还是对准了那些对手诗人。"你"或许错在多情,"他们"却错在把一个至真至美的主题写糟了:涂脂抹粉,夸张矫饰,也就是在商籁第 21 首中就已被批评过的那些过犹不及的技巧。商籁第 82 首的对句再次强调,对于不美之人,这些诗人的粉饰可能管用,对于美的化身"你","他们"的技艺只能是画蛇添足:

And their gross painting might be better us'd
Where cheeks need blood; in thee it is abus'd.
他们浓艳的脂粉还是去化妆
贫血的脸吧,不要滥用在你身上。

维吉尔《牧歌》，5世纪手稿

我从来没感到你需要涂脂抹粉, 所以我从来不装扮你的秀颊。 我发觉,或者自以为发觉,你远胜 那诗人奉献给你的一纸贫乏:	**商籁 第 83 首** "两位诗人" 元诗

因此我就把对你的好评休止,
有你自己在,就让你自己来证明
寻常的羽管笔说不好你的价值,
听它说得愈高妙而其实愈不行。

你认为我沉默寡言是我的过失,
其实我哑着正是我最大的荣誉;
因为我没响,就没破坏美,可是
别人要给你生命,给了你坟墓。

  比起你两位诗人曲意的赞美来,
  你一只明眸里有着更多的生命在。

I never saw that you did painting need,
And therefore to your fair no painting set;
I found, or thought I found, you did exceed
That barren tender of a poet's debt:

And therefore have I slept in your report,
That you yourself, being extant, well might show
How far a modern quill doth come too short,
Speaking of worth, what worth in you doth grow.

This silence for my sin you did impute,
Which shall be most my glory being dumb;
For I impair not beauty being mute,
When others would give life, and bring a tomb.

> There lives more life in one of your fair eyes
> Than both your poets can in praise devise.

商籁第83首的主题与第82首紧密相连,论证的出发点都是俊美青年天然去雕饰的美貌,以及对手诗人(第82首中是复数的对手诗人们)多此一举的涂脂抹粉。不同的是,第83首将第82首的视觉中心主义的词汇系统转换成了听觉中心主义的,对舌头和耳朵之官能的极简主义的运用才是赞美俊友的最佳方式。商籁第82首以绘画-化妆(painting)的隐喻收尾:

And their gross painting might be better us'd
Where cheeks need blood; in thee it is abus'd.
他们拙劣的画术最好去涂红
缺血的脸蛋;在你这里则是滥用。

(包慧怡 译)

商籁第83首紧接着以绘画-化妆的隐喻开场:

I never saw that you did painting need,
And therefore to your fair no painting set;
I found, or thought I found, you did exceed
That barren tender of a poet's debt
我从来没感到你需要涂脂抹粉,
所以我从来不装扮你的秀颊。

我发觉，或者自以为发觉，你远胜
那诗人奉献给你的一纸贫乏

诗人说，任何"诗人的负债"（a poet's debt）所能提供的作品或"产出"（tender 作名词相当于 offer、supply，今天还用 tender 表示招标/标书的释义），在"你"本人面前都相形见绌，显得万分贫瘠（barren）。这里的 poet 当然包括第1—2行中为"你"进行不必要的"化妆"和藻饰的对手诗人，也包括"我"自己。这便引出第二节的论证：既然"我"的写作不能为"你"增色，"我"就干脆怠工，在汇报/描述你的美这件事上"打了一会儿瞌睡"。

And therefore have I slept in your report,
That you yourself, being extant, well might show
How far a modern quill doth come too short,
Speaking of worth, what worth in you doth grow.
因此我就把对你的好评休止，
有你自己在，就让你自己来证明
寻常的羽管笔说不好你的价值，
听它说得愈高妙而其实愈不行。

"活生生的你本人"（yourself, being extant）就可以

向世界昭示，诗人的羽毛笔在赞颂方面是如何地力不从心。羽毛笔（quill，通常是鹅毛制成）当然是都铎时代英国主要的写作工具，却也经常用来借代诗人或诗人这个行业。与此同时，"现代"（modern）这个词在莎士比亚这里通常不是褒义的，常意味着陈腐、平庸、肤浅。就如在喜剧《皆大欢喜》（*As You Like It*）第二幕第七场杰奎斯（Jacques）那篇描绘"七个时代"的著名独白中：

... And then the justice,

In fair round belly with good capon lined,

With eyes severe and beard of formal cut,

Full of wise saws and modern instances ... (ll.153–56)

……然后是法官，胖胖圆圆的肚子塞满了阉鸡，凛然的眼光，整洁的胡须，满嘴都是格言和老生常谈……

正因为诗人的"拙笔"（modern quill）写不出俊美青年的美好，画不出比原型更美的图画，在商籁第83首的后半部分，也即第三节四行诗与对句组成的六行诗（sestet）中，视觉中心主义的语汇被转换成了听觉中心主义的。眼睛被放弃了，取而代之的是说话的舌头和倾听的耳朵。这种转换在莎士比亚涉及感官的修辞中屡见不鲜，比如在《维纳斯与阿多尼斯》中：

假设说,我只有两只耳朵,却没有眼睛,
那你内在的美,我目虽不见,耳却能听。
若我两耳聋,那你外表的美,如能看清,
也照样能把我一切感受的器官打动。

(张谷若 译)

维纳斯接着论证,即使自己接连失去视觉、听觉、触觉、嗅觉,单凭着剩下的味觉,也能感受阿多尼斯的美好。五种外部感官在爱情中可以互相补充、互相替代,这也是莎士比亚在戏剧和十四行诗系列中变奏演绎过的一种修辞传统。而在商籁第83首第三节中,诗人却提出了这一悖论:"我"的舌头既然不足以赞颂"你"的美,不如让它"沉寂",让"我"在"做个哑巴时获得最多的荣光",因为通过沉默,"我"不会减损"你"的美。相反地,对手诗人们(others)想要卖弄他们的华丽修辞,以为可以像皮格马利翁为雕像所做的那样为你"带去生命",结果却是"带来了一座坟墓":

This silence for my sin you did impute,
Which shall be most my glory being dumb;
For I impair not beauty being mute,
When others would give life, and bring a tomb.

你认为我沉默寡言是我的过失,
其实我哑着正是我最大的荣誉;
因为我没响,就没破坏美,可是
别人要给你生命,给了你坟墓。

如前文所述,在中世纪到文艺复兴的感官论中,舌头被看作具有主动和被动两种官能,被动的部分负责进食,即掌管味觉的领域(taste, tastus);主动的部分负责说话,即言辞的领域(speech),该领域又被看作耳朵的官能听觉(hearing)的另一面。舌头的这两种功能都被看作一个人的外部感官(external senses)的组成部分。与莎士比亚一贯的修辞不同,本诗的后半部分反复强调这一悖论:"我"不去使用舌头,不去运用"说话"这种官能,也不调用别人的听觉,反而能更好地赞颂"你"。因此,请不要把"我的沉默"当成一种罪过去责怪(This silence for my sin you did impute),要怪就怪自己太美吧——"你"的一只眼睛里所焕发的生命力,远胜"你的两位诗人"所能写出的任何词句:

There lives more life in one of your fair eyes
Than both your poets can in praise devise.
比起你两位诗人曲意的赞美来,

你一只明眸里有着更多的生命在。

　　这里的"两位诗人"当然包括"我"自己，以及一位没有被具体点名的单数的对手诗人。或许他就是商籁第 79 首和第 80 首中同样以单数形式出现过的那位才华横溢的对手。但他再怎样有才华，也不像"我"这般拥有适时沉默的智慧，知道何时停止用舌头，而仅用眼睛去体察美。在全诗末尾，舌头的功能再次让位给眼睛，只不过是通过俊友而非诗人的眼睛。当然，由于只有用眼睛才能看见"你"的眼睛，这份美的体验也最终落实到"我"的视觉经验。但与开篇处其他诗人热衷于用眼睛为"你"画像不同，"我"只愿专注地看而不愿僭越，观看美的对象本身就是最纯粹的美学经验。

　　莎士比亚在喜剧《爱的徒劳》（*Love's Labour's Lost*）第四幕第二场第 110—123 行中写有一首十四行诗体的"剧中诗"，该剧中诗最后四行的主旨可以说与商籁第 83 首（尤其是后半部分的六行诗）如出一辙：

If love make me forsworn, how shall I swear to love?
Ah, never faith could hold, if not to beauty vowed!
Though to myself forsworn, to thee I'll faithful prove;
Those thoughts to me were oaks, to thee like osiers

bowed.

Study his bias leaves, and makes his book thine eyes,
Where all those pleasures live that art would comprehend.
If knowledge be the mark, to know thee shall suffice;
Well learned is that tongue that well can thee commend,

All ignorant that soul that sees thee without wonder;
Which is to me some praise that I thy parts admire.
Thine eye Jove's lightning seems, thy voice his dreadful
    thunder,
Which, not to anger bent, is music and sweet fire.

  Celestial as thou art, O do not love that wrong,
  To sing heaven's praise with such an earthly tongue.

为爱背盟，怎么向你自表寸心？
啊! 美色当前，谁不要失去操守？
虽然抚躬自愧，对你誓竭忠贞；
昔日的橡树已化作依人弱柳：

请细读它一叶叶的柔情蜜爱，

它的幸福都写下在你的眼中。
你是全世界一切知识的渊海,
赞美你便是一切学问的尖峰;

倘不是蠢如鹿豕的冥顽愚人,
谁见了你不发出惊奇的嗟叹?
你目藏闪电,声音里藏着雷霆;
平静时却是天乐与星光灿烂。

  你是天人,啊!赦免爱情的无知,
  以尘俗之舌讴歌绝世的仙姿。[1]

(朱生豪 译)

---

[1] 此诗被收入1599年未经莎士比亚应允出版的《激情的朝圣者》,该诗集中共收录诗歌20首,其中第1、2首与十四行诗系列中的第138、144首基本相同,第3、5、16首均出自《爱的徒劳》,第8、10、19、20首是其他几位有名可考的诗人的作品,其余11首可能出自匿名作者之手,但是否一定不是莎氏手笔,学界未有定论。

《爱的徒劳》第四幕,斯托萨德(Thomas Stothard),1800年

**商籁
第84首**

**手抄本
博物诗**

谁赞得最好？什么赞辞能够比
"你才是你自己"这赞辞更丰美，更强？
在谁的身上保存着你的匹敌，
如果这匹敌不在你自己身上？

一枝笔假如不能够给他的人物
一点儿光彩，就显得十分枯涩；
但是，假如他描写你时能说出
"你是你自己"，这作品就极为出色；

让他照抄你身上原有的文句，
不任意糟蹋造化的清新的手稿，
实录的肖像会使他艺名特具，
使他作品的风格到处受称道。

  你把诅咒加上了你美丽的幸福，
  爱受人称赞，那赞辞就因此粗俗。

Who is it that says most, which can say more,
Than this rich praise, –that you alone, are you?
In whose confine immured is the store
Which should example where your equal grew?

Lean penury within that pen doth dwell
That to his subject lends not some small glory;
But he that writes of you, if he can tell
That you are you, so dignifies his story,

Let him but copy what in you is writ,
Not making worse what nature made so clear,
And such a counterpart shall fame his wit,
Making his style admired every where.

> You to your beauteous blessings add a curse,
> Being fond on praise, which makes your praises worse.

在此前和此后的一些诗中，莎士比亚反对的是对手诗人们堆砌华丽辞藻、动辄惊动日月星辰的"僭越的比较"（proud compare，如商籁第20首），或者过去时代的诗人在情诗传统中约定俗成的"瞎比一通"（false compare，如商籁第130首）。在商籁第84首中，诗人却说，任何形式的比较对俊美青年都是不公正的，因为"他就是他"，其完美凌驾于一切比较之上，是真正无可比拟的。天主教弥撒仪式里有这么一句著名的拉丁文祷词："唯有你是神圣的，唯有你是至高的，唯有你是上主。"（*Tu solus sanctus, tu solus altissimus, tu solus dominus.*）商籁第84首可以说是这句祷词的世俗版。

莎士比亚是否可能是、多大程度上是一个生活在新教时代英国的隐匿的天主教徒，关于这方面的研究汗牛充栋，我们在此不作讨论。[1] 可以基本确定的是，他对旧宗教的仪式和相关文本是熟悉的，它们是少年莎士比亚成长过程中闪烁其词却确凿存在的影响。我们已在商籁第8、34、52、74首中看到过一些端倪，情诗语汇与虔敬语汇在莎士比亚那里往往糅合得天衣无缝，处于一个让潜在的审查官不安却无法盖棺定论的暧昧地带。这既是莎氏的才华，也是他惯于在危机中生存的能力的见证。

本诗第一、第二节的基本论点相似。第一节用两个反问句进行

---

[1] 然而这一问题对我们全面理解莎士比亚十分重要，此处仅举已有中译本的代表性著作若干，方便读者查阅：斯蒂芬·格林布拉特《俗世威尔——莎士比亚新传》，第54—77页；迈克尔·伍德《莎士比亚是谁》，第62—80页及304—306页；安东尼·伯吉斯《莎士比亚》，第17—20页；格雷姆·霍德尼斯《莎士比亚的九种人生》，第207—217页；等等。

否定:任何诗人想要为"你"增色都是徒劳无益的,因为"唯有你是你"(that you alone, are you),这已是最高的赞颂。没有任何诗人可以在自己"高墙之后的"(immured)、隐秘的"库存"(store)中找到能与"你"相提并论的主题,因为"你"本是无可比拟、举世无双的:

Who is it that says most, which can say more,
Than this rich praise, –that you alone, are you?
In whose confine immured is the store
Which should example where your equal grew?
谁赞得最好?什么赞辞能够比
"你才是你自己"这赞辞更丰美,更强?
在谁的身上保存着你的匹敌,
如果这匹敌不在你自己身上?

第二节则从另一角度出发,说诗歌界的常情是,诗人必须为他的主题(他赞颂的对象)带去荣光,否则就算他缺乏才思。但在面对"你"这极其特殊的主题时,由于"你"本身已经如此完美,如果一个诗人可以原原本本地描述"你",忠实地表现"你就是你"(That you are you),那他就已经非常了不起。不是诗人的笔为"你"增色,而是"你"为诗人的讲述(story)带去荣光:

> Lean penury within that pen doth dwell
> That to his subject lends not some small glory;
> But he that writes of you, if he can tell
> That you are you, so dignifies his story
> 一枝笔假如不能够给他的人物
> 一点儿光彩，就显得十分枯涩；
> 但是，假如他描写你时能说出
> "你是你自己"，这作品就极为出色

第三节引入了本诗的核心动词"誊抄"（copy）。莎士比亚生活在后印刷术的时代，但他和他的同时代人对于手抄本（manuscript）——这一费时费力费财的书籍形式是欧洲中世纪文化最重要的物质载体——以及手工誊抄（copying）这件事依然保持着高度的敏感性与亲身参与度。毕竟莎士比亚自己的剧本在搬上舞台的过程中必然经历了多道誊抄工序（不幸的是，没有任何莎士比亚自己手写的剧本稿完整保留下来）。就连私密性较强的十四行诗集，一开始也很可能是通过誊抄工整的手抄本形式在小范围读者圈内流传的，被"某个见多识广的文艺界观察者"在 1598 年称作"在私交间传阅的糖渍的十四行诗"。[1] 商籁第 84 首中，诗人将俊美青年比作一个完美的、写满了文字的"母本"，所有以他为主题的诗歌作品——在最理想的情况下——都应

---

1 斯蒂芬·格林布拉特，《俗世威尔——莎士比亚新传》，第 168 页。

该是忠诚誊抄其内容的"手抄本"。由于母本太完美,只是忠实地制作"副本"(counterpart)就可以使人流芳百世,任何除此以外的创作方式都是僭越的:

> Let him but copy what in you is writ,
> Not making worse what nature made so clear,
> And such a counterpart shall fame his wit,
> Making his style admired every where.
> 让他照抄你身上原有的文句,
> 不任意糟蹋造化的清新的手稿,
> 实录的肖像会使他艺名特具,
> 使他作品的风格到处受称道。

但是忠实地誊抄、制造手抄本形式的副本,从来不是一件容易的事。莎士比亚推崇的诗人前辈乔叟有一首关于手抄本和誊抄工的不那么起眼的"怨歌"(complaint):

Words unto Adam, His Own Scriveyne
Geoffrey Chaucer

Adam Scryveyne, if ever it thee befalle
Boece or Troylus for to wryten newe,

Vnder thy long lockkes thowe most haue the scalle

But after my makyng thowe wryt more trewe!

So oft a-day I mot thy werk renewe,

It to corect and eke to rubbe and scrape,

And all is thorugh thy necglygence and rape!

乔叟致亚当,他的誊抄工

杰弗里·乔叟

亚当,誊抄工,只要你重新抄写

我的《波伊齐》或《特洛伊罗斯》,

但愿你长长的鬈发下生出皮藓

除非你更忠实地誊抄我的原诗!

多少次,我不得不一遍遍替你返工

在羊皮上又擦又刮,订正错误,

一切都因为你的疏忽,你的仓促!

(包慧怡 译)

这是一首相当风趣的小诗。以林妮·穆尼为代表的"自传派"学者认为该诗中被责骂的对象"亚当"就是乔叟作品最重要的誊抄工亚当·平克赫斯特(Adam Pinkhurst):这位亚当是乔叟的同时代人,大约从14世纪80年代起担任乔叟的誊抄工（又称"缮写士"），并在 1400 年乔叟死后仍为他誊抄作品，而且亚当·平克赫斯特恰恰就是《坎特伯雷故事集》两份最重要的手稿的抄写者。[1]"自传派"的观点得到了广泛认同，毕竟这是看起来最证据确凿、时间也能对上号的一种可能：乔叟的这首诗约写于 13 世纪 80 年代中期，在他完成《波伊提乌斯》（*Boece*）与《特洛伊罗斯和克丽希达》（*Troilus and Criseyde*）之后，这也正是平克赫斯特开始为乔叟抄写的年代。我们可以看到，即使是乔叟最委以重任的"首席"誊抄工，在完成抄写这一费时费力的艰巨任务时都难免犯错，让原稿的质量大打折扣，更不要说莎士比亚诗中所批评的那类企图背离原稿、进行所谓改造的对手诗人了，"他"只会"破坏大自然清晰的母本"（making worse what nature made so clear）。

如此，莎士比亚就一劳永逸地否定了包括本诗中以单数形式出现的"他"（he）在内的所有潜在的对手，否定了他们所遵循的藻饰传统（epideictic tradition）。讽刺的是，诗人强调必须一五一十地誊抄写在俊友这个"母本"中的"文字"（copy what in you is writ），除此之外的一切劳动只会产生次品。这不由得使人思考，诗人是否自认为在十四行诗集内担任了"忠实的誊抄工"的角色，诗人又在多大程度上能与（按照本诗的逻辑）自己制作出次品的可能性达成和解。

---

[1] Linne Mooney, "Chaucer's Scribe", pp. 97–138；参见拙著《中古英语抒情诗的艺术》，第 227—240 页。

对于这首诗,我们会发现很难判断转折处出现在第三节还是对句中。对句无疑又提供了前 12 行不曾触及的内容:原来"你"这个母本也并不是百分之百的完美,"你"有一个可能成为"诅咒"的致命缺陷——爱听好话。在最后一行典型莎士比亚式高度精简的悖论表达中,恰恰是"你"对赞美的热衷,使得赞美"你"的作品成了次品。原因就是上文中提到的,对手诗人们都竞相创作——试图超越母本而取得"你"的欢心——却忽略了在"你"身上只有忠实制作副本才能取得荣光这一"创作"原则:

You to your beauteous blessings add a curse,
Being fond on praise, which makes your praises worse.
你把诅咒加上了你美丽的幸福,
爱受人称赞,那赞辞就因此粗俗。

亚当·平克赫斯特抄写的《埃利斯米尔手稿》
(Ellesmere Manuscript)中的乔叟肖像,约1410年

商籁
第 85 首

"沉默的缪斯"
元诗

我的缪斯守礼貌,缄口不响,
黄金的羽管笔底下却有了记录:
录下了大量对你的啧啧称扬——
全体缪斯们吟成的清辞和丽句。

别人是文章写得好,可我是思想好,
像不学无术的牧师,总让机灵神
挥动他文雅精巧的文笔来编造
一首首赞美诗,而我在后头喊"阿门"。

我听见人家称赞你,就说"对,正是",
添些东西到赞美的极峰上来;
不过那只在我的沉思中,这沉思
爱你,说得慢,可想得比谁都快。

　　那么对别人呢,留意他们的言辞吧,
　　对我呢,留意我哑口而雄辩的沉思吧。

My tongue-tied Muse in manners holds her still,
While comments of your praise richly compil'd,
Reserve their character with golden quill,
And precious phrase by all the Muses fil'd.

I think good thoughts, whilst others write good words,
And like unlettered clerk still cry 'Amen'
To every hymn that able spirit affords,
In polish'd form of well-refined pen.

Hearing you praised, I say ''tis so, 'tis true,'
And to the most of praise add something more;
But that is in my thought, whose love to you,
Though words come hindmost, holds his rank before.

> Then others, for the breath of words respect,
> Me for my dumb thoughts, speaking in effect.

商籁第 85 首中,诗人以自己"哑口无言的缪斯"挑战对手诗人们字字珠玑的九位缪斯,并劝说俊美青年在这"一比九"的两大缪斯阵营中作出正确的选择。

这首诗继承并发展了中世纪诗歌中常见的"哑口无言"修辞法(inexpressibility topos)——使用该修辞的中世纪诗人往往在巨细靡遗地描述一幕美景或其他某样令人惊奇的事物之前(偶尔是之后),说眼前所见令自己目瞪口呆、笨嘴拙舌,无法恰如其分地对之进行描绘。"哑口无言"属于中世纪诗人诸多"佯装谦虚"(affected modesty)的修辞手法中的一种。莎士比亚在第一节中就说,自己的缪斯是一位"张口结舌的缪斯",(在赞颂"你"方面)没有什么动静;与"我"的沉默形成鲜明对比的是连篇累牍地赞颂"你"的众多对手诗人,他们不仅用华贵的金色鹅毛笔镌刻下自己的文字,还召来所有的九位缪斯,一起为他们的诗篇注入金玉良言:

My tongue-tied Muse in manners holds her still,
While comments of your praise richly compil'd,
Reserve their character with golden quill,
And precious phrase by all the Muses fil'd.
我的缪斯守礼貌,缄口不响,
黄金的羽管笔底下却有了记录:

录下了大量对你的啧啧称扬——
全体缪斯们吟成的清辞和丽句。

    缪斯作为古希腊和古罗马诗人们开篇致意的对象，其形象并不总是正面的、充满神性的、可尊敬的。奥维德在《爱的艺术》(*Ars Amatoria*)中时常以反讽的口吻谈论缪斯，他的缪斯被同时代的评论者称为"放荡不羁"的，而他则自我辩护说，自己的缪斯不过是"诙谐顽皮"；斯塔提乌斯（Statius）在抒情诗中塑造了不少缪斯的"替代品"；生活在公元1世纪的古罗马诗人珀修斯（Persius）写过一篇批评当代诗歌和修辞术的论说文，在其短序中，他自称诗歌的门外汉和"半个村民"，在自己与受"官方诗神"缪斯们眷顾的职业诗人之间划清了界限：

> 我从没有酣畅地痛饮甘冽的马泉，
> 也不曾梦见那双峰的帕纳索斯山；
> 果真如此，我便可以即刻成为诗人。
> 赫利孔的山泉与泛白的皮雷内泉，
> 还是留给雕像爬满常春藤的人吧；
> 身为半个村民，可我仍要把我的
> 诗作献给神圣的田园诗人节。[1]

----

[1] 恩斯特·R. 库尔提乌斯，《欧洲文学与拉丁中世纪》，第305—306页。

到了中世纪，赫西俄德-荷马式的缪斯的黄金时代早已结束，缪斯的名字不再意味着居住在高不可及的赫利孔山上的女神，而是时常化身为人类在艺术、哲学甚至科学等各领域精神创造活动的代名词。即使缪斯形象已如此丰富多元，大大增强了"召唤缪斯"文学传统的适应性，缪斯们的昔日威望仍不可挽回地衰微了，无论在中世纪基督教作家那里，还是在文艺复兴人文主义作家那里，缪斯的集体退隐看起来都不可避免。在为故去的父亲写的悼诗中，中世纪西班牙诗人曼里克（Jorge Manrique, 1440—1478）明确地割舍了自己对化身为"幻想"的缪斯的依赖，转而将一切诗歌和真善美的源泉都归于上帝：

在此我不会祈求

大诗人和演说家

——那少数的不朽；

幻想诱人却可欺，

在她芬芳的叶子上，

粘着毒露滴。

我的思想只为他涌现，

他是永真，是善，是智，

我为他呐喊：

他与文明共生共行，

而世界缺位参透

他的神性。[1]

我们再来细品莎士比亚商籁第 85 首的第二节:

I think good thoughts, whilst others write good words,
And like unlettered clerk still cry 'Amen'
To every hymn that able spirit affords,
In polish'd form of well-refined pen.
别人是文章写得好,可我是思想好,
像不学无术的牧师,总让机灵神
挥动他文雅精巧的文笔来编造
一首首赞美诗,而我在后头喊"阿门"。

"我"将其他诗人献给俊美青年的诗篇描述为"堂皇的"(richly compil'd)、"金色的/黄金般的"(golden)、"抛光的"(polished)、"精心打磨的"(refined)——表面上都是些褒扬的词,但"堂皇"可以是堆砌而成的,"金色的"未必就是真金,"抛光"和"打磨"更有人为加工太过之嫌疑。这组措辞的潜台词是,虽然青年的美是天然去雕饰的,其他诗人献给他的却都是华而不实的作品。用第 5 行的话来说,他们只是"书写华丽的辞章"(write good

---

[1] 恩斯特·R. 库尔提乌斯,《欧洲文学与拉丁中世纪》,第 315 页。

words)。与之形成对比的则是诗人最近的沉默,他声称自己"满怀温情"(think good thoughts),曾经健谈的"我"如今深陷爱情中,唯一的语言只有连声的"阿门,阿门",像一个"不识字的牧师"。[1] 这恰恰证明唯有"我"是用心去书写的,而非借助"金笔"或召唤神话中的九位缪斯;心中充满太多爱时,张口结舌也并不奇怪。九位官方缪斯成了浮夸乃至矫饰、虚伪的代名词:

> Hearing you praised, I say 'tis so, 'tis true, '
> And to the most of praise add something more;
> But that is in my thought, whose love to you,
> Though words come hindmost, holds his rank before.
> 我听见人家称赞你,就说"对,正是",
> 添些东西到赞美的极峰上来;
> 不过那只在我的沉思中,这沉思
> 爱你,说得慢,可想得比谁都快。

诗人在第三节中继续发展了"哑口无言"修辞法。这一次,他说,每当"我"听见"你"被称赞,"我"也只会跟着重复"没错,没错"('tis so, 'tis true)——差不多是希伯来文"Amen, Amen"的英文版。此处响应第二节("我"只会用最简单质朴的话赞美"你"),

---

[1] clerk 在中古英语和早期现代英语中也可以指"学者""大学生"(参见乔叟《坎特伯雷故事集》中《学者的故事》),但结合此诗中诗人自述口念"阿门"的上下文,仍取其"牧师"之义。

进一步说"我"同样只会用这样的零星短句来附和别人对"你"的赞美。不同之处在于，无论他们如何赞美"你"，"我"心中都要在别人哪怕是最高级的赞美上"再加一点东西／再加一个念头"（add something more），而"我"所添加的这个念头／思念（thought）具有比"我"滞后的词语更高贵的地位——因为这个念头乃是出自爱，甚至，这个被添加上去的事物就是爱本身。

到了最后，诗人也就可以让他"哑口无言的缪斯"与令对手们滔滔不绝的九位缪斯达成和解，也是与自己达成和解：就让其他诗人为了口吐华章而被尊重吧，"我"希望自己被"你"看重是因为笨拙却真挚的思念，为了它们在缄默中道出的真实。

Then others, for the breath of words respect,
Me for my dumb thoughts, speaking in effect.
那么对别人呢，留意他们的言辞吧，
对我呢，留意我哑口而雄辩的沉思吧。

司掌颂诗的缪斯波丽姆尼娅，疑似弗朗切斯科·德尔·科萨（Francesco del Cossa）所作，约1455年

难道是他的华章,春风得意,
扬帆驶去抓你作珍贵的俘虏,
才使我成熟的思想埋在脑子里,
使它的出生地变成了它的坟墓?

难道是在精灵传授下字字珠玑、
笔笔神来的诗人——他打我致死?
不是他,也不是夜里帮他的伙计——
并不是他们骇呆了我的诗思。

他,和每夜把才智教给他同时又
欺骗了他的、那个殷勤的幽灵,
都不能夸称征服者,迫使我缄口;
因此我一点儿也不胆战心惊。

  但是,你的脸转向了他的诗篇,
  我就没了谱;我的诗就意兴索然。

商籁
第 86 首

通灵
玄学诗

Was it the proud full sail of his great verse,
Bound for the prize of all too precious you,
That did my ripe thoughts in my brain inhearse,
Making their tomb the womb wherein they grew?

Was it his spirit, by spirits taught to write,
Above a mortal pitch, that struck me dead?
No, neither he, nor his compeers by night
Giving him aid, my verse astonished.

He, nor that affable familiar ghost
Which nightly gulls him with intelligence,
As victors of my silence cannot boast;
I was not sick of any fear from thence:

> But when your countenance fill'd up his line,
> Then lacked I matter; that enfeebled mine.

我们来到了"对手诗人序列诗"中的最后一首。商籁第 86 首中的对手诗人也是以单数形式出现的，一反常态的是，诗中反复暗示该诗人属于"黑夜派"（School of Night）并参与某种通灵活动，其真实身份似乎有整个序列中最为明确的所指。

在莎士比亚写作十四行诗系列差不多同一时期，《荷马史诗》的译者、古典学者、诗人乔治·查普曼（George Chapman）于 1594 年出版了他的长诗《夜影》（*The Shadow of the Night*）。该诗引起了一些轰动，被后世看作预示了哥特文学一个多世纪后在英国的风靡和更晚世纪内的复兴。《夜影》分为《夜颂》（*Hymnus in Noctem*）和《月颂》（*Hymnus in Cynthiam*）两个部分，查普曼在《夜颂》部分中将夜晚当作一名主宰太初混沌，又能为灵魂送去安息的伟大女神来赞颂，或许在这方面，查普曼可谓写作德语《夜颂》的诺瓦利斯和写作英语《夜莺颂》的济慈的前浪漫主义先驱。

莎士比亚在商籁第 86 首这最后一首关于对手诗人的十四行诗中，似乎有那么一会儿打破了他惯来谨小慎微的人设，直接将对手的特殊诗歌风格高光标出，还"恨"屋及乌波及了查普曼所属的文人小团体。这个人称"黑夜派"的伊丽莎白时期的作家和科学家小圈子今天已不太有人提起，当年它的核心成员却是女王面前的红人，那个把烟草带入英国，同时也舞文弄墨的航海探险家沃尔特·罗利爵士（Sir Walter Raleigh）；此外，这个小圈子还包括马洛、查普曼、诺森伯兰伯爵亨利·珀西（Henry Percy，人称"巫师伯爵"）、天文学家兼数学家托马斯·哈利奥特（Thomas Harriot）等，其中哈利奥特是世界上最早通过天文望远镜观察月相并绘制月球表面素描的人。传说中，甚至连女王的御用占星师、通过观察天象和水晶球为女王选定了登基吉日的约翰·迪博士（Dr John Dee）也曾是"黑夜派"的一员。"黑夜派"是后人加上的名字，典出莎士比亚本人的喜剧《爱的徒劳》第四幕第三场，"黑色是地狱的象征，囚牢的幽暗，暮夜的阴沉"（Black is the badge of hell / The hue of dungeons and the school of night）。[1] 当年（1592年），这些披着神秘外衣的知识分子被同时代人称作"无神论派"（The School of Atheism）。[2] 讽刺的是，这些所谓的"无神论派"却热衷于通灵、招魂、炼金等玄学活动。据说马洛是这些秘密仪式的常客，并且热衷于从这些通灵活动中汲取灵感，运用于他的代表作《浮士德博士》等剧本的相关段落中。查普曼很可能也是这些秘密仪式的参与者或旁观者，因而莎士比亚在商籁第86首中反复提到"幽灵""幽灵教授的写作""可亲的旧相识鬼魂"，看起

---

[1] 此处朱生豪译文未将"school of night"的"school"单独译出，仅作"暮夜的阴沉"。

[2] "黑夜派"理论是由阿切森于20世纪初提出的，参见 Arthur Acheson, *Shakespeare and The Rival Poet; Displaying Shakespeare as a Satirist and Proving the Identity of the Patron and the Rival of the Sonnets*, pp. 10–18。也有现代学者质疑"黑夜派"的结社和活动到底具有多大的历史真实性，参见 Samuel Schoenbaum, *Shakespeare's Lives*, p. 537。

来确实是在指认某个"黑夜派"成员:

> Was it his spirit, by spirits taught to write,
> Above a mortal pitch, that struck me dead?
> No, neither he, nor his compeers by night
> Giving him aid, my verse astonished.
> 难道是在精灵传授下字字珠玑、
> 笔笔神来的诗人——他打我致死?
> 不是他,也不是夜里帮他的伙计——
> 并不是他们骇呆了我的诗思。

> He, nor that affable familiar ghost
> Which nightly gulls him with intelligence …
> 他,和每夜把才智教给他同时又
> 欺骗了他的、那个殷勤的幽灵……

安东尼·伯吉斯在《莎士比亚》中称查普曼是个"面目不清、令人费解的玄学派(诗人),他称黑夜为情妇,甚至与鬼魂交谈。他无疑就是莎士比亚的诗敌"。[1] 伯吉斯的话语或许太过武断,不过他也肯定了包括《夜影》在内的查普曼的诗作"气势磅礴,有时读着像是出自莎士比亚之手";并认为《夜影》中以下对"缪斯诗泉流溢之樽"

---

[1] 安东尼·伯吉斯,《莎士比亚》,第192页。

（Castalian bowles）的指涉是在挖苦莎士比亚——莎士比亚曾在《维纳斯与阿多尼斯》引言中说，阿波罗给诗人捧来了"诗泉之樽"，而《维纳斯与阿多尼斯》被查普曼看作一首放荡不堪的色情诗，故有以下"你们……不能捧起"之说：

> 你们这些受肉欲蛊惑的灵魂，
> 不能捧起缪斯诗泉流溢之樽，
> 使升腾的心灵从肉体中分离，
> 岂敢在泉中寻找自己的权利？
> 那琼浆潋于白昼，却把黑暗笼罩……[1]

看起来，这种嫉妒和竞争关系是双方的。不过莎士比亚在商籁第86首的结尾也强调了，不是这位黑夜派诗人本身，不是帮助他的黑夜和幽灵，甚至不是他的（在第一节四行诗中被肯定的）诗才和雄文——不是这些挫败了诗人。唯一真正有能力使他灰心的，不是他的对手，而是他的俊友本人。爱慕之人竟然垂青他的对手而不是自己——无论是通过口头鼓舞还是物质赞助——这才是击溃诗人自信的骆驼背上的最后一根稻草：

> I was not sick of any fear from thence:
> 因此我一点儿也不胆战心惊。

[1] 安东尼·伯吉斯，《莎士比亚》，第193—194页。

But when your countenance fill'd up his line,

Then lacked I matter; that enfeebled mine.

但是，你的脸转向了他的诗篇，

我就没了谱；我的诗就意兴索然。

三个多世纪后，约翰·济慈曾用一首十四行诗《初读查普曼译荷马有感》记录下自己第一次读到查普曼的译诗后感受到的惊艳。我们知道济慈最尊敬的诗歌偶像之一就是莎士比亚，在十四行诗写作方面，济慈常被看作莎翁的浪漫派传人。无论查普曼是否就是商籁第86首，甚至整个对手诗人序列中的对手诗人本尊，这种穿越时空的遥远致敬或许能让我们看到，如果他与莎士比亚之间的确存在过竞争或对立，这两位对手至少在诗艺上是旗鼓相当的，彼此配得上"对手"这一名字：

On First Looking into Chapman's Homer[1]

John Keats

Much have I travell'd in the realms of gold,

And many goodly states and kingdoms

---

[1] 此诗写于1816年10月。与济慈亦师亦友的查尔斯·考顿·克拉克（Charles Cowden Clarke）曾介绍济慈阅读查普曼翻译的荷马史诗，据说在通宵达旦的阅读后，破晓时分济慈从克拉克的住处步行回家，克拉克在同一天上午十点的邮件里收到了这首十四行诗。

seen;
Round many western islands have I been
Which bards in fealty to Apollo hold.

Oft of one wide expanse had I been told
That deep-brow'd Homer ruled as his demesne;
Yet did I never breathe its pure serene
Till I heard Chapman speak out loud and bold:

Then felt I like some watcher of the skies
When a new planet swims into his ken;
Or like stout Cortez when with eagle eyes
He star'd at the Pacific—and all his men

  Look'd at each other with a wild surmise—
  Silent, upon a peak in Darien.

初读查普曼译荷马有感

约翰·济慈

我曾漫游众多黄金的疆土，
将曼妙的万国千邦尽览；

我也曾造访过西方岛屿千万,
诗人令其在阿波罗那儿留驻。

我常听闻有一片广袤国度
深思的荷马统御那片领地;
我未曾呼吸它的纯净宁谧
直到听见查普曼朗声诵读:

那时我仿佛成了望天的星师
崭新的行星漂移入我的视域;
又如硬汉柯尔泰鹰眼锐利[1]
凝望太平洋,船员面面相觑

各自心怀着臆测与狂念
沉默地站在达利昂之巅。

(包慧怡 译)

---

[1] 第一个从美洲中部的达利昂山看到太平洋的并非征服阿兹台克的西班牙殖民者柯尔泰(Hernan Cortez, 1485–1547),而是另一名西班牙殖民者巴尔沃亚(Vasco Nunez de Balboa, 1475–1519)。不过济慈的同时代评注者几乎无人注意到这一笔误。

查普曼雕版肖像,疑似霍尔(William Hole)所作,约 1616 年

商籁
第 87 首

债券
博物诗

再会！你太贵重了,我没法保有你,
你也多半明白你自己的价值:
你的才德给予你自由的权利;
我跟你订的契约就到此为止。

你不答应,我怎能把你占有?
对于这样的福气,我哪儿相配?
我没有接受这美好礼物的理由,
给我的特许证因而就掉头而归。

你当时不知道自己的身价有多大,
或者是把我看错了,才给我深情;
所以,你这份厚礼,送错了人家,
终于回家了,算得是明智的决定。

  我曾经有过你,像一场阿谀的迷梦,
  我在那梦里称了王,醒来一场空。

Farewell! thou art too dear for my possessing,
And like enough thou know'st thy estimate,
The charter of thy worth gives thee releasing;
My bonds in thee are all determinate.

For how do I hold thee but by thy granting?
And for that riches where is my deserving?
The cause of this fair gift in me is wanting,
And so my patent back again is swerving.

Thy self thou gav'st, thy own worth then not knowing,
Or me to whom thou gav'st it, else mistaking;
So thy great gift, upon misprision growing,
Comes home again, on better judgement making.

> Thus have I had thee, as a dream doth flatter,
> In sleep a king, but waking no such matter.

商籁第87首中虽然没有出现对手的影子,却可以被视为对刚结束的对手诗人序列的告别陈词,为该序列中所描述的诸多令诗人受挫的竞争提供了一个合情合理的结局:诗人决定放手,放弃自己对俊美青年曾经拥有的一切权利,本诗中这种权利被额外比喻成"债券"。

全诗以一声"告别"开篇,仿佛诗人对自己与俊友关系的最终结局的宣告。其实这不是整本诗集中诗人第一次宣布接受两人"不得不分手"的结局,我们已经在商籁第36首(《分手情诗》)中看到过类似的表述。只不过本诗通篇使用冷冰冰的金融词汇来描述火热恋情的终结,仅第一节中就出现了"持有(债权)"(possessing)、"价值"(worth)、"为你估值"(know'st thy estimate)、"契约/合同"(charter)、"赎回"(releasing)、"债券"(bonds)、(合同)"终止"(determinate)等"谈钱"的词汇:

> Farewell! thou art too dear for my possessing,
> And like enough thou know'st thy estimate,
> The charter of thy worth gives thee releasing;
> My bonds in thee are all determinate.
> 再会!你太贵重了,我没法保有你,
> 你也多半明白你自己的价值:
> 你的才德给予你自由的权利;

我跟你订的契约就到此为止。

要把上述词汇抽离其金融语境，仅仅取其最宽泛的一般理解自然也是可能的，比如把"我在你身上持有的债券／我对你的债权"（my bonds in thee）理解成"我对你的权利／我与你的合约"。但任何对莎氏的成长环境及生平活动有所了解的读者，都很难天真地认为他是无心地持续选择了一系列带有金融、会计领域双关义的词汇，来描述普通的抽象的权利（right）。莎士比亚的父亲约翰·莎士比亚是个精明的生意人，虽然他的职业在儿子出生前的法律文献中用拉丁文登记为"农民"，但我们更熟悉的是作为手套制造商和皮革商的约翰。约翰同时还是个没有经过正规授权的羊毛走私商，这不止一次为他造成法律上的麻烦。此外，约翰也是个精明（但却未必明智）的理财者，常在合法放债和高利贷的边缘疯狂试探，终于在1570年一年中就两度因此被传讯。账本、欠条、债务文件是构成小威廉成长背景的一部分，"这些才是频繁出现于其剧作的地图、契约、财产转让的现实世界的摹本"，部分解释了"莎士比亚对财产投资的毕生兴趣"。[1]

人类最早的债券形式或许是奴隶制时代产生的公债，中世纪盛期欧洲最发达的经济体之一佛罗伦萨开了政府向民间金融业者募集公债的先例，威尼斯、都灵、米兰等城

---

[1] 斯蒂芬·格林布拉特，《俗世威尔——莎士比亚新传》，第30—35页。

市纷纷跟进。随着航海大发现时代的到来，欧洲与东方之间的新航路进一步扩大了贸易规模，葡萄牙、西班牙、荷兰、英国等国竞相通过发行公债的方式筹措资金。1600年成立的英国东印度公司常被看作最早的股份制公司，除股票之外也发行短期债券。这些是莎士比亚写作年代的世界金融大背景，头脑灵活的威廉将相关术语和意象用于作品中实在不足为奇。在商籁第87首描述的权利义务关系中，我们可以看到，表面上，俊美青年是发行债券的一方，类似于发行国债的国家那一方，是债务人（debtor）；诗人则是债权人（debtee），花了资金购买并持有俊友发行的债券。问题是，强势的一方依然是俊友，显然诗人是以远远低于应有估值的价格购买了俊友的债券，而如果没有后者的应允，诗人原本没有资格或资金去持有如此珍贵的一份权利：

> For how do I hold thee but by thy granting?
> And for that riches where is my deserving?
> The cause of this fair gift in me is wanting,
> And so my patent back again is swerving.
> 你不答应，我怎能把你占有？
> 对于这样的福气，我哪儿相配？
> 我没有接受这美好礼物的理由，
> 给我的特许证因而就掉头而归。

此处的 patent 一词并非我们熟悉的发明创造者可申请的"专利",而是"专属经营权",即从事某项买卖、与某人交易的独家垄断的权利。诗人在此用 patent 来指自己对俊友具有的爱情专利权,一种排他的、情感资源的垄断权,也是上文中"我在你身上持有的债权"意象的延续。"我"原先对"你"持有债权,但随着恋情的终结,合同到期,这份本来独属于"你"的权利又回到了"你"手中(back again is swerving)。伊丽莎白的宫廷中也发生过这种"专属经营权"的收回(swerving back):一度为女王宠爱的埃塞克斯伯爵曾垄断了甜酒的经营权,这份"专利"(patent)曾是他主要的收入来源之一,但在 1600 年他从爱尔兰战败回来后那场著名的不愉快的冲突之后,女王没有再续签他的经营权许可,等于在事实上收回了这份专利。这直接导致了埃塞克斯伯爵的叛变,莎士比亚及其赞助人、"俊友"热门人选南安普顿伯爵后来也被牵连在内。

诗人说自己曾对俊友拥有的债权本来就是经后者许可的结果,现在这份债权不过是回到了它原先的主人那里,而俊友最初会同意转让债权(同意我购买"你"这支债券),是由于对自己的价值估计错误:是"你"对自己的估值不当导致"你"把这珍贵的"你自己"低价卖给了"我",让"我"成了受之有愧的债权持有者。那么,"你"现在"恢复理智",中止合同,也是完全合情合理的。"我"也因而看清了事实,过去"我"对"你"拥有的债权不过是南柯一梦,不过是"持有"的表象;就如"我"曾幻想拥有"你"的心而在梦中称王,醒来才发现是虚梦一场:

> Thy self thou gav'st, thy own worth then not knowing,
> Or me to whom thou gav'st it, else mistaking;
> So thy great gift, upon misprision growing,
> Comes home again, on better judgement making.
> 你当时不知道自己的身价有多大,
> 或者是把我看错了,才给我深情;
> 所以,你这份厚礼,送错了人家,
> 终于回家了,算得是明智的决定。

> Thus have I had thee, as a dream doth flatter,
> In sleep a king, but waking no such matter.
> 我曾经有过你,像一场阿谀的迷梦,
> 我在那梦里称了王,醒来一场空。

本诗之外,我们在《维纳斯与阿多尼斯》中女神向美少年索吻的对话里,可以看到金融、借贷术语与爱情修辞的又一次天衣无缝的、典型莎士比亚式的结合:

你的香唇,曾在我的柔唇上留下甜印,
要叫这甜印永存,我订任何契约都肯,
即使我得为此而卖身,我也完全甘心,
只要你肯出价购买,交易公平信用准。
成交以后,如果你还怕会有伪币生纠纷,
那你就把印打上我这火漆般红的嘴唇。
"你只付吻一千,我的心就永远归你管。
你还毋须忙,可以一个一个从容清算。
在我嘴上触一千下就成,有什么麻烦?
你能很快就把它们数好,把它们付完。
若到期交不上款,因受罚全数要加一番,
那也不过两千吻,于你又哪能算得困难?"

(第 511—522 行,张谷若 译)

《维纳斯与阿多尼斯》,提香,1554年

**商籁
第 88 首**

**天平
博物诗**

如果有一天你想要把我看轻,
带一眼侮慢来审视我的功绩,
我就要为了你好而打击我自身,
证明你正直,尽管你已经负义。

我要支持你而编我自己的故事,
好在自己的弱点我自己最明了,
我说我卑污,暗中犯下了过失;
使你失去我反而能赢得荣耀:

这样,我也将获得一些东西;
既然我全部的相思都倾向于你,
那么,我把损害加给我自己,
对你有利,对我就加倍地有利。

　　我是你的,我这样爱你:我要
　　担当一切恶名,来保证你好。

When thou shalt be dispos'd to set me light,
And place my merit in the eye of scorn,
Upon thy side, against myself I'll fight,
And prove thee virtuous, though thou art forsworn.

With mine own weakness, being best acquainted,
Upon thy part I can set down a story
Of faults conceal'd, wherein I am attainted;
That thou in losing me shalt win much glory:

And I by this will be a gainer too;
For bending all my loving thoughts on thee,
The injuries that to myself I do,
Doing thee vantage, double-vantage me.

> Such is my love, to thee I so belong,
> That for thy right, myself will bear all wrong.

商籁第 87 首是对手诗人序列诗和一组新的关于"情怨"的内嵌组诗之间的过渡。值得一提的是，菲利普·西德尼爵士的十四行诗系列《爱星者与星》同样是在第 87 首处，开始了关于分离和情怨的一组内嵌诗。

本诗的核心奇喻是"天平"，虽然诗人通篇并未明确点出这一仪器的名字。天平作为一种古老的衡器有着悠久的历史，这种基于杠杆原理制成的仪器最晚在公元前 1600 年就为古埃及人所用（钻孔挂绳的简易吊式天平）；约公元前 500 年，古罗马出现了靠挪动秤砣来取得重量平衡的"杆秤"；今天常见的摆动托盘天平则要到 17 世纪中叶才问世。在都铎时期的英国，天平依然是人们每日需要打交道的日用衡器，在药剂师的柜台、糖果点心铺、香料店都可以广泛看到，莎士比亚亦曾在戏剧作品中多次提到它。

商籁第 88 首中，诗人谈论的虽然是被弃绝的爱情，但却几乎所有核心词汇都确凿地指向以天平称重的过程：light（轻），place（放置），upon thy side（在你那一端），set down（放下），losing（失重），gainer（变重者），bending（倾斜），vantage（有利的位置），bear（负重）等。

> When thou shalt be dispos'd to set me light,
> And place my merit in the eye of scorn,
> Upon thy side, against myself I'll fight,

And prove thee virtuous, though thou art forsworn.

如果有一天你想要把我看轻,

带一眼侮慢来审视我的功绩,

我就要为了你好而打击我自身,

证明你正直,尽管你已经负义。

诗人试图表达一种对现状的接受,而现状就是"你"轻视"我",决意将与"我"相关的一切放在情感天平轻的那一头。如果这就是"你"的决定(原文中用一般将来时表示条件式),那么"我"出于对"你"的爱,决定与"你"同谋——"为了你(在天平上的)那一端"(upon thy side)与"我"自己开战。这种为了对自己不公的爱人与自我为敌的态度,早在商籁第49首(《"辟邪"元诗》)中就已出现。事实上,如果我们回忆一下商籁第49首的第一、第三节四行诗,会发现两首诗之间在论证逻辑、基调甚至句式上的诸多相似之处。49是7乘以7的结果,88则由两个8组成,一些学者认为这种主题上的呼应并非巧合:

Against that time, if ever that time come,

When I shall see thee frown on my defects,

When as thy love hath cast his utmost sum,

Call'd to that audit by advis'd respects;

恐怕那日子终于免不了要来临,
那时候,我见你对我的缺点皱眉,
你的爱已经付出了全部恩情,
种种理由劝告你把总账算回;

……

Against that time do I ensconce me here,
Within the knowledge of mine own desert,
And this my hand, against my self uprear,
To guard the lawful reasons on thy part (11.1-4, 9–12)
那日子要来,我得先躲在反省里,
凭自知之明,了解自己的功罪,
我于是就这样举手,反对我自己,
站在你那边,辩护你合法的行为

在商籁第 88 首的第二、第三节四行诗中,诗人将自己的"偏心"表现得淋漓尽致。假如两人的恋情是一座天平,那他就决意将所有的砝码都放在俊友那一端,哪怕这会导致自己这头越来越轻,最终导致整座天平完全朝俊友那一头倾倒。诗人通过隐喻向俊友暗示:正如他的整颗心都完全偏向俊友(bending all my loving thoughts on thee),

两人的情感天平失衡甚至倾覆也是早已注定的事实；如今"我"坦然接受这结局，不是因为停止对"你"的爱，而恰恰是因为爱之深。

With mine own weakness, being best acquainted,
Upon thy part I can set down a story
Of faults conceal'd, wherein I am attainted;
That thou in losing me shalt win much glory:
我要支持你而编我自己的故事，
好在自己的弱点我自己最明了，
我说我卑污，暗中犯下了过失；
使你失去我反而能赢得荣耀：

And I by this will be a gainer too;
For bending all my loving thoughts on thee,
The injuries that to myself I do,
Doing thee vantage, double-vantage me.
这样，我也将获得一些东西；
既然我全部的相思都倾向于你，
那么，我把损害加给我自己，
对你有利，对我就加倍地有利。

因为深爱,"我"宣传自己已经习得并接受这种轻与重、失去与得到之间的悖论逻辑:若是失去"我"(losing me,双关"使我那头变轻")能够使"你"获得荣耀,那"我"也因"你"的荣耀而有所得(be a gainer,双关"变重");假如伤害"我"自己能够给"你"带去好处(vantage,双关"秤杆上有利的位置"),那"我"也会获得双倍的好处(double-vantage)。然而我们不难感受到这种论证的难以自洽,尤其当考虑到诗人始终是被放弃的那一方,在这场不平衡的关系中很少握有任何主动权。本诗的基调是试图维持体面风度的离别,试图"不怨"的"怨歌"。

对句中延续了隐形的天平意象:为了"你的权利","我"愿意"负重"。此处的 right 当然还有"正确、公正、有理"这层双关——为了令"你"看起来正确,"我"愿意背负起一切错,这就是"我"这份显然是"偏爱"的情感的沉甸甸的重量。

Such is my love, to thee I so belong,
That for thy right, myself will bear all wrong.
我是你的,我这样爱你:我要
担当一切恶名,来保证你好。

喜剧《第十二夜》第一幕第五场中,薇奥拉(Viola)女扮男装成奥西诺（Orsino）公爵的信使，代她的主人向奥丽维娅（Olivia）求爱。当反应冷淡的奥丽维娅问他（她），如果她是站在这里为她自己求爱，她要如何做时，薇奥拉说了一段全剧中最著名的求爱词，这段求爱词几乎可以被看作商籁第88首中"我"没有勇气向"你"说出口的绝望独白：

> Make me a willow cabin at your gate,
> And call upon my soul within the house;
> Write loyal cantons of contemned love
> And sing them loud even in the dead of night;
> Halloo your name to the reverberate hills
> And make the babbling gossip of the air
> Cry out 'Olivia!' O, You should not rest
> Between the elements of air and earth,
> But you should pity me! (ll.141–49)

　　我要在您的门前用柳枝筑成一所小屋，不时到府中访谒我的灵魂；我要吟咏着被冷淡的忠诚的爱情的篇什，不顾夜多么深我要把它们高声歌唱，我要向着回声的山崖呼喊您的名字，使饶舌的风都叫着'奥丽维娅'。啊! 您在天地之间将要得不到安静，除非您怜悯了我!

天平座,《福斯托弗大师(Fastolf Master)时辰书》,
15 世纪英国

你说你丢弃我是因为我有过失,
我愿意阐释这种对我的侮辱:
说我拐腿,我愿意马上做跛子,
绝不反对你,来为我自己辩护。

爱呵,你变了心肠却寻找口实,
这样侮辱我,远不如我侮辱自身
来得厉害;我懂了你的意思,
就断绝和你的往来,装作陌路人;

不要再去散步了;你的芳名,
也不必继续在我的舌头上居住;
否则我(过于冒渎了)会对它不敬,
说不定会把你我的旧谊说出。

  为了你呵,我发誓驳倒我自己,
  你所憎恨的人,我决不爱惜。

**商籁
第 89 首**

**忍辱
反情诗**

Say that thou didst forsake me for some fault,
And I will comment upon that offence:
Speak of my lameness, and I straight will halt,
Against thy reasons making no defence.

Thou canst not, love, disgrace me half so ill,
To set a form upon desired change,
As I'll myself disgrace; knowing thy will,
I will acquaintance strangle, and look strange;

Be absent from thy walks; and in my tongue
Thy sweet beloved name no more shall dwell,
Lest I, too much profane, should do it wrong,
And haply of our old acquaintance tell.

> For thee, against my self I'll vow debate,
> For I must ne'er love him whom thou dost hate.

商籁第89首延续了第88首中"为了爱人与自己为敌"的主题,背后的逻辑依然是,既然"你"放弃了"我",也就是"与我为敌",那深爱着"你"而绝不愿违背你意愿的"我"就决定分享"你"的立场,与"我"自己为敌,哪怕代价是忍受一切屈辱。忍辱、自我争斗、自我厌恶的情绪贯穿着对手诗人序列诗结束后的10首商籁(第87—96首),这些商籁看似出发点为情诗,其自我贬抑的态度却已经背离了传统情诗的基调(爱情使人成为更好的自己),而进入了反情诗的晦暗领域。俊美青年序列诗中初露头角的这组内嵌反情诗要一直延续到第97首才会有转机,重新恢复我们在诗系列前半部分熟悉的那种情诗基调。当然,我们要在第127首之后的黑夫人序列诗中,才能看到莎士比亚笔下最典型的、全面开花的,可以说主要由莎氏开创并发扬的反情诗(mock love poem)传统。

Say that thou didst forsake me for some fault,
And I will comment upon that offence:
Speak of my lameness, and I straight will halt,
Against thy reasons making no defence.
你说你丢弃我是因为我有过失,
我愿意阐释这种对我的侮辱:
说我拐腿,我愿意马上做跛子,

绝不反对你,来为我自己辩护。

诗人在第一节中即摊出底牌,说自己不会忤逆任何出自俊友的意志:"你"若说"我"有缺点,"我"就承认并把那缺陷好好论述一番;"你"若说"我"是瘸子,"我"就立刻装作不会走路。第二节中引入了受辱的主题,诗人说无论俊友怎样侮辱他,都比不上诗人侮辱自己来得厉害:俊友想要的是为自己的朝三暮四、另寻新欢找一套合乎礼仪的借口(To set a form upon desired change),但诗人说,不必这么做,"我"既然已经知道"你"的意志/欲望,就会主动退出,"扼杀我们的交好"。

Thou canst not, love, disgrace me half so ill,
To set a form upon desired change,
As I'll myself disgrace; knowing thy will,
I will acquaintance strangle, and look strange
爱呵,你变了心肠却寻找口实,
这样侮辱我,远不如我侮辱自身
来得厉害;我懂了你的意思,
就断绝和你的往来,装作陌路人

"我"会"披上陌生人的神色"(look strange),从此彻底与"你"形同陌路。这是商籁第36首(《分手情诗》)中已经出现过的主题:出于某种原因诗人决定在公开场合不再与俊友相认,好保全后者的荣誉,但第36首并未言明诗人是被放弃的一方,两人看起来更多是由于某种不可抗的外力而不得不疏远彼此。第89首则明确是反情诗的基调,一方被另一方确凿地放弃了,两人的关系从多少维持表面的对等互动变成诗人单方面发出"愿意忍受一切侮辱"的受虐声明,而承受侮辱的形式之一就是发誓彻底退出对方的生命,彻底扮演一个缺席者,眼不看,口不言:

> Be absent from thy walks; and in my tongue
> Thy sweet beloved name no more shall dwell,
> Lest I, too much profane, should do it wrong,
> And haply of our old acquaintance tell.
> 不要再去散步了;你的芳名,
> 也不必继续在我的舌头上居住;
> 否则我(过于冒渎了)会对它不敬,
> 说不定会把你我的旧谊说出。

"我"将从"你"的生命中消失,免得造成"亵渎"。在这首怨歌基调的反情诗结尾处,"我"重复了前一首商籁中"为了你,我将与我自己为敌"的宣言:既然已被"你"

否定,"我"自然会否定自己;既然"我"为"你"所憎恨,那"我"就绝对不可能自爱。

For thee, against my self I'll vow debate,
For I must ne'er love him whom thou dost hate.
为了你呵,我发誓驳倒我自己,
你所憎恨的人,我决不爱惜。

在《维纳斯与阿多尼斯》中,维纳斯由于阿多尼斯的死而诅咒了所有的爱情。以下这段女神在美少年逐渐冰冷的尸体边发表的可怕的独白,不仅可以视为商籁第89首中从"我"的角度描述的不幸爱情的注解,也可以看作对贯穿整个俊美青年序列诗,尤其是第87—96首这组内嵌"反情诗"的情怨基调的阐释:

你今既已丧命,那我可以预言一通:
从此以后,"爱"要永远有"忧愁"作随从;
它要永远有"嫉妒"来把它服侍供奉。
它虽以甜蜜始,却永远要以烦恼终。
凡情之所钟,永远要贵贱参差,高下难同,
因此,它的快乐永远要敌不过它的苦痛。

它永要负心薄幸、反复无常、杨花水性；
要在萌芽时，就一瞬间受摧残而凋零；
它要里面藏毒素，却用甜美粉饰外形，
叫眼力最好的人，都受它的蒙骗欺哄；
它能叫最强健精壮的变得最软弱无能；
叫愚人伶牙俐齿，却叫智士不能出一声。

它要锱铢必较，却又过分地放荡奢豪；
教给老迈龙钟的人飘飘然跳踊舞蹈，
而好勇狠斗的强梁，却只能少安毋躁；
它把富人打倒，却给穷人财物和珠宝；
它温柔得一团棉软，又疯狂得大肆咆哮；
它叫老年人变成儿童，叫青年变得衰老。

无可恐惧的时候，它却偏偏要恐惧，
最应疑虑的时候，它却又毫不疑虑；
它一方面仁慈，另一方面却又狠戾；
它好像最公平的时候，它就最诈欺；
它最驯顺热烈的时候，它就最桀骜冷酷；
它叫懦夫变得大胆，却叫勇士变成懦夫。

它要激起战事，惹起一切可怕的变故；

它要叫父子之间嫌隙日生,争端百出;
一切的不满,它全都尽力地护持扶助,
它们臭味相投,唯有干柴烈火可仿佛。
既然我的所爱还在少年,就叫死神召去,
那么,一切情深的人都不许有爱的乐趣。

(朱生豪 译)

《维纳斯与阿多尼斯》,委罗内塞(Paolo Veronese),
约1580年

商籁
第 90 首

别离
反情诗

你要憎恨我,现在就憎恨我吧;
趁世人希望我事业失败的时光,
你串通厄运一同来战胜我吧,
别过后再下手,教我猝不及防:

啊别——我的心已经躲开了悲郁,
别等我攻克了忧伤再向我肆虐;
一夜狂风后,别再来早晨的阴雨,
拖到头来,存心要把我毁灭。

你要丢弃我,别等到最后才丢,
别让其他的小悲哀先耀武扬威,
顶好一下子全来;我这才能够
首先尝一下极端厄运的滋味;

  其他的忧伤,现在挺像是忧伤,
  比之于失掉你,就没有忧伤的分量。

Then hate me when thou wilt; if ever, now;
Now, while the world is bent my deeds to cross,
Join with the spite of fortune, make me bow,
And do not drop in for an after-loss:

Ah! do not, when my heart hath 'scap'd this sorrow,
Come in the rearward of a conquer'd woe;
Give not a windy night a rainy morrow,
To linger out a purpos'd overthrow.

If thou wilt leave me, do not leave me last,
When other petty griefs have done their spite,
But in the onset come: so shall I taste
At first the very worst of fortune's might;

> And other strains of woe, which now seem woe,
> Compar'd with loss of thee, will not seem so.

当我们在莎士比亚的商籁中看到第一句以首字母大写的 Then，或者 But，或者 So 开头，我们几乎可以看到那个文思泉涌、笔的速度跟不上灵感的伏案写作的诗人，在上一首商籁收尾处意犹未尽，限于十四行诗的形式只能收笔，而把没说完的内容径直放到了下一首诗的第一行。在这种情况下，前后两首商籁的主题往往一脉相承，彼此在叙事顺序和逻辑上紧密相接，几乎可以连起来读作一首长达二十八行的"双十四行"。互为双联诗的商籁第 89 首和第 90 首的关系即是如此，第 89 首中诗人谈到爱人不仅停止了爱情，甚至有可能憎恨自己，第 90 首则延续了第 89 首的情怨基调，以"那么，所以"开头，继续讨论这种恨：

Then hate me when thou wilt; if ever, now;
Now, while the world is bent my deeds to cross,
Join with the spite of fortune, make me bow,
And do not drop in for an after-loss
你要憎恨我，现在就憎恨我吧；
趁世人希望我事业失败的时光，
你串通厄运一同来战胜我吧，
别过后再下手，教我猝不及防

确切地说，本诗讨论的是憎恨的时机：如果"我"的心爱之人"你"注定要"恨""我",那请现在就恨,一次性恨个够,甚至和整个世界联起手来"恨""我",与命运一起对"我"落井下石(Join with the spite of fortune),让"我"此刻就尽情品尝"你"全部的恨意,而不要事后"再来一次"。第 4 行这个轻描淡写的 drop in(顺路拜访)用得可谓巧妙:被"你"憎恨当然是"我"难以承受的锥心之痛,而"你"传递这种恨意却轻巧得犹如街坊串门。诗人没有说出口的那份情怨已近乎哀求:请怜悯"我",不要一再撕碎恋人的心。第二节用气象学的比喻更生动地暗示了这份哀求:

Ah! do not, when my heart hath 'scap'd this sorrow,
Come in the rearward of a conquer'd woe;
Give not a windy night a rainy morrow,
To linger out a purpos'd overthrow.
啊别——我的心已经躲开了悲郁,
别等我攻克了忧伤再向我肆虐;
一夜狂风后,别再来早晨的阴雨,
拖到头来,存心要把我毁灭。

既然"你"早已决意要毁灭"我"(a purpos'd overthrow),就请不要拖延这刑期,而是一次性尽全力打击,不要当"我"用漫长的岁月终于稍稍战胜悲痛时再度来袭,"切莫在狂风之夜后再送来暴雨之晨"。我们看到,前两节都在谈论"仇恨"的时机,如果被心爱之人憎恨等于生命一部分的死去,那么诗人祈求速死而非死缓,处决而非凌迟。而这一切是在一个条件句中完成的,第一行中这个 if 串起的条件句长达八行(hate me when thou wilt; if ever):如果"你"选择恨"我",就让这个时机是现在。第 2 节中有一处十分细微的暗示:"我"会复原,终将"从忧愁那儿逃开……战胜悲伤",无论要花多久。也是在这一透露出求生本能的暗示中,诗人的祈愿才有意义,因为一次性到来的伤痛总比痊愈后反复剥开伤口要好。但全诗的第二个条件句将串起剩下的六行诗,比起第一行中的"如果你将恨我",这第二个 if 串起的假设才是真正让诗人痛彻心扉之事。此处的打击严重到诗人连"战胜悲伤"都不再提起,而这才是全诗的核心条件式——"如果你将离开我"。

> If thou wilt leave me, do not leave me last,
> When other petty griefs have done their spite,
> But in the onset come: so shall I taste
> At first the very worst of fortune's might
> 你要丢弃我,别等到最后才丢,
> 别让其他的小悲哀先耀武扬威,

顶好一下子全来；我这才能够

首先尝一下极端厄运的滋味

此节延续了上文关于时机的讨论：如果"你"将离开，请立即动身，"一开始"（in the onset）就让这最可怕的打击到来，"一开始"（at first）就让命运呈现出最可怕的力量，而不要等到最后，不要等到"其他微小的悲伤"一起来使"我"受辱之后。因为能在"我"身上发生的最糟糕的伤害就是"你"的离去，能打击"我"的最不可挽回的悲伤就是失去"你"。因此，请让"我"先经历这最痛苦的失去，在这之后，其他的伤痛或失去都将微不足道——不是因为"我"将战胜悲伤，而是因为失去"你"会让"我"悲伤到对其他一切悲伤麻木：

And other strains of woe, which now seem woe,
Compar'd with loss of thee, will not seem so.
其他的忧伤，现在挺像是忧伤，
比之于失掉你，就没有忧伤的分量。

**商籁
第 91 首**

**猎鹰
博物诗**

人们各有夸耀:夸出身,夸技巧,
夸身强力壮,或者夸财源茂盛,
有人夸新装,虽然是怪样的时髦;
有人夸骏马,有人夸猎狗、猎鹰;

各别的生性有着各别的享受,
各在其中找到了独有的欢乐;
个别的愉悦却不合我的胃口,
我自有极乐,把上述一切都超过。

对于我,你的爱远胜过高门显爵,
远胜过家财万贯,锦衣千柜,
比猎鹰和骏马给人更多的喜悦;
我只要有了你呵,就笑傲全人类。

　只要失去你,我就会变成可怜虫,
　你带走一切,会教我比任谁都穷。

Some glory in their birth, some in their skill,
Some in their wealth, some in their body's force,
Some in their garments though new-fangled ill;
Some in their hawks and hounds, some in their horse;

And every humour hath his adjunct pleasure,
Wherein it finds a joy above the rest:
But these particulars are not my measure,
All these I better in one general best.

Thy love is better than high birth to me,
Richer than wealth, prouder than garments'costs,
Of more delight than hawks and horses be;
And having thee, of all men's pride I boast:

> Wretched in this alone, that thou mayst take
> All this away, and me most wretched make.

商籁第 90 首提出了"失去你"这一迫在眉睫的可能性,但从第 91 首的内容来看,这种失去并未真的发生。比起 87—90 这四首表现即将到来的别离给诗人造成的痛苦的商籁,从第 91 首开始的 6 首商籁的语调有大幅缓和,虽然关系中断的阴影依然盘旋不去。第 91—96 首可以被看作一组检视俊美青年品德的"小内嵌诗",也是诗系列中罕见的诗人将分手的主要原因"归咎"于对方而非自己的组诗。本诗的行文逻辑与商籁第 29 首(《云雀情诗》)十分相似,两首诗同样以罗列"他人的幸福"开篇,第 29 首着重表现了诗人对"被放逐的现状"(outcast cast)的不满,以及对他人种种好运的羡慕:

Wishing me like to one more rich in hope,
Featur'd like him, like him with friends possess'd,
Desiring this man's art, and that man's scope,
With what I most enjoy contented least (ll. 5–8)
愿自己像人家那样:或前程远大,
或一表人才,或胜友如云广交谊,
想有这人的权威,那人的才华,
于自己平素最得意的,倒最不满意

到了商籁第 91 首中,虽然诗人同样罗列了他人林林总总的可夸耀之物,语调却是不为所动的,第三人称的陈述没有在清点这些诗人自己或许不具备的世俗财富时流露任何情绪,对"体液说"的化用更进一步暗示了一种医学般"客观"的冷眼旁观的视角——他们不过是按照自己的体质(脾性、性格)各有各的嗜好罢了,这世间百态并不足以影响"我":

> Some glory in their birth, some in their skill,
> Some in their wealth, some in their body's force,
> Some in their garments though new-fangled ill;
> Some in their hawks and hounds, some in their horse;
> 人们各有夸耀:夸出身,夸技巧,
> 夸身强力壮,或者夸财源茂盛,
> 有人夸新装,虽然是怪样的时髦;
> 有人夸骏马,有人夸猎狗、猎鹰;

> And every humour hath his adjunct pleasure,
> Wherein it finds a joy above the rest
> 各别的生性有着各别的享受,
> 各在其中找到了独有的欢乐

本诗转折段的信息与商籁第29首如出一辙:无论世人拥有怎样的财富,只要想起只有"我"拥有"你甜蜜的爱"（thy sweet love），"我"就认为自己远比任何人幸福，甚至不愿与国王交换位置／国度——这也就是商籁第 29 首收尾时的结论。在那首早期色调相对单纯的情诗中，只有一次转折，转折的核心——"你的爱"就足以否定前八行诗中诗人所有的不满，爱情足以拯救一切，为命运翻盘：

> Yet in these thoughts my self almost despising,
> Haply I think on thee, –and then my state,
> Like to the lark at break of day arising
> From sullen earth, sings hymns at heaven's gate;
> 但在这几乎是自轻自贱的思绪里，
> 我偶尔想到了你呵，——我的心怀
> 顿时像破晓的云雀从阴郁的大地
> 冲上了天门，歌唱起赞美诗来；

> > For thy sweet love remember'd such wealth brings
> > That then I scorn to change my state with kings.
> > (ll. 9–14)
> > 我记着你的甜爱，就是珍宝，
> > 教我不屑把处境跟帝王对调。

不同于第 29 首采取了最常用的"第三节转折"结构

（volta出现在第三节开端处，即第9行），商籁第91首的转折段出现在第二节的正中，也即全诗的正中（第7行）。其论证与第29首的转折段大致相同，即"你的爱"胜过一切他人的荣耀，但这只是全诗的第一次转折。在这首出现得较晚的商籁中，两人的关系无疑经历了更多风雨和考验，虽然尚未斩断却变得错综复杂。对句中将出现全诗的第二次转折：虽然"我"把"你的爱"看得远胜于一切世俗荣耀，它却远非拯救一切的灵药，因为这份幸福中包含着潜在的不幸。"你"随时可以收回这份爱，使"我"落入一无所有的境地：

> Thy love is better than high birth to me,
> Richer than wealth, prouder than garments'costs,
> Of more delight than hawks and horses be;
> And having thee, of all men's pride I boast:
> 对于我，你的爱远胜过高门显爵，
> 远胜过家财万贯，锦衣千柜，
> 比猎鹰和骏马给人更多的喜悦；
> 我只要有了你呵，就笑傲全人类。

> Wretched in this alone, that thou mayst take
> All this away, and me most wretched make.

只要失去你,我就会变成可怜虫,

你带走一切,会教我比任谁都穷。

无独有偶,恰似第 29 首以一种鸟儿(云雀)为核心比喻,第 91 首虽然不是前者那样单纯的情诗,却同样让一类鸟儿两度登场,成为"他人的幸福"和俗世荣耀的代表,这种鸟便是猎鹰(hawk)。作为英式打猎中最常见的鸟类,鹰隼家族是莎士比亚戏剧和诗歌中被刻画得最为入木三分的禽鸟之一。莎士比亚精通各种驯鹰的专业术语,个别学者甚至认为出生乡间的他本人可能就精通驯鹰术。[1]《亨利六世·中篇》第二幕第一场为我们呈现了一场王家鹰猎刚结束时,各位参与人意犹未尽的讨论:

> Queen Margaret:
> Believe me, lords, for flying at the brook,
> I saw not better sport these seven years' day:
> Yet, by your leave, the wind was very high;
> And, ten to one, old Joan had not gone out.
> King Henry VI:
> But what a point, my lord, your falcon made,
> And what a pitch she flew above the rest!
> To see how God in all his creatures works!

---

[1] 阿奇博尔德·盖基,《莎士比亚的鸟》,第 45 页。

Yea, man and birds are fain of climbing high.

Suffolk:

No marvel, an it like your majesty,

My lord protector's hawks do tower so well;

They know their master loves to be aloft,

And bears his thoughts above his falcon's pitch.

Gloucester:

My lord, 'tis but a base ignoble mind

That mounts no higher than a bird can soar. (ll.1–14)

玛格莱特王后：真的，众位大人，放鹰捉水鸟，要算是七年以来我看到的最好的娱乐了；不过，诸位请看，这风是太猛了些，我看约安那只鹰，多半是未必能飞下来捉鸟儿的。

亨利王：贤卿，您的鹰紧紧地围绕在水鸟集中的地方回翔，飞得多么好呀，它腾空的高度，别的鹰全都比不上。看到这鸢飞鱼跃，万物的动态，使人更体会到造物主的法力无边！你看，不论人儿也好，鸟儿也好，一个个都爱往高处去。

萨福克：如果陛下喜欢这样，那就怪不得护国公大人养的鹰儿都飞得那么高了。它们都懂得主人爱占高枝儿，它们飞得高，他的心也随着飞到九霄云外了。

葛罗斯特：主公，若是一个人的思想不能比飞鸟上升得更高,那就是一种卑微不足道的思想。

用猎鹰运动来影射人事,并且过渡得天衣无缝,这才是莎士比亚的天才之处。在《驯悍记》第四幕第一场中,他更是将对世事和人性的洞察从容不迫地转换成驯鹰的词汇,让我们清楚地看到,对于彼特鲁乔(Petruchio)而言,女人和鹰的差别几乎不存在,驯鹰和"驯妇"完全可以使用同一套技巧:"我已经开始巧妙地把她驾驭起来,希望能够得到美满的成功。我这只悍鹰现在非常饥饿,在她没有俯首听命以前,不能让她吃饱,不然她就不肯再练习打猎了。我还有一个治服这鸷鸟的办法,使她能呼之则来,挥之则去;那就是总叫她睁着眼,不得休息,拿她当一只乱扑翅膀的倔强鹞子一样对待。今天她没有吃过肉,明天我也不给她吃;昨夜她不曾睡觉,今夜我也不让她睡觉……"

严格来说,第91首表达的内容并未完全在对句中结束,"你会收回这一切"(thou mayst take /All this away)的可能性在下一首商籁(也即其双联诗)中将有一个感人至深的急转。

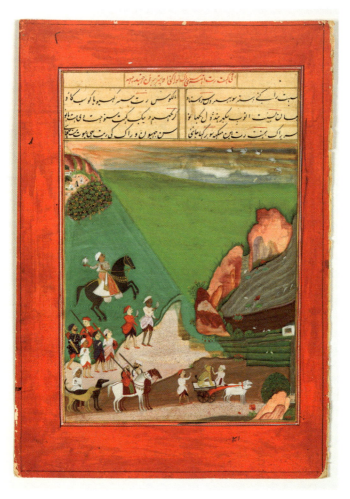

猎鹰出巡图，13世纪波斯细密画

你可以不择手段,把自己偷走,
原是你决定着我的生命的期限;
我的生命不会比你的爱更长久,
它原是靠着你的爱才苟延残喘。

因此我无需害怕最大的厄运,
既然我能在最小的厄运中身亡。
我想,与其靠你的任性而生存,
倒不如一死能进入较好的境况。

你反复无常也不能再来烦恼我,
我已让生命听你的背叛摆布。
我得到真正幸福的权利了,哦,
幸福地获得你的爱,幸福地死去!

  但谁能这么幸福,不怕受蒙蔽?——
  你可能变了心,而我还没有知悉。

**商籁
第 92 首**

**生死
情诗**

But do thy worst to steal thyself away,
For term of life thou art assured mine;
And life no longer than thy love will stay,
For it depends upon that love of thine.

Then need I not to fear the worst of wrongs,
When in the least of them my life hath end.
I see a better state to me belongs
Than that which on thy humour doth depend:

Thou canst not vex me with inconstant mind,
Since that my life on thy revolt doth lie.
O! what a happy title do I find,
Happy to have thy love, happy to die!

> But what's so blessed-fair that fears no blot?
> Thou mayst be false, and yet I know it not.

商籁第91首结束于爱人终将离去,并夺走一切幸福的可能(Wretched in this alone, that thou mayst take/All this away, and me most wretched make)。在作为其双联诗的第92首中,诗人假设这种可能终于成真,但这并非这段关系的终点,至少对诗人本人而言不是。通过将评判一段关系的观测点从一时一刻拉长到"生命的终点",诗人预言,当站在生命之终回顾一生时,爱人终究是属于自己的。

如诸多双联诗的下联一样,商籁第92首以大写的But开头——但不是为了否定第91首结尾处爱人离去的可能,却是在确认这种可能性终将实现的前提下,声称接受并拥抱这会使他成为"最不幸的人"的可能。这个but只能够被翻译成"尽管":尽管偷偷离去吧,尽管造成"我"最大的不幸——由于失去"你"的爱,"我"的生命在精神意义上已经死去了。换言之,当"你"停止爱"我"的那一刻,"我"就不复存活。这种表述的镜像是,只有在失去"你"的爱时,"我"才会死去,因此"我"活着时就始终拥有你的爱,"直到生命尽头你都一定会属于我"。

> But do thy worst to steal thyself away,
> For term of life thou art assured mine;
> And life no longer than thy love will stay,
> For it depends upon that love of thine.

你可以不择手段,把自己偷走,
原是你决定着我的生命的期限;
我的生命不会比你的爱更长久,
它原是靠着你的爱才苟延残喘。

第二节继续使用上一首诗对句中和本诗第一节中的最高级表述,"所以我也就无需害怕最糟糕的伤害,/因为它们之中最微不足道的也能置我于死地"。根据上下文,"最糟糕的伤害"当指"你离开我",但一切伤害中"最微不足道的"同样指"你离开我"(根据第一节的内容,"置我于死地"的正是你的离去)。这就出现了一个小小的逻辑悖论:A(最糟糕的伤害)=B(你的离开);A的反面(最微不足道的伤害)=B(你的离开)。热衷于制造词语迷宫的莎士比亚或许本无需我们以逻辑之名辩护,也许对诗人笔下的情偶而言,一方最小的动作或最无心的过失都足以让另一方心碎,程度不亚于彻底的离弃。比如《皆大欢喜》第四幕第一场中,奥兰多声称罗莎琳的一次皱眉就足以杀死他。本诗中,诗人亦反复强调深爱的一方在关系的每一刻中惊人的脆弱:

Then need I not to fear the worst of wrongs,
When in the least of them my life hath end.

I see a better state to me belongs

Than that which on thy humour doth depend

因此我无需害怕最大的厄运,

既然我能在最小的厄运中身亡。

我想,与其靠你的任性而生存,

倒不如一死能进入较好的境况。

在第二节后半部分,诗人已经将目光抽离了这个变幻莫测的世界(爱人的朝三暮四也属于这个世界"多变"的一部分),转而投向"一种更好的状态"或"一个更好的国度"(a better state),也就是自己死去之后天上的世界,尘世的善变和叵测够不着的世界,"你"的不断变换的脾气(上一首诗中出现过的 humour 以不同的词义再度出现)不能影响的世界。正如第三节中继续论证的,如此,"你"那"善变的心绪"也就不再能困扰我,因为"你"对"我"的"背叛"(revolt)会直接将"我"送上黄泉之路,使"我"不再为尘世间的得失所左右:

Thou canst not vex me with inconstant mind,

Since that my life on thy revolt doth lie.

O! what a happy title do I find,

Happy to have thy love, happy to die!

你反复无常也不能再来烦恼我,
我已让生命听你的背叛摆布。
我得到真正幸福的权利了,哦,
幸福地获得你的爱,幸福地死去!

我们看到,诗人就是如此完成了对自己的"哲学的慰藉":"我"度过了幸福的一生,因为活着,"我"拥有爱人的爱,死了,也就感觉不到失爱的痛苦,因此无论活着还是死去,"我"都具有"快乐的头衔"。对句中的 But 是一个假转折,全诗的论证逻辑依然没有变。人间并没有不怕玷污的美,第 13 行的潜台词是"天上却有"。"你"尽可以在人间欺骗"我"、背叛"我",但"我"已不会知道,因为"你"的背叛一旦发生,我就已然"死去",获得了只有天堂中才有的快乐的无知。

But what's so blessed-fair that fears no blot?
Thou mayst be false, and yet I know it not.
但谁能这么幸福,不怕受蒙蔽?——
你可能变了心,而我还没有知悉。

莎士比亚本人从未像他的朋友、同行和批评家琼森那样追求过作者权威,事实上,这种追求在都铎时期的英国往往被看作荒谬可笑的。就如在14世纪中古英语文学的黄金时期一样,"理查时代文学"(那些写于理查二世在位期间的作品)虽然留下了不少作家的名字——杰弗里·乔叟、约翰·高厄、威廉·兰格朗……但没能留下姓名的作者无疑更多。琼森在世时就亲自选定篇目并于1616年出版了《本杰明·琼森作品集》(*The Workes of Benjamin Jonson*)。在这部包括他九部剧本和一百多首诗在内的豪华对开本出版后的第二年,亨利·菲茨杰弗里(Henry Fitzgeffrey)就出言讽刺这种"歌谣集成书,剧本变作品"式的放肆,认为琼森这样的"作者野心"是时代的通病。琼森的同时代人写打油诗嘲讽琼森对作者权威的不符合时代精神的追求:"请告诉我,本,奥妙何在,/别人称剧本,你叫作品。"[1]

但莎士比亚却获得了在他之前或同时代的英国作家从未能企及的持久的作者权威。和他的剧本一样,出版成册的十四行诗集是对这种权威的确认,而本诗开头的预言"直到生命尽头你都一定会属于我"(For term of life thou art assured mine)的确实现了:在诗行间,在书页中。

---

[1] 戴维·斯科特·卡斯顿,《莎士比亚与书》,第98—99页。

**商籁
第 93 首**

———

**夏娃
反情诗**

那我就活下去,像个受骗的丈夫,
假想着你还忠实;于是表面上
你继续爱我,实际上已有了变故;
你样子在爱我,心却在别的地方:

因为在你的眼睛里不可能有恨毒,
所以我不可能在那儿看出你变心。
许多人变了心,被人一眼就看出,
古怪的皱眉和神态露出了真情;

但是上帝决定在造你的时候
就教甜爱永远居住在你脸上;
于是无论你心里动什么念头,
你的模样儿总是可爱的形象。

　　假如你品德跟外貌不相称、不谐和,
　　那你的美貌就真像夏娃的智慧果!

So shall I live, supposing thou art true,
Like a deceived husband; so love's face
May still seem love to me, though alter'd new;
Thy looks with me, thy heart in other place:

For there can live no hatred in thine eye,
Therefore in that I cannot know thy change.
In many's looks, the false heart's history
Is writ in moods, and frowns, and wrinkles strange.

But heaven in thy creation did decree
That in thy face sweet love should ever dwell;
Whate'er thy thoughts, or thy heart's workings be,
Thy looks should nothing thence, but sweetness tell.

> How like Eve's apple doth thy beauty grow,
> If thy sweet virtue answer not thy show!

商籁第 93 首的逻辑结构是 6+6+2，这种由两个六行诗加一个对句推进论述的结构在整本诗集中并不多见。在商籁第 92 首正中的诗行（第 7—8 行）中，诗人提到自己看见一个更好的国度，胜过这个一切取决于"你"瞬息万变的脾气的世界。我们在此已经看到了尘世与天堂的对立：

I see a better state to me belongs
Than that which on thy humour doth depend
我想，与其靠你的任性而生存，
倒不如一死能进入较好的境况。

第 93 首则直接谈论那个"更幸福的境界"或"更好的国度"里发生的事，但同时也没有放弃"尘世"这条时间线。毕竟，上一首和这一首诗中诗人的死亡都不是物理层面上肉体的死亡，而是因为遭到情人背叛而陷入的精神上的象征性死亡。肉体依然将在这个世界活下去：

So shall I live, supposing thou art true,
Like a deceived husband; so love's face
May still seem love to me, though alter'd new;
Thy looks with me, thy heart in other place:
那我就活下去，像个受骗的丈夫，

假想着你还忠实；于是表面上
你继续爱我，实际上已有了变故；
你样子在爱我，心却在别的地方：

For there can live no hatred in thine eye,
Therefore in that I cannot know thy change.
因为在你的眼睛里不可能有恨毒，
所以我不可能在那儿看出你变心。

与死去而升天，因而保持了"快乐的无知"的精神上的"我"不同，此处在物理层面上"将会"或"决意"活下去的"我"（So shall I live），对"你"的背叛并非无知，却"像被骗的丈夫"，假装看不见爱人的心已然不在，而要维持信任的表象，满足于只是拥有"看起来依然爱我"（still seem love to me）的"你"的神情。因为"你"是如此得造化之独钟，以至于"你的目光中不可能存在恨意"（there can live no hatred in thine eye）。全诗的下一部分，也就是（逻辑上的）第二个六行诗中，诗人将俊友的目光与世人的目光进行对比。别人的"虚假心灵的历史"都会一五一十写在目光里、神情中（复数的 looks 一词可以表示两者），被造化眷顾的俊友却不具备这种"心眼合一"，无论他心中转着怎样的坏念头，脸上却始终只展示"甜蜜的爱"：

In many's looks, the false heart's history
Is writ in moods, and frowns, and wrinkles strange.
许多人变了心,被人一眼就看出,
古怪的皱眉和神态露出了真情;

But heaven in thy creation did decree
That in thy face sweet love should ever dwell;
Whate'er thy thoughts, or thy heart's workings be,
Thy looks should nothing thence, but sweetness tell.
但是上帝决定在造你的时候
就教甜爱永远居住在你脸上;
于是无论你心里动什么念头,
你的模样儿总是可爱的形象。

看起来,俊友拥有的这种"心眼分离"的天赋连女神维纳斯都不具备。对于热恋中的维纳斯而言,眼睛所看到的立刻会刺中内心,而心灵所感受到的,也立刻会反映在双眼中。当维纳斯亲眼目睹阿多尼斯被野猪刺穿的尸首,眼睛甚至因为受不了给心带去灭顶的悲伤而"逃到"了头颅深处:

她当时一看到他这样血淋漓、肉模糊,

她的眼睛就一下逃到头上幽暗的深处,
在那儿它们把职务交卸,把光明委弃,
全听凭她那骚动的脑府来安排处治。
脑府就叫它们和昏沉的夜作伴为侣,
不再看外面的景象,免得叫心府悲凄。
因为她的心,像宝座上神魂无主的皇帝,
受眼睛传来的启示,呻吟不止,愁苦欲死。

(张谷若 译)

回到商籁第93首,诗人说世人的坏心思不仅写在心情的波动中,还会写在更外在的蹙眉、皱纹等神情中,改变他的外在样貌。可俊友却被赋予了特权,没有人能从外在读透他的内心,没有人能从"你的目光/神情/外表"（looks的第三层意思出现在第12行）中读出"心灵的历史"——"你"的目光（眼睛）、神情、外表中只有"甜美"。甜美的修辞已不再能掩饰诗人对俊友品德的批评:"表里不一"才是"你"最大的天赋。后世继承这一主题并将之发展到极致的,要数王尔德的长篇小说《道连·格雷的画像》(*The Picture of Dorian Gray*)。小说中的美少年道连·格雷坏事做绝,却凭着爱慕他的老画家的生辉妙笔,将罪恶的印记全部转移到了自己的画像上,自己永葆青春美貌。当道连在小说结尾受不了因自己罪恶斑斑而变得丑陋不堪的画像，忍不住把刀子掷向肖像时，人与肖像的位置再度交换：道连的画像容光焕发地向他微笑，道连却面目丑陋，狰狞地死去。王尔德是铁杆莎士比亚迷，尤其沉醉于十四行诗系列中刻画的俊美青年与为他写作的诗人之间的恋情，曾写下短篇小说《W. H. 先生的肖像》(*The Portrait of Mr. W. H.*)来探索俊美青年的身世之谜，[1]该小说是文学史上"作为文学批评的虚构创作"最为杰出的范例之一。王尔德刻画《道连·格雷的画像》中老画家与美少年的关系时，何尝不是在向十四行诗系列中的诗人与他的俊友致敬？

在本诗最后的对句中，诗人将俊友的美比作"夏娃的苹果"，也罕见地将自己的道德立场表达得清晰直接：正如那颗来自蛇的苹果是导致夏娃受诱惑，进而导致亚当与全人类堕落的罪魁祸首，"你"的美同样会导致最严重的堕落——假如你不能用"甜美的美德"去匹配你美丽的外表。夏娃受诱惑进而劝说亚当一起偷食禁果的故事呼应了第2行中"受骗的丈夫"(deceived husband)之说，而夏娃的苹果更是如同"你"的外表一般，虽然"甜美"(sweet 及其名词形式在本诗中出现了三次)，却会导致内在的堕落。

How like Eve's apple doth thy beauty grow,

---

[1] 后来收入王尔德的短篇小说集《亚瑟·萨维尔勋爵的罪行及其他故事》(*Lord Arthur Savile's Crime and Other Stories*)出版。

If thy sweet virtue answer not thy show!
假如你品德跟外貌不相称,不谐和,
那你的美貌就真像夏娃的智慧果!

《夏娃》,大克拉那赫(Lucas Cranach the Elder),1528年

他们有力量伤人,却不愿那么做,
他们示现绝美姿容,却不滥用;
他们令人心动,自己却如磐石,
不动心、冷冰冰、漠然于诱惑;

——他们理应继承天国之福,
善于贮藏造化的珍宝,不加挥霍;
他们是自己容颜的首领和业主,
别人却是各自美貌的临时看护。

夏日之花熏染出夏日的馥郁,
本身却兀自开放又兀自凋零,
但若花儿感染了卑劣的病毒,
最低贱的野草也胜过它的尊名:

最甜美之物一作恶就最为酸臭,
腐烂的百合比野草更闻着难受。

(包慧怡 译)

**商籁
第 94 首**

**百合
博物诗**

They that have power to hurt, and will do none,
That do not do the thing they most do show,
Who, moving others, are themselves as stone,
Unmoved, cold, and to temptation slow;

They rightly do inherit heaven's graces,
And husband nature's riches from expense;
They are the lords and owners of their faces,
Others, but stewards of their excellence.

The summer's flower is to the summer sweet,
Though to itself, it only live and die,
But if that flower with base infection meet,
The basest weed outbraves his dignity:

> For sweetest things turn sourest by their deeds;
> Lilies that fester, smell far worse than weeds.

第94首商籁同样属于第91—96首这一组检视俊美青年品德的"内嵌诗",它看起来像是对第91—93首中似乎打算抛弃诗人的俊友的一种回应,同时又是一种普遍的人性观察。全诗没有致意对象,是诗系列中又一首罕见的无人称商籁。

这首诗的前两节四行诗赞美一种斯多葛式的自持,但并未点明任何对象,只是通篇使用第三人称复数,说那些使别人心动而自己不为所动的人(moving others, are themselves as stone, /Unmoved, cold, and to temptation slow)有福了,"他们理应继承天国之福"(They rightly do inherit heaven's graces)。诗人在这里化用了基督在登山宝训中教导"真福八端"(Beatitudes)的句式,但这种"有福"是否是为了福泽这些"不动心"的人自己,则取决于表面抽象的人性观察下,诗人是否暗有所指。联系之前和之后同属一组的几首商籁,要把俊友从这首无人称商籁的"他们"中抽离几乎是不可能的。"他们有力量伤人,却不愿那么做"(They that have power to hurt, and will do none),这是深陷恋爱中的诗人对自己似乎已变心的恋人的期许吗?是一种包装成谚语式陈述句的恳求性质的祈使句吗?而其中的悖论在于,假如不轻易动心是一种美德,假如掌管自己的美貌而不挥霍造化的馈赠是一种美德(And husband nature's riches from expense; /They are the lords and owners of their faces),那么诗歌中赞颂的这种近乎禁欲的自持,必然也会要求俊友将自己的心门对诗人关闭。一种恋爱中常见的双重标准"你只准对我动心,不能到处寻花问柳"在本诗中卑微地降格为"只要你不到处寻花问柳,那么对我不动心也没关系"。在"他们理应继承天国之福"之后,是"我"的心声:但愿"你"拥有不受任何人诱惑、不对任何人动心的美德,即使这任何人必然包括"我"。

我们不知道第三节四行诗中的"夏日之花"具体是指什么花,我们只知道它香气馥郁,但是兀自开放又兀自凋零(The summer's flower is to the summer sweet, /Though to itself, it only live and die)。此句让人想起商籁第54首第10—11行中对"犬蔷薇"(cankerbloom)的描述:"它们活着没人爱,也没人观赏/就悄然灭亡。玫瑰就不是这样。"(They live unwoo'd, and unrespected fade; /Die to themselve. Sweet roses do not so) 在第54首中,犬蔷薇无人凭吊地孤独死去,是因为它不像"甜美的玫瑰"那样具有芬芳的花香。而第94首中的"夏日之花"显然是一种有香味的花朵,并不像犬蔷薇那样只有美丽的色泽,却依然独生独死,其芬芳并未改变它无人凭吊的命运。莎士比亚对于植物知识的运用,如同他在其他博物学领域,向来没有固定模式可言,时常灵活多变。一朵花孤独开放又孤独凋谢,在商籁第54首中是因为没有香气,在第94首中却是因为

香气浓郁。这是一种什么花,是诗人最偏爱的玫瑰吗?诗人在第三节四行诗后半部分以及对句中给出了答案:

> But if that flower with base infection meet,
> The basest weed outbraves his dignity:
> 但若花儿感染了卑劣的病毒,
> 最低贱的野草也胜过它的尊名:

> For sweetest things turn sourest by their deeds;
> Lilies that fester, smell far worse than weeds.
> 最甜美之物一作恶就最为酸臭,
> 腐烂的百合比野草更闻着难受。

以上四行是对拉丁文短语 *optima corrupta pessima*(直译为"最美的事物腐烂得最糟糕")在英语中的具体演绎。恰恰因为那朵花(that flower)香气扑鼻,它也腐烂得最快,一旦染病,本来是其美德的"甜美"反而加速它的死亡;一旦溃烂,曾经馥郁的香花就比野草更难闻。而这种香花的名字是"百合"(lily,拉丁学名 *lilium*)。"百合"这个名字在英语中造成了植物学上的大量混淆,许多并不属于百合科百合属,甚至不在百合目下的植物名字中都带有 lily 一词,比如睡莲(waterlily)、铃兰(lily of the valley)、萱草花(day lily)等,就连海百合(sea lily)这样的无脊椎棘皮动物名字中都带有"百合"的字眼。因此在莎士比亚作品中,"百合"成为仅次于玫瑰的出现次数第二多的花,也就不足为奇了,虽然莎翁使用"百合"一词时指的常常并不是真正的百合。比如《冬天的故事》(*The Winter's Tale*)第四幕第三场中,潘狄塔(Perdita)说:"现在,我最美的朋友,我希望我有几枝春天的花朵,可以适合你的年纪……以及各种的百合花,包括泽兰。"此处被归入百合的"泽兰"(fleur-de-luce,直译"光之花")其实是鸢尾(iris),即那种被法王路易七世选作王室纹章的有着宝剑形状花瓣的花朵,因此鸢尾也被称作"路易之花"(fleur-de-Louis)。从这个名字衍生出来的fleur-de-lis等名字,使后世往往将鸢尾与百合混淆起来。

真正的百合仅指归于百合目百合科百合属下的花朵,所谓的true lily自《圣经》时代起就主要以华丽的外形闻名。《马太福音》第6章第28—30节有录:"何必为衣裳忧虑呢?你想,野地里的百合花怎么长起来。它也不劳苦,也不纺线。然而我告诉你们:就是所罗门极荣华的时候,他所穿戴的还不如这花一朵呢!你们这小信的人哪!野地里的草今天还在,明天就丢在炉里,神还给它这样的妆饰,何况你们呢!"[1] 莎士比亚的同时代人、英国植物学绘画的奠基人约翰·杰拉德在其《草木志》中也提到,百合的

---

[1] 另可参见《路加福音》第12章第26—29节。

"绚烂胜过极荣华时的所罗门王"。最常出现在文学作品中的百合无疑是白百合,拉丁文学名为 lilium album 或者 lilium candidum,又叫作"圣母百合"(Madonna lily)或者"复活节百合"(Easter lily)。白百合在中世纪早期从土耳其传入英国,作为一种专门献给圣母的华美花朵,它很快成了手抄本图像中象征圣母童贞的花朵,并海量出现在"圣母领报"主题的绘画中。当莎士比亚提到"真正的百合"时,主要突出的一种核心特征是"白色",比如商籁第 98 首中"我不惊异于百合的洁白"(Nor did I wonder at the lily's white),或者商籁第 99 首中"我怪罪百合偷走了你的素手(的白色)"(The lily I condemned for thy hand)。在戏剧中也同样如此,比如《约翰王》第四幕第二场中萨立斯伯雷的话"把纯金镀上金箔,替纯洁的百合花涂抹粉彩,紫罗兰的花瓣上浇洒人工的香水……实在是浪费而可笑的多事"——百合因其纯白而美,"为百合镀金"在莎士比亚那里成了画蛇添足、暴殄天物的代名词。

而在商籁第 94 首中,诗人罕见地选取了百合的气味,而非颜色,作为其核心特征,这在莎士比亚几乎全部的作品中几乎没有他例,因此格外值得我们注意。除了香水百合(Lilium casa blanca)外,百合一般不以香味被铭记,但百合腐败后的气味十分难闻,这似乎是一种被普遍接受的常识。斯蒂芬·布思评论道,任何在复活节弥撒后去教堂的人都会对这一点心知肚明。因此诗人在本诗最后一句暗示品行被玷污的俊美青年就如溃烂的百合,是一种严厉但并非惊世骇俗的指责。这是本着常识写下的诗句,目标是持有类似常识的读者。在这里,我们似乎又看见了那个在斯特拉福乡间奔跑嬉戏、嗅闻百花的顽童威廉,那个热衷于在五朔节花柱周围缠上树枝,模仿中世纪罗曼司搭起凉亭和藤架的"戏疯子"威尔。

与此同时,考虑到 lily 这个词被包括莎士比亚在内的众多诗人用来泛指一切鲜花,而莎士比亚也曾犯过把鸢尾归入百合这类错误,我们将对句中的 lilies 理解成广义上的 flowers 也未尝不可。毕竟,"百合"一词最早的词源就来自古埃及文中的"鲜花"(*ḥrrt*)。在第 94 这首无人称商籁中,诗人通过两个看似描述普遍人性的超长陈述句,同时迂回地暗示了希冀、祈求、警告等一系列难以言明的心情,可谓爱之深,责之切。就意象而言,百合与野草成了诗系列中最触目惊心的有机对照组之一。

英国女植物学画家普利西拉·苏珊·勃利（Priscilla Susan Bury，1793—1869）所绘白百合

"昔日玫瑰以其名流芳,今人所持唯玫瑰之名。"商籁第95首是一首博物诗,诗人对俊美青年的品行进行了批判,而我们将在其中看见"玫瑰"与"玫瑰之名"的斗争。

商籁
第 95 首

———

**"玫瑰之名"
博物诗**

耻辱,像蛀虫在芬芳的玫瑰花心,
把点点污斑染上你含苞的美名,
而你把那耻辱变得多可爱,可亲!
你用何等的甜美包藏了恶行!

那讲出你日常生活故事的舌头,
把你的游乐评论为放荡的嬉戏,
好像是责难,其实是赞不绝口,
一提你姓名,坏名气就有了福气。

那些罪恶要住房,你就入了选,
它们呵,得到了一座多大的厅堂!
在那儿,美的纱幕把污点全遮掩,
眼见一切都变得美丽辉煌!

　　亲爱的心呵,请警惕这个大权力;
　　快刀子滥用了,也会失去其锋利。

How sweet and lovely dost thou make the shame
Which, like a canker in the fragrant rose,
Doth spot the beauty of thy budding name!
O! in what sweets dost thou thy sins enclose.

That tongue that tells the story of thy days,
Making lascivious comments on thy sport,
Cannot dispraise, but in a kind of praise;
Naming thy name, blesses an ill report.

O! what a mansion have those vices got
Which for their habitation chose out thee,
Where beauty's veil doth cover every blot
And all things turns to fair that eyes can see!

    Take heed, dear heart, of this large privilege;
    The hardest knife ill-us'd doth lose his edge.

美国女作家格特鲁德·斯泰因(Gertrude Stein)1922年出版的《地理与戏剧》(*Geography and Plays*)一书中，收录了一首她写于1913年的题为《神圣艾米莉》(*Sacred Emily*)的诗，其中有一行著名的"玫瑰金句"：Rose is a rose is a rose is a rose（"玫瑰是一朵玫瑰是一朵玫瑰是一朵玫瑰"）。斯泰因诗中的第一个Rose是一位女性的名字，这首诗常被后世阐释为，仅仅是喊出事物的名字，就能唤起与之相联的所有意象和情感。20世纪意大利最出色的中世纪文学研究者和符号学家之一翁贝托·埃柯的第一部小说的标题《玫瑰之名》(*Il Nome Della Rosa*, 1980) 与之有异曲同工之妙。埃柯在全书末尾援引了一句拉丁文诗歌：*stat rosa pristina nomine, nomina nuda tenemus*（"昔日玫瑰以其名流芳，今人所持唯玫瑰之名"）。按照埃柯本人在《〈玫瑰之名〉注》中的说法，这句诗出自12世纪本笃会僧侣莫莱的贝尔纳(Bernard of Morlay)的作品《鄙夷尘世》(*De Contemptu Mundi*)。无论是对于贝尔纳、埃柯还是斯泰因，玫瑰这种花早早就和唯名论与唯实论之争、语言的所指和能指等一系列哲学和语言学问题紧密相连；作为"一切象征的象征"，"玫瑰之名"和"玫瑰"一样重要。

本诗的结构比较特殊。虽然形式上也是典型英式商籁的4+4+4+2结构，但在逻辑上不能被进一步归为8+6，即一个八行诗+一个六行诗的结构，因为它的第一节四行诗（quatrain），不是和第二节四行诗逻辑并行，而是跳过一节，与第三节四行诗构成平行修辞。第一节的末句"哦！你将你的罪孽藏匿在何等的甜美之中"（O! in what sweets dost thou thy sins enclose）与第三节的首句"哦！你的恶习找到了怎样一座华美的大厦"（O! what a mansion have those vices got），这两个感叹句的核心都是一个包裹、裹挟、包围（enclose）的意象。在这首诗中，俊友可爱的外貌成了他藏匿自己不良品行的一个欺骗性的空间，而他的罪过以及这种罪过带来的耻辱，就像一朵馥郁的玫瑰花心中的毛虫，玷污了他含苞欲放的美好的名誉（like a canker in the fragrant rose, /Doth spot the beauty of thy budding name）。这里的 thy budding name，字面意思是"你的名字"，实指"你的名誉"（your reputation）；耻辱如毛虫（canker）一样"玷污"（spot）了俊友的名誉，名词作动词的 spot 除了首选义项"弄脏，玷污，使得某事物蒙上斑点"，还有"发现，找出来"（find out, spot out）之意。两百多年后，英国浪漫主义灵视型诗人威廉·布莱克在写下他的名篇《病玫瑰》时，显然受到了莎士比亚这首商籁的影响。布莱克将 spot 这个词在第 95 首商籁中第二个可能的意思直接表达了出来，把毛虫描写成一个穿过夜色和风暴，去寻找并发现了玫瑰，然后钻进花心将花朵摧毁的恶意的形象：

The Sick Rose

Whilliam Blake

O Rose thou art sick.
The invisible worm,
That flies in the night
In the howling storm:

Has found out thy bed
Of crimson joy:
And his dark secret love
Does thy life destroy.

病玫瑰

威廉·布莱克

哦，玫瑰，你病了。
那隐形的蠕虫
那趁夜色飞行于
呼啸的风暴中的蠕虫

寻到了你那

布莱克《病玫瑰》文本及诗人自绘版画,收入其1794年出版的《经验之歌》

蔷薇色欢愉的卧床:

而他晦暗的秘密的爱

摧毁了你的生命。

（包慧怡 译）

布莱克这首《病玫瑰》的象征空间比莎士比亚的商籁第 95 首更广阔，玫瑰和蠕虫的所指都有诸多阐释空间，但商籁第 95 首当仁不让是《病玫瑰》在奇喻和择词上的先行者。莎氏在第二节四行诗中直白地点明，未来的人会纷纷议论俊美青年的不端品行，"那讲出你日常生活故事的舌头，/ 把你的游乐评论为放荡的嬉戏"，下面两行中出现了全诗的关键性转折："好像是责难，其实是赞不绝口，/ 一提你姓名，坏名气就有了福气。"（Cannot dispraise, but in a kind of praise; /Naming thy name, blesses an ill report.）这些未来时代的舌头想要斥责"你"（dispraise），结果却不得不赞美"你"（praise），因为光是提到"你"的芳名，就让"坏名气"受到了祝福。这就构成了一个悖论："你"的外表如此美好，以至于"你的名字"已经和一切美好紧密联系在一起，如果有人为了贬损"你"而提到"你的名字"，只能在听众那里引起对美好事物的联想和代入。"说出你的名字"（Naming thy name），这里的第二个 name 不再是名誉（reputation），而就是"你的姓名"。

从《圣经》到中世纪罗曼司,说出一个人的名字永远是一种具有象征意义的仪式。莎士比亚在本诗中仿佛站到了中世纪经院哲学中唯名论(nominalism)的反面,成了一个唯实论或称实在论者(realist),相信普遍的"共相"(universals)是真实的、独立于个别事物的存在。在此诗的语境中,意即"你"的美,是先于"你"这个人具体而易逝生命的、单独不朽的存在。哪怕"你"已经死去,由于在"你的名字"里就包含"你"全部的美,只需念出那个名字,就可以让全部的美复活。"你"的美是外在于"你"而独立存在的一种理念。这种实在论的观点起于柏拉图。相反,按照唯名论的看法,仅仅"说出你的名字"并不会产生任何"美"的效果,更不能为贬抑的话语蒙上祝福,因为名字就只是名字而已;"玫瑰之名"仅仅是一个名字,随着"你"这朵个体的玫瑰死去,"你"所具有的美也就随着"你"的生命一同终止,不再能对这个没有"你"的世界产生任何影响——这是商籁第95首所极力否认的。

恰恰因为"说出你的名字"就能唤起普遍的、共相的美,恰恰因为"玫瑰之名"和玫瑰本身一样重要,甚至更重要,诗人在诗末暗示,与"名字"用同一个词表达的"名声"(name)也一样重要,并终于在最后的对句中发出忠告:"亲爱的心呵,请警惕这个大权力;/快刀子滥用了,也会失去其锋利。"顾忌"你"这具有赦罪功能的名字吧,像玫瑰提防毛虫那样，务必小心保全"你的名声"。Rose is a rose is a rose is a rose，玫瑰的名字就是一朵玫瑰。对于一位金玉其外败絮其中的爱人，诗人能给的也只是这份隐藏在顶礼膜拜之下的温和的警告：玫瑰啊，珍惜"你的名誉"吧，就如"你"理应珍惜"你的名字"。

商籁
第 96 首

"女王的戒指"
博物诗

有人说,你错在青春,有点儿纵情;
有人说,你美在青春,风流倜傥;
你的美和过错见爱于各色人等:
你把常犯的过错变成了荣光。

好比劣等的宝石只要能装饰
宝座上女王的手指就会受尊敬;
这些能在你身上见到的过失
也都变成了正理,被当作好事情。

多少羔羊将要被恶狼陷害呵,
假如那恶狼能变作羔羊的模样!
多少爱慕者将要被你引坏呵,
假如你使出了全部美丽的力量!

  但是别这样;我这么爱你,我想:
  你既然是我的,我就有你的名望。

Some say thy fault is youth, some wantonness;
Some say thy grace is youth and gentle sport;
Both grace and faults are lov'd of more and less:
Thou mak'st faults graces that to thee resort.

As on the finger of a throned queen
The basest jewel will be well esteem'd,
So are those errors that in thee are seen
To truths translated, and for true things deem'd.

How many lambs might the stern wolf betray,
If like a lamb he could his looks translate!
How many gazers mightst thou lead away,
if thou wouldst use the strength of all thy state!

> But do not so; I love thee in such sort,
> As, thou being mine, mine is thy good report.

我们或许还记得，商籁第 33—36 首是莎士比亚十四行诗系列中的一组"内嵌诗"，这四首诗在整本诗集中第一次谈及俊美青年的缺陷，以及他对诗人的某种背叛，以宣告二人分手的第 36 首（《分手情诗》）收尾；而第 36 首则以对俊友的规劝收尾：

But do not so; I love thee in such sort,
As, thou being mine, mine is thy good report. (ll.13–14)
但是别这样；我这么爱你，我想：
你既然是我的，我就有你的名望。

我们不难注意到，商籁第 96 首以一模一样的两行诗收尾，同时，第 96 首也是第 91—96 首这组进一步分析俊美青年品格缺陷的"内嵌诗"中的最后一首。相隔整整 60 首十四行诗，第 96 首与第 36 首这共享的对句是诗人的苦心经营，还是印刷商的疏漏导致的错印？考虑到两首诗在主题上的相似，在整个诗系列中对称的承前启后，以及在各自"内嵌诗"中的位置，后一种看法似乎让人难以置信。但我们也不得不承认，这一对句用在第 96 首末尾不如在第 36 首末尾那般浑然天成，虽然两者的核心都是一个否定祈使句："不要这样。"屠译对这两度出现的对句原样复制：

But do not so; I love thee in such sort,

As, thou being mine, mine is thy good report.

但是别这样；我这么爱你，我想：

你既然是我的，我就有你的名望。

最后一行中 report 的意思更接近"声誉，名声"（reputation），虽然字面写的是"我的好名声也属于你"，但根据上下文"你属于我"的逻辑，此句更偏重的是其镜像表达："你的好名声也属于我。"在第 36 首中，这一"别这样"的规劝上接"为了你的好名声不被玷污，不要再公开赐我尊荣"（Nor thou with public kindness honour me,/Unless thou take that honour from thy name），从 namc 到 report 的近义词过渡得十分自然。但在第 96 首中，对句之前两行表达的是，"你"是如此具足魅惑的能力，如果"你"使出全力，将有多少人误入歧途（How many gazers mightst thou lead away, /if thou wouldst use the strength of all thy state）。从而引出对句中的规劝：别这么做，因为"我这么爱你"，要替"你"顾惜名誉。这首诗所呈现的俊友的核心问题并不在于第一节四行诗中指明的，表面的少不更事（youth）、风流（gentle sport），或者放荡（wantonness），而在于具有欺骗能力，能够让美德变成缺陷，又让缺陷看起来像美德，就像第一节的最后一句模棱两可的句式所写：Thou mak'st faults graces that to thee resort。语法层面上，这句既可以解作"你将一切向你簇拥而至的缺陷化作美德"（You turn all faults into graces that throng around you），也可以解作"你将一切环绕你的美德变成缺陷"（You convert all graces that happen to resort to you into faults），两种相反的解释在莎氏灵活的句式中都是成立的。

这就将我们带到本诗的核心动词"translate"，今天我们通常取它"翻译"这个义项，它来自中古英语动词 translaten，其拉丁文词源 *translatus* 是由 *trans-*（across，"越过，渡过"）加上 *ferre*（to carry, to bring，"携带，护送"）演变而来的（*latus* 是动词 *ferre* 的不规则被动过去分词）。因此，在 translate 的词源中就含有将 A 带到 B 那里去、让 A 处在 B 的位置、让 A 看起来就像是 B 甚至变身为 B 的古老含义，这一含义恰恰串起了这首商籁第二节和第三节四行诗的两个关键意象：戴戒指的女王和披着羊皮的狼。

As on the finger of a throned queen
The basest jewel will be well esteem'd,
So are those errors that in thee are seen
To truths translated, and for true things deem'd.
好比劣等的宝石只要能装饰

宝座上女王的手指就会受尊敬；
这些能在你身上见到的过失
也都变成了正理，被当作好事情。

正如再劣质的宝石一旦套上女王的手指，就会和女王一样备受尊崇，"你"也能让错误"变身"（translate）为真理，看起来像真理，受到和真理一样的对待。类似地，如果狼能够变更它的外表（his looks translate）而看起来像是一只绵羊，那么将会有多少绵羊受到欺骗！

How many lambs might the stern wolf betray,
If like a lamb he could his looks translate!
多少羔羊将要被恶狼陷害呵，
假如那恶狼能变作羔羊的模样！

擅长 translate，擅长变形的、魔法师一样的"你"，究竟是戴着廉价戒指的女王，还是披着羊皮的狼？"你"究竟只是外部的添加，还是内在的天性？我们不难看出，如果是前者，那么就如女王摘下劣质戒指之后还是女王，这"最低劣的宝石"（basest jewel）将无损"你"美好的本性；如果是后者，那性质就严重得多，如果女王只是无意中为本无价值的戒指抬高了身价，化身为羊的狼就是志在蓄意欺骗，是用"translate"这门手艺来有意作恶。此处对《新约》相关章节的影射十分明显:"你们要防备假先知。他们到你们这里来,外面披着羊皮,里面却是残暴的狼。"(《马太福音》7:15)基督提醒众人防备假先知的欺骗,"假先知"是非常严重的罪名。《新约》中另有《约翰福音》涉及狼与羊的关系:"我是好牧人;好牧人为羊舍命。若是雇工,不是牧人,羊也不是他自己的,他看见狼来,就撇下羊逃走;狼抓住羊,赶散了羊群。雇工逃走,因他是雇工,并不顾念羊。我是好牧人;我认识我的羊,我的羊也认识我,正如父认识我,我也认识父一样;并且我为羊舍命。"(《约翰福音》10:11–15)基督再次自比为保护羊群的好牧人,也暗示了自己同道貌岸然的、羊皮狼心的假先知的决定性差别。

伊丽莎白一世对昂贵珠宝首饰的爱好家喻户晓,我们从她的众多肖像画中可以窥其一斑。诗人在商籁第96首中没有明说的期许是,"你"这位美丽的"变形"大师(master of translation)啊,愿"你"的缺陷就如女王手上的戒指,随时可以脱下而无损女王的荣光。愿"你"只是一位偶然疏忽,不小心佩戴了廉价珠宝的女王;可千万别成为乔装打扮的狼,哪怕看在"我"对"你"的爱的份上,千万"别这样"(do not so)。

伊丽莎白一世的登基肖像,由匿名艺术家作于1600年左右。画上身披貂皮的女王白皙的双手上共戴有三枚宝石戒指

女王生前日常佩戴得最多的戒指，戒圈主体为黄金镶嵌红宝石，戒面外部由钻石镶嵌的字母E与蓝色珐琅镶嵌的字母R组成女王的拉丁文头衔与名：Regina Elisabetha，"伊丽莎白女王"

戒面打开后是女王本人的宝石浮雕胸像及其生母安·博林（上）的微缩画像

商籁第97首

不在你身边,我就生活在冬天,
你呵,迅疾的年月里唯一的欢乐!
啊!我感到冰冷,见到阴冻天!
到处是衰老的十二月,荒凉寂寞!

四季情诗

可是,分离的时期,正夏日炎炎;
多产的秋天呢,因受益丰富而充实,
像死了丈夫的寡妇,大腹便便,
孕育着春天留下的丰沛的种子:

可是我看这繁茂的产物一齐
要做孤儿——生来就没有父亲;
夏天和夏天的欢娱都在伺候你,
你不在这里,连鸟儿都不爱歌吟;

  鸟即使歌唱,也带着一肚子阴霾,
  使树叶苍黄,怕冬天就要到来。

How like a winter hath my absence been
From thee, the pleasure of the fleeting year!
What freezings have I felt, what dark days seen!
What old December's bareness everywhere!

And yet this time removed was summer's time;
The teeming autumn, big with rich increase,
Bearing the wanton burden of the prime,
Like widow'd wombs after their lords' decease:

Yet this abundant issue seem'd to me
But hope of orphans, and unfather'd fruit;
For summer and his pleasures wait on thee,
And, thou away, the very birds are mute:

> Or, if they sing, 'tis with so dull a cheer,
> That leaves look pale, dreading the winter's near.

在第 91—96 首这组哀叹分别，并集中审视和质疑俊美青年的品行的内嵌组诗之后，在以商籁第 97 首为首的三首诗中，诗人在俊友的缺席中继续思念着对方。无论此前诗人受到了如何不公正的对待，此刻在分别中，他所能追忆起的唯有两人在一起时的欢乐时光；俊友在场或不在场，对于诗人就是春夏与秋冬的差别。本诗起于冬日，终于冬日。莎士比亚笔下的冬天意味着什么，我们从《爱的徒劳》(*Love's Labour Lost*) 第五幕第二场中的《冬之歌》里可以看个大概：

> When icicles hang by the wall
>
> And Dick the shepherd blows his nail
>
> And Tom bears logs into the hall
>
> And milk comes frozen home in pail,
>
> When blood is nipp'd and ways be foul,
>
> Then nightly sings the staring owl, Tu-whit;
>
> Tu-who, a merry note,
>
> While greasy Joan doth keel the pot.
>
> When all aloud the wind doth blow
>
> And coughing drowns the parson's saw
>
> And birds sit brooding in the snow
>
> And Marian's nose looks red and raw,

When roasted crabs hiss in the bowl,

Then nightly sings the staring owl, Tu-whit;

Tu-who, a merry note,

While greasy Joan doth keel the pot. (ll.890–916)

当一条条冰柱檐前悬吊,

汤姆把木块向屋内搬送,

牧童狄克呵着他的指爪,

挤来的牛乳凝结了一桶,

刺骨的寒气,泥泞的路途,

大眼睛的鸱鸮夜夜高呼:

哆呵!

哆喊,哆呵!它歌唱着欢喜,

当油垢的琼转她的锅子。

当怒号的北风漫天吹响,

咳嗽打断了牧师的箴言,

鸟雀们在雪里缩住颈项,

玛利恩冻得红肿了鼻尖,

炙烤的螃蟹在锅内吱喳,

大眼睛的鸱鸮夜夜喧哗:

哆呵!

哆喊,哆呵!它歌唱着欢喜,

当油垢的琼转她的锅子。

(朱生豪 译)

在商籁第97首第一节中,严冬是爱人在彼此生命中缺席的季节,诗人称俊友为"四季流年中的欢欣"。当俊友不在时他便身处"十二月",能感受到的唯有冰冻、僵硬和黑暗,放眼所及均是空空落落,万物萧索:

How like a winter hath my absence been
From thee, the pleasure of the fleeting year!
What freezings have I felt, what dark days seen!
What old December's bareness everywhere!
不在你身边,我就生活在冬天,
你呵,迅疾的年月里唯一的欢乐!
啊!我感到冰冷,见到阴冻天!
到处是衰老的十二月,荒凉寂寞!

第二节中,诗人回溯冬天之前的季节,也就是他与俊友分离的季节:夏季(And yet this time removed was summer's time)。夏季作为英格兰最风和日丽的季节,似乎比春季更常被莎士比亚用来作为严冬的对立面呈现,比如《冬天的故事》第四幕第三场的前12行:

When daffodils begin to peer,

With heigh! the doxy over the dale,

Why, then comes in the sweet o' the year;

For the red blood reigns in the winter's pale.

The white sheet bleaching on the hedge,

With heigh! the sweet birds, O, how they sing!

Doth set my pugging tooth on edge;

For a quart of ale is a dish for a king.

The lark, that tirra-lyra chants,

With heigh! with heigh! the thrush and the jay,

Are summer songs for me and my aunts,

While we lie tumbling in the hay. (ll.1–12)

当水仙花初放它的娇黄,

嗨! 山谷那面有一位多娇;

那是一年里最好的时光,

严冬的热血在涨着狂潮。

漂白的布单在墙头晒晾,

嗨! 鸟儿们唱得多么动听!

引起我难熬的贼心痒痒,

有了一壶酒喝胜坐龙艇。

听那百灵鸟的清歌婉丽,

嗨! 还有画眉喜鹊的叫噪,

一齐唱出了夏天的欢喜,

当我在稻草上左搂右抱。

(朱生豪 译)

刚读完这一节的读者或许会困惑此处描写的到底是春还是夏,诗人同时书写了初春的花朵和春夏的禽鸟,字面上却只出现了"summer"(夏日)。我们在著名的以"我能否将你比作夏日的一天"开篇的商籁第18首(《夏日元诗》)中分析过,summer一词在中世纪和早期现代英语中可以表示春分到秋分之间所有和煦的时节,在诗人笔下,这个词通常就意味着"冬日"(winter)的反面。冬日有多么严苛和不受欢迎,夏日就有多么兼具春的和煦、夏的温暖和秋的丰饶。也是在这一词源背景下,我们才能理解为何在下一首商籁(第98首)中,诗人转而就将与俊友分别的季节从本诗的"夏日"改作了"春日":于诗人而言,summer本来就可以涵盖spring,两者在特定语境下甚至可以互换。

From you have I been absent in the spring,

When proud-pied April, dress'd in all his trim,

Hath put a spirit of youth in every thing,

That heavy Saturn laugh'd and leap'd with him. (ll.1–4,

Sonnet 98)

在春天,我一直没有跟你在一起,
但见缤纷的四月,全副盛装,
在每样东西的心头点燃起春意,
教那悲哀的土星也同他跳,笑嚷。

回头来看商籁第97首的第二节,紧随着离别的夏日而来的是丰收的秋日,莎士比亚笔下的秋日通常是丰饶角(cornucopia)一般的存在,在本节中也被描写为"硕果累累而体态膨胀"。但诗人却为这金黄的季节抹上了不祥的色彩,说与你离别不久之后的秋日尽管丰盈,却如同夫君死去之后的寡妇的肚皮:

And yet this time removed was summer's time;
The teeming autumn, big with rich increase,
Bearing the wanton burden of the prime,
Like widow'd wombs after their lords' decease
可是,分离的时期,正夏日炎炎;
多产的秋天呢,因受益丰富而充实,
像死了丈夫的寡妇,大腹便便,
孕育着春天留下的丰沛的种子

莎士比亚在商籁第73首(《秋日情诗》)的第一节中也书写过秋日的暗面,在那首诗中,秋季象征着盛极而衰,也是死亡和冬日的先驱:

That time of year thou mayst in me behold
When yellow leaves, or none, or few, do hang
Upon those boughs which shake against the cold,
Bare ruin'd choirs, where late the sweet birds sang. (ll. 1–4)
你从我身上能看到这个时令:
黄叶落光了,或者还剩下几片
没脱离那乱打冷颤的一簇簇枝梗——
不再有好鸟歌唱的荒凉唱诗坛。

商籁第97首中秋日的丰产若是寡妇的子宫(widow'd wombs),其诞生下的遗腹子也就注定是没有父亲的孤儿,也就是第三节中说的,由于"你"不在,秋日的后代成了"没有父亲的果实"和"孤儿的希望"(Yet this abundant issue seem'd to me/But hope of orphans, and unfather'd fruit)。诗人再次使用婚姻关系的词汇,几乎暗示自己是丈夫死去后大腹便便的寡妇,而那"没有父亲的果实",或许就是他在分离中写下的这些十四行诗。正因为"夏日和他所有的欢愉"都如同围着"你"忙碌的随从,当"你"缺席,连鸟儿都停止啼叫或是只能勉强发出乏味的嘶鸣,树叶褪色,甚至变得"苍白","畏惧着即将来临的冬日"。

> For summer and his pleasures wait on thee,
> And, thou away, the very birds are mute:
> 夏天和夏天的欢娱都在伺候你,
> 你不在这里,连鸟儿都不爱歌吟;

>> Or, if they sing, 'tis with so dull a cheer,
>> That leaves look pale, dreading the winter's near.
>> 鸟即使歌唱,也带着一肚子阴霾,
>> 使树叶苍黄,怕冬天就要到来。

商籁第 97 首起于冬日而终于冬日,冬日是现状,夏日是追忆。这里的夏日是广义的夏日,除一般的夏季外,还包括春季和秋季的一部分。换言之,有"你"在的季节全部是夏日,与"你"分别后,岁时才逐渐转入秋冬,直至"你"的彻底缺席带来一无所有的寒冬。

《四季·春》,阿奇姆博多(Giuseppe Arcimboldo),1563年

> 在春天,我一直没有跟你在一起,
> 但见缤纷的四月,全副盛装,
> 在每样东西的心头点燃起春意,
> 教那悲哀的土星也同他跳、笑嚷。
>
> 可是,无论是鸟儿的歌谣,或是
> 那异彩夺目、奇香扑鼻的繁花
> 都不能使我讲任何夏天的故事,
> 或者把花儿从轩昂的茎上采下:
>
> 我也不惊叹百合花晶莹洁白,
> 也不赞美玫瑰花深湛的红色;
> 它们不过是仿造你喜悦的体态
> 跟娇美罢了,你是一切的准则。
>
>   现在依然像冬天,你不在旁边,
>   我跟它们玩,像是跟你的影子玩。

商籁
第 98 首

红玫瑰与
白百合
博物诗

From you have I been absent in the spring,
When proud-pied April, dress'd in all his trim,
Hath put a spirit of youth in every thing,
That heavy Saturn laugh'd and leap'd with him.

Yet nor the lays of birds, nor the sweet smell
Of different flowers in odour and in hue,
Could make me any summer's story tell,
Or from their proud lap pluck them where they grew:

Nor did I wonder at the lily's white,
Nor praise the deep vermilion in the rose;
They were but sweet, but figures of delight,
Drawn after you, you pattern of all those.

> Yet seem'd it winter still, and you away,
> As with your shadow I with these did play.

诗人在商籁第 98 首中继续诉说与俊友分离的忧伤。第一节和第二节四行诗，基本上是对始自中世纪的"归春诗"（reverdie）传统的承继，其措辞仿佛直接化用比莎士比亚写作时间早两百年的"英国诗歌之父"杰弗里·乔叟的《坎特伯雷故事集》之《序诗》的开篇。以中古英语写就的《坎特伯雷故事集》之《序诗》开门见山地描写了春回大地的美景，为朝圣者们启程去坎特伯雷奠定了气候和心情上的欢快氛围（参见商籁第 27 首解读）。

对比之下，我们不难看到莎士比亚在商籁第 98 首中对乔叟的《序诗》作了怎样重大的改写。虽然时间同样是春满人间、色彩斑斓的四月（From you have I been absent in the spring, /When proud-pied April, dress'd in all his trim），虽然新春同样给万物重新注入生机，连象征老年、迟缓、忧郁、严苛的土星（Saturn，同时也是时间之神克罗诺斯的另一个名字）都跟着活蹦乱跳（Hath put a spirit of youth in every thing, /That heavy Saturn laugh'd and leap'd with him），但这一切的鸟语花香"都不能让我诉说任何夏日的故事"（Yet nor the lays of birds, nor the sweet smell/Of different flowers in odour and in hue, /Could make me any summer's story tell）。这一切都是因为"你"的缺席。"你"带走了所有可能被"我"感知到的春日。

第三节四行诗中出现了一组重要的植物与色彩的并列：

红色的玫瑰与白色的百合。就文化史角度而言，色彩从来不是独立存在的，只有当一种颜色与其他色彩相互对照、关联、并列时，它才具有艺术、社会、政治和象征上的意义。在中世纪附着于花卉的色彩象征体系中，红玫瑰几乎总是象征基督的殉道或者慈悲，白百合则是圣母童贞和纯洁的象征，因此我们会在无数时辰书（book of hours）或诗篇集（psalter）的"天使报喜"页上，看到天使手中持着，或是圣母脚边放着白色的百合花束，而红玫瑰则遍布手抄本的页缘。但在这类页缘画（marginalia）上，有时会同时布满红玫瑰与白玫瑰，起到同样的象征作用，在这里，白色的玫瑰成了白百合的一个替代物，与红玫瑰一起构成一种以花朵形式出现的福音双重奏。这种色彩象征体系在中世纪晚期至文艺复兴早期的印刷书本中依然十分常见，莎士比亚对此绝不陌生。

到了莎士比亚写作前期的都铎王朝，红玫瑰和白玫瑰的并置在上述图像学象征之外，具有了另一重极其醒目的政治内涵——这一次，它直接出现在王室的族徽上，以红白相间的"都铎玫瑰"（Tudor Rose）的形式，被保存在伊丽莎白的诸多肖像画和珠宝装饰中。双色的"都铎玫瑰"是两大有王室血统的家族的纹章合并的结果：兰开斯特家族的红玫瑰，以及约克家族的白玫瑰。红白相间的"都铎玫瑰"通常被表现为外层的红玫瑰包裹中心的白玫瑰，有时也将一朵玫瑰四等分,相邻交错涂成红色和白色。

历史上,所谓"都铎玫瑰"其实是都铎王朝开国之君亨利七世(伊丽莎白一世的祖父)用来为自己的继承权合法性背书而"发明"的一种宣传形象。出自兰开斯特家族旁支的亨利·都铎(Henry Tudor,亨利七世登基前的名字)在博斯沃思平原一役击败理查三世后,娶了约克家族的伊丽莎白(Elizabeth of York)为王后,结束了金雀花王朝两大家族间延续三十余年的王权之争,即所谓红白玫瑰对峙的"玫瑰战争"(Wars of the Roses)。但今天的史学家认为,"玫瑰战争"的提法和"都铎玫瑰"一样,都是胜利者亨利七世为自己并不那么合法的登基谋求民众支持的发明:约克家族的确曾以白玫瑰为族徽,但兰开斯特家族在亨利登基前几乎从未以玫瑰为族徽(更常用的是羚羊),即使偶然在族徽上使用玫瑰,通常也是一朵金色而非红色的玫瑰。15世纪的英国人从未将这场他们亲身经历的旷日持久的内战称作"玫瑰战争",而战胜者亨利七世就通过以一朵双色玫瑰为族徽——"都铎玫瑰"又称"大一统玫瑰"(Union Rose)——巧妙地自命为结束红白纷争的英雄、两大家族合法的联合继承人,在王朝开辟伊始就打赢了英国历史上最漂亮的宣传战之一。

于是都铎王朝的那些擅长审时度势的作家们——以莎士比亚为个中翘楚——都成了这场宣传战中得力的骑手。

莎士比亚曾在《理查三世》《亨利六世》等历史剧中全面贬低亨利七世曾经的对手，亦对红白玫瑰合并为"大一统玫瑰"的故事津津乐道，并在诸如商籁第 98 首、第 99 首这样的短诗中看似无心，实则巧妙地多次提及这种"红白战争"，潜移默化地为都铎王朝的统治合法性背书。此外，通过无数朵在教堂里、屋檐上、手稿中绽放的"都铎玫瑰"，这朵"红白相间的玫瑰"自此成了英格兰正统王权的象征，至今仍可在英国皇家盾形纹徽、英国最高法院的纹章乃至伦敦塔守卫的制服上看到。

回到商籁第 98 首，当诗人写下"我不惊艳于百合花的洁白，也不赞美玫瑰的深红"（Nor did I wonder at the lily's white, /Nor praise the deep vermilion in the rose），从字面上看，他仍是在完成一种恋爱的修辞：这两种花朵虽然美，却只是一种赏心悦目的肖像（figure），而它们摹仿的对象正是"你"，"你"是一切美好事物的原型（They were but sweet, but figures of delight, /Drawn after you, you pattern of all those）。这里，莎士比亚俨然是一个柏拉图主义者，相信世上存在 sweet（美好）和 delight（悦人）的"原型"（pattern），一种凌驾于个别具体事物之上的品质性的理念，而"你"恰恰被比作了这种柏拉图式"美好"和"悦人"的理念，一切尘世间美好和悦人的事物不过是对"你"不够完美的"摹仿"（drawn after you）。

这也就引出了最后对句中所谓"你的影子"之说：因为"你"不在，这世上的一切在"我"看来皆是寒冬，而"我"也只好将就与红玫瑰和白百合嬉戏一番，虽然它们不过是对"你"的苍白的摹仿，"你"的影子，"你"的肖像（Yet seem'd it winter still, and you away, /As with your shadow I with these did play）。红玫瑰与白百合虽美，甚至是王室族徽的变体，但它们都不能取代诗人的俊友，因为俊友是一切美好事物之源。对"我"而言，只有"你"能带来真正的春天。

莎士比亚在《亨利六世》中生动地描绘了引爆"玫瑰战争"的著名场景：约克公爵摘下一朵白玫瑰表明支持约克家族，而索姆赛特公爵摘下一朵红玫瑰表明支持兰开斯特家族。历史上从未发生这一幕。

"都铎玫瑰"王室徽章，被亨利七世以来至今的每一任英格兰国君使用

我把早熟的紫罗兰这样斥责:
甜蜜的小偷,你从哪里窃来这氤氲,
若非从我爱人的呼吸?这紫色
为你的柔颊抹上一缕骄傲的红晕,
定是从我爱人的静脉中染得。

我怪罪那百合偷窃你的素手,
又怪马郁兰蓓蕾盗用你的秀发;
玫瑰们立在刺上吓得瑟瑟发抖,
一朵羞得通红,一朵绝望到惨白,

第三朵,不红也不白,竟偷了双方,
还在赃物里添上一样:你的气息;
犯了盗窃重罪,它正骄傲盛放,
却被一条复仇的毛虫啃啮至死。

　　我还看过更多花儿,但没见谁
　　不曾从你那儿窃取芬芳或色彩。

(包慧怡 译)

**商籁
第 99 首**

"物种起源"
博物诗

The forward violet thus did I chide:
Sweet thief, whence didst thou steal thy sweet that smells,
If not from my love's breath? The purple pride
Which on thy soft cheek for complexion dwells
In my love's veins thou hast too grossly dy'd.

The lily I condemned for thy hand,
And buds of marjoram had stol'n thy hair;
The roses fearfully on thorns did stand,
One blushing shame, another white despair;

A third, nor red nor white, had stol'n of both,
And to his robbery had annex'd thy breath;
But, for his theft, in pride of all his growth
A vengeful canker eat him up to death.

> More flowers I noted, yet I none could see,
> But sweet, or colour it had stol'n from thee.

商籁第 99 首是整本十四行诗集中唯一一首"增行商籁",比标准商籁多一行。

传记作家比尔·布赖森(Bill Bryson)在 2008 年出版的《莎士比亚:世界舞台》(*Shakespeare: the World as a Stage*)中告诉我们,莎士比亚的作品中共出现过一百八十种植物。莎翁描述它们的方法当然不是简单机械的、炫耀学识的罗列,而是为每一种植物都注入独特的生命,赋予它们无可替代的艺术生机。在短短十四行中出现了大量花卉的商籁第 99 首就是一个很好的例子。诗人在这首商籁中为我们提出了一系列虚构的"物种起源"(myth of origin)问题:"紫罗兰的紫色来自哪里?百合花的白色呢?红白玫瑰的芬芳来自哪里?"为了赞颂爱人,诗人不惜重新定义万物的起源。通过指责各种花卉犯下的林林总总的"偷窃罪","花式表达"对俊友的毫无保留的赞美。

第一节四行诗中,诗人斥责紫罗兰是"甜蜜的小偷",说它从自己的爱人那里偷走了两样东西:一是甜蜜的花香,偷自"我"爱人的呼吸;二是脸颊上的血色(即紫罗兰花瓣的颜色),偷自"我"爱人的静脉(The purple pride/ Which on thy soft cheek for complexion dwells /In my love's veins thou hast too grossly dy'd)。purple 一词在莎士比亚时代涵盖从紫红、猩红、品红到粉紫的广大色谱,紫色自古又是皇室的色彩,"紫色的骄傲"这个组合搭配暗示紫罗兰借着偷来的色彩颐指气使,挪用不属于自己的高贵。

第二节四行诗中,诗人首先指责百合花从"你"的手中偷窃(The lily I condemned for thy hand)——也就是说,从"你"雪白的双手中偷走白色。中世纪和文艺复兴文学中的百合花在没有色彩形容词限定时,几乎一律是指白百合,又称圣母百合,其象征意义(纯洁和童贞)也由来已久,正如我们在商籁第98首中看到的。这一行回答了没有用问句表达的、关于百合的白色来自何处的"物种起源"问题。《诗经·卫风》中《硕人》一诗有类似描绘——"手如柔荑,肤如凝脂","荑"为白茅之芽。古今中外,一双白皙的手几乎是美人的标配,比如中世纪亚瑟王罗曼司中"美人伊莲"(Elaine the Fair)这一角色,其别号是"白手伊莲"(Elaine of White Hands)。

下一行中,诗人责备马郁兰的蓓蕾"偷走了你的头发"(And buds of marjoram had stol'n thy hair),对于这一句到底指"你"身上的什么外表特征被盗了,学界一直争论不休。马郁兰(*origanum majorana L.*)是一种唇形花科、牛至属的开花草本植物,又称墨角兰或者马娇莲——这些都是音译,其实它既不是兰花也不是莲花。马郁兰在汉语里被意译为牛膝草、甘牛至或香花薄荷,它气味甘美,在地中海地区一度是常见的调味香料。莎学家们曾认为所谓马郁兰偷"你"的头发,是指它蜷曲多丝的花蕊形似俊美青年的鬈发。但我还是同意以文德勒为代表的第二种看法，认为被偷走的是"你"头发中的甜香。[1] 唯有如此，第一、第二节中被偷的事物才能形成"香味，颜色；颜色，香味"的交叉对称（symmetrical chiasmus）：紫罗兰先偷香再偷色，百合偷色，马郁兰偷香。对于莎士比亚这样的结构大师，说这种安排顺序是有意识的匠心独运绝非过度阐释。

更何况还有第三节四行诗的呼应。在第三节中，出现了一朵因为偷窃了"你"的红色而羞愧到满颊飞红的红玫瑰，又出现了一朵因为偷了"你"的白色而绝望到面色苍白的白玫瑰。这两种玫瑰的偷盗行为给各自带去了不同的"心理效应"，使得它们被染上了一红一白两种不同的颜色："红色"和"白色"在这里既是原因又是结果，是起点又是终点，而这一切都在一行诗中记录（One blushing shame, another white despair）——即使以莎士比亚的标准来看，也可谓罕见的绝妙手笔。红玫瑰和白玫瑰各自仅仅偷了一种颜色，就"立在刺上吓得瑟瑟发抖"（The roses fearfully on thorns did stand），但它们的罪过还不及第三种玫瑰：一朵"不红也不白"的玫瑰。它不仅同时偷取了红和白两种颜色，还偷取了第三样东西，即"你"甜美的呼吸，和之前的紫罗兰与马郁兰一样。紫罗兰偷了香味和一种颜色，马郁兰只偷了香味，百合只偷了一种颜色，就像红玫瑰和白玫瑰一样，没有偷香。如此一来，就使得这第三朵"不红也不

---

[1] Helen Vendler, *The Art of Shakespeare's Sonnets*, pp. 422–23.

白"的玫瑰成了所有植物中最贪心骄傲者,因此唯独它落得一个凄惨的结局也就不足为奇了:毛虫仿佛要为被偷盗的"你"报仇,啃死了这朵偷了三样东西的玫瑰(But, for his theft, in pride of all his growth /A vengeful canker eat him up to death)。

我们已在第98首商籁中解析过红白玫瑰的政治背景——双色的"都铎玫瑰"是金雀花王朝两大家族纹章合并的结果——也许是为了防止被过分政治解读而引祸上身,莎士比亚在这里描写红白玫瑰时没有说"既红又白的玫瑰"(a rose both red and white),而用了否定式"不红也不白"(nor red nor white)。作为熟悉上下文的读者,我们会了解诗人在这里的实际意思是"不全红也不全白",即红白相间,甚至是红白掺杂而成为粉色。实际上,都铎时期英国培育价值最高的玫瑰品种之一"大马士革玫瑰"(rosa damascena)恰恰常是深粉色的,由通常为红色的高卢玫瑰(rosa gallica)和通常为白色的麝香玫瑰(rosa moschata)杂交而来。在凡尔赛宫的御用玫瑰画师雷杜德(Pierre-Joseph Redouté)笔下,大马士革玫瑰甚至直接呈现同株异色、半红半白的形态。莎士比亚在献给"黑夫人"的系列十四行诗中(商籁第130首)曾点名这种玫瑰:"我见过大马士革玫瑰,红的和白的/红白相间……"(I have seen roses damask'd, red and white …)

全诗的对句没有出现我们预期中的升华或转折,或提出任何对前三节中描述的困境的解决,只是总结道:"我"见过的所有花朵,都从"你"那里偷了东西,不是芬芳就是色泽(More flowers I noted, yet I none could see, /But sweet, or colour it had stol'n from thee)。这首构思精巧的博物诗开始于也终结于对俊美青年的全面礼赞,不能不说欠缺了一点奇情的况味。

雷杜德所绘"不红也不白"的大马士革玫瑰

你在哪儿呵,缪斯,竟长久忘记了 把你全部力量的源泉来描述? 你可曾在俗歌滥调里把热情浪费了, 让文采失色,借光给渺小的题目? 回来吧。健忘的缪斯,立刻回来用 高贵的韵律去赎回空度的时日; 向那只耳朵歌唱吧——那耳朵敬重 你的曲调,给了你技巧和题旨。 起来,懒缪斯,看看我爱人的甜脸吧, 看时光有没有在那儿刻上皱纹; 假如有,你就写嘲笑衰老的诗篇吧, 教时光的抢劫行为到处被看轻。 　　快给我爱人扬名,比时光消耗 　　生命更快,你就能挡住那镰刀。	**商籁** **第100首** --- **"健忘的缪斯"** **元诗**

Where art thou Muse that thou forget'st so long,
To speak of that which gives thee all thy might?
Spend'st thou thy fury on some worthless song,
Darkening thy power to lend base subjects light?

Return forgetful Muse, and straight redeem,
In gentle numbers time so idly spent;
Sing to the ear that doth thy lays esteem
And gives thy pen both skill and argument.

Rise, resty Muse, my love's sweet face survey,
If Time have any wrinkle graven there;
If any, be a satire to decay,
And make time's spoils despised every where.

> Give my love fame faster than Time wastes life,
> So thou prevent'st his scythe and crooked knife.

从第100首开始的四首商籁构成一组"缪斯内嵌诗"，诗人在其中承认，自己为俊友写诗的事业出现了中断期，他将这种中断归罪于缪斯的"健忘""懒惰""玩忽职守"和"贫乏"。这种指责当然可以只被看作一种诙谐的外在修辞，却也是通往理解两人关系中发生的微妙转变的钥匙。

维吉尔在《农事诗》(*Georgics*)第475行以下自称为"缪斯的祭司"，在他笔下，缪斯所掌管的远远不止诗歌，还包括哲学、音乐、数学、自然史、气象学……差不多上天入地的一切物理或精神层面的问题，都可以向缪斯女神寻求答案：

> 无上而温柔的缪斯，我是你们的祭司
> 你们深沉而炽热的爱令我如痴如狂。
> 请你们拥抱我，为我指引何处是天国？
> 是繁星？何处有日出日落，月圆月缺？
> 请告诉我，地震从何而来？是何种力量
> 让大海时而风浪大作，时而风平浪静？
> 为什么冬季的太阳急着跳进大海？
> 是什么把夜晚缓慢的脚步拖住？
> 如果冰冷的血液冻住了我的心脏，
> 让我无法揭示这些自然的奥秘，请让
> 乡村和山谷里的溪流为我带来欢乐，

请让我爱上潺潺的流水和幽幽的森林……[1]

比起古罗马诗人对缪斯毕恭毕敬的谦卑态度,莎士比亚十四行诗系列中的缪斯不过是他笔下的又一名"戏剧人物",诗人能够以第一人称"我"与之对话,甚至让缪斯女神做自己的替罪羊。商籁第 100 首以及之后的三首商籁,主要写诗人在为俊美青年写赞歌的过程中,遭遇了一次原因不明的"写作瓶颈"(writer's block),而此前他始终下笔如泉涌。于是诗人以一种半戏谑的口吻,将全部的责任推给了缪斯,说自己的灵感枯竭都是由于缪斯的"健忘":

Where art thou Muse that thou forget'st so long,
To speak of that which gives thee all thy might?
Spend'st thou thy fury on some worthless song,
Darkening thy power to lend base subjects light?
你在哪儿呵,缪斯,竟长久忘记了
把你全部力量的源泉来描述?
你可曾在俗歌滥调里把热情浪费了,
让文采失色,借光给渺小的题目?

第 3 行中的"fury"本非"狂怒"或"复仇",而是"诗歌灵感"的更激情澎湃的说法,来自拉丁文词组 *furor poe-*

[1] 恩斯特·R. 库尔提乌斯,《欧洲文学与拉丁中世纪》,第 301 页。

ticus（诗狂）。这种 fury 被看作一种类似通灵者在天启中感受到的灵感和狂喜，莎士比亚也曾用另一个通常表示愤怒的词"rage"来指代诗歌灵感，比如在商籁第 17 首第 11—12 行中，"你应得的赞扬被称作诗人的狂思，/ 称作一篇过甚其词的古韵文"（And your true rights be term'd a poet's rage/And stretched metre of an antique song）。

而商籁第 100 首第 3 行中的 worthless songs 可以指其他诗人的作品（如果此处的缪斯是一个普天下作者共享的灵感提供者），也可以指莎士比亚自己在十四行诗系列外的任何作品，包括戏剧和叙事长诗（如果此诗中的缪斯是莎士比亚自己的"专属缪斯"）。毕竟，诗人在此诗中强调的是自己很久没有给爱人写诗，而根据他惯有的修辞，一个恋爱中的人不是献给爱人的任何作品都是"没有价值的歌"（worthless songs）或"卑贱的主题"（base subjects）。由于缪斯转而去"借光"（lend … light）给了其他作品，诗人也就能把自己的沉默"转嫁"给缪斯，并在下一节中顺理成章地呼唤"健忘的缪斯"回归，重新眷顾眼下的十四行诗系列，"赎回 / 弥补"之前"懒散度过的时光"：

> Return forgetful Muse, and straight redeem,
> In gentle numbers time so idly spent;
> Sing to the ear that doth thy lays esteem

And gives thy pen both skill and argument.
回来吧,健忘的缪斯,立刻回来用
高贵的韵律去赎回空度的时日;
向那只耳朵歌唱吧——那耳朵敬重
你的曲调,给了你技巧和题旨。

第三节进一步把缪斯描写成一个躺倒休息的懒汉,敦促其"起来"(Rise)。Rise 一词也是《新约》语境中基督敦促已经死去的拉撒路复活时使用的动词。

Rise, resty Muse, my love's sweet face survey,
If Time have any wrinkle graven there;
If any, be a satire to decay,
And make time's spoils despised every where.
起来,懒缪斯,看看我爱人的甜脸吧,
看时光有没有在那儿刻上皱纹;
假如有,你就写嘲笑衰老的诗篇吧,
教时光的抢劫行为到处被看轻。

在莎士比亚的全部作品中,用形容词 resty 来表示"懒惰、倦怠、不愿行动",除了此处,就只在《辛白林》(*Cymbeline*)第三幕第六场中出现过,"疲倦的旅人能够在坚硬的山石上沉沉鼾睡,终日偃卧的懒汉却嫌绒毛的枕头太硬"(… weariness/Can snore upon the flint, when resty sloth /Finds the down pillow hard)。我们可以看到莎士比亚在本诗第三节中以一种近乎亵神的口吻,责令懒散的缪斯起身,去行动,更确切地说是去战斗,对手是惜时诗系列中的老敌人:时间。时间再次化身为摧毁青春与美的恶霸,手持与死神共享的"镰刀",以及专门用来在青年脸上刻下皱纹的"弯刀",就像对句中描述的:

Give my love fame faster than Time wastes life,
So thou prevent'st his scythe and crooked knife.
快给我爱人扬名,比时光消耗
生命更快,你就能挡住那镰刀。

诗人要求缪斯去战斗的方式,是请缪斯像从前一样给他带去诗歌的灵感,好让他为俊友继续写下不朽的诗篇,这些诗篇要在时间摧毁俊友的生命之前,抢先一步令他的声名不朽,这是典型元诗的主题。此诗的特殊之处在于诗人请求缪斯成为——或者是帮助他写下的作品成为——"对衰朽的讽刺"(be a satire to decay)。在古典传统中,讽刺诗并不具有一位专属缪斯,管辖领域与讽刺诗最接近的或许是专司喜剧的缪斯塔丽雅(Thalia)。文艺复兴时期的英国读者最熟悉的讽刺诗人依然来自古典文学,主要是贺拉斯和尤维纳尔这两位。不过,莎士比亚在本诗末尾并不是呼吁缪斯激发他去写讽刺诗,而是激发他写出更好的献给俊友的十四行诗,以此成为对时光及其摧枯拉朽之力的有力讽刺或嘲弄。

关于"缪斯抛弃了诗歌"这一主题,我们在晚期浪漫主义诗人布莱克那里可以找到一则动人的例子。当然,除却主题之外,布莱克的这首《致缪斯》与莎士比亚商籁第100首具有截然不同的基调:

To the Muses
William Blake

Whether on Ida's shady brow,
Or in the chambers of the East,
The chambers of the sun, that now
From ancient melody have ceas'd;

Whether in Heav'n ye wander fair,
Or the green corners of the earth,
Or the blue regions of the air,
Where the melodious winds have birth;

Whether on crystal rocks ye rove,
Beneath the bosom of the sea
Wand'ring in many a coral grove,
Fair Nine, forsaking Poetry!

How have you left the ancient love
That bards of old enjoy'd in you!
The languid strings do scarcely move!
The sound is forc'd, the notes are few!

致缪斯

威廉·布莱克

无论是在艾达荫翳的山顶,
或是在那东方的宫殿——
呵,太阳的宫殿,到如今
古代的乐音已不再听见;

无论是在你们漫游的天庭,
或是在大地青绿的一隅,
或是蔚蓝的磅礴气层——

吟唱的风就在那儿凝聚;

无论是在晶体的山石,
或是在海心底里漫游,
九位女神呵,遗弃了诗,
尽自在珊瑚林中行走;

何以舍弃了古老的爱情?
古歌者爱你们正为了它!
那脆弱的琴弦难于动人,
调子不但艰涩,而且贫乏!

(穆旦 译)

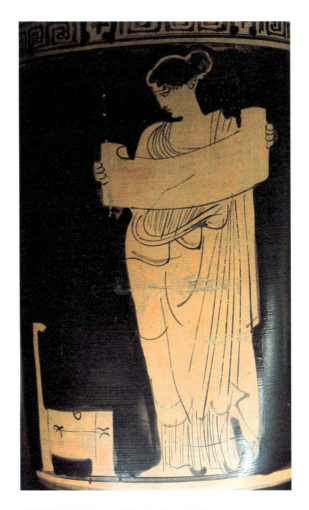

阅读手卷的缪斯，比欧提亚地区红绘油瓶，公元前5世纪

逃学的缪斯呵,对浸染着美的真,
你太怠慢了,你用什么来补救?
真和美都依赖着我的爱人;
你也要靠他才会有文采风流。

回答呵,缪斯;也许你会这样说,
"真,有它的本色,不用彩饰,
美,真正的美,也不用着色;
不经过加工,极致仍然是极致?"

因为他不需要赞美,你就不开口?
别这样代沉默辩护;你有职责
使他长久生活在金墓变灰后,
使他永远受后代的赞美和讴歌。

　　担当重任吧,缪斯;我教你怎样
　　使他在万代后跟现在一样辉煌。

商籁
第 101 首

"旷工的缪斯"
元诗

O truant Muse what shall be thy amends
For thy neglect of truth in beauty dy'd?
Both truth and beauty on my love depends;
So dost thou too, and therein dignified.

Make answer Muse: wilt thou not haply say,
'Truth needs no colour, with his colour fix'd;
Beauty no pencil, beauty's truth to lay;
But best is best, if never intermix'd'?

Because he needs no praise, wilt thou be dumb?
Excuse not silence so, for't lies in thee
To make him much outlive a gilded tomb
And to be prais'd of ages yet to be.

> Then do thy office, Muse; I teach thee how
> To make him seem long hence as he shows now.

弗朗茨·屈蒙（Franz Cumont）在出版于1942年的《关于罗马人墓葬之象征主义的研究》（*Recherches sur le symbolism funéraire des Romains*）中，论述了缪斯在求知中的作用——恰恰因为她们是记忆女神的女儿，她们的天命就包括"唤醒记忆"，促使人类的理性想起它前世知晓却在今生遗忘的真理："维护天界和谐的缪斯姐妹用音乐，唤起人类心灵中对神之旋律的渴望，对天国的怀想。与此同时，记忆女神摩涅莫辛涅的女儿们，使理性想起它前世时已知的真理。她们向理性传授永恒的誓言——智慧。有了她们的帮助，思想登上苍穹的顶峰，获知自然的奥秘，领悟群星的演化。它离开此世的呵护，来到观念与美的世界，并摆脱物欲的侵袭。当那些为女神尽职尽责并为此涤清罪恶的人死了，女神会把他们的灵魂升入天界，招至身边，使其尽享神明的美好生活。"[1]

缪斯本当担任人类记忆的守护者和唤醒者，帮助人类通过求知来获得永生，而莎士比亚却在商籁第100首和第101首中，说缪斯本人站到了记忆的反面，成了健忘和疏忽的偷懒者。继商籁第100首中"健忘的缪斯"（forgetful Muse）后，第101首开篇又出现了"逃学的/旷工的缪斯"（truant Muse）这一形象。truant 一般用来形容顽童逃学旷课（如在词组 play truant 中），缪斯的旷工则构成对真理的疏忽，而对"真"的疏忽又伴随着对"为真理上色"的

---

[1] 恩斯特·R.库尔提乌斯，《欧洲文学与拉丁中世纪》，第307—308页。

"美"的疏忽,缺席的缪斯就这样犯下了双重的懈怠之罪:

> O truant Muse what shall be thy amends
> For thy neglect of truth in beauty dy'd?
> Both truth and beauty on my love depends;
> So dost thou too, and therein dignified.
> 逃学的缪斯呵,对浸染着美的真,
> 你太怠慢了,你用什么来补救?
> 真和美都依赖着我的爱人;
> 你也要靠他才会有文采风流。

诗人说,真和美都取决于"我的爱人"(my love),换言之,真与美是否能在人世留存,取决于"我"能否在缪斯的滋养下写出与爱人的优秀匹配的诗歌。通过这种不动声色的转换,诗人将保存真与美的重担转嫁到了缪斯身上:继续启发"我"写关于爱人的诗吧,如此一来,缪斯"你"自己(本诗中缪斯通篇作为第二人称直接对话者被呼唤)也可以借着"你"所滋养的作品得到荣耀。所以,缪斯啊,"我"不是在用"我"和"我的爱人"之间的私事来麻烦"你",而是这件事本身就与"你"休戚相关:

> Make answer Muse: wilt thou not haply say,

'Truth needs no colour, with his colour fix'd;
Beauty no pencil, beauty's truth to lay;
But best is best, if never intermix'd'?
回答呵，缪斯；也许你会这样说，
"真，有它的本色，不用彩饰，
美，真正的美，也不用着色；
不经过加工，极致仍然是极致？"

第二节中诗人敦促缪斯出声回答，却先将话语放入缪斯口中，替后者假想了一个符合"旷工的缪斯"不负责任的人设的回答。此节写出了缪斯对第一节诗中指责的可能的回应：真不需要用色彩装饰，美也不需要彩笔去描绘（第7行中的pencil不是指现代的铅笔——16世纪时铅笔尚未发明——而是指蘸取颜料的小画刷），最好的事物不需要缪斯画蛇添足。诗人随即在第三节中对由他虚构的缪斯的自我辩护作出了反驳：

Because he needs no praise, wilt thou be dumb?
Excuse not silence so, for't lies in thee
To make him much outlive a gilded tomb
And to be prais'd of ages yet to be.
因为他不需要赞美，你就不开口？

别这样代沉默辩护;你有职责
使他长久生活在金墓变灰后,
使他永远受后代的赞美和讴歌。

难道因为俊美青年的完美不需要额外赞美,"你"就真的不去赞美了吗?作为缪斯,"你"没有权利保持沉默,因为让"他"这一真与美的化身永远被后世赞美,永远"比镀金的坟墓更长寿",这是"你"的天职。换言之,诗人自命为缪斯和俊友之间的中介,若获得缪斯的加持,自己就能写出永生的诗章,而这诗章能使其俊友永生。此诗再次呼应了始于商籁第18首的元诗主题:"只要人类在呼吸,眼睛看得见,/ 我这诗就活着,使你的生命绵延。"(So long as men can breathe, or eyes can see, /So long lives this, and this gives life to thee.)

在商籁第101首的对句中,莎士比亚写出了古往今来描述诗人与其缪斯关系的诗句中最近似僭越的一行:"缪斯,让我来教你。"不再是如古典诗人们那般谦卑或至少表面谦卑地祈求缪斯的教导,像维吉尔那样自称为"缪斯的祭司",而直接自命为缪斯的教师。仿佛光是督促这位玩忽职守的"逃学者/旷工者"去恪守职责还不够,诗人干脆置换了自己和缪斯的关系:"我"来教,"你"(缪斯)去做。

Then do thy office, Muse; I teach thee how
To make him seem long hence as he shows now.
担当重任吧,缪斯;我教你怎样
使他在万代后跟现在一样辉煌。

《密涅瓦拜访缪斯们》，老巴伦（Hendrck van Balen the Elder）等人，17世纪早期

我的爱加强了，虽然看来弱了些；
我没减少爱，虽然少了些表达；
除非把爱当商品，那卖主才力竭
声嘶地把爱的价值告遍人家。

我只在春季，我们初恋的时候，
才惯于用歌儿来迎接我们的爱情；
像夜莺只是讴唱在夏天的开头，
到了成熟的日子就不再歌吟：

并不是如今的夏天比不上她用
哀诗来催眠长夜的时候愉快，
是狂欢教每根树枝负担过重，
优美变成了凡俗就不再可爱。

　　所以，我有时就学她把嗓子收起，
　　因为我不愿老是唱得你发腻。

商籁
第 102 首

夜莺
博物诗

My love is strengthen'd, though more weak in seeming;
I love not less, though less the show appear;
That love is merchandiz'd, whose rich esteeming,
The owner's tongue doth publish every where.

Our love was new, and then but in the spring,
When I was wont to greet it with my lays;
As Philomel in summer's front doth sing,
And stops her pipe in growth of riper days:

Not that the summer is less pleasant now
Than when her mournful hymns did hush the night,
But that wild music burthens every bough,
And sweets grown common lose their dear delight.

> Therefore like her, I sometime hold my tongue:
> Because I would not dull you with my song.

商籁第 102 首属于第 100—103 首这组小型内嵌诗。前后的三首元诗中都出现了丰富多变的缪斯形象，本诗中出现的却是一种缪斯的替身，也是莎士比亚全部作品中最重要的鸟类之一——夜莺。16 世纪意大利诗人特奥费罗·福伦戈（Teofilo Folengo）在其滑稽史诗（epic parody）《英雄巴多》（*Baldus*, 1517）中，用"混合拉丁文"（macaronic Latin）表达了自己对缪斯（连带着对缪斯的引领者阿波罗）的蔑视：

> 我看不上墨尔波墨涅，看不上傻瓜塔丽雅，
> 也看不上用里拉琴吟唱我的诗作的福波斯；
> 因为但给我说起自己的胆识和胃口，
> 帕纳索斯的诸神就变得一筹莫展……[1]

如同我们在商籁第 100、101 和 103 首中看到的那样，莎士比亚对赫西俄德-荷马式缪斯的态度也绝对谈不上恭敬，时常让她们为自己的写作瓶颈背锅。在商籁第 102 首中，缪斯的形象让位于莎士比亚最偏爱的一种歌禽：夜莺菲洛墨拉。菲洛墨拉的故事最著名的版本见于奥维德的《变形记》：菲洛墨拉的姐夫色雷斯国王忒柔斯护送菲洛墨拉来与姐姐普罗克涅相聚，却在途中强奸了菲洛墨拉，又割掉了她的舌头，菲洛墨拉把自己的惨状织成手帕图案向

---

[1] 恩斯特·R. 库尔提乌斯，《欧洲文学与拉丁中世纪》，第 318 页，译文细部有调整。

姐姐普罗克涅报信。后者得知妹妹的遭遇后气极,不惜杀死自己和忒柔斯的孩子向忒柔斯报仇,然后带菲洛墨拉逃跑。忒柔斯发觉真相后暴怒,拼命追赶两人。两姐妹在绝望中向神祈祷,最终天神把他们三人都变成了鸟。盖基在《莎士比亚的鸟》中将莎翁作品中的夜莺分为两类:"其中一类……不是来自诗人对这种鸟的亲身体验,而是基于遥远古代流传下来的对其歌声的传奇性诠释。另一类,夜莺回归其作为英国常见鸣鸟的自然属性。"[1] 莎士比亚在《配乐杂诗》第六首中描写的夜莺明显属于第一类:

> 花草在萌芽,树木在生长;
> 万物驱走了一切悲哀,
> 只有夜莺是唯一的例外。
> 可怜的鸟儿孤苦伶仃,
> 她把胸膛向荆棘靠紧,
> 她的歌声是那么可怜,
> 听着真叫人觉得凄惨。
> "去去,去!"她这样叫喊,
> "忒柔,忒柔!"一遍又一遍;
> 这歌声倾诉着她的哀怨,
> 听得我不禁泪水涟涟;
> 因为她那深深的哀怨,

---

[1] 阿奇博尔德·盖基,《莎士比亚的鸟》,第183页。
[2] 威廉·莎士比亚,《莎士比亚叙事诗·抒情诗·戏剧》,第206—207页。

令我想起自己的命运。

(屠岸 译)[2]

莎剧中则有不少书写夜莺自然属性的例子,譬如《维洛那二绅士》(*Two Gentlemen of Verona*)第三幕第一场中:"除非夜间有西尔维娅陪着我,夜莺的歌唱只是不入耳的噪音。"(Except I be by Silvia in the night, There is no music in the nightingale, l. 178)又如《威尼斯商人》第五幕第一场中,鲍西亚告诉尼丽莎,即使是夜莺的歌喉,也必须在特定的情境聆听才会婉转动人:"要是夜莺在白天嘈杂聒噪里歌唱,人家绝不以为它比鹪鹩唱得更美。多少事情因为逢到有利的环境,才能达到尽善的境界,博得一声恰当的赞赏。"

商籁第102首中,诗人虽然用夜莺在希腊神话中的名字菲洛墨拉称呼这种鸟,但主要是诉诸其自然属性,来建立自己作为一名写情诗的"歌者"与夜莺之间的关联。初夏时分(in summer's front)夜莺彻夜清啭,到了"更成熟的日子",即盛夏(in growth of riper days),则停止歌唱。并非盛夏不如初夏令人喜悦,而是因为再甜美的事物若重复太甚,也会造成审美疲劳:

Our love was new, and then but in the spring,

When I was wont to greet it with my lays;

As Philomel in summer's front doth sing,

And stops her pipe in growth of riper days:

我只在春季,我们初恋的时候,

才惯于用歌儿来迎接我们的爱情;

像夜莺只是讴唱在夏天的开头,

到了成熟的日子就不再歌吟:

Not that the summer is less pleasant now

Than when her mournful hymns did hush the night,

But that wild music burthens every bough,

And sweets grown common lose their dear delight.

并不是如今的夏天比不上她用

哀诗来催眠长夜的时候愉快,

是狂欢教每根树枝负担过重,

优美变成了凡俗就不再可爱。

以上第二、第三节是诗人对第一节中"我的爱加强了,虽然看来更弱;我的爱并未减少,虽然表面看起来少了"的解释。对句中,诗人自比夜莺,说自己时不时在沉默中遏止自己的歌喉,是为了不让爱人听到烦闷:"所以,我有时就学她把嗓子收起,/因为我不愿老是唱得你发腻。"

(Therefore like her, I sometime hold my tongue: /Because I would not dull you with my song.)这也呼应了本诗的核心论证：少即是多（less is more）。"我"的爱并不因为表白减少而减少，表白减少反而是其深沉而谨慎的表征。这种小心翼翼的爱的反面，是第一节中就出现的"被出卖作商品的爱"，此处，我们似乎依然看见对手诗人序列诗的影子，那"到处出版（自己情诗）"的人并非真正的爱人。商籁第102首是一首"颠倒的十四行诗"，真正总结性、挑明论点的对句可以说一早就出现在第3—4行中，其余的部分才是倒叙的论证：

That love is merchandiz'd, whose rich esteeming,
The owner's tongue doth publish every where.
除非把爱当商品，那卖主才力竭
声嘶地把爱的价值告遍人家。

莎士比亚的夜莺诗在浪漫主义时期最杰出的继承人是约翰·济慈。济慈的《夜莺颂》(*Ode to a Nightingale*)被F.S.菲茨杰拉德誉为有史以来用英语写下的最美的八首诗之一。在《夜莺颂》的第一、第二节中，夜莺是夏夜终宵歌唱的林中仙子，与赫利孔山上的缪斯神泉（Hippocrene）紧密相连，是诗人渴望追随而遁入深林的诗神之鸟：

'Tis not through envy of thy happy lot,

But being too happy in thine happiness,—

That thou, light-winged Dryad of the trees

In some melodious plot

Of beechen green, and shadows numberless,

Singest of summer in full-throated ease.

…

O for a beaker full of the warm South,

Full of the true, the blushful Hippocrene,

With beaded bubbles winking at the brim,

And purple-stained mouth;

That I might drink, and leave the world unseen,

And with thee fade away into the forest dim

并不是嫉妒你那幸福的命运，

是你的欢乐使我过分地欣喜——

想到你呀，轻翼的林中天仙，

你让悠扬的乐音

充盈在山毛榉的一片葱茏和浓荫里，

你放开嗓门，尽情地歌唱着夏天。

……

来一大杯吧，盛满了南方的温满，

盛满了诗神的泉水，鲜红，清冽，

还有泡沫在杯沿闪烁如珍珠,

把杯口也染成紫色;

我要痛饮呵,再悄悄离开这世界,

同你一起隐入那幽深的林木

(屠岸 译)

夜莺,《自然之花》(*Der Naturen Bloeme*),14世纪荷兰手稿

商籁
第 103 首

"贫乏的缪斯"
元诗

唉,我的缪斯有的是用武之地,
可是她拿出的却是怎样的贫乏!
那主题,在全然本色的时候要比
加上了我的赞美后价值更大。

假如我不能再写作,你别责备我!
朝镜子看吧,那儿有脸儿出现,
那脸儿大大胜过我愚拙的诗作,
使我的诗句失色,尽丢我的脸。

那么,去把原来是好好的主题
拼命补缀,毁坏,不就是犯罪?
我的诗本来就没有其他目的,
除了来述说你的天赋,你的美;

  比之于我的诗中的一切描摹,
  镜子给你看到的东西多得多。

Alack! what poverty my Muse brings forth,
That having such a scope to show her pride,
The argument, all bare, is of more worth
Than when it hath my added praise beside!

O! blame me not, if I no more can write!
Look in your glass, and there appears a face
That over-goes my blunt invention quite,
Dulling my lines, and doing me disgrace.

Were it not sinful then, striving to mend,
To mar the subject that before was well?
For to no other pass my verses tend
Than of your graces and your gifts to tell;

>   And more, much more, than in my verse can sit,
>   Your own glass shows you when you look in it.

在商籁第103首中，诗人与他的缪斯终于合二为一，也就是说，诗人的灵感和技艺终于"心手合一"，但这种合力的结果依然不足以忠实刻画俊友的美好。本诗如商籁第85首一样，是对"佯装谦虚"和"哑口无言"修辞传统的延续。

比莎士比亚晚两代人出生的约翰·弥尔顿（John Milton）在《失乐园》（*Paradise Lost*）第七卷中呼唤掌管天文的缪斯乌拉尼亚，但却强行将她从九位古典缪斯的队列中剥离出来，将她乔装成一名基督教化的新缪斯：

乌拉尼亚啊，从天上降临吧！
如果您的名号没有叫错的话，
我将随着您神圣的声音，
比天马柏伽索的翅膀飞得
更高，超越俄林波斯山。
我呼吁的是意义，不是名号。
您不属于九位缪斯，也不住在
老俄林波斯山上，而是天生的，
在群山出现，泉水喷涌以前，
您就和永恒的"智慧"交游，
智慧是您的姊妹，您曾在
全能的天赋面前和她嘻嘻，

天父爱听您的绝妙歌词

(第1—12行,朱唯之 译)

弥尔顿说,当他称呼缪斯之名,他"呼吁的是意义,不是名号"。这说法同样适合于莎士比亚的商籁第103首。本诗开篇伊始,诗人就明确指出,第一行开始出现的缪斯不是赫利孔山上某位具体缪斯的名字,而就是诗歌灵感本身。当他说自己的缪斯带来贫乏(what poverty my Muse brings forth),诗人是在古老的"佯装谦虚"(affected modesty)修辞传统中写作——贬低自己的天赋,说自己书写的主题(俊美青年)虽然如此珍贵,自己的拙笔却无法为之增色半分:

Alack! what poverty my Muse brings forth,
That having such a scope to show her pride,
The argument, all bare, is of more worth
Than when it hath my added praise beside!
唉,我的缪斯有的是用武之地,
可是她拿出的却是怎样的贫乏!
那主题,在全然本色的时候要比
加上了我的赞美后价值更大。

奥维德在《爱经·恋情集》开篇让缪斯女神们指责小爱神丘比特,说后者僭越了自己和阿波罗的领地,把诗人的创作从六音步的史诗带到五音步的情诗去:"你这残酷的小精灵,谁给你这个权利,乱动我的诗篇?我们是庇亚利德斯的女神,不属于你那一伙。如果维纳斯夺去金发密涅瓦的武器,如果密涅瓦迎风挥动燃烧着的火炬,大家会怎么说呢?……当战神马尔斯抚弄阿奥尼的竖琴,又有谁以锐利的长矛去武装那满头秀发的福玻斯?你这小精灵拥有强大的王国,已经够厉害的了。为什么还野心勃勃,寻求新的作业?难道整个宇宙都属于你吗?赫利孔山的坦佩山谷,难道也属于你?难道连福玻斯也几乎掌握不了自己的竖琴?"紧接着,小爱神朝奥维德射出致命之箭,告诉他:"诗人,你的诗歌灵感就在于此!"后者很快接受了这一事实,即爱情与他诗歌的主题并非不可调和,而他决定告别史诗,书写情诗:"我的诗以六音步开篇,复又转到五音步去。别了,残酷的战争,战争的节律,别了!头上戴起海上香桃木的金色花环吧,缪斯!你的歌儿含有十一个音顿。"[1]

莎士比亚这组"缪斯内嵌诗"(商籁第100—103首)同时也是情诗,是诗人接受爱神强行进入诗神领地的结果。和奥维德不同,莎士比亚的抒情叙事者悲叹的主要原因,是自己的诗艺无法恰如其分地为爱慕的对象立传。在商籁第103首的第二节和第三节中,诗人祈求爱慕的对象不要

---

[1] 奥维德,《罗马爱经》,第7页。

怪罪自己的无能：并非诗人的"缪斯"不愿竭尽全力，而是要描摹的对象实在太过完美，使得他的诗行"变钝"，无法刻画的原型之美甚至会为尝试刻画者带去"耻辱"。

> O! blame me not, if I no more can write!
> Look in your glass, and there appears a face
> That over-goes my blunt invention quite,
> Dulling my lines, and doing me disgrace.
> 假如我不能再写作，你别责备我！
> 朝镜子看吧，那儿有脸儿出现，
> 那脸儿大大胜过我愚拙的诗作，
> 使我的诗句失色，尽丢我的脸。

在《爱经·爱的技巧》中，奥维德否认（赫西俄德－荷马传统中的）缪斯和缪斯带领者阿波罗对自己的诗艺的启发，而强调自己的歌来自亲身经验和实践："福玻斯啊，我不会谎称是你给了我灵感而写此诗作；也不是鸟儿的歌声和飞翔给了我启发。阿斯克拉啊，我在你山谷放牧的时候，没有看见过克里俄及其姐妹。是我的经验使我创作这部作品，请听听一个受实践启发的诗人吧。我要歌唱的是真实，请帮助我实现自己的意图吧，爱神之母！"[1] 商籁第 103 首中，诗人同样声称，自己的主题（即俊美青年的美）来自现

---

[1] 奥维德，《罗马爱经》，第 112 页；亦可参见《爱经·女杰书简》，第 8 页。

实,以及现实中自己对这份美的基于经验的体认。这份现实中的审美经验远远超越了诗歌艺术能够捕捉的高度,即使有缪斯帮助也无济于事。写诗,对于记录"你的优雅和天赋",是知其不可为而为之的绝望的劳动,甚至因为其注定失败而成为"有罪的"。

> Were it not sinful then, striving to mend,
> To mar the subject that before was well?
> For to no other pass my verses tend
> Than of your graces and your gifts to tell
> 那么,去把原来是好好的主题
> 拼命补缀,毁坏,不就是犯罪?
> 我的诗本来就没有其他目的,
> 除了来述说你的天赋,你的美

诗人及其缪斯都已尽其所能,在"你"这样丰沛完美的主题面前却始终只是"贫乏的"。本诗的行文逻辑,是通过展示叙事者对上述事实的接受,来从另一个角度赞颂爱人。诗中两度出现"镜子"(glass)意象:第二节中,镜中映出的"你"的倒影"远远超越我愚钝的发明"(overgoes my blunt invention);到了对句中,镜子更是变成了映出无法超越的完美原型的工具,是比任何诗歌都更能如实

反映美的介质。商籁第103首虽是一首元诗,其核心论证(诗艺的力所不逮)却是对十四行诗系列中诸多经典元诗的背离:

> And more, much more, than in my verse can sit,
> Your own glass shows you when you look in it.
> 比之于我的诗中的一切描摹,
> 镜子给你看到的东西多得多。

奥维德《爱经》(Ars Amatoria), 1644 年德文印刷版封面

我看,美友呵,你永远不会老迈,
你现在还是那样美,跟最初我看见
你眼睛那时候一样。从见你以来,
我见过四季的周行:三个冷冬天
 	
把三个盛夏从林子里吹落、摇光了;
三度阳春,都成了苍黄的秋季;
六月的骄阳,也已经三次烧光了
四月的花香:而你却始终鲜丽。
 	
啊!不过,美也会偷偷地溜走,
像指针在钟面瞒着人离开字码,
你的美,虽然我相信它留驻恒久,
也会瞒着我眼睛,慢慢地变化。
 	
  生怕这样,后代呵,请听这首诗:
  你还没出世,美的夏天早谢世。
	**商籁
	第 104 首**
	
	———
	
	**时序
	玄学诗**

To me, fair friend, you never can be old,
For as you were when first your eye I ey'd,
Such seems your beauty still. Three winters cold,
Have from the forests shook three summers'pride,

Three beauteous springs to yellow autumn turn'd,
In process of the seasons have I seen,
Three April perfumes in three hot Junes burn'd,
Since first I saw you fresh, which yet are green.

Ah! yet doth beauty like a dial-hand,
Steal from his figure, and no pace perceiv'd;
So your sweet hue, which methinks still doth stand,
Hath motion, and mine eye may be deceiv'd:

> For fear of which, hear this thou age unbred:
> Ere you were born was beauty's summer dead.

商籁第104首讨论的是岁时流转与美之间的关系,与为元诗系列拉开序幕的、同样处理"时间与美"主题的商籁第17首(《准元诗惜时诗》)不同,本诗的核心论证是,时序无法改变俊友的美,至少在诗人眼中如此。但诗人也隐隐透露出担忧,即这种"不老"可能是情人眼中的假象。

本诗的整体逻辑结构是8+6,前八行处理的是四季更迭、时序流转、万物变更,以及与之相对的,俊友外貌的"不变"(still)。开篇前两行概括了整个八行诗的主旨,"自从我第一次看到你的眼睛/俊美的朋友,你在我眼中就不曾(不会)变老"(To me, fair friend, you never can be old, /For as you were when first your eye I ey'd)。紧接着,第3—8行中密集出现了5个数字"三":

Such seems your beauty still. Three winters cold,
Have from the forests shook three summers' pride,
你的美看起来毫无改变。三个严冬
已在森林中摇落三个夏天的荣光,

Three beauteous springs to yellow autumn turn'd,
In process of the seasons have I seen,
Three April perfumes in three hot Junes burn'd,

Since first I saw you fresh, which yet are green.
三个阳春已然化作深秋的枯黄。
时序使我目睹三个四月的精粹
被三个六月的炽热烧得精光。
可你还是如我们初见那般明媚

（包慧怡 译）

诗人看似反复强调，从自己第一次见到俊友以来已经过了三年，经历了三次的寒暑和春秋（一些评论者因此援引这首诗，作为十四行诗写作时间的判断依据）。其实，此处的数字三很可能只是诗歌中的惯用修辞，属于莎士比亚对古希腊罗马诗歌传统的直接或间接继承的一部分。比如贺拉斯就在《长短句集》(*Epodes*)第11首的第5—6行中写过：

hic tertius December ex quo destiti
Inachia furere, silvis honorem decutit.
自从我停止狂恋伊娜琪娅以来
十二月已三度摇落树林的荣光。

（包慧怡 译）

莎士比亚爱用四季的更替，以及天气从暖转寒对植物、动物和人类的影响,来暗示人类的普遍不幸。美好的事物无法永存,正如和煦明媚的春夏无法永驻,必将年复一年让位给严冬,这是一种人类堕落后的处境。这一点在《皆大欢喜》第二幕第一场中表述得最为直白:

> Here feel we but the penalty of Adam,
> The seasons' difference, as the icy fang
> And churlish chiding of the winter's wind,
> Which, when it bites and blows upon my body,
> Even till I shrink with cold, I smile and say
> 'This is no flattery: these are counsellors
> That feelingly persuade me what I am.' (ll.12–16)

我们在这儿所感觉到的,只是时序的改变,那是上帝加于亚当的惩罚;冬天的寒风张舞着冰雪的爪牙,发出暴声的呼啸,即使当它砭刺着我的身体,使我冷得发抖的时候,我也会微笑着说:"这不是诌媚啊;它们就像是忠臣一样,谆谆提醒我所处的地位。"

《亨利六世·中篇》第二幕第四场中也有类似表述:

Thus sometimes hath the brightest day a cloud;
And after summer evermore succeeds

Barren winter, with his wrathful nipping cold:
So cares and joys abound, as seasons fleet. (ll. 2–5)

果然是爽朗的大晴天有时会蒙上一层乌云，在夏季以后不免要有朔风凛冽的严冬。像季节的飞逝一样，人生的哀乐也是变换不停的。

四季更迭象征着人事多变，悲愁与欢喜总是交替出现。有时，即使在通常象征"欢喜"的夏日中，也已经隐隐出现了冬日的愁苦的预兆。比如在商籁第 18 首第 3—4 行中，"狂风会吹落五月的娇花嫩瓣，/ 夏季出租的日期又未免太短"（Rough winds do shake the darking buds of May, /And summer's lease hath all too short a date）。此外，商籁第 65 首也刻画了夏日甜美中的脆弱：

O, how shall summer's honey breath hold out
Against the wreckful siege of battering days,
When rocks impregnable are not so stout,
Nor gates of steel so strong, but Time decays? (ll.5–8)
呵，夏天的香气怎能抵得住
多少个日子前来猛烈地围攻？
要知道，算顽石坚强，巉岩牢固，
钢门结实，都得被时间磨空！

商籁第104首更是通过五个"三度",反复强调了四季更迭的不可避免。但时序流转的通常寓意"美好的事物无法长存"却并不适用于"你"的美:"你"的美"长青"(which yet are green)——在第8行中作为多变的气候的反面出现。然而紧接着的第9行就开启了全诗长达六行的转折段,在第三节四行诗中,俊友容貌的"长青"被作为一种表象的幻觉否定了:

> Ah! yet doth beauty like a dial-hand,
> Steal from his figure, and no pace perceiv'd;
> So your sweet hue, which methinks still doth stand,
> Hath motion, and mine eye may be deceiv'd
> 啊! 不过,美也会偷偷地溜走,
> 像指针在钟面瞒着人离开字码,
> 你的美,虽然我相信它留驻恒久,
> 也会瞒着我眼睛,慢慢地变化。

时序的机械象征"日晷"的形象以它的一个零部件——指针(dial-hand)——出现,正如指针蹑手蹑脚的移动不易令人察觉,美也同样"偷偷行走"或(从美的形象中)"偷走"美(steal一词的双关也是莎士比亚热爱使用的)。因此"你"的美好的容颜(sweet hue,"甜美的色泽")也在"变化"(hath motion),只是"我"受骗的眼睛没有察觉。至此,诗中的"你"都指俊友,诗人维持着与爱人之间的缺席对话,虽然它们读起来更像诗人独处时的冥想和玄思。但到了对句中,被直接呼唤的第二人称"你"(thou)出乎意料地转变成了"尚未出生的世纪"(thou age unbred),也就是未来的时序。诗人声称,由于最美的人身上的美可能已经在偷偷消逝,所以在"尚未出生的世纪"诞生之前,"美的夏日"就已死去:

For fear of which, hear this thou age unbred:
Ere you were born was beauty's summer dead.
唯恐如此,尚未出生的世纪啊,请听:
先于你的诞生,美之夏日已溘然长逝。

(包慧怡 译)

对句中要求未来时代聆听的,究竟是预言还是诅咒?本诗始于寒与暑、青春与衰老的对比,终于"诞生"与"死亡"的对照,串起首尾的主题是"美",这也是下一首商籁的主题之一。

镜迷宫

5

爱并不因
瞬息的改变
而改变

莎士比亚十四行诗的世界

包慧怡 著

华东师范大学出版社
·上海·

目录

105 偶像玄学诗　　　　　*1019*

106 编年史元诗　　　　　*1029*

107 月蚀玄学诗　　　　　*1039*

108 祈祷情诗　　　　　　*1049*

109 "我的玫瑰"情诗　　　*1059*

110 浪子回头情诗　　　　*1067*

111 命运女神玄学诗　　　*1077*

112 蝮蛇博物诗　　　　　*1089*

113 失明玄学诗　　　　　*1099*

114 "爱之炼金术"玄学诗　*1111*

115 婴孩情诗　　　　　　*1121*

116 航海情诗　　　　　　*1131*

117 控诉反情诗　　　　　*1141*

118 求病玄学诗　　　　　*1149*

119	塞壬玄学诗	*1157*
120	膏方博物诗	*1167*
121	恶名玄学诗	*1177*
122	手册情诗	*1187*
123	金字塔玄学诗	*1199*
124	私生子玄学诗	*1209*
125	华盖情诗	*1219*
126	结信语情诗	*1229*
127	黑夫人反情诗	*1239*
128	音乐反情诗	*1251*
129	色欲反情诗	*1261*
130	"恐怖"反情诗	*1271*

别把我的爱唤作偶像崇拜,
也别把我爱人看成是一座尊像,
尽管我所有的歌和赞美都用来
献给一个人,讲一件事情,不改样。

我爱人今天温柔,明天也仁慈,
拥有卓绝的美德,永远不变心;
所以,我的只颂扬忠贞的诗辞,
就排除驳杂,单表达一件事情。

真,善,美,就是我全部的主题,
真,善,美,变化成不同的辞章;
我的创造力就用在这种变化里,
三题合一,产生瑰丽的景象。

  真,善,美,过去是各不相关,
  现在呢,三位同座,真是空前。

**商籁
第 105 首**

**偶像
玄学诗**

Let not my love be call'd idolatry,
Nor my beloved as an idol show,
Since all alike my songs and praises be
To one, of one, still such, and ever so.

Kind is my love to-day, to-morrow kind,
Still constant in a wondrous excellence;
Therefore my verse to constancy confin'd,
One thing expressing, leaves out difference.

'Fair, kind, and true,' is all my argument,
'Fair, kind, and true,' varying to other words;
And in this change is my invention spent,
Three themes in one, which wondrous scope affords.

    Fair, kind, and true, have often liv'd alone,
    Which three till now, never kept seat in one.

在商籁第 105 首中,神学词汇与情诗词汇再度合一:一神论的敬拜传统直接被挪用于描述爱情的专一,"圣三一"在诗人笔下有了全新的定义,《旧约》"十诫"中的两条被巧妙援引,用于诗人对于爱情之忠贞的自白。

我们已经在多首商籁中看到莎士比亚将神学叙事挪用于情诗的语境中,比如商籁第 34 首(彼得不认主)、第 52 首(登山宝训),还有接下来的第 108 首(犹大卖主求荣)等。无论在伊丽莎白一世还是詹姆士一世执政时期,宗教都是英国时局中最敏感的领域,在公开出版物中亵神或渎圣(哪怕只用诗歌)无疑都是危险的,不仅可能会暴露作者本人的信仰派别,更可能会被用于指认作者对当权者的忠诚与否。信条之争往往同时是政治之争。莎士比亚在作品中处理这些话题时向来谨慎,本诗中,他选择了一个无论在新教还是天主教同情者眼中都很难出错的攻击对象——偶像崇拜(idolatry)——作为反对的对象。本诗开篇伊始诗人就自我申辩道:

> Let not my love be call'd idolatry,
> Nor my beloved as an idol show,
> Since all alike my songs and praises be
> To one, of one, still such, and ever so.
> 别把我的爱唤作偶像崇拜,

也别把我爱人看成是一座尊像,

尽管我所有的歌和赞美都用来

献给一个人,讲一件事情,不改样。

《旧约·出埃及记》第20章第3节起,耶和华通过摩西向以色列先民颁布的"十诫"中,头两条都与偶像崇拜有关("除了我以外,你不可有别的神";"不可为自己雕刻偶像,也不可作什么形像仿佛上天、下地和地底下、水中的百物。不可跪拜那些像;也不可侍奉它,因为我耶和华你的神,是忌邪的神")。《出埃及记》中记载,十诫颁布之后不久,人们就趁摩西不在时违反了不可拜偶像的重大诫命,而且是通过胁迫代行祭司之职的摩西的兄长亚伦达到目的:"百姓见摩西迟延不下山,就大家聚集到亚伦那里,对他说,'起来,为我们作神像,可以在我们前面引路,因为领我们出埃及地的那个摩西,我们不知道他遭了什么事。'亚伦对他们说:'你们去摘下你们妻子、儿女耳上的金环,拿来给我。'百姓就都摘下他们耳上的金环,拿来给亚伦。亚伦从他们手里接过来,铸了一只牛犊,用雕刻的器具作成。他们就说:'以色列啊,这是领你出埃及地的神。'亚伦看见,就在牛犊面前筑坛,且宣告说:'明日要向耶和华守节。'"(《出埃及记》32:1–6)

摩西下山后见到人们这么快就藐视律法,行偶像崇拜的大罪，怒火冲天地摔碎了耶和华亲手写下诫命的法版："……挨近营前，就看见牛犊，又看见人跳舞，便发烈怒，把两块版扔在山下摔碎了，又将他们所铸的牛犊用火焚烧，磨得粉碎，撒在水面上，叫以色列人喝。摩西对亚伦说：'这百姓向你做了什么？你竟使他们陷在大罪里！'"（《出埃及记》32: 19–21）由此可见，偶像崇拜的确是没有通融余地的大罪。

商籁第105首中，诗人在第一节中先将自己的爱情性质与偶像崇拜划清界限，随即就在第二、第三节中，论证自己对俊友的崇拜其实与虔诚的信徒们对圣三一的崇拜类似。对三位一体的圣父、圣子、圣灵的崇拜正是《尼西亚信经》（*Nicene Creed*）颁布以来不可撼动的核心教义，也回荡在早期现代英国最常用的英语和拉丁语祈祷文中，莎士比亚通过将"圣父、圣子、圣灵"之圣三一置换成俊友所具备的"美、善、真"三种品质的圣三一，从反面斩钉截铁地论证了自己对俊友的爱不可能是偶像崇拜，而是完全符合教义的虔敬：

Kind is my love to-day, to-morrow kind,
Still constant in a wondrous excellence;
Therefore my verse to constancy confin'd,
One thing expressing, leaves out difference.

我爱人今天温柔,明天也仁慈,
拥有卓绝的美德,永远不变心;
所以,我的只颂扬忠贞的诗辞,
就排除驳杂,单表达一件事情。

'Fair, kind, and true,' is all my argument,
'Fair, kind, and true,' varying to other words;
And in this change is my invention spent,
Three themes in one, which wondrous scope affords.
真,善,美,就是我全部的主题,
真,善,美,变化成不同的辞章;
我的创造力就用在这种变化里,
三题合一,产生瑰丽的景象。

莎士比亚的剧本中共出现过五次 idolatry(偶像崇拜)、七次 idol(偶像),其中一半左右都用于形容热恋中的人对于爱慕对象的崇拜。比如《仲夏夜之梦》第一幕第一场,拉山德(Lysander)控诉狄米特律斯(Demetrius)迷惑了海丽娜(Helena),使她陷入对他的偶像崇拜:

Demetrius, I'll avouch it to his head,
Made love to Nedar's daughter, Helena,

And won her soul; and she, sweet lady, dotes,

Devoutly dotes, dotes in idolatry,

Upon this spotted and inconstant man. (ll.106–10)

讲到狄米特律斯,我可以当他的面宣布,他曾经向奈达的女儿海丽娜调过情,把她弄得神魂颠倒;那位可爱的姑娘还痴心地恋着他,把这个缺德的负心汉当偶像一样崇拜。

又比如《罗密欧与朱丽叶》第二幕第二场著名的阳台对话中,朱丽叶请罗密欧不要用盈亏无常的月亮起誓。罗密欧问:"那么我指着什么起誓呢?"朱丽叶回答:

Do not swear at all;

Or, if thou wilt, swear by thy gracious self,

Which is the god of my idolatry,

And I'll believe thee. (ll. 112–15)

不用起誓吧;或者要是你愿意的话,就凭着你优美的自身起誓,那是我所崇拜的偶像,我一定会相信你的。

再比如《维洛那二绅士》第二幕第四场中普洛丢斯(Proteus)和凡伦丁(Valentine)关于情人的对话:

Prot:

Enough; I read your fortune in your eye.

Was this the idol that you worship so?

Val:

Even she; and is she not a heavenly saint?

Prot:

No; but she is an earthly paragon.

Val:

Call her divine.

Prot:

I will not flatter her. (ll.139–43)

普洛丢斯：够了；我在你的眼睛里可以读出你的命运来。你所膜拜的偶像就是她吗？

凡伦丁：就是她。她不是一个天上的神仙吗？

普洛丢斯：不，她是一个地上的美人。

凡伦丁：她是神圣的。

普洛丢斯：我不愿谄媚她。

可以看出，商籁第105首中的诗人是有意与上述戏文中爱情里的"偶像崇拜者"拉开距离的：凡人崇拜他们的爱人犹如崇拜偶像，狂热但盲目，而"我"对俊友的爱并非如此；"我"的爱人也有别于一切凡人，他是集真善美于一身的完美者，因此也绝对不可能被视作"偶像"。

也有学者认为，本诗中的圣三一对应于新柏拉图主义中的三种美德"美的、善的、真的"（The Beautiful, The Good, The True'）。[1] 不过除了在少数戏谑的语境中，莎士比亚从来不是一个哲学术语的爱好者，何况在贯穿本诗的神学词汇的上下文中，我们看不出他为何要舍近求远。在最后的对句中，诗人继续赞美俊友，说古往今来从未有人如他一般，将"美、善、真"这三位一体的美德集于一人之身，这不啻将爱人在情诗的语境中"封神"了：

Fair, kind, and true, have often liv'd alone,
Which three till now, never kept seat in one.
真，善，美，过去是各不相关，
现在呢，三位同座，真是空前。

---

[1] Helen Vendler, *The Art of Shakespeare's Sonnets*, p.445.

《崇拜金牛犊》,李皮(Filippino Lippi),15世纪

商籁
第 106 首

编年史
元诗

我翻阅荒古时代的历史记载,
见到最美的人物被描摹尽致,
美使得古代的诗歌也美丽多彩,
歌颂着已往的贵妇,可爱的骑士;

见到古人夸奖说最美的美人有
怎样的手足、嘴唇、眼睛和眉毛,
于是我发现古代的文笔早就
表达出来了你今天具有的美貌。

那么,古人的赞辞都只是预言——
预言了我们这时代:你的仪态;
但古人只能用理想的眼睛测看,
还不能充分歌唱出你的价值来:

  至于我们呢,看见了今天的景象,
  有眼睛惊讶,却没有舌头会颂扬。

When in the chronicle of wasted time
I see descriptions of the fairest wights,
And beauty making beautiful old rime,
In praise of ladies dead and lovely knights,

Then, in the blazon of sweet beauty's best,
Of hand, of foot, of lip, of eye, of brow,
I see their antique pen would have express'd
Even such a beauty as you master now.

So all their praises are but prophecies
Of this our time, all you prefiguring;
And for they looked but with divining eyes,
They had not skill enough your worth to sing:

> For we, which now behold these present days,
> Have eyes to wonder, but lack tongues to praise.

商籁第106首又是一首充满书写隐喻的元诗，诗人沉思古往今来的"编年史"中对俊友所拥有的那种卓绝之美的记载，借此探讨写作者、写作技巧以及写作主题的关系。

本诗第一行中就出现了"编年史"（chronicle）一词，这个词的词源可以追溯到古老的时间之神克罗诺斯（Kronos）。我们在商籁第19首（《时间元诗》）中探讨过提坦神克罗诺斯是如何与古希腊语"时间"的人格化联系到一起的。莎士比亚自己在写作剧本（尤其是历史剧）时，借鉴了不少同时代和更早的编年史作品，对他影响最深远的要数霍林希德（Holinshed）于1577年出版的《英格兰编年史》（*Chronicle History of England*），或许还有约翰·斯托（John Stow）的《历代志，或从布鲁特到基督公元1580年的英格兰编年史》（*Annales, or a General Chronicle of England from Brute unto this present year of Christ, 1580*）。用英语写作的编年史作品的开山之作是多位匿名作者合著、历经数代作者的劳动、直到诺曼征服后还在各地被不断补充的《盎格鲁-撒克逊编年史》（*The Anglo-Saxon Chronicles*）。《盎格鲁-撒克逊编年史》的语言在成书的几个世纪内从古英语跨至中古英语，最后的编年条目是1154年——该版本被称作《彼得伯罗编年史》（*Peterborough Chronicle*），是众多《盎格鲁-撒克逊编年史》版本中最晚成书的。但是，当莎士比亚在商籁第106首中用"编年史"这样一个充满着宏亮回响、可以向近千年前的书写传统回溯的词语时，他所指涉的却并非具体的历史著作，而是泛指对往昔时光的记录，或任何写于过去年代的"古书"：

> When in the chronicle of wasted time
> I see descriptions of the fairest wights,
> And beauty making beautiful old rime,
> In praise of ladies dead and lovely knights
> 我翻阅荒古时代的历史记载，
> 见到最美的人物被描摹尽致，
> 美使得古代的诗歌也美丽多彩，
> 歌颂着已往的贵妇，可爱的骑士

仿佛为了和编年史－古书隐喻应和，诗人选择了当时已极少有人使用的、常用于14世纪的中古英语单词"wight"来表示"人"（person）。这么做除了押韵上的考虑，更多地是借助生僻古词与最常见的概念（"人"）之间的反差，来模仿过去时代诗人笔下的高古风格，并匹配他们笔下的"死去的淑女和可爱的骑士"。同理，第二节中也不说"绘画"（painting）而说"烫印、纹章"（blazon），不说"全身"而要模仿中世纪修辞传统中常用的"列举法"（*descriptio*），一一细数美人的手、脚、唇、眼、眉，并且将过去诗

人的书写工具称为"古笔"(antique pen):

> Then, in the blazon of sweet beauty's best,
> Of hand, of foot, of lip, of eye, of brow,
> I see their antique pen would have express'd
> Even such a beauty as you master now.
> 见到古人夸奖说最美的美人有
> 怎样的手足,嘴唇,眼睛和眉毛,
> 于是我发现古代的文笔早就
> 表达出来了你今天具有的美貌。

与本诗中的"古笔"对应的是,在商籁第59首(《古书元诗》)中,诗人表示希望能通过写于旧时代的"古书"(antique book),看看古人是否用文字刻画过如"你"一般卓越的佳人:

> Oh that record could with a backward look,
> Even of five hundred courses of the sun,
> Show me your image in some antique book,
> Since mind at first in character was done,
> 呵,但愿历史能回头看已往
> (它甚至能追溯太阳的五百次运行),

为我在古书中显示出你的形象,
既然思想从来是文字所表明。

That I might see what the old world could say
To this composed wonder of your frame (11.5–10)
这样我就能明了古人会怎样
述说你形体的结构是一种奇观

  商籁第 59 首最后给出的结论是否定的,诗人声称,即使阅尽古书也找不到像俊友那样完美的主题,古代的诗人们赞颂的是"远不如你的题材"(Oh sure I am the wits of former days, /To subjects worse have given admiring praise)。商籁第 59 首的侧重点是写诗者,正如过去从未有人如"你"一般美,"古书"在描摹"美"这一点上也就无一能超越"我"为"你"写下的十四行诗。商籁第 106 首的侧重点转移到了书写的主题即"你"身上,诗人宣称,古人并非没有写下出色的诗行,往昔的诗人也的确书写过"如你现在所拥有的这种美"(I see their antique pen would have express'd /Even such a beauty as you master now)。但那不是因为"他们"亲眼见过"你"这样的美人,与此相反,古人笔下无与伦比的美是出自想象力,是一种"预言"(prophecies),是对那时尚未诞生的"你"的一种预表(prefiguring，屠译作"仪态"，不确）：

So all their praises are but prophecies
Of this our time, all you prefiguring;
And for they looked but with divining eyes,
They had not skill enough your worth to sing:
那么，古人的赞辞都只是预言——
预言了我们这时代：你的仪态；
但古人只能用理想的眼睛测看，
还不能充分歌唱出你的价值来：

For we, which now behold these present days,
Have eyes to wonder, but lack tongues to praise.
至于我们呢，看见了今天的景象，
有眼睛惊讶，却没有舌头会颂扬。

然而想象终究比不上亲见，"他们"写作使用的既然是"想象之眼"（divining eyes，直译为"占卜之眼"或"灵视之眼"），也就缺乏一五一十描摹"你"的美所需要的技巧。对句中再次出现一个转折，诗人遗憾地感慨道，包括"我"在内的今日的诗人们（"我们"），虽然可以亲眼看见"你"的美而啧啧称奇，却没有相匹配的"舌头"去称颂，也就是有了卓越的主题，却缺乏与之相称的技巧。整首诗含蓄表达的结论是，无论是往昔的诗人（有技艺，缺主题），还是今天的诗人（有主题，缺技艺），都不曾如实写出俊友的美，与俊友的完美相匹配的诗歌还有待被创作。其潜台词是，"你现在所拥有的这种美"（Even such a beauty as you master now）或许已经超出了古往今来一切诗人的能力，完美主题的存在取消了技艺的正当性，甚至必要性。写诗的可能性和意义最终被取消了，这一结论也使商籁第106首实际上成为一首"反元诗"。

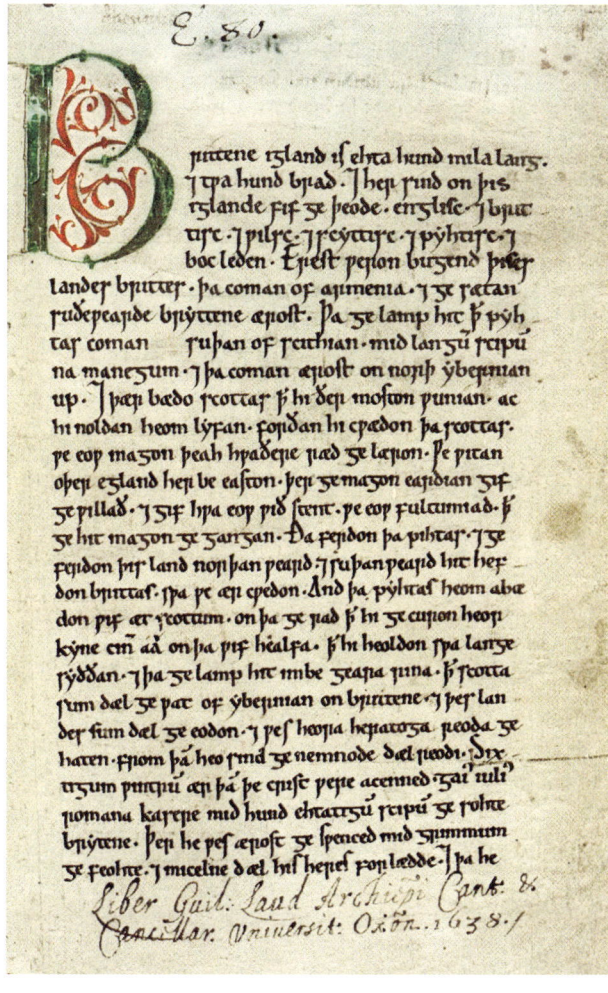

《彼得伯罗编年史》首页

梦想着未来事物的这大千世界的
预言的灵魂,或者我自己的恐惶,
都不能为我的真爱定任何限期,
尽管它假定要牺牲于命定的灭亡。

人间的月亮已经熬过了月食,
阴郁的卜者们嘲笑自己的预言;
无常,如今到了顶,变为确实,
和平就宣布橄榄枝要万代绵延。

如今,带着芬芳时节的涓滴,
我的爱多鲜艳,死神也对我臣服,
因为,不管他,我要活在这拗韵里,
尽管他侮辱遍黔淡无语的种族。

你,将在这诗中竖立起纪念碑,
暴君的饰章和铜墓却将变成灰。

商籁
第 107 首

月蚀
玄学诗

Not mine own fears, nor the prophetic soul
Of the wide world dreaming on things to come,
Can yet the lease of my true love control,
Supposed as forfeit to a confin'd doom.

The mortal moon hath her eclipse endur'd,
And the sad augurs mock their own presage;
Incertainties now crown themselves assur'd,
And peace proclaims olives of endless age.

Now with the drops of this most balmy time,
My love looks fresh, and Death to me subscribes,
Since, spite of him, I'll live in this poor rime,
While he insults o'er dull and speechless tribes:

> And thou in this shalt find thy monument,
> When tyrants'crests and tombs of brass are spent.

商籁第 107 首是莎士比亚公认最费解的十四行诗之一，也通常被看作一首影射时事，因此可以为诗系列写作时间提供线索的"断代诗"。女王伊丽莎白一世等人戴着月神的面具在诗中登场，宣告一个和平的新世纪的到来，但死亡的阴影始终潜伏，不曾离开。

早期断代者们一般认为商籁第 107 首写于 1596 年，时值伊丽莎白一世 63 岁。63 是 7 与 9 这两个神秘的"不完满"数字的乘积，因而被认为是一个人一生中尤为凶险和充满变数的寿数，即所谓"周期年"（climacteric number）。数理学派们认为，商籁第 107 首是商籁第 100 首之后出现的第一首带数字"7"的十四行诗，这一点与其内容紧密相关。当时许多星相学家和鸟占师都预言过，1596 年对于英国或女王都将是个动荡不安、充满灾祸的年份。最终，女王安然度过了 63 岁这个周期年，却将在下一个周期年（1603 年）死去，享年 70 岁。

本诗第一节就充满了末日降临的千禧主义氛围，诗人强调"无论是我自己的恐惧，还是浩渺世界的先知灵魂"都不能"掌控我真爱的租期"，其潜台词是，彼时这样的恐惧和预言确实充斥在诗人周围，威胁要将他的真爱没收去作为"受限的末日"的抵押物：

Not mine own fears, nor the prophetic soul

Of the wide world dreaming on things to come,

Can yet the lease of my true love control,

Supposed as forfeit to a confin'd doom.

梦想着未来事物的这大千世界的

预言的灵魂,或者我自己的恐惶,

都不能为我的真爱定任何限期,

尽管它假定要牺牲于命定的灭亡。

第二节中出现了本诗的核心意象"人间的月亮"(the mortal moon),或译作"必朽的月亮",以阴性形式出现的这枚月亮"挺过了她的月蚀"(her eclipse endur'd)。在伊丽莎白时期的宫廷诗歌传统中,将女王比作月神辛西娅(Cynthia)是老生常谈,因此这一词组最早抓住学者的眼球,成为他们判定本诗在讲述女王刚刚安然度过63岁这个危险的周期年的证据。更何况,1595年英国的确发生了一次被广泛观察到并造成恐慌的月全食,让人想到所谓"必朽的月亮"的死亡,这份必朽性本身也在月亮每个月从满月变作新月的盈亏中周而复始地上演。

假如我们从1595年9月7日女王满62周岁,开启人生的第63个年头来计算,这一年的确充满了"预兆"(presage)和"不确定性"(incertainties)。女王的宠臣埃塞克斯伯爵罗伯特·德弗罗(Robert Devereux)由于过度插手内政、出言不当等原因而于当年失宠,关于这位"罗宾"(埃塞克斯伯爵的昵称)正密谋叛变女王的谣言四起,而莎士比亚的恩主、俊美青年、本诗中"我的真爱"的热门人选南安普顿伯爵至死都是埃塞克斯伯爵的忠实追随者。女王不会留下子嗣已成定局,有证据表明从这一年起她开始以函授的方式训练她的接班人——苏格兰国王詹姆士六世(James VI,未来的英格兰国王詹姆士一世),但仍向公众隐瞒了王位继承的信息,唯恐海外天主教势力在詹姆士登基前策划暗杀他。多年来为女王积极开辟航路、争取海外殖民权益的两员大将约翰·霍金斯爵士(Sir John Hawkins)和弗朗西斯·德雷克爵士(Sir Francis Drake)分别于1595年底和1596年初葬身海底,其海盗式的冒险活动也宣告终结。曾在上一个周期年(1588年)惨败于英军手下的西班牙无敌舰队改进了装备,扩大了规模,准备渡过英吉利海峡卷土重来……

而1596年也是莎士比亚最大的个人悲剧之年,他唯一的儿子哈姆内特(Hamnet Shakespeare)8月初在斯特拉福镇老家死于疯狗咬伤,年仅11岁。到了10月,纹章院终于将约翰·莎士比亚梦寐以求、威廉·莎士比亚多年苦苦争取的家徽和乡绅称号颁布给了莎士比亚家族,家徽上的格言是Non Sans Droit(法语"并非无权")。莎士比亚为这一天可以说等了一辈子,他和他的家族却不再有任何男丁可以继承这一来之不易的家徽。此时我们再来重读第二节四行诗，或许可以读到一些苦涩而勉力的自我慰藉：

> The mortal moon hath her eclipse endur'd,
> And the sad augurs mock their own presage;
> Incertainties now crown themselves assur'd,
> And peace proclaims olives of endless age.
> 人间的月亮已经熬过了月食，
> 阴郁的卜者们嘲笑自己的预言；
> 无常，如今到了顶，变为确实，
> 和平就宣布橄榄枝要万代绵延。

看起来，随着1596年9月7日伊丽莎白一世即将满63周岁，英国国内的局势在不断改善：埃克赛特伯爵重新得宠，其率领的赴西班牙的远征舰队在加地斯大获全胜；伦敦充满了欢庆远征军凯旋的烟花和钟声；女王本人也在健康和胜利中庆祝了周期年生日……第二节中"未来无尽的橄榄枝"（olives of endless age）以及第三节中"太平日子滴下的香膏"（drops of this most balmy time）都驳斥了此前一年满天飞舞的凶兆，预示了一个新的太平盛世。我们当然知道这一切只是暂时的，死神只是暂时收起了自己的镰刀，女王将于下一个周期年驾崩，王位将易手，都铎王朝的日子将终结,让位给新的国君和新的朝代(斯图亚特王朝)。但至少此时,诗人似乎能够搁置个人生活中的悲剧,至少在"贫乏的诗韵"(poor rime)中活着,唱出最乐观的调子,宣称"死神已降伏",并预告他的爱人终将在诗歌的"纪念碑"中得到永生:

> Now with the drops of this most balmy time,
> My love looks fresh, and Death to me subscribes,
> Since, spite of him, I'll live in this poor rime,
> While he insults o'er dull and speechless tribes:
> 如今,带着芬芳时节的涓滴,
> 我的爱多鲜艳,死神也对我臣服,
> 因为,不管他,我要活在这拗韵里,
> 尽管他侮辱遍黔淡无语的种族。

> And thou in this shalt find thy monument,
> When tyrants' crests and tombs of brass are spent.
> 你,将在这诗中竖立起纪念碑,
> 暴君的饰章和铜墓却将变成灰。

和月蚀等天象奇观一样,反常的气候也常被看作预示着人间的悲剧。莎士比亚常用季候的错位来象征人世的险象环生，其中著名的一例出现在《仲夏夜之梦》第二幕第一场中：

> The seasons alter: hoary-headed frosts
> Fall in the fresh lap of the crimson rose,
> And on old Hiems' thin and icy crown
> An odorous chaplet of sweet summer buds
> Is, as in mockery, set. The spring, the summer,
> The childing autumn, angry winter, change
> Their wonted liveries, and the mazed world,
> By their increase, now knows not which is which. (ll. 112–19)

  因为天时不正，季候也反了常：白头的寒霜倾倒在红颜的蔷薇的怀里，年迈的冬神却在薄薄的冰冠上嘲讽似的缀上了夏天芬芳的蓓蕾的花环。春季、夏季、丰收的秋季、暴怒的冬季，都改换了他们素来的装束，惊愕的世界不能再凭着他们的出产辨别出谁是谁来。

伊丽莎白一世的"寓言肖像",死神与时间分立左右,约 1610 年

**商籁
第 108 首**

**祈祷
情诗**

难道我脑子里还留着我半丝真意
能写成文字的,没有对你写出来?
能表达我的爱和你的美德的语文里
还有什么新东西要说述和记载?

没有,甜孩子;但是,像祈祷一般,
我必须天天把同样的话语宣讲;
"你是我的,我是你的,"不厌烦,
像当初我崇拜你的美名一样。

那么,我的爱就能既新鲜又永恒,
蔑视着年代给予的损害和尘污,
不让位给那总要来到的皱纹,
反而使老年永远做他的僮仆;

  尽管时光和外貌要使爱凋零,
  真正的爱永远有初恋的热情。

What's in the brain, that ink may character,
Which hath not figur'd to thee my true spirit?
What's new to speak, what now to register,
That may express my love, or thy dear merit?

Nothing, sweet boy; but yet, like prayers divine,
I must each day say o'er the very same;
Counting no old thing old, thou mine, I thine,
Even as when first I hallow'd thy fair name.

So that eternal love in love's fresh case,
Weighs not the dust and injury of age,
Nor gives to necessary wrinkles place,
But makes antiquity for aye his page;

>   Finding the first conceit of love there bred,
>   Where time and outward form would show it dead.

菲利普·西德尼爵士的《爱星者与星》十四行诗系列只有108首，108是西德尼爵士情诗马拉松的终点，却为莎士比亚刚过中点不久的诗系列拉开了新的帷幕。第107首中提到的种种国家或个人的险境完全被搁置不提，诗人与俊友之间的旧日嫌隙也已翻篇，爱情得到了更新，并在每日的祈祷仪式中不断保鲜。

诗人在第一节四行诗中回应了《旧约·传道书》中关于日光之下无新事的古训，正如明日再次升起的太阳不会带来新的事物，已有的事后必再有，"我"也没有新的语言可以向"你"剖白心中的爱，或显现"我真实的灵魂"（my true spirit），因为之前那些情诗已经穷尽了"我"的言辞：

What's in the brain, that ink may character,
Which hath not figur'd to thee my true spirit?
What's new to speak, what now to register,
That may express my love, or thy dear merit?
难道我脑子里还留着我半丝真意
能写成文字的，没有对你写出来？
能表达我的爱和你的美德的语文里
还有什么新东西要说述和记载？

即使自己并没有新的辞章，诗人却要对他"甜蜜的男孩"告白说,他要每天重复同样的内容,如同每日例行的"神圣的祈祷"一样。法国人类学家马塞尔·莫斯(Marcel Mauss)在20世纪研究祈祷的最有趣的一本未完成之作《论祈祷》(*On Pray*)中将祈祷定义为"一种直接作用于神圣事物的口头宗教仪式",并着重关注祈祷作为"话语形成"(word-formation)仪式的规则。而日复一日的重述,对同样的名号的反复念诵,对同一心愿的再三重申,恰是祈祷之话语形成仪式的核心特征:

Nothing, sweet boy; but yet, like prayers divine,
I must each day say o'er the very same;
Counting no old thing old, thou mine, I thine,
Even as when first I hallow'd thy fair name.
没有,甜孩子;但是,像祈祷一般,
我必须天天把同样的话语宣讲;
"你是我的,我是你的,"不厌烦,
像当初我崇拜你的美名一样。

第二节——尤其是第8行中使用的 hallow(尊圣,荣耀)一词——对主祷文(Lord's Prayer)首句的呼应再明显不过,"我们在天上的父:愿人都尊你的名为圣"(Our Father, which art in heaven, hallowed be thy name)。莎士比亚的同时代基督徒读者不太可能不注意到这一情诗语言在宗教语境中的回响。与主祷文结构相似的是，我们看到诗人"祷告"的对象始终不变——被爱的"你"；他的心愿也始终不变，就是要让"你成为我的，我成为你的"；他在亵神的边缘反复试探，想要尊之为圣的名号也始终是同一个——"你美丽的名字"。莫斯认为，作为一种言语仪式的祈祷，首先是一种希求发生某种效力的行为："它总是意味着一种努力，花费体力或者精神去导致某种结果……祈祷也是有灵验性的，独一无二的灵验性，因为祈祷的言语能够引起非同寻常的现象。"[1] 那么诗人在这里希望借助"祈祷"引起的现象是什么？

So that eternal love in love's fresh case,
Weighs not the dust and injury of age,
Nor gives to necessary wrinkles place,
But makes antiquity for aye his page
那么，我的爱就能既新鲜又永恒，
蔑视着年代给予的损害和尘污，
不让位给那总要来到的皱纹，
反而使老年永远做他的僮仆

第三节起始的 so that 引出了诗人真正的心愿，也是他

---

[1] 马塞尔·莫斯,《论祈祷》, 第 63—66 页。

希求每日的祈祷触发的效应：让爱情永驻在青春的珠宝匣中，让易变的爱成为无机物般的珠宝；不因时光摧残而遍生皱纹，能在纸页中永久保存过去的时光。所谓"爱情青春的珠宝匣"也就是诗人笔下反复写却日日新的诗行，情诗与元诗的主题在全诗末尾合二为一：

> Finding the first conceit of love there bred,
> Where time and outward form would show it dead.
> 尽管时光和外貌要使爱凋零，
> 真正的爱永远有初恋的热情。

莎士比亚常有意在诗句中保留同一个词的语义开放性，第 13 行中的 first conceit of love（梁宗岱译"最初的爱苗"）在早期现代英语中可以表示"爱情最初的奇喻"，也能表示"爱情最初的孕育"（conception）。无论是哪一种，"回到最初"的诉求在本诗中已是第二次被强调（第一次是在第 8 行中，"像当初我崇拜你的美名一样"）。诗人仿佛太过了解时光与死神为盟时不可抵挡的破坏力，而要在时间摧毁爱人或者自己的爱（两者都用第 4 行中的 my love 表达）前，通过日复一日的、仪式性的祈祷，来阻挡光阴前行的脚步，以期完成用写诗来为爱情"保鲜"的心愿。"祈祷只能通过言语来实现，而言语是最具有形式性的事物。所以，形式的效力在祈祷中最为彰显无遗。在语言上的创造,正是其他一切创造的源头。"[1]——莫斯的这段话,恰如对商籁第108首之诗旨的最佳注解。

时光可以为日复一日的祈祷驻留,更多情况下却只是波浪般向某个终点奔涌,成为人类亘古不变的愚行的纪年。《麦克白》第五幕第五场第18—28行中有一段关于明日的阴郁独白,全面展现了光阴更替的单调性和终极虚无性,一个个明日必将徒劳无功地成为昨日,这份形而上的绝望与麦克白精神和处境上的绝望,在独白的最后已无法分离:

> Tomorrow, and tomorrow, and tomorrow,
> Creeps in this petty pace from day to day,
> To the last syllable of recorded time;
> And all our yesterdays have lighted fools
> The way to dusty death. Out, out, brief candle!
> Life's but a walking shadow, a poor player,
> That struts and frets his hour upon the stage,
> And then is heard no more. It is a tale
> Told by an idiot, full of sound and fury,
> Signifying nothing.
> 明天,明天,
> 再一个明天,

---

[1] 马塞尔·莫斯,《论祈祷》,第66页。

一天接着一天地蹑步前进，
直到最后一秒钟的时间；
我们所有的昨天，
不过替傻子们照亮了到死亡的土壤中去的路。
熄灭了吧，熄灭了吧，短促的烛光！
人生不过是一个行走的影子，
一个在舞台上指手划脚的拙劣的伶人
登场了片刻，就在无声无臭中悄然退下；
它是一个愚人所讲的故事，
充满着喧哗和骚动，
找不到一点意义。

《麦克白夫人的梦游》，福斯利（Johann Heinrich Füssli），1781—1784 年

**商籁
第 109 首**

**"我的玫瑰"
情诗**

啊,请无论如何别说我负心,
虽然我好像被离别减少了热力。
我不能离开你胸中的我的灵魂,
正如我也离不开自己的肉体;

你的胸膛是我的爱的家:我已经
旅人般流浪过,现在是重回家园;
准时而到,也没有随时光而移情,——
我自己带水来洗涤自己的污点。

虽然我的品性中含有一切人
都有的弱点,可千万别相信我会
如此荒谬地玷污自己的品性,
竟为了空虚而抛弃你全部优美;

  我说,广大的世界是空空如也,
  其中只有你,玫瑰呵!是我的一切。

O! never say that I was false of heart,
Though absence seemed my flame to qualify,
As easy might I from my self depart
As from my soul which in thy breast doth lie:

That is my home of love: if I have ranged,
Like him that travels, I return again;
Just to the time, not with the time exchanged,
So that myself bring water for my stain.

Never believe though in my nature reigned,
All frailties that besiege all kinds of blood,
That it could so preposterously be stained,
To leave for nothing all thy sum of good;

    For nothing this wide universe I call,
    Save thou, my rose, in it thou art my all.

商籁第109首是十四行诗系列中，诗人直接用"我的玫瑰"来称呼俊友的唯一一首诗，类似于在拉丁文中采用呼格，具有举足轻重的意义。同时，这也是俊美青年序列中最后一首出现玫瑰意象的诗。

本诗的开篇，与之前的第108首和紧接着的第110首一样，可以看作对一种没有直接写出的、源自俊友的"控诉"的回应：千万别说我虚情假意，尽管缺席看起来减少了我的爱焰（O! never say that I was false of heart, /Though absence seemed my flame to qualify）。莎士比亚也多次在剧中将动词"qualify"用作"减少、减轻，稀释"之义，比如在《哈姆雷特》第四幕第七场中，"爱情源自时间，时间却也减少爱情的火光和烈焰"（"Love is begun by Time: And Time qualifies the spark and fire of it"，l.114）。商籁第109首属于情诗中的"申辩诗"，这一文体可以上溯至古希腊罗马文学中的申辩辞。诗人为自己的"真"申辩：正如"我"无法与自己（的身体）分离，"我"也无法与"我的灵魂"分离；而"我的灵魂"是在"你的心中"，那里是"我"爱情的归属地（As easy might I from my self depart/As from my soul which in thy breast doth lie: /That is my home of love …）。

第二节四行诗同样被"归家"的修辞统御，诗人写道，即使"我"曾经漂泊如一个走失的浪子，现在我已归来

(… if I have ranged, /Like him that travels, I return again)。这里 range（漫游）一词的近义词有 wander、roam、depart from the right course 等，表面描写物理上的浪游和走失，暗示诗人在这段时间内出于巡回演出等原因不在俊友身边，两人被迫分离（这也是第 110、113、117 等几首"申辩诗"的叙事语境）。该词同时也影射心灵的"偏失"，诗人承认曾经受到诱惑，另寻新欢，在对俊友的爱情中犯了错误，尽管他在第 10 行中辩解说，那是一些血肉之躯都会犯的错（frailties that besiege all kinds of blood）。"犯错是人的天性"（*Errare humanum est*），一如小塞内加所言，而 *errare* 这个拉丁文动词的本义即为"偏离方向，走失"。诗人在这里化用了"浪子归家"（The Return of the Prodigal Son）这一源自《新约·路加福音》的重要文学母题："你"是"我"的爱栖息的地方，是"我"灵魂的居所，"你"就是"我的家"。"我"虽曾远游和迷失，如今却已"准时回家，没有被时光更改"，并且"带来了洗去我污点的圣水"（"我"悔恨的眼泪）。

That is my home of love: if I have ranged,
Like him that travels, I return again;
Just to the time, not with the time exchanged,
So that myself bring water for my stain.
你的胸膛是我的爱的家：我已经

旅人般流浪过,现在是重回家园;
准时而到,也没有随时光而移情,——
我自己带水来洗涤自己的污点。

诗人如《路加福音》中的浪子般请求俊友的原谅,请他切莫相信,自己的天性会那么荒唐,以至于犯下这样的罪:离开"你"这至高的善,去追求虚无,或一文不值之物(That it could so preposterously be stained, /To leave for nothing all thy sum of good)。这里的 thy sum of good 是拉丁文 *summun bonum* 的英语化用,直译是"一切善的总和",该短语最初的使用者是古罗马演说家西塞罗,到了中世纪经院哲学中,则被托马斯·阿奎那(Thomas Aquinas)等定义为遵照基督的教导度过的一生。同之前的浪子归家、用水洗去罪迹或"污点"(stain, stained)、虚空(nothingness)等措辞结合起来,莎士比亚这首诗的宗教氛围十分显著,而我们早就在诸如商籁第 31 首等之前的作品中见识过诗人用神学语汇刻画凡间爱情的技巧。不过,在商籁第 109 首中,万千话语最终都在对句中归于一个熟悉的意象:

For nothing this wide universe I call,
Save thou, my rose, in it thou art my all.
这广袤宇宙中的一切我都不看重

除了你,我的玫瑰,寰宇中你是我的一切。

(包慧怡 译)

"玫瑰"这个如其花瓣一般反复的譬喻,在莎士比亚的第1首商籁中就已提纲挈领地出现过,并随着整个十四行诗系列的展开而日渐葳蕤,在语言的王国中,在莎士比亚这名"绿拇指"园丁的巧手下,不断伸出新的枝条,不断获得新的生命,到了本诗末尾则凝聚成一声深情的呼唤:"我的玫瑰。"这是包括莎士比亚在内的无数古今诗人献给爱人的最高赞誉,一个综合了一切美善的称呼,比如在苏格兰浪漫派诗人罗伯特·彭斯这首被谱成歌谣的名诗《我的爱是一朵红红的玫瑰》中:

O my Luve's like a red, red rose
That's newly sprung in june;
O my Luve's like the melodie
That's sweetly play'd in tune …
噢,我的爱是一朵红红的玫瑰
六月里初次绽放;
噢,我的爱是一支和谐的旋律
甜蜜地被弹奏……

(包慧怡 译)

到了现代，爱尔兰诗人叶芝在他出版于 1893 年的诗集《玫瑰集》（*The Rose*）中，用一系列玫瑰诗更新着玫瑰这种"莎士比亚之花"的内涵。这本诗集中的第一首《致时间十字架之上的玫瑰》即体现了叶芝强大的综合整饬能力，"玫瑰"这个亘古的意象在其中得到了前所未有的灵活运用，成为一种具有高度创造性的符号。叶芝用"玫瑰"来呼唤的不仅是他的爱人，还有故乡，还有爱尔兰民族精神，乃至"一切善的总和"："红玫瑰，骄傲的玫瑰，我一切时日的悲伤玫瑰！/ 走近我，当我吟唱那些古老的传说……人类的命运已不再教我目盲，/ 我在爱与恨的树枝底下，/ 在所有命若蜉蝣的愚昧中央 / 找到了浪游途中的、永恒不朽的美。"（包慧怡 译）

商籁第 109 首出现在献给俊美青年的组诗即将终结之处，诗人在此诗中再次肯定爱人是"至高的善"，并用第一人称所有格的"玫瑰"来为这段爱情正名：爱"你"就是爱"玫瑰"，爱"你"就是让灵魂归家，就是回到浩渺宇宙中"我"唯一的归宿。至此，在莎士比亚这里，玫瑰早已不是花园、植物图谱、词典中的万花之王，而是一张流动的符号之网，一种以名词、动词和形容词形态不断枝繁叶茂着的元诗的象征。

《黑里奥加巴卢斯的玫瑰》,塔德玛(Lawrence Alma-Tadema),1888年

商籁 第 110 首

浪子回头情诗

唉!真的,我曾经到处地往来,
让自己穿上了花衣供人们赏玩,
嘲弄自己的思想,把珍宝贱卖,
用新的感情来冒犯旧的情感。

真的,我曾经冷冷地斜着眼睛
去看忠贞;但是,这一切都证实:
走弯路促使我的心回复了青春,
我历经不幸才确信你爱我最深挚。

一切都过去了,请接受我的无底爱:
我永远不会再激起我一腔热情
去追求新交,而把老朋友伤害,
老朋友正是拘禁了我的爱之神。

  那么,我的第二个天国啊,请张开
  你最亲最纯的怀抱,迎我归来!

Alas! 'tis true, I have gone here and there,
And made my self a motley to the view,
Gor'd mine own thoughts, sold cheap what is most dear,
Made old offences of affections new;

Most true it is, that I have look'd on truth
Askance and strangely; but, by all above,
These blenches gave my heart another youth,
And worse essays prov'd thee my best of love.

Now all is done, save what shall have no end:
Mine appetite I never more will grind
On newer proof, to try an older friend,
A god in love, to whom I am confin'd.

> Then give me welcome, next my heaven the best,
> Even to thy pure and most most loving breast.

商籁第 110 首延续了第 109 首中的"浪子回头"主题，诗人进一步完成了对自己爱情的申辩。同时，这首诗也被看作十四行诗系列中为数不多的、莎士比亚直接谈论其主业——"演员"——的作品。

诗人在上一首商籁中向俊友坦白了自己的一次或多次"不忠"，这次不忠被描绘为一次浪游或走失，其终点则是重回俊友的怀抱，称俊友为自己唯一的"爱情之家"，而自己的迷途知返是一次情感和精神上的"归家"，"你的胸膛是我的爱的家：我已经 / 旅人般流浪过，现在是重回家园"（ll.5-6, Sonnet 109）。到了本诗第一节中，他再次叙述了自己的"浪游"，只不过这次流浪不仅是情感上的，还更多地是指现实层面的"东奔西跑"。莎士比亚提到自己在这种奔走中"扮作穿花衣的小丑"（made my self a motley），这就很容易让人想到他的本职——剧作家、剧院经理、导演，以及偶然为之的，在自己或别人的戏剧中扮演跑龙套的小角色（莎士比亚曾扮演《哈姆雷特》中老国王的鬼魂）。motley 本来是指用鲜艳的杂色破布拼接而成的花衣，莎剧中最常穿 motley 的就是各种弄臣小丑的角色，因此诗人有时也用 motley 来指代丑角：

Alas! 'tis true, I have gone here and there,
And made my self a motley to the view,

Gor'd mine own thoughts, sold cheap what is most dear,
Made old offences of affections new

唉！真的，我曾经到处地往来，

让自己穿上了花衣供人们赏玩，

嘲弄自己的思想，把珍宝贱卖，

用新的感情来冒犯旧的情感。

在伊丽莎白一世和詹姆士一世时期的英国，演员是一个地位低下的行业，被看作比流浪汉好不了多少的"无主之人"，可能出于各种原因被逮捕、鞭打、戴上桎梏或烫上烙印，因此演员及其剧团都要依附于某名位高权重的贵族或行会主以寻求庇护。但做一个演员要求解锁的技能树又十分复杂：一名好演员需要同时是乐师，会弹奏西特拉琴、鲁特琴、曼陀林或拉低音六弦提琴；其次还需要会格斗，至少是假装花拳绣腿地打斗一番，以应对剧中充斥的暴力场景；再次，他得是一名舞蹈家，"无论是悲剧还是喜剧，剧终时演员们都要表演一场复杂的舞蹈"；最后，他还要懂得穿衣的艺术，懂得如何在紧身裤里恰到好处地凸显双腿的曲线。[1] 年少时当过见习演员的莎士比亚很可能需要向不同的人学习不同的技艺，因此从小就习惯了"东奔西跑"，而他成年后的剧作家和剧院经理角色，以及他和他的剧团鹊起的声名，都可能使他在职业盛期和后期越来越经常地

---

[1] 斯蒂芬·格林布拉特，《俗世威尔——莎士比亚新传》，第43—45页。

出差，踏上与俊友分离的浪游之旅，并有机会在新的地点结识新的"俊美青年"，发生新的艳遇：

> Most true it is, that I have look'd on truth
> Askance and strangely; but, by all above,
> These blenches gave my heart another youth,
> And worse essays prov'd thee my best of love.
> 真的，我曾经冷冷地斜着眼睛
> 去看忠贞；但是，这一切都证实：
> 走弯路促使我的心回复了青春，
> 我历经不幸才确信你爱我最深挚。

第7行是一个相当暧昧的句子，"这些偏转给我的心带来了新的青春"，也可以是"这些偏转给我的心带来了新的少年"（another youth）。当然，诗人把自己这种心的"偏转"谴责为"斜眼看真理"或"斜眼看真爱"，说他所有艳遇方面的"尝试"（essays）都是"更糟糕的"（worse），不过证明（prov'd）了只有"你"是我"最爱的人"或"最好的爱人"（best of love）。essay 的这个早期义项来自法语动词 essayer，蒙田（Michel de Montaigne）用这个动词的复数名词形式为自己的《散文集》（*Essaies*）取了书名，准确的译法其实是《尝试集》，一种对新文体的尝试。本诗中，诗人提及的这些 essays 却是对新的爱人、新的情感经历的尝试。在第 8 行中，表示"证明"的动词 prove，其词源是拉丁文动词 *probare*，也有挑战、尝试、试探的意思。在本诗下一节中，prove 这层在现代英语中逐渐失落的词义会以名词形式明确地出现。诗人说他不会再度"在新的尝试中"（on newer proof）磨利自己的欲望，或者去"试探老朋友"（try an older friend），essay-prove-try 这一串近义词在此获得了词源-语文学-诗学中的多重关联：

> Now all is done, save what shall have no end:
> Mine appetite I never more will grind
> On newer proof, to try an older friend,
> A god in love, to whom I am confin'd.
> 一切都过去了，请接受我的无底爱：
> 我永远不会再激起我一腔热情
> 去追求新交，而把老朋友伤害，
> 老朋友正是拘禁了我的爱之神。

第三节再次将我们带回第 109 首中已经出现过的"浪子回头"主题。《路加福音》第 15 章借耶稣之口讲述了这个比喻："一个人有两个儿子；小儿子对父亲说：'父亲，请你把我应得的家业分给我。'他父亲就把产业分给他们。过了不多几日,小儿子就把他一切所有的都收拾起来,往远方去了。在那里任意放荡,浪费资财。既耗尽了一切所有的,又遇着那地方大遭饥荒,就穷苦起来。于是去投靠那地方的一个人;那人打发他到田里去放猪。他恨不得拿猪所吃的豆荚充饥,也没有人给他。他醒悟过来,就说:'我父亲有多少的雇工,口粮有余,我倒在这里饿死吗?我要起来,到我父亲那里去,向他说:父亲!我得罪了天,又得罪了你;从今以后,我不配称为你的儿子,把我当作一个雇工吧。'于是起来往他父亲那里去。相离还远,他父亲看见,就动了慈心,跑去抱着他的颈项,连连与他亲嘴。儿子说:'父亲!我得罪了天,又得罪了你;从今以后,我不配称为你的儿子。'父亲却吩咐仆人说:'把那上好的袍子快拿出来给他穿;把戒指戴在他指头上,把鞋穿在他脚上;把那肥牛犊牵来宰了,我们可以吃喝快乐;因为我这个儿子是死而复活,失而又得的。'他们就快乐起来。"(《路加福音》15:1–14)。然后才是故事的高潮部分:大儿子觉得父亲如此善待浪荡子弟弟是对自己的不公正,他这么多年兢兢业业服侍父亲,连一只羊都没得到,现在父亲却为这个败家子宰牛。父亲对大儿子的抗议是这样回答的:"儿啊!你常和我同在,我一切所有的,都是你的;只是你这个兄弟是死而复活,失而又得的,所以我们理当欢喜快乐。"(《路加福音》15:31–32)

在商籁第110首的第12行中,诗人已经将俊友称作一位神明,这位神爱着诗人也为诗人所爱,又是一切情人中最好的,因此诗人最终发现自己必须对他保有绝对的忠诚(A god in love, to whom I am confin'd)。到了对句中,诗人更是将自己在爱情领域的"浪子回头"提升到宗教高度,请求俊友如《新约》中的老父亲那般,重新用自己"最最亲爱的怀抱"接纳他,并将爱人称为"除天堂之外最好的事物"——天堂或许能提供来世救赎,但在此时此地的这个世界上,爱人就是他唯一可能的救赎:

Then give me welcome, next my heaven the best,
Even to thy pure and most most loving breast.
那么,我的第二个天国啊,请张开
你最亲最纯的怀抱,迎我归来!

《浪子回头》，伦勃朗，1668—1669年，
现藏圣彼得堡冬宫博物馆

商籁
第 111 首

命运女神
玄学诗

请你为我去谴责命运吧。唉,
这让我干有害事业的罪恶女神!
除公共风习养育的公共方式外,
她不让我的生活有更好的前程。

因此我名字只得把烙印承受,
我的天性也大体屈服于我所
从事的职业了,好像染师的手:
那么,你该可怜我,巴望我复活;

而我像病人,心甘情愿地吞服
醋药来驱除我身上严重的疫病;
任何苦药我都不觉得它苦,
赎罪再赎罪,不当作两度苦行。

可怜我吧,爱友,我向你担保,
你对我怜悯就足以把我医好。

O! for my sake do you with Fortune chide,
The guilty goddess of my harmful deeds,
That did not better for my life provide
Than public means which public manners breeds.

Thence comes it that my name receives a brand,
And almost thence my nature is subdu'd
To what it works in, like the dyer's hand:
Pity me, then, and wish I were renew'd;

Whilst, like a willing patient, I will drink,
Potions of eisel 'gainst my strong infection;
No bitterness that I will bitter think,
Nor double penance, to correct correction.

    Pity me then, dear friend, and I assure ye,
    Even that your pity is enough to cure me.

古罗马命运女神福尔图娜（Fortuna）虽然脱胎自古希腊神话中的命运三姐妹（Moirai），其视觉表现却与希腊传统大相径庭：一位而不是三位，转动象征人世沉浮的车轮，而不是纺线。到了古代晚期至中世纪，时刻转动运数之轮的命运女神常被表现为一名瞎眼的、头戴王冠的贵妇或王后，这位"福尔图娜女士"（Lady Fortuna）是诗歌中最重要的寓意人物之一，比如乔叟就在他不那么著名的一首道德训喻诗《诚实：提供好建议的歌谣》中以中古英语描述了人格化的命运的形象：

Tempest thee noght al croked to redresse

In trust of hir that turneth as a bal;

Gret reste stant in litel besinesse.

Be war therfore to sporne ayeyns an al,

Stryve not, as doth the crokke with the wal.

Daunte thyself, that dauntest otheres dede,

And trouthe thee shal delivere, it is no drede. (ll.7–14)

不要费心去纠正所有错误

要信任她，那飞转如轮的命运；

一动不如一静，少扰则多安。

小心不要抬起脚踢到锥子，

不要像瓦罐撞墙般胡乱挣扎。

想掌控别人行为的人,先控制你自己,

毫无疑问,诚实会让你解脱。

(包慧怡 译)

到了文艺复兴时期,寓言诗以及文学中普遍的寓言式写作的倾向式微,但命运女神的形象仍然强有力地存在于诗歌中,作为普遍的逆境的人格化形象频频出现。比如莎士比亚就在商籁第 111 首中要求俊友谴责命运女神,因为她是"为我带来种种伤害"或者"迫使我做出种种害人之事"的"有罪的女神":

O! for my sake do you with Fortune chide,

The guilty goddess of my harmful deeds,

That did not better for my life provide

Than public means which public manners breeds.

请你为我去谴责命运吧。唉,

这让我干有害事业的罪恶女神!

除公共风习养育的公共方式外,

她不让我的生活有更好的前程。

第 4 行的"滋养放荡的公开谋生的手段"(public means which public manners breeds)可谓对演员职业的

直白描述,在舞台上公开演戏这一行为在当时就被看作有伤风化(故绝不允许女性登台),这种"公开谋生的手段"(public means)被认为会导致放浪形骸的言行举止(public manners)。此处第二个 public 中直白的贬义在《奥赛罗》第四幕第二场中也出现过,当时奥赛罗指责苔丝狄蒙娜是个娼妓:"犯了什么罪恶!啊,你这人尽可夫的娼妇!"(What committed? /Committed! O thou public commoner! ll.73-74)我们在上一首诗的解读中提过,莎士比亚生活的英国轻视演员这个阶级,可以随便找个理由将"戏子们"逮捕、鞭打、戴上枷锁甚至烫上侮辱性的烙印,这种情况也在本诗下一节中"我的名字被烫上了烙印"里得到了双关影射:

Thence comes it that my name receives a brand,
And almost thence my nature is subdu'd
To what it works in, like the dyer's hand:
Pity me, then, and wish I were renew'd
因此我名字只得把烙印承受,
我的天性也大体屈服于我所
从事的职业了,好像染师的手:
那么,你该可怜我,巴望我复活

诗人说自己的本性"被职业玷污,如同染匠的手"——

染匠（dyer）同样是当时英国社会中地位低下的职业。作为一名成功的剧作家和演员，或许最终有可能跻身上流阶层的圈子，就如莎士比亚自己的职业生涯所证明的那样；但若以成为贵族为目的而给自己规划了献身戏剧的人生，这就十分愚蠢了，一如格林布拉特所言："想要提高社会地位，当演员或是当剧作家很可能是想象得出的最糟糕的手段，就类似于想通过当妓女来成为贵夫人。但正像妓女变成贵夫人的传奇故事那样，某些职业中确实有强大的摹仿魔力在起作用。"[1] 如此受限于平民的出身（即使母亲出生的阿登家族可以追溯到古老的望族），职业又难以为自己带来好名声，莎士比亚在面对他家世显赫的贵族俊友时卑微地提出"怜悯我"（Pity me）的请求，这与他在两人情感关系中所处的劣势地位构成了平行。在下一节中，诗人进一步自比为"心甘情愿的病人"，说自己为了治好"严重的感染"情愿喝下苦涩的醋汁：

> Whilst, like a willing patient, I will drink,
> Potions of eisel 'gainst my strong infection;
> No bitterness that I will bitter think,
> Nor double penance, to correct correction.
> 而我像病人，心甘情愿地吞服
> 醋药来驱除我身上严重的疫病；

---

[1] 斯蒂芬·格林布拉特，《俗世威尔——莎士比亚新传》，第44页。

> 任何苦药我都不觉得它苦,
> 赎罪再赎罪,不当作两度苦行。

此节对于甘愿饮下苦醋汁的叙述,除了深切悔罪的语调,其他方方面面都让人想起《新约》中记载的耶稣关于饮水的两次话语。它第一次出现在被捕当晚耶稣在客西马尼园的祷告中,除《约翰福音》外,三本对观福音书(synoptic gospels)都记载了耶稣在客西马尼园里的关于"苦杯"的祈祷,以《马太福音》的记载为例:"我父啊,倘若可行,求你叫这杯离开我;然而,不要照我的意思,只要照你的意思。"(《马太福音》26:39)第二次饮水叙事出现在耶稣被钉上十字架后的临终时刻,四福音书中都有重点不同的记载,以《约翰福音》为例:"这事以后,耶稣知道各样的事已经成了,为要使经上的话应验,就说:'我渴了!'有一个器皿盛满了醋,放在那里,他们就拿海绒蘸满了醋,绑在牛膝草上,送到他口。耶稣尝了那醋,就说:'成了!'便低下头,将灵魂交付神了。"(《约翰福音》19:28-30)正如这两例经文中耶稣都是心甘情愿的"饮苦者",莎士比亚也在第111首这以斥责命运不公开篇的商籁结尾处,采取了顺从的姿态,自述为"心甘情愿的病人"——不是为了自比为神,而是为了向在他的心灵祭坛上被尊为神的爱人二次祷告:

Pity me then, dear friend, and I assure ye,

Even that your pity is enough to cure me.

可怜我吧，爱友，我向你担保，

你对我怜悯就足以把我医好。

16世纪的英国广泛流传着一首据说源自爱尔兰的谣曲《命运，我的宿敌》(*Fortune my Foe*)，这首谣曲旋律阴郁压抑，常被重新作词，用以表现行刑、死亡、暴力等情节，歌词第一句"命运，我的宿敌，你为何对我皱眉？"流传甚广。这首曲子被收录在好几本16世纪曲谱中，包括《威廉·巴雷的鲁特琴谱》(*William Ballet's Lute Book*, 1593)、《菲茨威廉姆童贞女琴谱》(*Fitzwilliam Virginal Book*)等。1565年左右，该曲调被正式注册为一首"谣曲"，莎士比亚在《温莎的风流娘儿们》第三幕第三场中借福斯塔夫之口提及过它的第一句歌词："命运虽是你的宿敌，造化却对你慈爱有加。"(I see what thou wert, if Fortune thy foe were not, Nature thy friend, ll. 55–56) 根据该曲调作词的另一首早期民谣《泰特斯·安德罗尼库斯的怨歌》(*Titus Andronicus' Complaint*) 后来成了莎士比亚最暴力血腥的一部剧本《泰特斯·安德罗尼库斯》(*Titus Andronicus*) 的灵感来源之一。以下是《命运，我的宿敌》现存的最早的一版歌词，作者不详：

Fortune My Foe

(anonymous)

Fortune, my foe, why dost thou frown on me?
And will thy favors never lighter be?
Wilt thou, I say, forever breed my pain?
And wilt thou not restore my joys again?

In vain I sigh, in vain I wail and weep,
In vain my eyes refrain from quiet sleep;
In vain I she'd my tears both night and day;
In vain my love my sorrows do bewray.

Then will I leave my love in Fortune's hands,
My dearest love, in most unconstant bands,
And only serve the sorrows due to me:
Sorrow, hereafter, thou shalt my Mistress be.

Ah, silly Soul art thou so sore afraid?
Mourn not, my dear, nor be not so dismayed.
Fortune cannot, with all her power and skill,
Enforce my heart to think thee any ill.

Live thou in bliss, and banish death to Hell;
All careful thoughts see thou from thee expel:
As thou dost wish, thy love agrees to be.
For proof thereof, behold, I come to thee.

Die not in fear, not live in discontent;
Be thou not slain where blood was never meant;
Revive again: to faint thou hast no need.
The less afraid, the better thou shalt speed.

命运，我的宿敌

（匿名）

命运，我的宿敌，你为何对我皱眉？
你的恩赐难道永不会更轻盈？
我说，你难道要永远为我滋养痛苦？
你难道再也不愿恢复我的欢愉？

我徒劳地叹息，徒劳地哭嚎悲泣，
我的双眼徒劳地难获安息；
日以继夜，我徒劳地抛洒眼泪；

我的爱徒劳地泄露我的哀愁。

于是我会将我的爱付诸命运之手，
我最深的爱，位于最无常的队列，
只侍奉因我而起的哀愁：
从今往后，我的女主人就是哀愁。

啊，傻灵魂，你就这么提心吊胆？
别悲恸，我的爱人，也别那么忧伤。
命运再富有大能和技艺，也无法
强迫我的心去将你设想得不堪。

活在至福中吧，放逐死亡去地狱；
确保把所有忧虑的念头都赶出你心：
只要你希望，你的爱人就不作他想。
若要证据，且看，我正来你身旁。

别在恐惧中死去，别活在不满中；
别被杀死在无人渴望鲜血的地方；
再度复生吧：你无需昏厥。
越少畏惧，你才会越幸运。

（包慧怡 译）

"命运的王后",中古英语手稿

薄伽丘一份作品手稿中的命运女神,15世纪

商籁
第 112 首

蝮蛇
博物诗

你的爱和怜,能够把蜚语流言
刻在我额上的烙痕抹平而有余;
既然你隐了我的恶,扬了我的善;
我何必再关心别人对我的毁誉?

你是我的全世界,我必须努力
从你的语言来了解对我的褒贬;
别人看我或我看别人是死的,
没人能改正或改错我铁的观念。

我把对人言可畏的吊胆提心
全抛入万丈深渊,我的毒蛇感
对一切诽谤和奉承都充耳不闻。
请看我怎样开脱我这种怠慢:

  你这样根深蒂固地生在我心上,
  我想,全世界除了你都已经死亡。

Your love and pity doth the impression fill,
Which vulgar scandal stamp'd upon my brow;
For what care I who calls me well or ill,
So you o'er-green my bad, my good allow?

You are my all-the-world, and I must strive
To know my shames and praises from your tongue;
None else to me, nor I to none alive,
That my steel'd sense or changes right or wrong.

In so profound abysm I throw all care
Of others' voices, that my adder's sense
To critic and to flatterer stopped are.
Mark how with my neglect I do dispense:

> You are so strongly in my purpose bred,
> That all the world besides methinks are dead.

商籁第112首处理的主题之一是爱情中的排他性,诗人声称在自己与俊友的情感关系中完全自给自足,对任何他人的声音都无动于衷,就如听不见声音的蝮蛇一般。在商籁第111首第二节中,诗人曾提到打在他名字/名声上的烙印:

Thence comes it that my name receives a brand,
And almost thence my nature is subdu'd
To what it works in, like the dyer's hand (ll. 5–7)
所以我的名字就把烙印领受,
也几乎因为这样,我的本性
被职业玷污,如同染匠的手

(包慧怡 译)

而商籁第112首基本是接着这一情境开篇的,诗人提到了"粗俗的丑闻在我眉心打下的烙印",并说俊友的爱能够"填补这凹陷",因此诗人就无所谓整个世界对他的臧否,只要爱人接受他的一切——"承认我的优点,掩盖我的缺陷"。

Your love and pity doth the impression fill,
Which vulgar scandal stamp'd upon my brow;

For what care I who calls me well or ill,
So you o'er-green my bad, my good allow?
你的爱和怜,能够把蜚语流言
刻在我额上的烙痕抹平而有余;
既然你隐了我的恶,扬了我的善;
我何必再关心别人对我的毁誉?

在商籁第109首的对句中,诗人曾称呼俊友为"我的一切","这广袤宇宙中的一切我都不看重/除了你,我的玫瑰,寰宇中你是我的一切"(For nothing this wide universe I call, /Save thou, my rose, in it thou art my all)。商籁第112首第二节中发出了类似的表白,这次俊友被称作"我全部的世界",也只有俊友一个人的评价是诗人在乎的:

You are my all-the-world, and I must strive
To know my shames and praises from your tongue;
None else to me, nor I to none alive,
That my steel'd sense or changes right or wrong.
你是我的全世界,我必须努力
从你的语言来了解对我的褒贬;
别人看我或我看别人是死的,
没人能改正或改错我铁的观念。

相比之下,对于世间其他所有人的看法,诗人说自己是完全无所谓的,"他人于我,我于他人,都当作死",对所有不是"你"的人,"我"都"心如钢铁"(steel'd sense),这种因为深陷爱情的排他性而对外界感到麻木的情形,在下一节中会被比作"蝮蛇的感官"。一如在大多同时期作品中,蛇的形象在莎士比亚笔下总体是十分负面的。《哈姆雷特》第一幕第五场中,老国王的鬼魂向哈姆雷特揭示了杀害自己的真正凶手,并将他比作一条毒蛇:

… Now, Hamlet, hear:
'Tis given out that, sleeping in my orchard,
A serpent stung me; so the whole ear of Denmark
Is by a forged process of my death
Rankly abused: but know, thou noble youth,
The serpent that did sting thy father's life
Now wears his crown.

现在,哈姆雷特,听我说。一般人都以为我在花园里睡觉的时候,一条蛇来把我螫死,这一个虚构的死状,把丹麦全国的人都骗过了;可是你要知道,好孩子,那毒害你父亲的蛇,头上戴着王冠呢。

此处,假凶手(人们误以为老国王是遭蛇咬而死的)

和真凶手（将毒药灌进老国王耳朵的哈姆雷特的叔父）都被称作"蛇"，蛇也成为歹毒而致命之生物的终极象征。不过，莎士比亚在商籁第112首第三节中强调的并非蛇的毒性，而是它"耳聋"的特质，使用的也是比 serpent（蛇）更具体的蛇名 adder（蝮蛇）：

> In so profound abysm I throw all care
> Of others' voices, that my adder's sense
> To critic and to flatterer stopped are.
> Mark how with my neglect I do dispense
> 我把对人言可畏的吊胆提心
> 全抛入万丈深渊，我的毒蛇感
> 对一切诽谤和奉承都充耳不闻。
> 请看我怎样开脱我这种怠慢

所谓"蝮蛇的感官"（adder's sense），指民间盛行的关于蝮蛇听不见声音的迷信，其起源已不可考，一说是蝮蛇因为不想听别人斥责它是条阴险的毒蛇，常把一只耳朵贴着地面，另一只耳朵用尾巴尖堵上，由于蝮蛇经常在地面上团作一堆，故有此说。此外，这种迷信也可能与《诗篇》第58首中如蛇一般自塞其耳的恶人的比喻有关："恶人一出母胎，就与神疏远。一离母腹，便走错路，说谎话。他们的毒气,好像蛇的毒气;他们好像塞耳的聋虺,不听行法术的声音;虽用极灵的咒语,也是不听。"莎士比亚在戏剧作品中多处提到这种蛇的聋聩,比如在《亨利六世·中部》第三幕第二场中,玛格丽特王后怪罪亨利六世不肯安慰她时说:"怎么!你像一条蝮蛇一样,聋了吗?那么就放出你的毒液,整死你的遭到遗弃的王后吧。"(What! art thou, like the adder, waxen deaf? Be poisonous too and kill thy forlornqueen.)又比如《特洛伊罗斯与克丽希达》(*Troilus and Cressida*)第二幕第二场中赫克托(Hector)对他的兄弟们说的话:"因为一个耽于欢乐或是渴于复仇的人,他的耳朵是比蝮蛇更聋,听不见正确的判断的。"(… for pleasure and revenge /Have ears more deaf than adders to the voice / Of any true decision.)

商籁第112首第三节中,诗人说自己的听觉如蝮蛇,"对批评和奉承都充耳不闻",把他人的意见带来的一切焦虑"扔进不见底的深渊",仍是为了强调本诗开篇就已彰显的论点:在这广漠天地里,"我"只看重"你"和"你"一个人的意见。这种表白到了对句中登峰造极,变成了"(除你之外)整个世界在我看来都已死去"。这种在单一关系的自足里否定其他一切关系的排他性表述,后世或许只在美国女诗人艾米莉·迪金森(Emily Dickinson)约写于1862年的《灵魂选择自己的伴侣》(*The Soul Selects Her Own Society*)

一诗中获得过同等程度的表达。以"蝮蛇"为核心奇喻的这首博物诗也如此斩钉截铁地收尾:

> You are so strongly in my purpose bred,
> That all the world besides methinks are dead.
> 你这样根深蒂固地生在我心上,
> 我想,全世界除了你都已经死亡。

14世纪动物寓言集中的蛇

商籁
第113首

失明
玄学诗

离开你以后,我眼睛住在我心间;
于是这一双指引我走路的器官
放弃了自己的职责,瞎了一半,
它好像在看,其实什么也不见;

我的眼睛不给心传达眼睛能
认出的花儿鸟儿的状貌和形体;
眼前闪过的千姿万态,心没份,
目光也不能保住逮到的东西;

只要一见到粗犷或旖旎的景色,
一见到甜蜜的面容,丑陋的人形,
一见到山海,日夜,乌鸦或白鸽,
眼睛把这些全变成你的面影。

  心中满是你,别的没法再增加,
  我的真心就使我眼睛虚假。

Since I left you, mine eye is in my mind;
And that which governs me to go about
Doth part his function and is partly blind,
Seems seeing, but effectually is out;

For it no form delivers to the heart
Of bird, of flower, or shape which it doth latch:
Of his quick objects hath the mind no part,
Nor his own vision holds what it doth catch;

For if it see the rud'st or gentlest sight,
The most sweet favour or deformed'st creature,
The mountain or the sea, the day or night:
The crow, or dove, it shapes them to your feature.

    Incapable of more, replete with you,
    My most true mind thus maketh mine untrue.

在商籁第 112 首中，诗人称自己只需要俊友一人，对其他人的声音关闭了自己的听觉，变得如同蝮蛇一样聋。在商籁第 113 首中，诗人集中处理自己的另一种感官——"视觉"——在爱情中的关闭。

本诗同紧随其后的商籁第 114 首，以及第 24、27、43、46、47 首商籁一样，处理爱情中眼睛与心灵的关系。但莎士比亚以一种全新的方式调动这两位演员，在以韵文写就的迷你感官剧中推出了全新的情节。就中心论点而言，与第 113 首立意最接近的是第 27 首，两者都描写眼睛看不见时心灵的动作。不同的是，第 27 首中，当诗人在黑夜中失去物理的视觉（即使他瞪大了双眼凝望黑夜），其灵魂赋予他一种"想象的视力"，使他能够凭借"心之眼"看到爱人的倩影：

And keep my drooping eyelids open wide,
Looking on darkness which the blind do see:
又使我睁开着沉重欲垂的眼帘，
凝视着盲人也能见到的黑暗：

Save that my soul's imaginary sight
Presents thy shadow to my sightless view (ll.7–10)
终于，我的心灵使你的幻象

鲜明地映上我眼前的一片乌青

在商籁第 113 首中,"我"的肉眼却因为与"你"别离的悲伤而"住进"了"我"的心里,也就是成为"我"心灵的附庸。它们不再能履行其引路的日常指责,"瞎了一部分"（partly blind）,"表面能看见,实际已熄灭":

> Since I left you, mine eye is in my mind;
> And that which governs me to go about
> Doth part his function and is partly blind,
> Seems seeing, but effectually is out
> 离开你以后,我眼睛住在我心间;
> 于是这一双指引我走路的器官
> 放弃了自己的职责,瞎了一半,
> 它好像在看,其实什么也不见

在第二节中,诗人给出了眼睛失去视觉的原因:住进心里的眼睛不再向心传递接收到的图像和形状,万物的影像一落入眼中就已失落,无法持续,更无法发送给心灵分享。眼睛成了玩忽职守的图像捕捉者,既不保存也不传递图像,视觉发生的过程因此中断,诗人实际上落入了"失明"的状态:

> For it no form delivers to the heart
> Of bird, of flower, or shape which it doth latch:
> Of his quick objects hath the mind no part,
> Nor his own vision holds what it doth catch
> 我的眼睛不给心传达眼睛能
> 认出的花儿鸟儿的状貌和形体；
> 眼前闪过的千姿万态，心没份，
> 目光也不能保住逮到的东西

眼睛为何如此玩忽职守？本诗的逻辑结构是逆序因果：每一节四行诗解释上一节四行诗阐述的现象的直接原因。正如第二节解释了第一节中描述的失明是由于眼睛的"罢工"，第三节四行诗随即阐释了眼睛不肯完成本职工作的原因。这一切都是因为：无论看到什么美好或丑陋的事物，"山川还是海洋，白昼还是黑夜／乌鸦还是白鸽"，只渴望见到"你"的眼睛都会自动把物象转化成"你"的形象。换言之，"我"的眼睛的确只是"部分失明"，因为它们还能看见"你"，可由于它们持续不断地将一切视像转化为"你"，也就看不见世上的其他任何事物：

> For if it see the rud'st or gentlest sight,
> The most sweet favour or deformed'st creature,

The mountain or the sea, the day or night:
The crow, or dove, it shapes them to your feature.
只要一见到粗犷或旖旎的景色,
一见到甜蜜的面容,丑陋的人形,
一见到山海,日夜,乌鸦或白鸽,
眼睛把这些全变成你的面影。

见与盲、视觉与失明之间的辩证对立,本身就是自《圣经》以来的诸多文学传统中常见的一组动态关系,成为论述诸多宗教、道德、美学议题的譬喻。比如《约翰福音》第九章中,耶稣关于罪责与视力的著名教诲:"我为审判到这世上来,叫不能看见的,可以看见;能看见的,反瞎了眼。"同他在那里的法利赛人听见这话,就说:"难道我们也瞎了眼吗?"耶稣对他们说:"你们若瞎了眼,就没有罪了;但如今你们说'我们能看见',所以你们的罪还在。"(《约翰福音》9:39–41)在基督教诗歌传统中,失去视力一直被当作能降临到一个人身上的最糟糕的惩罚和不幸之一来呈现,比如弥尔顿在《力士参孙》(*Samson Agonistes*, 1671)中刻画的失明后的参孙的悲愤:

O loss of sight, of thee I most complain!
Blind among enemies, O worse than chains,

Dungeon, or beggary, or decrepit age! (ll.67-69)
哦视力的丧失，我最深切的怨诉！
在敌人中失明，哦这比锁链更糟，
比地牢、乞讨或衰朽的时代更糟！

（包慧怡 译）

灵巧如莎士比亚，经常在作品中书写视觉与失明之间的灰色地带，很少封死两者之间可以互相转换的灵活空间。《罗密欧与朱丽叶》第一幕第一场中，当罗密欧饱受对罗瑟琳的思念的折磨时（朱丽叶尚未登场），莎士比亚曾使用一系列盲与见的相反相成来哀叹爱情的魔力：

Alas, that love, whose view is muffled still,
Should, without eyes, see pathways to his will!
…
Love is a smoke raised with the fume of sighs;
Being purged, a fire sparkling in lovers' eyes;
Being vexed, a sea nourished with loving tears.
What is it else? A madness most discreet,
A choking gall, and a preserving sweet.
…
He that is strucken blind cannot forget

The precious treasure of his eyesight lost.

> 唉！想不到爱神蒙着眼睛，却会一直闯进了人们的心灵！……爱情是叹息吹起的一阵烟；爱人的眼中有它净化了的火星；恋人的眼泪是它激起的波涛。它又是最智慧的疯狂，哽喉的苦味，沁舌的蜜糖……突然盲目的人，永远不会忘记存留在他消失了的视觉中的宝贵的影像。

商籁第113首的对句总结道，"我"的双眼因为充满了"你"而容不下更多东西，于是"我的真心就教我的眼睛说假话"。"爱情使人盲目"（love makes one blind）这句老生常谈在莎士比亚这里得到了全新的演绎：

> Incapable of more, replete with you,
> My most true mind thus maketh mine untrue.
> 心中满是你，别的没法再增加，
> 我的真心就使我眼睛虚假。

在莎士比亚之后的英语诗歌史上，弥尔顿的《哀失明》（*On His Blindness*）或许是关于失明的书写中最动人的一首，这首自传式的（弥尔顿晚年视力衰微，直至1652年左右完全失明）名诗也是一首十四行诗：

On His Blindness

John Milton

When I consider how my light is spent
Ere half my days in this dark world and wide,
And that one talent which is death to hide
Lodg'd with me useless, though my soul more bent

To serve therewith my Maker, and present
My true account, lest he returning chide,
"Doth God exact day-labour, light denied?"
I fondly ask. But Patience, to prevent

That murmur, soon replies: "God doth not need
Either man's work or his own gifts: who best
Bear his mild yoke, they serve him best. His state
Is kingly; thousands at his bidding speed

> And post o'er land and ocean without rest:
> They also serve who only stand and wait."

我的失明

约翰·弥尔顿

我这样考虑到：未及半生，就已然
在黑暗广大的世界里失去了光明，
同时那不运用就等于死亡的才能
对我已无用，纵然我灵魂更愿

用它来侍奉造我的上帝，并奉献
我的真心，否则他回首斥训——
于是我呆问："上帝不给光，却要人
在白天工作？"——可是忍耐来阻拦

这怨言，答道："上帝不强迫人作工，
也不收回赐予：谁最能接受
他温和的约束，谁就侍奉得最好。
他威灵显赫，命千万天使奔跑，

  赶过陆地和海洋，不稍停留——
  只站着待命的人，也是在侍奉。"

（屠岸 译）

《力士参孙》素描,海特(George Hayter),
1821年

商籁
第 114 首

"爱之炼金术"
玄学诗

是我这颗把你当王冠戴的心
一口喝干了帝王病——喜欢阿谀?
还是,我该说,我的眼睛说得真,
你的爱却又教给了我眼睛炼金术——

我眼睛就把巨怪和畸形的丑类
都改造成为你那样可爱的天孩,
把一切劣质改造成至善至美——
改得跟物体聚到眼光下一样快?

呵,是前者;是视觉对我的阿谀,
我这颗雄心堂皇地把阿谀喝干:
我眼睛深知我的心爱好的食物,
就备好这一杯阿谀送到他嘴边:

  即使是毒杯,罪恶也比较轻微,
  因为我眼睛爱它,先把它尝味。

Or whether doth my mind, being crown'd with you,
Drink up the monarch's plague, this flattery?
Or whether shall I say, mine eye saith true,
And that your love taught it this alchemy,

To make of monsters and things indigest
Such cherubins as your sweet self resemble,
Creating every bad a perfect best,
As fast as objects to his beams assemble?

O! 'tis the first, 'tis flattery in my seeing,
And my great mind most kingly drinks it up:
Mine eye well knows what with his gust is 'greeing,
And to his palate doth prepare the cup:

> If it be poison'd, 'tis the lesser sin
> That mine eye loves it and doth first begin.

商籁第114首是第113首的双联诗,诗人展开了对自己的双眼和心灵的审问,要找出谁在导致"部分失明"这件事上的罪过更大。上一首商籁中提到的眼睛的幻术被称作"炼金术"。

全诗以一个自我诘问的选择题开篇:到底是"我"的心还是眼睛更有罪过?是心将"你"当作一顶王冠来佩戴,"啜饮这专属王室的瘟病:阿谀",因此自大,还是说,该为心之自大负责的是眼睛,是它们把看到的一切都化作了爱人的倩影,因而给心灵灌下了迷魂汤?

Or whether doth my mind, being crown'd with you,
Drink up the monarch's plague, this flattery?
Or whether shall I say, mine eye saith true,
And that your love taught it this alchemy

是我这颗把你当王冠戴的心
一口喝干了帝王病——喜欢阿谀?
还是,我该说,我的眼睛说得真,
你的爱却又教给了我眼睛炼金术——

第4行中的 your love 比起"你的爱"("你"对"我"的爱),更像是"我对你的爱"(my love to you),是对"你"的深情将一种视觉的炼金术交给了"我"的眼睛,把"我"

看见的一切事物都转换成了"你",然后把这视像传递给心灵,取悦了同样渴望"你"的心。在十四行诗系列中唯一再度提到炼金术的商籁第33首(《炼金玄学诗》)中,"阿谀/奉承/取悦"同样与炼金术相伴出现:

Full many a glorious morning have I seen
Flatter the mountain-tops with sovereign eye,
Kissing with golden face the meadows green,
Gilding pale streams with heavenly alchemy (ll.1–4)
许多次我曾看见辉灿的朝阳
用至尊的目光取悦着山顶,
用金黄的脸庞亲吻青翠的草甸,
以神圣炼金术为苍白溪流镀金

(包慧怡 译)

而商籁第114首第一节提到的视觉炼金术,其运作方式要在第二节中才会明说。本节其实是重申了商籁第113首中论说过的内容,即眼睛能够转换一切怪力乱神之物,一切"难以下咽之物"(things indigest)。除了此处,indigest这个形容词在莎士比亚全部作品中只出现过一次,即在历史剧《约翰王》(*King John*)第五幕第七场中:

Be of good comfort, prince; for you are born

To set a form upon that indigest

Which he hath left so shapeless and so rude. (ll. 25–27)

朱生豪先生将这三行用散文体译作:"宽心吧,亲王;因为您的天赋的使命,是整顿他所遗留下来的这一个混杂凌乱的局面。"把 indigest、shapeless 和 rude 这三个形容词合并处理为"混杂凌乱的局面"其实不够准确,但我们还是能大致看出,莎士比亚同样用 indigest 来表示混乱无序、奇形怪状、美学上令人不悦之物,正如商籁第 114 首第二节中所写:

To make of monsters and things indigest

Such cherubins as your sweet self resemble,

Creating every bad a perfect best,

As fast as objects to his beams assemble?

我眼睛就把巨怪和畸形的丑类

都改造成为你那样可爱的天孩,

把一切劣质改造成至善至美——

改得跟物体聚到眼光下一样快?

此节和作为本诗上联的商籁第 113 首的第三节四行诗

立意基本一致：

> For if it see the rud'st or gentlest sight,
> The most sweet favour or deformed'st creature,
> The mountain or the sea, the day or night:
> The crow, or dove, it shapes them to your feature. (ll. 9–12)
>
> 只要一见到粗犷或旖旎的景色，
> 一见到甜蜜的面容，丑陋的人形，
> 一见到山海，日夜，乌鸦或白鸽，
> 眼睛把这些全变成你的面影。

这也就是对第114首中这种"炼金术"的解释了：所谓炼金术，本质上是一种使低等金属向高等金属转化、嬗变（transmutation）的技艺。本诗中"对你的爱"教会"我"的双眼将一切大自然的造物，无论美丑，全都转化为"你"美丽的形象，在诗人笔下也就构成一种视觉的炼金术。因此诗人在第三节中给出了开篇提出的，心灵和眼睛谁更难辞其咎的问题的答案：是眼睛，眼睛习得了爱的炼金术后，就惯于阿谀奉承，并将这种奉承（flattery）调制成适合心灵胃口的毒酒，使得"慷慨的心灵像国王一样将它一饮而尽"。始作俑者是眼睛，心灵是"被下毒的"受害者

(if it be poison'd),因此罪责较小。这种属于典型玄学派诗歌的诡辩当然经不住神经学或解剖学的深究,仅仅在诗学的逻辑中也很难说无懈可击,因为,岂不正是"对你的爱"(your love)将这偷天换日的炼金术教给了眼睛?这种爱岂不源自心灵,或者至少该引发关于爱慕之情最先起于哪里的新一轮辩论?莎士比亚也的确在别的语境中处理过最后这个问题。看起来,情诗修辞中的"眼与心大论战"至今仍难以得到清晰的裁决。

> O! 'tis the first, 'tis flattery in my seeing,
> And my great mind most kingly drinks it up:
> Mine eye well knows what with his gust is 'greeing,
> And to his palate doth prepare the cup:
> 呵,是前者;是视觉对我的阿谀,
> 我这颗雄心堂皇地把阿谀喝干:
> 我眼睛深知我的心爱好的食物,
> 就备好这一杯阿谀送到他嘴边:
>
> > If it be poison'd, 'tis the lesser sin
> > That mine eye loves it and doth first begin.
> > 即使是毒杯,罪恶也比较轻微,
> > 因为我眼睛爱它,先把它尝味。

莎士比亚在早期历史剧《雅典的泰门》第五幕第一场中借泰门之口,给出了"炼金术"最常被接受的字面定义。这一定义却有隐喻学上的无穷潜力,将被莎翁用在形形色色的戏剧场景中,"你是一名炼金术师,请把那个变成黄金"(You are an alchemist; make gold of that, 1.117)。

16世纪德国炼金术手稿《太阳的光辉》之"哲人蛋"页

**商籁
第 115 首**

**婴孩
情诗**

我以前所写的多少诗句,连那些
说我不能够爱你更深的,都是谎;
那时候我的理智不懂得我一切
热情为什么后来会烧得更明亮。

我总考虑到:时间让无数事故
爬进盟誓间,变更帝王的手令,
丑化天仙美、磨钝锋利的意图,
在人事嬗变中制服刚强的心灵;

那么,唉!惧怕着时间的暴行,
为什么我不说,"现在我最最爱你"——
既然我经过不安而已经安定,
以目前为至极,对以后尚未可期?

    爱还是婴孩;我不能说出这句话,
    好让他继续生长,到完全长大。

Those lines that I before have writ do lie,
Even those that said I could not love you dearer:
Yet then my judgment knew no reason why
My most full flame should afterwards burn clearer.

But reckoning Time, whose million'd accidents
Creep in 'twixt vows, and change decrees of kings,
Tan sacred beauty, blunt the sharp'st intents,
Divert strong minds to the course of altering things;

Alas! why fearing of Time's tyranny,
Might I not then say, 'Now I love you best,'
When I was certain o'er incertainty,
Crowning the present, doubting of the rest?

> Love is a babe, then might I not say so,
> To give full growth to that which still doth grow?

在商籁第 115 首中,我们将看到诗人用一种新誓言替代旧的誓言,为的是确保自己在爱的表白中不会有作伪或背誓的风险。时光在变动,爱也必然随之变动,诗人最终把这一过程归于"婴儿"这一核心比喻。

本诗采取了"回顾并沉思过去的哲学家"的视角,只不过沉思者是诗人,其沉思的对象是自己过去写下的情诗。诗人发现,自己过去那些发誓"我无法更爱你"("我"已爱"你"到可能的极致)的诗歌终究还是说了谎,因为流逝的光阴证明,自己对俊友的爱有增无减,他明明有可能比旧日用诗歌表白时"更爱你":

Those lines that I before have writ do lie,
Even those that said I could not love you dearer:
Yet then my judgment knew no reason why
My most full flame should afterwards burn clearer.
我从前已然写下的诗篇都说了谎,
包括那些说"我无法更爱你"的在内,
但那时我的判断力的确无法想象
我白热的爱焰还能烧出更烈的光辉。

(包慧怡 译)

火焰常被用来比喻强烈的爱情,火焰却也曾被莎士比亚用来比喻爱的无法恒定。《哈姆雷特》第四幕第七场中，现任国王、哈姆雷特的叔父对奥菲利娅的哥哥雷欧提斯说：

Not that I think you did not love your father;
But that I know love is begun by time;
And that I see, in passages of proof,
Time qualifies the spark and fire of it.
There lives within the very flame of love
A kind of wick or snuff that will abate it (ll.110–15)

我不是以为你不爱你的父亲；可是我知道爱不过起于一时感情的冲动，经验告诉我，经过了相当时间，它是会逐渐冷淡下去的。爱像一盏油灯，灯芯烧枯以后，它的火焰也会由微暗而至于消灭。

在商籁第 115 首第二节中，诗人继续采取回顾－反省（retrospect）的视角，说自己"计量光阴"，即回顾时间流逝中自己与俊友之间关系的起落与渐变。"时间"在诗人笔下一如既往是不可靠和充满变数的：

But reckoning Time, whose million'd accidents
Creep in 'twixt vows, and change decrees of kings,

Tan sacred beauty, blunt the sharp'st intents,
Divert strong minds to the course of altering things
但是计量着光阴,它饱含无数事故
钻进誓约之间,勾销帝王的圣旨,
晒黑神圣的美,磨钝锋锐的意图,
诱使强健的意志转向无常的诸行

(包慧怡 译)

在莎士比亚的戏剧作品中,这种王公将相也会打破誓约的典例,出现在《哈姆雷特》第一幕第三场中,虽然最后迫使哈姆雷特背誓的主要并非时间,但我们也可以说,光阴荏苒中发生的一切促使誓言不能实现的变数,都是时间流逝的结果。以下是奥菲利娅对父亲提起的哈姆雷特给予她的爱情的誓约,以及波洛涅斯的富有先见之明的预言:

Oph:
My Lord, he hath impportuned me with love
In honourable fashion.
Pol:
Ay, fashion you may call it; go to, go to.
Oph:
And hath given countenance to his speech, my Lord,

With almost all the holy vows of heaven.

Pol:

Ay, springes to catch woodcocks. I do know,

When the blood burns, how prodigal the soul

Lends the tongue vows (ll.109–17)

奥菲利娅：父亲，他向我求爱的态度是很光明正大的。

波洛涅斯：不错，那只是态度；算了，算了。

奥菲利娅：而且，父亲，他差不多用尽一切指天誓日的神圣的盟约，证实他的言语。

波洛涅斯：嗯，这些都是捕捉愚蠢的山鹬的圈套。我知道在热情燃烧的时候，一个人无论什么盟誓都会说出口来。

在商籁第 115 首第三节中，诗人承认，自己害怕"时间的暴行"，但在承认诸行无常的前提下，他提出了一种以新的表白方式出现的言辞的解决术：既然爱情一定会在时光中改变，何不说"此刻我最爱你"（Now I love you best）？这样"我"也就避免了未来可能要承担的谎言风险。不是因为未来"我"可能不再爱"你"，而是因为未来的"我"可能比此刻更为爱"你"，因此"此刻我最爱你"是比第一节中没有时间限定的"我无法更爱你"（I could not love you dearer）更稳妥、更不可能被证伪的表白。而"我"

能够习得这种言辞的新智慧,是因为"我"深知"只有变动是不变的"(certain o'er incertainty),"我"坚信一切皆会变动,于是选择"给此刻戴上王冠,对其余存疑":

> Alas! why fearing of Time's tyranny,
> Might I not then say, 'Now I love you best,'
> When I was certain o'er incertainty,
> Crowning the present, doubting of the rest?
> 那么,唉!惧怕着时间的暴行,
> 为什么我不说,"现在我最最爱你"——
> 既然我经过不安而已经安定,
> 以目前为至极,对以后尚未可期?

对句中,诗人将自己这种不断生长的爱情比作一个婴孩。婴孩的形象在上一首商籁的第5—6行中已经以另一种形式出现过,"我眼睛就把巨怪和畸形的丑类/都改造成为你那样可爱的天孩"(To make of monsters and things indigest/Such cherubins as your sweet self resemble)。但被屠岸先生译作"天孩"的基路伯(cherubins),其实是文艺复兴时期才全面换作胖嘟嘟的、生着翅膀的小天使的形象,它们的起源是《旧约》中手持火焰之剑、将亚当夏娃赶出伊甸园的炽天使,可以进一步追溯至近东神话中的拉马苏神兽,其原初形象是十分可怕的。而商籁第 115 首对句中的婴孩,则被直截了当地称作"babe",一个名叫"爱情"的婴孩,自然会让人联想到小爱神丘比特的形象,这与对句中口语化的措辞是相称的:

Love is a babe, then might I not say so,
To give full growth to that which still doth grow?
爱是婴孩;难道我不可以这样说,
去促使那生长中的羽翼日渐丰硕?

(包慧怡 译)

比莎士比亚晚出生十年的玄学派诗人约翰·多恩有一首差不多写于同时代的、题材相似的诗《爱的生长》,可以作为商籁第 115 首的参照。其第一节如下:

Love's Growth

John Donne

I scarce believe my love to be so pure
As I had thought it was,
Because it doth endure
Vicissitude and season, as the grass;

Me thinks I lied all winter, when I swore

My love was infinite, if spring make it more. (Stanza 1)

爱的生长

约翰·多恩

我几乎无法相信我的爱

如我以为的那般纯洁，

因为它确实承受了

变迁与季节，恰似草原；

我想整个冬天我都在说谎，当我发誓

我的爱无穷无尽，倘若春日使其增生。

（第一节，包慧怡 译）

《奥菲利娅》，沃特豪斯（John Waterhouse），1894年

商籁
第 116 首

航海
情诗

让我承认,两颗真心的结合
是阻挡不了的。爱算不得爱,
要是人家变心了,它也变得,
或者人家改道了,它也快改:

不呵!爱是永不游移的灯塔光,
它正视暴风,决不被风暴摇撼;
爱是一颗星,它引导迷航的桅樯,
其高度可测,其价值却无可计算。

爱不是时间的玩偶,虽然红颜
到头来总不被时间的镰刀遗漏;
爱决不跟随短促的韶光改变,
就到灭亡的边缘,也不低头。

  假如我这话真错了,真不可信赖,
  算我没写过,算爱从来不存在!

Let me not to the marriage of true minds
Admit impediments. Love is not love
Which alters when it alteration finds,
Or bends with the remover to remove:

O, no! it is an ever-fixed mark,
That looks on tempests and is never shaken;
It is the star to every wandering bark,
Whose worth's unknown, although his height be taken.

Love's not Time's fool, though rosy lips and cheeks
Within his bending sickle's compass come;
Love alters not with his brief hours and weeks,
But bears it out even to the edge of doom.

> If this be error and upon me prov'd,
> I never writ, nor no man ever lov'd.

莎士比亚生活和写作的年代正是英国逐渐成为海洋帝国的年代，英国的海洋发家史并不那么光彩。当时以西班牙为代表的天主教国家和梵蒂冈一起，把新教英国的最高政治兼宗教首领伊丽莎白视为"异教女王"，而后者回击的手段之一就是大量签发"海上私掠许可"，几乎是公开鼓励出海的英国冒险家们抢劫敌国的商船。因此约翰·霍金斯（John Hawkins）、弗朗西斯·德雷克（Francis Drake）和沃特·罗利（Walter Raleigh）这样的新型海上冒险家获得了为女王而战的行动正当性，纷纷加官进爵，成为宫廷里的红人。与英国海上争霸的西班牙则称伊丽莎白为"海盗女王"，鄙夷地将霍金斯等女王的冒险家叫作"海狗"（sea dogs）。海军部明文规定海上抢劫外国船只合法，获得的战利品由女王、投资者和航海家三方面均分。1585年起，专门从事劫掠的英国"海盗船"据说达到了200艘之多，对西班牙海上贸易造成了巨大打击，成为诱发三年后英西"无敌舰队"之战的原因之一。

海洋不仅是英国人地理认知、对外贸易、宫廷政治中迫切的在场，其形象在文学作品中也可谓无处不在，大海与航海的意象在伊丽莎白与詹姆士时代的许多英国诗人笔下推陈出新。比如约翰·多恩的名作《早安》（*The Good-Morrow*）就是一首活用航海隐喻的情诗，诗人写道，相爱的人"相互凝视……把一个小小的房间变成了整个的寰

宇",因此他们不再需要新的风景,也不需要去海上发现新世界:

> Let sea-discoverers to new worlds have gone,
> Let maps to other, worlds on worlds have shown,
> Let us possess one world, each hath one, and is one.
> （ll.12–14）
> 就让航海发现家去把新世界探索,
> 就让别人占有地图,绘出一个个世界,纷纭繁多,
> 让我们仅仅拥有一个世界,各有且共有,不分你我。
>
> （包慧怡 译）

而莎士比亚的商籁第116首更是通篇以航海意象来书写爱情中"变动"与"不变"的对立。开篇第一节,诗人将真正的爱情暗喻为一艘不会随风使舵、任意改变航向的航船,并说如果一份感情一有机会就"变道",那就算不得真爱:

> Let me not to the marriage of true minds
> Admit impediments. Love is not love
> Which alters when it alteration finds,
> Or bends with the remover to remove

让我承认,两颗真心的结合
是阻挡不了的。爱算不得爱,
要是人家变心了,它也变得,
或者人家改道了,它也快改

第二节更是将爱情明喻为一个"亘古不变的标记"(ever-fixed mark),可以成为暴风雨中岿然不动的指航人。多数学者认为这个标记指的是海岸线附近的灯塔,也有将之看作北极星的,无论如何,两者都是那个年代尚不发达的航海仪器和技术的补偿,是出海的水手们可以仰仗的"标记"。

O, no! it is an ever-fixed mark,
That looks on tempests and is never shaken;
It is the star to every wandering bark,
Whose worth's unknown, although his height be taken.
不呵!爱是永不游移的灯塔光,
它正视暴风,决不被风暴摇撼;
爱是一颗星,它引导迷航的桅樯,
其高度可测,其价值却无可计算。

这里的"星"(star)几乎无疑是指北极星(polar star/

northern star),北极星在北半球星空中看起来永远保持同一位置,因而对出海的水手们极其重要。莎士比亚在历史剧《裘利亚·凯撒》(*Julius Caesar*)第三幕第一场中,让凯撒吹嘘自己巍然不动,恒定犹如天穹中的北极星:

> But I am constant as the northern star,
> Of whose true-fix'd and resting quality
> There is no fellow in the firmament.
> The skies are painted with unnumbered sparks.
> They are all fire and every one doth shine,
> But there's but one in all doth hold his place. (ll. 60–65)
>
> 可是我是像北极星一样坚定,它的不可动摇的性质,在天宇中是无与伦比的。天上布满了无数的星辰,每一个星辰都是一个火球,都有它各自的光辉,可是在众星之中,只有一个星卓立不动。

在商籁第116首第三节中,我们所熟悉的持着镰刀的时间的形象再次出现,由"玫瑰色的嘴唇和脸颊"所代表的青春的生命都会落入这无情镰刀的收割"范围"(compass)内,同时 compass 也可以表示"罗盘"这一重要的航海仪器,航海隐喻以一种更微妙的方式一直延续到诗末:

Love's not Time's fool, though rosy lips and cheeks
Within his bending sickle's compass come;
Love alters not with his brief hours and weeks,
But bears it out even to the edge of doom.
爱不是时间的玩偶，虽然红颜
到头来总不被时间的镰刀遗漏；
爱决不跟随短促的韶光改变，
就到灭亡的边缘，也不低头。

借用中世纪基督教神秘主义神学家的术语，本诗使用的是"否定之路"（*via negativa*）与正面定义之路交错的写作路径。诗中直言"爱不是什么"的表述几乎和"爱是什么"的表述一样多（love is not love …; Love's not Time's fool; Love alters not …），仿佛诗人在与一个看不见的对话者争论，到底怎样的感情才可以称之为爱。如果我们把这位迄今已经以缺席的方式出现多次的对话者看作俊友本人，那么很容易想象，在俊友所秉持的爱情观中，变动是被允许的，"改变航向"无伤大雅，爱情可以随着"短暂的时辰和星期"而瞬息万变。然而，诗人在本诗中的言语行为（speech act）全部落为一个驳斥的姿态：不，那些都不能称作爱。

仿佛这样还不够，诗人在对句中连用三个否定结构，

将"否定之路"贯彻到底,为的仍是捍卫自己在"何为爱情"这件事上的坚决态度:

> If this be error and upon me prov'd,
> I never writ, nor no man ever lov'd.
> 假如我这话真错了,真不可信赖,
> 算我没写过,算爱从来不存在!

由于诗人显然过去曾经写诗,现在仍在写诗,未来(很可能)还会写诗,而人类历史上也从不缺乏记载爱情的叙事,本诗对句就完成了一种举重若轻的确证:正因如此,"我"以上所说的都没有错,也不可能被证伪;正因如此,可能会说出"变动的也是爱情"的"你"错了,坚持"真爱必须恒定"的"我"才是对的。"我"对"你"的爱,正符合"我"对爱情从一而终的定义。

《马内赛抄本》中的航海场景,14世纪德国

商籁
第 117 首

控诉
反情诗

你这样责备我吧:为的是我本该
报你的大恩,而我竟无所举动;
每天我都有义务要回报你的爱,
而我竟忘了把你的至爱来称颂;

为的是,我曾和无聊的人们交往,
断送你宝贵的友谊给暂时的机缘;
为的是,我扬帆航行,让任何风向
把我带到离开你最远的地点。

请你记录下我的错误和任性,
有了凭证,你就好继续推察;
你可以带一脸愠怒,对我瞄准,
但是别唤醒你的恨,把我射杀:

  因为我的诉状说,我曾努力于
  证实你的爱是怎样忠贞和不渝。

Accuse me thus: that I have scanted all,
Wherein I should your great deserts repay,
Forgot upon your dearest love to call,
Whereto all bonds do tie me day by day;

That I have frequent been with unknown minds,
And given to time your own dear-purchas'd right;
That I have hoisted sail to all the winds
Which should transport me farthest from your sight.

Book both my wilfulness and errors down,
And on just proof surmise, accumulate;
Bring me within the level of your frown,
But shoot not at me in your waken'd hate;

> Since my appeal says I did strive to prove
> The constancy and virtue of your love.

在坚持"爱是恒定"之申辩的商籁第116首之后,商籁第117—121首再次回到了第109—110首中出现过的"浪子"主题。诗人"邀请"俊友控诉他的一系列罪状,并且诗人罗列自己的罪名长达10行,只是为了引出诗末近似诡辩的申辩:"我"之所以犯下这些错,都是因为想要证明"你"对"我"的爱。

本诗以一个诉讼场景的祈使句开篇——"请这样控诉我吧"(Accuse me thus),诉说"我"如何轻慢了"你"的种种优点,如何忘记履行爱人的责任,甚至忘记了"你最珍贵的爱情":

> Accuse me thus: that I have scanted all,
> Wherein I should your great deserts repay,
> Forgot upon your dearest love to call,
> Whereto all bonds do tie me day by day
> 你这样责备我吧;为的是我本该
> 报你的大恩,而我竟无所举动;
> 每天我都有义务要回报你的爱,
> 而我竟忘了把你的至爱来称颂

这份"控诉"的邀请一直持续到第二节,诗人继续写道,"你"还可以基于以下这些理由指责"我":见异思迁

("频繁出入于陌生人的心灵"),把本应属于"你"的时间白白蹉跎,并且不经过谨慎选择,任意向着四面八方的风扬帆远航,结果被送到了"距离你最远的地方"。

> That I have frequent been with unknown minds,
> And given to time your own dear-purchas'd right;
> That I have hoisted sail to all the winds
> Which should transport me farthest from your sight.
> 为的是,我曾和无聊的人们交往,
> 断送你宝贵的友谊给暂时的机缘;
> 为的是,我扬帆航行,让任何风向
> 把我带到离开你最远的地点。

此处的航海隐喻是对商籁第116首的延续。莎士比亚的剧作时常用扬帆远航来象征人生的征程,比如历史剧《约翰王》第五幕第七场中,约翰王用海上摇摇欲沉的船只的比喻预告了自己的结局:"啊,侄儿!你是来闭我的眼睛的。像一艘在生命海中航行的船只,我的心灵的缆索已经碎裂焚毁,只留着仅余的一线,维系着这残破的船身;等你向我报告过你的消息以后,它就要漂荡到不可知的地方去了;你所看见的眼前的我,那时候将要变成一堆朽骨,毁灭尽了它的君主的庄严。"

在商籁第 117 首中,诗人将自己比作一只浪游的船,任性地追随吹向四面八方的海风,也就是说,不选择自己身边的朋友或伴侣,对俊友不忠。上述这些罪过,诗人在第三节中说,请"你"像记账那样一一列个清单,将"我"的任性和错处都记录在案,还要在已被确认的罪证外添上嫌疑未定的罪状。严格来说,诗人邀请俊友对自己发起的控诉的内容,从全诗第 1 行一直延续到了第 10 行,转折段则要到第三节的后半部分才出现。在第 11—12 行中,诗人转向了射箭的隐喻,说俊友尽可以"把我带到你蹙眉的射程中",也就是可以自由地对他皱眉表示不悦,但却祈求俊友"不要用清醒的恨意来射中我",不要真的将仇恨的箭镞射向他:

Book both my wilfulness and errors down,
And on just proof surmise, accumulate;
Bring me within the level of your frown,
But shoot not at me in your waken'd hate
请你记录下我的错误和任性,
有了凭证,你就好继续推察;
你可以带一脸愠怒,对我瞄准,
但是别唤醒你的恨,把我射杀

最后的对句给出了诗人发起这场控诉邀请背后的动机：只有当"你"控诉"我"，"我"才能正式回应并为自己申辩，清晰地说出"我"犯下这些罪行背后的深层动机——这一切都是为了试探"你"，考验"你"，试图在自己深爱的"你"身上"证明"，"你"对"我"的爱（像"我"心中对"你"的爱一样）坚定不移。

Since my appeal says I did strive to prove
The constancy and virtue of your love.
因为我的诉状说，我曾努力于
证实你的爱是怎样忠贞和不渝。

对句中的申辩看似诡辩，像一个罪证确凿的犯人的强词夺理。不过我们不该忘记，实际上诗人通篇都没有承认过这些控诉的真实性，他所做的不过是对一个缺席的、对他感到不满的爱人说："你"可以这样控诉"我"，如果"你"希望；如果找得到确凿的证据，"你"就来记录下"我"的种种错处吧；就算找不到明证，"你"甚至可以把猜疑都加上，一起拿来谴责"我"。换言之，诗人可能是在用一种让步的方式（"你可以用我没有做过的事来指责我"）来重申自己的爱（"即使我真的做了这些事，也是为了试探你对我的爱，因为我是如此爱你"）。文德勒认为，本诗不过证明了俊友"感到自己被追求得不够……受到了轻视",故而向诗人发起了一系列"显然毫无根据的指控",而诗人的暂时离开也不能证明他就犯下了诗中提到的种种"错误和任性"。[1] 不过,考虑到此前的商籁中诗人也曾多次(在不存在一个缺席的指控者的语境下)提到自己的"偏离"和"浪子回头",本诗的写作动机和修辞诉求仍是暧昧不定的。

---

[1] Helen Vendler, *The Art of Shakespeare's Sonnets*, p.496.

"扬帆航行",《斯法艾拉抄本》,14世纪意大利

好比我们要自己的食欲大增,
就用苦辣味儿去刺激舌头;
好比我们要预防未发的病症,
就吃下泻药,跟生病一样别扭;

同样,吃厌了你的甘美(其实
永远吃不厌),我就把苦酱当食粮;
厌倦了健康,就去得病,说是
这样才舒服,其实不需要这样。

这样,为了预防未发的病痛,
爱的策略就成了确定的过失:
把十分健康的身心投入医药中,
使它餍足善,反要让恶来医治。

  但是,我因此学到了真正的教训:
  药,毒害了对你厌倦的那个人。

**商籁
第 118 首**

**求病
玄学诗**

Like as, to make our appetite more keen,
With eager compounds we our palate urge;
As, to prevent our maladies unseen,
We sicken to shun sickness when we purge;

Even so, being full of your ne'er-cloying sweetness,
To bitter sauces did I frame my feeding;
And, sick of welfare, found a kind of meetness
To be diseas'd, ere that there was true needing.

Thus policy in love, to anticipate
The ills that were not, grew to faults assur'd,
And brought to medicine a healthful state
Which, rank of goodness, would by ill be cur'd;

> But thence I learn and find the lesson true,
> Drugs poison him that so fell sick of you.

商籁第118首是一首以恋爱中潜在的"厌倦"之病为沉思对象的玄学诗,全诗使用了大量医学、病理学和药学方面的隐喻,刻画了一个恋人为了"健康"而"求病得病"的心理历险。对本诗更准确的描述是"玄思诗"(meditative poem),诗人以第一人称反省自己的内心活动,并试图为自己的表层行为找到深层的心理动机。借助连贯的疾病和医治隐喻,本诗提供的自我诊断是"厌倦"——虽然诗人不曾也不能明说,但"我"的确在与俊美青年的关系中陷入了通常情感关系中都必然经历的疲倦期。

在以圣爱瓦格里乌斯(St Evagriu)和约翰·卡西安(John Cassian)为代表的早期教父作家开出的古典"八宗罪"树谱上,位于"愤怒"与"悲伤"之后的那一宗叫作 *acedia*,有时译作"倦怠",有时译作"绝望"。*acedia* 在四五世纪特指那些遁入沙漠奉行禁欲生活的隐修士,会在某个阶段发现自己再也无法专注冥思,受困于一种深入肌理的倦怠,长期陷入焦躁或抑郁的两极。[1] 后来,acedia 与 tristitia(悲伤)合并为一宗罪,所指也逐步偏向英语中的 sloth(懒惰,倦怠),直到 acedia 的原意"精神疲惫"在今天的"七宗罪"谱系中几乎完全转化为了身体上的懒惰、不作为、混吃等死。

在十四行诗集中,诗人多次将自己对俊友的爱比作信徒对一位神明的爱,现在他的爱和

---

[1] 关于八宗罪到七宗罪的变迁,以及七宗罪(seven cardinal sins)与七死罪(seven deadly sins)的后世混淆,可参阅 Morton W. Bloomfield, *Seven Deadly Sins,* pp. 43–46, 72–74。

信仰遭遇了"倦怠"的危机,诗人敏锐地察觉到了这种双重的精神危机,并试图对自己进行治疗。全诗采取了一系列描述疾病预防、诊断和治疗的词汇,这与诗人玄思背后的动机是十分匹配的:

> Like as, to make our appetite more keen,
> With eager compounds we our palate urge;
> As, to prevent our maladies unseen,
> We sicken to shun sickness when we purge
> 好比我们要自己的食欲大增,
> 就用苦辣味儿去刺激舌头;
> 好比我们要预防未发的病症,
> 就吃下泻药,跟生病一样别扭

为了挑起自己的食欲,人们使用"辛辣的复合调料"(eager compounds),但compound这个词在莎士比亚笔下更多地是指复方药——由多种草药或其他药物混合制成的复合药品,对应于单方药(simples)。本节的下半部分也暗示了compound在诗中的一语双关。莎剧中compound经常指人工混合而成的毒药,比如《罗密欧与朱丽叶》第五幕第一场中:

There is thy gold, worse poison to men's souls,
Doing more murders in this loathsome world,
Than these poor compounds that thou mayst not sell.
I sell thee poison. Thou hast sold me none. (ll. 80-83)

  这儿是你的钱，那才是害人灵魂的更坏的毒药，在这万恶的世界上，它比你那些不准贩卖的微贱的药品更会杀人；你没有把毒药卖给我，是我把毒药卖给你。

朱生豪先生直接把上述 compounds 译成了"药品"，但我们从上下文语境可知，这是一种人工混合而成的毒药。再比如《辛白林》第一幕第五场中：

But I beseech your grace, without offence, –
My conscience bids me ask–wherefore you have
Commanded of me those most poisonous compounds,
Which are the movers of a languishing death (ll.6–9)

  我的良心要我请问您一声，您为什么要我带给您这种奇毒无比的药物；它的药性虽然缓慢，可是人服了下去，就会逐渐衰弱而死，再也无法医治的。

商籁第 118 首第一节后半部分说，为了预防看不见的疾病，人们会服用泻药，导致看起来像是生了病（We sicken to shun sickness when we purge)。这种"求病得病""先发制病"的方法也在接下来两节四行诗中得到了进一步阐释:

> Even so, being full of your ne'er-cloying sweetness,
> To bitter sauces did I frame my feeding;
> And, sick of welfare, found a kind of meetness
> To be diseas'd, ere that there was true needing.
> 同样,吃厌了你的甘美(其实
> 永远吃不厌),我就把苦酱当食粮;
> 厌倦了健康,就去得病,说是
> 这样才舒服,其实不需要这样。

诗人说自己因为尝了太多"你永不腻人的甜蜜",所以故意要去找一点"苦酱"来调味;厌倦了恋爱中的幸福和好运(welfare),就觉得时不时生场病也是一种"合适"(meetness)。虽然诗人字面上形容俊友的甜蜜是"永不腻人的"(ne'er-cloying),但"腻味了你永不腻人的甜蜜"(being full of your ne'er-cloying sweetness)恰恰暴露的是,他发现自己已深陷感情上的倦怠之病(*acedia*)。为了自我治疗,为了让自己的爱不会受害于这种倦怠,诗人发明了"以病治病"这种"恋爱的机巧",也就是第三节中的 policy in love:

Thus policy in love, to anticipate
The ills that were not, grew to faults assur'd,
And brought to medicine a healthful state
Which, rank of goodness, would by ill be cur'd
这样,为了预防未发的病痛,
爱的策略就成了确定的过失:
把十分健康的身心投入医药中,
使它餍足善,反要让恶来医治。

为了预防尚未成真的大病(The ills that were not)——在爱情中,这大病最终指的或许就是"终止 / 不再去爱"——"恋爱的机巧"就教人去染一些处方确凿的小病,比如见异思迁;要让原来健康的人去接受药物的治疗,因为他"太餍足于幸福"(rank of goodness),反而要靠生病的手段才能治好。看起来,诗人几乎是在为自己潜在的不忠寻找借口,说这是一种"先发制病",背后的目的是使自己能够继续维持对俊友的爱。不过,对句中出现了迟来但坚定的转折:

But thence I learn and find the lesson true,
Drugs poison him that so fell sick of you.
但是,我因此学到了真正的教训:

药,毒害了对你厌倦的那个人。

诗人自述获得的终极教训是,任何人要是竟然对"你"感到厌倦,那么活该他本意拿来"先发制病"的药剂变成毒药,将他毒死。通过近乎自我诅咒的句式来收尾,本诗终结于这样的誓言:"我"不该、不能也不会对"你"感到厌倦,否则就让"我"被自己开出的、意在医疗的药品毒死。贯穿整部诗集的、不变的倾诉衷情的企图,再次在短短十四行中实现了新的戏剧张力。

我曾经喝过赛人的眼泪的毒汤——
像内心地狱里蒸馏出来的污汁,
使我把希望当恐惧,恐惧当希望,
自以为得益,其实在不断地损失!

我的心犯过多么可鄙的过错,
在它自以为最最幸福的时光!
我的双目曾怎样震出了圆座,
在这种疯狂的热病中恼乱慌张!

恶的好处呵!现在我已经明了,
善,的确能因恶而变得更善;
垮了的爱,一旦重新建造好,
就变得比原先更美,更伟大、壮健。

  因此,我受了谴责却归于自慰,
  由于恶,我的收获比耗费大三倍。

**商籁
第 119 首**

**塞壬
玄学诗**

What potions have I drunk of Siren tears,
Distill'd from limbecks foul as hell within,
Applying fears to hopes, and hopes to fears,
Still losing when I saw myself to win!

What wretched errors hath my heart committed,
Whilst it hath thought itself so blessed never!
How have mine eyes out of their spheres been fitted,
In the distraction of this madding fever!

O benefit of ill! now I find true
That better is, by evil still made better;
And ruin'd love, when it is built anew,
Grows fairer than at first, more strong, far greater.

    So I return rebuk'd to my content,
    And gain by ill thrice more than I have spent.

在商籁第118首第一节中,我们已经看到了"为健康而求病"之类的悖论修辞法(paradox):

Like as, to make our appetite more keen,
With eager compounds we our palate urge;
As, to prevent our maladies unseen,
We sicken to shun sickness when we purge

好比我们要自己的食欲大增,
就用苦辣味儿去刺激舌头;
好比我们要预防未发的病症,
就吃下泻药,跟生病一样别扭(11.1–4)

商籁第119首则通篇充满了这种悖论修辞,以及更多的矛盾修饰法(oxymoron)。第一节中诗人说自己喝下了从"地狱般臭烘烘的"(foul as hell)蒸馏锅内"提纯"(distill)而得的塞壬女妖(屠译"赛人")的眼泪,导致自己的行为不可理喻,"把恐惧当希望,把希望当恐惧","看似自己要赢,却还是一败涂地":

What potions have I drunk of Siren tears,
Distill'd from limbecks foul as hell within,
Applying fears to hopes, and hopes to fears,

Still losing when I saw myself to win!
我曾经喝过赛人的眼泪的毒汤——
像内心地狱里蒸馏出来的污汁,
使我把希望当恐惧,恐惧当希望,
自以为得益,其实在不断地损失!

莎士比亚在《特洛伊罗斯与克丽希达》等剧本中早已显示出对两部荷马史诗的熟悉——他的同时代对手诗人本·琼森正忙着重新翻译这两部史诗——虽然莎士比亚熟读的很可能是更早的菲尔丁英译本。在《奥德赛》第12卷中,爱上了奥德修斯的女巫喀耳刻(Circe)向即将启程返家的英雄预言了他与塞壬的会面:

你会首先遇到女仙塞壬,她们迷惑
所有行船过路的凡人;谁要是
不加防范,接近她们,聆听塞壬的
歌声,便不会有回家的机会,不能
给站等的妻儿送去欢乐
塞壬的歌声,优美的旋律,会把他引入迷津。
她们坐栖草地,四周堆满白骨,
死烂的人们,挂着皱缩的皮肤。
你必须驱船一驶而过,烘暖蜜甜的蜂蜡,

塞住伙伴的耳朵,使他们听不见歌唱;
但是,倘若你自己心想聆听,那就
让他们捆住你的手脚,在迅捷的海船,
贴站桅杆之上,绳端将杆身紧紧围圈,
使你能欣赏塞壬的歌声——然而,
当你恳求伙伴,央求为你松绑,
他们要拿出更多的绳条,把你捆得更严。

(陈中梅 译)

我们会注意到,早在喀耳刻的预言中,奥德修斯就是唯一被默许听见塞壬之歌的人。之后在海上,奥德修斯果然无法抵御倾听塞壬歌声的诱惑——那是"足智多谋的奥德修斯"无法拒绝的关于"知识"的歌声。但他的水手们按照事先约定剥夺了他的行动能力,而这些水手则被奥德修斯用蜂蜡塞住了耳朵,无法听到歌声,因而没有人被歌声诱惑而跳入海中丧命。荷马的原文中并未提及"塞壬的眼泪",却提到了塞壬三姐妹中的大姐帕耳塞洛珀是奥德修斯的爱慕者,当船只驶离而未能将奥德修斯交到她手中,帕耳塞洛珀就投海自尽了。或许商籁第119首中"饮下塞壬的眼泪"(drunk of Siren tears)也影射了塞壬在无望的爱情中流下的眼泪?在本诗的其余部分,诗人继续渲染自己失去理智的状态,以至于患上了"疯狂的热病",甚至"眼球

跳出了眼窝":

> What wretched errors hath my heart committed,
> Whilst it hath thought itself so blessed never!
> How have mine eyes out of their spheres been fitted,
> In the distraction of this madding fever!
> 我的心犯过多么可鄙的过错,
> 在它自以为最最幸福的时光!
> 我的双目曾怎样震出了圆座,
> 在这种疯狂的热病中恼乱慌张!

转机出现在第三节。以一种类似于第118首的病理学悖论修辞,诗人谈论在爱情中"患病的好处"(benefit of ill):它能使得恶变成善,使得被摧毁的爱一旦重建,能够比原先更美、更强悍、更伟大。

> O benefit of ill! now I find true
> That better is, by evil still made better;
> And ruin'd love, when it is built anew,
> Grows fairer than at first, more strong, far greater.
> 恶的好处呵! 现在我已经明了,
> 善,的确能因恶而变得更善;

垮了的爱,一旦重新建造好,
就变得比原先更美,更伟大、壮健。

对句中,诗人接着上文中同一种悖论逻辑,说自己虽然受到斥责,但是心满意足,虽然"亏折",但是凭借"生病"(或"不幸",最后一行中的 ill 既可以看作上文疾病隐喻的延续,也可理解为更广义的 ill fortunes,甚至是 ill doings)获得了三倍的福利:

So I return rebuk'd to my content,
And gain by ill thrice more than I have spent.
因此,我受了谴责却归于自慰,
由于恶,我的收获比耗费大三倍。

本诗再次展现了诗人创造性运用神话典故的能力。最后,让我们一起来听听令奥德修斯和莎士比亚都欲罢不能的塞壬的歌声:

过来吧,尊贵的奥德修斯,阿开亚人巨大的光荣!
停住你的海船,聆听我们的唱段。
谁也不曾驾着乌黑的海船,穿过这片海域,
不想听听蜜一样甜美的歌声,飞出我们的唇沿——

听罢之后,你会知晓更多的世事,心满意足,驱船
 向前。
我们知道阿耳吉维人和特洛伊人的战事,所有的一切,
他们经受苦难,出于神的意志,在广阔的特洛伊地面;
我们无事不晓,所有的事情,蕴发在丰产的大地上。

(陈中梅 译)

《沃克索动物寓言集》(*Worksop Bestiary*) 中的塞壬,12世纪英国

**商籁
第 120 首**

**膏方
博物诗**

你对我狠过心,现在这对我有帮助:
想起了从前我曾经感到的悲伤,
我只有痛悔我近来犯下的错误,
要不然我这人真成了铁石心肠。

如果我的狠心曾使你震颤,
那你已度过一段时间在阴曹;
我可是懒汉,没匀出空闲来掂一掂
你那次肆虐给了我怎样的苦恼。

我们不幸的夜晚将使我深心里
牢记着:真悲哀怎样惨厉地袭来,
我随即又向你(如你曾向我)呈递
谦卑的香膏去医治受伤的胸怀!

  你的过失现在却成了赔偿费;
  我的赎你的,你的该把我赎回。

That you were once unkind befriends me now,
And for that sorrow, which I then did feel,
Needs must I under my transgression bow,
Unless my nerves were brass or hammer'd steel.

For if you were by my unkindness shaken,
As I by yours, you've pass'd a hell of time;
And I, a tyrant, have no leisure taken
To weigh how once I suffer'd in your crime.

O! that our night of woe might have remember'd
My deepest sense, how hard true sorrow hits,
And soon to you, as you to me, then tender'd
The humble salve, which wounded bosoms fits!

>   But that your trespass now becomes a fee;
>   Mine ransoms yours, and yours must ransom me.

莎士比亚长于刻画爱情中的痛苦,深陷恋情而不得的人总是上一秒刚赌咒发誓,下一秒又自我否认,这种反复的纠结体现在《爱的徒劳》第四幕第三场俾隆(Biron)的独白中:

> … I will not love: if
> I do, hang me; i'faith, I will not. O, but her
> eye, –by this light, but for her eye, I would not
> love her; yes, for her two eyes. Well, I do nothing
> in the world but lie, and lie in my throat. By
> heaven, I do love: and it hath taught me to rhyme
> and to be melancholy; and here is part of my rhyme,
> and here my melancholy. Well, she hath one o'my
> sonnets already. The clown bore it, the fool sent
> it, and the lady hath it: sweet clown, sweeter
> fool, sweetest lady! … (ll.9–19)

> 我不愿恋爱;要是我恋爱,把我吊死了吧;真的,我不愿。啊!可是她的眼睛——天日在上,倘不是为了她的眼睛,我决不会爱她;是的,只是为了她的两只眼睛。唉,我这个人一味说谎,全然的胡说八道。天哪,我在恋爱,它已经教会我作诗,也教会我发愁;这儿是我的一部分的诗,这儿是我的愁。她已经收到我的

一首十四行诗了。送信的是个蠢货,寄信的是个呆子,收信的是个佳人;可爱的蠢货,更可爱的呆子,最可爱的佳人!

有趣的是,上述独白以"她已经收到我的一首十四行诗了"收尾,十四行诗成了莎士比亚笔下的恋人诉说愁思的指定文体。商籁第 120 首就是这样一首怨歌基调的十四行诗,其中的诗人和俾隆一样,以第一人称哭诉自己在爱情中受到的残酷对待:

That you were once unkind befriends me now,
And for that sorrow, which I then did feel,
Needs must I under my transgression bow,
Unless my nerves were brass or hammer'd steel.
你对我狠过心,现在这对我有帮助:
想起了从前我曾经感到的悲伤,
我只有痛悔我近来犯下的错误,
要不然我这人真成了铁石心肠。

诗人说俊友曾经对自己的不公对待现在却对他有好处,因为他也犯了类似的错误。想到俊友不忠时自己感到的深重痛苦,诗人就"不得不在自己的僭越面前低下头",因为想起现在自己的不忠也会给俊友带去一样的痛苦。在下一节中,这种对于痛苦和内疚的"推己及人"表达得更为突出,"倘若你曾被我的狠心重重打击,一如 / 我曾被你的狠心重创,你就经历了地狱时光"。

> For if you were by my unkindness shaken,
> As I by yours, you've pass'd a hell of time;
> And I, a tyrant, have no leisure taken
> To weigh how once I suffer'd in your crime.
> 如果我的狠心曾使你震颤,
> 那你已度过一段时间在阴曹;
> 我可是懒汉,没匀出空闲来掂一掂
> 你那次肆虐给了我怎样的苦恼。

"我"自比为一名暴君(tyrant),没有时间去称量自己在"你"手中受的苦。第7—8行真正要说的是,因此"我"也没有设身处地去想过"你"在"我"这里受了多少苦,这种疏忽使得"我"成了一名暴君。"我们"都曾折磨彼此,给彼此带去下一节中所说的"真正的痛苦","我们"在这种对痛苦的共同承担中——虽然这痛苦是两人互相造就的——升华了彼此的关系,"哀恸之夜"(night of woe)不再是"我"一个人的,而是"我们的":

O! that our night of woe might have remember'd
My deepest sense, how hard true sorrow hits,
And soon to you, as you to me, then tender'd
The humble salve, which wounded bosoms fits!

我们不幸的夜晚将使我深心里
牢记着：真悲哀怎样惨厉地袭来，
我随即又向你（如你曾向我）呈递
谦卑的香膏去医治受伤的胸怀！

由于"我们"互为彼此的加害人和受害人，在和好之时"我们"也相互疗伤，成为彼此的医师，给对方递去"谦卑的膏方"——或是"谦卑"这一剂特定的"膏方"（the humble salve）——将它敷在彼此受伤的胸口，疗治彼此的情伤。膏药/膏方（salve）虽然也是当时常规的药剂形式之一，但比起装在瓶子里的药水，这个词往往暗示处方来自民间，其药效更多基于经验和观察，而非药理学。"膏方"一词也与"拯救"（salvation）同源，暗示爱人之间的相互和解和医治是对彼此的精神拯救。本诗充满了表现这种互动关系的句式（For if you … as I by yours; our night of woe; And soon to you, as you to me）。在对句中，你我之间这种伤害与被伤害、医治与被医治的相互关系被提炼升华到新的高度：

But that your trespass now becomes a fee;

Mine ransoms yours, and yours must ransom me.

你的过失现在却成了赔偿费；

我的赎你的，你的该把我赎回。

"你"曾经的僭越（不忠）现在成了一种赎金——一种仅在恋人双方之间流通的情感货币，"我的"可以赎"你的"，"你的"也可以赎"我的"。在给俊友的诗系列接近终点之时，我们看到诗人和俊友之间或多或少算是"扯平"了，至少在诗人自己的笔下，这种平局——哪怕表现为互相伤害——也算是种慰藉："我"的恋情是多少得到回馈的，不是一场彻底无望的单恋。

关于莎士比亚生活时期的药店，或是当时英国人对更古早时期的药店和药剂师工作的想象，罗密欧去买毒药前的内心独白给了我们一段最生动的描绘。药店既出售救人性命的药品，也出售夺人性命的毒药（虽然通常不合法），是一个花钱交易生死的地方："我想起了一个卖药的人，他的铺子就开设在附近，我曾经看见他穿着一身破烂的衣服，皱着眉头在那儿拣药草；他的形状十分消瘦，贫苦把他熬煎得只剩一把骨头；他的寒伧的铺子里挂着一只乌龟，一头剥制的鳄鱼，还有几张形状丑陋的鱼皮；他的架子上稀疏地散放着几只空匣子、绿色的瓦罐、一些胞囊和发霉的种子、几段包扎的麻绳,还有几块陈年的干玫瑰花,作为聊胜于无的点缀。看到这一种寒酸的样子,我就对自己说,在曼多亚城里,谁出卖了毒药是会立刻被处死的,可是倘有谁现在需要毒药,这儿有一个可怜的奴才会卖给他。啊!不料我这一个思想,竟会预兆着我自己的需要,这个穷汉的毒药却要卖给我。"(《罗密欧与朱丽叶》第五幕第一场)

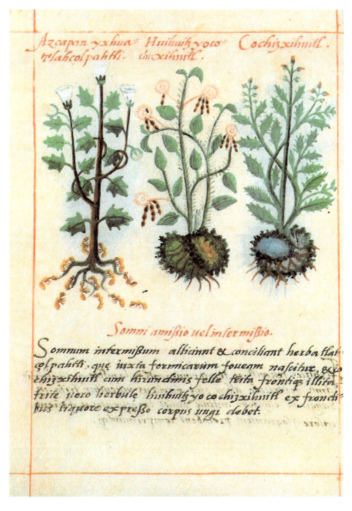

16 世纪意大利草药书，约 1550 年

**商籁
第 121 首**

**恶名
玄学诗**

宁可卑劣,也不愿被认为卑劣,
既然无辜被当作有罪来申斥;
凭别人察看而不是凭本人感觉
而判为合法的快乐已经丢失。

为什么别人的虚伪淫猥的媚眼
要向我快乐的血液问候,招徕?
为什么懦夫们要窥探我的弱点,
还把我认为是好的硬说成坏?

不。——我始终是我;他们对准我
詈骂诽谤,正说明他们污秽;
我是正直的,尽管他们是歪货;
他们的脏念头表不出我的行为;

  除非他们敢声言全人类是罪孽,——
  人都是恶人,用作恶统治着世界。

'Tis better to be vile than vile esteem'd,
When not to be receives reproach of being;
And the just pleasure lost, which is so deem'd
Not by our feeling, but by others' seeing:

For why should others' false adulterate eyes
Give salutation to my sportive blood?
Or on my frailties why are frailer spies,
Which in their wills count bad what I think good?

No, I am that I am, and they that level
At my abuses reckon up their own:
I may be straight though they themselves be bevel;
By their rank thoughts, my deeds must not be shown;

    Unless this general evil they maintain,
    All men are bad and in their badness reign.

我们来到了商籁第117首至第121首这组小型内嵌诗的末尾。这五首诗关注的都是恋爱中自己或对方犯下的某种罪过、它所引起的后果、它对两人关系的影响、过错方的忏悔，以及双方达成的谅解。不过，商籁第121首聚焦的却是一种莫须有的罪名，诗人对这个惯于诽谤的世界发出了控诉。全诗的基调是对世人的义愤，旁人的目光（others'seeing）是伤人的暗箭，凌驾于"我们"自身的感受（our feeling）之上，在一个人做出恶行之前就匆忙给他冠上恶名。

> 'Tis better to be vile than vile esteem'd,
> When not to be receives reproach of being;
> And the just pleasure lost, which is so deem'd
> Not by our feeling, but by others'seeing
>
> 宁可卑劣，也不愿被认为卑劣，
> 既然无辜被当作有罪来申斥；
> 凭别人察看而不是凭本人感觉
> 而判为合法的快乐已经丢失。

根据商籁第121首上下文的语境可知，此诗中的"卑劣"（vile）是一种情感或身体上的不忠，一桩打破了某种誓言的背叛之罪。第一节危险的潜台词是，与其莫名其妙背负上莫须有的风流罪名,还不如坐实了那罪名,至少在这个过程中自己还得到了相匹配的享受。莎士比亚的同辈人、"对手诗人"人选之一本·琼森的古典喜剧《福尔蓬奈》(*Volpone*,又译《狐狸》)第三幕第五场中,有一首《献给赛利亚的诗》(*Poem to Celia*),讲述了一种类似的"自暴自弃"的逻辑,该诗起于劝爱人及时行乐的"惜时诗"主题,终于对爱人害怕犯罪的宽心——只要不被看见,就算不得犯罪:

> Come, my Celia, let us prove,
> While we can, the sports of love.
> Time will not be ours for ever,
> …
> 'Tis no sin love's fruits to steal,
> But the sweet thefts to reveal;
> To be taken, to be seen,
> These have crimes accounted been.
> 来吧,我的塞西莉亚,来坐实
> 爱情的欢愉,趁我们还能
> 时间不会永远属于你我
> ……
> 偷窃爱情的果实不是罪过,

揭示那甜蜜盗行才是罪过;

被抓现行,被当场看清,

这些才会让人蒙上罪名。

(包慧怡 译)

商籁第121首第二节重点谴责了世人的爱管闲事,诗人申辩道,犯下通奸罪的不是自己,而是世人虚伪游荡的眼睛(false adulterate eyes);"我"或许有自己的"脆弱"(frailties),但那些"更脆弱的"(frailer)人却自命为间谍和法官,对"我"的言行横加评判:

For why should others' false adulterate eyes

Give salutation to my sportive blood?

Or on my frailties why are frailer spies,

Which in their wills count bad what I think good?

为什么别人的虚伪淫猥的媚眼

要向我快乐的血液问候,招徕?

为什么懦夫们要窥探我的弱点,

还把我认为是好的硬说成坏?

《奥赛罗》第四幕第三场中爱米莉亚(Emelia)寻思已婚男人为何会出轨,给出的理由之一便是"脆弱"(frailty),

朱生豪将之翻译为"喜新厌旧":

> ... What is it that they do
> When they change us for others? Is it sport?
> I think it is: and doth affection breed it?
> I think it doth: is't frailty that thus errs?
> It is so too: and have not we affections,
> Desires for sport, and frailty, as men have? (ll.93–98)

> 他们厌弃了我们,别寻新欢,是为了什么缘故呢?是逢场作戏吗?我想是的。是因为爱情的驱使吗?我想也是的。还是因为喜新厌旧的人之常情呢?那也是一个理由。那么难道我们就不会对别人发生爱情,难道我们就没有逢场作戏的欲望,难道我们就不会喜新厌旧,跟男人们一样吗?

商籁第121首第三节中,诗人对世人不公的斥责变得更加掷地有声:"我始终是我",世人对"我"的诋毁只能够清算他们自己的卑鄙,歪斜扭曲的是他们自己。

> No, I am that I am, and they that level
> At my abuses reckon up their own:
> I may be straight though they themselves be bevel;

> By their rank thoughts, my deeds must not be shown
>
> 不。——我始终是我;他们对准我
>
> 詈骂诽谤,正说明他们污秽;
>
> 我是正直的,尽管他们是歪货;
>
> 他们的脏念头表不出我的行为

《哈姆雷特》第三幕第一场中,哈姆雷特关于生死的著名独白同时也是对世间种种诽谤污蔑的贬斥,并且指出义人承受不公成了这个邪恶人世的常态。该独白的后半部分回响着与本诗同样义愤的声调:"谁愿意忍受人世的鞭挞和讥嘲、压迫者的凌辱、傲慢者的冷眼、被轻蔑的爱情的惨痛、法律的迁延、官吏的横暴和费尽辛勤所换来的小人的鄙视,要是他只要用一柄小小的刀子,就可以清算他自己的一生?"

或许莎士比亚笔下以第一人称对蒙受冤屈进行的最动人的控诉来自李尔王的"荒野独白"。《李尔王》第三幕第二场中,白发苍苍的老国王在暴风雨中哭诉两个大女儿的不公,同时也是对这个道德沦丧的世界的"普遍之恶"的斥责:"伟大的神灵在我们头顶掀起这场可怕的骚动。让他们现在找到他们的敌人吧。战栗吧,你尚未被人发觉、逍遥法外的罪人!躲起来吧,你杀人的凶手,你用伪誓欺人的骗子,你道貌岸然的逆伦禽兽!魂飞魄散吧,你用正直的外表遮掩杀人阴谋的大奸巨恶!撕下你们包藏祸心的伪装,显露你们罪恶的原形,向这些可怕的天吏哀号乞命吧!我是个并没有犯多大的罪却受了很大的冤屈的人。"

商籁第121首的对句中,充斥着这个世界的非议和污蔑被统称为一种"普遍之恶"(general evil)。这种普遍的恶也指其字面意思——人性本恶,这世界是由无处不在的邪恶之人统治的:

Unless this general evil they maintain,
All men are bad and in their badness reign.
除非他们敢声言全人类是罪孽,——
人都是恶人,用作恶统治着世界。

"荒野独白",《李尔王》,本塞尔(George Frederick Bensell)

**商籁
第 122 首**

**手册
情诗**

你赠送给我的手册里面的一切,
已在我脑子里写明, 好留作纪念,
这一切将超越手册中无用的篇页,
跨过所有的时日, 甚至到永远;

或至少坚持到我的脑子和心
还能借自然的功能而生存的时候;
只要这两者没把你忘记干净,
关于你的记载就一定会保留。

可怜的手册保不住那么多的爱,
我也不用筹码把你的爱累计;
所以我斗胆把那本手册丢开,
去信托别的手册更好地拥抱你:

　　要依靠拐杖才能够把你记牢,
　　无异于表明我容易把你忘掉。

Thy gift, thy tables, are within my brain
Full character'd with lasting memory,
Which shall above that idle rank remain,
Beyond all date; even to eternity:

Or, at the least, so long as brain and heart
Have faculty by nature to subsist;
Till each to raz'd oblivion yield his part
Of thee, thy record never can be miss'd.

That poor retention could not so much hold,
Nor need I tallies thy dear love to score;
Therefore to give them from me was I bold,
To trust those tables that receive thee more:

> To keep an adjunct to remember thee
> Were to import forgetfulness in me.

古罗马诗人卡图卢斯在《歌集》中有一首献给友人科尔内利乌斯(Veronan Cornelius Nepos)的诗,诗一开篇就将自己眼下这本诗集的卑微和友人的巨著作对比(科尔内利乌斯写过一部百科全书式的编年史):

> ……所有意大利人中唯有你
> 敢把一切时代展现在三卷书里
> 多么渊博,朱庇特啊,又多么精细![1]

书籍崇拜(the cult of book)到了早期基督教时代愈演愈烈,这与《圣经》被钦定为神授之书和"至圣书籍"有关。如前所述,《圣经》本身就充斥着众多含义丰富的书籍意象,其中或许仍以《启示录》中的"案卷"最为生动:"我又看见死了的人,无论大小,都站在宝座前。案卷展开了,并且另有一卷展开,就是生命册。死了的人都凭着这些案卷所记载的,照他们所行的受审判。"(《启示录》20:12)到了以手抄本为文化传播的核心媒介的中世纪,部分珍贵书籍已获得了近乎圣物的地位,诗歌中的各类书籍隐喻也日趋复杂,比如切拉诺的托马斯(Thomas of Celano)13世纪写下的诗篇《神怒之日》(*Dies Irae*),其中提到了源于《启示录》、如今集审判案卷与造物清单于一体的"天命之书":

---

[1] 卡图卢斯,《卡图卢斯〈歌集〉拉中对照译注本》,第3页。

Liber scriptus proferetur,

In quo totum continetur,

Unde mundus judicetur.[1]

写下的书将被呈上，

其中万物均被记载，

世界依次得到审判。

（包慧怡 译）

到了莎士比亚时代的文艺复兴作家那里，"对开本"（folio）这种庞大的书籍更是成了上帝所有杰作的目录。英国诗人弗兰西斯·卡尔勒斯（Francis Quarles）在 1635 年出版的《象征集》尤其凸显了后印刷术时代书籍文化的特征：

The world's ab ook in folio, printed all

With God's great works in letters capital:

Each creature is a page; and each effect

A fair character, void of all defect.[2]

宇宙是一部对开本，上帝的

全部杰作都用大写字母印刷：

每种造物都是一页书；每种效应

都是一个美妙的字符，毫无瑕疵。

（包慧怡 译）

---

[1] R. Ernst Curtius, *European Literature and the Latin Middle Ages*, p. 318.

[2] *Ibid*, p. 323.

莎士比亚本人当然是书写及书籍隐喻的忠实爱好者和勤奋的更新者。《哈姆雷特》第一幕第五场中,哈姆雷特见过亡父的幽灵后决意为父报仇,在这段荡气回肠的独白中,他发誓要将脑海中的一切其他印记都抹去,只留下父亲关于复仇的诫命:

> Yea, from the table of my memory
> I'll wipe away all trivial fond records,
> All saws of books, all forms, all pressures past,
> That youth and observation copied there;
> And thy commandment all alone shall live
> Within the book and volume of my brain,
> Unmix'd with baser matter. (ll.99–104)
>
> 是的,我要从我的记忆的碑版上拭去一切琐碎愚蠢的记录,一切书本上的格言、一切陈言套语、一切过去的印象,我的少年的阅历所留下的痕迹,只让你的命令留在我的脑筋的书卷里,不搀杂一点下贱的废料。

此处"记忆的碑版"(table of my memory)或"脑筋的书卷"(book and volume of my brain)都被用来比喻哈姆雷特的大脑,这专司记忆的器官,展现了一种深深植根于书写隐喻的认知观。但在商籁第122首第一节中,table 一词的复数形式指的却是实实在在的、由俊美青年赠给诗人的一册记事本,一种兼具备忘录、日志与(考虑到后者的职业)诗歌草稿簿功能的"待写之书"。恰如诗人在商籁第 77 首中赠给俊友一本空白之书,看起来俊友向诗人回赠了对等的礼物,或是率先送出了这份邀请书写的礼物(如此,第 77 首中诗人的礼物才是回赠)。无论是哪种情况,诗人都欣然地在其中"写满了恒久的记忆"。

> Thy gift, thy tables, are within my brain
> Full character'd with lasting memory,
> Which shall above that idle rank remain,
> Beyond all date; even to eternity
> 你赠送给我的手册里面的一切,
> 已在我脑子里写明,好留作纪念,
> 这一切将超越手册中无用的篇页,
> 跨过所有的时日,甚至到永远

接着诗人又让自己的心灵与大脑为伍,将两者都变成了记忆的器官,说它们直到包括"你"的身体在内的万物湮灭那天,都不会忘记"你"——"对你的记录"(thy record)永远不可能在"我"的心中或者脑中遗失:

> Or, at the least, so long as brain and heart
> Have faculty by nature to subsist;
> Till each to raz'd oblivion yield his part
> Of thee, thy record never can be miss'd.
>
> 或至少坚持到我的脑子和心
> 还能借自然的功能而生存的时候；
> 只要这两者没把你忘记干净，
> 关于你的记载就一定会保留。

到了第三节中，我们终于得以知晓究竟有什么确实被"遗失"了，那就是俊友作为礼物送给诗人的那本"手册"（thy gift, thy tables）。结合第77首看，诗人和青年完成了一种郑重其事的"交换书籍"的仪式：互赠空白之书给对方，让对方记录下自己的思想，这思想中必然也包含着对彼此的思念。何以诗人竟遗失了这样珍贵的信物，甚至肆意将如此带有私密性质的笔记本交给了他人（give them from me）？如果我们相信诗人用青年送他的手册来书写十四行诗的草稿——用爱人赠送的笔记本为爱人写诗毕竟十分自然——那么本诗中的 tables，是否就是最早仅在熟人圈中传阅、后世从未能找到的《莎士比亚十四行诗集》的原始手稿？或许诗人本人出于某种情非得已的考虑，主动将这些诗稿或其中的一部分流传了出去？无论这类猜想有多合理或鲁莽,在确凿的文本证据中,我们只看到诗人正费尽心思地向俊友解释自己何以丢失或"转手"了这本手册。他的核心论证只有一条:写在手册上的字迹不可能永久留存,而另一种手册,那些"更能珍藏你的册子"(those tables that receive thee more),也就是第二节中提到的"心和脑",它们才更值得信任。"我"如此爱"你",因此不再需要外在的书写;"我"不可能忘记你,才"丢开"这记录爱情的手册,因为对"你"的铭记已经"在我脑子里写明"。

> That poor retention could not so much hold,
> Nor need I tallies thy dear love to score;
> Therefore to give them from me was I bold,
> To trust those tables that receive thee more
> 可怜的手册保不住那么多的爱,
> 我也不用筹码把你的爱累计;
> 所以我斗胆把那本手册丢开,
> 去信托别的手册更好地拥抱你

无论这辩解看似如何牵强,诗人毕竟在诗尾完成了从典型元诗主题(写下的作品将永存,"我"的诗歌能战胜遗忘)到典型情诗主题的转换(爱情本身更能永存,永远不需要战胜遗忘)。确切地说,是用情诗的主题消解了元诗的主题:让写下的文字遗失吧,这不会影响对爱人的爱和记忆;与之相反,如果"我"需要一份"附加物"、一本备忘录或"手册",甚至一部作品才能记住"你",这恰恰证明了"我"潜在的健忘。但事实正好相反:让手册失落吧,而"我"对"你"的爱将永不失落。

> To keep an adjunct to remember thee
> Were to import forgetfulness in me.
> 要依靠拐杖才能够把你记牢,
> 无异于表明我容易把你忘掉。

反讽的是,四百多年后,身为读者的我们却是依靠这部罕见的作者在世时付印的《莎士比亚十四行诗集》,才记住这位俊美青年在威廉·莎士比亚疑窦重重的一生中谱写的乐章,才得以窥见站立在以单数的"我"为抒情主体的现代英语抒情诗传统开端处的诗人莎士比亚。

比莎士比亚早出生一辈的法国诗人龙沙(Pierre de Ronsard)的诗集《丰富的爱》(*Les Amours Diverse*, 1578)中的第 4 首商籁与本诗有类似的旨趣:

> Il ne falloit, Maitresse, autres tablettes
> Pour vous graver, que celles de mon coeur,

Où de sa main Amour nostre veinquer

Vous a gravée, et vos graces parfaite.

女主人,再也无需另一本笔记

来书写你,除了我自己的心,

在那里,伟大的征服者爱神依然

亲手镌刻下你和你的完美品行。

(包慧怡 译)

心形歌谣集手稿,约 1475 年

不!时间呵,你不能夸说我在变:
你有力量重新把金字塔建起,
我看它可并不希奇,并不新鲜;
那是旧景象穿上新衣裳而已。

我们活不长,所以我们要赞扬
你鱼目混珠地拿给我们的旧货;
宁可使它们合乎我们的愿望,
而不想:我们早听见它们被说过。

我是瞧不起你和你的记载的,
也不惊奇于你的现在和过去;
因为那由你的长跑编造出来的
记载和我们见到的景象是骗局:

  我这样起誓,以后将始终如此,
  不怕你跟你的镰刀,我永远忠实。

商籁
第 123 首

金字塔
玄学诗

No, Time, thou shalt not boast that I do change:
Thy pyramids built up with newer might
To me are nothing novel, nothing strange;
They are but dressings of a former sight.

Our dates are brief, and therefore we admire
What thou dost foist upon us that is old;
And rather make them born to our desire
Than think that we before have heard them told.

Thy registers and thee I both defy,
Not wondering at the present nor the past,
For thy records and what we see doth lie,
Made more or less by thy continual haste.

> This I do vow and this shall ever be;
> I will be true despite thy scythe and thee.

随着献给俊美青年的商籁接近尾声，商籁第123—125首这三首作品终于再次聚集于对时间和死亡的克服——这个一切声称自己矢志不渝的爱情终须面对的问题。诗人以"起誓"这一最为直接有效的言语行为，确认自己的爱情是必朽的世界上少数不受时间统御的不朽之物。

　　在与十四行诗集写作于同一时期的叙事长诗《鲁克丽丝遇劫记》中，被塔昆强暴的鲁克丽丝在悲愤中控诉"时间"（和它的仆从"机缘"），并要求时间诅咒塔昆。这段独白也是莎士比亚笔下刻画"时间"的最精彩的篇章之一，其中"时间"的形象与包括商籁第123首在内的十四行诗系列中的"时间"形象保持了高度一致：

> Lucrece:
>
> Misshapen Time, copesmate of ugly Night,
>
> Swift subtle post, carrier of grisly care,
>
> Eater of youth, false slave to false delight,
>
> Base watch of woes, sin's pack-horse, virtue's snare;
>
> Thou nursest all and murd'rest all that are.
>
> O, hear me then, injurious, shifting Time …
>
> Time's glory is to calm contending kings,
>
> To unmask falsehood and bring truth to light,

To stamp the seal of time in aged things,
To wake the morn and sentinel the night,
To wrong the wronger till he render right,
To ruinate proud buildings with thy hours
And smear with dust their glitt'ring golden towers;

To fill with worm-holes stately monuments,
To feed oblivion with decay of things,
To blot old books and alter their contents,
To pluck the quills from ancient ravens' wings,
To dry the old oak's sap and cherish springs,
To spoil antiquities of hammered steel
And turn the giddy round of Fortune's wheel (ll.925–30; 939–52)

鲁克丽丝：
状貌狰狞的"时间"，丑恶的"夜"的伙计，
策马飞驰的使者，递送凶讯的差役，
侍奉淫乐的刁奴，蚕食青春的鬼蜮，
灾祸的更夫，罪孽的坐骑，美德的图圉；
是你哺育了万物，又一一予以毁弃。
欺人害人的时间呵！……

时间的威力在于：息止帝王的争战；

让真理大白于天下，把谎言妄语揭穿；

给衰颓老朽的事物，盖上时光的印鉴；

唤醒熹微的黎明，守卫幽晦的夜晚；

给损害者以损害，直到他弃恶从善；

以长年累月的磨损，叫巍巍宝殿崩坍；

以年深月久的尘垢，把煌煌金阙污染；

让密密麻麻的虫孔，蛀空高大的牌坊；

让万物朽败消亡，归入永恒的遗忘；

涂改古代的典籍，更换其中的篇章；

从年迈乌鸦的双翅，把翎毛拔个精光；

榨干老树的汁液，抚育幼苗成长；

把钢铸铁打的古物，糟践得七损八伤；

转动"命运"的飞轮，转得人晕头转向。

（杨德豫 译）

商籁第123首第一行就直接向以第二人称出现的受话者（addressee）"时间"发起呼告。诗人以一个铿锵有力的否定祈使句，作出了同时是预言、命令和决心的宣言：不，时光，"你"不能夸耀"我"多变。

No, Time, thou shalt not boast that I do change:
Thy pyramids built up with newer might
To me are nothing novel, nothing strange;
They are but dressings of a former sight.

不！时间呵，你不能夸说我在变：

你有力量重新把金字塔建起，

我看它可并不希奇，并不新鲜；

那是旧景象穿上新衣裳而已。

此处第1行与商籁第18首(《夏日元诗》)第11行有异曲同工之妙(Nor shall death brag that thou wander'st in his shade)，只是第18首中被禁止进行"夸耀"的是"死亡"。时间和死亡在莎士比亚十四行诗中犹如胞兄，时常携手出现，或干脆被当作近义词使用。商籁第123首中时间威能的核心象征是一种古老的建筑——金字塔，这最初建造来保存古埃及法老的身体以期超越死亡、获得不朽的悖论构造，被诗人称为时间自己的作品(thy pyramids)。在"我"眼中，这样宏伟的建筑不足为奇，它们不过是往昔光景的一种"装饰"(dressing)。下一节进一步指出，人类由于自己的生命短暂，才会将"时光的种种旧把戏"当作因"我们"的心愿而生的新事物，对时间的威力盲目崇拜：

Our dates are brief, and therefore we admire
What thou dost foist upon us that is old;
And rather make them born to our desire
Than think that we before have heard them told.

我们活不长,所以我们要赞扬
你鱼目混珠地拿给我们的旧货;
宁可使它们合乎我们的愿望,
而不想:我们早听见它们被说过。

由于能占据和观测的时间长短不同("我们"只有短暂的一辈子,"时光"却有世世代代数不尽的光阴可以派遣),这种不公造成了世人对时间的盲目敬畏。诗人在第三节中说,自己将"既不敬畏现在也不敬畏往昔",而要公然抵抗时间的权威,不承认时间的"记载"(registers)和"编年"(records),称之为谎言。"我"声称,历史上发生的一切事件,其相对的重要性,其可被人们心灵感知到的相对时间长短,都是由时光"你"一刻不断的疾驰(thy continual haste)造成的。

Thy registers and thee I both defy,
Not wondering at the present nor the past,
For thy records and what we see doth lie,

Made more or less by thy continual haste.
我是瞧不起你和你的记载的,
也不惊奇于你的现在和过去;
因为那由你的长跑编造出来的
记载和我们见到的景象是骗局

拒绝承认时间的威望后,诗人在最后的对句中再次立誓,说无论光阴如何变迁,甚至当时间成为死神本身——我们再次看到手持镰刀的收割者形象(Grim Reaper)被时间之神和死神共享——自己(在爱情中)的"真"将永不更改:

This I do vow and this shall ever be;
I will be true despite thy scythe and thee.
我如此立下誓言,此誓亘古不变:我将
矢志不渝,无论你和你的镰刀多么莽莽。

(包慧怡 译)

在《鲁克丽丝遇劫记》中那段诅咒时间的独白的最后,鲁克丽丝要求时间惩罚作恶的凶手塔昆,但她首先提到了时间的不可逆性——已然发生的一切都不可撤销,这是时间运行的规律,故而时间在此又被称作"'永恒'的侍仆"。

换言之,时间亦须侍奉他人,光阴并非万能:

> Why work'st thou mischief in thy pilgrimage,
> Unless thou couldst return to make amends?
> One poor retiring minute in an age
> Would purchase thee a thousand thousand friends,
> Lending him wit that to bad debtors lends.
> O this dread night, wouldst thou one hour come back,
> I could prevent this storm and shun thy wrack!
> Thou ceaseless lackey to Eternity (ll.960–67)
> 既然你不能退回来,补救你造成的伤损,
> 你何苦要在一路上,不断地闯祸行凶?
> 只消在长长岁月里,倒退短短一分钟,
> 就有千百万世人,会对你改容相敬,
> 借债给赖债者的债主,就会学到点聪明;
> 只消这可怖的夜晚,肯倒退一个时辰,
> 我就能预防乱子,逃脱危亡的厄运!
> 你呵,"永恒"的侍仆——奔波不息的"时间"!
>
> （杨德豫 译）

商籁
第 124 首

私生子
玄学诗

假如我的爱只是权势的孩子,
它会是命运的私生儿,没有爸爸,
它将被时间的爱或憎任意处置,
随同恶草,或随同好花被摘下。

不,它建立了,同偶然毫无牵挂;
在含笑的富贵面前,它沉得住气,
被压制的愤懑的爆发也打不垮它,
尽管这爆发已成为当代的风气。

权谋在租期很短的土地上干活,
对于这位异教徒,它毫不畏惧。
它不因天热而生长,不被雨淹没,
只是巍然独立,深谋远虑。

　　我唤那为一善而死、为众恶而生、
　　被时间愚弄的人来为此事作证。

If my dear love were but the child of state,
It might for Fortune's bastard be unfather'd,
As subject to Time's love or to Time's hate,
Weeds among weeds, or flowers with flowers gather'd.

No, it was builded far from accident;
It suffers not in smiling pomp, nor falls
Under the blow of thralled discontent,
Whereto th'inviting time our fashion calls:

It fears not policy, that heretic,
Which works on leases of short-number'd hours,
But all alone stands hugely politic,
That it nor grows with heat, nor drowns with showers.

    To this I witness call the fools of time,
    Which die for goodness, who have lived for crime.

接着上一首诗的主题,商籁第 124 首继续强调自己的爱情不受制于时光、命运和世俗荣辱,因此才能在时间之外获得不朽。和第 123 首一样,诗人理论上的目标读者(俊友)通篇未曾登场,这也使得这首诗成为一首追问爱情本质的玄学诗。

全诗以一个虚拟句式开篇,实际是对所说内容的否定:"我"的爱情不是"权势的孩子"或"(一时一势的)处境的孩子"——首行中的 state 可以有多种阐释,不是命运女神的"没有父亲的私生子",也不受时间的爱恨左右。

If my dear love were but the child of state,
It might for Fortune's bastard be unfather'd,
As subject to Time's love or to Time's hate,
Weeds among weeds, or flowers with flowers gather'd.
假如我的爱只是权势的孩子,
它会是命运的私生儿,没有爸爸,
它将被时间的爱或憎任意处置,
随同恶草,或随同好花被摘下。

由于命运女神总是同时垂青无数人,也就潜在生下了无数的私生子(bastard),莎士比亚在《哈姆雷特》中至少两次将命运女神比作一名滥情的娼妓(strumpet),都出现

在第二幕第二场中。第一处出自哈姆雷特本人之口:

Guildenstern:

Happy, in that we are not over-happy;

On fortune's cap we are not the very button.

Hamlet:

Nor the soles of her shoe?

Rosencrantz:

Neither, my lord.

Hamlet:

Then you live about her waist, or in the middle of

her favours?

Guildenstern:

'Faith, her privates we.

Hamlet:

In the secret parts of fortune? O, most true; she

is a strumpet. (ll.227–34)

吉尔登斯吞：无荣无辱便是我们的幸福；我们高不到命运女神帽子上的纽扣。

哈姆雷特：也低不到她的鞋底吗？

罗森格兰兹：正是，殿下。

哈姆雷特：那么你们是在她的腰上，或是在她的怀抱之中吗?

吉尔登斯：说老实话，我们是在她的私处。

哈姆雷特：在命运身上秘密的那部分吗？啊，对了；她本来是一个娼妓。

两百多行之后，被召入宫的演员在哈姆雷特面前念台词时（念的正是特洛伊老国王普里阿靡斯被杀的惨状），再次将命运称作一名"娼妇"：

> Out, out, thou strumpet, Fortune! All you gods,
> In general synod 'take away her power;
> Break all the spokes and fellies from her wheel,
> And bowl the round nave down the hill of heaven,
> As low as to the fiends!' (ll. 487–91)
> 去，去，你娼妇一样的命运！
> 天上的诸神啊！剥去她的权力，
> 不要让她僭窃神明的宝座；
> 拆毁她的车轮，把它滚下神山，
> 直到地狱的深渊。

世人都知道命运女神的垂青总是转瞬即逝，被命运托举到好运的顶点的人，很可能下一刻就会遭到灭顶之灾。

而诗人在商籁第 124 首中一再重申,"我"的爱既然不是权贵之子,也就不被命运的起落左右,可以宠辱不惊地屹立,就如它起先就绝非建立在机缘巧合之上:

> No, it was builded far from accident;
> It suffers not in smiling pomp, nor falls
> Under the blow of thralled discontent,
> Whereto th'inviting time our fashion calls
> 不,它建立了,同偶然毫无牵挂;
> 在含笑的富贵面前,它沉得住气,
> 被压制的愤懑的爆发也打不垮它,
> 尽管这爆发已成为当代的风气。

"偶然性"或"事故"(accident)在莎士比亚关于时间的诗句中,几乎都是一个负面含义的词。对比商籁第 115 首第 5 行,时间被描述成包含着百万计的事故 / 偶然事件(accidents)——"但是计量着光阴,它饱含无数事故"(But reckoning Time, whose million'd accidents)。类似地,在叙事长诗《鲁克丽丝遇劫记》中,鲁克丽丝称"机缘"(opportunity)为"时间的仆人",与时间同谋,是具体的恶行的促成者:

O Opportunity, thy guilt is great!
'Tis thou that executest the traitor's treason:
Thou set'st the wolf where he the lamb may get;
Whoever plots the sin, thou 'point'st the season;
…

Why hath thy servant, Opportunity,
Betray'd the hours thou gavest me to repose,
Cancell'd my fortunes, and enchained me
To endless date of never-ending woes?
Time's office is to fine the hate of foes;
To eat up errors by opinion bred,
Not spend the dowry of a lawful bed.

机缘呵！你的罪过，也算得十分深重：
奸贼的叛逆阴谋，有了你才能得逞；
是你把豺狼引向攫获羔羊的路径；
是你给恶人指点作恶的最佳时令；
……

时间呵，究竟为什么，机缘——你的仆人
竟敢卑鄙地盗卖你供我安息的时辰？

为什么把我的福祉,勾销得一干二净,

用无尽无休的灾厄,把我拴牢捆紧?

时间呵,你的职责,是消弭仇人的仇恨,

是检验各种主张,破除其中的谬论,

而不是无端毁损合法合意的婚姻。

(杨德豫 译)

在商籁第124首第三节中,诗人接着宣称,自己的爱不畏"治国之术"或"权谋"(policy)——多变且无信用可言的权术被称作"异教徒"。与之相对,岿然不动的爱情不被外境的变迁左右,因此反而能凌驾于一切翻云覆雨的权术之上,成为最"慎重"和"深思熟虑的"(politic):

It fears not policy, that heretic,

Which works on leases of short-number'd hours,

But all alone stands hugely politic,

That it nor grows with heat, nor drowns with showers.

权谋在租期很短的土地上干活,

对于这位异教徒,它毫不畏惧。

它不因天热而生长,不被雨淹没,

只是巍然独立,深谋远虑。

商籁第116首中已经出现过"时光的愚人"这一词组,诗人说爱情不受时光的愚弄,因而不是时间的愚人或小丑(Love's not Time's fool, though rosy lips and cheeks/Within his bending sickle's compass come, ll. 9–10)。而在商籁第124首的对句中,这一词组以复数形式出现,这里"时光的愚人"更多指的是那些趋炎附势的世人,他们的幸福与不幸取决于命运女神的心情,他们一生追求权势而犯下了无数罪行,唯有死时才想到天堂的福祉:

To this I witness call the fools of time,
Which die for goodness, who have lived for crime.
我唤那为一善而死、为众恶而生、
被时间愚弄的人来为此事作证。

本诗中共出现了五次用第三人称单数形式"它"(it)来指代"我的爱情"的情况,而完全没有出现爱情的对象——通常以第二人称出现的俊美青年"你"。诗人借阐述"我的爱"来追问爱情的普遍本质,这是俊美青年序列中的最后一次。在剩下的两首商籁中,诗人将再次直接以俊友为倾诉对象,亲自向爱人作最后的告别。

命运女神和她的轮子,16世纪法国手稿

商籁
第 125 首

**华盖
情诗**

我举着华盖,用表面的恭维来撑持
你的面子,这对我有什么好处?
为永久,我奠下伟大的基础——它其实
比荒芜为期更短,这也是何苦?

难道我没见过仪表和容貌的租用者
付太多租钱,反而把一切都丢光?
可怜的贪利人,老在凝视中挥霍,
弃清淡入味,只追求浓油赤酱!

不;——让我在你心中永远不渝,
请接受我贫乏然而率真的贡礼,
它没有羼杂次货,也不懂权术,
只不过是我向你回敬的诚意。

　　滚开,假证人,告密者!你愈陷害
　　忠实的灵魂,他愈在你控制以外。

Were't aught to me I bore the canopy,
With my extern the outward honouring,
Or laid great bases for eternity,
Which proves more short than waste or ruining?

Have I not seen dwellers on form and favour
Lose all and more by paying too much rent
For compound sweet; forgoing simple savour,
Pitiful thrivers, in their gazing spent?

No; let me be obsequious in thy heart,
And take thou my oblation, poor but free,
Which is not mix'd with seconds, knows no art,
But mutual render, only me for thee.

> Hence, thou suborned informer! a true soul
> When most impeach'd, stands least in thy control.

我们来到了俊美青年序列诗的末尾,如果我们将商籁第126首看作告别致意或结信语,那么眼下的第125首就是该系列中最后一首自足的情诗,诗人在尘世荣华面前确立了真爱的优越和不朽。本诗开篇就将人所追求的价值进行了内与外、长存与短暂的两分。王室仪仗队里用来为王者遮阳并彰显身份的华盖(capopy)成了外在荣耀的终极象征,而追求外在永恒——以建筑物或纪念碑的形式——而进行的奠基则看似能够长存,实质转眼就将湮灭在时光的风沙之中。

> Were't aught to me I bore the canopy,
> With my extern the outward honouring,
> Or laid great bases for eternity,
> Which proves more short than waste or ruining?
> 我举着华盖,用表面的恭维来撑持
> 你的面子,这对我有什么好处?
> 为永久,我奠下伟大的基础——它其实
> 比荒芜为期更短,这也是何苦?

诗人自述,成为那样一个高举华盖的人(这一角色在王室仪仗行列中通常留给身份显赫的贵族青年),对他毫无意义,因为他见过太多追求表面礼遇和形式恩宠的人失去一切,并且"放弃了淡泊之味去追求复合的甜蜜"——关于 simple 与 compound 在药剂师语言中的对立,我们在商籁第118首(《求病玄学诗》)中已经见过——从而成了"可怜的繁荣者"(pitiful thrivers),只能"在顾盼中凋零"(in their gazing spent):

> Have I not seen dwellers on form and favour
> Lose all and more by paying too much rent
> For compound sweet; forgoing simple savour,
> Pitiful thrivers, in their gazing spent?
> 难道我没见过仪表和容貌的租用者
> 付太多租钱,反而把一切都丢光?
> 可怜的贪利人,老在凝视中挥霍,
> 弃清淡入味,只追求浓油赤酱!

第三节是全诗的转折段,诗人举出了爱人的心,作为与上两节中外在的荣华富贵(outward honouring; form and favour)相对立的"内在价值",说自己只对"你的心"曲意逢迎;并且再次使用了宗教和圣仪学的词汇,请求爱人接受自己的"朴实无华但自由的祭品"。

> No; let me be obsequious in thy heart,

And take thou my oblation, poor but free,

Which is not mix'd with seconds, knows no art,

But mutual render, only me for thee.

不;——让我在你心中永远不渝,

请接受我贫乏然而率真的贡礼,

它没有羼杂次货,也不懂权术,

只不过是我向你回敬的诚意。

诗人献给俊友的这份"祭品"或"供奉"(oblation)自然就是自己的爱和真心了,此处也是作为与上文提到的"复合的甜蜜"(compound sweets)相对立的"淡泊之味"(simple savour)来举出的,因为这份供奉"不掺杂次品"(not mix'd with seconds),只作为爱人之间交换真情的见证。莎士比亚全部的作品中,唯一一次在别处用到 oblation 一词是在《情女怨》(*A Lover's Complaint*)中,其中叙事者自比为神坛(altar),而自己的爱欲(desires)是供奉(oblation),要献给被奉若神明的爱人,与本诗中的用法有异曲同工之妙。

Lo, all these trophies of affections hot,

Of pensived and subdued desires the tender,

Nature hath charged me that I hoard them not,

But yield them up where I myself must render,

That is, to you, my origin and ender;

For these, of force, must your oblations be,

Since I their altar, you enpatron me. (ll. 218–24)

瞧所有这些表明炽烈的热爱

和被压抑的无限柔情的表记,

上天显然不能容我留作私财,

而要我拿它作自己的献身礼,

那也就是献给你——我生命的依据:

更无疑这些供奉本应你收领,

因为我不过是神坛,你才是正神。

（孙法理 译）

在商籁第 125 首的对句中,毫无预示地出现了一名此前未曾现身的"受贿的告密者":

Hence, thou suborned informer! a true soul

When most impeach'd, stands least in thy control.

滚开,假证人,告密者! 你愈陷害

忠实的灵魂,他愈在你控制以外。

学者们对这名告密者的身份争论不休,有说是诗系列中的大敌"时间"的,有说告密者只是一种抽象的、阻碍真爱的力量的,甚至有说是发现自己无法"控制"(control)诗人的俊友本人的。我们不妨将"告密者"看作理想式爱情的反面,一种"作假"或"欺诈"的人格化身,诗人提及"假"是为了进一步肯定"真":怀着真爱的灵魂(a true soul)是经历千锤百炼反而愈加坚定的,真挚的心灵不畏外境的挫磨。

商籁第 125 首中充满了悖论修辞,不妨对比阅读多恩的《神圣十四行诗》之《锤击我心,三位一体的上帝》(*Batter My Heart, Three-person'd God*),这或许是文艺复兴英国诗学史上将悖论修辞法运用得最炉火纯青的十四行诗之一。

Batter My Heart, Three-person'd God
John Donne

Batter my heart, three-person'd God, for you
As yet but knock, breathe, shine, and seek to mend;
That I may rise and stand, o'erthrow me, and bend
Your force to break, blow, burn, and make me new.
I, like an usurp'd town to another due,
Labor to admit you, but oh, to no end;

Reason, your viceroy in me, me should defend,
But is captiv'd, and proves weak or untrue.
Yet dearly I love you, and would be lov'd fain,
But am betroth'd unto your enemy;
Divorce me, untie or break that knot again,
Take me to you, imprison me, for I,
Except you enthrall me, never shall be free,
Nor ever chaste, except you ravish me.

锤击我心,三位一体的上帝

约翰·多恩

锤击我心,三位一体的上帝;因为,您
仍旧只是敲打,吹起,磨光,试图修补;
为使我爬起,站立,就该打翻我,集聚
力量,粉碎,鼓风,焚毁,重铸我一新。
我,像一座被夺的城,欠另一个主子的税,
努力要承认您,可是,哦,却没有结果;
寻思您在我之中的总督,应该会保护我,
他却遭到囚禁,被证实为懦弱或不忠实;
然而,我深深挚爱您,也乐于为您所爱,
可是,却偏偏被许配给了您的寇仇死敌;

让我离婚吧,重新解开,或扯断那纽带,
把我攫取,归您所有,幽禁起我,因为
我将永远不会获得自由,除非您奴役我,
我也从来不曾保守贞洁,除非您强奸我。

(傅浩 译)

华盖下的伊丽莎白一世,首字母装饰,约1589年

商籁
第 126 首

**结信语
情诗**

可爱的孩子呵,你控制了易变的沙漏——
时光老人的小镰刀——一个个钟头;
在衰老途中你成长,并由此显出来
爱你的人们在枯萎,而你在盛开!
假如大自然,那统治兴衰的大君主,
见你走一步,就把你拖回一步,
那她守牢你就为了使她的技巧
能贬低时间,能杀死渺小的分秒。
可是你——她的宠儿呵,你也得怕她;
她只能暂留你、不能永保你作宝匣,
她的账不能不算清,虽然延了期,
她的债务要偿清,只有放弃你。

  (   )
  (   )

O thou, my lovely boy, who in thy power
Dost hold Time's fickle glass, his sickle, hour;
Who hast by waning grown, and therein showest
Thy lovers withering, as thy sweet self growest.
If Nature, sovereign mistress over wrack,
As thou goest onwards still will pluck thee back,
She keeps thee to this purpose, that her skill
May time disgrace and wretched minutes kill.
Yet fear her, O thou minion of her pleasure!
She may detain, but not still keep, her treasure:
Her audit (though delayed) answered must be,
And her quietus is to render thee.

    (   )
    (   )

我们知道，莎士比亚十四行诗系列中的第1—126首是以一位俊美青年（Fair Youth），或曰诗人的"俊友"（Fair Friend）为致意对象的，现在我们终于来到了这场诗歌奥德赛的末尾。商籁第126首通常被看作一首告别之诗，诗人此前曾用各种动听的爱称称呼这位俊友，最直白的莫过于唤他为"我的爱人"。在这最后的情诗的第一行，俊友则被亲昵地称作"我可爱的男孩"（my lovely boy）。

不难注意到，从诗律上而言，这并不是一首严格的十四行诗，也不遵循英式十四行诗由三节四行邻韵诗加两行押韵对句组成的结构。本诗是由6组双韵对句组成的，总共只有十二行。在1609年出版的初版四开本中，第12行之后，本该是第13—14行（即最后的对句）开始的地方，赫然印着两对圆括号。这种形式上的留白用意何为？是那位代替诗人题献的神秘出版商T.T（Thomas Thorpe）借此表明原手稿此处缺损或不可辨认吗？或者它们是诗人有意为之，旨在邀请读者自行想象和填空，为这126首诗画上每个人自己理解的句号？

抛开天花乱坠的推测，以保罗·拉姆西（Paul Ramsey）为代表的不少学者认为，商籁第126首可以被看成一种结信语。"结信语"（英语中拼写为envoy或envoi）一词派生自法语动词"送信"（envoyer），源自中世纪法国行吟诗人歌谣的最末一段，如同一封信结尾后的"附言"（postscript)。对应于部分中世纪信件诗开篇处的"启信语"（*subrascripio*）——或曰致辞（salutation），"结信语"往往被置于诗歌正文结束后，向作者的爱人、朋友或恩主直接致意，表达某种祝愿，或者提出具体的期望和诉求。比如莎士比亚的诗歌偶像之一、英语诗歌之父乔叟曾写过一首不太著名的短抒情诗《乔叟致他钱袋的怨歌》。在其诗末的结信语中，诗人就一改正文中寓言体的迂回曲折，借献诗的名义，直接向当朝国王亨利四世"催稿费"，委婉提醒这位新上任的国王继续发放本该由其前任理查二世发给乔叟的王室津贴。[1]

> *L'Envoy de Chaucer:*
> O conquerour of Brutes Albyoun
> Which that by line and free eleccioun
> Been verray king, this song to yow I sende,
> And ye that mowen alle oure harmes amende
> Have minde upon my supplicacioun.
>
> 乔叟的结信语：
> 哦，布鲁特-阿尔比翁的征服者！
> 你继承皇家血统，也通过自由选举
> 是真正的英国之王，我把这支歌献给你；
> 你，有能力弥补一切哀伤的你，

---

[1] 参见拙著《中古英语抒情诗的艺术》，第242—254页。

下定决心吧,听取我的恳求!

(包慧怡 译)

把商籁第 126 首看作附加在俊美青年诗序列之后的结语确实不无道理。本诗的主题——自然/造化在俊友身上的巧夺天工,与无情收割一切的时间/死亡之间的对峙和抗争——在之前 125 首商籁中以不同形式反复出现过,尤其在位于整个诗系列开端处的 17 首惜时诗中。比如,商籁第 11 首(《印章惜时诗》)就集中处理了"自然"与"时间"抗争的主题,就连核心隐喻之一都与本诗相同。商籁第 126 首和第 11 首第一节都用月亮的阴晴圆缺来比喻人的生命阶段,不同的是,第 11 首说的是"亏损中的增长":当"你"生命的满月逐渐亏损成为残月时,"你"的孩子就将从新月成熟为满月。第 126 首聚焦的却是"亏损时的增长":当"你"的爱慕者一个个随着岁月流逝而年老色衰,"你"的美貌却奇迹般地不减反增。

O thou, my lovely boy, who in thy power
Dost hold Time's fickle glass, his sickle, hour;
Who hast by waning grown, and therein showest
Thy lovers withering, as thy sweet self growest.
可爱的孩子呵,你控制了易变的沙漏——

时光老人的小镰刀——一个个钟头；
在衰老途中你成长，并由此显出来
爱你的人们在枯萎，而你在盛开！

　　虽然本诗是由 6 组双韵对句构成的，但莎士比亚诗笔的精妙之处就在于，从内在逻辑而言，这首诗读起来仍像是一首 4+4+4 的英式十四行诗，只不过少了最后的对句。我们仿佛看到了一首寄居在十二行诗外壳之中的十四行诗，因此姑且仍用十四行诗的术语称呼其分节。在上面的第一节四行诗中，具有"阻挡住时间的无常镜子，他的镰刀，他的时辰"之能力的，结合下文，读者会预期是拟人化的"自然女神"。但这一节的主语却始终是第二人称单数的"你"，"我可爱的男孩"，仿佛身为自然选中之人的"你"也分享并代理了自然的力量。作为收割者的手持镰刀的时间形象是我们所熟悉的，从之前的商籁中我们也知道，莎士比亚笔下的时间往往可以和死亡互换，两者的拟人形象都是男性的。但此处时间的另一样道具"镜子"（Time's fickle glass）引起了一些争议：glass 这个词在 154 首十四行诗中一共出现过 10 次，除了在商籁第 5 首中与它今天的首要义项相同，用来指（香水瓶的）"玻璃"，其他 9 处都基本确凿地被当作"镜子"使用，去映照出诗中某位人物的面容。因此，将本诗中的 glass 理解成"镜子"是十分自然的，就如在许多中世纪和文艺复兴"虚空画"（Vanitas）中所呈现的，死神（或者被死神威胁的少女）总是手持一面圆镜，镜中映出死神或是对镜少女死后将成为的骷髅。但在图像学传统上，死神携带的另一种标配道具是象征光阴流逝的沙漏（hourglass），这后一种组合也清晰地指向死神与时间之神两者身份的合一。因此本诗第二行中"Time's fickle glass, his sickle, hour"（两个逗号为四开本原有）也可以被颠倒词序而读作"Time's fickle hourglass, his sickle"。在莎士比亚这位双关大师这里，时间、死神或少女手中的镜子（glass）同时可以是沙漏（hourglass），这不仅仅因为它们都由glass（玻璃）制成，也在同时代绘画作品中得到了一遍又一遍的注释。

此诗的剩余8行可以说都是转折段。第二节"四行诗"说，自然作为掌管万物兴亡的女主人（sovereign mistress over wrack），虽然有能力将"你"从流逝的光阴那里拉回一程（pluck thee back），但她这么做却只是为了用自己的技艺羞辱时间（that her skill/May time disgrace）。第三节"四行诗"进一步强调说，即便自然能够暂时将"你"挽留，也无法真正从时间那里保住"你"，"她的珍宝"（She may detain, but not still keep, her treasure），因为就连自然女神也必须在更高的权威面前清算她的账目。

Her audit (though delayed) answered must be,

And her quietus is to render thee.

她的账不能不算清,虽然延了期,

她的债务要偿清,只有放弃你。

这里的 audit(审计,查账)一词在 1609 年四开本中拼作 audite,与拉丁文中第二人称命令式动词"听!"的拼法一模一样。而 quietus 一词(直接保留了拉丁文词形)除了"清偿债务"外,还有"死亡,静止"这个首要义项。于是,全诗最后两句中出现了引人注目的双重双关(double punning)。字面上,自然女神要清算并偿还她因为挽留"你"而欠下的债务,方法就是把"你"交还给时间。字词外,诗人的深意却在于那只能用双关对爱人发出的预警:且听(*audite*)!造化并不能永远庇护"你",被自然交出去偿债的"你"终将死去,即使这也意味着她自己的死亡(her quietus),因为"你"是保存她最高技艺的实体。和整本诗集开端处的 17 首惜时诗不同,诗人在这最后一首情诗中没有再发出繁衍子嗣的直白规劝,但在对俊友命运的深切忧虑中,诗人已尽其所能地表达了对"我可爱的男孩"深沉而真挚的关怀。

本诗之外,十四行诗系列中另一首形式上不是"十四行"的商籁,是多了一行而成为"十五行诗"的第 99 首

(《"物种起源"博物诗》)。第126首这一由六组对句组成的"假十四行诗"正式宣告着"俊美青年诗序列"的结束,其主题和措辞既是对此前125首商籁的总结,又为即将开始的"黑夫人诗序列"作好了铺垫。幕布升起,烛光摇颤,旧幽灵已退场,新的魅影正款步登台。

《虚空寓言图》,特罗菲米·比格(Trophime Bigot),1630年,画中同时出现镜子、沙漏、骷髅

**商籁
第 127 首**

**黑夫人
反情诗**

在往古时候,黑可是算不得美色,
黑即使真美,也没人称它为美;
但是现在,黑成了美的继承者,
美有了这个私生子,受到了诋毁:

自从人人都僭取了自然的力量,
把丑变作美,运用了骗人的美容术,
甜美就失去了名声和神圣的殿堂,
如果不活在耻辱中,就受尽了亵渎。

因此,我情人的头发像乌鸦般黑,
她的眼睛也穿上了黑衣,仿佛是
在哀悼那生来不美、却打扮成美、
而用假美名侮辱了造化的人士:

　　她眼睛哀悼着他们,漾着哀思,
　　教每个舌头都说,美应当如此。

In the old age black was not counted fair,
Or if it were, it bore not beauty's name;
But now is black beauty's successive heir,
And beauty slander'd with a bastard shame:

For since each hand hath put on Nature's power,
Fairing the foul with Art's false borrowed face,
Sweet beauty hath no name, no holy bower,
But is profan'd, if not lives in disgrace.

Therefore my mistress'eyes are raven black,
Her eyes so suited, and they mourners seem
At such who, not born fair, no beauty lack,
Sland'ring creation with a false esteem:

> Yet so they mourn becoming of their woe,
> That every tongue says beauty should look so.

商籁第 127 首是"黑夫人诗序列"中的第一首,该序列将一直持续到第 152 首。这是一首颠覆一般十四行诗情诗传统的反情诗(mock love poem),也是一首追溯"黑色"何以为美的"物种起源诗"。诗中的 black(黑)起先作为 fair(白皙/美)的对立面出现,最终却重新定义了"美"。

所谓"黑夫人"(Dark Lady)是后世对莎士比亚十四行诗集"双生缪斯"(twin muses)中的第二位的简称,其身份与"俊美青年"一样神秘莫测。[1] 位于诗集即将收尾处的这 26 首"黑夫人组诗"得名于诗中对女主人公肤色的描绘:不是从彼特拉克到但丁,再到 16 世纪早期英国情诗传统中的金发碧眼、皮肤雪白的美人,而是黑皮肤、黑头发、黑眼睛的异域女子。外表上的"黑"成了这位女子的首要标签,诗人在商籁第 127 首的第一节中就已将这一点挑明:

> In the old age black was not counted fair,
> Or if it were, it bore not beauty's name;
> But now is black beauty's successive heir,
> And beauty slander'd with a bastard shame
> 在往古时候,黑可是算不得美色,
> 黑即使真美,也没人称它为美;

---

[1] 关于作为历史人物的黑夫人候选人,参见本书《导论》第三部分。

但是现在,黑成了美的继承者,
美有了这个私生子,受到了诋毁

"在往古时候,黑可是算不得美色……但是现在,黑成了美的继承者"——这当然是莎士比亚出于对照需要采用的修辞,他不可能不知道,"古代"既有特洛伊的海伦这样符合西方正统审美的、肤色白皙的倾国美女,也有《旧约·雅歌》中书拉密女这样黑肤的东方佳人。这位所罗门王钟爱的新娘如此为自己的肤色辩护:"耶路撒冷的众女子啊,我虽然黑,却是秀美,如同基达的帐棚,好像所罗门的幔子。不要因日头把我晒黑了,就轻看我。我同母的弟兄向我发怒,他们使我看守葡萄园,我自己的葡萄园却没有看守。"(《雅歌》1:5-6)

无独有偶,所罗门王生命中另一位重要女子示巴女王(Queen of Sheba)亦被后世画家描绘成全身黝黑的形象,尽管《旧约》中只说示巴女王来自俄斐(Ophir,今日阿拉伯半岛也门地区,也有说是埃塞俄比亚的),对她的肤色并未描述(《列王纪上》10:1-13;《列代志下》9:1-12);《新约》中也只称她为"南方的女王"(《太》12:42;《路》11:31)。[1]《圣经》中并无所罗门王与示巴女王相爱的记载,只提到了后者的来访和双方互赠礼物,但如奥利金这样的早期教父作家认为示巴女王就是《雅

---

[1] "当审判的时候,南方的女王要起来定这世代的罪;因为她从地极而来,要听所罗门的智慧话。看哪,在这里有一人比所罗门更大!"(《马太福音》12:42;《路加福音》11:31)

歌》中的黑肤新娘。而在一些民间传说,比如埃塞俄比亚的国家史诗《王者荣耀》(*Kebra Nagast*, 1322年译自阿拉伯语)中,所罗门王和示巴女王的儿子会直接化身为埃塞俄比亚的开朝国君梅尼力克一世(Menelik I)。

不管怎么说,黑肤女子可以是秀美的,甚至是足以令国君倾倒和偏宠的秀美,这在"古代的"文献中并不缺少记载。从本诗第二节起,诗人拿来与"古代的美"形成对照的,从"黑色的美"转成了"人工的美"——"古代"(old age)成了"自然"(nature)的代名词,"今日"(now)成了"人工/艺术"(art)的代名词:

> For since each hand hath put on Nature's power,
> Fairing the foul with Art's false borrowed face,
> Sweet beauty hath no name, no holy bower,
> But is profan'd, if not lives in disgrace.
> 自从人人都僭取了自然的力量,
> 把丑变作美,运用了骗人的美容术,
> 甜美就失去了名声和神圣的殿堂,
> 如果不活在耻辱中,就受尽了亵渎。

诗人回到了他在俊美青年组诗中就多次悲叹过的主题——滥用化妆品——并说这一行为是"借来假面"

(false borrowed face),"化丑为美"(fairing the foul),甚至是"将美逐出自己的神殿","亵渎了美"(but is pro-fan'd)——profane 的词源即来自拉丁文 *pro-+fanus*(置于神庙之前／之外)。正如在商籁第 68 首(《地图与假发博物诗》)第一节中,诗人就批评过今人的涂脂抹粉和以假乱真,而把俊美青年天然的美说成是"古代的地图":

> ... his cheek the map of days outworn,
> When beauty lived and died as flowers do now,
> Before these bastard signs of fair were born,
> Or durst inhabit on a living brow
> ……他的脸颊是往昔岁月的地图,
> 那时美如今日的鲜花,盛开又凋落,
> 那时伪劣之美的标记尚未生出,
> 也不敢在生者的眉端正襟危坐

(包慧怡 译)

在商籁第 127 首中,诗人的"女主人／情妇"(mistess)虽然没有天然的白皙,却有天然的黝黑;她从未试图用化妆品去化黑为白,而是安于自己的肤色,并以一个悲叹世风日下的服丧人的形象出现。她黑色的眉毛、黑色的眼睛都如身穿黑衣的"哀悼者"(mourner),哀叹那些不自信的伪装者，哀叹人工对自然之美的僭越和篡夺。如此一来，"黑夫人"在何为美这件事上就与诗人站到了同一阵营：或许黑夫人本人谈不上美，但至少她清楚什么不是美——一切不真的事物都不可能是美。

> Therefore my mistress' eyes are raven black,
> Her eyes so suited, and they mourners seem
> At such who, not born fair, no beauty lack,
> Sland'ring creation with a false esteem
> 因此，我情人的头发像乌鸦般黑，
> 她的眼睛也穿上了黑衣，仿佛是
> 在哀悼那生来不美、却打扮成美、
> 而用假美名侮辱了造化的人士

在黑夫人的拒绝粉饰中，她获得了一种悖论的美，即对句中的"由于她的眉眼与哀悼的神情如此相称／每个人都不得不说，这就是美的真身"（Yet so they mourn becoming of their woe, /That every tongue says beauty should look so）。至此，诗人完成了对"黑色何以为美"的论证：黑色因其拒绝伪装成白色，因其拒绝加入假冒者的阵营，反而获得了真实的美。这一主题在莎士比亚早期喜剧《爱的徒劳》中亦有表现。在《爱的徒劳》第四幕第三场中，国王、

郎格维、杜曼嘲讽俾隆的心上人罗瑟琳皮肤黝黑,俾隆则使出浑身解数为"黑里俏"辩护:

King:

By heaven, thy love is black as ebony.

Biron:

Is ebony like her? O wood divine!

A wife of such wood were felicity.

O, who can give an oath? where is a book?

That I may swear beauty doth beauty lack,

If that she learn not of her eye to look:

No face is fair that is not full so black.

King:

O paradox! Black is the badge of hell,

The hue of dungeons and the suit of night;

And beauty's crest becomes the heavens well.

Biron:

Devils soonest tempt, resembling spirits of light.

O, if in black my lady's brows be deck'd,

It mourns that painting and usurping hair

Should ravish doters with a false aspect;

And therefore is she born to make black fair.

Her favour turns the fashion of the days,

For native blood is counted painting now;

And therefore red, that would avoid dispraise,

Paints itself black, to imitate her brow.

Dumain:

To look like her are chimney-sweepers black.

Longaville:

And since her time are colliers counted bright.

King:

And Ethiopes of their sweet complexion crack.

Dumain:

Dark needs no candles now, for dark is light.

Biron:

Your mistresses dare never come in rain,

For fear their colours should be wash'd away.

King:

'Twere good, yours did; for, sir, to tell you plain,

I'll find a fairer face not wash'd to-day.

Biron:

I'll prove her fair, or talk till doomsday here.
(ll.253–80)

国王：凭着上天起誓，你的爱人黑得就像乌木一般。

俾隆：乌木像她吗？啊，神圣的树木！娶到乌木般的妻子才是无上的幸福。啊！我要按着《圣经》发誓，她那点漆的瞳仁，泼墨的脸色，才是美的极致，不这样便够不上"美人"两字。

国王：一派胡说！黑色是地狱的象征，囚牢的幽暗，暮夜的阴沉；美貌应该像天色一样清明。

俾隆：魔鬼往往化装光明的天使引诱世人。啊！我的爱人有两道黑色的修眉，因为她悲伤世人的愚痴，让涂染的假发以伪乱真，她要向他们证明黑色的神奇。她的美艳转变了流行的风尚，因为脂粉的颜色已经混淆了天然的红白，自爱的女郎们都知道洗尽铅华，学着她把皮肤染成黝黑。

杜曼：打扫烟囱的人也是学着她把烟煤涂满一身。

朗格维：从此以后，炭坑夫都要得到俊美的名称。

国王：非洲的黑人夸耀他们美丽的肤色。

杜曼：黑暗不再需要灯烛，因为黑暗即是光明。

俾隆：你们的爱人们永远不敢在雨中走路，她们就怕雨水洗去了脸上的脂粉。

国王：你的爱人倒该淋雨，让雨水把她的脸冲洗干净。

俾隆：我要证明她的美貌，拚着舌敝唇焦，一直讲到世界末日的来临。

在黑夫人组诗的第一首中,诗人首先确立了"黑色是她的颜色",随即费尽周折为黑色之美辩护,表明这完全不妨碍他对她的喜爱。然而,在此后的商籁中,我们会逐渐发现,黑夫人的"黑",远远不止于肤色,是那些隐匿于更深处的黑色给诗人带去了无尽的痛苦。

示巴女王，15世纪手稿，哥廷根城市与大学图书馆

我的音乐呵，你把钢丝的和声
轻轻地奏出，教那幸福的键木
在你可爱的手指的按捺下涌迸
一连串使我耳朵入迷的音符，

我就时常羡慕那轻跳着去亲吻
你那柔软的指心的一个个键盘，
我的嘴唇，本该刈割那收成，
却羞站一边，眼看键木的大胆！

受了逗引，我的嘴唇就巴望
跟那些跳舞的木片换个处境；
你的手指别尽漫步在木片上——
教死的木片比活的嘴唇更幸运。

　　孟浪的键盘竟如此幸福？行，
　　把手指给键盘、把嘴唇给我来亲吻！

**商籁
第 128 首**

**音乐
反情诗**

How oft when thou, my music, music play'st,
Upon that blessed wood whose motion sounds
With thy sweet fingers when thou gently sway'st
The wiry concord that mine ear confounds,

Do I envy those jacks that nimble leap,
To kiss the tender inward of thy hand,
Whilst my poor lips which should that harvest reap,
At the wood's boldness by thee blushing stand!

To be so tickled, they would change their state
And situation with those dancing chips,
O'er whom thy fingers walk with gentle gait,
Making dead wood more bless'd than living lips.

> Since saucy jacks so happy are in this,
> Give them thy fingers, me thy lips to kiss.

商籁第 128 首是黑夫人组诗中的第二首，是一首喜剧色彩浓郁的轻快小诗，或许也是所有献给黑夫人的情诗中最像传统情诗的一首，虽然诗中仍多处暗示情人的水性杨花和不忠。这首"音乐反情诗"可以作为献给俊美青年的商籁第 8 首（《音乐惜时诗》）的镜像诗，进行对比阅读。

全诗以一个视觉上十分适宜入画的"爱乐者"场景开篇：诗人站在弹琴的情人身边，对她的音乐天赋表示赞赏。维米尔作于半个多世纪后的《音乐课》一画仿佛是对这首诗的图解，只不过莎士比亚诗中的人物关系并非女学生和她的音乐教师，而是琴艺娴熟的"黑夫人"和为她神魂颠倒、努力压抑着自己愿望的诗人。和商籁第 8 首一样，"音乐"是这首诗的题眼。music 这个词在整本十四行诗集中总共出现过 6 次，光是第 128 首和第 8 首的第一行就分别出现了两次，如在镜中。

商籁第 128 首第 1 行将黑夫人称作"我的音乐"，"多少次，我的音乐，当你弹奏着音乐"（How oft when thou, my music, music play'st）；第 8 首第 1 行将俊美青年称作"悦耳之音"，"悦耳之音，你为何悲伤地聆听着音乐？"（Music to hear, why hear'st thou music sadly?）而第 8 首第 5 行中用来比喻两心相印的"和音"（concord）在第 128 首第 4 行中成了情人"甜蜜的手指"下真实奏出的"和谐之音"(concord);第 8 首中俊美青年因拒绝结婚而造成的"混乱"(confounds)到了第 128 首中则转化成令诗人的耳朵"意乱神迷"(condounds)。

If the true concord of well-tuned sounds,
By unions married, do offend thine ear,
They do but sweetly chide thee, who confounds
In singleness the parts that thou shouldst bear. (ll.5–8,
　　Sonnet 8)

悦耳之音,你为何悲伤地聆听着音乐?
甜蜜不应与甜蜜作战,欢喜彼此喜欢:
那领受起来不称心之物,你为何把它爱?
又是为什么,你要把困扰欣然拥揽?

（包慧怡 译）

How oft when thou, my music, music play'st,
Upon that blessed wood whose motion sounds
With thy sweet fingers when thou gently sway'st
The wiry concord that mine ear confounds (ll.1–4,
　　Sonnet 128)

我的音乐呵,你把钢丝的和声
轻轻地奏出,教那幸福的键木

在你可爱的手指的按捺下涌迸

一连串使我耳朵入迷的音符

本诗第一节中的长句至此并未结束,而要到第二节四行诗的末行才终结,全句的主干是一个表示强调的倒装结构——"How oft ... do I envy those jacks"。其中第 5 行中的 those jacks 和对句中的 saucy jacks 都指绑在琴键联动杆上的木琴栓,由于它们位于琴箱内部,严格说来并不接触弹奏者的手指,莎士比亚在本诗中将 jacks 基本等同于第 2、8、12 行中的"wood",都代指"琴键"(keys)。[1]诗人说他羡慕"那些琴键"能够亲吻女琴师"手的内侧"(确切地说是手指的内侧),那本来是他"可怜的嘴唇"渴望亲吻("进行吻的收割")的地方;如今却只能眼睁睁看着琴键如此大胆,自己的嘴唇却"涨红了脸",巴不得和那些"跳跃的木片"交换位置:

> Do I envy those jacks that nimble leap,
> To kiss the tender inward of thy hand,
> Whilst my poor lips which should that harvest reap,
> At the wood's boldness by thee blushing stand!
> 我就时常羡慕那轻跳着去亲吻

---

[1] 在此诗的一个晚期手抄本版本中(Bodleian Ms Rawl. poet 152, fol. 34'. c. 1613–20),第 5 行和第 13 行中的"jacks"都写作"keys"。参见 http://www.shakespeares-sonnets.com/sonnet/128。

你那柔软的指心的一个个键盘,
我的嘴唇,本该刈割那收成,
却羞站一边,眼看键木的大胆!

在第三节四行诗的末行中,诗人说"你的手指"的爱抚使得"死木头"比"活嘴唇"更有福气,由此,我们很容易想到《罗密欧与朱丽叶》第二幕第二场中,阳台下的罗密欧希望自己变成朱丽叶的手套,这样他就好亲吻朱丽叶的手:"瞧!她用纤手托住了脸,那姿态是多么美妙!啊,但愿我是那一只手上的手套,好让我亲一亲她脸上的香泽!"在这种近乎巫术"相邻法则"的爱的祈愿中,求爱者总是希望物化自己,让自己成为与爱人亲密接触的某件物品,就如本诗中的琴键。

To be so tickled, they would change their state
And situation with those dancing chips,
O'er whom thy fingers walk with gentle gait,
Making dead wood more bless'd than living lips.
受了逗引,我的嘴唇就巴望
跟那些跳舞的木片换个处境;
你的手指别尽漫步在木片上——
教死的木片比活的嘴唇更幸运。

现实中，黑夫人的头两号候选人玛丽·芬顿（Mary Finton）和伊丽莎白·弗农（Elizabeth Vernon）都出身贵族，是女王的贴身女嫔，她们能熟练弹奏至少一种键盘乐器一点也不奇怪；而三号候选人、女诗人艾米莉亚·拉尼尔（Emelia Lanier）本就出身音乐世家（父亲是威尼斯的宫廷音乐家），拥有演奏天赋也完全合情合理。学者们通常认为本诗中黑夫人弹奏的乐器是"童贞女琴"（Virginal）。[1] 这种属于羽键琴家族的键盘乐器出现于中世纪晚期，是文艺复兴晚期至巴洛克早期欧洲宫廷的主要乐器之一，在伊丽莎白一世和詹姆士一世的宫廷中尤为盛行。[2] 也有少数人认为黑夫人弹奏的是大羽键琴（harpsichord）、翼琴（clavichord）或拨弦古钢琴（spinet）。两者都是现代钢琴的祖先，但"童贞女琴"的体型要比大羽键琴小很多，其演奏者常为女性，故而得名 Virginal——也有说这个名字来源于它犹如少女歌唱（*vox virginalis*）的琴声——因此童贞女琴是更可信的选项。并且"童贞女"这个名字也与诗人多处描绘的黑夫人的手指与琴键之间的娴熟调情形成了诙谐的对照（gently sway'st, tickled, walk with gentle gait, saucy jacks…）——被轻柔爱抚的"琴键/琴栓们"（jacks）的双关义是"任何普通男子"，就如在 "all work and no play makes Jack a dull boy" 这类俗语中，Jack 可以表示"任何或一切男孩"。

---

[1] Helen Vendler, *The Art of Shake-speares' Sonnets*, p. 544.
[2] 最常见的童贞女琴的音域为三个半八度，有41个按键（25个白键、16个黑键），琴弦用尼龙拧成，两根弦控一个音，联动杆、共鸣板和琴箱按键都是木质的。

黑夫人的"手指"既然可以同时属于"任何男子",挑逗他们,使他们"快乐",诗人在对句中也只好退而求其次般地要求——把"你"的手指送给他们去吻吧,"我"只要吻"你"的嘴唇:

Since saucy jacks so happy are in this,
Give them thy fingers, me thy lips to kiss.
孟浪的键盘竟如此幸福?行,
把手指给键盘、把嘴唇给我来亲吻!

包括莎士比亚在内的文艺复兴诗人很可能熟悉波伊提乌斯对音乐的三分——宇宙音乐(天体的音乐)、人的音乐、器乐,并且常常在创作中将三者融会贯通。"如果我们张开耳朵,就能感觉到亨利森所说的,'每颗行星都在各自的天层中飞旋/制造着和声与音乐'(《寓言集》,1695 行),一如但丁曾听到的那样(《天堂篇》,第一歌 78 行)。"[1] 这种宏大的宇宙音乐显然不是商籁第 128 首的主旨,但通过糅合"人的音乐"和"器乐"的视觉形象,诗人至少让我们看到了音乐在"微观宇宙"(microcosm)中——也就是人类的身体中——所能激发的直接效应,无论那是娱乐、慰藉,还是引发情欲。

---

[1] Quoted in C. S. Lewis, *The Discarded Image*, p.112.

《音乐课》,维米尔,1662—1665年,画中女子弹奏的正是"童贞女琴"的一种

**商籁
第 129 首**

**色欲
反情诗**

生气丧失在带来耻辱的消耗里,
是情欲在行动;情欲还没成行动
已成过失,阴谋,罪恶,和杀机,
变得野蛮,狂暴,残忍,没信用;

刚尝到欢乐,立刻就觉得可鄙;
冲破理智去追求;到了手又马上
抛开理智而厌恶,像吞下诱饵,
放诱饵,是为了促使上钩者疯狂:

疯狂于追求,进而疯狂于占有;
占有了,占有着,还要,绝不放松;
品尝甜头,尝过了,原来是苦头;
事前,图个欢喜;过后,一场梦:

　　这,大家全明白;可没人懂怎样
　　去躲开这座引人入地狱的天堂。

The expense of spirit in a waste of shame
Is lust in action: and till action, lust
Is perjur'd, murderous, bloody, full of blame,
Savage, extreme, rude, cruel, not to trust;

Enjoy'd no sooner but despised straight;
Past reason hunted; and no sooner had,
Past reason hated, as a swallow'd bait,
On purpose laid to make the taker mad:

Mad in pursuit and in possession so;
Had, having, and in quest, to have extreme;
A bliss in proof, – and prov'd, a very woe;
Before, a joy propos'd; behind a dream.

    All this the world well knows; yet none knows well
    To shun the heaven that leads men to this hell.

拉丁语古谚云，*post coitum omne animalium triste est*（"交配之后一切动物都忧伤"）。商籁第129首如同对这句谚语的详注，大胆而生动地用一首十四行诗演绎了男性的"后交配式悲伤"（Post-coital tristesse/PCT）。正是从这里开始，黑夫人组诗的底色才真正变得黑暗起来，"爱"失去了它的名字，全面让位给"色欲"（lust）。这首著名的"情色诗"因此常被称作"色欲商籁"（the lust sonnet）。

此前两首"黑夫人商籁"中仅限于描述外表的"黑色"，在本诗中具有了全新的含义。"黑色"与"色欲""淫乱"联系起来，仿佛与一位深肤色、深发色的情妇之间发生的艳情关系（对于诗人而言几乎肯定是一场婚外恋），其过错、罪责的颜色也是更暗的，造成的"耻辱感"（a waste of shame）也是更深的。这也反映了自古希腊罗马文学传统就有的地中海世界对少数族裔女性的混合态度：陌生带来的恐惧和焦虑，掺杂着差异带来的猎奇和痴迷。

莎士比亚在戏剧作品中多次表现过这一主题，在《安东尼与克莉奥佩特拉》第一幕第一场中，菲罗在责备安东尼耽于色欲、为了埃及女王忘了自己的职责时，格外强调了克莉奥佩特拉与白皙的罗马女子截然不同的深色皮肤："嘿，咱们主帅这样迷恋，真太不成话啦。从前他指挥大军的时候，他的英勇的眼睛像全身盔甲的战神一样发出棱棱的威光，现在却如醉如痴地尽是盯在一张黄褐色的脸上。

他的大将的雄心曾经在激烈的鏖战里涨断了胸前的扣带,现在却失掉一切常态,甘愿做一具风扇,搧凉一个吉卜赛女人的欲焰。"

"黄褐色的脸"(a tawny front)和"吉普赛女人的欲焰"(a gipsy's lust)到了莎士比亚的反情诗系列中,以一种更私密、高度移情的口吻,以"加强版"的形式(黑色比黄褐色更深)搬到了"黑夫人"身上。如诗人在商籁第127首中所说,在自己的情妇身上,"黑是更美的颜色",而在性关系中,黑色成了诗人的毒药,成了他欲罢不能、明知故犯、越陷越深的成瘾的标志。

但就修辞而言,商籁第129首是最"不像"莎士比亚风格的十四行诗之一。我们所熟悉的那些天马行空的奇喻和精心编织的、一言不合就纵跨四到八行的复杂长句,在本诗中没有位置。本诗使用的那些隐喻大多是老生常谈("天堂""地狱""诱饵"等),句式上则宛如冲锋,每一行都被逗号断为多个部分(1609年四开本中就是如此),最短的部分常常只有一个单词。几乎没有跨行的句子,即使有也被断为短分句,词语运行的方式如倾泻而出的子弹一般:

The expense of spirit in a waste of shame
Is lust in action: and till action, lust

Is perjur'd, murderous, bloody, full of blame,
Savage, extreme, rude, cruel, not to trust
生气丧失在带来耻辱的消耗里，
是情欲在行动；情欲还没成行动
已成过失，阴谋，罪恶，和杀机，
变得野蛮，狂暴，残忍，没信用

第一节伊始，我们就听到一名自我厌恶、濒临绝望的叙事者，正毫无保留地诅咒着自己快乐的源泉。诗人用一组短促有力、毫不拖泥带水的形容词，以及铿锵坚定、重复变奏的句式（Is lust …; lust is …），试图给"色欲"（lust）下定义和贴标签，仿佛这样做就可以战胜它。本诗是一首"无人称商籁"，全诗并未出现第一人称和第二人称的"剧中人"。叙事者表面上在讨论一种普遍抽象的人类处境，但他迫切而代入感强烈的声调，使读者几乎不可能不将这首诗看作一种自我治疗的尝试：叙事者当然也是全人类的一员，是在色欲漩涡中沉浮的普通男人的一员。而他给自己开出的是一种诗学的处方：用语言去尽可能精准地描述、界定、控诉色欲，仿佛看透和理解一件事就可以不再为它所左右，或从它的绝对统治下暂时脱身一小会儿，至少在写作或阅读一首十四行诗的时间内。

Enjoy'd no sooner but despised straight;

Past reason hunted; and no sooner had,

Past reason hated, as a swallow'd bait,

On purpose laid to make the taker mad:

刚尝到欢乐,立刻就觉得可鄙;

冲破理智去追求;到了手又马上

抛开理智而厌恶,像吞下诱饵,

放诱饵,是为了促使上钩者疯狂:

Mad in pursuit and in possession so;

Had, having, and in quest to have, extreme;

A bliss in proof, – and prov'd, a very woe;

Before, a joy propos'd; behind a dream.

疯狂于追求,进而疯狂于占有;

占有了,占有着,还要,绝不放松;

品尝甜头,尝过了,原来是苦头;

事前,图个欢喜;过后,一场梦

第二、第三节四行诗为我们描绘了一幅西西弗式的无望场景:虽然"理性"能够明白"行动前的色欲"(till action)——也就是欲望被满足之前——具有这一长串糟糕的品质,"野蛮、极端、粗鲁、残忍、不可信"(Savage, extreme, rude, cruel, not to trust），同时使得追逐它的人变成这样的人，但人们依然"不顾理性"地一味追逐它（Past reason hunted）。"色欲"一旦"付诸行动"（lust in action），得到满足（no sooner had），却立刻又被"毫不讲理"地憎恶（Past reason hated），因而对色欲的追求（过程）和占有（结果）都是疯狂的（Mad in pursuit and in possession so）。色欲在它的过去、进行、未来的一切时态中都是反理性而极端不可靠的（Had, having, and in quest, to have extreme），"尝试的过程是狂喜，试过之后，彻底悲伤／事前预示欢乐，事后幽梦一场"（A bliss in proof, – and prov'd, a very woe; /Before, a joy propos'd; behind a dream）。性高潮的狂喜下一秒就会堕入"后交配式悲伤"（第5行和第6行中反复出现的 no sooner），不禁让人觉得"像是吞食了诱饵／钓钩"（as a swallow'd bait），而色欲这位钓者的目的是诱人彻底偏离理性。悖论就在于，理性虽然完全明白色欲的骗局，却无法阻止身体一次次往圈套里跳；高潮的"小死"（la petite morte）如此醉人，西西弗们宁肯前赴后继，一死再死。正如对句中哀叹的，"这一切，全世界都知晓；但没人知道／怎样不往这通往地狱的天堂里跳"（All this the world well knows; yet none knows well/To shun the heaven that leads men to this hell）。

商籁第129首的语调近乎歇斯底里，同时却逻辑缜密、结构精巧,宛如一座由首语重复法、串联法,以及时而表示递进(... in pursuit and in possession ...)时而表示对照("Before ... behind ...")的头韵法(alliteration)精心筑造的玻璃宫,一间镶满镜子的情趣密室,语言如身体般在其中舒展、扭曲、被反射或割裂,犹如对色欲及其"行动"方式的模仿。借用尼采在《悲剧的诞生》中的用词,这首商籁可以说是用一种阿波罗式的形式,有效地处理了一个普遍的、典型狄俄尼索斯式的主题。

《安东尼初见克莉奥佩特拉》,塔德玛,1836—1912 年

我的情人的眼睛绝不像太阳;
红珊瑚远远胜过她嘴唇的红色;
如果发是丝,铁丝就生在她头上;
如果雪算白,她胸膛就一味暗褐。

我见过玫瑰如缎,红里透白,
但她的双颊,赛不过这种玫瑰;
有时候,我的情人吐出气息来,
也不如几种熏香更教人沉醉。

我挺爱听她说话,但我很清楚
音乐会奏出更加悦耳的和音;
我注视我的情人在地上举步,——
同时我承认没见到女神在行进;

　　可是,天作证,我认为我情人比那些
　　被瞎比一通的美人儿更加超绝。

**商籁
第 130 首**

**"恐怖"
反情诗**

My mistress'eyes are nothing like the sun;
Coral is far more red, than her lips red:
If snow be white, why then her breasts are dun;
If hairs be wires, black wires grow on her head.

I have seen roses damask'd, red and white,
But no such roses see I in her cheeks;
And in some perfumes is there more delight
Than in the breath that from my mistress reeks.

I love to hear her speak, yet well I know
That music hath a far more pleasing sound:
I grant I never saw a goddess go, –
My mistress, when she walks, treads on the ground:

> And yet by heaven, I think my love as rare,
> As any she belied with false compare.

商籁第130首有个别称,叫作"恐怖十四行诗"(the terrible sonnet),"恐怖"指诗人在本诗中刻画的黑夫人的形象。本诗可以说是整个十四行诗系列中最典型的一首"反情诗"。它通过三节并列的对黑夫人的外表、声音、仪态的描写,直接挑战彼特拉克以来的正统十四行情诗传统,将反情诗的"反"(mock,"嘲笑、戏仿、讽刺")淋漓尽致地演绎成一场推陈出新的修辞革命。

如果说在始于彼特拉克的意大利体商籁情诗传统中,以及早期英国商籁的情诗传统中,爱人的形象始终是金发碧眼、白肤红唇、轻声细语、端庄羞涩,那么商籁第130首中"我的情妇"的形象的确称得上"恐怖"。在从彼特拉克(致有夫之妇劳拉)到但丁(致早已死去的小女孩碧雅特丽齐)献给爱慕对象的意大利十四行诗传统中,诗人往往把爱人从头发夸到脚趾,说她们的眼睛像太阳一样明亮,双唇像红宝石一样明艳,恨不得把所有的美好的词汇都堆在她们的身上。莎士比亚本人认为这种修辞不仅陈腐,而且可笑,他写下的这首"反情诗"通过戏剧化的夸张和对比,重写了典雅爱情(courtly love)背景下的宫廷情诗传统。诗中的女主角"眼睛绝不像太阳",嘴唇不如珊瑚红艳,头上长满乌黑的铁丝,而用来形容她酥胸的是一个通常仅用来描述牛的肤色的形容词(dun,黄褐色)。

My mistress'eyes are nothing like the sun;

Coral is far more red, than her lips red:

If snow be white, why then her breasts are dun;

If hairs be wires, black wires grow on her head.

我的情人的眼睛绝不像太阳；

红珊瑚远远胜过她嘴唇的红色；

如果发是丝，铁丝就生在她头上；

如果雪算白，她胸膛就一味暗褐。

莎士比亚对意大利体商籁情诗的不满不是没有根基的。那类情诗中惊天地泣鬼神的爱情常常和爱人的美貌一样，绝大多数出于诗人的脑补，脱离现实，更谈不上什么互动，是一种柏拉图式的单恋想象。但丁声称自己第一次见到碧雅特丽齐时就爱上了她，而碧雅特丽齐当时只有九岁，两人也没说过一句话，这完全不妨碍但丁为她创作诗集《新生》(*La Vita Nuova*) 并发明 "温柔的新体" (dolce stil novo)，也不妨碍他自己与别的成年女子结婚并生下三个孩子。彼特拉克这位情诗老祖的情况同样离奇，23 岁那年，彼特拉克在阿维尼翁的圣克莱尔教堂 (Sainte-Claire d'Avignon) 参加复活节礼拜，隔着相当远的距离和 (据说) 一层面纱，彼特拉克远远地第一次望见了有夫之妇劳拉 (Laura de Noves)，之后的二十多年里便不间断地为她写作十四行诗，一直写到 47 岁——

几乎是20天一首的速度,最后精选了366首编入《歌集》(*Il Canzoniere*)。顺便一提,劳拉的丈夫萨德公爵(Count Hugues de Sade)就是法国大革命时期赫赫有名的作家萨德侯爵的祖先。在那三百多首商籁中,彼特拉克把劳拉的形象理想化乃至神化为近似女神,比如在《歌集》第90首中:

Non era l'andar suo cosa mortale,
ma d'angelica forma, e le parole
sonavan altro che pur voce umana;
uno spirito celeste, un vivo sole (ll.9–12)
她走路的样子和凡人不同,
却有天使的仪态,当她开口说话
就吐出不属于尘世的歌声:
女神般的灵魂,活生生的太阳……

(包慧怡 译)

莎士比亚在"恐怖的商籁"第三节中差不多对这节诗进行了针锋相对的戏仿:

I love to hear her speak, yet well I know
That music hath a far more pleasing sound:
I grant I never saw a goddess go, –

My mistress, when she walks, treads on the ground
我挺爱听她说话,但我很清楚
音乐会奏出更加悦耳的和音;
我注视我的情人在地上举步,——
同时我承认没见到女神在行进

诗人说他虽然没见过女神走路,但很清楚黑夫人走路肯定不像女神,而是重重踏上地面,仿佛他描写的不是自己的情妇,而是怪兽哥斯拉;黑夫人的声音也绝对谈不上是音乐,尽管这不妨碍诗人爱听她说话。回过来看第二节四行诗,诗人在其中提到了黑夫人的"口臭",虽然他的表达比较委婉("有些香水能提供/比我情妇呼出的口气更多的快乐");同时又说自己见过"红色和白色的大马士革玫瑰",却不能在自己情妇的脸颊上找到这种玫瑰。

I have seen roses damask'd, red and white,
But no such roses see I in her cheeks;
And in some perfumes is there more delight
Than in the breath that from my mistress reeks.
我见过玫瑰如缎,红里透白,
但她的双颊,赛不过这种玫瑰;
有时候,我的情人吐出气息来,

也不如几种熏香更教人沉醉。

"大马士革玫瑰"在本诗的语境中可作多种解释。首先，它当然可以被理解为植物界的大马士革玫瑰（*rosa damascena*），这是一种由高卢玫瑰（*rosa gallica*）和麝香玫瑰（*rosa muschata*）杂交而来的芳香玫瑰，常用来做玫瑰精油或香水的原料。大马士革玫瑰的花朵一般呈深粉红色，在一些稀有杂交品种中甚至有一株上同时开红花和白花的情况，故诗中"roses damask'd, red and white"解作"红色的和白色的大马士革玫瑰"或者"红白相间的大马士革玫瑰"都算不上错。

与莎士比亚同时代的植物学家约翰·杰拉德在《草木志》中提到种类纷繁的玫瑰时，认为玫瑰基本只有三种颜色：白玫瑰、红玫瑰和"普通大马士革玫瑰"（common damask rose）。他对后者是这样描述的："普通大马士革玫瑰枝条细长且多刺，其他方面则和白玫瑰并无不同，特别的差异在于花朵的色彩和香气；因为大马士革玫瑰是浅红色的，香气更为馥郁宜人，更适合食用和药用。"如果我们把第 4 行中的"damask'd, red and white"看作修饰玫瑰（roses）的三个并列形容词（粉、红、白），就可以得到和杰拉德一模一样的描述。换言之，诗人借三种玫瑰色彩的缺席，意在说黑夫人的脸蛋上没有绯红，没有雪白，也没有粉红，与以女王伊丽莎白的钦定肖像为代表的那种脸蛋红白相间、直接是双色都铎玫瑰化身的白皙美人毫无相同之处。

最后，damask 在第 5 行中实际上是作为及物动词完成态出现的（roses damasked），该动词原指诞生于今日大马士革城（Damascus）的一种编织工艺，是中世纪早期拜占庭和中东地区五种基础编织法之一，到 13 世纪之后基本已消失匿迹，仅仅在文学中拿来指代"精美的刺绣"。如此，本诗第 5 行就可以理解为，珍贵织物上精美的人工玫瑰有红有白，但这些色彩都不能在黑夫人的脸上找到。无论是自然的玫瑰，还是人工的玫瑰，无论是玫瑰的色彩还是香气，都与黑夫人无涉，这一节可谓彻底断绝了黑夫人与传统美人形象之间重合的可能性。

诗人在对句中说，但是这一切都不影响自己对黑夫人的爱。就如商籁第 127 首中黑夫人因为拒绝粉饰作伪而获得了真正的另类的美，在《"恐怖"反情诗》的末尾，诗人宣称相比三个多世纪商籁传统中被"瞎比一通"的、虚假的"理想爱人"的形象，自己的爱人毫不逊色，"同样珍贵"（as rare），而同样"珍贵"或"罕见"的，还有自己的爱情：

And yet by heaven, I think my love as rare,
As any she belied with false compare.
可是，天作证，我认为我情人比那些
被瞎比一通的美人儿更加超绝。

彼特拉克的缪斯,劳拉·德·诺维斯肖像

"红白玫瑰的化身",伊丽莎白一世少女时期"汉普顿肖像"

镜迷宫 6

大海，满满是水，照样承受雨点

莎士比亚十四行诗的世界

包慧怡 著

华东师范大学出版社

·上海·

目录

131 女暴君反情诗 *1281*

132 黑眼睛反情诗 *1291*

133 三角恋反情诗 *1301*

134 保人反情诗 *1311*

135 "心愿"反情诗 *1321*

136 "威尔"反情诗 *1331*

137 眼与心反情诗 *1341*

138 说谎家反情诗 *1351*

139 蛇发女妖反情诗 *1359*

140 威胁反情诗 *1367*

141 五官玄学诗 *1373*

142 罪孽与美德反情诗 *1383*

143 追鸡反情诗 *1391*

144 双天使反情诗 *1399*

145 安妮·海瑟薇情诗	*1411*
146 "鄙夷尘世"玄学诗	*1421*
147 地狱反情诗	*1431*
148 泪水玄学诗	*1439*
149 盲人反情诗	*1449*
150 魔法师反情诗	*1459*
151 灵肉辩论玄学诗	*1469*
152 背誓反情诗	*1477*
153 "爱神的火炬"玄学诗	*1487*
154 温泉玄学诗	*1495*
结　语	*1505*
参考文献	*1510*

**商籁
第 131 首**

**女暴君
反情诗**

有些人,因为美了就冷酷骄横,
你这副模样,却也同样地横暴;
因为你知道,我对你一片痴情,
把你当作最贵重、最美丽的珍宝。

不过,真的,有人见过你,他们说,
你的脸不具备使爱叹息的力量:
我不敢大胆地断定他们说错,
虽然我暗自发誓说,他们在瞎讲。

而且,我赌咒,我这决不是骗人,
当我只念着你的容貌的时刻,
千百个叹息联袂而来作见证,
都说你的黑在我看来是绝色。

　　你一点也不黑,除了你的行径,
　　就为了这个,我想,谣言才流行。

Thou art as tyrannous, so as thou art,
As those whose beauties proudly make them cruel;
For well thou know'st to my dear doting heart
Thou art the fairest and most precious jewel.

Yet, in good faith, some say that thee behold,
Thy face hath not the power to make love groan;
To say they err I dare not be so bold,
Although I swear it to myself alone.

And to be sure that is not false I swear,
A thousand groans, but thinking on thy face,
One on another's neck, do witness bear
Thy black is fairest in my judgment's place.

> In nothing art thou black save in thy deeds,
> And thence this slander, as I think, proceeds.

商籁第131首与上一首"恐怖的商籁"关系密切,诗人继续聚焦于黑夫人容貌的"不美",以及自己并不因此而减损的对她的仰慕。全诗第一节四行诗是逆向修辞的典例,诗人字面上是在谈论黑夫人在自己眼中最高级的"美"和"珍贵"(fairest, most precious),修辞的重心却落在黑夫人在众人眼中的"不美"。而尽管"你"不美,"你"在独断专横方面却与所有那些骄傲的美人毫无差别,这种"暴君般的"(tyrannous)品质历来是对自己的美貌心知肚明的美人的特权。

> Thou art as tyrannous, so as thou art,
> As those whose beauties proudly make them cruel;
> For well thou know'st to my dear doting heart
> Thou art the fairest and most precious jewel.
> 有些人,因为美了就冷酷骄横,
> 你这副模样,却也同样地横暴;
> 因为你知道,我对你一片痴情,
> 把你当作最贵重、最美丽的珍宝。

这里出现了一个历史悠久的情诗主题,即"冷酷无情的美人"(la belle dame sans merci /the merciless beauty)。在中世纪骑士罗曼司中,"冷酷无情的美人"往往是典雅爱情的女主人公，并且她越是拒绝回馈求爱者的热情，反而越能激发后者的爱，并促使求爱者为了配得上她的爱而进行一系列冒险，踏上建立功勋的征途。典雅爱情中从来不存在权力的平衡，被爱的女子作为潜在的"情妇"（mistress）和实质上的"女主人"（mistress），地位永远高于求爱的男子，后者必须在一切领域中服从前者的权威与心愿，做她的谦卑的仆从。反过来，被爱的女子也以她的美貌和美德激励着求爱的骑士，成为他自我完善之路上的力量之源和指路明灯。

到了浪漫主义时期以中世纪罗曼司为素材、被称作"中世纪化"（medievalized）或"中世纪风格"的抒情诗中，"冷酷无情的美人"却丧失了她们身为指引男性追求自我完善的"永恒女性"的功能，而是更接近异教神话中精灵和女妖的形象，以爱为名义将人引入万劫不复的迷途。基督教典雅爱情传统中对求爱的骑士"遥远的激励"不见了，无情美人的形象越来越接近"蛇蝎美人"，对一切男性投怀送抱，先诱惑后抛弃，甚至杀害。这种浪漫主义的"女暴君"形象在济慈的同名诗《无情的美人》（*La Belle Dame sans Merci*）中得到了生动的演绎，该诗中的无情美人成了典型的"致命女性"（Femma Fatale），专门将男子引诱到"仙子洞穴"中，在短暂的接吻和互动后，使之堕入再也无法醒来的噩梦：

She took me to her Elfin grot,
And there she wept and sighed full sore,
And there I shut her wild wild eyes
With kisses four.

And there she lullèd me asleep,
And there I dreamed—Ah! woe betide!—
The latest dream I ever dreamt
On the cold hill side.

I saw pale kings and princes too,
Pale warriors, death-pale were they all;
They cried— 'La Belle Dame sans Merci
Thee hath in thrall!'

I saw their starved lips in the gloam,
With horrid warning gapèd wide,
And I awoke and found me here,
On the cold hill's side.

她引我进她的仙子洞穴
在那里啜泣，哀哀嗟叹，

也是在那,我用四个吻,
合上她狂野的双眼。

在那里她诱我安然入眠,
我梦到——啊!将降灾祸!
那是我最近做的一个梦
就在这冰冷的山坡:

我看到诸多国王,王子,
勇士,面无血色如白骨;
他们叫道——"无情的美人
已经将你囚为其奴!"

我见他们饥饿之唇大张
昏暗中预言可怕的灾祸,
我一觉醒来,发现自己
就在这冰冷的山坡。

(《无情的美人》第8–11节,王清卓 译)

　　莎士比亚黑夫人组诗中"无情美人"的形象介于中世纪典雅爱情中的"女主人"与浪漫主义抒情诗中的"致命女性"之间,在暴虐无度、违背诗人的意愿引诱并控制他、使他陷入悲惨境地这些方面还更接近其后的浪漫主义传统。更何况诗人知道自己对她的迷恋是违背理性和常识的，理性和常识在本诗中由"他人的口舌"（some say）来界定，而"我"没有勇气也无法去反驳这种"公共意见"，因为内心深处知道，"你"并非正统的美人，"你的脸没有能力让爱情呻吟"。

> Yet, in good faith, some say that thee behold,
> Thy face hath not the power to make love groan;
> To say they err I dare not be so bold,
> Although I swear it to myself alone.
> 不过，真的，有人见过你，他们说，
> 你的脸不具备使爱叹息的力量：
> 我不敢大胆地断定他们说错，
> 虽然我暗自发誓说，他们在瞎讲。

但是"你的脸"却有能力让"我"一想到就呻吟叹息，而且是"一千次叹息"联翩而来。这些叹息一同成为见证，说在"我的判断中"，黑色就是最美丽的色彩：

> And to be sure that is not false I swear,
> A thousand groans, but thinking on thy face,

One on another's neck, do witness bear

Thy black is fairest in my judgment's place.

而且，我赌咒，我这决不是骗人，

当我只念着你的容貌的时刻，

千百个叹息联袂而来作见证，

都说你的黑在我看来是绝色。

仅仅是黑夫人这种能让"我"指黑为"美"，甚至指黑为"白"（fairest），化众人的恶评为一人的盛赞的能力，就使她成了一种具有改写规则、颠覆常态能力的"女暴君"。而她对诗人的独断骄横和任性操纵，就更坐实了本诗第一行中对她本质的归纳：暴虐（tyrannous）。类似地，莎士比亚同时代最著名的诗人菲利普·西德尼爵士在他1591年出版的十四行诗集《爱星者与星》中，则曾于多处将阿斯特洛菲尔深陷爱情无力自拔的遭遇称作忍受"暴行"（tyranny）：

… and now, like slave born Muscovite

I call it praise to suffer tyranny.

现在，如同生来为奴的莫斯科人

我把忍受暴行称之为赞美

（第2首，包慧怡 译）

... or am I born a slave,

Whose neck becomes such yoke of tyranny?

……我难道天生就是奴隶

脖子变成了这暴行的轭?

(第47首,包慧怡 译)

被西德尼爵士称为 tyranny 的是爱情得不到回报这一普遍境遇,而莎士比亚的"女暴君"则有明确所指。在商籁第131首最后的对句中,诗人再一次点明,黑夫人的"黑"(至此已成了"暴行"的专属颜色)绝不仅仅指肤色或外表(外表的"黑"在诗人眼中已被转化为了"美"或者"白皙"),甚至不仅指黑夫人对诗人的忽冷忽热、专横暴虐的态度,而有更加严重的所指:

In nothing art thou black save in thy deeds,

And thence this slander, as I think, proceeds.

你一点也不黑,除了你的行径,

就为了这个,我想,谣言才流行。

这首诗中唯一被冠以真正的黑色之名的,其实只有"你"的"人品"或"品行"(deeds)。这"黑色的品行"究竟指什么,诗人会在此后的商籁中逐渐揭示。

《无情的美人》,沃特豪斯,1893年

**商籁
第132首**

**黑眼睛
反情诗**

我爱你眼睛;你眼睛也在同情我,
知道你的心用轻蔑使我痛心,
就蒙上黑色,做了爱的哀悼者,
对我的痛苦显出了姣好的怜悯。

确实,无论是朝阳在清晨出现,
很好地配上了东方灰色的面颊,
还是阔大的黄昏星迎出傍晚,
给西方清冷的天空添一半光华,

都不如你两眼哀愁配得上你的脸:
既然悲哀使你美,就让你的心
也跟你眼睛一样,给我以哀怜,
教怜悯配上你全身的每一部分。

  对了,美的本身就是黑,我赌咒,
  而你的脸色以外的一切,都是丑。

Thine eyes I love, and they, as pitying me,
Knowing thy heart torment me with disdain,
Have put on black and loving mourners be,
Looking with pretty ruth upon my pain.

And truly not the morning sun of heaven
Better becomes the grey cheeks of the east,
Nor that full star that ushers in the even,
Doth half that glory to the sober west,

As those two mourning eyes become thy face:
O! let it then as well beseem thy heart
To mourn for me since mourning doth thee grace,
And suit thy pity like in every part.

> Then will I swear beauty herself is black,
> And all they foul that thy complexion lack.

商籁第132首继续了第一首黑夫人商籁,即商籁第127首中关于"黑色"何以成为美的真身的主题,只在第127首的第三节和对句中出现的"黑眼睛"成了现在这首商籁的主人公,而这双眼睛的哀悼的神情中藏着美的根源。商籁第127首(《黑夫人反情诗》)的最后6行如下:

> Therefore my mistress' eyes are raven black,
> Her eyes so suited, and they mourners seem
> At such who, not born fair, no beauty lack,
> Sland'ring creation with a false esteem:
> 因此,我情人的头发像乌鸦般黑,
> 她的眼睛也穿上了黑衣,仿佛是
> 在哀悼那生来不美、却打扮成美、
> 而用假美名侮辱了造化的人士:

> Yet so they mourn becoming of their woe,
> That every tongue says beauty should look so. (ll. 9–14)
> 她眼睛哀悼着他们,漾着哀思,
> 教每个舌头都说,美应当如此。

在商籁第127首中,黑夫人"乌鸦般黑"的黑眼睛哀悼的对象是世上那些涂脂抹粉、东施效颦、用伪造的美"诽谤"了造化的人们。到了第132首中，同样的一双黑眼睛哀悼的对象却成了诗人本人，其哀悼的原因是知道黑夫人的心蔑视诗人、拒绝回馈诗人的爱情：

> Thine eyes I love, and they, as pitying me,
> Knowing thy heart torment me with disdain,
> Have put on black and loving mourners be,
> Looking with pretty ruth upon my pain.
> 我爱你眼睛；你眼睛也在同情我，
> 知道你的心用轻蔑使我痛心，
> 就蒙上黑色，做了爱的哀悼者，
> 对我的痛苦显出了姣好的怜悯。

诗人在这里建立了一种专属于"我"和"你的眼睛"的相爱关系："我爱你的眼睛"（thine eyes I love），而"你的眼睛"也是披上了黑纱的、"爱着我的哀悼者"（loving mourners）。和折磨"我"的"你的心"（thy heart）不同，这一对眼睛凝视"我的痛苦"，带着"俊俏的怜悯"（with pretty ruth）。有别于俊美青年组诗中的《"眼与心"玄学诗》以及《"眼与心之战"玄学诗》——在那些诗中，彼此为敌的是仰慕者"我"的眼睛和心灵——到了黑夫人组诗中，诗人转而将"被仰慕者"黑夫人的眼睛与心灵划入了敌对的阵营。黑夫人的心只管轻蔑和折磨，是上一首商籁（《女暴君反情诗》）中的"暴行"的实施者；黑夫人的眼睛却慈悲为怀，同情诗人的处境，而在这份怜悯中，这双带着服丧神情的黑眼睛也变得格外美丽，美得超过了旭日，也超过了晚星。

> And truly not the morning sun of heaven
> Better becomes the grey cheeks of the east,
> Nor that full star that ushers in the even,
> Doth half that glory to the sober west
> 确实，无论是朝阳在清晨出现，
> 很好地配上了东方灰色的面颊，
> 还是阔大的黄昏星迎出傍晚，
> 给西方清冷的天空添一半光华

这里的"旭日"（morning sun）显然与"哀悼的太阳"（mourning sun）构成双关，实际上，在莎士比亚的时代，这两个词的拼写经常是可互换的。比如就在本诗第 9 行中，two mourning eyes（两只哀悼的眼睛）在 1609 年四开本中原先拼作 two morning eyes，但"两只早晨的眼睛"显然不合文意，故后世编辑们一概将之修订为"哀悼"（mourning)。在第二节四行诗中,诗人说,旭日与黎明时东方天空的灰色相得益彰,而引来黑夜的金星也为黄昏时黯淡的西方天空增添荣耀,但旭日和金星分别为东方和西方所做的,都赶不上"你哀悼的眼睛"为"你的脸"所做的:它们大大增加了"你"的美丽。"满星"(full star)即晚星,也称晨星,也称赫斯佩鲁斯(Hesperus)或长庚星,也就是我们所说的金星(Venus),在莎士比亚写作的没有电灯的年代,日出和日落时分都可以用肉眼看到金星在太阳附近闪烁,日落时分尤为显著,堪称明亮或饱满(full)。横跨整个第二节的这组复杂的比较句要到第三节首行才结束:

As those two mourning eyes become thy face:
O! let it then as well beseem thy heart
To mourn for me since mourning doth thee grace,
And suit thy pity like in every part.
都不如你两眼哀愁配得上你的脸:
既然悲哀使你美,就让你的心
也跟你眼睛一样,给我以哀怜,
教怜悯配上你全身的每一部分。

我们看到诗人在本诗中的核心诉求是,请求黑夫人的心也像她的眼睛一样,怜悯他,更好地回报他的求爱。但诗人仿佛太清楚黑夫人的为人，自己的恳求若是直白地说出，就难以对黑夫人冷酷的心起作用；唯有将"为了我"包装成"为了你"——为了增加"你"的美，因为"哀悼能够使你更美"（since mourning doth thee grace）——将自己的动机转化为一个可能打动黑夫人的爱美之心的动机，诗人才有把握说服黑夫人的心。这颗心是不会像眼睛那样为了怜悯而怜悯的，她只会为了荣耀自己，为了虚荣而怜悯。仿佛这还不够，诗人在对句中继续对这颗利己主义的心发誓：怜悯"我"吧，这样"我"就会起誓，说抽象的、理念的"美"本身就是"黑色的"。只要"你的心"肯怜悯"我"，"我"就将运用诗人的特权，起誓说美之女神本人（beauty herself）也是一位"黑夫人"，并且所有"缺乏你这种肤色"的人（thy complexion lack）都要被归入美的对立面，即"丑陋"（foul）。

> Then will I swear beauty herself is black,
> And all they foul that thy complexion lack.
> 对了，美的本身就是黑，我赌咒，
> 而你的脸色以外的一切，都是丑。

在早期现代的传统审美中，黑皮肤从来不是美人的首要特征，故意把皮肤晒作小麦色这种人工的"黑化"还闻所未闻。对句中的 black 可以泛指一切深色皮肤，包括棕色、黄色等，比如《安东尼与克莉奥帕特拉》第一幕第五场中，埃及艳后就说自己的皮肤是"黑色"的（Think on me /That am with Phoebus amorous pinches black），而根据该剧中其他人物的评述以及史料记载，我们知道她的皮肤其实更接近"黄褐色"。商籁第 132 首的对句通过 black（黑色）与 lack（缺乏）之间的文字游戏，将人类简单粗暴地划分为两类：黑色的美人，以及"缺乏黑色"的丑陋之人。但这种划分是有条件的——诗人在这场修辞的讲价中说——那就是黑夫人必须让自己的心站到和眼睛同样的阵营里，去回馈他的爱。如此，他就愿意为她离经叛道，在美之女神、美的真身、理念式的美与"黑色"之间画上一个颠覆性的等号。

公元前1世纪庞贝古城壁画,黑眼睛的维纳斯与丘比特,原型被认为是克莉奥帕特拉及其子凯撒里亚

商籁
第 133 首

三角恋
反情诗

将那颗使我心呻吟的狠心诅咒!
那颗心使我和我朋友受了重伤;
难道教我一个人受苦还不够,
一定要我爱友也受苦,奴隶那样?

你满眼冷酷,把我从我身夺去;
你把那第二个我也狠心独占;
我已经被他、我自己和你所背弃;
这样就承受了三重三倍的苦难。

请把我的心在你的钢胸里押下,
好让我的心来保释我朋友的心;
无论谁监守我,得让我的心守护他;
你就不会在狱中对我太凶狠:

  你还会凶狠的;因为,关在你胸内,
  我,和我的一切,你必然要支配。

Beshrew that heart that makes my heart to groan
For that deep wound it gives my friend and me!
Is't not enough to torture me alone,
But slave to slavery my sweet'st friend must be?

Me from myself thy cruel eye hath taken,
And my next self thou harder hast engross'd:
Of him, myself, and thee I am forsaken;
A torment thrice three-fold thus to be cross'd:

Prison my heart in thy steel bosom's ward,
But then my friend's heart let my poor heart bail;
Whoe'er keeps me, let my heart be his guard;
Thou canst not then use rigour in my jail:

> And yet thou wilt; for I, being pent in thee,
> Perforce am thine, and all that is in me.

商籁第133首标志着黑夫人序列中最苦涩的、处理三角关系的那些诗篇的开始,这场对诗人而言具有毁灭性的情感变故,其实早在俊美青年序列的商籁第40、41、42首中,就曾若隐若现。

全诗第一节以对黑夫人的控诉开篇,诗人使用了一个温和的诅咒用词 beshrew,大致可译为"该死",相当于英文中的 shame upon,或者 fie upon。被诅咒的对象是"那颗心",也就是黑夫人那颗不仅"令我的心呻吟",还给"我的朋友和我都带去了深重的创伤"的心。诗人谴责黑夫人不仅惯用自己的"心"奴役别人,而且还贪得无厌,不放过任何困难的猎物。讽刺的是,在俊友序列中主要作为精神上的爱情发生地出现的"心",在本诗中成了性魅力的主宰。

Beshrew that heart that makes my heart to groan
For that deep wound it gives my friend and me!
Is't not enough to torture me alone,
But slave to slavery my sweet'st friend must be?
将那颗使我心呻吟的狠心诅咒!
那颗心使我和我朋友受了重伤;
难道教我一个人受苦还不够,
一定要我爱友也受苦,奴隶那样?

苔丝狄蒙娜在《奥赛罗》第四幕第三场中，曾用"beshrew me"这个词组来赌咒，为自己的清白起誓（Beshrew me, if I would do such a wrong/For the whole world, ll. 78–79）。而早在商籁第40—42首这组内嵌诗中，诗人就曾以俊友为呼告对象，控诉过这场带给他莫大痛苦的情变。比如商籁第41首提到俊友为此破坏了双重誓约：

Ay me! but yet thou mightst my seat forbear,
And chide thy beauty and thy straying youth,
Who lead thee in their riot even there
Where thou art forced to break a twofold truth: –
可是天! 你可能不侵犯我的席位，
而责备你的美和你迷路的青春，
不让它们在放荡中领着你闹是非，
迫使你去破坏双重的信约、誓盟——

Hers by thy beauty tempting her to thee,
Thine by thy beauty being false to me. (ll.9–14)
去毁她的约：你美，就把她骗到手，
去毁你的约：你美，就对我不忠厚。

实际上，在更早的商籁第40首中，诗人就已为黑夫人序列中的叙事作了充分铺垫。通过一种巧妙的逻辑置换，商籁第40首将俊友的背叛行为强行解读成了爱的表现——因为俊友太爱"我"，又无法在身体上与"我"结合，所以俊友便通过占有"我"的情妇来占有"我"：

> Then, if for my love, thou my love receivest,
> I cannot blame thee, for my love thou usest;
> But yet be blam'd, if thou thy self deceivest
> By wilful taste of what thyself refusest. (ll.5–8)
> 那么假如你为爱我而接受我的爱，
> 我不能因为你使用我的爱而怪你；
> 但仍要怪你，如果你欺骗起自己来，
> 故意去尝味你自己拒绝的东西。

为俊友的背叛所作的这番"因爱之名"的苦心开脱，在黑夫人序列中就几乎见不到了。诗人在商籁第133首第二节中直白地谴责黑夫人有一双摄人魂魄的"残忍的眼睛"，这双眼睛不仅勾走了"我"的心，更勾走了"我的另一个自己"即俊友，同时霸占了两个男人的心灵：

> Me from myself thy cruel eye hath taken,
> And my next self thou harder hast engross'd

你满眼冷酷,把我从我身夺去;

你把那第二个我也狠心独占

莎士比亚的全部作品中 engross 一词总共只使用过九次,通常是表示各种语境下的垄断、独占、吞噬,且都是为了一己之私。比如《温莎的风流娘儿们》第二幕第二场中,福德说自己想方设法"占尽一切机会"(engrossed opportunities to meet her)去偶遇他的意中人:

I have long loved her, and, I protest to you,
bestowed much on her; followed her with a doting
observance; engrossed opportunities to meet her;
fee'd every slight occasion that could but niggardly
give me sight of her; not only bought many presents
to give her, but have given largely to many to know
what she would have given; briefly, I have pursued
her as love hath pursued me; which hath been on the
wing of all occasions. But whatsoever I have
merited, either in my mind or, in my means, meed,
I am sure, I have received none; unless experience
be a jewel that I have purchased at an infinite
rate, and that hath taught me to say this:

'Love like a shadow flies when substance love pursues;
Pursuing that flies, and flying what pursues.' (ll. 174–90)

我已经受得她很久了，不瞒您说，在她身上我也花过不少钱；我用一片痴心追求着她，千方百计找机会想见她一面；不但买了许多礼物送给她，并且到处花钱打听她喜欢人家送给她什么东西。总而言之，我追逐她就像爱情追逐我一样，一刻都不肯放松；可是费了这许多心思力气的结果，一点不曾得到什么报酬，偌大的代价，只换到了一段痛苦的经验，正所谓"痴人求爱，如形捕影，瞻之在前，即之已冥"。

而商籁第 133 首第 6 行中黑夫人的眼睛去强行"占有"（engross）俊友造成的后果就是，诗人遭遇了三重的离弃：被俊友离弃（因为黑夫人占有了俊友）；被黑夫人"你"离弃（因为俊友占有了黑夫人）；同时被"我自己"离弃，因为痛失所爱。诗人也因此遭受了三乘三等于九倍的打击——这种数字游戏或许在本诗的编号（第 133 首）中也有所暗示。

Of him, myself, and thee I am forsaken;
A torment thrice three-fold thus to be cross'd:

我已经被他、我自己和你所背弃；
这样就承受了三重三倍的苦难。

Prison my heart in thy steel bosom's ward,
But then my friend's heart let my poor heart bail;
Whoe'er keeps me, let my heart be his guard;
Thou canst not then use rigour in my jail
请把我的心在你的钢胸里押下，
好让我的心来保释我朋友的心；
无论谁监守我，得让我的心守护他；
你就不会在狱中对我太凶狠

本诗最后，诗人提出以自己的心作为保释金或者担保人，将俊友的心从黑夫人那里解放出来。两人的心都同时被囚禁于黑夫人"钢铁一样的胸膛的牢房内"（胸膛 bosom 是心的另一种说法），而诗人提出要用自己的心去守护俊友：如果"你"一定要囚禁什么人，请让那个人是"我"，而不是"他"。但诗人其实明白这种请求徒劳无益，因为自己没有任何筹码，既然他已完全被囚禁于黑夫人的心（或身体）中，那么他的一切——包括"另一个自己"俊友在内——自然也都是任黑夫人差遣的囚徒。

And yet thou wilt; for I, being pent in thee,
Perforce am thine, and all that is in me.
你还会凶狠的;因为,关在你胸内,
我,和我的一切,你必然要支配。

《温莎的风流娘儿们》,斯泰法诺夫(James Stephanoff),1832 年

商籁
第 134 首

保人
反情诗

现在，我已经承认了他是属于你，
我自己也已经抵押给你的意愿；
我愿意把自己让你没收，好教你
放出那另一个我来给我以慰安：

你却不肯放，他也不希望获释，
因为，你真贪图他，他也重感情；
他像个保人那样在契约上签了字，
为了开释我，他自己被牢牢监禁。

你想要取得你的美貌的担保，
就当了债主，把一切都去放高利贷，
我朋友为我负了债，你把他控告；
于是我失掉他，由于我无情的伤害。

  我已经失掉他；你把他和我都占有；
  他付了全部，我还是没得自由。

So, now I have confess'd that he is thine,
And I my self am mortgag'd to thy will,
Myself I'll forfeit, so that other mine
Thou wilt restore to be my comfort still:

But thou wilt not, nor he will not be free,
For thou art covetous, and he is kind;
He learn'd but surety-like to write for me,
Under that bond that him as fast doth bind.

The statute of thy beauty thou wilt take,
Thou usurer, that putt'st forth all to use,
And sue a friend came debtor for my sake;
So him I lose through my unkind abuse.

    Him have I lost; thou hast both him and me:
    He pays the whole, and yet am I not free.

商籁第134首与商籁第133首互为双联诗，法务、债务、典当、监狱、财政的意象（mortgage, bond, surety, sue, debtor）互相渗透，融为一体，描述的是一段冷酷无情、在商言商的三角关系，两个男人都把自己抵押或典当给了一个女人，又争相为对方做"保人"——可惜那握有当票的女人是个"放高利贷者"，不允许任何一方被"保释"。本诗虽然有情诗之名，却与俊美青年序列中谈论的那种升华灵魂的爱情无涉，我们看到的是一个充斥着折磨、性瘾、威胁和骗局的黑暗世界。

早在商籁第42首中诗人就明确指出，在他心中，失去俊友是比失去黑夫人更大的伤痛：

That thou hast her it is not all my grief,
And yet it may be said I loved her dearly;
That she hath thee is of my wailing chief,
A loss in love that touches me more nearly. (ll.1–4)
你把她占有了，这不是我全部的悲哀，
尽管也可以说我爱她爱得挺热烈；
她把你占有了，才使我痛哭起来，
失去了这爱情，就教我更加悲切。

这种三角关系中诗人的"偏心"到了黑夫人序列中并没

有发生变化。商籁第 133 首第 9—10 行中，诗人提出以自己的心作为保释金或者"担保人"，将俊友的心从黑夫人那里保出来，两人的心都同时被囚禁于黑夫人"钢铁一样的胸膛的牢房内"（Prison my heart in thy steel bosom's ward, /But then my friend's heart let my poor heart bail）。囚禁和保释的意象在第 134 首中得到了延续和发展。全诗以一个降白旗投降的姿势开篇，诗人"承认"俊友已经拜倒在黑夫人裙下，成为了"你的"，而诗人自己也沦为了黑夫人"心愿"的抵押品（mortgag'd to thy will）——will 一词不仅有意愿、意志之意，还可以指性器官和性欲，这个词的多义潜能会在下一首商籁中全面展开。本诗第一节中诗人说，自己放弃了赎回自己的努力，任凭自己成为黑夫人当铺里的永久财产，但求黑夫人能放过"另一个我自己"（other mine），即让俊友恢复自由。

So, now I have confess'd that he is thine,
And I my self am mortgag'd to thy will,
Myself I'll forfeit, so that other mine
Thou wilt restore to be my comfort still

现在，我已经承认了他是属于你，
我自己也已经抵押给你的意愿；
我愿意把自己让你没收，好教你

放出那另一个我来给我以慰安

但显然这祈求未能奏效,因为双方都不愿意:黑夫人不愿放人,俊友不愿被释放;黑夫人不肯放手的原因是贪婪或"觊觎"(covetous),俊友却是因为"善良"或"心肠软"(kind)——我们再次看到诗人为俊友的背叛开脱,说俊友是为了拯救诗人于黑夫人之手,而"像保人那样"(surety-like)被迫在黑夫人的契约上签字,为了保释"我",俊友反而把自己搭了进去。

But thou wilt not, nor he will not be free,
For thou art covetous, and he is kind;
He learn'd but surety-like to write for me,
Under that bond that him as fast doth bind.
你却不肯放,他也不希望获释,
因为,你真贪图他,他也重感情;
他像个保人那样在契约上签了字,
为了开释我,他自己被牢牢监禁。

《威尼斯商人》第四幕第一场中,鲍西娅假扮的法官说"这张契约到了期"(this bond is forfeit),指的是约定的付款已到期,必须被兑现:

Why, this bond is forfeit;

And lawfully by this the Jew may claim

A pound of flesh, to be by him cut off

Nearest the merchant's heart. Be merciful:

Take thrice thy money; bid me tear the bond. (ll. 225–29)

好，那么就应该照约处罚；根据法律，这犹太人有权要求从这商人的胸口割下一磅肉来。还是慈悲一点，把三倍原数的钱拿去，让我撕了这张约吧。

类似地，在商籁第134首第一节中，诗人说宁愿自己被到期兑现，被按照合同没收（forfeit），第二、第三节中又称自己和俊友都与黑夫人签了某种"契约"（bond），正是这种契约紧紧拴住了俊友，而黑夫人是个锱铢必较的高利贷者，害得俊友为了诗人而不得不负债。

The statute of thy beauty thou wilt take,

Thou usurer, that putt'st forth all to use,

And sue a friend came debtor for my sake;

So him I lose through my unkind abuse.

你想要取得你的美貌的担保，

就当了债主，把一切都去放高利贷，

> 我朋友为我负了债,你把他控告;
> 于是我失掉他,由于我无情的伤害。

虽然在献给俊友的惜时诗系列中,拒绝生育的俊友也曾被称作"不获利的高利贷者",但强调的是"不获利",与此处黑夫人被称作"放高利贷者"(usurer)的用意截然不同。黑夫人是作为一个一心牟利的、太过机关算尽的真正的高利贷者出现的。在莎士比亚写作时代的英国,"犹太人"和"放高利贷者"常常是近义词,没有什么比《威尼斯商人》一剧更能体现这类以偏概全的种族偏见。

黑夫人的候选人之一——在我看来也是最可能和有趣的候选人——宫廷乐师的女儿艾米莉亚·拉尼尔(Emelia Lanier)的祖上正是犹太裔,她自己出版过拉丁文标题为《万福,犹太人的王》的英文诗集,是英语世界第四个写作并正式出版的女性。[1] 她出身威尼斯的音乐世家,母亲一支的姓氏为巴萨诺,祖先从事丝绸生意的巴萨诺家族的盾形纹章是一棵桑树——拉丁文中的"摩洛斯",也称"摩尔",[2] 这又与"摩尔人"(莎士比亚在《奥赛罗》中正是用这个词来称呼他的主人公)构成了谐音。艾米莉亚·拉尼尔的两个堂兄第一次出现在伦敦法庭上时曾被称作"黑人",英国人大致就是这么看待来自意大利或黎凡特地区的犹太人的。无论是在肤色还是品行上,犹太人都被他们白皮肤

---

[1] 详见本书《导论》第三部分。
[2] 迈克尔·伍德,《莎士比亚是谁》,第218页。

的盎格鲁-撒克逊同时代人归入"黑人"。即使拉尼尔家族在迁居伦敦后表面上恪守新教教规(在威尼斯他们信奉的几乎一定是罗马天主教),甚至费尽心思让新生儿接受新教洗礼,但包括艾米莉亚在内的这家人多半依然被视为犹太人的后裔,是某种变体的"摩尔人",是潜在的"他者"和异教徒。

"犹太人"-"黑人"-"高利贷者"的人设在本诗刻画的黑夫人形象中合为一体,诗人在对句中发出了温和但直接的谴责:俊友为了保释"我"已经付出全部,"你"却并不肯释放"我","我"为了保释"他"甘愿被永久抵押甚至"没收",但"你"却同样不肯释放"他"。这种贪得无厌的高利贷商人形象,使得黑夫人几乎成了莎士比亚笔下十四行诗版本的夏洛克。

Him have I lost; thou hast both him and me:
He pays the whole, and yet am I not free.
我已经失掉他;你把他和我都占有;
他付了全部,我还是没得自由。

艾米莉亚·拉尼尔肖像,疑似希利亚德(Nicholas Hilliard)所绘,1590年

**商籁
第 135 首**

**"心愿"
反情诗**

只要女人有心愿,你就有主意,
还有额外的意欲、太多的意向;
我早已餍足了,因为我老在烦扰你,
加入了你可爱的意愿里,就这样。

你的意念广而大,你能否开恩
让我的意图在你的意念里藏一藏?
难道别人的意图你看来挺可亲,
而对于我的意图就不肯赏光?

大海,满是水,还照样承受天落雨,
给它的贮藏增加更多的水量;
你富于意欲,要扩大你的意欲,
你得把我的意图也给添加上。

  别让那无情的"不"字把请求人杀死,
  认诸愿为一吧,认我为其中一"意志"。

Whoever hath her wish, thou hast thy 'Will,'
And 'Will' to boot, and 'Will' in over-plus;
More than enough am I that vex'd thee still,
To thy sweet will making addition thus.

Wilt thou, whose will is large and spacious,
Not once vouchsafe to hide my will in thine?
Shall will in others seem right gracious,
And in my will no fair acceptance shine?

The sea, all water, yet receives rain still,
And in abundance addeth to his store;
So thou, being rich in 'Will,' add to thy 'Will'
One will of mine, to make thy large will more.

> Let no unkind 'No' fair beseechers kill;
> Think all but one, and me in that one 'Will.'

在商籁第135—136首这组双联诗中,莎士比亚将自己作为一个语文学家和词汇大师的手艺发挥到了极致。仅仅立足于一个单词"will",每首诗中就编入了六七种不同的语义,并且其中的多数都有色情暗示。这两首诗虽然构思精巧,却也可以说是十四行诗系列中最迎合市民趣味、时不时近乎猥亵的作品,这与莎士比亚那些措辞高雅的诗作与剧作一样,是理解威尔与他的时代的不可或缺的一部分。

早期现代英语中,作名词的 will 一词是意志和决心,是心愿,或是渴望得到的对象;是诗人自己的名字"威廉"的昵称"威尔",是俊友可能的名字(假如俊友的人选是威廉·赫伯特);是情欲或肉欲,是男性生殖器的俚语(willy),甚至可以用来指女性性器官。will 当然也可以作助动词表示将要发生之事,或强调某事必然发生,或将按照某人的心愿发生。本诗第一节就为我们抖开了"心愿"一词的花样锦缎,在1609年的初始四开本中,诗人对他希望强调的那几个 will 作了大写或斜体的处理(后世英文编排有时用引号替代):

Whoever hath her wish, thou hast thy 'Will, '
And 'Will' to boot, and 'Will' in over-plus;
More than enough am I that vex'd thee still,
To thy sweet will making addition thus.

只要女人有心愿，你就有主意，
还有额外的意欲、太多的意向；
我早已餍足了，因为我老在烦扰你，
加入了你可爱的意愿里，就这样。

诗人对黑夫人说，无论其他女人如何、在谁身上满足自己的愿望，"你"都有"你的威尔"（thy Will）——某个叫威廉的情人，某种无法满足的情欲，某种有待贯彻的意志，专属于"你"的性器官，等等。不仅如此，"你"还有更多额外的"威尔"，而"我"不过是在试图画蛇添足。即使我们取最委婉的一种理解，将第一节（尤其是第 1 行）中大写的 Will 解读为"心愿／愿望"，一如《坎特伯雷故事集》之《巴斯妇的故事》中抛出的核心问题——"女人最大的心愿究竟是什么"，这种"心愿"在本诗的语境中也难以全然摆脱性的双关。这种双关到了第二节变得更为露骨：

Wilt thou, whose will is large and spacious,
Not once vouchsafe to hide my will in thine?
Shall will in others seem right gracious,
And in my will no fair acceptance shine?
你的意念广而大，你能否开恩
让我的意图在你的意念里藏一藏？

难道别人的意图你看来挺可亲，
而对于我的意图就不肯赏光？

可以对"你的心愿浩瀚无比／为何不能让我的心愿在其中躲藏"（your vagina is wide and spacious/why can't I put my penis in it）作赤裸裸的性解读，因为 will 一词在早期现代英语中可指男女双方的性器官。而第二节后半部分的抱怨"为何别人都可以……唯独我的不可以……"更是将这些性双关上披着的面纱扯去了大半，如果为了遮羞将 will 全部直译为"心愿"，本节几乎会语句不通。迈克尔·伍德在《莎士比亚是谁》中的这番评述至今仍不过时："现代学者认为，莎士比亚时代的真正丑闻是独立甚至霸道的对女人性欲的绘本式描述。公然谈论淫欲、勃起和生殖器，赤裸裸地自我袒露、颠覆彼特拉克十四行诗传统，就算到了今天，一个重要的诗人创作这样粗俗的性欲诗歌并发表在重要报纸上，还是不会被评论家接受的。"[1]

第三节进一步彰显 will 一词的性影射，把黑夫人的 will 字面上比作了对一切雨露来之不拒的"汪洋大海"。诗人的诉求与上文基本相同：既然"你"的心愿／性欲／性器官如此宽阔无比，那多添加"我"一个又何妨？接纳"我"吧，多多益善，进一步扩充"你"的 will。早期现代诗歌史上可能没有比本节更不浪漫的求爱，也没有比本诗更不

---

[1] 迈克尔·伍德，《莎士比亚是谁》，第 352 页。

适合献给一位体面女士的情诗了：

> The sea, all water, yet receives rain still,
> And in abundance addeth to his store;
> So thou, being rich in 'Will,' add to thy 'Will'
> One will of mine, to make thy large will more.
> 大海，满是水，还照样承受天落雨，
> 给它的贮藏增加更多的水量；
> 你富于意欲，要扩大你的意欲，
> 你得把我的意图也给添加上。

耐人寻味的是，黑夫人的热门候选人之一艾米莉亚·拉尼尔也喜欢用"愿"（Will）这个词玩文字游戏。拉尼尔曾在她的一首诗中写过："如果在这里他的双手祈愿会逝去，/ 这不是我的心愿，而是神的心愿……看他的意愿，不是主的意愿……"[1]

商籁第135首的对句延续了前三节的逻辑，严格来说，本诗中没有明显的转折段。诗人在对句中进一步对黑夫人发起隐藏于文字游戏之中、一旦破解却直白到近乎淫秽的求爱：不要拒绝"我"，而是"把所有的 will 当作一个 Will"，让"我"有机会"栖身于那一个 Will"之中：

---

[1] 迈克尔·伍德，《莎士比亚是谁》，第220页。

Let no unkind 'No' fair beseechers kill;
Think all but one, and me in that one 'Will.'
别让那无情的"不"字把请求人杀死,
认诸愿为一吧,认我为其中一"意志"。

【附】

不妨对比阅读一首大约写于同时期,收入 1600 年出版的《忧郁》(*Melancholicke Humours*)一书中的"心愿诗",作者通常被认为是尼古拉斯·布莱顿(Nicholas Breton),此人对 will 一词色情内涵的运用和莎士比亚在第 135—136 首商籁中的运用一样灵活:

A Waggery

Nicholas Breton

Childrens Ahs and Womens Ohs
Doe a wondrous griefe disclose;
…

Let the child then sucke his fill,
Let the woman have her will,
All will hush was heard before,

Ah and Oh will cry no more. (11.1–2, 18–20)

滑稽诗

尼古拉斯·布莱顿

小儿嗷嗷,妇女呜呜
能显露出巨大的悲伤;
……

所以就让小儿吸饱奶水,
让妇女满足她的心愿,
之前的噪声都会归于平静,
再也没有嗷嗷呜呜的哭叫。

(包慧怡 译)

"照样承受雨点",薄伽丘《君主的陨落》
中古英语抄本

**商籁
第 136 首**

**"威尔"
反情诗**

假如你灵魂责备你,不让我接近你,
就对你瞎灵魂说我是你的威尔,
而威尔,你灵魂知道,是可以来的;
这样让我的求爱实现吧,甜人儿!

威尔将充塞你的爱的仓库,
用威尔们装满它,我这个威尔算一个,
我们容易在巨大的容量中看出,
千百个里边,一个可不算什么。

千百个里边,就让我暗底下通过吧,
虽然,我必须算一个,在你的清单里;
请你来管管不能算数的我吧,
我对你可是个甜蜜的算数的东西:

  只消把我名儿永远当爱巴物儿;
  你也就爱我了,因为我名叫威尔。

If thy soul check thee that I come so near,
Swear to thy blind soul that I was thy 'Will',
And will, thy soul knows, is admitted there;
Thus far for love, my love-suit, sweet, fulfil.

'Will', will fulfil the treasure of thy love,
Ay, fill it full with wills, and my will one.
In things of great receipt with ease we prove
Among a number one is reckon'd none:

Then in the number let me pass untold,
Though in thy store's account I one must be;
For nothing hold me, so it please thee hold
That nothing me, a something sweet to thee:

> Make but my name thy love, and love that still,
> And then thou lov'st me for my name is 'Will.'

商籁第135首以Will的多重词义为基础制造了一个语义万花筒,商籁第136首继续向其中添加新的碎镜和花片。四开本中斜体且首字母大写的Will在本诗中与诗人的名字"威廉"更密切地联系在一起,直到最后一行中出现自传式的自我命名,使第一人称叙事者"我"与诗人威廉·莎士比亚第一次确凿无疑地合二为一。

本诗第一节像是对某种求爱受挫的具体情境的反应。诗人剖白道,如果"我"太过靠近而冒犯了"你",使得"你"要责备自己,请记得"我"是"你的威尔",而"你"是熟悉一切威尔的,熟悉这个词的一切内涵,接受许多的"欲望",或许也接受过许多名叫威尔的情人。所以诗人请求黑夫人"看在爱情的份上"满足他的"心愿":

If thy soul check thee that I come so near,
Swear to thy blind soul that I was thy 'Will',
And will, thy soul knows, is admitted there;
Thus far for love, my love-suit, sweet, fulfil.
假如你灵魂责备你,不让我接近你,
就对你瞎灵魂说我是你的威尔,
而威尔,你灵魂知道,是可以来的;
这样让我的求爱实现吧,甜人儿!

前两行的 thy soul 和 thy blind soul 中"你的灵魂"(thy soul)更确切的所指是"你的内心""你的良知"或"你的情感"。soul 这个词在莎翁这里并不总是作为"肉体"的对立面出现，也未必与精神升华或宗教救赎有关，在它最平实的用法中，thy soul 甚至可以等于 thy self(你自身)。整本十四行诗集中 soul 的相似用法还有："……在你深思的灵魂中，/有坦率可亲的好想头会来收藏它"(In thy soul's thought, all naked, will bestow it，第 26 首)；"终于，我的心灵使你的幻象"(Save that my soul's imaginary sight，第 27 首)；"整个灵魂，以及我全身各部"(And all my soul, and all my every part，第 62 首)；"梦想着未来事物的这大千世界的/预言的灵魂，或者我自己的恐惧"(Not mine own fears, nor the prophetic soul/Of the wide world dreaming on things to come，第 107 首)；"我不能离开你胸中的我的灵魂，/正如我也离不开自己的肉体"(As easy might I from myself depart/As from my soul which in thy breast doth lie，第 109 首)；"……你愈陷害/忠实的灵魂，他愈在你控制以外"(… a true soul/When most impeached stands least in thy control，第 125 首)；等等。

商籁第 136 首第二节中的论辩和商籁第 135 首几乎一模一样，也拥有同样近乎猥亵的性双关："你的爱"中既然已经充满了 will，再多添加"我"的一个 will 又算什么呢？

更何况,"我"这个本名就叫作"威尔"的人,"我"的 will(欲望、阳具、心愿)在满足"你"这件事上本来就名正言顺,很可能比旁人更加得心应手。

> 'Will', will fulfil the treasure of thy love,
> Ay, fill it full with wills, and my will one.
> In things of great receipt with ease we prove
> Among a number one is reckon'd none
> 威尔将充塞你的爱的仓库,
> 用威尔们装满它,我这个威尔算一个,
> 我们容易在巨大的容量中看出,
> 千百个里边,一个可不算什么。

此处的 treasure of thy love 同时也影射女性的性器官,类似的用法在惜时诗系列中就已出现,比如在商籁第 6 首(《数理惜时诗》)第 3—4 行中,诗人劝俊美青年去找一个愿意接纳他的女性,繁衍后代:"你教玉瓶生香吧;用美的宝藏 / 使福地生香吧,趁它还没有自杀。"(Make sweet some vial; treasure thou some place/With beauty's treasure, ere it be self-kill'd.)在商籁第 136 首这首充满"威尔"的求欢诗中,诗人恳请黑夫人不要拒绝自己的理由,是她看起来人所共知的滥情。第三节中诗人将自己的 will 或 willy

拟人化:"请容许我混在(will 的)队伍中进去",让"我"成为"你"的"威尔"军团的一员。"你"甚至可以把"我的威尔"(或"我这个威尔")看作"什么都不是"(nothing),只要"你"能"握着"(hold)这微不足道的 will 而感到"甜蜜",或把微不足道的"我"来"当作"(hold)一件甜蜜的事物:

> Then in the number let me pass untold,
> Though in thy store's account I one must be;
> For nothing hold me, so it please thee hold
> That nothing me, a something sweet to thee
> 千百个里边,就让我暗底下通过吧,
> 虽然,我必须算一个,在你的清单里;
> 请你来管管不能算数的我吧,
> 我对你可是个甜蜜的算数的东西

nothing、something 和 hold 在此都有字面之外的明显性双关,情诗写到这里已经滑入了几近滑稽的喜剧轨道。但诗人在对句中颇出人意料地要求黑夫人把自己的"名字"当作爱人,假如"你"能够始终如一地爱"我的名字"(my name),"我"就当作"你爱的是我",因为"我的名字就是威尔":

Make but my name thy love, and love that still,

And then thou lov'st me for my name is 'Will.'

只消把我名儿永远当爱巴物儿；

你也就爱我了，因为我名叫威尔。

是否诗人在追求黑夫人的心愿无望之后，退而求其次，只向她要求一种非排他性的性关系？对句中依然暗含对黑夫人滥情的点明：既然"你"始终爱一切 will（阳具），那么就爱同名的、叫作威尔的"我"好了，"我"会把"你"对"我的名字"及其所指的爱，当作对"我"这个人的爱来领受。

【附】

读者可以自行对照阅读写于大约半个世纪之前的、通常被归入宫廷诗人托马斯·怀亚特（Thomas Wyatt）名下的《心愿之歌》（*The Ballad of Will*），该诗见于收录了怀亚特其他诗作的哈勒昆手抄本（BM Harleian 78）。《心愿之歌》中"will"一词的性双关不如商籁第135首和第136首中那么露骨，但无疑也是一首关于情欲的诗歌，莎士比亚可能读过这首诗：

The Ballad of Will

Thomas Wyatt

I will and yet I may not,
The more it is my pain.
What thing I will, I shall not.
Wherefore my will is vain.

Will willing is in vain,
This may I right well see.
Although my will would fain,
My will it may not be.

Because I will and may not,
My will is not my own.
For lack of will I cannot,
The cause whereof I moan.

Foy! that I will and cannot
Yet still do I sustain!
Between I will and shall not
My love cannot obtain.

Thus wishers wants their will
And that they will do crave.
But they that will not will
Their will the soonest have.

Since that I will and shall not,
My will I will refrain.
Thus, for to will and will not,
Will willing is but vain.

心愿之歌

托马斯·怀亚特

我欲求,但我不能,
这就让我加倍痛苦。
我所欲求者,我不该有。
因此我的心愿就是徒劳。

欲求心愿是徒劳的,
这我可以看得一清二楚。
尽管我的欲求欣然乐意,

我的心愿却不能满足。

因为我欲求而不能至,
我的心愿就不属于我。
既然不能哀悼欲望的缺失,
我只好悲悼欲望的起源。

再会!我欲求而不能得
但我依然坚持!
在我欲求和我不该之间
我的爱无法获胜。

因此许愿者想满足所求
一心渴盼着他们的心愿。
但那些不去欲求心愿之人
却能最快地满足心愿。

正因我欲求者我不该有,
我会抑制我的心愿。
所以,为了不会实现之欲,
欲求心愿不过是徒劳。

(包慧怡 译)

**商籁
第 137 首**

**眼与心
反情诗**

瞎眼的笨货,爱神,对我的眼珠
你作了什么,使它们视而不见?
它们认识美,也知道美在哪儿住,
可是,它们把极恶当作了至善。

假如我眼睛太偏视,目力多丧失,
停泊在人人都来停泊的海港里,
何以你还要凭我的糊涂眼造钩子,
紧紧钩住了我的心灵的判断力?

我的心,明知道那是世界的公土,
为什么还要把它当私有领地?
难道我眼睛见了这一切而说不,
偏在丑脸上安放下美的信义?

  我的心跟眼,搞错了真实的事情,
  现在就委身给专门骗人的疫病。

Thou blind fool, Love, what dost thou to mine eyes,
That they behold, and see not what they see?
They know what beauty is, see where it lies,
Yet what the best is take the worst to be.

If eyes, corrupt by over-partial looks,
Be anchor'd in the bay where all men ride,
Why of eyes' falsehood hast thou forged hooks,
Whereto the judgment of my heart is tied?

Why should my heart think that a several plot,
Which my heart knows the wide world's common place?
Or mine eyes, seeing this, say this is not,
To put fair truth upon so foul a face?

> In things right true my heart and eyes have err'd,
> And to this false plague are they now transferr'd.

与商籁第 24、46、47、93、141、148 首一样，商籁第 137 首处理"眼与心"及其功能和权限之间的辩证关系。俊美青年组诗中反复出现的视觉怀疑主义第一次在黑夫人组诗中登场，"我的眼睛"成了一种不可靠甚至骗人的官能。

本诗以控诉爱神开篇，爱神不仅被称为"瞎眼的"（blind），一如他在莎士比亚诸多戏剧中的形象，还被称作一个"愚人"或"小丑"（fool）。而这瞎眼的小丑却有能力让诗人变成盲人，使他的眼睛"视而不见"（see not what they see），也使诗人的眼睛所见与真实相去甚远，或是理解不了自己所看见的东西。

Thou blind fool, Love, what dost thou to mine eyes,
That they behold, and see not what they see?
They know what beauty is, see where it lies,
Yet what the best is take the worst to be.
瞎眼的笨货，爱神，对我的眼珠
你作了什么，使它们视而不见？
它们认识美，也知道美在哪儿住，
可是，它们把极恶当作了至善。

第一节第 4 行的语序多处颠倒，正常语序为"Yet take

the worst to be what the best is",明明知道"何为美,美在何处"的眼睛,却将最糟糕的——无论是外表还是精神——当作最好的。眼睛这样颠倒黑白的原因在于它"被偏袒的眼神腐化了",这"偏袒"自然也是爱神所为:

> If eyes, corrupt by over-partial looks,
> Be anchor'd in the bay where all men ride,
> Why of eyes'falsehood hast thou forged hooks,
> Whereto the judgment of my heart is tied?
> 假如我眼睛太偏视,目力多丧失,
> 停泊在人人都来停泊的海港里,
> 何以你还要凭我的糊涂眼造钩子,
> 紧紧钩住了我的心灵的判断力?

被腐化的"我的眼睛"停泊在所有男人都停泊的港湾,我们至今仍用 lie at anchor 或者 ride at anchor 来表示船只在港湾里"抛锚",这里的港湾暗指黑夫人的身体,all men ride 则是赤裸裸的性交词汇。诗人说黑夫人水性杨花到成了一座公用的港湾,这直白的攻击和羞辱就算再借助反情诗之名,恐怕也无法让该诗的致意对象高兴。但在第二节中,诗人的直接指责对象还不是黑夫人,也不是自己的眼睛,而依然是第一节中的爱神,是爱神"把眼睛的幻觉做成了钩子"(of eyes' falsehood hast thou forged hooks),勾住了"我的心"原本明智的判断力。在前八行中,"我的眼睛"和"我的心"都是爱神的受害者,诗人直接抨击的对象是爱神或爱情本身。但到了下面的六行诗(第三节四行诗加上对句)中,诗人转而将矛头指向了自己的心和眼睛本身,谴责它们缺乏判断力,颠倒美丑与善恶:

> Why should my heart think that a several plot,
> Which my heart knows the wide world's common place?
> Or mine eyes, seeing this, say this is not,
> To put fair truth upon so foul a face?
> 我的心,明知道那是世界的公土,
> 为什么还要把它当私有领地?
> 难道我眼睛见了这一切而说不,
> 偏在丑脸上安放下美的信义?

此节第1行中的several plot是下一行"全世界共用的公共地"(wide world's common place)的反义词,指被围起来的花园或农田等"私人领地"。"我的心"明知道(knows)黑夫人对男人们来者不拒,却坚持"认定"(think)她是唯独专属于"我"的情人;正如"我的眼睛"明明看得见黑夫人的丑陋和滥情(seeing this, this可有多重指涉），却矢口否认（say this is not），拒绝承认黑夫人外表和心灵都不美，"好让这一张丑脸看起来犹如美丽的真相"。"我"的心和眼睛在认知上的"指鹿为马"是十分严重的错误（error）——动词"犯错"（to err）的词源即拉丁文动词"走错路、迷失、误入歧途"（errarer）——于是它们要付出相应的沉重代价，即对句中的：

> In things right true my heart and eyes have err'd,
> And to this false plague are they now transferr'd.
> 我的心跟眼，搞错了真实的事情，
> 现在就委身给专门骗人的疫病。

最后一行中的"虚妄的瘟疫"（false plague，屠译"骗人的疫病"）要请读者进行多重解读，它可以指惯于说谎的黑夫人本人（被比作一种疾病），或者指"判断错误"这种抽象的精神疫病，可以指诗人对黑夫人"虚妄的沉迷"（这种虚妄的迷恋被比作一种病），也可以在更直白的层面上指花柳等性病——本诗并不是诗人第一次暗示生性风流的黑夫人把某种性病传给了自己。无论是哪种情况，比起俊美青年序列中时常敌对的眼与心，本诗中"我"的眼与心可以说又站到了同一阵营：同样被情欲欺瞒和操纵，并且作为认知的重要官能（眼睛主外，心灵主内），两者同样失去了明辨美丑、真假、是非的能力。

在指责爱神给眼睛带来的错觉，使"我"失去明察秋毫的目光方面，整个黑夫人组诗中最接近商籁第137首的是商籁第144首，这两首诗也有极其相似的核心论证，适合放在一起对照阅读。

【附】

不妨参照阅读比莎士比亚早一代的宫廷爱情诗人托马斯·怀亚特的短诗《直接回答是或者不的女士》，此诗大约写于1528—1536年。怀亚特诗中的女主人公同样是一名更换男伴如流水的致命女性，而诗人同样诉诸这位女士的怜悯来求爱。与莎士比亚的黑夫人组诗不同的是，怀亚特的叙事者"我"在诗末表现出了一种现实中的或者希望中的达观：明白地回答"我"吧，给个准信，如果答案是肯定的，"我"自然巴望不得；如果答案是否定的，"你"就去另寻新欢吧，而"我"将停止爱"你"，"不再做你的男人，只做我自己"。

The Lady to Answer Directly with Yea or Nay
Thomas Wyatt

Madam, withouten many words,

Once I am sure you will, or no:
And if you will, then leave your bourds,
And use your wit, and shew it so,
And, with a beck you shall me call;
And if of one, that burneth alway,
Ye have any pity at all,
Answer him fair, with yea or nay.
If it be yea, I shall be fain;
If it be nay— friends, as before;
You shall another man obtain,
And I mine own, and yours no more.

直接回答是或者不的女士
托马斯·怀亚特

女士，别费太多唇舌，
让我立刻知道你愿意，或者不：
若你愿意，就离开你的闺房，
运用你的机智，将它展现，
然后我就会随时为你待命；
如果对一个情思焚身的人，
你还抱有一丝怜悯，

那就请明白地回答他,是或者不。
若答案是肯定的,我会欣喜不已;
若答案是否定的,我们还是朋友;
你将得到另一个男人,而我将
不再做你的男人,只做我自己。

(包慧怡 译)

盲眼的丘比特,15世纪法国手稿

我爱人起誓,说她浑身是忠实, 我真相信她,尽管我知道她撒谎; 使她以为我是个懵懂的小伙子, 不懂得世界上各种骗人的勾当。	**商籁** **第 138 首** **说谎家** **反情诗**

我爱人起誓,说她浑身是忠实,
我真相信她,尽管我知道她撒谎;
使她以为我是个懵懂的小伙子,
不懂得世界上各种骗人的勾当。

于是,我就假想她以为我年轻,
虽然她知道我已经度过了盛年,
我痴心信赖着她那滥嚼的舌根;
这样,单纯的真实就两边都隐瞒。

但是为什么她不说她并不真诚?
为什么我又不说我已经年迈?
呵!爱的好外衣是看来信任,
爱人老了又不爱把年龄算出来:

  所以,是我骗了她,她也骗了我。
  我们的缺陷就互相用好话瞒过。

When my love swears that she is made of truth,
I do believe her though I know she lies,
That she might think me some untutor'd youth,
Unlearned in the world's false subtleties.

Thus vainly thinking that she thinks me young,
Although she knows my days are past the best,
Simply I credit her false-speaking tongue:
On both sides thus is simple truth suppressed:

But wherefore says she not she is unjust?
And wherefore say not I that I am old?
O! love's best habit is in seeming trust,
And age in love, loves not to have years told:

>   Therefore I lie with her, and she with me,
>   And in our faults by lies we flatter'd be.

商籁第138首起于怨诉,终于精神胜利式的自我安慰。诗人刻画了自己和黑夫人这一对为了维护关系而逃避甚至扭曲真相的"谎言家"形象。

商籁第137首的第三节写道,在与黑夫人的关系中,诗人的眼睛与心灵都习惯于对自己撒谎:

Why should my heart think that a several plot,
Which my heart knows the wide world's common place?
Or mine eyes, seeing this, say this is not,
To put fair truth upon so foul a face?
我的心,明知道那是世界的公土,
为什么还要把它当私有领地?
难道我眼睛见了这一切而说不,
偏在丑脸上安放下美的信义?

第138首进一步处理真相与谎言之间的辩证关系。只不过在这首诗中,男女双方在撒谎这件事上是共谋关系,一个撒谎,一个假装不知道对方撒谎,如此互不戳穿,关系就能得以续存:

When my love swears that she is made of truth,
I do believe her though I know she lies,

That she might think me some untutor'd youth,
Unlearned in the world's false subtleties.
我爱人起誓,说她浑身是忠实,
我真相信她,尽管我知道她撒谎;
使她以为我是个懵懂的小伙子,
不懂得世界上各种骗人的勾当。

第一节中诗人自述,当"我的爱人"起誓说她浑身是忠实,"我"相信她,尽管明知她撒谎,这样她就能以为"我"是个懵懂的小伙子,是情场上青涩的新手。诗人在此置换了概念,通过在黑夫人面前维持一个心理上毛头小伙的形象,他似乎可以指望在生理上也被当作稚嫩少年。尽管第二节伊始他便点出,这不过是他单方面的期许,是一种"徒劳的想象",黑夫人并不至于傻到看不出这种偷换概念的伎俩:

Thus vainly thinking that she thinks me young,
Although she knows my days are past the best,
Simply I credit her false-speaking tongue:
On both sides thus is simple truth suppressed
于是,我就假想她以为我年轻,
虽然她知道我已经度过了盛年,

我痴心信赖着她那滥嚼的舌根;
这样,单纯的真实就两边都隐瞒。

诗人说自己幻想黑夫人以为"我"年轻,"虽然她明知我已经度过了盛年",正如诗人并不相信黑夫人嘴上说的对诗人的"一片赤诚"或"浑身是忠实"(made of truth),却还是装作深信不疑,黑夫人对诗人的真实年龄也一清二楚,却不去拆穿诗人。诗人用 simple 这个词的双关玩了一把文字游戏:双方都在装傻(simply),双方都藏起了本应简单的真相(simple truth),这简单的真相就是——诗人老了,而黑夫人不忠。

But wherefore says she not she is unjust?
And wherefore say not I that I am old?
O! love's best habit is in seeming trust,
And age in love, loves not to have years told
但是为什么她不说她并不真诚?
为什么我又不说我已经年迈?
呵! 爱的好外衣是看来信任,
爱人老了又不爱把年龄算出来

两个 wherefore("为什么",相当于 why、for what)引

出了诗人对双方撒谎动机的审查：为什么黑夫人不肯直说她并不忠诚？为什么"我"不肯直陈自己的老迈？第11—12行中出现了箴言式的回答，也是一种"谚语式转折"（proverbial volta）：因为爱情的习惯是表面的、"看起来的信任"（seeming trust），而年迈的爱人（age in love）不爱（loves not）把年龄说出口。habit（习惯）这个词来自拉丁文 *habitus*（*habeo*，"我占有"的被动态完成时），到了古法语和中古英语中则作为动词表示"穿衣服"（to habit oneself），在早期现代英语中则可以作名词表示"衣服""外衣""外套"，所以此句一语双关，也可以译作"爱情最美的外衣是表面的信任"。对句点题并继续使用双关，这次的双关词是"lie"：

> Therefore I lie with her, and she with me,
> And in our faults by lies we flatter'd be.
> 所以，是我骗了她，她也骗了我。
> 我们的缺陷就互相用好话瞒过。

"我骗了她，她也骗了我"，同时"我躺在她身边，她也躺在我身边"，"我们"两个躺在彼此的怀里，却同时又在互相欺骗，"我们用各自的缺陷来奉承彼此"。谎言是维系诗人和黑夫人之间情人关系的关键，这样世故和圆滑的相处之道在俊美青年序列中是找不到的。诗人笔下这对（包括他自己在内）说谎家所居住的是一个天真逝去之后的经验世界，在这个完美爱情的理想早已不复存在的堕落的世界中，人情练达是必要的，情感关系中适度的欺瞒、适度的谎言是必要的，谎言可以声称自己是善意的、白色的（white lie）。而承认不再年轻的自己所居住的正是、只能是这个经验的世界，才是此诗的自白中最为苦涩的部分。

商籁
第139首

蛇发女妖反情诗

呵,别教我来原谅你的过错,
原谅你使我痛心的残酷,冷淡;
用舌头害我,可别用眼睛害我;
使出力量来,杀我可别耍手段。

告诉我你爱别人;但是,亲爱的,
别在我面前把眼睛溜向一旁。
你何必耍手段害我,既然我的
防御力对你的魔力防不胜防?

让我来袒护你:啊!我情人挺明白
我的仇敌就是她可爱的目光;
她于是把它们从我的脸上挪开,
把它们害人的毒箭射向他方:

  可是别;我快要死了,请你用双目
  一下子杀死我,把我的痛苦解除。

O! call not me to justify the wrong
That thy unkindness lays upon my heart;
Wound me not with thine eye, but with thy tongue:
Use power with power, and slay me not by art,

Tell me thou lov'st elsewhere; but in my sight,
Dear heart, forbear to glance thine eye aside:
What need'st thou wound with cunning, when thy might
Is more than my o'erpress'd defence can bide?

Let me excuse thee: ah! my love well knows
Her pretty looks have been mine enemies;
And therefore from my face she turns my foes,
That they elsewhere might dart their injuries:

> Yet do not so; but since I am near slain,
> Kill me outright with looks, and rid my pain.

商籁第 139 首是典型 8+6 结构的十四行诗,诗人在八行诗(octave)中控诉黑夫人的残忍,又在六行诗(sestet)中为她辩护,刻画了一个用目光杀人的、美杜莎式的"致命女性"(femme fatale)形象。

与俊美青年一样,黑夫人在与诗人的关系中并不专情,而是有众多其他的情人或仰慕者。诗人在第一节中称这种不忠为"残忍"(unkindenss),告诉黑夫人不要指望自己为她辩护,并进一步请求她"不要用你的眼睛伤害我,而是用你的舌头":

O! call not me to justify the wrong
That thy unkindness lays upon my heart;
Wound me not with thine eye, but with thy tongue:
Use power with power, and slay me not by art
呵,别教我来原谅你的过错,
原谅你使我痛心的残酷,冷淡;
用舌头害我,可别用眼睛害我;
使出力量来,杀我可别耍手段。

"我"要求黑夫人用话语直白地告诉自己,说自己另有所钟,"舌头"或话语的力量是诗人所熟悉的,也是他自信能承受的"力量",即第 4 行中说的"用强力对付强力"

(Use power with power)。诗人恳请黑夫人大发慈悲,将背叛直言告知,而不要弄虚作假,用谎言或者"技艺"去杀死他(slay me not by art)。按照第一节的交叉结构,正如代表直言相告之能力(power)的器官是舌头,代表虚情假意的技艺或伎俩(art)的器官是眼睛,诗人祈求黑夫人不要动用这种致命的武器来伤害自己。

> Tell me thou lov'st elsewhere; but in my sight,
> Dear heart, forbear to glance thine eye aside:
> What need'st thou wound with cunning, when thy might
> Is more than my o'erpress'd defence can bide?
> 告诉我你爱别人;但是,亲爱的,
> 别在我面前把眼睛溜向一旁。
> 你何必要手段害我,既然我的
> 防御力对你的魔力防不胜防?

在第二节中,诗人使用 forbear 这个表示否定的祈使动词(不要做,克制做,refrain from doing sth.),请黑夫人不要当着自己的面用目光打量别处,即别的情人(forbear to glance thine eye aside)。构成悖论的是,如果黑夫人的眼睛如第一节中所描述的那样,是虚情假意的感官,那么眼睛的伎俩（art）恰恰应该是假装只专注看着诗人，即使心早已不在诗人身上，而不是如第二节中诗人所控诉的，当着他的面张望别的情人。第二节后半部分再次将眼睛划入"狡猾"（cunning）的阵营，根据同一种交叉结构的逻辑，被归入"力量"（might）阵营的则是舌头所具有的直言相告的力量。既然把"你"的背叛直言相告就足以击溃"我"，何必再使用狡猾的心机？但当面（而不是背地）看向其他情人的"目光"与"心机"之间的矛盾，在本诗中始终没有得到自洽的解决方案。在作为转折段的第三节中，诗人背叛了自己在第一节中拒绝为黑夫人申辩的宣称，反而主动要求为她"脱罪"。

Let me excuse thee: ah! my love well knows
Her pretty looks have been mine enemies;
And therefore from my face she turns my foes,
That they elsewhere might dart their injuries
让我来袒护你：啊！我情人挺明白
我的仇敌就是她可爱的目光；
她于是把它们从我的脸上挪开，
把它们害人的毒箭射向他方

诗人为黑夫人辩护说，恰恰因为她知道自己动人的目光可以"杀人",是"我的敌人",因此才把眼睛转向别处,去伤害除"我"之外的情人,由此强行将黑夫人的朝三暮四和背叛阐释成了爱自己的表现。尤为值得我们注意的是诗人对视觉过程的触觉性的表现,情人的目光被比作"毒箭",可以被投掷出去,对目光所落之人造成生理性的伤害(dart their injuries)。我们在商籁第 45 首(《元素玄学诗·下》)中曾提及,在中世纪乃至文艺复兴早期对感官的普遍认知中,有别于现代感官论的首要一点,在于感受过程的"双向性",感官不仅是信息的被动接收器,同时还是发射端。这种双向性在视觉中表现得最为直接:我们的目光能够改变我们所观看的事物的属性,目光甚至具有"触觉性",能够在物理意义上改变、"伤害"甚至"杀死"被观看的对象。关于这种"触觉性视觉"的表述见于一大批中古英语／古法语的情色表述中,比如"飞镖般伤人的一瞥""使人死亡的甜蜜目光""勾人的邪眼""毒药般致死的目光"等词组,层出不穷。骑士罗曼司中,被禁闭在高塔或城堡中的女性的目光常被描述为"致命"的,能使与之对视的男子为爱疯狂,甘愿为这目光的女主人赴汤蹈火。中世纪英语骑士文学之父托马斯·马洛礼(Thomas Malory)在《亚瑟王之死》(*Le Morte d'Arthur*)中对此有大量生动的描述。

根据这种"目光杀人"的逻辑,诗人在六行诗的转折中最后插入了第二重转折。对句中,他向黑夫人的祈求再次发生转变,这一次,诗人求黑夫人不要因为怜惜自己而看向别处,不要不忍心用目光伤害他,而是干脆用目光杀死自己,让他一了百了地从爱情的痛苦中解脱:

> Yet do not so; but since I am near slain,
> Kill me outright with looks, and rid my pain.
> 可是别;我快要死了,请你用双目
> 一下子杀死我,把我的痛苦解除。

莎士比亚在对句里并不隐晦地将黑夫人比作希腊神话中的蛇发女妖戈耳工三姐妹:凡看见她们眼睛的人都会变成石头,其中最小的女妖美杜莎被英雄珀尔修斯斩杀,后者将其头颅献给了雅典娜,镶嵌在雅典娜的神盾中。然而在黑夫人组诗的世界里没有勇武的英雄,也没有机敏的女神,只有惯于用眼神去诱惑和杀戮的"致命女性"黑夫人,以及心甘情愿在她的目光中死去的苦情的叙事者。

珀尔修斯手持美杜莎的头,切利尼(Benvenuto Cellini),1554 年

商籁
第 140 首

威胁
反情诗

你既然冷酷,就该聪明些;别显露
过多的轻蔑来压迫我缄口的忍耐;
不然,悲哀会借给我口舌,来说出
没人同情我——这种痛苦的情况来。

假如我能把智慧教给你,这就好:
尽管不爱我,你也要对我说爱;
正像暴躁的病人,死期快到,
只希望医生对他说,他会好得快;

因为,假如我绝望了,我就会疯狂,
疯狂了,我就会把你的坏话乱讲:
如今这恶意的世界坏成了这样,
疯了的耳朵会相信疯狂的诽谤。

  要我不乱说你、不疯,你的目光
  就得直射,尽管你的心在远方。

Be wise as thou art cruel; do not press
My tongue-tied patience with too much disdain;
Lest sorrow lend me words, and words express
The manner of my pity-wanting pain.

If I might teach thee wit, better it were,
Though not to love, yet, love to tell me so; –
As testy sick men, when their deaths be near,
No news but health from their physicians know; –

For, if I should despair, I should grow mad,
And in my madness might speak ill of thee;
Now this ill-wresting world is grown so bad,
Mad slanderers by mad ears believed be.

    That I may not be so, nor thou belied,
    Bear thine eyes straight, though thy proud heart go wide.

商籁第140首延续了前一首商籁的主题,同样聚焦于黑夫人的"残忍",同样是怨歌(plaint)的基调,却掺入了另一种有力的言语行为——"威胁"(blackmailing)。诗人"威胁"黑夫人说,不要逼人太甚,以免他在绝望中变得疯狂,去满世界散布黑夫人的恶名。

在商籁第139首中,诗人提到过,"舌头"或语言是自己熟悉的力量,他因此要求黑夫人同样用坦诚相告的舌头来与自己对阵,而不要用玩弄心计的眼睛:"用舌头害我,可别用眼睛害我;/使出力量来,杀我可别耍手段。"(Wound me not with thine eye, but with thy tongue: /Use power with power, and slay me not by art)

紧接前一首诗,在商籁第140首的第一节中,诗人就深入拓展了这一子题,强调自己是出于耐心和坚忍才管住自己的舌头,"一言不发",但如果黑夫人太过蔑视诗人的忍耐,诗人就要让悲伤借给自己滔滔不绝的言辞,再也不克制语言的力量,用语言来控诉自己所承受的"不被怜悯的痛苦":

> Be wise as thou art cruel; do not press
> My tongue-tied patience with too much disdain;
> Lest sorrow lend me words, and words express
> The manner of my pity-wanting pain.

你既然冷酷,就该聪明些;别显露
过多的轻蔑来压迫我缄口的忍耐;
不然,悲哀会借给我口舌,来说出
没人同情我——这种痛苦的情况来。

第二节中,诗人的语气依然强硬,如同第一节中他叫黑夫人"放聪明",此处诗人则自命为黑夫人的导师,宣称要"教给你智慧"。但这所谓的"智慧"的本质却口是心非、自欺欺人:说"你"爱"我"吧,即使这不是真的;就如垂死的病人只爱从医生那里听到健康痊愈的消息,"你"不妨用虚情假意的甜言蜜语让"我"好受些,因为这对双方都有好处。

If I might teach thee wit, better it were,
Though not to love, yet, love to tell me so; –
As testy sick men, when their deaths be near,
No news but health from their physicians know
假如我能把智慧教给你,这就好:
尽管不爱我,你也要对我说爱;
正像暴躁的病人,死期快到,
只希望医生对他说,他会好得快

在第三节四行诗中,诗人向黑夫人具体解释了她应该好好安抚诗人的原因:正是因为黑夫人此前太过残忍,以至于诗人快要被推向绝望的边缘,濒临疯狂,而诗人一旦疯狂,就会口不择言地向世人控诉黑夫人,说尽她的坏话,求爱的言辞到这里已经转化为了几近可鄙的威胁。仿佛还担心黑夫人不以为意,"我"在第三节后半部分中进一步强调,这个世界已经世风日下,以至于疯人的疯话都有人相信,言外之意则是,更何况"我"对"你"的控诉并非空穴来风,"你"确实一直用"你"的水性杨花折磨着包括"我"在内的众多男子。

> For, if I should despair, I should grow mad,
> And in my madness might speak ill of thee;
> Now this ill-wresting world is grown so bad,
> Mad slanderers by mad ears believed be.
> 因为,假如我绝望了,我就会疯狂,
> 疯狂了,我就会把你的坏话乱讲:
> 如今这恶意的世界坏成了这样,
> 疯了的耳朵会相信疯狂的诽谤。

对句中的言语行为又从"威胁"转为了"诱导":请不要给"我"机会说"你"坏话,不要不顾惜自己的名声。就算"你"的心早已浪游四方,至少在"我"面前端正"你的视线"(thine eyes),不要让眼睛也浪游。讽刺的是,诗人对付黑夫人不忠的解决方案竟是"以假打假":"我"知道"你"不专情,但至少在"我"面前把戏演好吧,至少给"我"这份虚假的慰藉。

> That I may not be so, nor thou belied,
> Bear thine eyes straight, though thy proud heart go wide.
> 要我不乱说你,不疯,你的目光
> 就得直射,尽管你的心在远方。

本诗也可以看作对商籁第138首(《说谎家反情诗》)的补充:对一个从来就不"真实/忠诚"(两者都可以用true表示)的情妇而言,要维持这段关系,适度的谎言被判定为对双方都是必要的。

> 说实话,我并不用我的眼睛来爱你,
> 我眼见千差万错在你的身上;
> 我的心却爱着眼睛轻视的东西,
> 我的心溺爱你,不睬见到的景象。
>
> 我耳朵不爱听你舌头唱出的歌曲;
> 我的触觉(虽想要粗劣的抚慰),
> 和我的味觉,嗅觉,都不愿前去
> 出席你个人任何感官的宴会:
>
> 可是,我的五智或五官都不能
> 说服我这颗痴心不来侍奉你,
> 我的心不再支配我这个人影,
> 甘愿做侍奉你骄傲的心的奴隶:
>
>> 我只得这样想:遭了灾,好处也有,
>> 她使我犯了罪,等于是教我苦修。

商籁 第 141 首

五官 玄学诗

In faith I do not love thee with mine eyes,
For they in thee a thousand errors note;
But 'tis my heart that loves what they despise,
Who, in despite of view, is pleased to dote.

Nor are mine ears with thy tongue's tune delighted;
Nor tender feeling, to base touches prone,
Nor taste, nor smell, desire to be invited
To any sensual feast with thee alone:

But my five wits nor my five senses can
Dissuade one foolish heart from serving thee,
Who leaves unsway'd the likeness of a man,
Thy proud heart's slave and vassal wretch to be:

> Only my plague thus far I count my gain,
> That she that makes me sin awards me pain.

商籁第141首与商籁第130首(《"恐怖"反情诗》)有异曲同工之处:诗人否认了黑夫人在视觉、听觉、嗅觉、味觉、触觉上能够提供的任何吸引力,说自己对她的情感全然不基于五种感官的快乐。"感官的宴席"(Banquet of the Senses)是莎士比亚从奥维德继承来的一个文学子题,在献给俊美青年的商籁第47首中,诗人曾说自己的心受到眼睛的邀请,两者一起在"爱人的形象"这一丰盛的宴席上大快朵颐,"我眼睛就马上大嚼你的肖像/并邀请心来分享这彩画的饮宴"(With my love's picture then my eye doth feast/And to the painted banquet bids my heart)。在叙事长诗《维纳斯与阿多尼斯》中,莎士比亚也为维纳斯设计了一段精彩的"感官宴席"告白,女神盛赞美少年在外表、声音、体香等方面的完美,说自己哪怕只剩五官中的一种,也不妨碍她对阿多尼斯产生强烈的爱情:

> 假设说,我只有两只耳朵,却没有眼睛,
> 那你内在的美,我目虽不见,耳却能听。
> 若我两耳聋,那你外表的美,如能看清,
> 也照样能把我一切感受的器官打动。
> 如果我也无耳、也无目,只有触觉还余剩,
> 那我只凭触觉,也要对你产生热烈的爱情。
> 再假设,我连触觉也全都失去了功能,

听也听不见,摸也摸不着,看也看不清,
单单剩下嗅觉一种,孤独地把职务行,
那我对你,仍旧一样要有强烈的爱情。
因你的脸发秀挺英,霞蔚云蒸,华升精腾,
有芬芳气息喷涌,叫人嗅着,爱情油然生。
但你对这四种感官,既这样抚养滋息,
那你对于味觉,该是怎样的华筵盛席?
它们难道不想要客无散日,杯无空时?
难道不想要"疑虑",用双簧锁把门锁起,
好叫"嫉妒",那不受欢迎、爱闹脾气的东西,
别偷偷地溜了进来,搅扰了它们的宴集?

(张谷若 译)

商籁第141首却是以上两例"感官宴席"描写的反例:诗人说他并不喜欢自己的眼睛、耳朵、手、舌头和鼻子在黑夫人身上感受到的一切,但依然难以理喻也不可抑制地被她吸引。其中第一节可以看作献给俊友的商籁第46—47首(《"眼与心之战"玄学诗》)的变体:诗人的眼睛与心灵为了争睹俊友的芳容而殊死作战;而在黑夫人这里,诗人的眼与心进行的却是审美与情感之战——"眼睛鄙视的,心灵却钟爱"。

In faith I do not love thee with mine eyes,

For they in thee a thousand errors note;

But 'tis my heart that loves what they despise,

Who, in despite of view, is pleased to dote.

说实话,我并不用我的眼睛来爱你,

我眼见千差万错在你的身上;

我的心却爱着眼睛轻视的东西,

我的心溺爱你,不睬见到的景象。

第二节中,诗人进而说他的耳朵不喜欢黑夫人的嗓音,甚至连触觉、味觉、嗅觉都并不渴望被黑夫人邀请,去她身上赴感官的盛宴——换言之,根本没有盛宴可言。根据商籁第130首和其他黑夫人组诗的描述,她很可能口气并不清新,甚至皮肤粗糙,无法提供一般意义上的感官愉悦:

Nor are mine ears with thy tongue's tune delighted;

Nor tender feeling, to base touches prone,

Nor taste, nor smell, desire to be invited

To any sensual feast with thee alone

我耳朵不爱听你舌头唱出的歌曲;

我的触觉(虽想要粗劣的抚慰),

和我的味觉,嗅觉,都不愿前去

出席你个人任何感官的宴会

第三节中,诗人说自己的"五智或五官"都不能劝说"一颗痴爱的心"(one foolish heart)不去侍奉黑夫人,这是一比十的胜利。需要注意的是,在之前的十四行诗中,莎士比亚都是用 five wits 来表示 five senses,也就是通常说的"五官",而此处诗人在"五官"外另外列出"五智",则是继承了更古老的中世纪感官论"内外两分"的传统。我们通常说的视觉、听觉、嗅觉、味觉、触觉这五官,在中世纪时被并称为"外感官"(external senses/wits),以对应于想象、判断、认知、记忆、常识这五种"内感官"(internal senses/wits),这种感官的内外两分在文艺复兴时期依旧盛行。当 five wits 不作为 five senses 的可替换的近义词,而是作为与"外感官"并举的对应概念出现时,它们指的就是"内感官"(internal senses 或 inner wits)。诗人在此强调,即使自己的五官,与判断力等五种内感官(即"五智")联手,这十位合力也战胜不了"心"一个人的力量,因为这颗痴心偏爱着黑夫人,非要去做黑夫人那颗"骄傲的心"的"可怜的奴隶和附庸":

But my five wits nor my five senses can
Dissuade one foolish heart from serving thee,

Who leaves unsway'd the likeness of a man,
Thy proud heart's slave and vassal wretch to be

可是,我的五智或五官都不能
说服我这颗痴心不来侍奉你,
我的心不再支配我这个人影,
甘愿做侍奉你骄傲的心的奴隶

本诗同样以一个精神胜利式的对句收尾,借助这种精神胜利法,诗人得以将"瘟疫"(plague)算作"获利"(gain),将罪孽及其带来的痛苦看作"奖赏":"我只得这样想:遭了灾,好处也有,/她使我犯了罪,等于是教我苦修。"(Only my plague thus far I count my gain, /That she that makes me sin awards me pain.)

【附】

莎士比亚的同时代诗人威廉·史密斯(William Smith)在差不多同一时期(1596年)也写过一首"五官十四行",只不过那首十四行诗要比莎氏的商籁第141首循规蹈矩得多。史密斯的叙事者列举了爱人带给他的五种感官的种种快乐,遵照的是彼特拉克以来的理想化的情诗传统,诗人对自己所见、所听、所触、所闻、所尝无一不喜爱。对比阅读之下,可以更深切地感受到莎士比亚的黑夫人系列诗对英语情诗传统的惊人革新。

Chloris, Or the Complaint of the Passionate Despised Shepheard (Sonnet 38)

William Smith

That day wherein mine eyes cannot see her,
Which is the essence of their crystal sight;
Both blind, obscure and dim that day they be,
And are debarrèd of fair heaven's light.

That day wherein mine ears do want to hear her;
Hearing, that day is from me quite bereft.
That day wherein to touch I come not near her;
That day no sense of touching have I left.

That day wherein I lack the fragrant smell,
Which from her pleasant amber breath proceedeth;
Smelling, that day, disdains with me to dwell.
Only weak hope, my pining carcase feedeth.

> But burst, poor heart! Thou hast no better hope,
> Since all thy senses have no further scope.

克洛丽丝,或被弃的热情牧羊人的怨歌

(商籁第 38 首)

威廉·史密斯

那日,当我的双眼无法见到她,
也就是它们晶莹澄澈的视力的本质;
那日,这对双目失明、晦暗、昏花,
隔绝了音信,从明亮的天光那里。

那日,当我的双耳渴盼听见她;
听觉在那天从我这里完全剥夺。
那日,当我为了触摸却无法靠近她;
触觉官能在那天全然离弃了我。

那日当我闻不到来自她芬芳
琥珀般呼吸的宜人香气;
嗅觉在那日不屑于栖居我身,
只有虚弱的希望滋养我憔悴的尸体。

  然而绽开吧,可怜的心!没有更好的希冀,
  只因你的一切感官都失去了更强的能力。

(包慧怡 译)

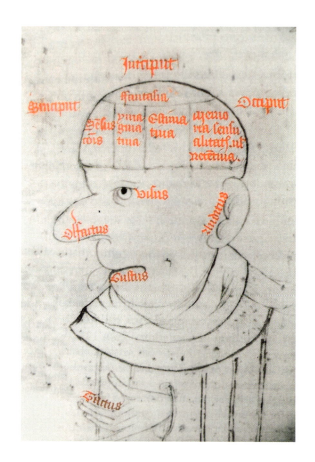

五种外感官和五种内感官,奥古斯丁《论精神与灵魂》,13世纪手稿

商籁
第 142 首

罪孽与美德
反情诗

爱是我的罪,厌恶是你的美德,
厌恶我的罪,生根在有罪的爱情上:
只要把你我的情况比一比,哦,
你就会发现,责难我可不大应当;

就算该,也不该出之于你的嘴唇,
因为它亵渎过自己鲜红的饰物,
跟对我一样,几次在假约上盖过印,
抢夺过别人床铺的租金收入。

我两眼恳求你,你两眼追求他们,
像你爱他们般,请承认我爱你合法:
要你的怜悯长大了也值得被怜悯,
你应当预先把怜悯在心里栽下。

  假如你藏着它,还要向别人索取,
  你就是以身作则,活该受冷遇!

Love is my sin, and thy dear virtue hate,
Hate of my sin, grounded on sinful loving:
O! but with mine compare thou thine own state,
And thou shalt find it merits not reproving;

Or, if it do, not from those lips of thine,
That have profan'd their scarlet ornaments
And seal'd false bonds of love as oft as mine,
Robb'd others' beds' revenues of their rents.

Be it lawful I love thee, as thou lov'st those
Whom thine eyes woo as mine importune thee:
Root pity in thy heart, that, when it grows,
Thy pity may deserve to pitied be.

    If thou dost seek to have what thou dost hide,
    By self-example mayst thou be denied!

商籁第142首处理诗人与黑夫人身上"罪孽"与"美德"的辩证关系,并对何为罪、何为美德进行了全新的演绎。商籁第141首以诗人的"罪孽"收尾(That she that makes me sin awards me pain),商籁第142首则以诗人的"罪孽"开篇:

> Love is my sin, and thy dear virtue hate,
> Hate of my sin, grounded on sinful loving:
> O! but with mine compare thou thine own state,
> And thou shalt find it merits not reproving
> 爱是我的罪,厌恶是你的美德,
> 厌恶我的罪,生根在有罪的爱情上:
> 只要把你我的情况比一比,哦,
> 你就会发现,责难我可不大应当

诗人说自己的罪过是爱,与之相对,黑夫人的美德却是恨——黑夫人憎恨诗人对她的"有罪的爱"(sinful loving),即淫欲,因而讽刺地成了"守贞"的典范,这种"守贞"外在表现为对诗人及其求欢的憎恨。贞洁(chastity)正是中世纪与文艺复兴"七宗罪"文学传统中,通常用来对治"淫荡"(lechery)之罪的那种美德,恰如治疗"骄傲"之罪的是"谦卑"之美德,治疗"愤怒"之罪的是"耐心"之美德，治疗"嫉妒"之罪的是"爱"之美德等。[1] 莎士比亚至少会从乔叟《坎特伯雷故事集》之《牧师的故事》或约翰·高尔（John Gower）的《情人的忏悔》(*Confessio Amantis*)等中世纪名作中熟悉这一传统。接下来，他恰恰在诗中指出，黑夫人不该责备他，因为她同样也犯了"淫荡"之罪：

> Or, if it do, not from those lips of thine,
> That have profan'd their scarlet ornaments
> And seal'd false bonds of love as oft as mine,
> Robb'd others' beds' revenues of their rents.
> 就算该，也不该出之于你的嘴唇，
> 因为它亵渎过自己鲜红的饰物，
> 跟对我一样，几次在假约上盖过印，
> 抢夺过别人床铺的租金收入。

叙事者的辩解是，即使"我的情况"——第3行中的mine（state）——值得责备（merits ... reproving），那也不该出于"你的嘴唇"，因为"你的嘴唇"已经玷污了它们"猩红的装饰"。这"猩红的装饰"（scarlet ornaments）或许是指黑夫人嘴唇自身的红色，不过更可能是指后天用口红涂抹而成的红色。宗教和文学传统中的"猩红"或"朱红"

---

[1] Morton W. Bloomfield, *The Seven Deadly Sins*, pp. 158, 167.

(scarlet)向来是淫荡女子或通奸者的专属色,比如在《启示录》中的巴比伦大淫妇身上("我就看见一个女人骑在朱红色的兽上;那兽有七头十角,遍体有亵渎的名号。那女人穿着紫色和朱红色的衣服……手拿金杯,杯中盛满了可憎之物,就是她淫乱的污秽",《启示录》17:3–4)。"猩红"也是纳撒尼尔·霍桑《红字》(The Scarlet Letter)的女主人公海丝特(Hester)不得不随身佩戴的耻辱字母的颜色。莎士比亚的叙事者自我申辩道,既然"你"那两片红唇如"我"一样频繁地同他人的唇签订"虚假的爱的契约"(seal'd false bonds of love),即亲吻,和"我"一样掠夺了"别人的床"的收入,即与合法婚姻之外的情人通奸——那它们有什么权利指责"我"呢?"你"和"我"同为好色的私通者。因此,诗人在第三节中提出,自己对黑夫人的情欲是"合法的",就如黑夫人对其他已婚恋人的情欲一样合法:

> Be it lawful I love thee, as thou lov'st those
> Whom thine eyes woo as mine importune thee:
> Root pity in thy heart, that, when it grows,
> Thy pity may deserve to pitied be.
> 我两眼恳求你,你两眼追求他们,
> 像你爱他们般,请承认我爱你合法:
> 要你的怜悯长大了也值得被怜悯,

你应当预先把怜悯在心里栽下。

正如诗人用眼睛恳求黑夫人满足他的情欲,黑夫人也用她的眼睛对其他情人做过同样的事。本着一种太过接地气的"积德积福"的原则,诗人劝说黑夫人"怜悯"他,因为或许有一天,黑夫人自己也会需要别人的怜悯,也会恳求别人接受她的情欲。为了那个时刻能够配得上别人的怜悯,诗人敦促黑夫人要在此刻就在自己的心中培育这种怜悯,也就是对"我"发发善心,满足"我"的情欲。对句中,诗人从反面论证了黑夫人接受他的必要性:

If thou dost seek to have what thou dost hide,
By self-example mayst thou be denied!
假如你藏着它,还要向别人索取,
你就是以身作则,活该受冷遇!

如果"你"热衷于藏起将来"你"要寻找之物,热衷于玩躲猫猫(hide and seek)的游戏,那么当"你"追寻这件现在对"我"藏起的东西(情欲的满足)时,"你"就会因为自己此前树立的坏榜样(拒绝"我")而遭到拒绝。可以说,本诗中的叙事者为了赢得或者赢回黑夫人的青睐,已经威逼利诱无所不能了。

"淫荡",博施《七宗罪与万民四末》,约1505—1510年

商籁
第 143 首

追鸡
反情诗

看哪,像一位专心的主妇跑着
要去把一只逃跑的母鸡抓回来,
她拼命去追赶母鸡,可能追到的,
不过她这就丢下了自己的小孩;

她追赶去了,她的孩子不愿意,
哭着去追赶母亲,而她正忙着在
追赶那在她面前逃走的东西,
不去理睬可怜的哭闹的幼息;

你也在追赶离开了你的家伙,
我是个孩子,在后头老远地追赶;
你只要一抓到希望,就请转向我,
好好地做母亲,吻我,温和一点:

  只要你回来,不让我再高声哭喊,
  我就会祷告,但愿你获得"心愿"。

Lo, as a careful housewife runs to catch
One of her feather'd creatures broke away,
Sets down her babe, and makes all swift dispatch
In pursuit of the thing she would have stay;

Whilst her neglected child holds her in chase,
Cries to catch her whose busy care is bent
To follow that which flies before her face,
Not prizing her poor infant's discontent;

So runn'st thou after that which flies from thee,
Whilst I thy babe chase thee afar behind;
But if thou catch thy hope, turn back to me,
And play the mother's part, kiss me, be kind;

    So will I pray that thou mayst have thy 'Will,'
    If thou turn back and my loud crying still.

商籁第 143 首是黑夫人组诗中的一个异数。整首诗将爱情中不对等的追逐比作一场追鸡游戏，如同一幕小型喜剧乃至闹剧的现场，可谓将彼特拉克以降的"典雅爱情"情诗传统颠覆得皮毛不剩。

全诗一开始就用一个旨在引起注意的"看哪!"（Lo），揭开了追鸡闹剧的序幕。Lo 是宏大叙事的一个标志性导入语，通常用于古典史诗的开篇，或是《圣经》中奇迹叙事的开篇，此处却将读者的目光导向一名追逐逃走的母鸡的主妇：为了追鸡，她不得不放下怀里的孩子，匆匆去逮"那有羽毛的生物"，如同一种戏仿史诗（mock epic）的细节。而被扔下的孩子则哭哭啼啼，拔脚去追那一门心思扑在母鸡身上的母亲。于是这名主妇一边在追逐，一边被追赶，整个场景鸡飞蛋打，混乱不堪。

Lo, as a careful housewife runs to catch
One of her feather'd creatures broke away,
Sets down her babe, and makes all swift dispatch
In pursuit of the thing she would have stay;
看哪，像一位专心的主妇跑着
要去把一只逃跑的母鸡抓回来，
她拼命去追赶母鸡，可能追到的，
不过她这就丢下了自己的小孩；

Whilst her neglected child holds her in chase,
Cries to catch her whose busy care is bent
To follow that which flies before her face,
Not prizing her poor infant's discontent

她追赶去了，她的孩子不愿意，
哭着去追赶母亲，而她正忙着在
追赶那在她面前逃走的东西，
不去理睬可怜的哭闹的幼崽

乔叟《坎特伯雷故事集》中有一则文体为动物寓言（bestiary）的《修女院教士的故事》（*The Nun's Priest's Tale*），说的是一名贫苦寡妇的公鸡羌梯克利与母鸡们的故事。其中，自命不凡的羌梯克利被狐狸叼走后，寡妇追赶公鸡和狐狸的鸡飞蛋打的一幕可能为莎士比亚这首诗的追鸡场景提供了灵感：

This sely wydwe and eek hir doghtres two
Herden thise hennes crie and maken wo,
And out at dores stirten they anon,
And syen the fox toward the grove gon,
And bar upon his bak the cok away,
And cryden, "Out! Harrow and weylaway!

Ha, ha! The fox!" and after hym they ran,
And eek with staves many another man.
Ran Colle oure dogge, and Talbot and Gerland,
And Malkyn, with a dystaf in hir hand;
Ran cow and calf, and eek the verray hogges,
So fered for the berkyng of the dogges
And shoutyng of the men and wommen eeke
They ronne so hem thoughte hir herte breeke. (ll.3374–88)

那位可怜的寡妇和两个闺女
听到母鸡们发出的悲呼哀啼,
赶紧跑出了屋子,到门外一望,
只见狐狸把那公鸡背在背上,
正朝树林跑,于是就大声叫嚷:
"狐狸把鸡叼走啦,快来帮帮忙!"
她们一边喊,一边跟在后面奔;
许多人都追了上去,手拿木棍;
玛尔金也追了上去,手拿纺杆;
一起追上去的还有三条猎犬;
母牛和小牛都在跑,猪也在跑,
因为男男女女的奔跑和喊叫,
猎犬的吠叫使他们心惊肉跳……

(黄杲炘 译)

诗人在商籁第143首第三节中揭开了追鸡比喻的谜底：他自比被黑夫人抛弃、跟在她身后哭哭啼啼追逐的孩童，而将一心追逐那些逃避她的男人的黑夫人比作追鸡的农妇。在这场我追你，你追他人的三角甚至多角游戏中，没有一个人的心愿得到了满足。诗人最迫切的愿望是黑夫人放弃对他人的追求，转而投入苦苦追求的自己的怀抱，但第三节中却只表达了退而求其次的卑微的愿望：假如"你"追到了"你"所爱慕的男子（"你的希望"，thy hope），获得满足之后，就回到"我"这里来吧，回来好好"履行母亲的职责"，哄"我"，吻"我"，对"我"好些。

So runn'st thou after that which flies from thee,
Whilst I thy babe chase thee afar behind;
But if thou catch thy hope, turn back to me,
And play the mother's part, kiss me, be kind
你也在追赶离开了你的家伙，
我是个孩子，在后头老远地追赶；
你只要一抓到希望，就请转向我，
好好地做母亲，吻我，温和一点

叙事者自比孩童而将情妇比作抛弃孩子的母亲，这使得许多学者乐于从俄狄浦斯情结的角度去剖析这首诗。更可能的情况是,莎士比亚不过是故意用荒诞滑稽的比喻,继续完成他对但丁-彼特拉克式理想情诗传统的"反情诗"式的戏谑和革新。如果"我"自比为被情人(黑夫人)抛下的孩子,那么黑夫人追逐的男子也就被比作了逃走的母鸡,从三者身上都难寻任何属于"典雅爱情"的崇高因素,一切都是闹剧。对句中甚至出现了莎士比亚最爱用的荤段子双关词:"我"会为"你"祈祷,让"你"能成功占有"你的威尔"(thy 'Will'),也就是,在"你"追逐的人那里满足性欲(Will 的首字母大写为四开本原有)——条件是事后"你"会回来安抚"我",让"我"也得到满足,"让我的啼哭得以止息"。

So will I pray that thou mayst have thy 'Will,'
If thou turn back and my loud crying still.
只要你回来,不让我再高声哭喊,
我就会祷告,但愿你获得"心愿"。

"你"应当怜悯"我",这样"你"自己在情欲竞技场上的追逐才不会落空。商籁第 143 首无疑延续了此前商籁第 142 首的这一主题,而在接下来的商籁第 144 首中,我们将看到老朋友"俊美青年"再度登场,为第 142 首和第 143 首中黑夫人所追求的男子的身份提供线索。

公鸡,《自然之花》,14世纪荷兰手稿

**商籁
第 144 首**

**双天使
反情诗**

我有两个爱人:安慰,和绝望,
他们像两个精灵,老对我劝诱;
善精灵是个男子,十分漂亮,
恶精灵是个女人,颜色坏透。

我那女鬼要骗我赶快进地狱,
就从我身边诱开了那个善精灵,
教我那圣灵堕落,变做鬼蜮,
用恶的骄傲去媚惑他的纯真。

我怀疑到底我那位天使有没有
变成恶魔,我不能准确地说出;
但两个都走了,他们俩成了朋友,
我猜想一个进了另一个的地府。

  但我将永远猜不透,只能猜,猜,
  等待那恶神把那善神赶出来。

Two loves I have of comfort and despair,
Which like two spirits do suggest me still:
The better angel is a man right fair,
The worser spirit a woman colour'd ill.

To win me soon to hell, my female evil,
Tempteth my better angel from my side,
And would corrupt my saint to be a devil,
Wooing his purity with her foul pride.

And whether that my angel be turn'd fiend,
Suspect I may, yet not directly tell;
But being both from me, both to each friend,
I guess one angel in another's hell:

> Yet this shall I ne'er know, but live in doubt,
> Till my bad angel fire my good one out.

在商籁第133、134首之外,这是黑夫人组诗中又一首直白地讲述诗人遭遇的"双重背叛"的怨歌,诗人的双生缪斯分别离弃了他,这两人在本诗中被清晰地区分为白色与黑色、男人与女人、"圣徒"与"恶魔"。

在商籁第133首第二节中,诗人曾把俊美青年称作"另一个自己",这另一个自己和诗人自己一样被黑夫人诱惑,使得诗人受到三重的抛弃:

Me from myself thy cruel eye hath taken,
And my next self thou harder hast engross'd:
Of him, myself, and thee I am forsaken;
A torment thrice three-fold thus to be cross'd
你满眼冷酷,把我从我身夺去;
你把那第二个我也狠心独占;
我已经被他、我自己和你所背弃;
这样就承受了三重三倍的苦难。

在紧接着的商籁第134首中,诗人先将俊美青年再度称作"另一个我",后来又说俊友是被困在黑夫人与自己关系之间的保人,原要保释我,结果自己却陷入黑夫人的情欲陷阱,同样成了欠债人:"我愿意把自己让你没收,好教你/放出那另一个我来给我以慰安……你想要取得你的美貌的担保,/就当了债主,把一切都去放高利贷。"(ll.3-4, 9-10)可以说在以上两首诗中,俊友都被归入诗人那边,"我"和俊友天生属于一个梯队,只是因为某种不幸的意外,俊友才失足落入黑夫人的情网,被迫重新与黑夫人组队。而在商籁第144首一开始,俊友与黑夫人已经站到了同一阵营,他们是"两个天使/精灵",共同试探或诱惑(suggest)"我":

Two loves I have of comfort and despair,
Which like two spirits do suggest me still:
The better angel is a man right fair,
The worser spirit a woman colour'd ill.
我有两个爱人:安慰,和绝望,
他们像两个精灵,老对我劝诱;
善精灵是个男子,十分漂亮,
恶精灵是个女人,颜色坏透。

莎士比亚在此诗中将"天使"(angel)与"精灵,幽灵"(spirit)当作近义词,用来称呼自己的"两个爱人"(two loves),但又有所区分。两个爱人中的"白皙/俊美的男子"是"好天使","深色皮肤的女子"则是"坏精灵",前者为"我"带来慰藉,后者带来绝望。如同在中世纪道德剧或寓言诗的灵魂大战(*psychomachia*)中,分别代表善恶的两个寓意人物(有时也直接化身为天使和恶魔)争夺主人公灵魂的归宿,本诗中"我"的坏天使也作为好天使的对立面出现,只不过到了第二节中,坏天使已经放弃了对"我"的争夺,转而将注意力转移到好天使身上。虽然坏天使的目的也是"拖我下地狱",她采取的手段却不是直接对"我"下手,而是通过"将好天使从我身边拉走"。

To win me soon to hell, my female evil,
Tempteth my better angel from my side,
And would corrupt my saint to be a devil,
Wooing his purity with her foul pride.
我那女鬼要骗我赶快进地狱,
就从我身边诱开了那个善精灵,
教我那圣灵堕落,变做鬼蜮,
用恶的骄傲去媚惑他的纯真。

至此,本诗再次消弭了宗教语境与情诗语境的界限,叙事者的善恶两个天使成了基督教中的圣徒与魔鬼,而魔鬼腐化圣徒的方法也是通过堕落天使路西法的首罪"骄傲"(Wooing his purity with her foul pride)。诗人在下一节中表达了一种可怕的焦虑——好天使可能已经遭到污染而变成了恶魔,就如撒旦-路西法在堕落前是最明亮的天使一般。而更令人痛苦的是,"我"永远无法确切地知道真相,只能"猜测"(guess):既然他们两人此刻都不在"我"身边,可能好天使已经在坏天使的"地狱"中。第12行中的 hell 也是对女性生殖器的厌女式指涉,暗示此刻俊友可能正在与黑夫人发生性关系:

And whether that my angel be turn'd fiend,
Suspect I may, yet not directly tell;
But being both from me, both to each friend,
I guess one angel in another's hell:
我怀疑到底我那位天使有没有
变成恶魔,我不能准确地说出;
但两个都走了,他们俩成了朋友,
我猜想一个进了另一个的地府。

  Yet this shall I ne'er know, but live in doubt,
  Till my bad angel fire my good one out.
  但我将永远猜不透,只能猜,猜,
  等待那恶神把那善神赶出来。

我们会注意到,至此,原先主要被称作"精灵,幽灵"

(spirit)和"邪灵"(evil)的女性情人已经与男性情人一起被诗人无差别地称作"天使"(one angel in another's hell; Till my bad angel fire my good one out)。而对叙事者最大的折磨是,他必须始终活在怀疑和猜忌的灵泊狱中,永远不得安宁,除非等到坏天使厌倦了好天使而将他"撵走"的那日。地狱之火和性病的意象同时出现在最后一行作动词的 fire 中,无论这火焰将何时驱逐好天使,对于好天使(俊友)和爱着好天使的诗人而言,未来都不可能有什么美满的结局。

【附】

被看作"对手诗人"候选人之一的迈克尔·德雷顿(Michael Drayton)在 1599 年左右写过一首主题和用词都与商籁第 144 首类似的十四行诗,此诗后来被正式集结为德雷顿的十四行诗集《理念集》(*Idea*)中的第 20 首,于 1619 年再次出版。

Idea (Sonnet 20)
Michael Drayton

An evil Spirit (your Beauty) haunts me still,
Wherewith, alas, I have been long possessed;

Which ceaseth not to attempt me to each ill,
Nor give me once, but one poor minute's rest.

In me it speaks, whether I sleep or wake:
And when by means to drive it out I try,
With greater torments then it me doth take,
And tortures me in most extremity.

Before my face, it lays down my despairs,
And hastes me on unto a sudden death:
Now tempting me, to drown myself in tears;
And then in sighing to give up my breath.

 Thus am I still provoked to every evil,
  By this good wicked Spirit, sweet Angel-Devil.

理念集(商籁第 20 首)
迈克尔·德雷顿

一个恶灵,你的美,始终萦绕我,
呜呼,我已被它缠身许久;
它不断尝试让我品尝每种病痛,

也从不曾让我歇息一分钟。

无论是睡是醒,在我体内诉说,
每当我尝试将它驱赶,
它总用更大的苦痛攫住我,
用最极端的方式把我折磨。

它在我面前陈列我的绝望,
敦促我上路,去面对骤发的死亡:
一会儿引诱我,让我在泪水中溺毙;
一会儿诱我在长叹中呼出最后一口气。

因此我始终受制于每一种邪恶的蛊惑,
被这心善的恶灵,这甜蜜的天使恶魔。

(包慧怡 译)

此外,1599 年未经莎士比亚允许而出版的"盗版"十四行诗集《激情的朝圣者》中保存着商籁第 144 首的一个早期形式,与我们在 1609 年四开本十四行诗集中看到的本诗只有个别用词、句读和大小写的差别:

Two loues I haue, of Comfort and Despaire,

That like two Spirits, do suggest me still:
My better Angell, is a Man (right faire)
My worser spirite a Woman (colour'd ill.)

To win me soone to hell, my Female euill
Tempteth my better Angell from my side:
And would corrupt my Saint to be a Diuell,
Wooing his purity with her faire pride.

And whether that my Angell be turnde feend,
Suspect I may (yet not directly tell:)
For being both to me: both, to each friend,
I ghesse onc Angell in anothers hell:

> The truth I shall not know, but liue in dout,
> Till my bad Angell fire my good one out.

《两名天使》,柯西莫(Piero di Cosimo),
1510—1515 年

商籁第 145 首

安妮·海瑟薇情诗

爱神亲手缔造的嘴唇
对着为她而憔悴的我
吐出了一句"我厌恶……"的声音:
但是只要她见到我难过,

她的心胸就立刻变宽厚,
谴责她那本该是用来
传达温和的宣判的舌头;
教它重新打招呼,改一改:

她就马上把"我厌恶……"停住,
这一停正像温和的白天
在黑夜之后出现,黑夜如
恶魔从天国被扔进阴间。

  她把"我厌恶……"的厌恶抛弃,
  救了我的命,说——"不是你。"

Those lips that Love's own hand did make,
Breathed forth the sound that said 'I hate',
To me that languish'd for her sake:
But when she saw my woeful state,

Straight in her heart did mercy come,
Chiding that tongue that ever sweet
Was us'd in giving gentle doom;
And taught it thus anew to greet;

'I hate' she alter'd with an end,
That followed it as gentle day,
Doth follow night, who like a fiend
From heaven to hell is flown away.

    'I hate', from hate away she threw,
    And sav'd my life, saying 'not you'.

商籁第 145 首通常被看作一首早期作品,一些学者甚至认为是 1582 年莎士比亚年仅十八岁、新婚燕尔时的少作。文本证据是藏在本诗中的莎士比亚的结发妻子安妮·海瑟薇(Anne Hathaway)的姓名,风格证据则是本诗无论韵律还是措辞都太过轻快和喜剧化,与十四行诗系列中其他成熟的诗作格格不入。

19 世纪藏书家托马斯·菲利普斯在伍斯特主教的档案室找到了一份神秘的保证书,落款日期是 1582 年 11 月 28 日,内容则是要见证一笔巨款的交纳(40 英镑,相当于当时斯特拉福镇教师年薪的两倍),好让"威廉·莎士比亚"与"伍斯特教区斯特拉福镇的少女安妮·海瑟薇"成婚。[1] 当时莎士比亚年仅 18 岁,安妮·海瑟薇 26 岁,这对年轻人希望尽快结婚。从六个月之后的另一份档案里我们大概可以初探端倪:1583 年 5 月 28 日,他们的长女苏珊娜的洗礼被记录在案。

26 岁的安妮即使以今天的标准也谈不上是"少女",18 岁的威廉即使以当时的标准看也尚未完全成年——伊丽莎白时期的法定成年年龄是 21 岁,1600 年斯特拉福镇男子的平均结婚年龄约为 28 岁。[2] 安妮的父亲理查德·海瑟薇(Richard Hathaway)是约翰·莎士比亚的老朋友,一个虔诚信奉新教的农夫。安妮与威廉结婚时理查德已去世,在遗嘱中为安妮留下了一些钱,并保证她结婚时将得到 6 英

---

[1] 斯蒂芬·格林布拉特,《俗世威尔——莎士比亚新传》,第 79 页。
[2] 同上书,第 80 页。

镑多的额外遗产（绝对谈不上是一大笔钱）。孤儿安妮能够独立做主决定自己的婚姻，这是一个优势，但她同时很可能不会读写，没受过多少正规教育，谈不上能和威廉进行智识上的交流。

莎士比亚自己如何看待这段奉子成婚的婚姻呢？在他的戏剧作品中，比起"求爱"这一古老主题，包括求爱过程中的万般磨难、各种误会和阴差阳错，主人公对障碍的克服、爱情的短暂实现等，真正处理婚姻关系的篇章少之又少，构成了一种醒目的沉默。在少数直接谈论婚姻的篇章中，剧作家依然披着剧中人的假面，但我们或许仍能透过假面一窥端倪。关于婚姻中夫妻双方的年龄差，《第十二夜》第二幕第四场中奥西诺公爵给薇奥拉的建议是这样的："女人应当拣一个比她年纪大些的男人，这样她才跟他合得拢，不会失去她丈夫的欢心；因为，孩子，不论我们怎样自称自赞，我们的爱情总比女人们流动不定些，富于希求，易于反复，更容易消失而生厌。"

莎士比亚一生中大部分时间都没有和妻子生活在一起，他在伦敦戏剧界闯荡历险，逐渐声名鹊起，她则在斯特拉福乡间老家干农活和照顾孩子，定期收到丈夫从伦敦寄来的生活津贴。我们无法得知这段近四十年的婚姻关系的日常真相：他们是否始终相爱，或至少相处融洽，还是说正如莎士比亚成年后的大部分爱情经验和灵感来自十四行诗集中的美少年和黑夫人,安妮也有自己身为"莎士比亚夫人"之外的生活和寄托?至少在商籁第145首前两节中,我们看到的是典型的"求爱"场景,诗人刻画了一个先狠心,后心软的女性求爱对象。"爱神亲手塑成的嘴唇"是不适宜说出"我恨"这样不解风情的话语的,而"她"也的确一看到"我悲惨的状况"就大发慈悲,让"心"去谴责说狠话的"舌头"("颁发温柔的末日"),要舌头修改自己对求爱者的回应(虽然求爱者的话语始终缺席):

> Those lips that Love's own hand did make,
> Breathed forth the sound that said 'I hate',
> To me that languish'd for her sake:
> But when she saw my woeful state,
> 爱神亲手缔造的嘴唇
> 对着为她而憔悴的我
> 吐出了一句"我厌恶……"的声音:
> 但是只要她见到我难过,
>
> Straight in her heart did mercy come,
> Chiding that tongue that ever sweet
> Was us'd in giving gentle doom;
> And taught it thus anew to greet

她的心胸就立刻变宽厚,
谴责她那本该是用来
传达温和的宣判的舌头;
教它重新打招呼,改一改

　　这首诗是整个十四行诗系列中唯一不用五步抑扬格,而是采用四步抑扬格(iambic tetrameter)的作品。四音步句(每行八个音节)比五音步句短促轻快,更适合于喜剧和讽刺作品,同时每行能呈现的内容不及五音步句密集,这也是学者们认为该诗属于少作的原因。在英语语境中,要到菲利普·西德尼爵士1592年出版《爱星者与星》,十四行诗体才真正成为最受欢迎、表现力最丰富的诗体。或许这首诗是少年威廉向比他年长近八岁的安妮求爱时,在诗歌领域的初试牛刀,诗人的心绪被情人的话语左右,降到谷底又瞬间飞上云霄;又或许这是写作十四行诗系列时期的成年威廉寄给留在斯特拉福的妻子的安抚性情诗——很显然,整个诗系列中的其他153首诗都不是献给她的——考虑到她的接受能力和喜好,诗人故意选取了更通俗和朗朗上口的四音步诗节(虽然无论他用什么格律写诗,安妮几乎肯定需要别人帮忙读给她听)。那反复说着"我恨——"却又悬置不提憎恨对象、折磨着诗人的女主人公形象,与黑夫人的形象亦有某种相通,也许本诗出现在黑夫人序列之中并非偶然。

> 'I hate' she alter'd with an end,
> That followed it as gentle day,
> Doth follow night, who like a fiend
> From heaven to hell is flown away.
> 她就马上把"我厌恶……"停住,
> 这一停正像温和的白天
> 在黑夜之后出现,黑夜如
> 恶魔从天国被扔进阴间。

> 'I hate', from hate away she threw,
> And sav'd my life, saying 'not you'.
> 她把"我厌恶……"的厌恶抛弃,
> 救了我的命,说——"不是你。"

在 "I hate … away"(Anne Hathaway)和 "And sav'd my life"(Anne saved my life)这两个短句中隐含的谐音双关,是否如同诗人的预期那般(如果这种预期真的存在),在莎士比亚夫人那里达到了它们"言语行为"的目的:求爱、安慰、道歉?我们或许永远都不会知道。安妮·海瑟薇在莎士比亚生平档案中的在场稀薄到可疑,虽然是与莎士比亚结婚三十多年并诞下三个孩子的发妻,她却如幽灵般隐形,只在他最后的遗嘱中才再次出现——除了莎士比亚"第二好的那张床"(second best bed),那份遗嘱没有给安妮留下任何值得一提的馈赠。

《亨利六世·上部》第五幕第五场中萨福克伯爵的这段话值得玩味,可以被轻易读成一种自传式的反思:"不如意的婚姻好比是座地狱,一辈子鸡争鹅斗,不得安生;相反地,选到一个称心如意的配偶,就能百年谐合,幸福无穷。"

安妮·海瑟薇肖像，库尔岑（Nathaniel Curzon），约1708年

商籁
第 146 首

"鄙夷尘世"
玄学诗

可怜的灵魂呵,你在我罪躯的中心,
被装饰你的反叛力量所蒙蔽;
为什么在内部你憔悴,忍受饥馑,
却如此豪华地彩饰你外部的墙壁?

这住所租期极短,又快要坍倒,
为什么你还要为它而挥霍无度?
虫子,靡费的继承者,岂不会吃掉
这件奢侈品?这可是肉体的归宿?

靠你的奴仆的损失而生活吧,灵魂,
让他消瘦,好增加你的贮藏;
拿时间废料去换进神圣的光阴;
滋养内心吧,别让外表再堂皇;

  这样,你就能吃掉吃人的死神,
  而死神一死,死亡就不会再发生。

Poor soul, the centre of my sinful earth,
My sinful earth these rebel powers array,
Why dost thou pine within and suffer dearth,
Painting thy outward walls so costly gay?

Why so large cost, having so short a lease,
Dost thou upon thy fading mansion spend?
Shall worms, inheritors of this excess,
Eat up thy charge? Is this thy body's end?

Then soul, live thou upon thy servant's loss,
And let that pine to aggravate thy store;
Buy terms divine in selling hours of dross;
Within be fed, without be rich no more:

> So shall thou feed on Death, that feeds on men,
> And Death once dead, there's no more dying then.

商籁第 146 首是一首玄学独白诗，除了以典型"沉思者"（*il penseroso*）形象出现的第一人称叙事者，全诗没有出现我们已经熟悉的十四行诗系列里的其他人物（俊友、黑夫人等）。本诗继承了欧洲诗歌传统中一个古老的经典母题——"鄙夷尘世"（*contemptus mundi*），叙事者"我"向以第二人称出现的自己的灵魂发起了关于生命意义的拷问。

"鄙夷尘世"是一个贯穿古代晚期至中世纪晚期的核心文学主题，以此为主题的拉丁语和俗语诗作都被归入"鄙世诗"（*contemptus* poem）的行列。在拉丁文传统中，"鄙夷尘世"主题在古代晚期的哲学代表作是 6 世纪波伊提乌斯（Anicius Manlius Severinus Boethius）的散文名著《哲学的慰藉》（*De Consolatione Philosophiae*），在早期教父传统中的代表作是 5 世纪里昂主教尤基里乌斯（Eucherius of Lyon）的书信《论对尘世的鄙夷》（*De Contemptu Mundi*），在中世纪神学家作品中的典例则有 12 世纪贝尔纳（Bernard of Cluny）的同名讽喻诗《论对尘世的鄙夷》（*De Contemptu Mundi*），以及 12 世纪教皇英诺森三世（Innocent III）的散文《论人类境遇之悲惨》（*De Miseria Humanae Conditionis*）等——后者曾被乔叟翻译成中古英语，但译本已失传。作为一个历史悠久的文学母题，以它为标题或主旨的作品聚焦于俗世生命和人世荣华富贵的必朽性，认为个人生前拥有的一切都是虚空中的虚空。

莎士比亚的第146首商籁正是这样一首"鄙夷尘世"主题的十四行诗,这是154首主要处理爱情的诗中绝无仅有的。欧洲中世纪和早期现代对灵肉关系的主流看法可被概括为:身体是一间囚室(*ergastulum*),一座禁锢灵魂的奴隶监狱。本诗第一节就继承了中古英语诗歌中盛行的"身体城堡"(body castle)或"身体监狱"(body prison)的比喻,把灵魂比作栖居于身体这栋建筑物中心的房客,指责灵魂不该花费重金,浓墨重彩地修葺必朽的身体的"外墙"。

> Poor soul, the centre of my sinful earth,
> My sinful earth these rebel powers array,
> Why dost thou pine within and suffer dearth,
> Painting thy outward walls so costly gay?
> 可怜的灵魂呵,你在我罪躯的中心,
> 被装饰你的反叛力量所蒙蔽;
> 为什么在内部你憔悴,忍受饥馑,
> 却如此豪华地彩饰你外部的墙壁?

诗人认为比起装修"有罪的尘土之躯"(sinful earth),即身体这座"正在衰退的大厦"(fading mansion),灵魂应该更多地关注自身的福祉,而不是任凭自己欠缺、衰弱、闹饥荒。因为身体大厦的租期太短（having so short a lease），就像商籁第18首中的"夏日"那样（summer's lease hath all too short a date），而且无论装饰得如何华贵，身体在死后都会成为蛆虫的食物：

> Why so large cost, having so short a lease,
> Dost thou upon thy fading mansion spend?
> Shall worms, inheritors of this excess,
> Eat up thy charge? Is this thy body's end?
> 这住所租期极短，又快要坍倒，
> 为什么你还要为它而挥霍无度？
> 虫子，靡费的继承者，岂不会吃掉
> 这件奢侈品？这可是肉体的归宿？

被蛆虫吃掉的尸体是"鄙夷尘世"主题的一个核心意象，也是莎士比亚从英国中世纪诗歌中继承的最直接的死亡描述之一。提起中古英语中"鄙夷尘世"主题的抒情诗杰作，当推只有一份手稿存世的短诗《当土壤成为你的塔楼》（"Wen þe Turuf Is Þi Tuur"，以下简称《土壤》）。该诗手稿今藏剑桥大学圣三一学院（Trinity College, Cambridge, MS 323, fol. 47v），约编写于13世纪下半叶。《土壤》在形式上是一首准挽歌体，但挽歌的庄重句式和哀伤

氛围又与"死后"(post mortem)或曰"尸检式"的庸常细节形成对照,在短短六行内产生一种可怖的戏剧张力:

> Wen þe turuf is þi tuur,
> And þy put is þi bour,
> Þy wel and þi wite þrote
> Sulen wormes to note.
> Wat helpit þe þenne
> Al þe worilde wenne?[1]

> 当土壤成为你的塔楼,
> 当坟墓成为你的闺房,
> 你的肌肤和你雪白的喉
> 都将交付蠕虫去享受。
> 到那时,整个尘世的欢愉
> 对你又有什么帮助?

(包慧怡 译)

商籁第146首第二节用两个问句,引起读者对死后身体命运的视觉化想象,生动传递了"尘世荣光自此逝"(*Sic transit gloria mundi*)的道德训喻。而第三节中,"我"则顺理成章地向灵魂提出了关于如何度过此生的建议:让身体挨饿,但要喂饱自己;让身体这不值得的仆从遭受损失,

[1] John Hirsh, ed., *Medieval Lyrics*, p. 27.

灵魂自己应当增益和丰盈；卖掉（花在身体上的）渣滓般的时间，买来能令灵魂得到神圣救赎的时间；放弃外表的（without）华丽，滋养内心（within）。

> Then soul, live thou upon thy servant's loss,
> And let that pine to aggravate thy store;
> Buy terms divine in selling hours of dross;
> Within be fed, without be rich no more
> 靠你的奴仆的损失而生活吧，灵魂，
> 让他消瘦，好增加你的贮藏；
> 拿时间废料去换进神圣的光阴；
> 滋养内心吧，别让外表再堂皇

除了"鄙夷尘世"，这首商籁的前三节对另一个中世纪死亡文学的分支"灵肉对话"主题也有回应。所谓"灵肉对话"（亦称"灵肉辩论"）是一个古代晚期至中世纪欧洲各俗语诗歌传统中都有的子文类（参见商籁第46首《"眼与心之战"玄学诗·上》）。中古英语"灵肉对话"通常篇幅短小，并且以灵魂单方面指责肉体的"演说式"最为常见，比如以下这首只有九行却十分流行的中古英语匿名诗作《现在你啊，可悲的肉体》（*Nu Thu, Unsely Body*）：

Nu thu unsely body up on bere list

Where bet thine roben of fau and of gris

Suic day havit I comin thu changedest hem thris

Thad makit the Hevi her the thad thu on list

Thad rotihin sal so the lef thad honkit on the ris!

Thu ete thine mete y makit in consis

Thu lettis the pore stondin prute in forist in is

Thu noldist not the bi then chen forte ben wis

For thi havistu for lorin the joye of parais.

现在你啊，可悲的肉体，躺在灵床上：

你那些貂皮大衣去了哪里？

曾经一度，你每日换三次皮袄，

只要你乐意，可以叫天换了地，

你将像挂在枝上的树叶一样腐烂！

你大吃大喝锅中精制的菜肴，

你让穷人站在户外的霜雪中；

你不肯反思，好教自己变得明智：

所以，你现在失去了天堂的欢欣。

（包慧怡 译）

这首短诗中灵魂对身体的责备可以概述为第二行中"今何在"（*ubi sunt*）式的问句："你那些貂皮大衣去了哪

里?"(Where bet thine roben of fau and of gris?)莎士比亚的叙事者"我"在商籁第146首第3—6行中发起的质问(为什么在内部你憔悴,忍受饥馑,/却如此豪华地彩饰你外部的墙壁?/这住所租期极短,又快要坍倒,/为什么你还要为它而挥霍无度?)与这首短诗的质问本质上是一脉相承的。只不过莎士比亚诗中的第二人称受话者是灵魂本身,而非以上中古英语短诗中的肉体,在莎氏的预设中,是灵魂要为身体的言行及其结果负责,一如第三节中所言,身体只是灵魂的仆人(thy servant)。

对于如何解决"凡人必有一死"这一终极的困境,诗人在商籁第146首末尾提出了一个字面上颇为惊人的方案:灵魂应当以"死亡"本身为食物(feed on Death),由于死亡一直以人的生命为食(feeds on men),若灵魂能够吃掉死亡,世上就再无垂死之人或"死"之过程。这当然是一种修辞,个体的灵魂通过追求精神升华,舍弃肉体快乐,能做到的最多是在灵性层面克服自己的死亡,不再随身体一起受死亡任意摆布,换言之,在身体死后依然拥有永恒的精神生命。

So shall thou feed on Death, that feeds on men,
And Death once dead, there's no more dying then.
这样,你就能吃掉吃人的死神,
而死神一死,死亡就不会再发生。

与死神下棋,皮克特(Albertus Pictor),15世纪英国

我的爱好像是热病,它老是渴望
一种能长久维持热病的事物;
它吃着一种延续热病的食粮,
古怪的病态食欲就得到满足。

我的理智——治我的爱的医师,
因为我不用他的处方而震怒,
把我撂下了,如今我绝望而深知
欲望即死亡,假如把医药排除。

理智走开了,疾病就不能医治,
我将带着永远的不安而疯狂;
我不论思想或谈话,全像个疯子,
远离真实,把话儿随口乱讲;

  我曾经赌咒说你美,以为你灿烂,
  你其实像地狱那样黑,像夜那样暗。

**商籁
第 147 首**

**地狱
反情诗**

My love is as a fever longing still,
For that which longer nurseth the disease;
Feeding on that which doth preserve the ill,
The uncertain sickly appetite to please.

My reason, the physician to my love,
Angry that his prescriptions are not kept,
Hath left me, and I desperate now approve
Desire is death, which physic did except.

Past cure I am, now Reason is past care,
And frantic-mad with evermore unrest;
My thoughts and my discourse as madmen's are,
At random from the truth vainly express'd;

> For I have sworn thee fair, and thought thee bright,
> Who art as black as hell, as dark as night.

商籁第147首一开始，诗人就自比一名病入膏肓的病人，而将自己对黑夫人的迷恋比作一场好不了的高烧，这高烧不仅不求治愈，反而渴望那滋养病根、满足疾病之胃口的对象：

My love is as a fever longing still,
For that which longer nurseth the disease;
Feeding on that which doth preserve the ill,
The uncertain sickly appetite to please.
我的爱好像是热病，它老是渴望
一种能长久维持热病的事物；
它吃着一种延续热病的食粮，
古怪的病态食欲就得到满足。

第二节中，诗人提出了一种对立的力量，即自己的"理性"（reason）。"理性"仍渴望治好"我"的这种迷恋，与情欲展开了一场艰苦卓绝的战斗。在15世纪中古苏格兰语诗人威廉·邓巴尔（William Dunbar）的梦幻寓言诗《金盾》（*The Golden Targe*）中，发生过一场与本诗所描述的极其类似的灵魂大战，也被称作"内战"（*bellum intestium*）或"圣战"。[1] 这场战争的本质是情欲和理性对叙事者灵魂的争夺。诗中的第一人称叙事者"我"在五月清晨一个鸟语花香

---

1 C.S. Lems, *The Allegory of Love*, p. 55.

的花园中睡着，梦中驶来一艘载着一百名衣着光鲜的仕女的大船，"我"虽然害怕却忍不住爬到近前窥探，不慎被维纳斯发现。后者部署"美貌""优雅的举止""坚贞"等各类寓意人物向"我"发动了三波袭击，只有"理性"手持一面黄金盾牌为"我"而战，最后"欺骗"弄瞎了"理性"的眼睛，战败的"我"落入了"抑郁"手中，得胜的大船鸣炮远去，被炮声惊醒的"我"又回到了花园里。当"危险的亲近"往"理性"眼中撒了一把粉末，失明的"理性"被驱逐入"绿色密林"后，被迫独自面对厄运的"我"抱怨正是理性的丧失使得自己的天堂变成了地狱：

> Than was I woundit to the deth wele nere,
> And yoldyn as a wofull prissonnere
> To Lady Beautee in a moment space.
> Me thoucht scho semyt lustiar of chere
> (Efter that Resoun tynt had his eyne clere)
> Than of before, and lufliare of face.
> Quhy was thou blyndit, Resoun, quhi, allace?
> And gert ane hell my paradise appere,
> And mercy seme quhare that I fand no grace. (Stanza 24)
> 伤势严重，奄奄一息

须臾间我沦为美貌女士

凄惨哀切的阶下囚。

我觉得她仿佛愈发兴高采烈

（在理性失去他的明眸后）

比起从前，脸蛋也愈发美丽。

哎呀！理性啊，你为什么瞎了？

将我的天堂变成了地狱

我找不到垂爱，只得到怜悯。

（《金盾》第 24 节，包慧怡 译）

类似地，莎士比亚的第一人称叙事者也哀叹道，"我的理性"本来是医治"我的情欲"（my love）的医生，并且尽职尽责地为这场"热病"开出了处方，然而深陷欲望漩涡的"我"却拒绝遵照医嘱治疗。于是理性这名大夫"弃疗"了，离开了"我"，使得"我"在绝望中不得不直面"纵欲导致死亡"这个黑暗的真相：

My reason, the physician to my love,

Angry that his prescriptions are not kept,

Hath left me, and I desperate now approve

Desire is death, which physic did except.

我的理智——治我的爱的医师，

因为我不用他的处方而震怒,
把我撂下了,如今我绝望而深知
欲望即死亡,假如把医药排除。

"理性"的离开,意味着理性已经不在乎"我"的死活(past care),而理性对"我"的弃之不顾又进一步导致"我"的"无药可救"(past cure),以至于"我"在思想和行动上都几乎成了疯子,并且远远偏离了真相。而"我"对真相的背离表现在言语行为上,就是自己曾发誓黑夫人是"美丽"或"白皙"的(fair);表现在内心思想上,就是"我"曾相信黑夫人是"明艳"或"心地光明"(bright)的,实情却远非如此。诗人在对句中点出了"你"至少在两个维度上是名副其实的"黑夫人":像地狱一般漆黑,像夜晚一般幽暗。

Past cure I am, now Reason is past care,

And frantic-mad with evermore unrest;

My thoughts and my discourse as madmen's are,

At random from the truth vainly express'd;

理智走开了,疾病就不能医治,

我将带着永远的不安而疯狂;

我不论思想或谈话,全像个疯子,

远离真实,把话儿随口乱讲;

For I have sworn thee fair, and thought thee bright,
Who art as black as hell, as dark as night.
我曾经赌咒说你美,以为你灿烂,
你其实像地狱那样黑,像夜那样暗。

在《麦克白》第一幕第五场中,通过麦克白夫人初次登场时的著名独白,莎士比亚为我们塑造了一个祈求黑夜和地狱中的黑烟遮盖其罪行的、精神上的"黑夫人":"来,注视着人类恶念的魔鬼们!解除我的女性的柔弱,用最凶恶的残忍自顶至踵贯注在我的全身;凝结我的血液,不要让怜悯钻进我的心头,不要让天性中的恻隐摇动我的狠毒的决意!来,你们这些杀人的助手,你们无形的躯体散满在空间,到处找寻为非作恶的机会,进入我的妇人的胸中,把我的乳水当作胆汁吧!来,阴沉的黑夜,用最昏暗的地狱中的浓烟罩住你自己,让我的锐利的刀瞧不见它自己切开的伤口,让青天不能从黑暗的重衾里探出头来,高喊'住手,住手!'"

天哪！爱放在我头上的是什么眼儿，
它们反映的绝不是真正的景象！
说是吧，我的判断力又躲在哪儿，
竟判断错了眼睛所见到的真相？

我的糊涂眼所溺爱的要是真俊，
为什么大家又都说："不这样，不"？
如果真不，那爱就清楚地表明
爱的目力比任谁的目力都不如：

哦！爱的眼这么烦恼着要守望，
要流泪，又怎么能够看得准，看得巧？
无怪乎我会弄错眼前的景象；
太阳也得天晴了，才明察秋毫。

刁钻的爱呵！你教我把眼睛哭瞎，
怕亮眼会把你肮脏的罪过揭发。

**商籁
第 148 首**

**泪水
玄学诗**

O me! what eyes hath Love put in my head,
Which have no correspondence with true sight;
Or, if they have, where is my judgment fled,
That censures falsely what they see aright?

If that be fair whereon my false eyes dote,
What means the world to say it is not so?
If it be not, then love doth well denote
Love's eye is not so true as all men's: no,

How can it? O! how can Love's eye be true,
That is so vexed with watching and with tears?
No marvel then, though I mistake my view;
The sun itself sees not, till heaven clears.

> O cunning Love! with tears thou keep'st me blind,
> Lest eyes well-seeing thy foul faults should find.

商籁第148首与商籁第149首再次处理"失明"与"视力"之间的辩证关系，第148首谈到一种专属于恋爱者的失明，这种失明由泪水造成，只能被爱情本身治疗。

在西德尼爵士的十四行诗集《爱星者与星》第12首中，爱神丘比特住在斯黛拉（"星"）的眼睛、头发和嘴唇里：

Cupid, because thou shin'st in Stella's eyes,
That from her locks, thy day-nets, none scapes free,
That those lips swell, so full of thee they be,
That her sweet breath makes oft thy flames to rise …
丘比特，因为你在斯黛拉的眼中闪烁，
从她的鬈发，你白昼的网中，无人能逃脱，
她的双唇鼓起，其中充满了你，
她甜蜜的呼吸时常令你的火焰升起……

（包慧怡 译）

在商籁第148首开篇，莎士比亚则责问人格化的"爱情"，到底往自己的头颅里安了什么样的眼睛——要不就是这双眼睛看不见真相，要不就是眼睛看得没错，但"判断力"早已溜之大吉，无法对眼睛接收到的"真相"作出正确的裁决。我们在之前的商籁中分析过，"视觉"属于古典-中世纪感官图谱中的五种"外感官"之一,"判断力"则属于五种"内感官"之一。诗人表面上责怪爱神,说他使得自己的外感官甚至内感官错乱,本质上仍继承了第130首商籁的反情诗主题,说黑夫人的外表毫无美感可言。

> O me! what eyes hath Love put in my head,
> Which have no correspondence with true sight;
> Or, if they have, where is my judgment fled,
> That censures falsely what they see aright?
> 天哪!爱放在我头上的是什么眼儿,
> 它们反映的绝不是真正的景象!
> 说是吧,我的判断力又躲在哪儿,
> 竟判断错了眼睛所见到的真相?

第二节四行诗是对第一节中已被暗示的"爱情使人盲目"主题的发展。诗人提出了一个"伪两难处境"(false dilemma):如果他"虚假的眼睛"在黑夫人身上见到的是美,为何世人都说她不美?如果他的眼睛所见的黑夫人并不美,那么说明恋爱中的人是盲目的,竟然能去爱眼见不美的事物。无论哪种情况,眼睛都已被冠上了"虚假"(false)或盲目的罪名,而"我"需要世人目光的认同才能为自己眼中情人的"美"找到正当性,本身已证明这份感情的根基之脆弱。这与诗人在献给俊友的诗篇中那份为了爱人能够与全世界为敌的果决截然不同：

> If that be fair whereon my false eyes dote,
> What means the world to say it is not so?
> If it be not, then love doth well denote
> Love's eye is not so true as all men's: no
> 我的糊涂眼所溺爱的要是真俊，
> 为什么大家又都说："不这样，不"？
> 如果真不，那爱就清楚地表明
> 爱的目力比任谁的目力都不如

在《盲者回忆录》中，德里达书写他对生命的观照（vision），按照如今那"受过洗的"（bathed）眼睛之所见来剖白自己的生活。由此他告白说：那眼睛已经过泪水的净化，生命是一场关于天堂、关于一个秘密的喜悦之地的启示，那喜悦事关生命的奥秘，事关不断重生的奥秘，事关生命作为"死亡之馈赠"，现在他是通过信仰之眼观看生命，通过"被泪水和哭泣弄瞎的眼睛"，而别人为他预留的泪水如今已被镌写在他心上。[1] 莎士比亚的叙事者同样被泪水弄瞎了双眼，但这无关德里达所说的"超验的盲"（transcendental blindness），而纯粹是因为恋爱的痛苦，爱情的眼泪

---

[1] Jacques Derrida, *Memoirs of the Blind*, pp. 166–67.

模糊并错乱了诗人的视域(with tears thou keep'st me blind)。就如天空若不放晴,太阳也"一无所见"(sees not)——准确地说是"无从被看见",太阳在十四行诗集中最频繁出现的固定修饰就是"苍穹之眼"(eye of heaven)。

How can it? O! how can Love's eye be true,
That is so vexed with watching and with tears?
No marvel then, though I mistake my view;
The sun itself sees not, till heaven clears.
哦! 爱的眼这么烦恼着要守望,
要流泪,又怎么能够看得准,看得巧?
无怪乎我会弄错眼前的景象;
太阳也得天晴了,才明察秋毫。

O cunning Love! with tears thou keep'st me blind,
Lest eyes well-seeing thy foul faults should find.
刁钻的爱呵! 你教我把眼睛哭瞎,
怕亮眼会把你肮脏的罪过揭发。

到了本诗末尾,爱情及其人格形象爱神丘比特,还有被爱的对象黑夫人已经不复有别。爱-爱神-爱人用泪水让诗人失明,是因为如果诗人不失明,就不可能看不见作为被爱对象的黑夫人身上的诸多缺陷。

在莎士比亚的戏剧中，持续的流泪哭泣是患相思病的情人的常见征兆之一。在早期剧本《维洛那二绅士》第二幕第一场中，小丑仆人史比德罗列了这些征兆：

Valentine:
Why, how know you that I am in love?
Speed:
Marry, by these special marks: first, you have
learned, like Sir Proteus, to wreathe your arms,
like a malcontent; to relish a love-song, like a
robin-redbreast; to walk alone, like one that had
the pestilence; to sigh, like a school-boy that had
lost his A B C; to weep, like a young wench that had
buried her grandam; to fast, like one that takes
diet; to watch like one that fears robbing; to
speak puling, like a beggar at Hallowmas. (ll.16–25)
凡伦丁：咦，你怎么知道我在恋爱？
史比德：哦，我从各方面看了出来。第一，您学会了像普洛丢斯少爷一样把手臂交叉在胸前，像一个满腹牢骚的人那样一副神气；嘴里喃喃不停地唱情歌，就像一头知更雀似的；喜欢一个人独自走路，好像一个害着瘟疫的人；老是唉声叹气，好像一个忘记了字母的小学生；动不动流起眼泪来，好像一个死了妈妈的小姑娘；见了饭吃不下去，好像一个节食的人；夜里睡不着觉，好像担心有什么强盗；说起话来带着三分哭音，好像一个万圣节的叫化子。从前您可不是这个样子。您从前笑起来声震四座，好像一只公鸡报晓；走起路来挺胸凸肚，好像一头狮子；只有在狼吞虎咽一顿之后才节食；只有在没有钱用的时候才面带愁容。现在您被情人迷住了，您已经完全变了一个人，当我瞧着您的时候，我简直不相信您是我的主人了。

《维洛纳二绅士》,阿比(Edwin Austin Abbey),
1896—1899 年

商籁
第 149 首

**盲人
反情诗**

冷酷的人啊!你怎能说我不爱恋你?
事实上我跟你一起厌弃了我自己!
你这个暴君啊!谁说我不在想念你?
事实上我是为了你忘记了我自己!

有人厌恶你,我可曾唤他们作朋友?
有人你讨厌,我可曾去巴结、奉承?
不但如此,你跟我生气的时候,
我哪次不立刻对自己叹息、痛恨?

如今,被你那流盼的眼睛所统治,
我的美德都崇拜着你的缺陷,
我还能尊重自己的什么好品质,
竟敢于不屑侍奉你,如此傲慢?

  但是爱,厌恶吧,我懂了你的心思;
  你爱能看透你的人,而我是瞎子。

Canst thou, O cruel! say I love thee not,
When I against myself with thee partake?
Do I not think on thee, when I forgot
Am of my self, all tyrant, for thy sake?

Who hateth thee that I do call my friend,
On whom frown'st thou that I do fawn upon,
Nay, if thou lour'st on me, do I not spend
Revenge upon myself with present moan?

What merit do I in my self respect,
That is so proud thy service to despise,
When all my best doth worship thy defect,
Commanded by the motion of thine eyes?

> But, love, hate on, for now I know thy mind;
> Those that can see thou lov'st, and I am blind.

仍然是在《维洛那二绅士》第二幕第一场中,凡伦丁和史比德关于爱情的盲目性有一段针锋相对的对白。

Valentine:

I have loved her ever since I saw her; and still I

See her beautiful.

Speed:

If you love her, you cannot see her.

Valentine:

Why?

Speed:

Because Love is blind. O, that you had mine eyes;

Or your own eyes had the lights they were wont to

Have when you chid at Sir Proteus for going

Ungartered!

Valentine:

What should I see then?

Speed:

Your own present folly and her passing deformity (ll.66–75)

凡伦丁:我第一次看见她的时候就爱上了她,可是我始终看见她很美丽。

史比德：您要是爱她，您就看不见她。

凡伦丁：为什么？

史比德：因为爱情是盲目的。唉！要是您有我的眼睛就好了！从前您看见普洛丢斯少爷忘记扣上袜带而讥笑他的时候，您的眼睛也是明亮的。

凡伦丁：要是我的眼睛明亮便怎样？

史比德：您就可以看见您自己的愚蠢和她的不堪领教的丑陋。

诗人在商籁第 148 首中已经点明，自己对黑夫人的迷恋恰恰出于这种盲目，爱让自己泪眼模糊，看不见黑夫人的丑陋或对这丑陋视而不见："天哪！爱放在我头上的是什么眼儿，／它们反映的绝不是真正的景象！……刁钻的爱呵！你教我把眼睛哭瞎，／怕亮眼会把你肮脏的罪过揭发。"（ll.1–2, 13–14）到了商籁第 149 首中，诗人愤慨的缘由在于，他已违背自己的理性判断，称黑夫人为"美"，并不顾一切地迷恋她（参见商籁第 141 首中"五官和五智"在"一颗痴爱的心"面前的一败涂地），黑夫人却依然怀疑他的感情，声称诗人并不爱她。为此诗人要在第一节中直呼她为"残忍的"，贯穿全诗的四个语气强烈的问句如同诘问："你"如何能否认"我"对"你"的爱，当"我"已经全然爱到忘我？

Canst thou, O cruel! say I love thee not,
When I against myself with thee partake?
Do I not think on thee, when I forgot
Am of my self, all tyrant, for thy sake?
冷酷的人啊！你怎能说我不爱恋你？
事实上我跟你一起厌弃了我自己！
你这个暴君啊！谁说我不在想念你？
事实上我是为了你忘记了我自己！

前两句以诘问形式出现的爱的陈词的核心是：为了黑夫人，诗人已与自己为敌（"加入你一起来反对我自己"）；即便在忘记自己时都不曾忘了黑夫人，"为了你成了我自己的暴君"——难道这样都不足以证明"我"的爱？第二节中，诗人从自己和自己的关系转向自己和他人的关系，说他对别人的好恶完全追随黑夫人："有什么人是你恨的，我却称之为朋友？／有什么人是你皱眉相对的，我却奉承他？"结果就是，如果"你"向"我"怒目而视，"我"就会长吁短叹而向自己复仇："你"的敌人就是"我"的敌人，哪怕"你"恨的是"我"自己。

Who hateth thee that I do call my friend,
On whom frown'st thou that I do fawn upon,

Nay, if thou lour'st on me, do I not spend

Revenge upon myself with present moan?

有人厌恶你,我可曾唤他们作朋友?

有人你讨厌,我可曾去巴结、奉承?

不但如此,你跟我生气的时候,

我哪次不立刻对自己叹息、痛恨?

第7行中表示"怒视"的 lour 一词今天依然在用,但通常用在气象语境中,表示天色突然阴沉,是 lower 一词的罕见拼法,比如:an overcast sky *lowered/loured* over the village(多云的天空在村子上方阴沉下来)。在莎士比亚笔下,该词却与皱眉(frown)意义相近,只是比 frown 更增添一重怒气,有时也直接用来描述人格化了的天气。譬如在《理查三世》第五幕第三场中,理查王在迎战敌军前对不祥天气的评价:"今天看不见太阳了;/层云封住天宇,低压着我的军队。"(The sun will not be seen to-day; /The sky doth frown and lour upon our army, ll.282–83)

看起来诗人感受的阴晴完全被黑夫人的心情左右,正如他的人际关系(包括和自己的关系)也全然追随自己的情妇。第三节中诗人进一步质问:"我身上可曾有任何优点,骄傲到/不屑做你的仆人,而我还尊其为优点?"黑夫人的眼波流转掌控着诗人身上的一切美好天赋(my best,包括

他的审美能力和创作才华),而这些天赋都一心一意地膜拜她的缺陷,并把黑夫人的缺陷看作优点:

> What merit do I in my self respect,
> That is so proud thy service to despise,
> When all my best doth worship thy defect,
> Commanded by the motion of thine eyes?
> 如今,被你那流盼的眼睛所统治,
> 我的美德都崇拜着你的缺陷,
> 我还能尊重自己的什么好品质,
> 竟敢于不屑侍奉你,如此傲慢?

有缺陷甚至满是缺陷的女人具有让人看不见其缺陷,甚至以其缺陷为美的能力,这是莎士比亚笔下"致命女性"(femme fatale)的一个显著特征。比如《安东尼与克莉奥佩特拉》第二幕第二场中爱诺巴勃斯对埃及艳后的描述:

> … I saw her once
> Hop forty paces through the public street;
> And having lost her breath, she spoke, and panted,
> That she did make defect perfection,
> And, breathless, power breathe forth. (ll. 232–36)

1455

> 我有一次看见她从市街上奔跳过去,一边喘息一边说话;那吁吁娇喘的神气,也是那么楚楚动人,在她破碎的语言里,自有一种天生的媚力。

朱生豪译本没有将"使缺陷化为完美"(make defect perfection)这一意思体现出来,而是与"气喘吁吁"一起合并意译了。类似地,黑夫人虽然满身缺陷,却对诗人具有决定性的吸引力。最后的对句将这种悖论反过来用到黑夫人身上,说黑夫人在爱情上同样不可理喻:她只爱那些能看见她的种种缺陷的"明眼人",却不肯爱那对她的缺陷视而不见、盲目献身于她的诗人。这就使得迄今为止一直在诗人身上演绎的爱情的违背理性的特质获得了普遍性:

> But, love, hate on, for now I know thy mind;
> Those that can see thou lov'st, and I am blind.
> 但是爱,厌恶吧,我懂了你的心思;
> 你爱能看透你的人,而我是瞎子。

对于爱情与理性之间的这种不兼容,莎士比亚也曾在《仲夏夜之梦》第三幕第一场中借波顿之口直言不讳:

> Methinks, mistress, you should have little reason

for that: and yet, to say the truth, reason
and love keep little company together now-a-days;
the more the pity that some honest neighbours will
not make them friends. (ll.142–46)

不过说老实话,现今世界上理性可真难得跟爱情碰头;也没有哪位正直的邻居大叔给他俩撮合撮合做朋友,真是抱歉得很。

埃及艳后之死,公元1世纪庞贝壁画

**商籁
第 150 首**

**魔法师
反情诗**

呵,从什么威力中你得了力量,
能带着缺陷把我的心灵指挥?
能教我胡说我忠实的目光撒谎,
并断言阳光没有使白天明媚?

用什么方法,你居然化丑恶为美丽,
使你的种种恶行——如此不堪,
却具有无可争辩的智慧和魅力,
使你的极恶在我心中胜过了至善?

愈多听多看,我愈加对你厌恶,
可谁教给你方法使我更爱你?
虽然我爱着别人憎厌的人物,
你不该同别人来憎厌我的心意:

  你毫不可爱,居然激起了我的爱,
  那我就更加有价值让你爱起来。

O! from what power hast thou this powerful might,
With insufficiency my heart to sway?
To make me give the lie to my true sight,
And swear that brightness doth not grace the day?

Whence hast thou this becoming of things ill,
That in the very refuse of thy deeds
There is such strength and warrantise of skill,
That, in my mind, thy worst all best exceeds?

Who taught thee how to make me love thee more,
The more I hear and see just cause of hate?
O! though I love what others do abhor,
With others thou shouldst not abhor my state:

    If thy unworthiness rais'd love in me,
    More worthy I to be belov'd of thee.

商籁第150首在主题上可以看作前三首商籁的延续，至此，从第147首一直延续到本首的内嵌组诗得以完成，这几首诗处理的都是爱情的炽烈和被爱对象的缺陷之间看似不可调和、实则能够自洽的矛盾——这种自洽通过黑夫人自带的化腐朽为神奇的"魔法师"属性，以及诗人诡辩式的论证共同达成。

在《仲夏夜之梦》第五幕第一场中，希波吕忒与忒修斯讨论爱情的缘起，忒修斯将情人和疯子、诗人归为一类，说这三类人都受控于幻象而背离了理智：

> Hippolyta:
>
> 'Tis strange my Theseus, that these lovers speak of.
>
> Theseus:
>
> More strange than true: I never may believe
>
> These antique fables, nor these fairy toys.
>
> Lovers and madmen have such seething brains,
>
> Such shaping fantasies, that apprehend
>
> More than cool reason ever comprehends.
>
> The lunatic, the lover and the poet
>
> Are of imagination all compact:
>
> One sees more devils than vast hell can hold,
>
> That is, the madman: the lover, all as frantic,

Sees Helen's beauty in a brow of Egypt:
The poet's eye, in fine frenzy rolling,
Doth glance from heaven to earth, from earth to heaven;
And as imagination bodies forth
The forms of things unknown, the poet's pen
Turns them to shapes and gives to airy nothing
A local habitation and a name.
Such tricks hath strong imagination,
That if it would but apprehend some joy,
It comprehends some bringer of that joy;
Or in the night, imagining some fear,
How easy is a bush supposed a bear! (ll.1830–52)

希波吕忒：忒修斯，这些恋人们所说的话真是奇怪得很。

忒修斯：奇怪得不像会是真实。我永不相信这种古怪的传说和胡扯的神话。情人们和疯子们都富于纷乱的思想和成形的幻觉，他们所理会到的永远不是冷静的理智所能充分了解的。疯子、情人和诗人，都是幻想的产儿：疯子眼中所见的鬼，多过于广大的地狱所能容纳的；情人，同样是那么疯狂，能从埃及人的黑脸上看见海伦的美貌；诗人的眼睛在神奇的狂放的一转中，便能从天上看到地下,从地下看到天上。想象会把不知名的事物用一种形式呈现出来,诗人的笔再使它们具有如实的形象,空虚的无物也会有了居处和名字。强烈的想象往往具有这种本领,只要一领略到一些快乐,就会相信那种快乐的背后有一个赐予的人;夜间一转到恐惧的念头,一株灌木一下子便会变成一头熊。

商籁第150首处理的同样是爱情中理智的丧失,诗人开篇伊始便将矛头直指黑夫人,质问她究竟有何种能量,能够用"缺陷"(insufficiency)令自己心摇神驰。与此同时,"你"还动摇了"我"的"眼见为实"的根基,让"我"不承认、拒绝相信自己看到的真相,即"你"并不美,反而是"明艳"(brightness)的反面。"你"甚至令"我"矢口否认普遍的美学准则或常识:为白昼带去光辉的理应是"明艳",而"你"肤色或心灵的晦暗是"明艳"的反面,但却能够为"我"一个人的白昼增辉。

O! from what power hast thou this powerful might,
With insufficiency my heart to sway?
To make me give the lie to my true sight,
And swear that brightness doth not grace the day?
呵,从什么威力中你得了力量,

能带着缺陷把我的心灵指挥?
能教我胡说我忠实的目光撒谎,
并断言阳光没有使白天明媚?

在黑夫人组诗的开篇诗(商籁127首《黑夫人反情诗》)中,诗人描述黑夫人的眼睛如同乌鸦一般黑,绝非典型美人的湛蓝色,但"由于她的眉眼与哀悼的神情如此相称/每个人都不得不说,这就是美的真身"(ll.13-14)。作为序列中的第一首商籁,第127首可谓黑夫人的"人物建置"之作,而黑夫人的人设中最新颖的部分还不是"黑"和"丑陋"(ill),而是她竟然能够让自己与黑和丑"相称"(becoming)或"适合"(suited)。是否相称与适合的相对准则战胜了美丑、黑白的绝对准则,黑夫人的核心魅力就在于打破常规的审美标准,让常识中的"丑"通过"相称"而变成某种近似于美的东西。这种化腐朽为神奇的能力不仅体现在黑夫人的外表特征中,还体现在她的性格和行为里,即商籁第150首第二节所谓:

Whence hast thou this becoming of things ill,
That in the very refuse of thy deeds
There is such strength and warrantise of skill,
That, in my mind, thy worst all best exceeds?

用什么方法,你居然化丑恶为美丽,
使你的种种恶行——如此不堪,
却具有无可争辩的智慧和魅力,
使你的极恶在我心中胜过了至善?

诗人笔下的黑夫人具有了女魔法师般的能力,能让她"最差劲的行为"变得远胜普通人"最好的一切"。第6行"你品行中的渣滓"(the very refuse of thy deeds)中的refuse作名词,表示最无用和糟糕的部分,也即第8行"你的至恶"(thy worst)。在第三节中,诗人继续对黑夫人这种魔术师般的转换能力发起质疑,这次是针对她的师承:究竟是谁教会"你"这种能力,让"我"越是看到和听到"你"身上的可憎之处,反而爱得越深?

Who taught thee how to make me love thee more,
The more I hear and see just cause of hate?
O! though I love what others do abhor,
With others thou shouldst not abhor my state:
愈多听多看,我愈加对你厌恶,
可谁教给你方法使我更爱你?
虽然我爱着别人憎厌的人物,
你不该同别人来憎厌我的心意:

> If thy unworthiness rais'd love in me,
> More worthy I to be belov'd of thee.
> 你毫不可爱,居然激起了我的爱,
> 那我就更加有价值让你爱起来。

本诗的转折段出现在第三节的后半部分,一直延续到全诗结束。对于通篇可被归纳为"你不美(无论外表或行为),我却爱你至深"的悖论式前提,诗人试图用一个悖论式结论去消解它:尽管"我"爱那别人所憎恶的,"你"却不该和别人一起憎恶"我"的这种反常;如果"你"的"不值得"(unworthiness)反而令"我"心中升起爱,那"我"就应该更"值得"(worthy)"你"去爱。

无论在写实还是象征意义上,诗人笔下的黑夫人都属于黑夜的阵营,与光明(brightness)和白昼(day)不可兼容。类似地,在《仲夏夜之梦》第三幕第二场中,莎士比亚借迫克之口讲述了白昼与黑夜的势不两立——白昼有时会揭示那些属于黑夜阵营者的耻辱:

> Puck:
> For night's swift dragons cut the clouds full fast,
> And yonder shines Aurora's harbinger;

At whose approach, ghosts, wandering here and there,

Troop home to churchyards: damned spirits all,

That in crossways and floods have burial,

Already to their wormy beds are gone;

For fear lest day should look their shames upon,

They willfully themselves exile from light

And must for aye consort with black-brow'd night. (ll. 1436–44)

迫克：

因为黑夜已经驾起他的飞龙；

晨星，黎明的先驱，已照亮苍穹；

一个个鬼魂四散地奔返殡宫：

还有那横死的幽灵抱恨长终，

道旁水底有他们的白骨成丛，

为怕白昼揭露了丑恶的形容，

早已向重泉归寝，相伴着蛆虫；

他们永远见不到日光的融融，

只每夜在暗野里凭吊着凄风。

（朱生豪 译）

众仙起舞,《仲夏夜之梦》,威廉·布莱克(William Blake),约1786年

爱神太幼小,不知道良心是什么;
可是谁不知良心是爱的产物?
那么,好骗子,别死尅我的过错,
因为,对于我的罪,你并非无辜。

你有负于我,我跟我粗鄙的肉体
同谋而有负于我那高贵的部分;
我的灵魂对我的肉体说他可以
在爱情上胜利;肉体不爱听高论,

只是一听到你名字就起来,指出你
是他的战利品。他因而得意扬扬,
十分甘心于做你的可怜的仆役,
情愿站着伺候你,倒在你身旁。

  这样做不是没良心的:如果我把她
  叫作爱,为了她的爱,我起来又倒下。

**商籁
第 151 首**

**灵肉辩论
玄学诗**

Love is too young to know what conscience is,
Yet who knows not conscience is born of love?
Then, gentle cheater, urge not my amiss,
Lest guilty of my faults thy sweet self prove:

For, thou betraying me, I do betray
My nobler part to my gross body's treason;
My soul doth tell my body that he may
Triumph in love; flesh stays no farther reason,

But rising at thy name doth point out thee,
As his triumphant prize. Proud of this pride,
He is contented thy poor drudge to be,
To stand in thy affairs, fall by thy side.

    No want of conscience hold it that I call
    Her 'love,' for whose dear love I rise and fall.

我们来到了黑夫人系列的倒数第二首十四行诗。继第146首(《"鄙夷尘世"玄学诗》)对生命的反思之后,本诗是一首探究爱情本质的玄学诗,也是公认的整本十四行诗集中最费解的诗之一。与第146首不同,本诗并未采取独白体,而是先以第二人称向黑夫人祈愿,再在对话中套入第二层对话,对话的双方是诗人自己的肉体和灵魂。在这种嵌套结构中,第一重对话发生在诗人与黑夫人间,诗人首先反思爱情与良知(conscience)的关系,得出的结论是,爱神太年轻,所以不知道良知是什么,但良知恰恰诞生自爱情。[1] 接着,诗人规劝黑夫人不要诱导自己犯错,否则她将不得不为诗人犯下的错误担责。

[1] 不乏学者认为"良知"一词在本诗中始终与性暗示相去不远。比如莎士比亚一定不会错过包含在prick of conscience(良心发现,直译"良知的一戳")这一常用短语中的性意象(prick在俚语中指阳具),又比如莎士比亚可能知道拉丁文谚语 *penis erectus non habet conscientiam*("勃起的阳具没有良知")。在早期现代英语中,conscience有时拼作cunscience,与cunt-science(关于女性性器官的知识)仅差一个字母,莎士比亚曾在剧本中用con-与cun-的形近制造性双关,显然,伊丽莎白时期的剧院观众欢迎并经常期待这类双关。参见http://www.shakespeares-sonnets.com/sonnet/151。

Love is too young to know what conscience is,
Yet who knows not conscience is born of love?
Then, gentle cheater, urge not my amiss,
Lest guilty of my faults thy sweet self prove
爱神太幼小,不知道良心是什么;
可是谁不知良心是爱的产物?

那么,好骗子,别死剋我的过错,
因为,对于我的罪,你并非无辜。

诗人犯下的错何以能归咎到黑夫人头上?第二节中给出的解释是:黑夫人的背叛会导致诗人的自我背叛,向他粗劣的肉体出卖自己的灵魂(第6行中所谓"高贵的部分")。诗人由此假想了自己的身体与灵魂展开的一场辩论:灵魂向身体指出,在爱情中取胜的必然是他(灵魂),身体却无法赞同灵魂的意见,也不能忍受灵魂的絮叨(动词 stay 在第8行中既有"赞同"之义,又有"忍受"之义),而要直白地表达自己的立场。

For, thou betraying me, I do betray
My nobler part to my gross body's treason;
My soul doth tell my body that he may
Triumph in love; flesh stays no farther reason
你有负于我,我跟我粗鄙的肉体
同谋而有负于我那高贵的部分;
我的灵魂对我的肉体说他可以
在爱情上胜利;肉体不爱听高论

第二节、第三节的内容发展了古代晚期和中世纪抒情诗中的"灵肉对话"传统。这属于广义上的辩论诗传统，这一子文类在古英语、中古英语、早期现代英语文学中都有不少变体。古英语文学手稿汇编"维切利手抄本"(*Vercelli Book*)中就保留了盎格鲁－撒克逊时代"灵肉对话诗"的典范《灵魂与身体 I》(*Soul and Body I*)，这首诗的一个更完整的版本《灵魂与身体 II》(*Soul and Body II*)则被保留在"埃克塞特手抄本"(*Exeter Book*)中。"灵肉对话"类抒情诗通过想象"灵"在"肉"死亡后可能遭受的痛苦，直接回应了平信徒关于灵魂终极归宿的困惑，也为"如何为来生作准备"这一死亡心理建设的核心问题提供了答案：勤于克己，漠视肉体需求，用美德和良善指引人生。在"灵肉对话"诗中，灵魂往往指责身体软弱堕落，并列举一系列典型的"死亡征兆"，作为肉身道德沦丧的明证；身体则经常反驳说，一切都是因为灵魂没有指引它如何虔敬地使用五种感官。

商籁第151首并不像典型"灵肉对话"诗那样关心灵魂的获救，也并未用第一、第二人称直接引出灵魂和肉体唇枪舌剑的辩论，而是保留了两者的主人"我"作为第一人称叙事者，向读者"转述"自己的灵魂与肉体的辩论。诗人的灵魂虽然没有直白地列举"死亡征兆"来指责肉体软弱，却通过短短一句"他（灵魂）会在爱情中取得胜利"向肉体发起了挑战，宣告了肉体不配占有爱情。不甘示弱的肉体却"指出你（黑夫人）是他（肉体）的战利品"，并且因此而沾沾自喜。第三节在呈现"灵肉辩论"中肉体的反击的同时，整节都诉诸一系列性双关，以几近猥亵的语言表现肉体对黑夫人的回应："听见你的名字就起身（勃起）"，"在你的事务（器官）中耸立"，"在你身边倒下（疲软）"，"满足于做你可怜的苦工"。

> But rising at thy name doth point out thee,
> As his triumphant prize. Proud of this pride,
> He is contented thy poor drudge to be,
> To stand in thy affairs, fall by thy side.
> 只是一听到你名字就起来，指出你
> 是他的战利品。他因而得意扬扬，
> 十分甘心于做你的可怜的仆役，
> 情愿站着伺候你，倒在你身旁。

对句延续了第三节中的性双关，诗人说自己为了得到黑夫人的爱而奔波忙碌（rise and fall），这个词组又可以解为肉体（尤其是性器）随着黑夫人的"爱"而起落，或许他的灵魂亦如是。基于此，诗人呼吁读者记住（hold it），他不是由于缺乏良知而称"黑夫人"为"爱人"，这也就呼应了第 2 行中以反问形式出现的沉思的结论："良知是爱情的产物。"根据一种略显牵强而并不精确的逻辑,由于诗人如此衷心地顺从黑夫人的心愿,即使他起初不是听从良心的声音才迷恋上黑夫人,但在爱上之后,曾经缺席的良知终于姗姗来迟。"我"在对"她"的爱中——或许这种爱是情欲的升华,或许就是情欲本身——逐渐有了自知,完成了某种意义上的自我整全,至少在对黑夫人的服从和效忠上,可以自称是"不缺乏良知的"。

> No want of conscience hold it that I call
> Her 'love,' for whose dear love I rise and fall.
> 这样做不是没良心的:如果我把她
> 叫作爱,为了她的爱,我起来又倒下。

商籁
第 152 首

背誓
反情诗

在爱你这点上,你知道我不讲信义,
不过你发誓爱我,就两度背了信;
床头盟你撕毁,新的誓言你背弃,
你结下新欢,又萌发新的憎恨。

但是,你违了两个约,我违了一打半——
还要责备你?我罚的假咒可多了;
我罚的咒呀,全把你罚了个滥,
我的信誉就都在你身上失落了:

因为我罚咒罚得凶,说你顶和善,
说你爱得挺热烈,挺忠贞,不会变;
我为了给你光彩,让自己瞎了眼,
或让眼发誓——发得跟所见的相反;

  我曾罚过咒,说你美:这是个多么
  虚伪的谎呀,我罚的假咒不更多么!

In loving thee thou know'st I am forsworn,
But thou art twice forsworn, to me love swearing;
In act thy bed-vow broke, and new faith torn,
In vowing new hate after new love bearing:

But why of two oaths' breach do I accuse thee,
When I break twenty? I am perjur'd most;
For all my vows are oaths but to misuse thee,
And all my honest faith in thee is lost:

For I have sworn deep oaths of thy deep kindness,
Oaths of thy love, thy truth, thy constancy;
And, to enlighten thee, gave eyes to blindness,
Or made them swear against the thing they see;

> For I have sworn thee fair; more perjur'd I,
> To swear against the truth so foul a lie!

我们来到了黑夫人组诗的最后一首,也是整个十四行诗系列中有具体"历史人物"出现的最后一首诗。但商籁第152首并非告别诗,诗人与黑夫人之间的情欲纠葛并未取得任何终极解决方案,仿佛被困于永恒的彼此背叛又和解的灵泊狱中,诗人通过对这第一段(或许也包括其他几段)婚外艳情史的反思,加深了对自身本性的认识。

本诗充满了关于起誓、背誓和伪誓的词汇,或许是整个诗系列中法律术语最密集的十四行诗。"背誓"(forswear)出现了两次,"起誓"(swear 及其变体)出现了五次,"誓言"(oath)四次,"誓约"(vow)两次,"真相"(truth)和"真实"(faith)各两次,等等。许多语句都让人想起英语法庭上时常必要的证人誓词:"你是否庄重起誓,即将呈上的供词是真相,完整的真相,仅有真相?"(Do you solemnly swear that the evidence you will give will be the truth, the whole truth, and nothing but the truth?)而在商籁第152首第一节中,诗人就开门见山地承认自己的背誓,"我知道,由于爱你,我背弃了誓言","誓言"最显而易见的所指是诗人自己的婚约。但诗人进而指出,当黑夫人说她爱着他,她却是违背了双重誓言(twice forsworn)——或许一重是黑夫人自己的婚约,一重是对诗人之外的另一名婚外恋人的誓约,也可能第二重背誓是针对诗人本身的,因为黑夫人在诗人之外另有情人,也就是违背了对诗人的誓言。

> In loving thee thou know'st I am forsworn,
> But thou art twice forsworn, to me love swearing;
> In act thy bed-vow broke, and new faith torn,
> In vowing new hate after new love bearing
> 在爱你这点上,你知道我不讲信义,
> 不过你发誓爱我,就两度背了信;
> 床头盟你撕毁,新的誓言你背弃,
> 你结下新欢,又萌发新的憎恨。

诗人自述,黑夫人在"另寻新欢"(new love bearing)后撕毁了新的誓言,又赌咒发起新的憎恶(vowing new hate),但他却没有权利去谴责这双重的背誓,因为诗人自己打破的誓言都有二十种,他自己才是最大的伪证者:

> But why of two oaths' breach do I accuse thee,
> When I break twenty? I am perjur'd most;
> For all my vows are oaths but to misuse thee,
> And all my honest faith in thee is lost
> 但是,你违了两个约,我违了一打半——
> 还要责备你? 我罚的假咒可多了;

> 我罚的咒呀,全把你罚了个滥,
> 我的信誉就都在你身上失落了

这里的"二十"虽然是确切的数字,却和莎士比亚其他地方使用的"score"等约数一样,极言数字之多,比如在《维纳斯与阿多尼斯》第833—834行中,维纳斯发出了二十声悲叹,而这二十声悲叹又被回声重复了二十遍,"'唉,我啊!'她哭喊了二十次'悲哉,悲哉!'/这又引起了二十次回声,同样的哀号"('Ay me!' she cries, and twenty times 'Woe, woe!'/And twenty echoes twenty times cry so)。又比如,在《暴风雨》第五幕第一场中,米兰达对腓迪南说:"我说你作弄我;可是就算你并吞了我二十个王国,我还是认为这是一场公正的游戏。"(Yes, for a score of kingdoms you should wrangle, /And I would call it, fair play, ll. 174–75)

在商籁第152首中,诗人说自己没有立场去指责双重背誓的情人,因为自己违背的誓言更是不计其数。他们两人在破坏誓言或作伪证这件事上早已是无法分开的同谋者,各自欺骗自己的配偶,各自欺骗自己的婚外情人(在诗人这里还包括他所挚爱的俊友),同时也各自欺骗对方。然而诗人在第三节中笔锋一转,又将上文的自我检讨扭转到了新的方向,原来"我"承认自己是"最大的伪证者"(I am perjur'd most),这种伪证和假誓的内容却还是关于黑夫人的。"我"曾"深深起誓"说"你"具有"深深的善良"以及无边的爱、真和忠诚,为了"让你光彩照人"(enlighten thee)而甘愿自己双目失明,甚至教自己的眼睛起假誓,把看见的"丑"(foul)硬说成"美"(fair),这是第147—150首这四首小型内嵌组诗中反复出现过的主题。

> For I have sworn deep oaths of thy deep kindness,
> Oaths of thy love, thy truth, thy constancy;
> And, to enlighten thee, gave eyes to blindness,
> Or made them swear against the thing they see;
> 因为我罚咒罚得凶,说你顶和善,
> 说你爱得挺热烈,挺忠贞,不会变;
> 我为了给你光彩,让自己瞎了眼,
> 或让眼发誓——发得跟所见的相反;

> For I have sworn thee fair; more perjur'd I,
> To swear against the truth so foul a lie!
> 我曾罚过咒,说你美:这是个多么
> 虚伪的谎呀,我罚的假咒不更多么!

本诗对句第一行的前半部分是对商籁第147首对句同

一部分的重复:

> For I have sworn thee fair and thought thee bright,
> Who art as black as hell, as dark as night. (ll.13–14, Sonnet 147)
> 我曾经赌咒说你美,以为你灿烂,
> 你其实像地狱那样黑,像夜那样暗。

如此之多的作假,如此之多的对自己和自己的爱慕对象作假的洞知,以及自己始终不曾动摇的对这段被"假"主宰的关系的沉迷,对于在前126首中歌颂"美"与"真"的合一、将"真"视为至高价值的诗人而言,这无疑提出了莫大的伦理与审美挑战:他要如何从中获得自我和解,或相信频频作伪之后的自己还能是"真"与"美"的代言人?更有甚者,诗人是一个语言的提纯者,黑夫人组诗比起俊美青年组诗频率更高地出现了用词重复、语义模糊、句法不精确、主题不发展等"瑕疵",这对一个作家而言是比对身体的"错用"(misuse)更不可原谅的滥用(abuse)。但诗人的难得之处在于,对这一切他的确有清醒的认识,能够用理性的声音来描述理性之丧失,在执迷不悔中剖析自己的痴迷,这种悖论的诗艺是贯穿黑夫人组诗的一种复杂的美德。

从第 127 首到第 152 首，莎士比亚用 26 首挑战古典情诗传统的十四行诗浓墨重彩地完成了黑夫人系列。在这场充满内疚、反省、背叛、伪证的情欲奥德赛中，叙事者渐进而无声地坦白了一种自我认知：或许他对滥情的黑夫人情有独钟并非偶然，或许黑夫人的这种"兼收并蓄"恰恰是她对他最核心的吸引力所在。他们是婚外猎艳的竞争对手、两性通吃的同谋、情爱竞技场上来者不拒的队友；他们伤害他人又彼此伤害，在他处受挫时以彼此为庇护所，并因了解而惺惺相惜，彼此互为系铃人和解铃人，在堕落中互相慰藉，在共同沉沦中成为知交。写作黑夫人序列是诗人发现、了知并进而剖析自己心灵暗面的过程，这些"反情诗"和作为明面的俊美青年组诗同样真实，同样是了解诗人及其个性自画像的不可或缺的文本。将黑夫人组诗与俊美青年组诗结合起来阅读，我们才能对恋爱中的诗人，或至少对莎士比亚笔下人类复杂的情欲世界有更彻底的了知，才能更全面地理解莎士比亚普罗透斯式的、既个人又普世的抒情声音。

灵魂脱离肉身，15世纪法国手稿

商籁
第 153 首

"爱神的火炬"
玄学诗

丘比特丢下了他的火炬,睡熟了:
狄安娜的一个天女就乘此机会
把他这激起爱情的火炬浸入了
当地山谷间一条冰冷的泉水;

泉水,从这神圣的爱火借来
永远活泼的热力,永远有生机,
就变成沸腾的温泉,人们到现在
还确信这温泉有回春绝症的效力。

我情人的眼睛又燃起爱神的火炬,
那孩子要试验,把火炬触上我胸口,
我顿时病了,急于向温泉求助,
就赶去做了个新客,狂躁而哀愁,

  但是没效力:能医好我病的温泉
  是重燃爱神火炬的——我情人的慧眼。

Cupid laid by his brand and fell asleep:
A maid of Dian's this advantage found,
And his love-kindling fire did quickly steep
In a cold valley-fountain of that ground;

Which borrow'd from this holy fire of Love,
A dateless lively heat, still to endure,
And grew a seething bath, which yet men prove
Against strange maladies a sovereign cure.

But at my mistress' eye Love's brand new-fired,
The boy for trial needs would touch my breast;
I, sick withal, the help of bath desired,
And thither hied, a sad distemper'd guest,

  But found no cure, the bath for my help lies
  Where Cupid got new fire; my mistress' eyes.

商籁第 153 首和第 154 首都是阿那克里翁式的轻快小调，诙谐灵动，具有喜剧色彩，不少学者把这一对最后的商籁和商籁第 145 首（《安妮·海瑟薇情诗》）一起，归为莎士比亚的早期诗歌习作，只是后来正式集结时才随机插入整个更成熟的诗系列中。不过，这两首诗的位置毕竟是在 154 首十四行诗的最后，即使它们不像俊美青年序列中的最后一首（第 126 首《结信语情诗》）那样满足我们对收官之作的预期，我们依然不难看出它们同刚刚终结的黑夫人序列之间千丝万缕的联系。

后世编纂者一般认为商籁第 153、154 首取材于 5 世纪拜占庭诗人斯科拉提乌斯（Marcianus Scholasticus）的一首仅有六行的希腊文短诗，而莎士比亚或许是从某位友人那里读到了该诗的英译——阿登版《莎士比亚十四行诗》的编辑凯瑟琳·邓肯-琼斯认为是通过本·琼森。斯科拉提乌斯的小诗中记载了小爱神丘比特的这则轶事：宁芙们从熟睡的丘比特身边偷走了他的火炬，将之放在泉水中试图使之熄灭，结果却把冰凉的山泉变成了温泉。这差不多也就是商籁第 153 首前两节四行诗的主体叙事，只是莎士比亚增添了更多生动的细节，比如说这新变的温泉是一口能治奇病的沸腾之泉，又比如将水中神女宁芙替换成了处女狩猎神狄安娜的侍女，贞洁的狄安娜及其女伴向来是点燃爱欲之火的丘比特的对立面。

Cupid laid by his brand and fell asleep:

A maid of Dian's this advantage found,

And his love-kindling fire did quickly steep

In a cold valley-fountain of that ground;

丘比特丢下了他的火炬，睡熟了：

狄安娜的一个天女就乘此机会

把他这激起爱情的火炬浸入了

当地山谷间一条冰冷的泉水；

Which borrow'd from this holy fire of Love,

A dateless lively heat, still to endure,

And grew a seething bath, which yet men prove

Against strange maladies a sovereign cure.

泉水，从这神圣的爱火借来

永远活泼的热力，永远有生机，

就变成沸腾的温泉，人们到现在

还确信这温泉有回春绝症的效力。

"冰冷的山谷幽泉"（cold valley-fountain）从爱神的火炬那里借来"爱的圣火"（holy fire of Love），成为汩汩冒泡的温泉，能够"为奇异的疾病提供神效"（against strange maladies a sovereign cure）。评注者们历来将这复数的"奇异的疾病"(strange maladies)看作某类性病，最有可能包括的是"梅毒"，这种通过性接触传播的疾病在英国被称作"法国病"(French malady)，也有称为"意大利风流病"的。无论如何，在当时英国人的叙事中，梅毒是一种舶来品，也就暗合 strange 一词的另一重词义——"外来的，异邦的"，相当于法语中的 étrange。讽刺的是，我们将在第三节中看到，作为处方的这股温泉，其力量之源与"我"期望被它医治好的那种疾病的源头是一模一样的：都是爱神的火炬。只不过"我"是被丘比特本人用新火炬触碰了胸口，而得了这种火烧火燎的相思病，温泉却是被月神的侍女用丘比特的旧火炬点沸：

> But at my mistress' eye Love's brand new-fired,
> The boy for trial needs would touch my breast;
> I, sick withal, the help of bath desired,
> And thither hied, a sad distemper'd guest,
> 我情人的眼睛又燃起爱神的火炬，
> 那孩子要试验，把火炬触上我胸口，
> 我顿时病了，急于向温泉求助，
> 就赶去做了个新客，狂躁而哀愁，

> But found no cure, the bath for my help lies

Where Cupid got new fire; my mistress' eyes.
但是没效力：能医好我病的温泉
是重燃爱神火炬的——我情人的慧眼。

在组成本诗后半部分的六行诗中我们会发现，爱神正是在"我情妇的眼睛"中重新点燃他熄灭的火炬，并在"我"的胸口"试火"（用火炬触碰"我"的前胸/心）。也就是说，通过爱神的中介作用，情人的眼睛是"我"犯病的病根，而"我"匆匆跑去温泉那里，却发现那传说有神效的温泉对"我"的病无济于事，而能治好"我"的唯一的"温泉"（bath），在于"我情妇的眼睛"那两汪清泉（my mistress' eyes）——我们再一次看到，病根与药方同出一辙，整首诗到最后一行构成了一种首尾相衔的循环。前八行中的"剧中人"（丘比特/爱若斯和月神女伴）全然属于神话的领域，后六行中的"我"和"我的情妇"一半属于寓意领域（"我"去情人的目光中寻找相思病的处方，这是适用于一切恋人的普遍处境），一半属于历史领域（"我"可以被看作与黑夫人组诗中的叙事者"我"是同一人，"我的情妇"也可以被看作就是黑夫人）。与献给俊友和黑夫人的商籁中的"我"不尽相同，最后两首商籁中的"我"既可以从历史层面去理解，也因其与神话人物自由亲密互动的能力，而与我们所居住的现实世界维持了一定的距离。

本诗中连接"爱神的火炬"、温泉、"我"和"我"情妇的眼睛的,是诗人所谓"爱的圣火"(holy fire of Love)。莎士比亚在剧作中也一再将爱情比作火焰,比如在《维洛那二绅士》第二幕第七场朱利娅(Julia)与露西塔(Lucetta)的对话中:

> Julia:
> O, know'st thou not his looks are my soul's food?
> Pity the dearth that I have pined in,
> By longing for that food so long a time.
> Didst thou but know the inly touch of love,
> Thou wouldst as soon go kindle fire with snow
> As seek to quench the fire of love with words.
> Lucetta:
> I do not seek to quench your love's hot fire,
> But qualify the fire's extreme rage,
> Lest it should burn above the bounds of reason.
> Julia:
> The more thou damm'st it up, the more it burns. (ll.15–24)
> 朱利娅:啊,你不知道他的目光是我灵魂的滋养吗?我在饥荒中因渴慕而憔悴,已经好久了。你要是知道一个人在恋爱中的内心的感觉,你就会明白用空言来压遏爱

情的火焰,正像雪中取火一般无益。

露西塔:我并不是要压住您的爱情的烈焰,可是这把火不能够让它燃烧得过于炽盛,那是会把理智的藩篱完全烧去的。

朱利娅:你越把它遏制,它越燃烧得厉害。

**商籁
第 154 首**

**温泉
玄学诗**

小小的爱神,有一次睡得挺沉,
把点燃爱火的火炬搁在身边,
恰巧多少位信守贞洁的小女神
轻步走来;最美的一位天仙

用她的处女手把那曾经点燃
无数颗爱心的火炬拿到一旁;
如今那爱情之火的指挥者在酣眠,
竟被贞女的素手解除了武装。

她把火炬熄灭在近旁的冷泉中,
泉水从爱火得到永恒的热力
就变成温泉,对人间各种病痛
都有灵效;但是我,我情人的奴隶,

  也去求治,把道理看了出来:
  爱火烧热泉水,泉水凉不了爱。

The little Love-god lying once asleep,
Laid by his side his heart-inflaming brand,
Whilst many nymphs that vow'd chaste life to keep
Came tripping by; but in her maiden hand

The fairest votary took up that fire
Which many legions of true hearts had warm'd;
And so the general of hot desire
Was, sleeping, by a virgin hand disarm'd.

This brand she quenched in a cool well by,
Which from Love's fire took heat perpetual,
Growing a bath and healthful remedy,
For men diseas'd; but I, my mistress' thrall,

    Came there for cure and this by that I prove,
    Love's fire heats water, water cools not love.

商籁第154首是商籁第153首的双联诗,同样也是一首阿那克里翁风格的诙谐小品。此诗的"剧中人"与核心情节都与前一首相同:睡着的丘比特被贞女偷走了火炬,这火炬被熄灭于一口泉水中,泉水变成了有医疗效果的温泉,第一人称叙事者"我"慕名前去求医,但并没有在温泉中得到医治。

莎士比亚曾在《特洛伊罗斯与克丽希达》中如此描写丘比特的行为模式:"振作起来吧,只要您振臂一呼,那柔弱轻佻的丘比特就会从你的颈上放松他淫荡的拥抱,像雄狮鬣上的一滴露珠似的,摇散在空气之中。"但在十四行诗系列的末尾,丘比特丧失了他通常的轻快,主要以美少年恩底弥翁般嗜睡慵懒的形象出现。商籁第154首这首关于小爱神的富有喜剧色彩的作品与第153首同样起源于丘比特的睡眠,只不过,商籁第153首中偷走爱神火炬的是"月神的侍女"(A maid of Dian's),到了第154首中则成了"众多宁芙"(many nymphs)中的一位。

The little Love-god lying once asleep,
Laid by his side his heart-inflaming brand,
Whilst many nymphs that vow'd chaste life to keep
Came tripping by; but in her maiden hand
小小的爱神,有一次睡得挺沉,

把点燃爱火的火炬搁在身边，
恰巧多少位信守贞洁的小女神
轻步走来；最美的一位天仙

The fairest votary took up that fire
Which many legions of true hearts had warm'd;
And so the general of hot desire
Was, sleeping, by a virgin hand disarm'd.

用她的处女手把那曾经点燃
无数颗爱心的火炬拿到一旁；
如今那爱情之火的指挥者在酣眠，
竟被贞女的素手解除了武装。

严格说来，宁芙是半人半神的存在，通常双亲中至少有一方为天神，希腊神话中通常将之翻译成"水泽神女"，她们往往是男性欲望的对象，其中许多也与天神或凡人频频发生风流韵事并且生下著名的后裔。在莎士比亚出生前十五年去世的帕拉塞尔苏斯（Paracelsus）那里，她们是一种元素精灵（《论宁芙、树精、地精、火精和其他精灵》）。[1] 但在此诗的语境中，诗人反复强调了宁芙的贞洁，"许多起誓守贞的宁芙"（many nymphs that vow'd chaste life to

---

[1] 该论文以拉丁文写成，原标题为 *De nymphis, sylphis, pygmies et salamandris et caeteris spiritibu*s，英文版收录于 *Four Treatises of Theophrastus von Hohenheim called Paracelsus* (trans. Henry E. Sygerist), pp. 223–53.

keep)、"其中最美丽的贞女"(fairest votary)、"被一只处女的手解除了武装"(by a virgin hand disarm'd)等表达都指向这一点。然而,"贞洁"传统上并不是宁芙的属性,而是商籁第153首中月神狄安娜和她的侍女的属性。换句话说,诗人将两首诗中的窃火者等同起来,取消了宁芙与月神侍女在神话中的本质差别。他在本诗中要强调的是,世间风流韵事的始作俑者,间接夺走了无数处女的贞操的丘比特,这位"火热欲望的将军"(general of hot desire),恰恰是被童贞女卸除了武装,仿佛遭到了世间一切在爱情中失去贞操的女子的报复——第5行中的votary尤其指宣誓终生守贞的女祭司(最著名的是古罗马维斯塔贞女)。

商籁第154首的神话部分比上一首诗更完整,从第1行到第10行前半部分,占据了全诗的一大半篇幅,而半寓意半历史人物的"我"要到第10行后半部分才登场,并且一出场就被称作"我情妇的奴隶"(my mistress' thrall)。商籁第153首最终给出了"我"相思病的药方:不在温泉里,而在情妇的双眼中。第154首则根本没有给出有效的处方,只说"我"为了治病来到被偷走的火炬点沸的温泉边,却只是证明了一件事,这件事在最后一行中以箴言表达:"爱火能加热泉水,泉水冷却不了爱。"

This brand she quenched in a cool well by,

Which from Love's fire took heat perpetual,

Growing a bath and healthful remedy,

For men diseas'd; but I, my mistress'thrall,

她把火炬熄灭在近旁的冷泉中,

泉水从爱火得到永恒的热力

就变成温泉,对人间各种病痛

都有灵效;但是我,我情人的奴隶,

Came there for cure and this by that I prove,

Love's fire heats water, water cools not love.

也去求治,把道理看了出来:

爱火烧热泉水,泉水凉不了爱。

一些学者认为这两首商籁中被爱神的火炬点沸的温泉(bath)是指拥有巨大的古罗马浴场遗址的英国城市巴斯(Bath),该城在莎士比亚时期就以其仍在使用的温泉成为著名的疗养胜地。不过,更可能的情况是,此处的bath来自神话与象征,因为火炬的形状与阳具相似,爱神燃烧的火炬也就是男性性欲的一个象征(火元素被看作是阳性的),必须在女阴形状的温泉中"洗浴"(bath)才能"熄火"(quench,水元素被看成是阴性的)。只是"我"在第154首最后一行中否认了"温泉"的熄火功能:爱之火能加热水，水却不能冷却爱。这也是对阴阳交融、两情相悦的一个委婉表达。

整本《莎士比亚十四行诗集》最后一首商籁的最后一组对句其实并不押韵（prove 与 love），只是"视觉上"押韵。这种情况在十四行诗集中并非第一次出现，一般认为诵诗者会调整自己的发音去人为地变不押韵为押韵（比如将 love 发成 loove），但对今日的朗读者而言这并非必须。

以丘比特为主角的阿那克里翁式小品诗在文艺复兴时期的英国很常见，算不得莎士比亚的彰显原创性之作。在莎士比亚的同时代诗人理查德·林奇（Richard Linche）约写于 1596 年的《蒂拉：一些十四行诗》（*Diella: Certaine Sonnets*）中，第 18 首同样从丘比特的一则轶事开始（丘比特被维纳斯鞭打并从母亲身边逃开），然后一个半寓意半历史的"我"参与到神话领域中来，出于同情，邀请这"小男孩"住进自己的家；丘比特却恩将仇报，"在我心中激起了野蛮的纷争"，使"我"为了爱情形神俱毁。这个通过十四行诗讲述的"农夫与蛇"的故事，在表现手法和人物建置上，与莎氏的最后两首商籁都有可对参之处。

【附】

Diella: Certaine Sonnets to (Sonnet 18)

Richard Linche

Cupid had done some heinous act or other,
that caused Idalea whip him very sore.
The stubborn boy away runs from his mother,
protesting stoutly to return no more.

By chance, I met him; who desired relief,
and craved that I some lodging would him give.
Pitying his looks, which seemed drowned in grief,
I took him home; there thinking he should live.

But see the Boy! Envying at my life
(which never sorrow, never love had tasted),
He raised within my heart such uncouth strife,
that, with the same, my body now is wasted.

> By thankless LOVE, thus vilely am I used!
> By using kindness, I am thus abused.

蒂拉：一些十四行诗(商籁第8首)

理查德·林奇

丘比特做了这桩或那桩坏事，
促使伊达丽娅[1]挥鞭狠狠揍他。
那顽固的男孩从母亲那里逃离，
大声赌咒说再也不会回家。

我巧遇他，他渴望休憩，
希求我为他提供某个下榻处。
看他样子可怜，似在悲伤中沉溺，
我带他回家；想他该在那里居住。

可是看那男孩！嫉妒我的生活
（从未尝过悲伤，也未尝过爱情），
他在我心里激起了野蛮的纷争，
我的身体也因它憔悴消损。

  我被卑鄙地利用了，忘恩负义的爱神！
  因为施加善意，我却被凌虐至深。

(包慧怡 译)

[1] 即维纳斯。

《三名宁芙与风景中斜倚的丘比特》,祖基(Antonio Zucchi),约1772年

结 语

莎士比亚的十四行诗站在"独身一人时对自己说的话"式的、属于私人生活文类的现代抒情诗的起点处。比起依靠叙述人物行动,这些商籁更多地依靠可信的声调和迫切的语气,来塑造诗人经验过或只是想象与渴望的情感之情境,"诗歌设计与另一个人的关系网时,它所抛出的细丝……搭住隐逸在所有诗歌呼语里的'某处'(或某人)。召唤出的语气不仅刻画了说话者,还刻画了他与倾听者的关系,于纸上创造出他们之间联系的性质"[1]。

与此同时,诗歌会通过诗人对特定隐喻、意象、句式的选择,及其笔下不断重现的关注对象,为诗人的心智提供一幅高度专门化的肖像。作为这幅不再如戏剧中戴着假面的、持续完成中的自画像的作者,莎士比亚为"自我"立传和赋形的过程,也是他不断探索、获得和解放潜藏的诗性声音的过程。这声音既个人又普世,既智性又日常,既关乎瞬间的存在经验又处理悠久的集体记忆,在由154首十四行诗共同组成的诗之花园中,诗人持续谱写着抒情叙事的隐秘乐章。

---

[1] 海伦·文德勒,《看不见的倾听者》,第13页。

不妨再来回顾一下《仲夏夜之梦》第五幕第一场中，莎士比亚借忒修斯之口对诗人的工作性质的描述。他说诗人正如恋人，是被幻想赋能的灵视者、乘想象力的翅膀翱翔于天地之间的漫游者：

The poet's eye, in a fine frenzy rolling,
Doth glance from heaven to earth, from earth to heaven;
And as imagination bodies forth
The forms of things unknown, the poet's pen
Turns them to shapes, and gives to aery nothing
A local habitation and a name.

诗人的眼睛在神奇的狂放的一转中，便能从天上看到地下，从地下看到天上。想象会把不知名的事物用一种形式呈现出来，诗人的笔再使它们具有如实的形象，空虚的无物也会有了居处和名字。

这也可以看作莎士比亚为其作品中的异类、写完十年方迟迟出版的十四行诗集赋予的正当性。"诗人的笔再使它们具有如实的形象，空虚的无物也会有了居处和名字"——与不具名者和不如实者之间的私语，是同一个更好的世界中"理应所是"的伦理关系的私语，与宽容、可能性和未来的私语，与人类心灵的无限潜能之间的私语。

约作于1611年的传奇剧《暴风雨》被看作莎士比亚生前最后一部完整的戏剧，完成该剧后，47岁的莎士比亚退隐至家乡斯特拉福镇，开始了平静的英国乡绅生活，直到1616年与世长辞。《暴风雨》这部糅合了民间故事、悲剧、喜剧、罗曼司因素的作品是莎士比亚最迷人的剧本之一，包含着一些用英语写下的最好的诗行。我们可以把第四幕第一场中大魔术师普洛斯佩罗的独白，看作莎士比亚个人戏剧生涯的谢幕辞，也是对其诗歌艺术的最后道别：

> Prospero:
> Our revels now are ended. These our actors,
> As I foretold you, were all spirits and
> Are melted into air, into thin air:
> And, like the baseless fabric of this vision,
> The cloud-capp'd towers, the gorgeous palaces,
> The solemn temples, the great globe itself,
> Yea, all which it inherit, shall dissolve
> And, like this insubstantial pageant faded,
> Leave not a rack behind. We are such stuff
> As dreams are made on, and our little life
> Is rounded with a sleep.

> 普洛斯彼罗：我们的狂欢已经终止了。我们的这一些演员们，我曾经告诉过你，原是一群精灵；他们都已化成淡烟而消散了。如同这虚无缥缈的幻景一样，入云的楼阁、瑰伟的宫殿、庄严的庙堂，甚至地球自身，以及地球上所有的一切，都将同样消散，就像这一场幻

景,连一点烟云的影子都不曾留下。构成我们的料子也就是那梦幻的料子;我们的短暂的一生,前后都环绕在酣睡之中。

(朱生豪 译)

普罗斯佩罗:
热闹场结束了。我们的这些演员,
我有话在先,原都是一些精灵,
现在都隐去了,变空无所有,
正像这一场幻象的虚无缥缈,
高耸入云的楼台、辉煌的宫阙、
庄严的庙宇、浩茫的大地本身、
地面的一切,也就会云散烟消,
也会像这个空洞的洋洋大观,
不留一丝的痕迹。我们就是
梦幻所用的材料,一场睡梦
环抱了短促的人生。

(卞之琳 译)

但愿这本书的结束,意味着更多以莎士比亚为线头的洋洋大观世界的开启。即使"构成我们的料子也就是那梦幻的料子",至少在细读莎士比亚的过程中,在咀嚼其诗句来为我们的存在对表的过程中,我们可以试着决定在这"前后都环绕在酣睡之中"的短暂人生里,自己要做些什么样的梦。

《普洛斯佩罗与爱丽尔》,汉密尔顿(William Hamilton),1797年

参考文献

Acheson, Arthur. *Shakespeare and The Rival Poet; Displaying Shakespeare as a Satirist and Proving the Identity of the Patron and the Rival of the Sonnets*, London: John Lane, 1903.

Ackerman, Diane. *A Natural History of the Senses*, New York: Vintage Books, 1990.

Ackroyd, Peter. *Shakespeare: The Biography*. London: Vintage, 2006.

Alan of Lille. *The Plainte of Nature*. Trans. James J. Sheridan. Toronto: Pontifical Institute of Medieval Studies, 1980.

Alighieri, Dante. *The Divine Comedy*. Trans. C. H. Cisson. Oxford: Oxford University Press, 2008.

Ambrosio, Francis J. *Dante and Derrida: Face to Face*. Albany: State Universtiy of New York Press, 2007.

Andrew, Malcolm, and Ronald Waldron, eds. *The Poems of the Pearl Manuscript: Pearl, Cleanness, Patience, Sir Gawain and the Green Knight*. 5th edition. Exeter: University of Exeter Press, 2007.

Atkins, Carl D., ed. *Shakespeare's Sonnets with Three Hundred Years of Commentary*. Madison, New Jersey: Fairleigh Dickinson University Press, 2007.

Auerbach, Erich. *Mimesis: The Representation of Reality in Western Literature*. Trans. Willard R. Trask. Princeton: Princeton University Press, 1953.

Augustine. *The Trinity*. Trans. Stephen McKenna. Washington, DC: Catholic University of America Press, 1970.

Bachelard, Gaston. *The Poetics of Space*. Trans. Maria Jolas. New York: Orion Press, 1964.

Bao, Huiyi. "Allegorical Characterization in William Dunbar's *The Golden Targe*". *Journal of East-West Thought* (2018, Autumn), pp. 5-17.

Bao, Huiyi. *Shaping the Divine: The* Pearl-*Poet and the Sensorium in Medieval England*. Shanghai: Shanghai Academy of Social Science Press, 2018.

Bate, Jonathan. *The Genius of Shakespeare*. New York: Oxford University Press, 1998.

Bate, Johnathan. *Shakespeare and Ovid*. Oxford: Oxford University Press, 1993.

Bate, Jonathan. *Soul of the Age: The Life, Mind and World of William Shakespeare*. London: Viking, 2008.

Battistini, Matilde. *Astrology, Magic and Alchemy in Art*. Trans. Rosanna M. Giammanco Frongia, Los Angeles: Getty Publications, 2007.

Benson, Larry D., ed. *The Riverside Chaucer*. 3rd edition. Oxford: Oxford University Press, 2008.

Bernard of Clairvaux. *Bernard of Clairvaux, Selected Works*. Trans. G. R. Evans. New York: Paulist Press, 1987.

Black, Joseph, ed. *The Broadview Anthology of British Literature*. Calgary: Broadview Press, 2011.

Bloomfield, Morton W. *The Seven Deadly Sins: An Introduction to the History of a Religious Concept, with Special Reference to Medieval English Literature*. Michigan: State College Press, 1957.

Booth, Stephen, ed. *Shakespeare's Sonnets*. Rev. edition. New Haven: Yale Nota Bene, 2000.

Borroff, Marie, trans. *The Gawain Poet: Complete Works: Sir Gawain and the Green Knight, Patience, Cleanness, Pearl, Saint Erkenwald*. New York: W. W. Norton & Company, 2011.

Brotton, Jerry. *The Sultan and the Queen: The Untold Story of Elizabeth and Islam*. London: Viking, 2016.

Bryson, Bill. *Shakespeare: The World as Stage*. London: Harper Collins, 2008.

Burrow, Colin, ed. *The Complete Sonnets and Poems*. Oxford: Oxford University Press, 2002.

Cassian, John. *Collationes*. Ed. Michael Petschenig. Vienna: Austrian Academy of Sciences, 2004.

Chapman, George, trans. *Chapman's Homer: The Iliad and the Odyssey*. London: Wordsworth Editions, 2000.

Chenu, M. D. *Nature, Man, and Society in the Twelfth Century: Essay on New Theological Perspectives in the Latin West*. Trans. Jerome Taylor and Lester K. Little. Chicago: University of Chicago Press, 1968.

Colish, Marcia L. *Medieval Foundations of the Western Intellectual Tradition: 400-1400*. New Haven: Yale University Press, 1997.

Coogan, Michael, ed. *The New Oxford Annotated Bible: New Revised Standard Version with the Apocrypha*. 4th edition. Oxford: Oxford University Press, 2010.

Curtius, R. Ernst. *European Literature and the Latin Middle Ages*. Trans. Willard R. Trask. Princeton: Princeton University Press, 1991.

Derrida, Jacques. *Memoirs of the Blind, The Self-Portrait and Other Ruins*. Trans. Pascal-Anne Brault and Michael Naas. Chicago: University of Chicago Press, 1993.

Detienne, Marcel. *The Gardens of Adonis: Spices in Greek Mythology*. Trans. Janet Lloyd. Princeton University Press, 1994.

Dickinson, Emily. *The Manuscript Books of Emily Dickinson*. Ed. R. W. Franklin. Cambridge & London: Belknap Press of Harvard University Press, 1981.

Drogin, Marc. *Anathema! Medieval Scribes and the History of Book Curses*. Totowa, NJ: Allanheld & Schram, 1983.

Duffy, Eamon. *The Stripping of the Altars: Traditional Religion in England c.1400-c.1580*. 2nd edition. New Haven: Yale University Press, 2005.

Duncan, Thomas G, ed. *Late Medieval English Lyrics and Carols, 1400-1530*. Harmondsworth: Penguin Books, 2000.

Duncan-Jones, Katherine, ed. *Shakespeare's Sonnets*. The Arden Shakespeare, Third Series (Rev. edition). London: Bloomsbury, 2010.

Duncan-Jones, Katherine, ed. *Sir Philip Sidney: The Major Works including "Astrophil and Stella"*. Oxford: Oxford University Press, 1989.

Edmondson, Paul and Stanley Wells, eds. *All the Sonnets of Shakespeare*. Cambridge: Cambridge University Press, 2020.

Ellmann, Richard. *Yeats: The Identity of Yeats*. London: Faber & Faber; New York: Oxford University Press, 1954.

Evans, G. Blakemore, ed. *The Sonnets. The New Cambridge Shakespeare*. Cambridge: Cambridge University Press, 1996.

Fineman, Joel. *Shakespeare's Perjured Eye: The Invention of Poetic Subjectivity in the Sonnets*. Berkeley: University of California Press, 1986.

Fulk, R. D. et al., eds. *Klaeber's Beowulf and the Fight at Finnsburg*. 4th edition. Toronto: University of Toronto Pres, 2008.

Gardner, Helen. *Metaphysical Poets*. London: Oxford University Press, 1957.

Gerard, John, et al. *The Herball: Or, Generall Historie of Plantes*. Retrieved from the Library of Congress, <http://www.loc.gov/item/44028884/>.

Greenblatt, Stephen, ed. *The Norton Anthology of English Literature*. 9th edition. New York: W. W. Norton & Company, 2012.

Greenblatt, Stephen, et al. *The Norton Shakespeare*. W. W. Norton & Company, 1997.

Greenblatt, Stephen. *Will in the World: How Shakespeare Became Shakespeare*. London: W. W. Norton & Company, 2004.

Greenfield, Stanley. "The Old English Elegies." *Hero and Exile: The Art of Old English Poetry*. Ed. George Hardin Brown. London: Hambledon, 1989, pp.93-124.

Hardie, Philip, ed. *The Cambridge Companion to Ovid*. Cambridge: Cambridge University Press, 2016.

Heaney, Seamus, trans. *Beowulf: A New Verse Translation*. London: Faber & Faber, 2007.

Heninger, S. K. Jr. *Touches of Sweet Harmony: Pythagorean Cosmology and Renaissance Poetics*. San Marino: Huntington Library, 1974.

Hesiod. *Theogony, Works and Days, Testimonia*. Loeb Classical Library 57. Cambridge, MA: Harvard University Press, 2006.

Hippocrates. *Hippocratic Writings*. Trans. J. Chadwick and W. N. Mann. Ed. G. E. R. Lloyd. London: Penguin Books, 1983.

Hirsh, John, ed. *Medieval Lyrics: Middle English Lyrics, Ballads and Carols*. Oxford: Blackwell, 2005.

Horace. *Odes and Epodes*. Loeb Classical Library 33. Ed and trans. Niall Rudd. Cambridge, MA: Harvard University Press, 2004.

Huizinga, Johan H. *The Waning of the Middle Ages: A Study of the Forms of Life, Thought, and Art in France and the Netherlands in the Fourteenth and Fifteenth Centuries*. Trans. F. Hopman. Harmondsworth: Penguin Books, 1965.

Jeffery, David Lyle, ed. *A Dictionary of Biblical Tradition in English Literature*. Grand Rapids: Wm. B. Eerdmans Publishing Co., 1992.

Julian of Norwich. *The Showings of Julian of Norwich*. Ed. Denise N. Baker. New York: Norton, 2005.

Kaston, David Scott. *Shakespeare and the Book*. Cambridge: Cambridge University Press, 2001.

Kerrigan, John, ed. *The Sonnets; and, A Lover's Complaint*. New Penguin Shakespeare (Rev. edition). London: Penguin Books, 1995.

Kingsley-Smith, Jane. *The Afterlife of Shakespeare's Sonnets*. Cambridge: Cambridge University Press, 2019.

Klinck, Anne. "The Old English Elegy as a Genre". *English Studies in Canada* 10 (June 1984): 130.

Landry, Hilton. *Interpretations in Shakespeare's Sonnets: The Art of Mutual Render*. Berkeley: University of California Press, 1963.

Le Goff, Jacques. *The Medieval Imagination*. Trans. A. Goldhammer. Chicago: University of Chicago Press, 1992.

Ledger, G. R., ed. *Shakespeare's Sonnet*. http://www.shakespeares-sonnets.com.

Lewis, C. S. *The Allegory of Love: A Study in Medieval Tradition*. Oxford: Oxford University Press, 1936.

Lewis, C. S. *The Discarded Image: An Introduction to Medieval and Renaissance Literature*. Cambridge: Cambridge University Press, 1964.

Lewis, C. S. *English Literature in the Sixteenth Century, Excluding Drama*. Oxford: Oxford University Press, 1954.

Lewis, C. S. *Studies in Medieval and Renaissance Literature*. Cambridge: Cambridge University Press, 1966.

Luria, Maxwell and Richard Hoffman, eds. *Middle English Lyrics*. New York: Norton, 1974.

Mause, Marcel. *On Prayer: Text and Commentary*. Trans. Susan Leslie. Ed and intr. W. S. F. Pickering. Oxford: Durkheim Press, 2003.

Marsden, Richard, ed. *The Cambridge Old English Reader*. Cambridge: Cambridge University Press, 2004.

McGinn, Bernard. *The Growth of Mysticism: Gregory the Great through the 12th Century*. New York: Crossroad, 1994.

McLean, Teresa. *Medieval English Gardens*. New York: Dover, 2014.

Middle English Dictionary: https: //quod.lib.umich.edu/m/middle-english-dictionary.

Mooney, Linne. "Chaucer's Scribe". *Speculum* 81 (2006): 97–138.

Mowat, Barbara A. and Paul Werstine, eds. *Shakespeare's Sonnets and Poems.* Folger Shakespeare Library. New York: Washington Square Press, 2006.

Newhauser, Richard. *A Cultural History of the Senses in the Middle Ages.* London: Bloomsbury, 2014.

Onions, C. T. *A Shakespeare Glossary.* Oxford: Oxford University Press, 1965.

O'Nell, Michael. *The Cambridge History of English Poetry.* Cambridge: Cambridge University Press, 2010.

Orgel, Stephen, ed. *The Sonnets. The Pelican Shakespeare.* Rev. edition. New York: Penguin Books, 2001.

Ovid. *Metamorphoses.* Trans. A. D. Melville. Oxford: Oxford University Press, 2008.

Paracelsus. *Four Treatises of Theophrastus von Hohenheim called Paracelsus.* Trans. Henry E. Sygerist. Baltimore, MD: Johns Hopkins University Press, 1941.

Partridge, Eric. *Shakespeare's Bawdy.* London: Routledge, 1947.

Petrarch, Francesco. *Canzoniere.* Trans. Mark Musa. Bloomington: Indiana University Press, 1999.

Phillips, Helen and Nick Havely, eds. *Chaucer's Dream Poetry.* London: Longman, 1997.

Ramsey, Paul. *The Fickle Glass: A Study of Shakespeare's Sonnets.* New York: AMS Press, 1979.

Rolfe, W. J. *"Who was the Rival Poet". Shakespeare's Sonnets.* Ed. W. J. Rolfe. New York: American Book Company, 1905.

Roob, Alexander. *Alchemy and Mysticism.* Taschen: Köln, 2006.

Schoenbaum, Samuel. *Shakespeare's Lives.* Oxford: Oxford University Press, 1991.

Schoenfeldt, Michael, ed. *A Companion to Shakespeare's Sonnets.* Oxford: Blackwell Press, 2007.

Sidney, Philip. *The Poems of Sir Philip Sidney.* Ed. William A. Ringler. Oxford University Press, 1962.

Tacitus. Agricola, *Germania, Dialogus.* Loeb Classical Library 35. Cambridge, MA: Havard University Press, 1914.

Vendler, Helen. *The Art of Shakespeare's Sonnets.* Cambridge, MA: Harvard University Press, 1999.

Vendler, Helen. *The Invisible Listener: Lyric Intimacy in Herbert, Whitman, and Ashbery.* Princeton: Princeton University Press, 2005.

Vendler, Helen. *Poems, Poets, Poetry*: *An Introduction and Anthology.* 2nd edition. Boston and New York: Bedford Books, 2002.

Virgil. *The Aeneid.* Trans. Frederick Ahl. Oxford: Oxford University Press, 2007.

Weisman, Karen, ed. *The Oxford Handbook of the Elegy.* Oxford: Oxford University Press, 2012.

Wells, Stanley and Michael Dobson, eds. *The Oxford Companion to Shakespeare.* Oxford: Oxford University Press, 2001.

Wells, Stanley et al. *William Shakespeare: A Textual Companion.* Oxford: Oxford University Press, 1997.

Wilde, Oscar. *Lord Arthur Savile's Crime and Other Stories.* London: Penguin Books, 1994.

Wilson, John Dover, ed. *The Works of Shakespeare.* Cambridge: Cambridge University Press, 1969.

Wood, Michael. *In Search of Shakespeare.* London: BBC Books, 2007.

Wordsworth, William. *Poetical works, With a Memoir.* Boston: Houghton Mifflin, 1854.

Yeats, William Butler. *W. B. Yeats: The Poems.* Ed. and intr. Daniel Albright. London: Everyman's Library, 1992.

阿尔蒂尔·兰波,《兰波作品全集》,王以培译,北京:作家出版社,2011年。

阿奇博尔德·盖基,《莎士比亚的鸟》,李素杰译,北京:商务印书馆,2017年。

安东尼·伯吉斯,《莎士比亚》,刘国云译,桂林:广西师范大学出版社,2015年。

奥维德,《爱经·女杰书简》,戴望舒、南星译,长春:吉林出版集团有限责任公司,2011年。

奥维德,《罗马爱经》,黄建华、黄迅余译,上海:上海文艺出版社,2016年。

奥维德、贺拉斯,《变形记·诗艺》,杨周翰译,上海:上海人民出版社,2016年。

包慧怡,《没药树的两希旅程——从阿多尼斯的降生到巴尔塔萨的献礼》,《书城》2021年第3期,第76—82页。

包慧怡,《缮写室》,上海:华东师范大学出版社,2018年。

包慧怡,《〈亚瑟王之死〉与正义的维度》,《上海文化》2011年第6期,第99—110页。

包慧怡,《中古英语抒情诗的艺术》,上海:华东师范大学出版社,2021年。

包慧怡,《中世纪文学中的触觉表述:〈高文爵士与绿衣骑士〉及其他文本》,《外国文学研究》2018年第3期,第153—164页。

C. S. 刘易斯,《中世纪的星空》,包慧怡译,《上海文化》2012年第3期,第85—93页。

戴维·斯科特·卡斯顿,《莎士比亚与书》,郝田虎、冯伟译,北京:商务印书馆,2012年。

但丁,《神曲·炼狱篇》,黄国彬译注,北京:外语教学与研究出版社,2009年。

但丁,《神曲·地狱篇》,黄文捷译,南京:译林出版社,2021年。

恩斯特·R. 库尔提乌斯,《欧洲文学与拉丁中世纪》,林振华译,杭州:浙江大学出版社,2017年。

格雷姆·霍德尼斯,《莎士比亚的九种人生》,孟培译,哈尔滨:黑龙江教育出版社,2018年。

海伦·文德勒,《看不见的倾听者:抒情的亲密感之赫伯特、惠特曼、阿什伯利》,周星月、王敖译,桂林:广西师范大学出版社,2019年。

荷马,《奥德赛》,陈中梅译注,南京:译林出版社,2003年。

荷马,《伊利亚特》,陈中梅译注,南京:译林出版社,2000年。

赫西俄德,《工作与时日·神谱》,张竹明、蒋平译,北京:商务印书馆,2009年。

胡家峦,《历史的星空:文艺复兴时期英国诗歌与西方传统宇宙论》,北京:北京大学出版社,2018年。

加斯东·巴什拉,《空间的诗学》,张逸婧译,上海:上海译文出版社,2013年。

卡图卢斯,《卡图卢斯〈歌集〉拉中对照译注本》,李永毅译注,北京:中国青年出版社,2008年。

陆谷孙,《莎士比亚研究十讲》,上海:复旦大学出版社,2005年。

玛格丽特·威尔斯,《莎士比亚植物志》,王睿译,北京:人民文学出版社,2018年。

马塞尔·莫斯:《论祈祷》,蒙养山人译,北京:北京大学出版社,2013年。

迈克尔·伍德,《莎士比亚是谁》,方凡译,杭州:浙江大学出版社,2014年。

乔叟,《坎特伯雷故事集》,黄杲炘译,南京:译林出版社,1999年。

斯蒂芬·格林布拉特,《俗世威尔——莎士比亚新传》,辜正坤、邵雪萍、刘昊译,北京:北京大学出版社,2007年。

塔西佗,《阿古利可拉传·日耳曼尼亚志》,马雍、傅正元译,北京:商务印书馆,2011年。

谈瀛州,《莎评简史》,上海:复旦大学出版社,2005年。

维吉尔,《牧歌》,党晟译注,桂林:广西师范大学出版社,2017年。

维吉尔,《埃涅阿斯纪》,杨周翰译,南京:译林出版社,1999年。

威廉·华兹华斯,《华兹华斯诗选》,杨德豫译,上海:外语教学与研究出版社,2016年。

威廉·莎士比亚,《莎士比亚十四行诗》,梁宗岱译,刘志侠校注,上海:华东师范大学出版社，2016 年。
威廉·莎士比亚，《莎士比亚戏剧集》(全八册)，朱生豪译，呼和浩特：内蒙古人民出版社，2004 年。
威廉·莎士比亚，《莎士比亚叙事诗·抒情诗·戏剧》，屠岸译，哈尔滨：北方文艺出版社，2019 年。
威廉·莎士比亚，《莎士比亚叙事诗：维纳斯与阿董尼》，方平译，上海：上海译文出版社，1985 年。
威廉·莎士比亚，《维纳斯与阿都尼》，张谷若译，《莎士比亚全集·十一》，北京：人民文学出版社，1978 年。
翁贝托·埃科，《玫瑰的名字》，沈萼梅、刘锡荣译，上海：上海译文出版社，2010 年。
翁贝托·埃科，《玫瑰的名字注》，王东亮译，上海：上海译文出版社，2010 年。
西德尼·比斯利，《莎士比亚的花园》，张娟译，北京：商务印书馆，2017 年。
约翰·但恩，《英国玄学诗鼻祖约翰·但恩诗集》，傅浩译，北京：北京十月文艺出版社，2006 年。
约翰·弥尔顿，《失乐园》，朱唯之译，上海：人民文学出版社，2019 年。
查良铮，《穆旦译文集》(第四卷)，北京：人民文学出版社，2005 年。

进入莎士比亚十四行诗的世界,
如同进入一座镶满镜片的迷宫,
穿过所有阴晴不定的词语密室和音节回廊,
你我未必能找到出口,
但或许都能找到某个版本的、意料之外的自己。

　　—— 包慧怡《镜迷宫:莎士比亚十四行诗的世界》

1

From fairest creatures we desire increase,
That thereby beauty's rose might never die,
But as the riper should by time decease,
His tender heir might bear his memory:

But thou contracted to thine own bright eyes,
Feed'st thy light's flame with self-substantial fuel,
Making a famine where abundance lies,
Thy self thy foe, to thy sweet self too cruel:

Thou that art now the world's fresh ornament,
And only herald to the gaudy spring,
Within thine own bud buriest thy content,
And, tender churl, mak'st waste in niggarding:

> Pity the world, or else this glutton be,
> To eat the world's due, by the grave and thee.

2

When forty winters shall besiege thy brow,
And dig deep trenches in thy beauty's field,
Thy youth's proud livery so gazed on now,
Will be a totter'd weed of small worth held:

Then being asked, where all thy beauty lies,
Where all the treasure of thy lusty days;
To say, within thine own deep sunken eyes,
Were an all-eating shame, and thriftless praise.

How much more praise deserv'd thy beauty's use,
If thou couldst answer 'This fair child of mine
Shall sum my count, and make my old excuse,'
Proving his beauty by succession thine!

> This were to be new made when thou art old,
> And see thy blood warm when thou feel'st it cold.

3

Look in thy glass and tell the face thou viewest
Now is the time that face should form another;
Whose fresh repair if now thou not renewest,
Thou dost beguile the world, unbless some mother.

For where is she so fair whose unear'd womb
Disdains the tillage of thy husbandry?
Or who is he so fond will be the tomb,
Of his self-love to stop posterity?

Thou art thy mother's glass and she in thee
Calls back the lovely April of her prime;
So thou through windows of thine age shalt see,
Despite of wrinkles this thy golden time.

> But if thou live, remember'd not to be,
> Die single and thine image dies with thee.

4

Unthrifty loveliness, why dost thou spend
Upon thy self thy beauty's legacy?
Nature's bequest gives nothing, but doth lend,
And being frank she lends to those are free:

Then, beauteous niggard, why dost thou abuse
The bounteous largess given thee to give?
Profitless usurer, why dost thou use
So great a sum of sums, yet canst not live?

For having traffic with thy self alone,
Thou of thy self thy sweet self dost deceive:
Then how when nature calls thee to be gone,
What acceptable audit canst thou leave?

> Thy unused beauty must be tombed with thee,
> Which, used, lives th'executor to be.

5

Those hours, that with gentle work did frame
The lovely gaze where every eye doth dwell,
Will play the tyrants to the very same
And that unfair which fairly doth excel;

For never-resting time leads summer on
To hideous winter, and confounds him there;
Sap checked with frost, and lusty leaves quite gone,
Beauty o'er-snowed and bareness every where:

Then were not summer's distillation left,
A liquid prisoner pent in walls of glass,
Beauty's effect with beauty were bereft,
Nor it, nor no remembrance what it was:

> But flowers distill'd, though they with winter meet,
> Leese but their show; their substance still lives sweet.

6

Then let not winter's ragged hand deface,
In thee thy summer, ere thou be distill'd:
Make sweet some vial; treasure thou some place
With beauty's treasure ere it be self-kill'd.

That use is not forbidden usury,
Which happies those that pay the willing loan;
That's for thy self to breed another thee,
Or ten times happier, be it ten for one;

Ten times thy self were happier than thou art,
If ten of thine ten times refigur'd thee:
Then what could death do if thou shouldst depart,
Leaving thee living in posterity?

> Be not self-will'd, for thou art much too fair
> To be death's conquest and make worms thine heir.

7

Lo! in the orient when the gracious light
Lifts up his burning head, each under eye
Doth homage to his new-appearing sight,
Serving with looks his sacred majesty;

And having climb'd the steep-up heavenly hill,
Resembling strong youth in his middle age,
Yet mortal looks adore his beauty still,
Attending on his golden pilgrimage:

But when from highmost pitch, with weary car,
Like feeble age, he reeleth from the day,
The eyes, 'fore duteous, now converted are
From his low tract, and look another way:

> So thou, thyself outgoing in thy noon:
> Unlook'd, on diest unless thou get a son.

8

Music to hear, why hear'st thou music sadly?
Sweets with sweets war not, joy delights in joy:
Why lov'st thou that which thou receiv'st not gladly,
Or else receiv'st with pleasure thine annoy?

If the true concord of well-tuned sounds,
By unions married, do offend thine ear,
They do but sweetly chide thee, who confounds
In singleness the parts that thou shouldst bear.

Mark how one string, sweet husband to another,
Strikes each in each by mutual ordering;
Resembling sire and child and happy mother,
Who, all in one, one pleasing note do sing.

> Whose speechless song being many, seeming one,
> Sings this to thee': Thou single wilt prove none.'

9

Is it for fear to wet a widow's eye,
That thou consum'st thy self in single life?
Ah! if thou issueless shalt hap to die,
The world will wail thee like a makeless wife;

The world will be thy widow and still weep
That thou no form of thee hast left behind,
When every private widow well may keep
By children's eyes, her husband's shape in mind:

Look! what an unthrift in the world doth spend
Shifts but his place, for still the world enjoys it;
But beauty's waste hath in the world an end,
And kept unused the user so destroys it.

> No love toward others in that bosom sits
> That on himself such murd'rous shame commits.

10

For shame deny that thou bear'st love to any,
Who for thy self art so unprovident.
Grant, if thou wilt, thou art beloved of many,
But that thou none lov'st is most evident:

For thou art so possessed with murderous hate,
That 'gainst thy self thou stick'st not to conspire,
Seeking that beauteous roof to ruinate
Which to repair should be thy chief desire.

O! change thy thought, that I may change my mind:
Shall hate be fairer lodged than gentle love?
Be, as thy presence is, gracious and kind,
Or to thyself at least kind-hearted prove:

> Make thee another self for love of me,
> That beauty still may live in thine or thee.

11

As fast as thou shalt wane, so fast thou grow'st
In one of thine, from that which thou departest;
And that fresh blood which youngly thou bestow'st,
Thou mayst call thine when thou from youth convertest.

Herein lives wisdom, beauty, and increase;
Without this folly, age, and cold decay:
If all were minded so, the times should cease
And threescore year would make the world away.

Let those whom nature hath not made for store,
Harsh, featureless, and rude, barrenly perish:
Look whom she best endowed, she gave the more;
Which bounteous gift thou shouldst in bounty cherish:

> She carved thee for her seal, and meant thereby,
> Thou shouldst print more, not let that copy die.

12

When I do count the clock that tells the time,
And see the brave day sunk in hideous night;
When I behold the violet past prime,
And sable curls, all silvered o'er with white;

When lofty trees I see barren of leaves,
Which erst from heat did canopy the herd,
And summer's green all girded up in sheaves,
Borne on the bier with white and bristly beard,

Then of thy beauty do I question make,
That thou among the wastes of time must go,
Since sweets and beauties do themselves forsake
And die as fast as they see others grow;

> And nothing 'gainst Time's scythe can make defence
> Save breed, to brave him when he takes thee hence.

13

O! that you were your self; but, love, you are
No longer yours, than you your self here live:
Against this coming end you should prepare,
And your sweet semblance to some other give:

So should that beauty which you hold in lease
Find no determination; then you were
Yourself again, after yourself's decease,
When your sweet issue your sweet form should bear.

Who lets so fair a house fall to decay,
Which husbandry in honour might uphold,
Against the stormy gusts of winter's day
And barren rage of death's eternal cold?

> O! none but unthrifts. Dear my love, you know,
> You had a father: let your son say so.

14

Not from the stars do I my judgement pluck;
And yet methinks I have astronomy,
But not to tell of good or evil luck,
Of plagues, of dearths, or seasons' quality;

Nor can I fortune to brief minutes tell,
Pointing to each his thunder, rain and wind,
Or say with princes if it shall go well
By oft predict that I in heaven find:

But from thine eyes my knowledge I derive,
And constant stars in them I read such art
As 'Truth and beauty shall together thrive,
If from thyself, to store thou wouldst convert';

> Or else of thee this I prognosticate:
> 'Thy end is truth's and beauty's doom and date.'

15

When I consider every thing that grows
Holds in perfection but a little moment,
That this huge stage presenteth nought but shows
Whereon the stars in secret influence comment;

When I perceive that men as plants increase,
Cheered and checked even by the self-same sky,
Vaunt in their youthful sap, at height decrease,
And wear their brave state out of memory;

Then the conceit of this inconstant stay
Sets you most rich in youth before my sight,
Where wasteful Time debateth with decay
To change your day of youth to sullied night,

> And all in war with Time for love of you,
> As he takes from you, I engraft you new.

16

But wherefore do not you a mightier way
Make war upon this bloody tyrant, Time?
And fortify your self in your decay
With means more blessed than my barren rhyme?

Now stand you on the top of happy hours,
And many maiden gardens, yet unset,
With virtuous wish would bear you living flowers,
Much liker than your painted counterfeit:

So should the lines of life that life repair,
Which this, Time's pencil, or my pupil pen,
Neither in inward worth nor outward fair,
Can make you live your self in eyes of men.

> To give away yourself, keeps yourself still,
> And you must live, drawn by your own sweet
> skill.

17

Who will believe my verse in time to come,
If it were fill'd with your most high deserts?
Though yet, heaven knows, it is but as a tomb
Which hides your life and shows not half your parts.

If I could write the beauty of your eyes
And in fresh numbers number all your graces,
The age to come would say 'This poet lies;
Such heavenly touches ne'er touch'd earthly faces.'

So should my papers, yellowed with their age,
Be scorn'd like old men of less truth than tongue,
And your true rights be term'd a poet's rage
And stretched metre of an antique song:

But were some child of yours alive that time,
You should live twice, in it and in my rhyme.

18

Shall I compare thee to a summer's day?
Thou art more lovely and more temperate:
Rough winds do shake the darling buds of May,
And summer's lease hath all too short a date:

Sometime too hot the eye of heaven shines,
And often is his gold complexion dimmed,
And every fair from fair sometime declines,
By chance, or nature's changing course untrimmed.

But thy eternal summer shall not fade,
Nor lose possession of that fair thou ow'st,
Nor shall death brag thou wander'st in his shade,
When in eternal lines to time thou grow'st.

  So long as men can breathe, or eyes can see,
  So long lives this, and this gives life to thee.

19

Devouring Time, blunt thou the lion's paws,
And make the earth devour her own sweet brood;
Pluck the keen teeth from the fierce tiger's jaws,
And burn the long-lived phoenix in her blood;

Make glad and sorry seasons as thou fleet'st,
And do whate'er thou wilt, swift-footed Time,
To the wide world and all her fading sweets;
But I forbid thee one most heinous crime:

O! carve not with thy hours my love's fair brow,
Nor draw no lines there with thine antique pen;
Him in thy course untainted do allow
For beauty's pattern to succeeding men.

  Yet, do thy worst old Time: despite thy wrong,
  My love shall in my verse ever live young.

20

A woman's face with nature's own hand painted,
Hast thou, the master mistress of my passion;
A woman's gentle heart, but not acquainted
With shifting change, as is false women's fashion:

An eye more bright than theirs, less false in rolling,
Gilding the object whereupon it gazeth;
A man in hue all hues in his controlling,
Which steals men's eyes and women's souls amazeth.

And for a woman wert thou first created;
Till Nature, as she wrought thee, fell a-doting,
And by addition me of thee defeated,
By adding one thing to my purpose nothing.

  But since she prick'd thee out for women's pleasure,
  Mine be thy love and thy love's use their treasure.

21

So is it not with me as with that Muse,
Stirr'd by a painted beauty to his verse,
Who heaven itself for ornament doth use
And every fair with his fair doth rehearse,

Making a couplement of proud compare'
With sun and moon, with earth and sea's rich gems,
With April's rst-born flowers, and all things rare,
That heaven's air in this huge rondure hems.

O! let me, true in love, but truly write,
And then believe me, my love is as fair
As any mother's child, though not so bright
As those gold candles fix'd in heaven's air:

> Let them say more that like of hearsay well;
> I will not praise that purpose not to sell.

22

My glass shall not persuade me I am old,
So long as youth and thou are of one date;
But when in thee time's furrows I behold,
Then look I death my days should expiate.

For all that beauty that doth cover thee,
Is but the seemly raiment of my heart,
Which in thy breast doth live, as thine in me:
How can I then be elder than thou art?

O! therefore, love, be of thyself so wary
As I, not for myself, but for thee will;
Bearing thy heart, which I will keep so chary
As tender nurse her babe from faring ill.

> Presume not on thy heart when mine is slain,
> Thou gav'st me thine not to give back again.

23

As an unperfect actor on the stage,
Who with his fear is put beside his part,
Or some fierce thing replete with too much rage,
Whose strength's abundance weakens his own heart;

So I, for fear of trust, forget to say
The perfect ceremony of love's rite,
And in mine own love's strength seem to decay,
O'ercharged with burthen of mine own love's might.

O! let my looks be then the eloquence
And dumb presagers of my speaking breast,
Who plead for love, and look for recompense,
More than that tongue that more hath more express'd.

O! learn to read what silent love hath writ:
To hear with eyes belongs to love's fine wit.

24

Mine eye hath play'd the painter and hath stell'd,
Thy beauty's form in table of my heart;
My body is the frame wherein 'tis held,
And perspective it is best painter's art.

For through the painter must you see his skill,
To find where your true image pictur'd lies,
Which in my bosom's shop is hanging still,
That hath his windows glazed with thine eyes.

Now see what good turns eyes for eyes have done:
Mine eyes have drawn thy shape, and thine for me
Are windows to my breast, where-through the sun
Delights to peep, to gaze therein on thee;

> Yet eyes this cunning want to grace their art,
> They draw but what they see, know not the heart.

25

Let those who are in favour with their stars
Of public honour and proud titles boast,
Whilst I, whom fortune of such triumph bars
Unlook'd for joy in that I honour most.

Great princes' favourites their fair leaves spread
But as the marigold at the sun's eye,
And in themselves their pride lies buried,
For at a frown they in their glory die.

The painful warrior famoused for fight,
After a thousand victories once foil'd,
Is from the book of honour razed quite,
And all the rest forgot for which he toil'd:

> Then happy I, that love and am belov'd,
> Where I may not remove nor be remov'd.

26

Lord of my love, to whom in vassalage
Thy merit hath my duty strongly knit,
To thee I send this written embassage,
To witness duty, not to show my wit:

Duty so great, which wit so poor as mine
May make seem bare, in wanting words to show it,
But that I hope some good conceit of thine
In thy soul's thought, all naked, will bestow it:

Till whatsoever star that guides my moving,
Points on me graciously with fair aspect,
And puts apparel on my tatter'd loving,
To show me worthy of thy sweet respect:

> Then may I dare to boast how I do love thee;
> Till then, not show my head where thou mayst prove me.

27

Weary with toil, I haste me to my bed,
The dear respose for limbs with travel tir'd;
But then begins a journey in my head
To work my mind, when body's work's expired:

For then my thoughts—from far where I abide—
Intend a zealous pilgrimage to thee,
And keep my drooping eyelids open wide,
Looking on darkness which the blind do see:

Save that my soul's imaginary sight
Presents thy shadow to my sightless view,
Which, like a jewel hung in ghastly night,
Makes black night beauteous, and her old face new.

> Lo! thus, by day my limbs, by night my mind,
> For thee, and for myself, no quiet find.

28

How can I then return in happy plight,
That am debarre'd the benefit of rest?
When day's oppression is not eas'd by night,
But day by night and night by day oppress'd,

And each, though enemies to either's reign,
Do in consent shake hands to torture me,
The one by toil, the other to complain
How far I toil, still farther off from thee.

I tell the day, to please him thou art bright,
And dost him grace when clouds do blot the heaven:
So flatter I the swart-complexion'd night,
When sparkling stars twire not thou gild'st the even.

> But day doth daily draw my sorrows longer,
> And night doth nightly make grief's length seem stronger.

29

When in disgrace with fortune and men's eyes
I all alone beweep my outcast state,
And trouble deaf heaven with my bootless cries,
And look upon myself, and curse my fate,

Wishing me like to one more rich in hope,
Featur'd like him, like him with friends possess'd,
Desiring this man's art, and that man's scope,
With what I most enjoy contented least;

Yet in these thoughts my self almost despising,
Haply I think on thee, – and then my state,
Like to the lark at break of day arising
From sullen earth, sings hymns at heaven's gate;

> For thy sweet love remember'd such wealth brings
> That then I scorn to change my state with kings.

30

When to the sessions of sweet silent thought
I summon up remembrance of things past,
I sigh the lack of many a thing I sought,
And with old woes new wail my dear time's waste:

Then can I drown an eye, unused to flow,
For precious friends hid in death's dateless night,
And weep afresh love's long since cancelled woe,
And moan the expense of many a vanished sight:

Then can I grieve at grievances foregone,
And heavily from woe to woe tell o'er
The sad account of fore-bemoaned moan,
Which I new pay as if not paid before.

> But if the while I think on thee, dear friend,
> All losses are restor'd and sorrows end.

31

Thy bosom is endeared with all hearts,
Which I by lacking have supposed dead;
And there reigns Love, and all Love's loving parts,
And all those friends which I thought buried.

How many a holy and obsequious tear
Hath dear religious love stol'n from mine eye,
As interest of the dead, which now appear
But things remov'd that hidden in thee lie!

Thou art the grave where buried love doth live,
Hung with the trophies of my lovers gone,
Who all their parts of me to thee did give,
That due of many now is thine alone:

> Their images I lov'd, I view in thee,
> And thou—all they—hast all the all of me.

32

If thou survive my well-contented day,
When that churl Death my bones with dust shall cover
And shalt by fortune once more re-survey
These poor rude lines of thy deceased lover,

Compare them with the bett'ring of the time,
And though they be outstripped by every pen,
Reserve them for my love, not for their rhyme,
Exceeded by the height of happier men.

O! then vouchsafe me but this loving thought:
'Had my friend's Muse grown with this growing age,
A dearer birth than this his love had brought,
To march in ranks of better equipage:

> But since he died and poets better prove,
> Theirs for their style I'll read, his for his love'.

33

Full many a glorious morning have I seen
Flatter the mountain tops with sovereign eye,
Kissing with golden face the meadows green,
Gilding pale streams with heavenly alchemy;

Anon permit the basest clouds to ride
With ugly rack on his celestial face,
And from the forlorn world his visage hide,
Stealing unseen to west with this disgrace:

Even so my sun one early morn did shine,
With all triumphant splendour on my brow;
But out, alack, he was but one hour mine,
The region cloud hath mask'd him from me now.

> Yet him for this my love no whit disdaineth;
> Suns of the world may stain when heaven's sun staineth.

34

Why didst thou promise such a beauteous day,
And make me travel forth without my cloak,
To let base clouds o'ertake me in my way,
Hiding thy bravery in their rotten smoke?

'Tis not enough that through the cloud thou break,
To dry the rain on my storm-beaten face,
For no man well of such a salve can speak,
That heals the wound, and cures not the disgrace:

Nor can thy shame give physic to my grief;
Though thou repent, yet I have still the loss:
The offender's sorrow lends but weak relief
To him that bears the strong offence's cross.

> Ah! but those tears are pearl which thy love sheds,
> And they are rich and ransom all ill deeds.

35

No more be griev'd at that which thou hast done:
Roses have thorns, and silver fountains mud:
Clouds and eclipses stain both moon and sun,
And loathsome canker lives in sweetest bud.

All men make faults, and even I in this,
Authorizing thy trespass with compare,
Myself corrupting, salving thy amiss,
Excusing thy sins more than thy sins are;

For to thy sensual fault I bring in sense, –
Thy adverse party is thy advocate, –
And 'gainst myself a lawful plea commence:
Such civil war is in my love and hate,

> That I an accessary needs must be,
> To that sweet thief which sourly robs from me.

36

Let me confess that we two must be twain,
Although our undivided loves are one:
So shall those blots that do with me remain,
Without thy help, by me be borne alone.

In our two loves there is but one respect,
Though in our lives a separable spite,
Which though it alter not love's sole effect,
Yet doth it steal sweet hours from love's delight.

I may not evermore acknowledge thee,
Lest my bewailed guilt should do thee shame,
Nor thou with public kindness honour me,
Unless thou take that honour from thy name:

> But do not so, I love thee in such sort,
> As thou being mine, mine is thy good report.

37

As a decrepit father takes delight
To see his active child do deeds of youth,
So I, made lame by Fortune's dearest spite,
Take all my comfort of thy worth and truth;

For whether beauty, birth, or wealth, or wit,
Or any of these all, or all, or more,
Entitled in thy parts, do crowned sit,
I make my love engrafted, to this store:

So then I am not lame, poor, nor despis'd,
Whilst that this shadow doth such substance give
That I in thy abundance am suffic'd,
And by a part of all thy glory live.

> Look what is best, that best I wish in thee:
> This wish I have; then ten times happy me!

38

How can my muse want subject to invent,
While thou dost breathe, that pour'st into my verse
Thine own sweet argument, too excellent
For every vulgar paper to rehearse?

O! give thy self the thanks, if aught in me
Worthy perusal stand against thy sight;
For who's so dumb that cannot write to thee,
When thou thy self dost give invention light?

Be thou the tenth Muse, ten times more in worth
Than those old nine which rhymers invocate;
And he that calls on thee, let him bring forth
Eternal numbers to outlive long date.

> If my slight muse do please these curious days,
> The pain be mine, but thine shall be the praise.

39

O! how thy worth with manners may I sing,
When thou art all the better part of me?
What can mine own praise to mine own self bring?
And what is't but mine own when I praise thee?

Even for this, let us divided live,
And our dear love lose name of single one,
That by this separation I may give
That due to thee which thou deserv'st alone.

O absence! what a torment wouldst thou prove,
Were it not thy sour leisure gave sweet leave,
To entertain the time with thoughts of love,
Which time and thoughts so sweetly doth deceive,

> And that thou teachest how to make one twain,
> By praising him here who doth hence remain.

40

Take all my loves, my love, yea take them all;
What hast thou then more than thou hadst before?
No love, my love, that thou mayst true love call;
All mine was thine, before thou hadst this more.

Then, if for my love, thou my love receivest,
I cannot blame thee, for my love thou usest;
But yet be blam'd, if thou thy self deceivest
By wilful taste of what thyself refusest.

I do forgive thy robbery, gentle thief,
Although thou steal thee all my poverty:
And yet, love knows it is a greater grief
To bear love's wrong, than hate's known injury.

> Lascivious grace, in whom all ill well shows,
> Kill me with spites yet we must not be foes.

41

Those pretty wrongs that liberty commits,
When I am sometime absent from thy heart,
Thy beauty, and thy years full well bets,
For still temptation follows where thou art.

Gentle thou art, and therefore to be won,
Beauteous thou art, therefore to be assail'd;
And when a woman woos, what woman's son
Will sourly leave her till he have prevail'd?

Ay me! but yet thou mightst my seat forbear,
And chide thy beauty and thy straying youth,
Who lead thee in their riot even there
Where thou art forced to break a twofold truth: –

  Hers by thy beauty tempting her to thee,
  Thine by thy beauty being false to me.

42

That thou hast her it is not all my grief,
And yet it may be said I loved her dearly;
That she hath thee is of my wailing chief,
A loss in love that touches me more nearly.

Loving offenders thus I will excuse ye:
Thou dost love her, because thou know'st I love her;
And for my sake even so doth she abuse me,
Suering my friend for my sake to approve her.

If I lose thee, my loss is my love's gain,
And losing her, my friend hath found that loss;
Both find each other, and I lose both twain,
And both for my sake lay on me this cross:

  But here's the joy; my friend and I are one;
  Sweet flattery! then she loves but me alone.

43

When most I wink, then do mine eyes best see,
For all the day they view things unrespected;
But when I sleep, in dreams they look on thee,
And darkly bright, are bright in dark directed.

Then thou, whose shadow shadows doth make bright,
How would thy shadow's form form happy show
To the clear day with thy much clearer light,
When to unseeing eyes thy shade shines so!

How would, I say, mine eyes be blessed made
By looking on thee in the living day,
When in dead night thy fair imperfect shade
Through heavy sleep on sightless eyes doth stay!

  All days are nights to see till I see thee,
  And nights bright days when dreams do show thee me.

44

If the dull substance of my flesh were thought,
Injurious distance should not stop my way;
For then despite of space I would be brought,
From limits far remote, where thou dost stay.

No matter then although my foot did stand
Upon the farthest earth remov'd from thee;
For nimble thought can jump both sea and land,
As soon as think the place where he would be.

But, ah! thought kills me that I am not thought,
To leap large lengths of miles when thou art gone,
But that so much of earth and water wrought,
I must attend time's leisure with my moan;

  Receiving nought by elements so slow
  But heavy tears, badges of either's woe.

45

The other two, slight air, and purging fire
Are both with thee, wherever I abide;
The first my thought, the other my desire,
These present-absent with swift motion slide.

For when these quicker elements are gone
In tender embassy of love to thee,
My life, being made of four, with two alone
Sinks down to death, oppress'd with melancholy;

Until life's composition be recur'd
By those swift messengers return'd from thee,
Who even but now come back again, assur'd,
Of thy fair health, recounting it to me:

   This told, I joy; but then no longer glad,
   I send them back again, and straight grow sad.

46

Mine eye and heart are at a mortal war,
How to divide the conquest of thy sight;
Mine eye my heart thy picture's sight would bar,
My heart mine eye the freedom of that right.

My heart doth plead that thou in him dost lie, –
A closet never pierc'd with crystal eyes–
But the defendant doth that plea deny,
And says in him thy fair appearance lies.

To side this title is impannelled
A quest of thoughts, all tenants to the heart;
And by their verdict is determined
The clear eye's moiety, and the dear heart's part:

   As thus; mine eye's due is thy outward part,
   And my heart's right, thy inward love of heart.

47

Betwixt mine eye and heart a league is took,
And each doth good turns now unto the other:
When that mine eye is famish'd for a look,
Or heart in love with sighs himself doth smother,

With my love's picture then my eye doth feast,
And to the painted banquet bids my heart;
Another time mine eye is my heart's guest,
And in his thoughts of love doth share a part:

So, either by thy picture or my love,
Thy self away, art present still with me;
For thou not farther than my thoughts canst move,
And I am still with them, and they with thee;

   Or, if they sleep, thy picture in my sight
   Awakes my heart, to heart's and eye's delight.

48

How careful was I when I took my way,
Each trifle under truest bars to thrust,
That to my use it might unused stay
From hands of falsehood, in sure wards of trust!

But thou, to whom my jewels trifles are,
Most worthy comfort, now my greatest grief,
Thou best of dearest, and mine only care,
Art left the prey of every vulgar thief.

Thee have I not lock'd up in any chest,
Save where thou art not, though I feel thou art,
Within the gentle closure of my breast,
From whence at pleasure thou mayst come and part;

   And even thence thou wilt be stol'n I fear,
   For truth proves thievish for a prize so dear.

49

Against that time, if ever that time come,
When I shall see thee frown on my defects,
When as thy love hath cast his utmost sum,
Call'd to that audit by advis'd respects;

Against that time when thou shalt strangely pass,
And scarcely greet me with that sun, thine eye,
When love, converted from the thing it was,
Shall reasons find of settled gravity;

Against that time do I ensconce me here,
Within the knowledge of mine own desert,
And this my hand, against my self uprear,
To guard the lawful reasons on thy part:

> To leave poor me thou hast the strength of laws,
> Since why to love I can allege no cause.

50

How heavy do I journey on the way,
When what I seek, my weary travel's end,
Doth teach that ease and that repose to say,
'Thus far the miles are measured from thy friend!'

The beast that bears me, tired with my woe,
Plods dully on, to bear that weight in me,
As if by some instinct the wretch did know
His rider lov'd not speed, being made from thee:

The bloody spur cannot provoke him on,
That sometimes anger thrusts into his hide,
Which heavily he answers with a groan,
More sharp to me than spurring to his side;

> For that same groan doth put this in my mind,
> My grief lies onward, and my joy behind.

51

Thus can my love excuse the slow offence
Of my dull bearer when from thee I speed:
From where thou art why should I haste me thence?
Till I return, of posting is no need.

O! what excuse will my poor beast then find,
When swift extremity can seem but slow?
Then should I spur, though mounted on the wind,
In winged speed no motion shall I know,

Then can no horse with my desire keep pace;
Therefore desire, of perfect'st love being made,
Shall neigh—no dull esh—in his fiery race;
But love, for love, thus shall excuse my jade, –

> 'Since from thee going, he went wilful-slow,
> Towards thee I'll run, and give him leave to go.

52

So am I as the rich, whose blessed key,
Can bring him to his sweet up-locked treasure,
The which he will not every hour survey,
For blunting the fine point of seldom pleasure.

Therefore are feasts so solemn and so rare,
Since, seldom coming in that long year set,
Like stones of worth they thinly placed are,
Or captain jewels in the carcanet.

So is the time that keeps you as my chest,
Or as the wardrobe which the robe doth hide,
To make some special instant special-blest,
By new unfolding his imprison'd pride.

> Blessed are you whose worthiness gives scope,
> Being had, to triumph; being lacked, to hope.

53

What is your substance, whereof are you made,
That millions of strange shadows on you tend?
Since every one, hath every one, one shade,
And you but one, can every shadow lend.

Describe Adonis, and the counterfeit
Is poorly imitated after you;
On Helen's cheek all art of beauty set,
And you in Grecian tires are painted new:

Speak of the spring, and foison of the year,
The one doth shadow of your beauty show,
The other as your bounty doth appear;
And you in every blessed shape we know.

> In all external grace you have some part,
> But you like none, none you, for constant heart.

54

O! how much more doth beauty beauteous seem
By that sweet ornament which truth doth give.
The rose looks fair, but fairer we it deem
For that sweet odour, which doth in it live.

The canker blooms have full as deep a dye
As the perfumed tincture of the roses.
Hang on such thorns, and play as wantonly
When summer's breath their masked buds discloses:

But, for their virtue only is their show,
They live unwoo'd, and unrespected fade;
Die to themselves. Sweet roses do not so;
Of their sweet deaths, are sweetest odours made:

> And so of you, beauteous and lovely youth,
> When that shall fade, my verse distills your truth.

55

Not marble, nor the gilded monuments
Of princes, shall outlive this powerful rhyme;
But you shall shine more bright in these contents
Than unswept stone, besmear'd with sluttish time.

When wasteful war shall statues overturn,
And broils root out the work of masonry,
Nor Mars his sword, nor war's quick re shall burn
The living record of your memory.

'Gainst death, and all-oblivious enmity
Shall you pace forth; your praise shall still find room
Even in the eyes of all posterity
That wear this world out to the ending doom.

> So, till the judgment that yourself arise,
> You live in this, and dwell in lovers' eyes.

56

Sweet love, renew thy force; be it not said
Thy edge should blunter be than appetite,
Which but to-day by feeding is allay'd,
To-morrow sharpened in his former might:

So, love, be thou, although to-day thou fill
Thy hungry eyes, even till they wink with fulness,
To-morrow see again, and do not kill
The spirit of love, with a perpetual dulness.

Let this sad interim like the ocean be
Which parts the shore, where two contracted new
Come daily to the banks, that when they see
Return of love, more blest may be the view;

> Or call it winter, which being full of care,
> Makes summer's welcome, thrice more wished,
> more rare.

57

Being your slave what should I do but tend,
Upon the hours, and times of your desire?
I have no precious time at all to spend;
Nor services to do, till you require.

Nor dare I chide the world-without-end hour,
Whilst I, my sovereign, watch the clock for you,
Nor think the bitterness of absence sour,
When you have bid your servant once adieu;

Nor dare I question with my jealous thought
Where you may be, or your affairs suppose,
But, like a sad slave, stay and think of nought
Save, where you are, how happy you make those.

> So true a fool is love, that in your will,
> Though you do anything, he thinks no ill.

58

That god forbid, that made me first your slave,
I should in thought control your times of pleasure,
Or at your hand the account of hours to crave,
Being your vassal, bound to stay your leisure!

O! let me suffer, being at your beck,
The imprison'd absence of your liberty;
And patience, tame to suerance, bide each check,
Without accusing you of injury.

Be where you list, your charter is so strong
That you yourself may privilage your time
To what you will; to you it doth belong
Yourself to pardon of self-doing crime.

> I am to wait, though waiting so be hell,
> Not blame your pleasure be it ill or well.

59

If there be nothing new, but that which is
Hath been before, how are our brains beguil'd,
Which labouring for invention bear amiss
The second burthen of a former child.

Oh that record could with a backward look,
Even of five hundred courses of the sun,
Show me your image in some antique book,
Since mind at first in character was done,

That I might see what the old world could say
To this composed wonder of your frame;
Whether we are mended, or where better they,
Or whether revolution be the same.

> Oh sure I am the wits of former days,
> To subjects worse have given admiring praise.

60

Like as the waves make towards the pebbled shore,
So do our minutes hasten to their end;
Each changing place with that which goes before,
In sequent toil all forwards do contend.

Nativity, once in the main of light,
Crawls to maturity, wherewith being crown'd,
Crooked eclipses 'gainst his glory ght,
And time that gave doth now his gift confound.

Time doth transfix the flourish set on youth
And delves the parallels in beauty's brow,
Feeds on the rarities of nature's truth,
And nothing stands but for his scythe to mow:

> And yet to times in hope, my verse shall stand.
> Praising thy worth, despite his cruel hand.

61

Is it thy will, thy image should keep open
My heavy eyelids to the weary night?
Dost thou desire my slumbers should be broken,
While shadows like to thee do mock my sight?

Is it thy spirit that thou send'st from thee
So far from home into my deeds to pry,
To find out shames and idle hours in me,
The scope and tenure of thy jealousy?

O, no! thy love, though much, is not so great:
It is my love that keeps mine eye awake:
Mine own true love that doth my rest defeat,
To play the watchman ever for thy sake:

> For thee watch I, whilst thou dost wake elsewhere,
> From me far off, with others all too near.

62

Sin of self-love possesseth all mine eye
And all my soul, and all my every part;
And for this sin there is no remedy,
It is so grounded inward in my heart.

Methinks no face so gracious is as mine,
No shape so true, no truth of such account;
And for myself mine own worth do define,
As I all other in all worths surmount.

But when my glass shows me myself indeed
Beated and chopp'd with tanned antiquity,
Mine own self-love quite contrary I read;
Self so self-loving were iniquity.

> 'Tis thee, —myself, —that for myself I praise,
> Painting my age with beauty of thy days.

63

Against my love shall be as I am now,
With Time's injurious hand crushed and o'erworn;
When hours have drained his blood and filled his brow
With lines and wrinkles; when his youthful morn

Hath travelled on to age's steepy night;
And all those beauties whereof now he's king
Are vanishing, or vanished out of sight,
Stealing away the treasure of his spring;

For such a time do I now fortify
Against confounding age's cruel knife,
That he shall never cut from memory
My sweet love's beauty, though my lover's life:

> His beauty shall in these black lines be seen,
> And they shall live, and he in them still green.

64

When I have seen by Time's fell hand defaced
The rich proud cost of outworn buried age;
When sometime lofty towers I see down-razed,
And brass eternal slave to mortal rage;

When I have seen the hungry ocean gain
Advantage on the kingdom of the shore,
And the firm soil win of the watery main,
Increasing store with loss, and loss with store;

When I have seen such interchange of state,
Or state itself confounded to decay;
Ruin hath taught me thus to ruminate
That Time will come and take my love away.

> This thought is as a death which cannot choose
> But weep to have that which it fears to lose.

65

Since brass, nor stone, nor earth, nor boundless sea,
But sad mortality o'ersways their power,
How with this rage shall beauty hold a plea,
Whose action is no stronger than a flower?

O! how shall summer's honey breath hold out,
Against the wrackful siege of battering days,
When rocks impregnable are not so stout,
Nor gates of steel so strong but Time decays?

O fearful meditation! where, alack,
Shall Time's best jewel from Time's chest lie hid?
Or what strong hand can hold his swift foot back?
Or who his spoil of beauty can forbid?

> O! none, unless this miracle have might,
> That in black ink my love may still shine bright.

66

Tired with all these, for restful death I cry,
As to behold desert a beggar born,
And needy nothing trimm'd in jollity,
And purest faith unhappily forsworn,

And gilded honour shamefully misplac'd,
And maiden virtue rudely strumpeted,
And right perfection wrongfully disgrac'd,
And strength by limping sway disabled

And art made tongue-tied by authority,
And folly—doctor-like—controlling skill,
And simple truth miscall'd simplicity,
And captive good attending captain ill:

> Tir'd with all these, from these would I be gone,
> Save that, to die, I leave my love alone.

67

Ah! wherefore with infection should he live,
And with his presence grace impiety,
That sin by him advantage should achieve,
And lace itself with his society?

Why should false painting imitate his cheek,
And steel dead seeming of his living hue?
Why should poor beauty indirectly seek
Roses of shadow, since his rose is true?

Why should he live, now Nature bankrupt is,
Beggar'd of blood to blush through lively veins?
For she hath no exchequer now but his,
And proud of many, lives upon his gains.

> O! him she stores, to show what wealth she had
> In days long since, before these last so bad.

68

Thus is his cheek the map of days outworn,
When beauty lived and died as flowers do now,
Before these bastard signs of fair were born,
Or durst inhabit on a living brow;

Before the golden tresses of the dead,
The right of sepulchres, were shorn away,
To live a second life on second head;
Ere beauty's dead fleece made another gay:

In him those holy antique hours are seen,
Without all ornament, itself and true,
Making no summer of another's green,
Robbing no old to dress his beauty new;

> And him as for a map doth Nature store,
> To show false Art what beauty was of yore.

69

Those parts of thee that the world's eye doth view
Want nothing that the thought of hearts can mend;
All tongues—the voice of souls—give thee that due,
Uttering bare truth, even so as foes commend.

Thy outward thus with outward praise is crown'd;
But those same tongues, that give thee so thine own,
In other accents do this praise confound
By seeing farther than the eye hath shown.

They look into the beauty of thy mind,
And that in guess they measure by thy deeds;
Then—churls—their thoughts, although their eyes were kind,
To thy fair ower add the rank smell of weeds:

> But why thy odour matcheth not thy show,
> The soil is this, that thou dost common grow.

70

That thou art blam'd shall not be thy defect,
For slander's mark was ever yet the fair;
The ornament of beauty is suspect,
A crow that flies in heaven's sweetest air.

So thou be good, slander doth but approve
Thy worth the greater being woo'd of time;
For canker vice the sweetest buds doth love,
And thou present'st a pure unstained prime.

Thou hast passed by the ambush of young days
Either not assail'd, or victor being charg'd;
Yet this thy praise cannot be so thy praise,
To tie up envy, evermore enlarg'd,

> If some suspect of ill mask'd not thy show,
> Then thou alone kingdoms of hearts shouldst owe.

71

No longer mourn for me when I am dead
Than you shall hear the surly sullen bell
Give warning to the world that I am fled
From this vile world with vilest worms to dwell:

Nay, if you read this line, remember not
The hand that writ it, for I love you so,
That I in your sweet thoughts would be forgot,
If thinking on me then should make you woe.

O! if, –I say you look upon this verse,
When I perhaps compounded am with clay,
Do not so much as my poor name rehearse;
But let your love even with my life decay;

> Lest the wise world should look into your moan,
> And mock you with me after I am gone.

72

O! lest the world should task you to recite
What merit lived in me, that you should love
After my death, –dear love, forget me quite,
For you in me can nothing worthy prove;

Unless you would devise some virtuous lie,
To do more for me than mine own desert,
And hang more praise upon deceased I
Than niggard truth would willingly impart:

O! lest your true love may seem false in this
That you for love speak well of me untrue,
My name be buried where my body is,
And live no more to shame nor me nor you.

> For I am shamed by that which I bring forth,
> And so should you, to love things nothing worth.

73

That time of year thou mayst in me behold
When yellow leaves, or none, or few, do hang
Upon those boughs which shake against the cold,
Bare ruin'd choirs, where late the sweet birds sang.

In me thou see'st the twilight of such day
As after sunset fadeth in the west;
Which by and by black night doth take away,
Death's second self, that seals up all in rest.

In me thou see'st the glowing of such fire,
That on the ashes of his youth doth lie,
As the death-bed, whereon it must expire,
Consum'd with that which it was nourish'd by.

> This thou perceiv'st, which makes thy love more strong,
> To love that well, which thou must leave ere long.

74

But be contented: when that fell arrest
Without all bail shall carry me away,
My life hath in this line some interest,
Which for memorial still with thee shall stay.

When thou reviewest this, thou dost review
The very part was consecrate to thee:
The earth can have but earth, which is his due;
My spirit is thine, the better part of me:

So then thou hast but lost the dregs of life,
The prey of worms, my body being dead;
The coward conquest of a wretch's knife,
Too base of thee to be remembered.

> The worth of that is that which it contains,
> And that is this, and this with thee remains.

75

So are you to my thoughts as food to life,
Or as sweet-season'd showers are to the ground;
And for the peace of you I hold such strife
As 'twixt a miser and his wealth is found.

Now proud as an enjoyer, and anon
Doubting the Iching age will steal his treasure;
Now counting best to be with you alone,
Then better'd that the world may see my pleasure:

Sometime all full with feasting on your sight,
And by and by clean starved for a look;
Possessing or pursuing no delight,
Save what is had, or must from you be took.

> Thus do I pine and surfeit day by day,
> Or gluttoning on all, or all away.

76

Why is my verse so barren of new pride,
So far from variation or quick change?
Why with the time do I not glance aside
To new-found methods, and to compounds strange?

Why write I still all one, ever the same,
And keep invention in a noted weed,
That every word doth almost tell my name,
Showing their birth, and where they did proceed?

O! know sweet love I always write of you,
And you and love are still my argument;
So all my best is dressing old words new,
Spending again what is already spent:

> For as the sun is daily new and old,
> So is my love still telling what is told.

77

Thy glass will show thee how thy beauties wear,
Thy dial how thy precious minutes waste;
These vacant leaves thy mind's imprint will bear,
And of this book, this learning mayst thou taste.

The wrinkles which thy glass will truly show
Of mouthed graves will give thee memory;
Thou by thy dial's shady stealth mayst know
Time's thievish progress to eternity.

Look! what thy memory cannot contain,
Commit to these waste blanks, and thou shalt nd
Those children nursed, deliver'd from thy brain,
To take a new acquaintance of thy mind.

   These offices, so oft as thou wilt look,
   Shall profit thee and much enrich thy book.

78

So oft have I invoked thee for my Muse,
And found such fair assistance in my verse
As every alien pen hath got my use
And under thee their poesy disperse.

Thine eyes, that taught the dumb on high to sing
And heavy ignorance aloft to fly,
Have added feathers to the learned's wing
And given grace a double majesty.

Yet be most proud of that which I compile,
Whose inuence is thine, and born of thee:
In others' works thou dost but mend the style,
And arts with thy sweet graces graced be;

   But thou art all my art, and dost advance
   As high as learning, my rude ignorance.

79

Whilst I alone did call upon thy aid,
My verse alone had all thy gentle grace;
But now my gracious numbers are decay'd,
And my sick Muse doth give an other place.

I grant, sweet love, thy lovely argument
Deserves the travail of a worthier pen;
Yet what of thee thy poet doth invent
He robs thee of, and pays it thee again.

He lends thee virtue, and he stole that word
From thy behaviour; beauty doth he give,
And found it in thy cheek: he can afford
No praise to thee, but what in thee doth live.

   Then thank him not for that which he doth say,
   Since what he owes thee, thou thyself dost pay.

80

O! how I faint when I of you do write,
Knowing a better spirit doth use your name,
And in the praise thereof spends all his might,
To make me tongue-tied speaking of your fame!

But since your worth—wide as the ocean is, –
The humble as the proudest sail doth bear,
My saucy bark, inferior far to his,
On your broad main doth wilfully appear.

Your shallowest help will hold me up afloat,
Whilst he upon your soundless deep doth ride;
Or, being wrack'd, I am a worthless boat,
He of tall building, and of goodly pride:

   Then if he thrive and I be cast away,
   The worst was this, —my love was my decay.

81

Or I shall live your epitaph to make,
Or you survive when I in earth am rotten;
From hence your memory death cannot take,
Although in me each part will be forgotten.

Your name from hence immortal life shall have,
Though I, once gone, to all the world must die:
The earth can yield me but a common grave,
When you entombed in men's eyes shall lie.

Your monument shall be my gentle verse,
Which eyes not yet created shall o'er-read;
And tongues to be, your being shall rehearse,
When all the breathers of this world are dead;

> You still shall live, –such virtue hath my pen, –
> Where breath most breathes, even in the mouths of men.

82

I grant thou wert not married to my Muse,
And therefore mayst without attaint o'erlook
The dedicated words which writers use
Of their fair subject, blessing every book.

Thou art as fair in knowledge as in hue,
Finding thy worth a limit past my praise;
And therefore art enforced to seek anew
Some fresher stamp of the time-bettering days.

And do so, love; yet when they have devis'd,
What strained touches rhetoric can lend,
Thou truly fair, wert truly sympathiz'd
In true plain words, by thy true-telling friend;

> And their gross painting might be better us'd
> Where cheeks need blood; in thee it is abus'd.

83

I never saw that you did painting need,
And therefore to your fair no painting set;
I found, or thought I found, you did exceed
That barren tender of a poet's debt:

And therefore have I slept in your report,
That you yourself, being extant, well might show
How far a modern quill doth come too short,
Speaking of worth, what worth in you doth grow.

This silence for my sin you did impute,
Which shall be most my glory being dumb;
For I impair not beauty being mute,
When others would give life, and bring a tomb.

> There lives more life in one of your fair eyes
> Than both your poets can in praise devise.

84

Who is it that says most, which can say more,
Than this rich praise, –that you alone, are you?
In whose conne immured is the store
Which should example where your equal grew?

Lean penury within that pen doth dwell
That to his subject lends not some small glory;
But he that writes of you, if he can tell
That you are you, so dignies his story,

Let him but copy what in you is writ,
Not making worse what nature made so clear,
And such a counterpart shall fame his wit,
Making his style admired every where.

> You to your beauteous blessings add a curse,
> Being fond on praise, which makes your praises worse.

85

My tongue-tied Muse in manners holds her still,
While comments of your praise richly compil'd,
Reserve their character with golden quill,
And precious phrase by all the Muses fil'd.

I think good thoughts, whilst others write good words,
And like unlettered clerk still cry 'Amen'
To every hymn that able spirit affords,
In polish'd form of well-refined pen.

Hearing you praised, I say ''tis so, 'tis true,'
And to the most of praise add something more;
But that is in my thought, whose love to you,
Though words come hindmost, holds his rank before.

> Then others, for the breath of words respect,
> Me for my dumb thoughts, speaking in effect.

86

Was it the proud full sail of his great verse,
Bound for the prize of all too precious you,
That did my ripe thoughts in my brain inhearse,
Making their tomb the womb wherein they grew?

Was it his spirit, by spirits taught to write,
Above a mortal pitch, that struck me dead?
No, neither he, nor his compeers by night
Giving him aid, my verse astonished.

He, nor that affable familiar ghost
Which nightly gulls him with intelligence,
As victors of my silence cannot boast;
I was not sick of any fear from thence:

> But when your countenance fill'd up his line,
> Then lacked I matter; that enfeebled mine.

87

Farewell! thou art too dear for my possessing,
And like enough thou know'st thy estimate,
The charter of thy worth gives thee releasing;
My bonds in thee are all determinate.

For how do I hold thee but by thy granting?
And for that riches where is my deserving?
The cause of this fair gift in me is wanting,
And so my patent back again is swerving.

Thy self thou gav'st, thy own worth then not knowing,
Or me to whom thou gav'st it, else mistaking;
So thy great gift, upon misprision growing,
Comes home again, on better judgement making.

> Thus have I had thee, as a dream doth flatter,
> In sleep a king, but waking no such matter.

88

When thou shalt be dispos'd to set me light,
And place my merit in the eye of scorn,
Upon thy side, against myself I'll fight,
And prove thee virtuous, though thou art forsworn.

With mine own weakness, being best acquainted,
Upon thy part I can set down a story
Of faults conceal'd, wherein I am attainted;
That thou in losing me shalt win much glory:

And I by this will be a gainer too;
For bending all my loving thoughts on thee,
The injuries that to myself I do,
Doing thee vantage, double-vantage me.

> Such is my love, to thee I so belong,
> That for thy right, myself will bear all wrong.

89

Say that thou didst forsake me for some fault,
And I will comment upon that offence:
Speak of my lameness, and I straight will halt,
Against thy reasons making no defence.

Thou canst not, love, disgrace me half so ill,
To set a form upon desired change,
As I'll myself disgrace; knowing thy will,
I will acquaintance strangle, and look strange;

Be absent from thy walks; and in my tongue
Thy sweet beloved name no more shall dwell,
Lest I, too much profane, should do it wrong,
And haply of our old acquaintance tell.

> For thee, against my self I'll vow debate,
> For I must ne'er love him whom thou dost hate.

90

Then hate me when thou wilt; if ever, now;
Now, while the world is bent my deeds to cross,
Join with the spite of fortune, make me bow,
And do not drop in for an after-loss:

Ah! do not, when my heart hath 'scap'd this sorrow,
Come in the rearward of a conquer'd woe;
Give not a windy night a rainy morrow,
To linger out a purpos'd overthrow.

If thou wilt leave me, do not leave me last,
When other petty griefs have done their spite,
But in the onset come: so shall I taste
At first the very worst of fortune's might;

> And other strains of woe, which now seem woe,
> Compar'd with loss of thee, will not seem so.

91

Some glory in their birth, some in their skill,
Some in their wealth, some in their body's force,
Some in their garments though new-fangled ill;
Some in their hawks and hounds, some in their horse;

And every humour hath his adjunct pleasure,
Wherein it finds a joy above the rest:
But these particulars are not my measure,
All these I better in one general best.

Thy love is better than high birth to me,
Richer than wealth, prouder than garments' costs,
Of more delight than hawks and horses be;
And having thee, of all men's pride I boast:

> Wretched in this alone, that thou mayst take
> All this away, and me most wretched make.

92

But do thy worst to steal thyself away,
For term of life thou art assured mine;
And life no longer than thy love will stay,
For it depends upon that love of thine.

Then need I not to fear the worst of wrongs,
When in the least of them my life hath end.
I see a better state to me belongs
Than that which on thy humour doth depend:

Thou canst not vex me with inconstant mind,
Since that my life on thy revolt doth lie.
O! what a happy title do I find,
Happy to have thy love, happy to die!

> But what's so blessed-fair that fears no blot?
> Thou mayst be false, and yet I know it not.

93

So shall I live, supposing thou art true,
Like a deceived husband; so love's face
May still seem love to me, though alter'd new;
Thy looks with me, thy heart in other place:

For there can live no hatred in thine eye,
Therefore in that I cannot know thy change.
In many's looks, the false heart's history
Is writ in moods, and frowns, and wrinkles strange.

But heaven in thy creation did decree
That in thy face sweet love should ever dwell;
Whate'er thy thoughts, or thy heart's workings be,
Thy looks should nothing thence, but sweetness tell.

   How like Eve's apple doth thy beauty grow,
   If thy sweet virtue answer not thy show!

94

They that have power to hurt, and will do none,
That do not do the thing they most do show,
Who, moving others, are themselves as stone,
Unmoved, cold, and to temptation slow;

They rightly do inherit heaven's graces,
And husband nature's riches from expense;
They are the lords and owners of their faces,
Others, but stewards of their excellence.

The summer's flower is to the summer sweet,
Though to itself, it only live and die,
But if that flower with base infection meet,
The basest weed outbraves his dignity:

   For sweetest things turn sourest by their deeds;
   Lilies that fester, smell far worse than weeds.

95

How sweet and lovely dost thou make the shame
Which, like a canker in the fragrant rose,
Doth spot the beauty of thy budding name!
O! in what sweets dost thou thy sins enclose.

That tongue that tells the story of thy days,
Making lascivious comments on thy sport,
Cannot dispraise, but in a kind of praise;
Naming thy name, blesses an ill report.

O! what a mansion have those vices got
Which for their habitation chose out thee,
Where beauty's veil doth cover every blot
And all things turns to fair that eyes can see!

   Take heed, dear heart, of this large privilege;
   The hardest knife ill-us'd doth lose his edge.

96

Some say thy fault is youth, some wantonness;
Some say thy grace is youth and gentle sport;
Both grace and faults are lov'd of more and less:
Thou mak'st faults graces that to thee resort.

As on the finger of a throned queen
The basest jewel will be well esteem'd,
So are those errors that in thee are seen
To truths translated, and for true things deem'd.

How many lambs might the stern wolf betray,
If like a lamb he could his looks translate!
How many gazers mightst thou lead away,
if thou wouldst use the strength of all thy state!

   But do not so; I love thee in such sort,
   As, thou being mine, mine is thy good report.

97

How like a winter hath my absence been
From thee, the pleasure of the fleeting year!
What freezings have I felt, what dark days seen!
What old December's bareness everywhere!

And yet this time removed was summer's time;
The teeming autumn, big with rich increase,
Bearing the wanton burden of the prime,
Like widow'd wombs after their lords' decease:

Yet this abundant issue seem'd to me
But hope of orphans, and unfather'd fruit;
For summer and his pleasures wait on thee,
And, thou away, the very birds are mute:

> Or, if they sing, 'tis with so dull a cheer,
> That leaves look pale, dreading the winter's near.

98

From you have I been absent in the spring,
When proud-pied April, dress'd in all his trim,
Hath put a spirit of youth in every thing,
That heavy Saturn laugh'd and leap'd with him.

Yet nor the lays of birds, nor the sweet smell
Of different flowers in odour and in hue,
Could make me any summer's story tell,
Or from their proud lap pluck them where they grew:

Nor did I wonder at the lily's white,
Nor praise the deep vermilion in the rose;
They were but sweet, but figures of delight,
Drawn after you, you pattern of all those.

> Yet seem'd it winter still, and you away,
> As with your shadow I with these did play.

99

The forward violet thus did I chide:
Sweet thief, whence didst thou steal thy sweet that smells,
If not from my love's breath? The purple pride
Which on thy soft cheek for complexion dwells
In my love's veins thou hast too grossly dy'd.

The lily I condemned for thy hand,
And buds of marjoram had stol'n thy hair;
The roses fearfully on thorns did stand,
One blushing shame, another white despair;

A third, nor red nor white, had stol'n of both,
And to his robbery had annex'd thy breath;
But, for his theft, in pride of all his growth
A vengeful canker eat him up to death.

> More flowers I noted, yet I none could see,
> But sweet, or colour it had stol'n from thee.

100

Where art thou Muse that thou forget'st so long,
To speak of that which gives thee all thy might?
Spend'st thou thy fury on some worthless song,
Darkening thy power to lend base subjects light?

Return forgetful Muse, and straight redeem,
In gentle numbers time so idly spent;
Sing to the ear that doth thy lays esteem
And gives thy pen both skill and argument.

Rise, resty Muse, my love's sweet face survey,
If Time have any wrinkle graven there;
If any, be a satire to decay,
And make time's spoils despised every where.

> Give my love fame faster than Time wastes life,
> So thou prevent'st his scythe and crooked knife.

101

O truant Muse what shall be thy amends
For thy neglect of truth in beauty dy'd?
Both truth and beauty on my love depends;
So dost thou too, and therein dignified.

Make answer Muse: wilt thou not haply say,
'Truth needs no colour, with his colour fix'd;
Beauty no pencil, beauty's truth to lay;
But best is best, if never intermix'd'?

Because he needs no praise, wilt thou be dumb?
Excuse not silence so, for't lies in thee
To make him much outlive a gilded tomb
And to be prais'd of ages yet to be.

    Then do thy office, Muse; I teach thee how
    To make him seem long hence as he shows now.

102

My love is strengthen'd, though more weak in seeming;
I love not less, though less the show appear;
That love is merchandiz'd, whose rich esteeming,
The owner's tongue doth publish every where.

Our love was new, and then but in the spring,
When I was wont to greet it with my lays;
As Philomel in summer's front doth sing,
And stops her pipe in growth of riper days:

Not that the summer is less pleasant now
Than when her mournful hymns did hush the night,
But that wild music burthens every bough,
And sweets grown common lose their dear delight.

    Therefore like her, I sometime hold my tongue:
    Because I would not dull you with my song.

103

Alack! what poverty my Muse brings forth,
That having such a scope to show her pride,
The argument, all bare, is of more worth
Than when it hath my added praise beside!

O! blame me not, if I no more can write!
Look in your glass, and there appears a face
That over-goes my blunt invention quite,
Dulling my lines, and doing me disgrace.

Were it not sinful then, striving to mend,
To mar the subject that before was well?
For to no other pass my verses tend
Than of your graces and your gifts to tell;

    And more, much more, than in my verse can sit,
    Your own glass shows you when you look in it.

104

To me, fair friend, you never can be old,
For as you were when first your eye I ey'd,
Such seems your beauty still. Three winters cold,
Have from the forests shook three summers' pride,

Three beauteous springs to yellow autumn turn'd,
In process of the seasons have I seen,
Three April perfumes in three hot Junes burn'd,
Since first I saw you fresh, which yet are green.

Ah! yet doth beauty like a dial-hand,
Steal from his figure, and no pace perceiv'd;
So your sweet hue, which methinks still doth stand,
Hath motion, and mine eye may be deceiv'd:

    For fear of which, hear this thou age unbred:
    Ere you were born was beauty's summer dead.

105

Let not my love be call'd idolatry,
Nor my beloved as an idol show,
Since all alike my songs and praises be
To one, of one, still such, and ever so.

Kind is my love to-day, to-morrow kind,
Still constant in a wondrous excellence;
Therefore my verse to constancy confin'd,
One thing expressing, leaves out difference.

'Fair, kind, and true, ' is all my argument,
'Fair, kind, and true, ' varying to other words;
And in this change is my invention spent,
Three themes in one, which wondrous scope affords.

> Fair, kind, and true, have often liv'd alone,
> Which three till now, never kept seat in one.

106

When in the chronicle of wasted time
I see descriptions of the fairest wights,
And beauty making beautiful old rime,
In praise of ladies dead and lovely knights,

Then, in the blazon of sweet beauty's best,
Of hand, of foot, of lip, of eye, of brow,
I see their antique pen would have express'd
Even such a beauty as you master now.

So all their praises are but prophecies
Of this our time, all you prefiguring;
And for they looked but with divining eyes,
They had not skill enough your worth to sing:

> For we, which now behold these present days,
> Have eyes to wonder, but lack tongues to praise.

107

Not mine own fears, nor the prophetic soul
Of the wide world dreaming on things to come,
Can yet the lease of my true love control,
Supposed as forfeit to a confin'd doom.

The mortal moon hath her eclipse endur'd,
And the sad augurs mock their own presage;
Incertainties now crown themselves assur'd,
And peace proclaims olives of endless age.

Now with the drops of this most balmy time,
My love looks fresh, and Death to me subscribes,
Since, spite of him, I'll live in this poor rime,
While he insults o'er dull and speechless tribes:

> And thou in this shalt find thy monument,
> When tyrants'crests and tombs of brass are spent.

108

What's in the brain, that ink may character,
Which hath not figur'd to thee my true spirit?
What's new to speak, what now to register,
That may express my love, or thy dear merit?

Nothing, sweet boy; but yet, like prayers divine,
I must each day say o'er the very same;
Counting no old thing old, thou mine, I thine,
Even as when first I hallow'd thy fair name.

So that eternal love in love's fresh case,
Weighs not the dust and injury of age,
Nor gives to necessary wrinkles place,
But makes antiquity for aye his page;

> Finding the first conceit of love there bred,
> Where time and outward form would show it dead.

109

O! never say that I was false of heart,
Though absence seemed my flame to qualify,
As easy might I from my self depart
As from my soul which in thy breast doth lie:

That is my home of love: if I have ranged,
Like him that travels, I return again;
Just to the time, not with the time exchanged,
So that myself bring water for my stain.

Never believe though in my nature reigned,
All frailties that besiege all kinds of blood,
That it could so preposterously be stained,
To leave for nothing all thy sum of good;

    For nothing this wide universe I call,
    Save thou, my rose, in it thou art my all.

110

Alas! 'tis true, I have gone here and there,
And made my self a motley to the view,
Gor'd mine own thoughts, sold cheap what is most dear,
Made old offences of affections new;

Most true it is, that I have look'd on truth
Askance and strangely; but, by all above,
These blenches gave my heart another youth,
And worse essays prov'd thee my best of love.

Now all is done, save what shall have no end:
Mine appetite I never more will grind
On newer proof, to try an older friend,
A god in love, to whom I am confin'd.

    Then give me welcome, next my heaven the best,
    Even to thy pure and most most loving breast.

111

O! for my sake do you with Fortune chide,
The guilty goddess of my harmful deeds,
That did not better for my life provide
Than public means which public manners breeds.

Thence comes it that my name receives a brand,
And almost thence my nature is subdu'd
To what it works in, like the dyer's hand:
Pity me, then, and wish I were renew'd;

Whilst, like a willing patient, I will drink,
Potions of eisel 'gainst my strong infection;
No bitterness that I will bitter think,
Nor double penance, to correct correction.

    Pity me then, dear friend, and I assure ye,
    Even that your pity is enough to cure me.

112

Your love and pity doth the impression fill,
Which vulgar scandal stamp'd upon my brow;
For what care I who calls me well or ill,
So you o'er-green my bad, my good allow?

You are my all-the-world, and I must strive
To know my shames and praises from your tongue;
None else to me, nor I to none alive,
That my steel'd sense or changes right or wrong.

In so profound abysm I throw all care
Of others' voices, that my adder's sense
To critic and to flatterer stopped are.
Mark how with my neglect I do dispense:

    You are so strongly in my purpose bred,
    That all the world besides methinks are dead.

113

Since I left you, mine eye is in my mind;
And that which governs me to go about
Doth part his function and is partly blind,
Seems seeing, but effectually is out;

For it no form delivers to the heart
Of bird, of flower, or shape which it doth latch:
Of his quick objects hath the mind no part,
Nor his own vision holds what it doth catch;

For if it see the rud'st or gentlest sight,
The most sweet favour or deformed'st creature,
The mountain or the sea, the day or night:
The crow, or dove, it shapes them to your feature.

>   Incapable of more, replete with you,
>   My most true mind thus maketh mine untrue.

114

Or whether doth my mind, being crown'd with you,
Drink up the monarch's plague, this flattery?
Or whether shall I say, mine eye saith true,
And that your love taught it this alchemy,

To make of monsters and things indigest
Such cherubins as your sweet self resemble,
Creating every bad a perfect best,
As fast as objects to his beams assemble?

O! 'tis the first, 'tis flattery in my seeing,
And my great mind most kingly drinks it up:
Mine eye well knows what with his gust is 'greeing,
And to his palate doth prepare the cup:

>   If it be poison'd, 'tis the lesser sin
>   That mine eye loves it and doth first begin.

115

Those lines that I before have writ do lie,
Even those that said I could not love you dearer:
Yet then my judgment knew no reason why
My most full flame should afterwards burn clearer.

But reckoning Time, whose million'd accidents
Creep in 'twixt vows, and change decrees of kings,
Tan sacred beauty, blunt the sharp'st intents,
Divert strong minds to the course of altering things;

Alas! why fearing of Time's tyranny,
Might I not then say, 'Now I love you best,'
When I was certain o'er incertainty,
Crowning the present, doubting of the rest?

>   Love is a babe, then might I not say so,
>   To give full growth to that which still doth grow?

116

Let me not to the marriage of true minds
Admit impediments. Love is not love
Which alters when it alteration finds,
Or bends with the remover to remove:

O, no! it is an ever-fixed mark,
That looks on tempests and is never shaken;
It is the star to every wandering bark,
Whose worth's unknown, although his height be taken.

Love's not Time's fool, though rosy lips and cheeks
Within his bending sickle's compass come;
Love alters not with his brief hours and weeks,
But bears it out even to the edge of doom.

>   If this be error and upon me prov'd,
>   I never writ, nor no man ever lov'd.

117

Accuse me thus: that I have scanted all,
Wherein I should your great deserts repay,
Forgot upon your dearest love to call,
Whereto all bonds do tie me day by day;

That I have frequent been with unknown minds,
And given to time your own dear-purchas'd right;
That I have hoisted sail to all the winds
Which should transport me farthest from your sight.

Book both my wilfulness and errors down,
And on just proof surmise, accumulate;
Bring me within the level of your frown,
But shoot not at me in your waken'd hate;

> Since my appeal says I did strive to prove
> The constancy and virtue of your love.

118

Like as, to make our appetite more keen,
With eager compounds we our palate urge;
As, to prevent our maladies unseen,
We sicken to shun sickness when we purge;

Even so, being full of your ne'er-cloying sweetness,
To bitter sauces did I frame my feeding;
And, sick of welfare, found a kind of meetness
To be diseas'd, ere that there was true needing.

Thus policy in love, to anticipate
The ills that were not, grew to faults assur'd,
And brought to medicine a healthful state
Which, rank of goodness, would by ill be cur'd;

> But thence I learn and find the lesson true,
> Drugs poison him that so fell sick of you.

119

What potions have I drunk of Siren tears,
Distill'd from limbecks foul as hell within,
Applying fears to hopes, and hopes to fears,
Still losing when I saw myself to win!

What wretched errors hath my heart committed,
Whilst it hath thought itself so blessed never!
How have mine eyes out of their spheres been fitted,
In the distraction of this madding fever!

O benefit of ill! now I find true
That better is, by evil still made better;
And ruin'd love, when it is built anew,
Grows fairer than at first, more strong, far greater.

> So I return rebuk'd to my content,
> And gain by ill thrice more than I have spent.

120

That you were once unkind befriends me now,
And for that sorrow, which I then did feel,
Needs must I under my transgression bow,
Unless my nerves were brass or hammer'd steel.

For if you were by my unkindness shaken,
As I by yours, you've pass'd a hell of time;
And I, a tyrant, have no leisure taken
To weigh how once I suffer'd in your crime.

O! that our night of woe might have remember'd
My deepest sense, how hard true sorrow hits,
And soon to you, as you to me, then tender'd
The humble salve, which wounded bosoms fits!

> But that your trespass now becomes a fee;
> Mine ransoms yours, and yours must ransom me.

121

'Tis better to be vile than vile esteem'd,
When not to be receives reproach of being;
And the just pleasure lost, which is so deem'd
Not by our feeling, but by others'seeing:

For why should others'false adulterate eyes
Give salutation to my sportive blood?
Or on my frailties why are frailer spies,
Which in their wills count bad what I think good?

No, I am that I am, and they that level
At my abuses reckon up their own:
I may be straight though they themselves be bevel;
By their rank thoughts, my deeds must not be shown;

  Unless this general evil they maintain,
  All men are bad and in their badness reign.

122

Thy gift, thy tables, are within my brain
Full character'd with lasting memory,
Which shall above that idle rank remain,
Beyond all date; even to eternity:

Or, at the least, so long as brain and heart
Have faculty by nature to subsist;
Till each to raz'd oblivion yield his part
Of thee, thy record never can be miss'd.

That poor retention could not so much hold,
Nor need I tallies thy dear love to score;
Therefore to give them from me was I bold,
To trust those tables that receive thee more:

  To keep an adjunct to remember thee
  Were to import forgetfulness in me.

123

No, Time, thou shalt not boast that I do change:
Thy pyramids built up with newer might
To me are nothing novel, nothing strange;
They are but dressings of a former sight.

Our dates are brief, and therefore we admire
What thou dost foist upon us that is old;
And rather make them born to our desire
Than think that we before have heard them told.

Thy registers and thee I both defy,
Not wondering at the present nor the past,
For thy records and what we see doth lie,
Made more or less by thy continual haste.

  This I do vow and this shall ever be;
  I will be true despite thy scythe and thee.

124

If my dear love were but the child of state,
It might for Fortune's bastard be unfather'd,
As subject to Time's love or to Time's hate,
Weeds among weeds, or flowers with flowers gather'd.

No, it was builded far from accident;
It suffers not in smiling pomp, nor falls
Under the blow of thralled discontent,
Whereto th'inviting time our fashion calls:

It fears not policy, that heretic,
Which works on leases of short-number'd hours,
But all alone stands hugely politic,
That it nor grows with heat, nor drowns with showers.

  To this I witness call the fools of time,
  Which die for goodness, who have lived for crime.

125

Were't aught to me I bore the canopy,
With my extern the outward honouring,
Or laid great bases for eternity,
Which proves more short than waste or ruining?

Have I not seen dwellers on form and favour
Lose all and more by paying too much rent
For compound sweet; forgoing simple savour,
Pitiful thrivers, in their gazing spent?

No; let me be obsequious in thy heart,
And take thou my oblation, poor but free,
Which is not mix'd with seconds, knows no art,
But mutual render, only me for thee.

> Hence, thou suborned informer! a true soul
> When most impeach'd, stands least in thy control.

126

O thou, my lovely boy, who in thy power
Dost hold Time's fickle glass, his sickle, hour;
Who hast by waning grown, and therein showest
Thy lovers withering, as thy sweet self growest.

If Nature, sovereign mistress over wrack,
As thou goest onwards still will pluck thee back,
She keeps thee to this purpose, that her skill
May time disgrace and wretched minutes kill.

Yet fear her, O thou minion of her pleasure!
She may detain, but not still keep, her treasure:
Her audit (though delayed) answered must be,
And her quietus is to render thee.

> (   )
> (   )

127

In the old age black was not counted fair,
Or if it were, it bore not beauty's name;
But now is black beauty's successive heir,
And beauty slander'd with a bastard shame:

For since each hand hath put on Nature's power,
Fairing the foul with Art's false borrowed face,
Sweet beauty hath no name, no holy bower,
But is profan'd, if not lives in disgrace.

Therefore my mistress' eyes are raven black,
Her eyes so suited, and they mourners seem
At such who, not born fair, no beauty lack,
Sland'ring creation with a false esteem:

> Yet so they mourn becoming of their woe,
> That every tongue says beauty should look so.

128

How oft when thou, my music, music play'st,
Upon that blessed wood whose motion sounds
With thy sweet fingers when thou gently sway'st
The wiry concord that mine ear confounds,

Do I envy those jacks that nimble leap,
To kiss the tender inward of thy hand,
Whilst my poor lips which should that harvest reap,
At the wood's boldness by thee blushing stand!

To be so tickled, they would change their state
And situation with those dancing chips,
O'er whom thy fingers walk with gentle gait,
Making dead wood more bless'd than living lips.

> Since saucy jacks so happy are in this,
> Give them thy fingers, me thy lips to kiss.

129

The expense of spirit in a waste of shame
Is lust in action: and till action, lust
Is perjur'd, murderous, bloody, full of blame,
Savage, extreme, rude, cruel, not to trust;

Enjoy'd no sooner but despised straight;
Past reason hunted; and no sooner had,
Past reason hated, as a swallow'd bait,
On purpose laid to make the taker mad:

Mad in pursuit and in possession so;
Had, having, and in quest, to have extreme;
A bliss in proof, – and prov'd, a very woe;
Before, a joy propos'd; behind a dream.

   All this the world well knows; yet none knows well
   To shun the heaven that leads men to this hell.

130

My mistress' eyes are nothing like the sun;
Coral is far more red, than her lips red:
If snow be white, why then her breasts are dun;
If hairs be wires, black wires grow on her head.

I have seen roses damask'd, red and white,
But no such roses see I in her cheeks;
And in some perfumes is there more delight
Than in the breath that from my mistress reeks.

I love to hear her speak, yet well I know
That music hath a far more pleasing sound:
I grant I never saw a goddess go, –
My mistress, when she walks, treads on the ground:

   And yet by heaven, I think my love as rare,
   As any she belied with false compare.

131

Thou art as tyrannous, so as thou art,
As those whose beauties proudly make them cruel;
For well thou know'st to my dear doting heart
Thou art the fairest and most precious jewel.

Yet, in good faith, some say that thee behold,
Thy face hath not the power to make love groan;
To say they err I dare not be so bold,
Although I swear it to myself alone.

And to be sure that is not false I swear,
A thousand groans, but thinking on thy face,
One on another's neck, do witness bear
Thy black is fairest in my judgment's place.

   In nothing art thou black save in thy deeds,
   And thence this slander, as I think, proceeds.

132

Thine eyes I love, and they, as pitying me,
Knowing thy heart torment me with disdain,
Have put on black and loving mourners be,
Looking with pretty ruth upon my pain.

And truly not the morning sun of heaven
Better becomes the grey cheeks of the east,
Nor that full star that ushers in the even,
Doth half that glory to the sober west,

As those two mourning eyes become thy face:
O! let it then as well beseem thy heart
To mourn for me since mourning doth thee grace,
And suit thy pity like in every part.

   Then will I swear beauty herself is black,
   And all they foul that thy complexion lack.

133

Beshrew that heart that makes my heart to groan
For that deep wound it gives my friend and me!
Is't not enough to torture me alone,
But slave to slavery my sweet'st friend must be?

Me from myself thy cruel eye hath taken,
And my next self thou harder hast engross'd:
Of him, myself, and thee I am forsaken;
A torment thrice three-fold thus to be cross'd:

Prison my heart in thy steel bosom's ward,
But then my friend's heart let my poor heart bail;
Whoe'er keeps me, let my heart be his guard;
Thou canst not then use rigour in my jail:

    And yet thou wilt; for I, being pent in thee,
    Perforce am thine, and all that is in me.

134

So, now I have confess'd that he is thine,
And I my self am mortgag'd to thy will,
Myself I'll forfeit, so that other mine
Thou wilt restore to be my comfort still:

But thou wilt not, nor he will not be free,
For thou art covetous, and he is kind;
He learn'd but surety-like to write for me,
Under that bond that him as fast doth bind.

The statute of thy beauty thou wilt take,
Thou usurer, that putt'st forth all to use,
And sue a friend came debtor for my sake;
So him I lose through my unkind abuse.

    Him have I lost; thou hast both him and me:
    He pays the whole, and yet am I not free.

135

Whoever hath her wish, thou hast thy 'Will, '
And 'Will' to boot, and 'Will' in over-plus;
More than enough am I that vex'd thee still,
To thy sweet will making addition thus.

Wilt thou, whose will is large and spacious,
Not once vouchsafe to hide my will in thine?
Shall will in others seem right gracious,
And in my will no fair acceptance shine?

The sea, all water, yet receives rain still,
And in abundance addeth to his store;
So thou, being rich in 'Will, ' add to thy 'Will'
One will of mine, to make thy large will more.

    Let no unkind 'No' fair beseechers kill;
    Think all but one, and me in that one 'Will.'

136

If thy soul check thee that I come so near,
Swear to thy blind soul that I was thy 'Will',
And will, thy soul knows, is admitted there;
Thus far for love, my love-suit, sweet, fulfil.

'Will', will fulfil the treasure of thy love,
Ay, fill it full with wills, and my will one.
In things of great receipt with ease we prove
Among a number one is reckon'd none:

Then in the number let me pass untold,
Though in thy store's account I one must be;
For nothing hold me, so it please thee hold
That nothing me, a something sweet to thee:

    Make but my name thy love, and love that still,
    And then thou lov'st me for my name is 'Will.'

137

Thou blind fool, Love, what dost thou to mine eyes,
That they behold, and see not what they see?
They know what beauty is, see where it lies,
Yet what the best is take the worst to be.

If eyes, corrupt by over-partial looks,
Be anchor'd in the bay where all men ride,
Why of eyes' falsehood hast thou forged hooks,
Whereto the judgment of my heart is tied?

Why should my heart think that a several plot,
Which my heart knows the wide world's common place?
Or mine eyes, seeing this, say this is not,
To put fair truth upon so foul a face?

> In things right true my heart and eyes have err'd,
> And to this false plague are they now transferr'd.

138

When my love swears that she is made of truth,
I do believe her though I know she lies,
That she might think me some untutor'd youth,
Unlearned in the world's false subtleties.

Thus vainly thinking that she thinks me young,
Although she knows my days are past the best,
Simply I credit her false-speaking tongue:
On both sides thus is simple truth suppress'd:

But wherefore says she not she is unjust?
And wherefore say not I that I am old?
O! love's best habit is in seeming trust,
And age in love, loves not to have years told:

> Therefore I lie with her, and she with me,
> And in our faults by lies we flatter'd be.

139

O! call not me to justify the wrong
That thy unkindness lays upon my heart;
Wound me not with thine eye, but with thy tongue:
Use power with power, and slay me not by art,

Tell me thou lov'st elsewhere; but in my sight,
Dear heart, forbear to glance thine eye aside:
What need'st thou wound with cunning, when thy might
Is more than my o'erpress'd defence can bide?

Let me excuse thee: ah! my love well knows
Her pretty looks have been mine enemies;
And therefore from my face she turns my foes,
That they elsewhere might dart their injuries:

> Yet do not so; but since I am near slain,
> Kill me outright with looks, and rid my pain.

140

Be wise as thou art cruel; do not press
My tongue-tied patience with too much disdain;
Lest sorrow lend me words, and words express
The manner of my pity-wanting pain.

If I might teach thee wit, better it were,
Though not to love, yet, love to tell me so; –
As testy sick men, when their deaths be near,
No news but health from their physicians know; –

For, if I should despair, I should grow mad,
And in my madness might speak ill of thee;
Now this ill-wresting world is grown so bad,
Mad slanderers by mad ears believed be.

> That I may not be so, nor thou belied,
> Bear thine eyes straight, though thy proud heart go wide.

141

In faith I do not love thee with mine eyes,
For they in thee a thousand errors note;
But 'tis my heart that loves what they despise,
Who, in despite of view, is pleased to dote.

Nor are mine ears with thy tongue's tune delighted;
Nor tender feeling, to base touches prone,
Nor taste, nor smell, desire to be invited
To any sensual feast with thee alone:

But my five wits nor my five senses can
Dissuade one foolish heart from serving thee,
Who leaves unsway'd the likeness of a man,
Thy proud heart's slave and vassal wretch to be:

   Only my plague thus far I count my gain,
   That she that makes me sin awards me pain.

142

Love is my sin, and thy dear virtue hate,
Hate of my sin, grounded on sinful loving:
O! but with mine compare thou thine own state,
And thou shalt find it merits not reproving;

Or, if it do, not from those lips of thine,
That have profan'd their scarlet ornaments
And seal'd false bonds of love as oft as mine,
Robb'd others' beds' revenues of their rents.

Be it lawful I love thee, as thou lov'st those
Whom thine eyes woo as mine importune thee:
Root pity in thy heart, that, when it grows,
Thy pity may deserve to pitied be.

   If thou dost seek to have what thou dost hide,
   By self-example mayst thou be denied!

143

Lo, as a careful housewife runs to catch
One of her feather'd creatures broke away,
Sets down her babe, and makes all swift dispatch
In pursuit of the thing she would have stay;

Whilst her neglected child holds her in chase,
Cries to catch her whose busy care is bent
To follow that which flies before her face,
Not prizing her poor infant's discontent;

So runn'st thou after that which flies from thee,
Whilst I thy babe chase thee afar behind;
But if thou catch thy hope, turn back to me,
And play the mother's part, kiss me, be kind;

   So will I pray that thou mayst have thy 'Will,'
   If thou turn back and my loud crying still.

144

Two loves I have of comfort and despair,
Which like two spirits do suggest me still:
The better angel is a man right fair,
The worser spirit a woman colour'd ill.

To win me soon to hell, my female evil,
Tempteth my better angel from my side,
And would corrupt my saint to be a devil,
Wooing his purity with her foul pride.

And whether that my angel be turn'd fiend,
Suspect I may, yet not directly tell;
But being both from me, both to each friend,
I guess one angel in another's hell:

   Yet this shall I ne'er know, but live in doubt,
   Till my bad angel fire my good one out.

145

Those lips that Love's own hand did make,
Breathed forth the sound that said 'I hate',
To me that languish'd for her sake:
But when she saw my woeful state,

Straight in her heart did mercy come,
Chiding that tongue that ever sweet
Was us'd in giving gentle doom;
And taught it thus anew to greet;

'I hate' she alter'd with an end,
That followed it as gentle day,
Doth follow night, who like a fiend
From heaven to hell is flown away.

> 'I hate', from hate away she threw,
> And sav'd my life, saying 'not you'.

146

Poor soul, the centre of my sinful earth,
My sinful earth these rebel powers array,
Why dost thou pine within and suffer dearth,
Painting thy outward walls so costly gay?

Why so large cost, having so short a lease,
Dost thou upon thy fading mansion spend?
Shall worms, inheritors of this excess,
Eat up thy charge? Is this thy body's end?

Then soul, live thou upon thy servant's loss,
And let that pine to aggravate thy store;
Buy terms divine in selling hours of dross;
Within be fed, without be rich no more:

> So shall thou feed on Death, that feeds on men,
> And Death once dead, there's no more dying then.

147

My love is as a fever longing still,
For that which longer nurseth the disease;
Feeding on that which doth preserve the ill,
The uncertain sickly appetite to please.

My reason, the physician to my love,
Angry that his prescriptions are not kept,
Hath left me, and I desperate now approve
Desire is death, which physic did except.

Past cure I am, now Reason is past care,
And frantic-mad with evermore unrest;
My thoughts and my discourse as madmen's are,
At random from the truth vainly express'd;

> For I have sworn thee fair, and thought thee bright,
> Who art as black as hell, as dark as night.

148

O me! what eyes hath Love put in my head,
Which have no correspondence with true sight;
Or, if they have, where is my judgment fled,
That censures falsely what they see aright?

If that be fair whereon my false eyes dote,
What means the world to say it is not so?
If it be not, then love doth well denote
Love's eye is not so true as all men's: no,

How can it? O! how can Love's eye be true,
That is so vexed with watching and with tears?
No marvel then, though I mistake my view;
The sun itself sees not, till heaven clears.

> O cunning Love! with tears thou keep'st me blind,
> Lest eyes well-seeing thy foul faults should find.

149

Canst thou, O cruel! say I love thee not,
When I against myself with thee partake?
Do I not think on thee, when I forgot
Am of my self, all tyrant, for thy sake?

Who hateth thee that I do call my friend,
On whom frown'st thou that I do fawn upon,
Nay, if thou lour'st on me, do I not spend
Revenge upon myself with present moan?

What merit do I in my self respect,
That is so proud thy service to despise,
When all my best doth worship thy defect,
Commanded by the motion of thine eyes?

> But, love, hate on, for now I know thy mind;
> Those that can see thou lov'st, and I am blind.

150

O! from what power hast thou this powerful might,
With insufficiency my heart to sway?
To make me give the lie to my true sight,
And swear that brightness doth not grace the day?

Whence hast thou this becoming of things ill,
That in the very refuse of thy deeds
There is such strength and warrantise of skill,
That, in my mind, thy worst all best exceeds?

Who taught thee how to make me love thee more,
The more I hear and see just cause of hate?
O! though I love what others do abhor,
With others thou shouldst not abhor my state:

> If thy unworthiness rais'd love in me,
> More worthy I to be belov'd of thee.

151

Love is too young to know what conscience is,
Yet who knows not conscience is born of love?
Then, gentle cheater, urge not my amiss,
Lest guilty of my faults thy sweet self prove:

For, thou betraying me, I do betray
My nobler part to my gross body's treason;
My soul doth tell my body that he may
Triumph in love; flesh stays no farther reason,

But rising at thy name doth point out thee,
As his triumphant prize. Proud of this pride,
He is contented thy poor drudge to be,
To stand in thy affairs, fall by thy side.

> No want of conscience hold it that I call
> Her 'love,' for whose dear love I rise and fall.

152

In loving thee thou know'st I am forsworn,
But thou art twice forsworn, to me love swearing;
In act thy bed-vow broke, and new faith torn,
In vowing new hate after new love bearing:

But why of two oaths' breach do I accuse thee,
When I break twenty? I am perjur'd most;
For all my vows are oaths but to misuse thee,
And all my honest faith in thee is lost:

For I have sworn deep oaths of thy deep kindness,
Oaths of thy love, thy truth, thy constancy;
And, to enlighten thee, gave eyes to blindness,
Or made them swear against the thing they see;

> For I have sworn thee fair; more perjur'd I,
> To swear against the truth so foul a lie!

153

Cupid laid by his brand and fell asleep:
A maid of Dian's this advantage found,
And his love-kindling fire did quickly steep
In a cold valley-fountain of that ground;

Which borrow'd from this holy fire of Love,
A dateless lively heat, still to endure,
And grew a seething bath, which yet men prove
Against strange maladies a sovereign cure.

But at my mistress' eye Love's brand new-fired,
The boy for trial needs would touch my breast;
I, sick withal, the help of bath desired,
And thither hied, a sad distemper'd guest,

> But found no cure, the bath for my help lies
> Where Cupid got new fire; my mistress' eyes.

154

The little Love-god lying once asleep,
Laid by his side his heart-inflaming brand,
Whilst many nymphs that vow'd chaste life to keep
Came tripping by; but in her maiden hand

The fairest votary took up that fire
Which many legions of true hearts had warm'd;
And so the general of hot desire
Was, sleeping, by a virgin hand disarm'd.

This brand she quenched in a cool well by,
Which from Love's fire took heat perpetual,
Growing a bath and healthful remedy,
For men diseas'd; but I, my mistress' thrall,

> Came there for cure and this by that I prove,
> Love's fire heats water, water cools not love.